조선후기 한문비평

2

도곡陶谷 이의현李宜顯의
〈운양만록雲陽漫錄〉및
〈도협총설陶峽叢說〉

조선후기
한문비평

2

이의현 저

성백효, 신영주, 연석환 역주

한국인문고전연구소

차
례

·
·
·

간 행 사 · 12

이 책에 대하여 · 15

일러두기 · 18

· 雲陽漫錄 ·

1. 대대로 전한 청렴한 가풍 · 20

2. 시비와 선악에 엄격한 선친 · 22

3. 도촌 정유성의 선견지명 · 23

4. 선친 이세백의 벼슬길 · 24

5. 이산 윤씨尼山尹氏와의 세의世誼 · 28

6. 평생의 품은 뜻 · 32

7. 평생의 관직 이력 · 36

8. 인과응보의 신명한 이치 · 45

9. 벼슬은 우연히 머물다 떠날 뿐인 것 · 47

10. 도연명의 시〈이거移居〉· 50

11. 사군자士君子의 출처出處와 사수辭受 · 52

12. 선물을 받거나 물리치는 도리 · 55

13. 사람 마음의 험하고 야박함 · 58

14. 뜻과 취향을 살펴서 사귐 · 60

15. 동고 이준경의 회계回啓 · 64

16. 서애 유성룡의 《징비록懲毖錄》 • 67

17. 종반宗班의 정사 참여 • 72

18. 왕애王涯 등의 죽음을 조롱한 백거이白居易의 시 • 75

19. 남인을 추종한 서인 정유악鄭維岳 • 78

20. 이항복과 신흠의 문상問喪하는 법 • 81

21. 세상에 드문 정탁鄭琢의 명수命數 • 84

22. 해인사 승려의 꿈에 나타난 정인홍의 운수 • 88

23. 박엽朴燁의 위세에 맞선 9세의 이준악李峻岳 • 90

24. 윤두수尹斗壽와 윤근수尹根壽 형제의 기상 • 93

25. 백곡柏谷 김득신金得臣의 지둔하고 우활한 성품 • 96

26. 《장자莊子》의 구절을 모른 옥당의 관원 • 99

27. 조정 대신이 지은 시詩의 부귀한 기상 • 103

28. 호곡壺谷 남용익南龍翼의 시참詩讖 • 106

29. 미리 정해지는 사람의 운명 • 109

30. 문곡文谷 김수항金壽恒이 꿈에서 얻은 시구 • 112

31. 백호白湖 임제林悌의 호방한 성품과 풍류 있는 시풍 • 114

32. 남에게 굽히기를 싫어하는 문인들의 습기習氣 • 116

33. 고아하면서도 법도에 맞는 군자의 말과 문장 • 118

34. 선진·당송의 고문과 한위漢魏·성당의 시 • 120

35. 음이생陰飴甥의 말을 원용한 최립의 종계변무宗系辨誣 • 122

36. 노장老莊을 《논어》와 《맹자》에 견줌 • 125

37. 천고 문장의 정맥正脈이 육경六經에서 근원함 • 127

38. 선진 제자의 높은 식견과 문장력 • 130

39. 명나라의 여러 문학 유파流派 • 131

40. 고문의 법도와 이반룡 · 왕세정 • 135

41. 시를 논하는 천고의 표준, 온유돈후溫柔敦厚 • 137

42. 이백과 두보가 숭상한 포명원 • 141

43. 송나라 주요 시인의 시체에 대한 평 • 143

44. 명나라 주요 시인의 시체에 대한 평 • 146

45. 호응린의 《시수》에 대한 평 • 148

46. 우리나라 문풍과 시풍의 변천 • 150

47. 조맹부 글씨의 전래와 우리나라 서체의 변화 • 155

48. 경조부박하여 겉치레에 힘쓴 명나라 인심과 풍속 • 159

49. 정사正史를 어지럽히고 성정을 해치는 《수호전》과 《서유기》 • 161

50. 여항에서 부녀간에 사용되는 예스러운 문자 • 164

51. 우리나라에서 다르게 사용되는 어휘와 한자 • 168

52. 원나라에 정통성을 부여한 《송원강목》 • 173

53. 《주자대전차의》의 소루하고 잘못된 오류 • 176

54. 서적 편찬과 완물상지 • 198

55. 《미암일기초》의 오류 • 200

56. 중첩되고 번잡한 영락대전본 경서 소주小註 • 203

57. 《소학집주》의 오류 • 205

58. 증공과 소식의 잘못된 인물평 • 207

・ 陶峽叢說 ・

1. 이단異端과 주자학朱子學에 관한 논란 ・ 214

2.《언해諺解》의 구두句讀 오류 ・ 219

3. 공자와 맹자의 경륜을 담은《중용中庸》과《맹자孟子》・ 221

4. 억지로 고문을 모방하는 병통 ・ 222

5. 사람의 마음을 감발시키는《시경詩經》・ 223

6. 정사 중에 가장 신중해야 하는 형정刑政 ・ 225

7. 지극한 양陽의 정기가 되는 용龍 ・ 228

8. 진호陳澔가 편찬한《예기집설禮記集說》의 소략한 주석 ・ 229

9.《춘추春秋》와《자치통감강목資治通鑑綱目》의 서술 기점과 성인의 필법 ・ 230

10. 간략하고 심오하며 의리가 순정한《공양전公羊傳》과《곡량전穀梁傳》・ 232

11. 완곡하고 재미있는 영고숙潁考叔의 언변 ・ 234

12. 춘추시대와 전국시대 말의 문장 변천 ・ 236

13. 읽는 사람을 고무시키는《주례周禮》〈고공기考工記〉의 문장 ・ 238

14. 지식과 견문을 넓히는《십삼경주소十三經注疏》・ 240

15.《소학小學》과《근사록近思錄》・ 243

16. 진덕수眞德秀의《심경心經》과《정경政經》・ 245

17. 인仁과 의義를 배우다가 잘못된 양주楊朱와 묵적墨翟 ・ 247

18. 타인의 말을 경청한 사마광司馬光과 범순인范純仁 ・ 249

19. 감사와 수령의 바람직한 관계 ・ 251

20. 과거제도의 병폐 ・ 253

21. 국가의 존망에 무심한 자는 유자儒者가 아니다 ・ 257

22. 청淸의 본래 칭호는 융로戎虜 ・ 259

23. 주자朱子가 활용한 외가外家의 말과 한만한 시구 ・ 261

24. 《주자대전朱子大全》은 의리義理의 창고 • 264

25. 주자를 존숭하지 않는 소론少論 • 267

26. 정밀한 독서는 학문의 요체 • 271

27. 과거공부와 독서의 경중輕重 • 273

28. 난세에 벼슬하는 자가 지켜야 할 것 • 275

29. 선학禪學에 물든 이정二程의 문인들 • 277

30. 말년에 출사하여 흠을 남긴 양시楊時 • 282

31. 선학禪學과 사학史學과 공리설功利說에 대한 비판 • 285

32. 선학禪學보다 해가 심한 여조겸呂祖謙과 진량陳亮의 학술 • 287

33. 사마광司馬光을 공격한 진량陳亮에 대한 비판 • 289

34. 소인은 악취 나는 풀 • 292

35. 부자를 멀리한 포증包拯의 청렴 • 294

36. 역사서의 세 가지 서술 체제 • 296

37. 선진先秦 이전의 제자諸子 25가家 • 301

38. 천하의 지극한 글 《노자老子》와 《능엄경楞嚴經》 • 304

39. 노자老子를 배운 자의 사업 • 306

40. 내용이 중복되는 《열자列子》와 《남화경南華經》 • 308

41. 《순자荀子》는 한유韓愈 문장의 근원 • 309

42. 《관자管子》와 《안자晏子》의 문장 • 310

43. 글이 가장 빼어난 귀곡자鬼谷子 • 312

44. 《손자孫子》는 병가兵家 서적 중의 최고 • 315

45. 《귀곡자鬼谷子》에서 변화되어 나온 《한비자韓非子》 • 316

46. 여불위의 《여씨춘추呂氏春秋》 • 317

47. 굴원屈原과 송옥宋玉의 사부詞賦 • 318

48. 선진先秦 이전과 한漢·위魏 시대의 서적 • 319

49. 장부張溥의 《한위육조백삼가집漢魏六朝百三家集》 • 326

50. 진晉나라 사람들의 청담淸談을 담은 《세설신어世說新語》 • 330

51. 고시古詩의 찬집纂輯 • 333

52. 당나라의 뛰어난 문장가들 • 336

53. 명나라 문인들의 당시唐詩 추종과 송시宋詩의 성쇠盛衰 • 339

54. 송대宋代의 산문散文 • 345

55. 원호문元好問이 엮은 《중주집中州集》과 《중주악부中州樂府》 • 349

56. 고사립顧嗣立의 《원시선元詩選》 • 351

57. 원나라의 문사文詞에 대한 평 • 353

58. 명나라 시를 채록한 선집選輯들 • 355

59. 명나라 유사遺事를 보여주는 《열조시집列朝詩集》 소전小傳 • 358

60. 《명문기상明文奇賞》에 수록된 최립崔岦과 고경명高敬命의 글 • 360

61. 명나라의 4가지 문학 유파 • 363

62. 고시정顧施禎과 위헌魏憲의 청나라 시선집 • 369

63. 서재에 소장하고 있는 청나라 문인의 문집 • 371

64. 왕세덕王世德의 《숭정유록崇禎遺錄》 • 374

65. 세교에 보탬이 없는 수서壽序와 송서送序 • 382

66. 구와 자를 줄여 간簡을 추구한 명나라 산문 • 384

67. 자구를 끊고 허자虛字를 줄여 간簡·고古로 삼는 세속의 풍조 • 386

68. 옛 체제를 쓰되 자기 면목을 지키는 작문 방법 • 388

69. 훌륭한 문장을 짓는 데 필요한 세 가지 • 392

70. 우리나라 고문의 역사와 고문가들 • 394

71. 소년기에 과문을 익힌 상촌 신흠의 자탄 • 397

72. 월사 이정귀의 문장과 〈무술변무주〉 • 399

73. 한 글자 한 구도 법도에 어긋남이 없는 장유張維의 고문 • 401

74. 명 · 청 시문선집에 수록된 우리나라 문인들의 시문 • 403

75. 고문의 법도를 갖춘 홍성민洪聖民의 문장 • 407

76. 청음 김상헌의 친구 이씨李氏가 남긴 두 수의 빼어난 시 • 409

77. 굴을 소재로 시를 지어 곤경에서 벗어난 승려 • 411

78. 장옥張玉의 〈소요당서〉와 장유張維의 삼전도 공덕비문 • 413

79. 우리나라에서만 유행하는 중국 서적과 서체 • 416

80. 우리나라에서 애창된 유신의 〈애강남부〉 • 418

81. 경서는 학문 · 과거 · 문장의 근본 • 420

82. 저자의 평소 소망과 예측할 수 없는 인간의 영고성쇠榮枯盛衰 • 422

83. 다른 것은 다 속일 수 있어도 문장은 속이지 못한다. • 425

84. 도를 논하고 큰일을 판단하는 정승의 직분 • 427

85. 실현되지 않는 복선화음福善禍淫의 이치 • 430

86. 공론을 두려워한 소인들의 거짓된 공명심 • 432

87. 승급陞級과 가자加資의 잘못된 관행 • 435

88. 인목대비 폐모론에 관한 한강寒岡 정구鄭逑의 상소문 • 438

89. 자字 대신 이름을 쓴 이발李潑에게 보낸 편지 제목 • 441

90. 용주 조경의 삼전도비를 기롱한 시 • 443

91. 오상렴이 지은 〈삼전도비〉 시 • 446

92. 우암 송시열을 향한 소론 측의 비난 • 449

93. 몽와夢窩 김창집金昌集을 향한 소론의 공격 • 454

94. 인심의 험악함과 시세의 위태로움 • 456

95. 이조 판서 시절에 받은 가명假名의 투서 • 458

96. 성주의 산송 분쟁과 박수하의 딸(박효랑) • 460

97. 진정한 충현忠賢과 호걸과 문장가 • 470

98. 조선조의 역대 대제학 • 472

99. 공론으로 인재를 등용하던 성종조의 예스러운 기풍 • 474

100. 조선조의 상신相臣 명단 • 477

101. 문과에 급제자가 많은 조선조 명문가들 • 483

102. 영남과 호남의 성대한 인재들 • 486

103. 도곡의 팔고조八高祖 • 490

104. 우리나라 성씨의 소개 • 492

발문 • 498

간 행 사

권오춘 해동경사연구소 이사장

　해동경사연구소에서는 2011년부터 한국고전번역원의 권역별거점연구소 협동번역사업에 참여하여 성신여자대학교 고전연구소와 함께 도곡(陶谷) 이의현(李宜顯, 1669~1745)의 《도곡집(陶谷集)》을 완역하였고, 현재는 매산(梅山) 홍직필(洪直弼, 1776~1852)의 《매산집(梅山集)》과 노주(老洲) 오희상(吳熙常, 1763~1833)의 《노주집(老洲集)》을 번역하여 마무리 단계에 있다. 또한 고전번역원의 특수고전협동번역사업에 참여하여 김재로(金在魯, 1682~1759)의 《예기보주(禮記補註)》와 심대윤(沈大允, 1805~1872)의 《시경집전변정(詩經集傳辨正)》을 완역하였고, 현재는 여헌(旅軒) 장현광(張顯光) 선생의 《성리설(性理說)》을 번역하고 있다.

　뿐만 아니라 2009년 성백효(成百曉) 소장의 주도하에 《한국 행초서발문(行草序跋文)》을 탈초·번역해서 간행하였으며, 성백효 소장의 사유를 담은 부안설(附按說) 《논어집주》, 《맹자집주》, 《중용·대학집주》와 학생들을 위한 최신판 《논어집주》, 《맹자집주》, 《중용·대학집주》를 간행하였다. 이외에도 《고문진보 후집(古文眞寶後集)》이 전2권으로 출간예정이다.

　이번에는 《조선후기 한문비평》이란 제목으로, 농암(農巖) 김창협(金昌協, 1651~1708)의 〈농암잡지 외편(農巖雜識外篇)〉과 도곡 이의현의 〈운양만록(雲陽漫錄)〉 및 〈도협총설(陶峽叢說)〉을 현토(懸吐) 역간(譯刊)하게 되었다.

호산(壺山) 박문호(朴文鎬)의 《사서집주상설(四書集註詳說)》 역시 현재 번역
이 진행 중이고, 또한 성백효 선생의 사서(四書) 강의를 동영상으로 만들어
방출할 계획인데, 이러한 사업들이 끝나면 사서에 대한 정리가 마무리되는
셈이다. 이후로는 삼경(三經)에 대한 정리도 착수할 계획이다.

　인문학(人文學)이 고사(枯死) 상태에 빠져있는 지금 정부의 지원 없이 이러
한 사업을 계속한다는 것은 결코 쉬운 일이 아니다. 뒷바라지를 제대로 하지
못하는 이사장으로서 송구함과 함께 감사한 마음 금할 길 없다.

　이번에 출간하는 책은 한문학에 조예가 깊지 않은 분들에게도 우리나라
한문학의 맥을 살필 수 있는 자료가 될 것이라고 기대한다. 본인도 원고 상
태에서 한 번 읽어보고는 큰 흥미를 느꼈다. 물론 사색당파에 대해서는 학
자들마다 시각차가 없는 것은 아니지만 이 또한 조선조의 진면목이요, 문화
의 한 단면인 것이다. 성백효 선생은 《운양만록》 가운데 당쟁에 관한 몇몇
항목을 삭제하려는 생각을 갖고 본인에게 자문을 구하였다. 남인계의 서애
(西厓) 유성룡(柳成龍)과 한강(寒岡) 정구(鄭逑) 두 선생과 소론의 노성 윤씨(魯
城尹氏)에 관한 내용들이었다. 그러나 본인은 반대 의견을 제시하였다. 전편
(全篇)을 수록한다고 하고서 그 중에 몇 조항을 뺀다면 "전서(全書)"로서의 면
모를 갖추지 못하게 되기 때문이었다. 조선조에 사색당파가 엄연히 존재하
였고, 후기에 갈수록 당쟁이 격화되었는바, 그 자체를 있는 그대로 인식하는
것 역시 우리 후학들이 행해야 할 의무인 것이다.

유교(儒敎)는 조선조의 국교(國敎)였고, 선비 정신은 조선조 5백년을 지켜온 숭고한 사상이었다. 오늘날에는 이것을 양반 사회의 문화라 하여 외면하고서, 도리어 정체성 없는 문화와 사고(思考)를 만들어내는 데에 여념이 없다. 그리하여 부정부패와 패륜행위, 비인도적이고 몰염치한 세태가 요원의 불길처럼 만연하는데도 정치인들은 당리당략에만 눈이 어두워 관심이 없다. 본인은 노파심의 기우(杞憂)를 금할 길 없다. 하루 빨리 선비 정신을 되찾아 물질만능주의와 배금사상을 몰아내어 올바른 사회가 이루어지기를 기대하는 마음 간절하다.

　　　　　　　경자년 초겨울 구담정사(九潭精舍)에서 쓰다.

이 책에 대하여

성백효 해동경사연구소장

이 책은 농암(農巖) 김창협(金昌協, 1651~1708)의 《농암집》 권31에 실려 있는 〈농암잡지 외편(農巖雜識外篇)〉과 농암의 제자인 도곡(陶谷) 이의현(李宜顯, 1669~1745)의 《도곡집(陶谷集)》 권27에 실려 있는 〈운양만록(雲陽漫錄)〉 및 권28에 실려 있는 〈도협총설(陶峽叢說)〉에 소제목과 해설을 붙이고 현토하여 역해(譯解)한 것이다.

농암은 숙종조의 정치가이자 학자로서 경학(經學)과 성리학(性理學)은 물론이요, 문학에도 뛰어난 실력이 있어 비록 행공(行公)은 하지 않았지만 대제학에 뽑힌 인물이다. 도곡 이의현 역시 대제학과 우의정, 영의정을 역임한 인물이다. 비록 걸맞은 이름인지 확신할 수는 없지만, 위의 저서들을 번역·간행하면서 이들을 묶어 "조선후기 한문비평"이란 이름을 붙여보았다.

〈농암잡지 외편〉은 146개 항목으로 이루어진, 순수한 문학 비평이다. 반면에 〈운양만록〉과 〈도협총설〉은 여러 내용이 잡다하게 수록되어 있어 순수한 문학 비평은 아니다. 하지만 여기에도 문학을 소개하고 비평한 내용이 상당수 실려 있으므로 이 세 편의 글을 한 데 묶을 수 있다고 판단하였다.

농암의 잡지와 도곡의 만록·총설은 모두 짤막한 글로 이루어져 있는 것이 특징이라 할 수 있다. 〈농암잡지 외편〉은 거의 모든 항목에 집필한 연도가 밝혀져 있다.

〈운양만록〉은 1722년(경종 2) 신임사화(辛壬士禍)로 도곡이 운산(雲山)으로 귀양을 간 뒤에 적소(謫所)에서 소일하기 위해 지은 것들을 뒤에 정리한 것이며, 〈도협총설〉은 1727년(영조 3) 정미환국(丁未換局)으로 도곡이 벼슬을 내놓고 양주(楊州) 도산(陶山)의 선영 아래에 은거해 있으면서 그동안 보고 들은 내용과 생각나는 것들을 두서없이 써놓은 것이다.

　도곡의 〈운양만록〉과 〈도협총설〉은 본인이 약 25년 전부터 한국고전번역원 교육원(당시는 민족문화추진회 국역연수원임)에서 상임연구부 학생들과 강독해온 것인데, 몇 해 전에 해동경사연구소가 권역별거점연구소 협동번역사업에 참여하여 《도곡집》을 완역하면서 번역서로 출간한 바 있다. 〈농암잡지 외편〉 역시 한국고전번역원에서 20여 년간 학생들과 강독하면서 정리하였던 것인데, 해설을 붙이고 현토(懸吐)된 원문과 상세한 주석을 첨가하여 다시 간행하는 것이다.

　10여 년 전 강독을 하면서 〈농암잡지 외편〉 98번에 실려 있는 《귀진천집(歸震川集)》 하씨선영비(何氏先塋碑)의 명문(銘文)인 "晉興恩澤, 著自廬江, 文穆贊密. 懿哉孝子, 實維昆季, 皆有名德."을 읽었는데, 한 학생이 이것을 4구(句)와 2구로 끊어 읽는 것이었다. 본인이 예전처럼 3구씩 끊어 읽자, 그 학생은 네 구씩 끊어 읽는 것이 옳지 않느냐고 질문하였다. 그 이유를 물었더니, 이 책 번역본에 그렇게 되어 있다는 것이었다. 그리하여 그 학생으로부터 강명관 교수가 쓴 『농암잡지평석』을 얻어 보게 되었다.

　사실 한문책을 번역한 것이 많지만 대부분 수준 미달이어서 본인은 큰 관심을 두지 않았었는데, 이 책은 완전히 달랐다. 그동안 본인이 계속 강독해오면서 난해하여 미해결 상태로 남겨 두었던 상당 부분을 이 『평석』에서는 출전에서부터 고사까지 비평을 덧붙여 참으로 자세하게 설명해 놓았다. 당시에 이 『평석』은 수십 편의 논문보다 낫다고 생각하였는데, 이 생각은 지금도 변함이 없다. 다만 아쉬운 것은 현토가 되어 있지 않고, – 한문은 현토를 하여야 더 완벽해질 수 있다는 것이 본인의 지론이다. – 간혹 오류가 발견된다는 점이었다. 강 교수가 당시 접했던 《귀진천집》은 불완전한 판본이었던 것으로 추측된다. 왜냐하면 강 교수는 이것을 4구로 끊어 『평석』에 기재하였고, 맨 끝의 "有孝有忠 敬視斯述"이라는 두 구가 빠져 있었다. 강 교수는 아마도 끝의 두 구가 빠져있는 본을 대본으로 삼은 듯하다. – 본인이 소장한 본은 상·하 두 책으로 된 《진천선생집(震川先生集)》이며, 상해출판사에서 출간한 것이고 "중국고전문학총서"라는 제목이 붙어 있다. – 이 외의 몇 곳에도 오류라고 생각되는 부분이 몇 곳 있었다.

본인은 옛날 다산(茶山) 정약용(丁若鏞)의 《여유당전서(與猶堂全書)》를 보다가 "하늘은 총명을 한 사람에게 다 주지는 않는다."는 글을 읽고 사람은 누구나 잘못이 있게 마련이란 생각이 들었다. 그리하여 한 번 번역하기로 결심을 하고 원고를 써 두었지만 8년 전 고전번역원에서 퇴직하고는 까맣게 잊고 있었다. 그러다가 《도곡집》을 번역하면서 〈운양만록〉과 〈도협총설〉을 다시 대하게 되었고, 수정에 수정을 거듭하여 이번에 두 가지를 한 데 묶어 《조선후기 한문비평》으로 제목을 붙여 출간하게 되었다.

〈농암잡지 외편〉은 1권이기에 주석을 많이, 그리고 〈운양만록〉과 〈도협총설〉은 상대적으로 적게 달았으며, 작업 역시 20년 이상의 시간차가 있어 두 책의 내용에 통일성이 없는바, 독자들의 양해를 바란다.

두 책에 소제목과 해설을 써주신 신영주(辛泳周) 교수와 윤문과 교정을 맡아주신 성당제(成唐濟) 박사, 연석환(延錫煥) 박사, 신상후(申相厚) 박사, 윤은숙(尹銀淑), 박민희(朴民喜) 두 연구원에게도 감사를 드린다.

서기 2020년 경자 11월 열상(洌上)의 관일헌(觀一軒)에서 쓰다

• 일러두기

1. 이 책은 도곡(陶谷) 이의현(李宜顯)의 〈운양만록(雲陽漫錄)〉과 〈도협총설(陶峽叢說)〉을 역주 (譯註)하고 해설(解說)한 것이다.

2. 저본은 한국고전번역원의 《한국문집총간(韓國文集叢刊)》에 실린 《도곡집(陶谷集)》〔규장각 소장 운각철활자본(芸閣鐵活字本, 청구기호 : 奎5003)〕이다.

3. 표점이 찍힌 대본에는 〈도협총설〉이 총 101조목으로 되어있는데, 그 중 3개의 조목에 다른 내 용이 섞여 있다. 〈도협총설〉은 이 3조목 다시 나누어 총 104개의 조목으로 만들었다.

4. 원고는 조목 단위로 정리하는 것을 원칙으로 하되, 조목 별로 조목의 제목, 해설, 원문, 번역, 번역에 대한 각주 순으로 정리하였다. 보충 주석이 필요한 경우 해당 조목의 말미에 덧붙였다.

5. 조목의 제목은 저본에는 없는 것을 역자가 해당 원문의 주요 내용을 근거로 지은 것이다.

6. 해설은 원문에 대한 이해를 돕기 위해 역자가 원문의 주요 내용을 한글로 짧게 정리한 것이다.

7. 원문에는 표점을 하지 않고 구(句)나 절(節) 단위로 현토를 하였다. 단, 명사가 병렬된 구절과 인용문 또는 대화문의 경우 확인하기 편하도록 현토를 하되 쉼표〔또는 모점〕와 큰따옴표〔또는 따옴표〕도 사용하였다.

8. 원문에서는 책명이나 작품 제목을 모두 이중꺾쇠《 》로 묶었다.

9. 번역문은 한글 표기를 원칙으로 하되, 이해를 돕기 위해 어려운 한자어의 경우 괄호로 한자를 병기하였다.

10. 각주는 보충 설명이 필요한 번역문에 달았다. 다만 주석 내용이 간단한 경우에는 주석 내용 을 해당 번역문에 괄호를 사용하여 넣어주었다.

11. 본서에 사용된 부호는 다음과 같다.

《 》: 책명 및 각주의 전거(典據)

〈 〉: 책의 편명 및 작품의 제목

( ): 한자의 음, 번역문의 한자, 번역문의 간단한 주석

〔 〕: 번역문이나 각주의 인용 원문 병기

【 】: 원문의 원주(原註)

雲陽漫錄

五十八則

1. 대대로 전한 청렴한 가풍

해설 | 도곡은 먼저 자기 집안에 대대로 청빈함을 지키는 가풍이 전하여 왔음을 말한 다음, 자손들에게 이를 굳게 지킬 것을 경계하였다. 아울러 여기에는 외증조 도촌(陶村) 정유성(鄭維城)의 영향도 있었음을 밝혔다. 이런 사실을 첫머리에 제시하여 후손을 경계시키려 한 것에서 《운양만록》의 집필 의도를 볼 수 있다.

吾家世傳淸白이라 先君子位至上公이로되 而淸貧如寒士하시고 外曾王考陶村相國은 有畏人之淸하시니 先妣恪守遺範하여 內外肅然하여 門庭如水라 余雖不肖나 亦思奉守하여 不敢墜失하노니 今吾子孫에 如或有背先矩하면 則不可入謁祠堂矣라 玆用首識於漫錄中하여 以爲後承觀省之地焉하노라

우리 집안은 대대로 청백(淸白)한 가풍(家風)을 지켜 왔다. 선군자(先君子)께서는 상공(上公)의 지위에 이르렀으나¹ 청빈함을 지켜 빈한한 선비와 같

· · · · · ·

1   선군자(先君子)께서는……이르렀으나: 선군자는 도곡의 아버지 이세백(李世白, 1635~1703)으로, 자는 중경(仲庚), 호는 우사(雩沙) 또는 북계(北溪)이다. 여러 관직을 두루 거쳐 1698년(숙종 24)에 우의정에 제수되었다. 상공(上公)의 지위는 삼정승의 자리를 가리킨다.

으셨다. 외증조고 도촌 상국(陶村相國)² 께서 남들이 알까 두려워하는 청백함³을 지키셨는데, 선비(先妣)⁴ 께서도 그 규범을 물려받아 삼가 지키니, 내외가 엄숙하여 집안이 맑은 물처럼 깨끗하였다.

내가 비록 불초하지만 또한 이를 받들어 지킬 것을 생각하여 감히 실추하지 않았다. 지금 나의 자손 중에 만일 혹시라도 선조의 법도를 저버리는 자가 있다면 사당에 들어와 배알해서는 안 될 것이다.

이에 이것을 『만록』의 첫머리에 적어 후손들이 보고 살필 자료로 삼는다.

••••••

2　도촌 상국(陶村相國): 도곡의 외증조부 정유성(鄭維城, 1596~1664)이다. 자는 덕기(德基), 호는 도촌(陶村), 본관은 연일(延日)로 정몽주(鄭夢周)의 9대손이다. 벼슬이 우의정에 이르렀으며 시호는 충정(忠貞)이다.

3　남들이……청백함: 남이 모르게 지키는 청백함을 이른다. 삼국시대 위(魏)나라의 호질(胡質)과 호위(胡威) 부자는 청백하다고 알려졌다. 하루는 진 무제(晉武帝)가 "경과 경의 아버지 중에 누가 더 청백한가?"라고 묻자, 호위가 "신이 못합니다."라고 대답하였다. 무제가 다시 "경의 아버지가 어떻게 나은가?"라고 묻자, 호위가 "신의 아비는 청백하면서 남이 알까 두려워하였지만, 신은 청백하면서 남이 모를까 두려워합니다."라고 하였다. 《晉書 胡威傳》

4　선비(先妣): 도곡의 어머니 연일 정씨(延日鄭氏)로, 정유성의 손녀이다.

2. 시비와 선악에 엄격한 선친

해설 | 선친 이세백(李世白)은 성품이 원만하고 후덕하였으나 시비와 선악의 차이를 분별하기를 매우 엄격하게 하여 한 치의 빈틈도 없었음을 밝혔다. 그리고 이는 주자(朱子)와 석실선생(김상헌)이 전한 법을 온전하게 계승한 것이라고 말하면서, 후손들에게 이를 지킬 것을 당부하였다.

先君子沈深渾重하고 忠厚無偏이로되 而惟於是非淑慝之別에 剖判甚嚴하여 毫髮不假借하시니 此固朱夫子法門이요 亦出於石室先生遺軌也라 此宜子孫之所可遵守勿失者也니라

선군자께서는 침착하고 사려 깊고 원만하고 신중하면서 충후(忠厚)하고 편벽됨이 없으셨다. 그러나 오직 시비와 선악을 구별하실 적에는 판별함이 매우 엄격하여 털끝만큼도 용서하지 않으셨다. 이는 진실로 주부자(朱夫子, 주희(朱熹))의 가르침이며, 또한 석실선생(石室先生)[5]이 물려준 규범에서 나온 것이다. 마땅히 자손들은 이것을 준수하여 잃지 말아야 한다.

••••••
5   석실선생(石室先生) : 김상헌(金尙憲, 1570~1652)으로 자는 숙도(叔度), 호는 청음(淸陰), 본관은 안동이다. 중년에 양주 석실에 은거하면서 '석실노인'으로 호를 삼았다. 시호는 문정(文正)이다. 병자호란 때 대표적 척화파로서 좌의정을 지내어 대로(大老)로 불렸다. 도곡의 조모가 그의 손녀이고, 도곡의 스승 김창협(金昌協)이 그의 증손이다. 도곡은 〈도협총설〉에서 그를 팔고조(八高祖)의 한 분으로 소개하였다.

3. 도촌 정유성의 선견지명

해설 | 도촌 정유성이 손녀사위인 이세백의 명성과 지위가 자신과 같아질 것이라고 예언한 말이 그대로 들어맞은 사실을 밝혔다.

先君子早入鄭忠貞公門하시니 公甚加器重하여 每日 "李君名位가 當與我同이라"하더시니 公六十二에 陞一品하고 六十四에 入相하고 六十九에 卒하며 先君子一品、入相、棄世之年이 正同하니 嗚呼라 亦異矣로다

선군자께서는 이른 나이에 정 충정공(鄭忠貞公, 정유성)의 집안에 장가드셨다. 충정공께서 큰 그릇으로 여겨 매우 소중하게 대우하면서 매번 말씀하셨다.

"이군(李君)의 명성과 지위가 응당 나와 같아질 것이다."

충정공은 62세에 1품에 오르고 64세에 정승이 되고 69세에 별세하셨는데,[6] 선군자께서 1품에 오르고 정승이 되고 세상을 버린 연세도 이와 똑같으셨다.[7] 아! 또한 기이한 일이다.

• • • • • •

6 충정공은……별세하셨는데: 충정공은 정유성의 시호이다. 정유성은 1657년(효종 8)에 62세로 종1품 판의금부사에 제수되고, 1659년(현종 즉위년)에 64세로 우의정에 제수되고, 1664년에 69세로 별세하였다.

7 선군자께서……똑같으셨다: 이세백은 1696년(숙종 22)에 62세로 판의금부사에 제수되고, 1698년에 64세로 우의정에 제수되고, 1703년에 69세로 별세하였다.

4. 선친 이세백의 벼슬길

해설 | 선친 이세백이 고고한 성품을 지켜 벼슬길이 순탄치 못했고, 정승이 된 후로 고고한 성품을 더욱 의연하게 지키면서 사생과 화복에 개의치 않았다고 밝혔다.

先君子自少負公輔之望이러니 及登第에 擧賀得人이로되 而値兇黨秉柄하여 枳塞進途하고 仍以荐罹鉅創이라 未及終制에 朝廷更化하니 公議咸謂"當首登玉堂新錄이라"호되 儕流中에 不悅者一二人이 欲沮之나 而無言可執하여 以終制尙遠爲諉하여 翌年制除에 始入玉堂이라 仍將入銓이러니 不悅者又欲沮之나 而需次諸人時望이 皆出先君子下하니 又難遽以彼先之라 乃慂銓長하여 以宋公 奎濂爲貳堂하니 宋公이 與先君子有姻嫌하여 先君子遂不得入銓이라가 宋公去銓에 始入銓하시나 及陞緋에 又不擬堂上淸望이라가 陞亞卿後에 始爲兩司長하여 平生宦路가 長在通塞間이라 蓋先君子性方嚴하여 繩墨截然하여 雖故舊親戚이라도 若名位稍加면 則絶不狎昵이라 尤翁爲士林領袖로되 而亦嫌於近名하여 務自斂迹하시니 其他를 可知也라 以此로 官顯而跡益孤하시다 及少輩斥尤翁하여 自作一黨하여는 而先君子獨守前見하여 終不變하여 尊慕尤翁益至나 然亦不輕示意向하고 平日言語罕及論議로되 而其中則確如也러시다 至丁丑長銓에 以爲"今日世道至此하니 在銓地者 不可不力加激揚하여 以正

朝廷이라" 하사 注擬之際에 絶不苟循時議라 於是에 少輩大銜이로되 而善
類翕然歸向하니라 逮登相位하여는 値時憂危하여 毅然自持하여 置死生禍
福於度外하시니 於是에 前日淺之爲知之者 莫不斂衽欽服하여 以爲不
可及也라 하니라

선군자께서는 젊어서부터 공보(公輔)[8]가 될 것이라는 기대를 받았기에
과거에 급제하자 모두들 훌륭한 인재를 얻었다고 축하해 주었다. 그러나
흉당들이 권력을 잡고 있어서 벼슬길이 막혔고 이어서 거듭 큰 슬픔까지
당하고 말았다.[9]

그런데 아직 상제(喪制)를 마치기 전에 정국이 다시 바뀌게 되자[10] 공론
이 하나같이 "(선군자가) 옥당(玉堂)의 신록(新錄)[11]에 첫 번째로 올라야 마땅
하다."라고 하였다. 그러자 같은 동료 중에서 달갑게 여기지 않는 한두 사
람이 이를 저지하려고 하였다. 하지만 트집 잡을 만한 말이 없자 상제를
마칠 때가 아직 멀다는 것을 핑계로 삼았다. 이로 인해 다음 해에 상제
를 마친 뒤에야 비로소 옥당에 들어갈 수 있었다.

••••••

8   공보(公輔): 삼공(三公)과 사보(四輔)이다. 삼공은 영의정, 좌의정, 우의정이며,
    사보는 군주를 보필하는 전의(前疑), 후승(後丞), 좌보(左輔), 우필(右弼)인데, 후
    세에는 군주를 보필하는 요직을 일컫는 말로 두루 쓰였다.
9   거듭……말았다: 1677년 12월에 도곡의 조모 안동 김씨(安東金氏)가 세상을 떠
    나고, 1678년 11월에 도곡의 조부 이정악(李挺岳)이 세상을 떠난 것을 이른다.
10 정국이……되자: 1680년(숙종 6)에 남인(南人)이 대거 실각하여 정권에서 물
    러난 경신경화(庚申更化)를 이른다. 경신대출척(庚申大黜陟), 혹은 경신환국이라
    고 칭한다.
11 옥당(玉堂)의 신록(新錄): 옥당의 〈홍문록(弘文錄)〉에 새로 이름을 올리는 것을
    이른다. 옥당은 홍문관의 별칭이다. 〈홍문록〉은 홍문관의 결원에 대비하여 미리
    정한 후보자의 이름을 기록한 문서다. 홍문관에 결원이 발생하면 이조가 〈홍문
    록〉에서 3인을 뽑아 추천하고, 국왕이 1인을 낙점하여 임용한다.

이어서 장차 전조(銓曹)¹²에 들어가게 되었는데, 선군자를 달갑게 여기지 않는 자가 다시 저지하려고 하였다. 그러나 후순위로 차례를 기다리고 있던 다른 후보자들의 당시의 명망이 모두 선군자보다 못하였으므로 갑자기 저들을 선군자보다 먼저 의망(擬望)¹³하기가 어려웠다.

그래서 저들은 전조의 장관¹⁴(이조 판서)과 모의하여 송공 규렴(宋公奎濂)¹⁵을 이당(貳堂, 이조 참의)으로 삼게 하였는데, 이는 송공이 선군자와 인척이라는 혐의가 있게 하려는 의도였다. 그리하여 선군자께서 결국 전조에 들어가지 못하다가 송공이 전조를 떠난 뒤에야 비로소 전조에 들어가실 수 있었다.¹⁶

당상관¹⁷으로 승진하신 뒤에는 또 당상관 중에서 청직(淸職)에 해당하는 자리에 의망되지 못하다가, 아경(亞卿)¹⁸에 오르고 나서야 비로소 양사(兩司)의 장관¹⁹이 되셨다. 이처럼 평생 벼슬길이 항상 순탄하지 못하셨는

• • • • • •

12 전조(銓曹): 전조는 문관의 인사를 행하는 이조와 무관의 인사를 행하는 병조를 통칭하는 말인데, 여기서는 이조를 가리킨다.

13 의망(擬望): 관원의 임명을 위해 후보자 3인을 추천하는 것을 이르는 말이다. 주의(注擬)라고도 한다.

14 전조의 장관: 이조 판서이다. 당시에 이민서(李敏敍)가 이조 판서로 있었다.

15 송공 규렴(宋公奎濂): 1630~1709. 송규렴은 자가 도원(道源), 호가 제월당(霽月堂), 본관이 은진(恩津)이다. 안동 김씨 광찬(光燦)의 사위이고 이세백의 이모부이다.

16 선군자께서……있었다: 1682년(숙종 8)에 송규렴이 이조 참의에 제수되자 이세백이 피혐하여 이조에 들어가지 못하다가, 이듬해 5월에 송규렴이 동부승지로 전직된 뒤에 이조 좌랑이 되었다.

17 당상관: 이세백은 1983년(숙종 9) 7월에 동부승지에 제수되어 당상관이 되었다.

18 아경(亞卿): 각 조(曹)의 참판을 이른다. 이경(貳卿)이라고도 한다. 고대에 상서(尙書)를 정경(正卿)이라 하고 보좌하는 시랑(侍郞)을 아경이라 칭한 데서 유래하였다. 이세백은 1685년(숙종 11)에 공조 참판이 되었다.

19 양사(兩司)의 장관: 양사는 사헌부와 사간원을 가리킨 것으로, 양사의 장관은 사헌부 대사헌과 사간원 대사간을 이른다. 도곡이 작성한 행장에 따르면, 이세백

데, 이는 선군자께서 성품이 방정하고 엄격하여 평소 예법에 분명하셨으므로 비록 친구와 친척이라 하더라도 명성과 지위가 조금 높아지면 절대로 가까이하지 않으셨기 때문이었다.

사림의 영수인 우옹(尤翁, 우암 송시열)에게도 명예를 구하려 한다는 혐의를 받을까 우려하여 스스로 찾아가지 않으려고 힘쓰셨으니, 그 나머지 일들은 미루어 알 만하다. 이런 까닭에 벼슬이 현달해질수록 종적이 더욱 외로워지셨다.

소론(少論)들이 우옹을 배척하고서 스스로 한 당(黨)을 만들었을 때에도, 선군자께서는 홀로 이전의 생각을 지켜 끝까지 바꾸지 않으면서 더욱 지극하게 우옹을 존경하고 사모하셨다. 그러나 또한 가볍게 의향을 내보이지 않으셨고, 평소에 말씀하시는 중에 우옹에 대해 드물게 논평하시는 경우도 있었지만 그 속마음은 확고하셨다.

정축년(1697)에 전조의 장관(이조 판서)이 되어서는 "오늘날 세도(世道)가 이 지경에 이르렀다. 전조에 있는 사람이 힘껏 독려하고 선양하여 조정을 바로 세우지 않으면 안 된다."라고 하면서, 주의(注擬)[20]하는 사이에 절대로 구차하게 세상의 여론에 휘둘리지 않으셨다. 이에 소론들은 크게 감정을 품었으나 선(善)한 무리들은 하나가 되어 선군자를 따랐다.

정승의 지위에 오른 뒤에는 근심스럽고 위태로울 때를 만나도 의연하게 지조를 지키면서 사생(死生)과 화복(禍福)을 마음속에 두지 않으셨다. 그러자 예전에 선군자를 깊이 알지 못했던 사람들이 옷깃을 여미며 공경을 표하고 탄복하면서 자신들이 미칠 수 없는 분이라고 말하였다.

••••••
은 1686년 9월에 대사간이 되고 1687년 7월에 대사헌이 되었다.

20　주의(注擬): 전조에서 관원의 임명을 위해 후보자 3인을 추천하는 일을 이른다. 의망(擬望)이라고도 한다.

5. 이산 윤씨尼山尹氏와의 세의世誼

해설 | 저자 자신의 집안은 노성(魯城)에 사는 윤씨들과 대대로 사귀어 온 정이 두터웠으나, 노론과 소론이 갈라질 때 선친이 송시열을 지지한 이유를 밝혔다. 윤선거가 강화도에서 실절(失節)한 일과 윤휴의 행실을 조고께서 나쁘게 평했던 말씀을 상기하였다.

吾家與尼 尹으로 世誼甚厚라 蓋高王考大諫府君이 家部洞하여 與尹八松 煌比隣하니 八松齒差府君二歲하고 其伯竹州公 燧 又與府君大小科同榜하니 以此俱極親善하다 及曾王考卜貳室에 又得竹州庶女하고 八松之子童士公은 竹州繼子也니 與曾王考相親하다 先君子少受學於童士하고 童士之季宣擧는 與從祖寺正公同庚하여 祖考亦與友善하다 泊世道崩潰에 先君子獨守正論하니 少輩以爲 "某令先人이 最與美村友善하니 其先人若在면 必右尼無疑라"하다 先君子笑曰 "渠輩雖脅持如此나 吾則有親聞於家庭者로라 吾先君素愼默하여 不言人過하여 平日에 固罕及尼尹得失이로되 而當其力辭召命也에 人有言太過者한대 先君曰 '吉甫之不出이 是矣라 江都事極未安하니 自處安得不如是리오' 하시고 人問江都事하면 不答하시다 及鑴之得志猖狂也에 先君歎曰 '此人如是兇悖하니 吉甫若在면 當何以處之也오' 하시니 以此兩言揣之하면 其微意를 可見

也라 尼尹是非는 只在江都與鑴事어늘 而兩事俱不爲先君所是하니 先君而在면 豈有右尹之理哉아"하시니 此後로 少輩不敢復言하다 少輩之以不成說之言으로 驅脅人하여 使之從己者가 皆此類也니라

우리 집안은 이산 윤씨(尼山尹氏)[21]와 대대로 사귀어 온 정이 매우 두터웠다. 고조고 대간 부군(大諫府君)[22]께서 부동(部洞)에 거주하실 때 팔송(八松) 윤황(尹煌)[23]과 이웃이 되었는데, 팔송은 나이가 대간 부군보다 두 살이 적으셨고, 그 백씨(伯氏)인 죽주공(竹州公) 윤수(尹燧)[24]는 대간 부군과 함께 대과(大科, 문과)와 소과(小科, 생원진사시)에 동방(同榜)으로 급제하셨다. 이 때문에 모두 지극히 친하셨다.

증조고[25]께서는 이실(貳室, 첩)을 정할 적에 또 죽주공의 서녀(庶女)를 택하셨고, 팔송의 아들 동토공(童土公)[26]은 죽주공의 양자여서 증조고와 서로 친하였다. 선군자께서 어려서 동토공에게 수학하셨고, 동토공의 아우

• • • • • •

21 이산 윤씨(尼山尹氏) : 이산(尼山)에 세거했던 파평 윤씨 집안을 이른다. 이산은 논산시 노성면(魯城面)의 별칭이다.

22 대간 부군(大諫府君) : 이사경(李士慶, 1569~1621)으로 자는 이선(而善), 호는 쌍곡(雙谷)이다. 벼슬이 대사간(大司諫)에 이르렀다.

23 팔송(八松) 윤황(尹煌) : 1572~1639. 팔송은 호이고, 자는 덕요(德耀), 본관은 파평(坡平)이며, 우계(牛溪) 성혼(成渾)의 사위이다. 벼슬이 이조 참의에 이르렀다. 시호는 문정(文正)이다.

24 죽주공(竹州公) 윤수(尹燧) : 1562~1617. 자는 명숙(明叔), 호는 설봉(雪峰)이다. 죽주 부사를 지낸 바 있다.

25 증조고 : 이후천(李後天, 1591~1664)이다. 자는 유야(悠也), 호는 백치(白痴)이다. 벼슬이 병조 참의에 이르렀다.

26 동토공(童土公) : 동토는 윤순거(尹舜擧, 1596~1668)의 호이다. 자는 노직(魯直)이다. 김장생(金長生)의 문인으로 음직으로 출사하여 상의원 정(尙衣院正)에 이르렀다.

윤선거(尹宣擧)²⁷는 종조(從祖)이신 시정공(寺正公)²⁸과 동갑이어서 조고(祖考)²⁹께서도 그와 친하게 지내셨다.

뒤에 세도(世道)가 붕괴되는 때에 이르러 선군자께서 홀로 정론(正論)을 지키시자, 소론들이 말하기를 "아무개 영감의 선친께서 미촌(美村, 윤선거)과 가장 친하셨다. 그분이 만약 살아 계신다면, 반드시 이산 윤씨를 두둔하셨을 것임은 의심의 여지가 없다."라고 하였다.

이에 선군자께서 웃으면서 다음과 같이 말씀하셨다.

"저들이 비록 이렇게 을러대지만 나는 직접 집안에서 전해들은 것이 있다. 나의 선친께서는 평소 신중하고 과묵하여 남의 잘못을 말씀하지 않는 분이어서 평일에 이산 윤씨(윤선거)의 잘잘못을 언급하시는 일이 참으로 드물었다. 하지만 이산 윤씨가 임금(효종)의 소명(召命)을 강력히 사양하여 사람들에게 너무 지나치다는 말을 듣게 되자, 선군께서 말씀하기를 '길보(吉甫, 윤선거)가 출사하지 않는 것이 옳다. 강도(江都)의 일이 지극히 미안한데, 자신의 처신을 어찌 이렇게 하지 않을 수 있겠는가.'라고 하셨다. 그리고 사람들이 강도의 일에 대하여 물어도 답변하지 않으셨다.

••••••

27 윤선거(尹宣擧): 1610~1669 자는 길보(吉甫), 호는 미촌(美村)·노서(魯西), 시호는 문경(文敬)이다. 병자호란에 강화도로 피난하였다가 강화도가 함락되어 부인은 자결하였으나 자신은 어버이 봉양을 위해 탈출하였다. 뒤에 이를 자책하여 효종(孝宗)의 부름을 모두 사양하고 금산(錦山)에서 학문에 정진하였다. 절친했던 송시열(宋時烈)과 윤휴(尹鑴)가 주자의 경전 해석 문제를 두고 대립하자, 윤휴의 입장을 옹호하여 송시열과 소원해졌다. 이후 아들 윤증(尹拯)과 송시열 간의 대립이 격화되어, 서인이 송시열을 지지하는 노론과 윤증을 지지하는 소론으로 분파되었다.

28 시정공(寺正公): 이준악(李峻岳, 1610~1687)으로 자는 여극(汝極)이다. 천거로 출사하여 예빈시 정(禮賓寺正)에 이르렀다.

29 조고(祖考): 이정악(李挺岳, 1615~1678)으로, 이준악의 아우이다. 자는 수이(秀而), 호는 아은(啞隱)이다. 천거로 출사하여 파주 목사에 이르렀다.

윤휴(尹鑴)가 뜻을 얻어 제멋대로 행동하자 선친께서 탄식하며 말씀하기를 '이 사람이 이처럼 흉악하고 패악한 짓을 하는구나. 길보가 만약 살아있다면 마땅히 어떻게 대처하였겠는가.'라고 하셨다.

　　이 두 가지 말씀을 가지고 미루어보면 선친의 은미한 뜻을 짐작할 수 있다. 이산 윤씨의 옳고 그름은 오직 강도의 일과 윤휴의 일에서만 판별할 수 있는데, 선친께서 두 가지 일을 모두 옳게 여기지 않으셨다. 그렇다면 선친께서 만일 살아계신다면, 어찌 이산 윤씨를 두둔할 이치가 있었겠는가."

　　이후로 소론들이 감히 다시 말하지 못하였다.

　　소론들이 말도 되지 않는 이야기를 가지고 사람들을 몰아붙이고 협박해서 자신들을 따르게 만드는 것이 대체로 이와 같다.

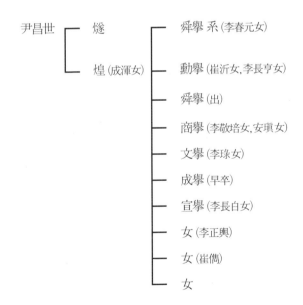

尹昌世 ┬ 燧 ┬ 舜擧 系 (李春元女)

　　　└ 煌 (成渾女) ├ 勳擧 (崔沂女, 李長亨女)

　　　　　　　　　├ 舜擧 (出)

　　　　　　　　　├ 商擧 (李敬培女, 安瑱女)

　　　　　　　　　├ 文擧 (李珠女)

　　　　　　　　　├ 成擧 (早卒)

　　　　　　　　　├ 宣擧 (李長白女)

　　　　　　　　　├ 女 (李正興)

　　　　　　　　　├ 女 (崔僎)

　　　　　　　　　└ 女

6. 평생의 품은 뜻

해설 | 도곡이 본디 학문 독서에 오로지 힘쓰고자 뜻을 품었으나, 부친의 권유로 우연히 과거에 응시하였다가 급제하게 되었음을 고백하였다. 이런 이유로 고위관직에 올라도 전혀 기쁘지 않았으며, 도리어 벼슬살이로 인해 먼 곳에 유배되는 처지가 되었다고 말하였다.

余性疏闊하여 不曉事하여 雖生長京師나 甚不喜紛華馳騖하니 唯靜居一室하여 癖於看書而已라 甲戌春에 從農巖於山寺러니 農翁叩余志어시늘 余對曰 "稟姿迂拙하여 難以行世하고 學尤鹵莽하여 深有馬牛襟裾之愧니이다 惟欲從遊先生長老하여 講究經史하고 博涉古文하여 以祛蒙陋니이다 至於科場進取하여는 父親官至宰樞하여 姑無門戶之慮하니 亦不須汲汲이라 以憎學蔑識之人으로 浮沈宦海波中은 心所不願也로이다" 農翁喜曰 "子之志가 誠可嘉尙하니 充此志면 其進을 未可量이니 須益加勉旃하라" 間嘗以此意告先君이러니 先君亦笑而許之하시다 是年秋에 以坤聖復位로 有慶科로되 而無意做工하여 仍欲永廢擧業이러니 先君詔之曰 "汝志를 吾固知之로되 但今科는 非例科니 何可不赴리오 自後科斷置는 無所不可라" 하여시늘 遂不敢堅守初志하여 黽勉入場이러니 乃忽得中하니 實千萬意外也라 赴擧非本意故로 雖職遍華要하고 班躋卿月이나 心甚厭苦하여 如着濕衣하니 此非必淡於榮利요 蓋海鳥鐘鼓之悲니 物性固然

矣라 到今思之하면 退塞之逐은 只坐科甲之崇니 若使余終身作一蠹魚
하여 不絓世累런들 則寧有此事리오 始知人生이 自有定命하여 多在平素
商筭之外가 每每如此耳로라

나는 성품이 꼼꼼하지 못하고 우활하며 사리에 밝지 못하다. 비록 서
울에서 태어나고 자랐으나 분잡하고 화려한 것과 부산하게 돌아다니는
것을 몹시 싫어한다. 오직 조용히 한 방에 거처하면서 책 보는 것을 좋아
하는 성벽(性癖)만 있을 뿐이었다.

갑술년(1694, 숙종 20) 봄에 농암(農巖, 김창협)을 따라 산사(山寺)에 갔을
때이다. 농암께서 나에게 품은 뜻을 물어보시기에 내가 대답하였다.

"저는 타고난 자품이 세상 물정에 어둡고 졸렬해서 세상에 나가 사람
구실하기가 어렵습니다. 게다가 학문은 더욱 거칠어서 말과 소가 의관을
차려 입고 있는 것30 같아 매우 부끄럽습니다. 오직 선생과 장로(長老)들
을 따라 노닐면서 경전과 역사서를 강론하여 익히고 고문(古文)을 널리 섭
렵하는 것으로써 자신의 몽매함과 누추함을 없애고 싶을 따름입니다.

과장(科場)에 나아가 벼슬을 얻는 문제에 있어서는 지금 부친의 관직이
재추(宰樞)31에 이른 상황이어서 우선은 저에게 가문을 염려해야 하는 부
담이 없으니, 또한 굳이 급하게 서두를 필요가 없습니다. 더구나 저는 학
문에 어둡고 지식이 부족한 사람이어서 환해(宦海)의 풍파 속에서 부침하

••••••
30 말과……것: 학문이 얕음을 부끄러워함을 이른다. 한유(韓愈)의 〈부독서성남
    (符讀書城南)〉 시에 "사람이 고금의 일을 알지 못하면, 말이나 소가 옷을 입은 격
    이네.[人不通古今 馬牛而襟裾]"라는 구절이 있다.《昌黎先生集 卷6》
31 재추(宰樞): 의정부(議政府)와 중추부(中樞府)의 종2품 이상의 관원을 통칭하는
    말이다. 이세백은 1694년 4월에 정2품 관직인 한성부 판윤(漢城府判尹)에 제수
    되었다.

는 것을 진심으로 원하지 않습니다."

이에 농암이 기뻐하며 말씀하셨다.

"자네의 뜻이 참으로 가상하네. 그러한 뜻을 품는다면 앞으로 이루 헤아릴 수 없을 만큼 발전이 있을 것이네. 부디 더욱 부지런히 힘쓰시게."

중간에 한번 이런 뜻을 선군께 아뢰니, 선군께서도 웃으면서 허락해주셨다.

그해 가을에 곤성(坤聖)의 복위를 축하하는 경과(慶科)가 있었는데[32] 내가 과거 공부에 뜻이 없어서 그대로 과거를 영원히 포기하려고 하던 때였다. 그런데 선군께서 훈계하셨다.

"너의 뜻을 내가 잘 알고 있다. 다만 이번 과거는 예사로 행하는 과거와는 다르니, 어찌 응시하지 않을 수 있겠느냐. 다음 번 과거부터는 그만두어도 안 될 것이 없다."

이에 나는 감히 처음에 먹은 뜻을 굳게 지킬 수가 없어서, 마지못해 과장(科場)에 들어갔는데 갑자기 급제하고 말았다. 이는 실로 천만 뜻밖의 일이었다.

과거에 응시한 것은 본래 품은 뜻이 아니었다. 그러므로 비록 화려한 요직을 두루 다 거치고 경월(卿月)[33]의 반열에 올라도, 속마음으로는 몹시 염증을 느끼고 괴로워서 마치 젖은 옷을 입고 있는 것처럼 느껴졌다. 이는 내가 꼭 영화와 이익에 욕심이 없어서 그런 것은 아니고, 대체로 바다

••••••

32 그해……있었는데: 곤성(坤聖)은 인현왕후(仁顯王后)이고, 경과(慶科)는 국가의 경사를 기념하여 치르는 과거이다. 도곡은 1694년(숙종 20)에 인현왕후의 복위를 기념하는 경과에 응시하여 전시(殿試)에서 병과(丙科) 제5위로 급제하였다. 《陶谷集 卷32 紀年錄》

33 경월(卿月): 조정의 경(卿)과 대부(大夫)를 가리킨다. 《서경》 〈홍범(洪範)〉의 "왕이 살필 것은 해이고, 경사(卿士)는 달이고, 사윤(師尹)은 날이다.〔王省惟歲 卿士惟月 師尹惟日〕"라는 말에서 유래하였다.

새에게 종을 치고 북을 두드리는 연주를 들려주어 슬퍼지는 경우[34]와 같기 때문이었으니, 물건의 본성이란 것이 본래 그러하다.

 지금 생각해 보면, 내가 먼 변방으로 쫓겨났던 까닭은 단지 과거에 급제했기 때문이었다. 만약 내가 종신토록 한 마리 책벌레가 되어 세상의 일에 매이지 않았더라면, 어찌 이런 일이 있었겠는가. 여기서 인생이란 본래 정해진 운명이 있어서 매양 이와 같이 평소 헤아릴 수 있는 것이 아님을 비로소 알게 되었다.

● ● ● ● ● ●
34 바다새에게……경우: 자기 분수에 맞지 않는 처지를 바다새에 빗대었다. 바다새의 이름은 원거(鶢鶋), 또는 원거(爰居)로 크기가 망아지만 하였다. 이 새가 노나라 교외에 날아와 앉자, 임금이 그 새를 정중히 모셔다가 종묘에서 환영하는 잔치를 베풀면서, 순(舜) 임금의 소악(韶樂)을 연주하고 소, 양, 돼지의 고기로 대접하였다. 새는 눈이 부시고 근심과 슬픔이 교차하여 고기 한 점도 먹지 못하다가 3일 만에 죽고 말았다고 한다.《莊子 至樂》

7. 평생의 관직 이력

해설 | 도곡은 자신이 평생 동안 거쳤던 관직의 이력을 개략적으로 소개하면서, 공무의 여가에는 부친을 모시고 경서와 역사서를 탐독하였을 뿐, 선배와 동료들을 찾아다니며 친분을 맺으려고 하지 않아 조정에 친하게 지내는 사람이 없었다고 고백하였다. 그러나 도곡은 이로 인해 정쟁이 심하던 시기에 오히려 벼슬길이 비교적 순탄하게 이어질 수 있었고 수많은 서적도 탐독할 수 있었던 듯하다.

余陋劣하여 百事不能及人이요 又以先君子晩得之子로 保養過愼하여 曾不得交友儕流하고 仍値己巳之變하여 廢伏鄕里하여 年近三十에 絶無名稱이라 甲戌에 倖登科第로되 而人不識其爲何狀人이라 時에 先君子方任六卿하시니 閔聖猷爲翰林하여 薦余入史局이요 非以人望也니 只觀父兄하고 又爲儕流中人故也라 近來由翰苑陞遷者가 例多入玉堂하니 其選入玉堂도 亦由於此요 而以宰相子로 無他釁戾라 하여 又例入銓爲郞이라 然余自釋褐以後로 供職之外에 只侍親側하여 服事左右하고 暇則披閱書史而已요 絶不參尋先進與同輩하며 又不喜飾爲名士態色하여 自處를 一如寒儒라 以此로 在儒巾時에 固無所知名이요 而登第後益甚하여 朝右無一人與之親熟者라 雖以家世之故로 節次推排하여 厠列淸顯이나 而每於進塗에 始必見踦라 人或勸余少加修飾하여 以圖進取로되 而不但

性本懶拙이요 亦以淸要之塗는 素心不存故로 不能强也로라 初選翰苑에
例以急迫不得辭하여 不免因循三載하고 臺閣則旋除旋遞하여 前後十餘
拜에 就列常稀라 玉堂은 尤極濫猥하여 而力辭不獲하고 黽勉承當이나 計
其供仕하면 只三十餘日이요 銓郎亦一參大政而已라 厥後屢除而終不
出하다 戊子에 以應敎로 例擬承旨하여 卽受天點하여 得陞緋玉之列하니
於分에 足矣라 堂上淸望에 如銓部佐貳, 諫省·國子·玉署之長을 屢次叨
冒하니 已非私心所安이요 至於再按重藩하여는 尤豈疏迂所堪이리오 時余
立朝已數十餘年矣라 出入中外에 無一善狀하여 驢技已窮하고 本末畢
露라 故雖循套擬除나 而先後輩皆不取重하여 人無扶護者하고 余亦公
退却掃하여 不與世相關하니 韓子所謂"深居疑避仇요 默卧如當暝"者가
實爲余準備語也라 丙申春에 一時儕友皆斥退하고 少輩當國이라 廟堂
薦授松都留守러니 有一臺官이 啓斥其不合陞擢하여 還收之하다 是秋에
少輩因事斥黜하니 先王特陞余禮參하시고 而曰"向者陞擢에 因乖激之
臺論하여 終至還收하니 心常慨惜이라"하시고 又於疏批에 斥臺官以不公
하시니 聖意則專以臺論爲伐異故로 所敎如此나 而自念庸下之姿가 豈
合玷汚卿秩이리오 私分滿溢하여 危蹙益深하여 初欲固辭不出하여 必期
收還이러니 而卽日에 又移除知申이라 時에 上寢疾하시니 侍藥爲急하여 不
暇他辭하여 遂至冒受하여 因仍數年이러가 而奄遭大故하여 庚子服闋하니
則先王昇遐하고 今上嗣位라 時當差遣節使로되 六卿多有故하여 廟堂請
以從二品陞擬라 余本不合陞이로되 而在京適無他人하여 遂被首擬受點
하니 因使价陞秩은 旣異於命德이요 又非時望所歸니 上卿之班이 亦豈平
生夢寐所及이리오 鵷梁之刺가 彌增愧懼로되 而循墻不得하여 仍爲唧命
往返하다 至於銓長新命하여는 尤是何等職責고 以余孤畸蹤跡으로 遽爾
當之하니 必當立見顚沛로되 而大政當前하여 不得不冒出이라 欲過大政
卽遞하고 非有久計로되 而人旣不似하여 爲政에 又不能順適人意하여 卒

至狼狽而遞하다 是後에 跡益離齬하여 浮寄朝端에 踽踽無與語러니 而時
事遽如許矣라 一生孤立하여 無所依靠하고 登朝三十年에 世味益薄하여
久有退屛之計로되 而終不得遂하여 以至於此하니 中夜思之하면 不覺慨
惋이라 漫記身事를 大略如此하노라

나는 비루하고 졸렬한 사람이어서 남보다 잘 하는 일이 아무것도 없
다. 또 선군자께서 늦게 얻은 아들이라 하여 너무 조심스럽게 보호하고
길러주시어 일찍이 친구들을 사귈 수가 없었다. 이어서 기사년(1689)의 변
고[35]를 만나 향리에 엎드려 숨어 지냈기 때문에 나이가 30세에 가깝도
록 이름이 세상에 전혀 알려지지 않았다.

갑술년(1694)에 요행으로 과거에 급제하였으나 사람들은 내가 어떤 사
람인지를 알지 못하였다. 이때 선군자께서 막 육경(六卿)을 맡고 계셨는
데[36], 한림(翰林)[37]이 된 민성유(閔聖猷)[38]가 나를 추천하여 사국(史局, 춘추
관)에 들어가게 되었다. 그러나 이는 나에게 인망(人望)이 있어서가 아니라
단지 부형의 체면을 봐준 것이고, 당색이 같은 사람이기 때문이었다.

● ● ● ● ● ●

35 기사년(1689)의 변고: 기사환국(己巳換局)을 이른다. 1689년(숙종 15)에 숙종이
    후궁 소의(昭儀) 장씨(張氏)가 낳은 아들을 원자로 삼아 명호(名號)를 정하려고
    하자 송시열 등 서인이 반대하였다. 이에 숙종이 환국을 일으켜 서인을 축출하
    고 남인에게 정권을 맡긴 사건이다.
36 선군자께서……계셨는데: 육경(六卿)은 육조의 판서를 이른다. 이세백은 1694년
    (숙종 20)에 갑술환국으로 서인이 집권하자 도승지로 복관되어 예조, 호조, 이
    조의 판서 등을 역임하였다. 《陶谷集 卷32 紀年錄》
37 한림(翰林): 춘추관의 기사관(記事官)을 겸하는 예문관의 봉교, 대교, 검열을 이
    르는 별칭인데, 주로 검열을 일컫는다. 당시 민진원은 예문관 검열이었다.
38 민성유(閔聖猷): 민진원(閔鎭遠, 1664~1736)으로 성유(聖猷)는 자이고, 호는
    단암(丹巖), 본관은 여흥(驪興), 시호는 문충(文忠)이다. 인현왕후(仁顯王后)의
    오라비로 벼슬이 좌의정에 이르렀다.

근래에 한림원(翰林院, 예문관)에 있다가 승진한 자들은 으레 대부분 옥당(玉堂)에 들어간다. 내가 옥당에 선발되어 들어간 것도 이 때문이었다. 그리고 재상의 아들로서 별다른 흠이나 허물이 없어서 다시 전례대로 전조(銓曹)에 들어가 낭관이 되었다.

그러나 나는 출사한 이후로 직무를 수행하는 것 외에는 다만 어버이를 곁에서 모시면서 좌우에서 시중을 들다가 겨를이 생기면 경서(經書)와 사서(史書)를 펼쳐 읽었을 뿐이고, 절대로 선배와 동료들을 찾아다니지 않았다. 또 명사(名士)인 척하는 태도와 행색을 꾸미기를 좋아하지 않아서 언제나 빈한한 선비처럼 처신하였다.

이 때문에 유건(儒巾)[39]을 쓰고 있던 시절에도 진실로 이름이 알려진 적이 없었고, 과거에 급제한 뒤에는 더욱 심해져서 조정에 한 사람도 나와 친숙하게 지내는 자가 없을 정도였다.

비록 집안이 대대로 벼슬한 덕분에 차례로 추천되어 청현직(淸顯職)에 오를 수 있었으나 벼슬길에 나갈 때마다 처음에는 반드시 차질을 빚었다.

사람들은 혹 나에게 언행을 조금만 더 가다듬고 꾸며서 벼슬길에 적극적으로 나아갈 것을 도모해보라고 권하기도 하였으나, 나는 성품이 본래 게으르고 졸렬할 뿐만 아니라 평소 청요직에 나갈 생각조차 해본 적이 없었기 때문에 억지로 그렇게 할 수가 없었다.

처음에 한림원에 선발되었을 때는 급박한 사유가 있어도 사직할 수 없는 규칙이 있어서 어쩔 수 없이 그럭저럭 3년을 지내게 되었다. 대각(臺閣)[40]의 경우는 제수되었다가 바로 체직되는 식이어서 전후로 10여 차례 제수되었으나 자리에 나아가 일한 날은 언제나 적었다.

● ● ● ● ● ● ●

39 유건(儒巾): 과거에 급제하지 않은 유생들이 쓰는 건(巾)이다.
40 대각(臺閣): 사헌부와 사간원을 통틀어 일컫던 말이다.

옥당의 관직은 나에게 더욱 지극히 외람된 자리여서 강력히 사양하였으나 허락받지 못하여 억지로 맡게 되었다. 하지만 이 벼슬에 봉직한 날을 헤아려보면 30여 일에 불과하다. 전조의 낭관(郎官)에 제수되었을 때도 한 번 대정(大政)⁴¹에 참여했을 뿐이다. 그 뒤로 여러 차례 제수되었으나 끝내 나아가지 않았다.

무자년(1708)에 응교(應敎)로 있다가 전례에 따라 승지(承旨)에 의망되었고 즉시 성상의 낙점을 받아 비옥(緋玉)⁴²의 반열에 오르게 되었으니, 이미 내 분수에 만족할 만한 일이었다.

당상관의 청망(淸望)에 해당하는 전부(銓部)의 좌이(佐貳)⁴³와 간성(諫省)·국자(國子)·옥서(玉署)의 장관⁴⁴ 자리에 여러 차례 염치를 무릅쓰고 외람되이 나아간 것은 이미 내 마음속으로 스스로 편케 여길 수 있는 바가 아니었다. 게다가 두 번이나 중요한 번병(藩屛)을 안찰(按察)하는 자리⁴⁵에 나아갔으니, 이것이 어찌 꼼꼼하지 못하고 우활한 내가 감당할 수 있는 것이었겠는가.

......

41 대정(大政): 이조와 병조에서 매년 6월과 12월에 관리를 고과하여 실시하는 인사 행정으로 도목정(都目政)이라고 한다. 규모가 큰 12월 인사를 대정이라 하고, 6월 인사를 소정(小政)이라 한다. 도곡은 이조 좌랑으로서 문신의 인사에 참여하였다.

42 비옥(緋玉): 붉은 비단옷에 옥관자(玉貫子)를 다는 당상관(堂上官)을 이른다.

43 전부(銓部)의 좌이(佐貳): 이조(吏曹)의 참판과 참의를 이른다. 도곡은 1710년(숙종 36) 3월에 이조 참의에 제수되었다.

44 간성(諫省)·국자(國子)·옥서(玉署)의 장관: 간성은 사간원, 국자는 성균관, 옥서는 홍문관이다. 도곡은 1712년(숙종 38) 2월에 사간원 대사간에 제수되고, 다음 해 4월에 홍문관 부제학에 제수되고, 같은 달에 성균관 대사성에 제수되었다.

45 번병(藩屛)을……자리: 번병은 도(道)에 해당하고, 안찰(按察)은 관찰사의 일이다. 도곡은 1711년 6월에 경상도 관찰사가 되고, 1714년 8월에 황해도 관찰사가 되었다. 1717년 11월에는 경기도 관찰사에 제수되었으나 모친상을 당하여 부임하지 않았다.

내가 조정에서 벼슬한 이후로 수십여 년 동안 중외(中外)의 관직에 출입하였으나, 한 가지도 제대로 직책을 수행하지 못해서 당나귀 같은 재주마저 이미 바닥나고[46] 실체가 모두 탄로 나고 말았다.

그러므로 비록 상투적으로 의망되고 제수되었으나, 선배와 후배들이 모두 나를 소중하게 여기지 않아서 나를 붙들어주고 보호해주는 사람이 없었다. 나도 공청에서 물러나오면 정원의 길도 쓸지 않은 채,[47] 세상일에 관여하지 않았다. 한자(韓子, 한유)가 "깊숙이 거처하니 원수를 피하는 듯하고, 묵묵히 누웠으니 마치 밤중인 듯하다.〔深居疑避仇 默卧如當暝〕"[48] 라고 한 시구는 실로 나를 위해서 준비한 말이었다.

병신년(1716) 봄에 일시에 동료들이 모두 배척을 받아 물러나고 소론들이 국정을 담당하게 되었다. 이때 묘당(廟堂, 의정부)에서 나를 추천하여 송도 유수(松都留守)에 제수하자, 한 대관(臺官)이 논계(論啓)하여 나를 발탁하여 승진시키는 것이 부당하다고 배척하였으므로 유수에 제수하는 명을 환수하였다.

이해 가을에, 일로 인하여 소론들이 배척을 받아 쫓겨나자 선왕(先王)께서 나를 특별히 예조 참의로 승진시키면서 말씀하셨다.

"지난번에 발탁하여 승진시켰다가 대신의 과격한 주장에 부딪혀 끝내

••••••
46 당나귀……바닥나고: 검려기궁(黔驢技窮)의 고사를 차용하여 무능함이 금세 드러남을 말한 것이다. 어떤 이가 검주(黔州)의 산 밑에 당나귀를 놓아두었더니, 호랑이가 작지 않은 체구에 소리가 큰 당나귀를 보고 몹시 놀랐다. 하지만 자주 보니 재주도 없고 소리도 별것이 아니었다. 당나귀 발에 차여도 보았으나 위력이 없었다. 이에 호랑이는 "네 재주가 이뿐이구나."라고 하면서 당나귀를 잡아먹었다고 한다.《柳河東集 三戒》
47 정원의……채: 세상에 관여하지 않음을 뜻한다. 북위(北魏)의 이밀(李謐)이 대문을 닫아걸고 정원의 길도 쓸지 않았다는 두문각소(杜門却掃)의 고사를 인용하였다.《魏書 卷90 逸士列傳 李謐》
48 깊숙이……듯하다: 이 구절은 한유의 〈동도우춘(東都遇春)〉시에 보인다.

명을 환수하게 되었다. 나는 늘 이 일을 개탄스럽게 생각하며 아쉬워하였다."

또 상소문의 비답에 "대관이 공평하지 못하다."고 하셨다. 성상의 뜻에는 대신(臺臣)들의 주장이 전적으로 다른 당파를 공격하는 것(伐異)[49]이라고 여겼기 때문에 하교가 이와 같으셨던 것이다. 그러나 스스로 생각하기에, 내가 용렬하고 낮은 자품으로 어찌 정경(正卿)[50]의 반열에 해당하는 자리를 외람되게 받아서 더럽힐 수 있었겠는가.

성상의 하교는 나의 분수에 넘치는 말씀이었으므로 스스로 더욱 심하게 위축되어 처음에는 굳이 사양하며 출사하지 않고 반드시 이 지위가 환수되기를 기다리려고 하였다. 그런데 당일로 다시 지신(知申, 도승지)에 제수되었다.

당시에 성상의 환후(患候, 병환)가 깊어서 약을 달여 시종하는 일이 다급하였으므로 다른 일을 말할 겨를이 없었다. 그래서 마침내 염치를 무릅쓰고 벼슬을 받아 그럭저럭 몇 해를 지내다가 갑자기 대고(大故, 모친상)[51]를 만나게 되었다. 경자년(1720)에 이르러 복(服)을 마쳤는데, 이때 선왕(숙종)께서 승하하시고 금상(今上, 경종)께서 즉위하시게 되었다.

당시에 응당 절사(節使)[52]를 차출하여 보내야 했는데 육경(六卿)들에게 대부분 변고가 있었기 때문에 묘당(廟堂)에서 종2품을 승진시켜 정사(正

......

49 다른 ……것(伐異): 일의 시비를 따지지 않고 다른 당파의 사람을 배척함을 이른다.

50 정경(正卿): 정2품의 품계를 이른다. 송도 유수는 개성 유후(開城留後)이다. 한성부의 경우처럼 정2품 경관(京官)에 해당한다.

51 대고(大故): 부모의 상(喪)을 이른다. 도곡은 1717년(숙종 43) 12월에 모친 영일 정씨의 상을 당하였다.

52 절사(節使): 절일(節日)을 축하하기 위하여 중국에 보내는 사신을 이른다.

使)에 의망할 것을 청하였다.[53] 나는 본래 승진시키기에 합당한 대상이 아니었으나 서울에 있는 사람 중에 마침 적당한 자가 없어서 마침내 이조에서 첫 번째로 의망을 받아 낙점되었다.

사신의 일을 위해 품계를 올리는 일은, 이미 덕이 있는 자에게 작위(爵位)를 명하는 경우[54]와 다르고, 세상의 인망을 받아서 그렇게 하는 것도 아니었다. 또한 상경(上卿)의 반열을 내가 어찌 평소에 꿈에선들 생각이나 하였겠는가. 어량(魚梁) 위에 있는 사다새를 풍자한 일[55]이 내 마음을 더욱 부끄럽고 위축되게 만들었지만, 담장을 따라 달아나는 것[56]도 할 수가 없어서 그대로 명을 받들어 사행을 다녀왔다.

새로 명을 받아 제수된 전조(銓曹)의 장관(이조 판서)은 더구나 어떠한 직

......

53 종2품을……청하였다: 1720년 6월에 숙종이 승하하였는데, 도곡은 7월 7일에 종2품 관직인 예조 참판에 제수되었다가, 8일에 동지정사(冬至正使)에 차임되고, 11일에 정2품 자헌대부 한성부 판윤에 제수되었다.

54 덕이……경우: 채침(蔡沈)은 "작위(爵位)는 덕(德)이 있는 자에게 명(命)하기 때문에 현(賢)이라 한다.〔爵以命德 故曰賢〕"라고 하였다. 《書經集傳 說命中》

55 어량(魚梁)……일: '어량 위에 있는 사다새'는 무능하면서 걸맞지 않은 총애를 입어 높은 벼슬을 차지하고 있는 자를 빗댄 것이다. 물 속에 들어가 물고기를 잡아야 할 사다새가 어량 위에서 사람이 잡은 물고기를 먹으면서 제 소임을 다하지 못함을 비유한 것이다. 《시경》〈후인(候人)〉에 "사다새가 어량에 있으니, 그 부리를 물에 적시지 않도다. 저 사람이여, 그 총애에 걸맞지 않도다.〔維鵜在梁 不濡其咮 彼其之子 不遂其媾〕"라고 하였다.

56 담장을……것: 높은 직책을 어렵게 여겨 사양함을 뜻한다. 공자의 선조 정고보(正考父)의 정명(鼎銘)에 "첫 번째 명을 받고서는 몸을 숙이고, 두 번째 명을 받고서는 몸을 구부리며, 세 번째 명을 받고서는 더욱 몸을 구부려 담장을 따라 빠른 걸음으로 지나가니, 또한 나를 감히 업신여기지 못한다.〔一命而僂 再命而傴 三命而俯 循牆而走 亦莫余敢侮〕"라는 말이 있다. 춘추시대 송(宋)나라 사람인 정고보의 정명은 《춘추좌씨전》 소공(昭公) 7년조에 보인다. 두예(杜預)는 《춘추좌씨경전집해(春秋左氏經傳集解)》에서 "'담장을 따라 빠른 걸음으로 지나간다.'는 것은 감히 편안히 걷지 못하기 때문이다."라고 풀이하였다.

책인가? 나처럼 신세가 고단한 기인(畸人)⁵⁷이 갑자기 이 직책을 담당하게 되었으니, 당장 낭패를 볼 것이 분명하였다. 그러나 국가의 대정(大政)이 목전에 놓여 있어서 염치를 무릅쓰고 취임하지 않을 수가 없었다.

다만 대정이 끝나면 즉시 체직되기를 바라서 오래 머물려는 계획을 세운 것은 아니었다. 하지만 내가 이미 못난 자이고 정사(政事)를 수행하는 것도 사람들의 뜻에 부응하지 못하여 끝내 낭패를 당하고 체직되기에 이르렀다.

이후로는 처한 상황이 더욱 어그러져 조정에서 의지할 곳이 없었고 홀로 쓸쓸하여 함께 말할 사람도 없었는데, 세상일이 갑자기 이렇게 되어 버린 것이다.

내가 일생 동안 홀로 서서 의지할 곳이 없는 처지였고, 조정에 들어선 지 30년에 세상 재미도 더욱 적어져서 오래 전부터 물러나 은거할 계책을 세우고 있었다. 그런데 끝내 결행하지 못하고 이 지경에 이르렀으니, 한밤중에도 이를 생각하면 나도 모르게 탄식하게 된다.

부질없이 나의 일을 대략 이와 같이 기록한다.

• • • • • •

57 기인(畸人): 독특한 지행(志行)으로 세상과 화합하지 못하는 사람이다. 《장자》〈대종사(大宗師)〉에 "자공이 묻기를 '감히 기인(畸人)에 대해 묻습니다.' 하니, 공자께서 '기인은 사람에게는 불우하나 하늘과는 부합하는(짝하는) 자이다. 그러므로 하늘의 소인이 인간에 있어서는 군자이고, 인간의 군자가 하늘에 있어서는 소인이 되는 것이다.' 하였다.〔子貢曰 敢問畸人 曰畸人者 畸於人而侔於天 故曰天之小人 人之君子 人之君子 天之小人也〕"라고 하였다.

8. 인과응보의 신명한 이치

해설 | 분에 넘치는 재물과 관직을 탐하여 요행을 바라면 더 큰 불행에 처하고 흉악한 독기를 부려서 선량한 사람을 살육하는 자는 천벌을 피하지 못하는 것이 인과응보의 이치이다. 복선화음(福善禍淫)의 천도가 신명함을 밝힌 것이다.

貨財는 糞土也요 官職은 臭腐也라 自君子視之하면 顧何足道哉리오마는 而舉世攘攘하여 竭氣而求之하니 其亦可哀也已라 然苟其貪污鄙瑣하여 狥成富家하고 奔走進取하여 躐致高位者는 皆未久身死하고 否則子孫夭殞하여 絶無安享之者하니 造物之不輕與分外之福이 有如此者라 以其區區所得으로 安可償其所喪之大哉아 此其細小者耳로되 報施之不忒이 猶且然矣어든 況乎肆兇逞毒하여 草薙善類하여 自以爲快樂者는 終豈無陰誅之加乎아 天道神明하니 吁라 其可畏也夫인저

재물은 썩은 거름이고 관직은 부패하여 냄새나는 것이다. 군자의 눈으로 본다면, 어찌 말할 만한 가치가 있는 것이겠는가. 하지만 온 세상 사람들이 분분히 힘을 다해 이를 추구하고 있으니, 또한 슬픈 일이다.

그러나 만일 탐욕스럽고 추잡하고 비루하고 비열하게 갑자기 부자가 되거나, 분주히 벼슬길에서 출세를 추구하여 순서를 뛰어넘어 높은 지위

에 오른 자는 모두 오래지 않아 자신이 죽거나 아니면 자손들이 일찍 죽어서 절대로 편안하게 이를 누린 자가 없다. 조물주가 분수 밖의 복을 가볍게 주지 않는 것이 이와 같다. 그러니 졸렬하게 얻은 것을 가지고 어찌 크게 상실한 것을 보상할 수 있겠는가.

이는 작고 대수롭지 않은 일인데도 인과응보의 이치가 어긋나지 않음이 오히려 이와 같은데, 하물며 제멋대로 흉악한 독기(毒氣)를 부려 선량한 사람들을 잡초를 베어내듯 살육하면서 이를 스스로 통쾌하게 여기는 자들에게 어찌 하늘이 끝까지 남몰래 천벌을 내리지 않을 리가 있겠는가.

천도(天道)[58]는 신명(神明)하니, 아! 두려워할 만하다.

......

58 천도(天道): 선한 사람에게 복을 내리고 나쁜 사람에게 화(禍)를 내리는 인과응보의 이치를 이른다.

9. 벼슬은 우연히 머물다 떠날 뿐인 것

해설 | 높은 지위에 있으면서 늘 분에 넘치는 녹봉과 벼슬을 경계하고 청렴하게 처신하여, 복이 지나쳐서 생기는 재앙을 피하고자 하였으나, 결국 먼 곳에 유배되는 불운을 당하게 되었다고 말하였다. 그러나 도리어 유배를 지난 30년간 분에 넘치게 누린 영화에 대한 하늘의 준절한 경계로 간주하여 겸손하게 받아들이고 있다.

余早登朝籍하여 屢玷華要하여 終致身於八座之列하니 日夕懷惕하여 長憂福過之災라 惟以平生宦塗를 一任徜來하여 未嘗萌營求之心하고 歷職中外로되 亦未敢以脂膏自潤하여 官高而家益貧하여 粗爲自貰之地耳라 然此非由於素性恬約이요 只緣恐懼祿位하여 不得不把損如此하니 眞所謂 "黃門之貞"이니 不足貴也라 至於今日하여 流竄絕域하여 備嘗無限困厄하여 人以爲苦로되 而吾則安之者는 蓋唯此可以償當三十年踰分之榮故也라 第古人之進德修業이 多在阨窮之時로되 而余則素無學力하고 兼以衰懶放倒하여 曾無一分所得하니 是可愧也라

나는 일찍 조정의 관적(官籍)에 이름을 올린 뒤로 여러 차례 화려하고

중요한 직책을 역임하였고 끝내는 팔좌(八座)[59]의 반열에까지 올랐다. 이에 밤낮으로 마음을 놓지 못하고 두려워하며 항상 복(福)이 지나쳐서 재앙이 생길까 우려하였다.

그래서 오직 평생 벼슬이 하나 같이 나에게 우연하게 찾아온 것[60]이라고 여겨, 이를 구하려는 생각을 한 적이 없었다. 또 중외의 여러 관직을 역임하였지만 감히 나 자신을 윤택하게 만들려고 하지 않아 벼슬이 높아질수록 집이 더욱 가난해졌으므로 대강이나마 이로써 스스로 용서받을 바탕으로 삼고자 할 따름이었다.

그러나 이는 내 평소 성품이 욕심이 없고 검약한 데서 나온 것이 아니요, 단지 분에 넘치는 녹봉과 지위를 두려워하여 이렇게 겸손하지 않을 수 없었기 때문이었으니, 참으로 이른바 '황문(黃門)의 정조[61]'라는 것으로 귀하게 여길 것이 못 된다.

지금에 와서는 외진 곳에 멀리 유배되어 끝없는 곤액을 다 겪고 있으니, 남들은 내가 괴로울 것이라고 말하지만 나는 마음 편하게 여긴다. 오직 이렇게라도 해야 30년 동안 분에 넘치게 누린 영화를 갚을 수 있다고 생각하기 때문이다.

••••••

59 팔좌(八座): 흔히 판서를 이른다. 본디 후한시대에 육조(六曹)의 상서(尚書)와 영(令)과 복야(僕射)를 일컫던 말이다.

60 우연하게……것: 기대하지 않았으나 우연히 찾아오는 것을 이른다. 《장자》〈선성(繕性)〉에 "요즘 사람들은 높은 관직을 얻고는 뜻을 이루었다고 생각한다. 그러나 이는 몸에 속한 것일 뿐 성명(性命)과는 관계가 없다. 우연히 찾아와 몸에 잠깐 붙어 있는 것이다.〔今之所謂得志者 軒冕之謂也 軒冕在身 非性命也 物之儻來 寄也寄之〕"라고 하였다.

61 황문(黃門)의 정조: 의지와 무관하게 어쩔 수 없이 지켜지는 정조를 뜻한다. 황문은 환관(宦官)의 이칭이다. 환관은 거세된 자라서 저절로 정조를 지킬 수밖에 없다는 취지로 이렇게 말한 것이다.

다만 옛사람은 덕(德)을 진전시키고 업(業)을 닦는 것[62]을 대부분 곤액을 당하였을 때에 하였는데, 나는 평소 학문한 공력(功力)이 없는 데다 노쇠하고 게으르고 정신이 혼몽하여 여태껏 한 푼의 소득도 없다. 이것이 부끄러울 따름이다.

● ● ● ● ● ●

62 덕(德)을……닦는 것: 이 내용은 《주역》〈건괘(乾卦) 문언(文言)〉에 보인다.

10. 도연명의 시 〈이거移居〉

해설 | 도연명(陶淵明)의 시 〈이거(移居)〉를 소개하고 여기에 자신이 지향하는 삶의 모습을 투영하면서, 뜻이 맞는 이와 전원에서 한가롭게 즐기고 독서 강론하던 도연명의 삶을 부러워하고 있다.

陶淵明詩曰 "昔欲居南村하니 非爲卜其宅이라 聞多素心人하여 樂與數晨夕이라 懷此頗有年이러니 今日從玆役이라 弊廬何必廣고 取足蔽床席이라 隣曲時時來하여 抗言談在昔이라 奇文共欣賞하고 疑義相與析이라" 하니 余讀此에 未嘗不慨然興懷라 顧半生汨沒塵土하여 未得一日淸閒之樂이러니 及玆屛居鄕僻하여 溫理書冊하니 不無犂然會心處로되 而又無此等隣曲人與之揚扢하니 只自掩卷太息이라 始知彭澤 南村之歡이 實曠世快事하여 而衰末之所難得也로라

도연명(陶淵明) 시에 이렇게 읊었다.[63]

......

63 도연명(陶淵明)은……읊었다: 《도연명집(陶淵明集)》권2에 실려 있는 〈이거(移居)〉 시 두 수(首) 가운데 첫 번째 시이다. 도연명(365~427)은 남북조시대 진(晉)나라의 은사이며 시인이다. 자는 원량(元亮)이며 뒤에 도잠(陶潛)으로 개명하였다. 일설에는 연명이 자라고도 한다. 팽택의 현령(縣令)이 되었으나, 80일 만에 〈귀거래사(歸去來辭)〉를 읊고 벼슬에서 물러나 전원으로 돌아와 문 앞에 다섯 그루의 버드나무를 심고 스스로 오류선생(五柳先生)이라 칭하였다. 사시(私

예부터 남촌에 살고 싶었으니	昔欲居南村
좋은 집터를 찾아서가 아니었네	非爲卜其宅
들으니 이곳에 마음 깨끗한 사람이 많다 하니	聞多素心人
함께 아침저녁 자주 어울리고자 해서라오	樂與數晨夕
이것을 생각한 지 자못 여러 해였는데	懷此頗有年
오늘에야 처음으로 이 일을 하게 되었네	今日從茲役
오두막이 굳이 넓을 필요 있겠는가	弊廬何必廣
상과 자리를 가리면 충분하다오	取足蔽床席
이웃 사람들이 때때로 찾아와서	隣曲時時來
서로 마주하여 옛날이야기를 하네	抗言談在昔
기이한 문장 함께 기꺼이 감상하고	奇文共欣賞
의심스러운 뜻 서로 풀어보노라	疑義相與析

나는 이 시를 읽을 때마다 감개한 회포를 일으키지 않은 적이 없었다. 다만 반평생 동안 풍진 세상에 골몰하느라 하루도 깨끗하고 한가로운 즐거움을 느끼지 못하였다.

이에 이 궁벽한 고을에 칩거하여 서책을 다시 읽고 공부하게 되니 후련하게 마음에 부합하는 곳이 없지 않다. 하지만 또한 이 시의 경우처럼 함께 논평할 수 있는 이웃 사람이 없으니, 다만 혼자서 책을 덮고 크게 탄식할 뿐이다.

이제야 비로소 팽택(彭澤)[64]이 남촌에서 누린 즐거움이 참으로 세상에 드문 통쾌한 일이며, 말세에 얻기 어려운 일이었음을 알게 되었다.

• • • • • •

諡)는 정절(靖節)이다.

64 팽택(彭澤): 팽택의 현령을 지낸 도연명을 이른다.

11. 사군자士君子의
출처出處와 사수辭受

해설 | 자신이 사군자로서 출처와 사수에 잘 대처했는지 반성하였다. 특히 적소(謫所)에서 끼니를 잇기 어려울 만큼 군색해서 이웃이 주는 쌀 몇 말과 동전 몇 꿰미를 받았다고 시인하면서, 사수의 절도에 위배되는 것은 아닌지 걱정하고 있다.

士君子行己大端는 出處、辭受二者而已라 余早歲通籍하여 行止不得自由하여 以至於冥升高位하니 心常蹴然不安이라 然而世臣無可去之義요 危朝非可退之時니 惟當隨地盡分하여 無愧方寸而已라 到今窮塞之窠은 乃是外至之患厄이라 前哲所不免이니 於我何有리오 至於辭受一節하여는 先君子操持極嚴하여 人不敢以鞭靴進하니 余雖不肖나 猶以爲先人之子也라 亦無異愧요 而余又凡有人問에 必反覆裁量하여 可受則受하고 否則却之하니 此蓋由於性甚拙澁하여 無快活心腸이요 而亦以家庭耳目所漸染使然也라 被謫時에 贐遺를 伊川先生於李邦直에 獨以無親戚義라 하여 不受하고 其餘皆受하시니 此固與孟子受宋、薛兼金一義也라 故余於赴謫以後로 有餽에 鮮有不受하고 間有意甚厭惡不快者라도 亦看作陽貨歸豚之例而受之라 在謫에 幾於絶火하니 人或以米斗、銅貫周急이어든 而初旣一例受之故로 亦不辭却하니 未知此於平日辭受之節에 或有蹉過者否아 仍書以自警하노라

사군자의 처신에서 제일 큰 일은 출처(出處)와 사수(辭受)[65] 두 가지 뿐이다. 나는 젊은 나이에 벼슬길에 나아가 행동거지를 자유롭게 할 수 없었고, 요행으로 분수 밖의 높은 지위에 올라[66] 마음이 항상 위축되어 편치 못하였다. 그러나 세신(世臣)[67]은 임금을 떠날 수 있는 의리가 없고, 조정이 위태로워 물러날 수 있는 시기도 아니었기에, 오직 처지에 따라 본분을 다해서 마음에 부끄러움이 없게 할 뿐이었다.

지금 궁벽한 변방으로 귀양 온 것은 외부로부터 온 우환이자 곤액으로서 옛 철인들도 피하지 못했던 일인데, 나에게 무슨 문제가 되겠는가.

사수(辭受) 한 가지 일에 있어서는 선군자께서 지조를 매우 엄격하게 지키시어 사람들이 감히 채찍이나 신발[68] 하나도 올리지 못하였다. 내가 비록 불초하나 선군자의 자제라 하여 또한 별다른 선물을 주는 것이 없었고, 나도 사람들이 선물할 적에 반드시 반복하여 재량(裁量)해서 받을 만하면 받고 그렇지 않으면 물리쳤다. 이는 성품이 매우 졸렬하고 거칠어서 쾌활한 마음이 없기 때문이요, 또한 가정에서 귀로 듣고 눈으로 보아

• • • • • •

65 출처(出處)와 사수(辭受): 출처는 나아가 벼슬하거나 물러남을 이르고, 사수는 선물이나 벼슬 등을 사양하거나 받음을 이른다. 주자(朱子)는 "사대부의 사수와 출처는 그 자신만의 일이 아니다. 처신의 득실은 바로 풍속의 성쇠에 관계가 된다. 그러므로 더욱 살피지 않으면 안 된다.〔士大夫之辭受出處 又非獨其身之事而已 其所處之得失 乃關風俗之盛衰 故尤不可以不審也〕"라고 하였다. 《晦菴集 卷25 答韓尙書書》

66 요행으로……올라: 원문의 '명승(冥升)'은 《주역》〈승괘(升卦) 상육(上六)〉 효사(爻辭)에서 온 말로, 흔히 요행으로 자신의 분수에 넘치게 높은 벼슬에 오름을 비유한다.

67 세신(世臣): 대대로 벼슬하여 나라와 운명을 같이하는 신하를 이른다.

68 채찍이나 신발: 하찮고 사소한 물건을 가리킨다. 당나라 명신 육지(陸贄)가 올린 〈사밀지 인론소선사장(謝密旨因論所宜事狀)〉에 "폐하께서는 오히려 채찍이나 신발 따위는 뇌물로 받아도 해로울 것이 없다고 여기신다.〔陛下尙以爲鞭靴之類 受亦無妨〕"라고 하였다. 《翰苑集 別集類1》

점점 물들어서 이렇게 된 것이다.

이천(伊川, 정이程頤) 선생께서는 귀양 갈 적에 여러 사람들이 주는 선물을 모두 받았으나, 홀로 이방직(李邦直)[69]의 선물만은 친척의 의리가 없다고 하여 받지 않으셨다. 이는 진실로 맹자가 송(宋)나라와 설(薛)나라의 겸금(兼金)을 받은 것[70]과 같은 의리이다.

그러므로 내가 유배지에 온 이후로는 선물을 주는 경우가 있으면 받지 않은 적이 드물었다. 간혹 마음으로 몹시 싫어하고 미워하여 불쾌하게 여기는 자가 주더라도, 또한 양화(陽貨)가 공자(孔子)에게 삶은 돼지고기를 선물로 보낸 전례[71]와 같은 것으로 간주하여 받아들였다.

적소에 있을 때 군색해서 거의 밥을 짓지 못할 지경이 되자, 사람들이 혹 몇 말의 쌀과 몇 꿰미의 동전을 주어 곤궁함을 구제하였는데, 처음에 이미 누구의 선물이든 똑같이 받았기 때문에 이것도 사양하여 물리치지 못하였다. 이것이 평소 사수하는 절도에 혹 잘못이 있었던 것은 아닌지 모르겠다. 이에 글을 지어 스스로 경계한다.

••••••

69 이방직(李邦直) : 정이(程頤)의 사위 이통직(李通直)의 형제인 듯하다. 정엽(鄭曄)의 《근사록석의》에 "살펴보건대 이천(伊川)의 제문에 '내가 어려서부터 공의 명성 익히 들었는데 말년에 공의 얼굴 알게 되었네. 거듭 혼인을 맺어 시종 특별한 사랑을 받았네.'라고 하였으니, 이방직은 아마도 이천의 사위인 이통직의 형제인 듯하다.〔按 伊川祭文曰 少服公名 晚識公面 重以姻婭 始終異眷云云 邦直 疑是伊川壻 李通直之兄弟也〕라고 하였다. 그러나 당시에는 그와 잘 알지 못했던 것으로 보인다.

70 맹자(孟子)가……것 : 맹자가 제(齊)나라에서 준 겸금(兼金) 1백 일(鎰)은 명분이 없다는 이유로 받지 않고, 송나라에서 노자로 준 금 70일과 설(薛)나라에서 병비(兵備)로 준 금 50일은 받은 일을 이른다. '겸금'은 품질이 좋은 금이고, 1일(鎰)은 20냥(兩)이다. 《孟子 公孫丑下》

71 양화(陽貨)가……전례 : 양화는 춘추시대 노나라의 경(卿) 계평자(季平子)의 가신 양호(陽虎)이다. 평자가 죽은 뒤에 권력을 전횡하고 삼환(三桓)을 제거하려다가 실패하자 진(晉)으로 도망쳐 조간자(趙簡子)의 모사(謀士)가 되었다. 양화가 돼지고기를 공자에게 선물로 보낸 일이 《논어》〈양화(陽貨)〉에 보인다.

12. 선물을 받거나 물리치는 도리

해설 | 적소에 온 뒤로 남들이 주는 선물을 처음부터 물리치지 않았던 까닭에 나중에까지 억지로 받지 않을 수 없었음을 밝혔다. 마침내 남송의 문신 장구성(張九成)이 일체의 선물을 사절한 것이 통쾌한 일임을 깨닫게 되었다고 고백하면서, 사수(辭受)의 문제에 대한 고민을 드러내었다.

昔에 齊國之餓者가 不食嗟來之食而死한대 曾子雖言其微로되 而猶曰 "其嗟也可去라"하시고 孟子曰 "一簞食와 一豆羹을 得之則生하고 弗得則死라도 嘑爾而與之면 行道之人도 弗受하며 蹴爾而與之면 乞人不屑也라"하시니라 余居謫以來로 絶無餽問者요 間或有之라도 亦不以禮하니 其去嗟來嘑蹴이 蓋無幾矣로되 而初旣不却其餽하니 或受或不受하면 亦有怒其少之嫌하여 終於強受라 始知張無垢之一切謝遣餽遺가 雖非中道나 終是快活也로라 然其不以禮餽者는 任其來投하고 漫不報謝하니 庶或不悖於孟子不見儲子之義歟아

옛날 제(齊)나라에서 어떤 굶주린 자가 남이 불쌍히 여기면서 내주는 음식을 받아먹지 않다가 죽고 말았다. 증자(曾子)는 이에 대해 비록 '하찮은 일'이라고 하면서도 "불쌍하다고 말한 것은 떠나갈 만한 이유가 될 수

있다."라고 하셨다.[72]

맹자는 말씀하셨다.

"한 그릇의 밥과 한 그릇의 국을 얻어 먹으면 살고 얻어 먹지 못하면 죽더라도, 혀를 차고 꾸짖으면서 준다면 길을 가는 사람도 받지 않으며, 발로 차면서 준다면 걸인도 좋게 여기지 않는다."[73]

내가 적소에 온 이래로 음식을 가지고 와서 문안한 자는 전혀 없었고, 간혹 선물을 보내는 자가 있더라도 예(禮)를 갖추지 아니하였다. 이는 불쌍히 여기면서 주거나 함부로 꾸짖고 발로 차면서 주는 것과 차이가 별로 없었다. 그러나 처음에 이미 그 선물을 물리치지 않았으면서, 이제 와서 혹은 받고 혹은 받지 않는다면 또한 선물이 작아서 노여워한다고 의심할까 염려되어 끝내 억지로 받았다.

이제야 장무구(張無垢)[74]가 일체의 선물을 사절하여 돌려보낸 것이 비록 중도(中道)에 맞는 것은 아니나 결국은 통쾌한 일이었음을 알게 되었다. 그러나 예를 갖추어 선물하는 경우가 아니면 와서 던져놓고 가도록 내버려두었고, 나도 전혀 답례를 하지 않았다. 이것이 맹자가 저자(儲子)

......

72 옛날……하셨다: 《예기》〈단궁 하(檀弓下)〉에 보인다. 제나라에 큰 기근이 들었을 때에 검오(黔敖)라는 자가 음식을 만들어 길에서 굶주린 자에게 먹였는데, 어떤 사람이 소매로 얼굴을 가리고 신을 끌며 터덜터덜 걸어왔다. 검오가 왼손에 음식을 오른손에 음료를 들고서 "아, 불쌍하구나. 와서 먹으시오.[嗟來食]"라고 하자, 그가 눈을 치켜뜨고서 대답했다. "내가 불쌍히 여겨 와서 먹으라는 음식을 먹지 않아서 이 지경이 되었소?[子唯不食嗟來之食 以至於斯也]" 검오가 곧 사죄했으나 그는 끝내 먹지 않고서 죽고 말았다. 이 말을 들은 증자는 "하찮은 일이다. 불쌍하다고 말하였으면 떠날 수 있지만, 사죄했으니 먹을 수 있는 것이다.[微與 其嗟也可去 其謝也可食]"라고 하였다.

73 한 그릇의……않는다: 이 내용은 《맹자》〈고자 상(告子上)〉에 보인다.

74 장무구(張無垢): 남송의 문신 장구성(張九成, 1092~1159)으로 무구는 호이고, 자는 자소(子韶)이다. 양시(楊時)의 제자로 1132년에 진사과에 급제하였다. 청렴하여 일체의 선물을 받지 않은 것으로 유명하였다.《宋史 卷374》

를 만나 보지 않은 의리[75]에 어긋나지 않을 것이라고 여긴다.

13. 사람 마음의
험하고 야박함

해설 | 세상의 변고를 겪으면서 인간의 마음이 험하고 야박하다는 사실을 알게 되었다고 밝혔다. 장지기(蔣之奇)가 구양수(歐陽脩)를 모함한 고사에 빗대어, 배반과 모함이 대체로 친족이나 가까운 지인에 의해 발생하는 것이 엄연한 세태임을 고발하고 탄식하였다.

歐公薦蔣之奇하여 爲御史러니 之奇反以暗昧誣歐公하니 人心之險薄이 有如此者라 歐公以此出知亳州하니 其謝表云 "未乾薦禰之墨하여 已關(만)射羿之弓이라"하니 痛恨之意가 溢於言外라 歷考前史컨대 此類夥然하니 良可歎息이라 余經閱世變하여 備覩人情하니 人之叛背構陷이 多出於一家親族與平日受恩親信歁厚之中이라 觀世人之罹禍患者하면 率皆然矣니 如之奇者를 尙何足道哉리오

구양공(歐陽公)[76]이 장지기(蔣之奇)[77]를 천거하여 어사(御史)로 삼았는데,

••••••
76 구양공(歐陽公): 1007~1072. 북송의 대문장가 구양수(歐陽脩)로 자는 영숙(永叔), 호는 취옹(醉翁), 육일거사(六一居士), 시호는 문충(文忠)이다.
77 장지기(蔣之奇): 1031~1104. 북송의 문신으로 자는 영숙(穎叔)이다. 벼슬이

장지기가 도리어 애매한 일을 가지고 구양공을 모함하였다. 사람의 마음이 험하고 야박한 것이 이와 같다. 구양공이 이 때문에 박주 지사(亳州知事)로 좌천되어 나가게 되었는데, 사례하는 표문을 올려 아뢰었다.

"예형(禰衡)[78]을 천거한 먹물이 마르기도 전에 벌써 스승 예(羿)[79]를 쏘기 위한 활을 당겼습니다.〔未乾薦禰之墨 已關射羿之弓〕"[80]

통한(痛恨)의 뜻이 말 밖에 넘친다.

지난 역사를 차례로 상고해보면 이런 경우가 많으니, 참으로 탄식할 만하다. 나는 세상의 변고를 다 겪고 인간의 마음을 두루 보았는데, 사람들이 배반하고 모함하는 일이 일가의 친족이나 평소에 은혜를 받아 친애하고 신뢰하고 다정하게 지내는 사람들 속에서 발생하는 경우가 많았다.

세상 사람들이 화를 당하고 우환을 겪는 것을 보면 대부분 모두 그러하였다. 그러니 장지기 같은 자를 어찌 말할 필요가 있겠는가.

••••••
　　지추밀원사(知樞密院事)에 이르렀다. 구양수를 모함한 사실이 《송사(宋史)》 권 320의 〈팽사영전(彭思永傳)〉에 보인다.

78　예형(禰衡): 173~198. 문재가 뛰어난 후한 말 은사(隱士)로, 북해 태수 공융(孔融)이 "새매 수백 마리가 독수리 한 마리만 못합니다. 예형을 조정에 세우면 반드시 볼만할 것입니다.〔鷙鳥累百 不如一鶚 使衡立朝 必有可觀〕"라고 표문을 올려 천거하였다. 《後漢書 卷80下 禰衡傳》

79　예(羿): 하(夏)나라 때 유궁(有窮)의 임금으로 활의 명수이다. 예에게 궁술을 배운 방몽(逢蒙)은 천하에서 으뜸가는 궁사가 되기 위해 자신보다 뛰어난 스승 예를 죽였다.

80　예형(禰衡)을……당겼습니다: 구양수의 천거를 예형의 고사에 빗대고 장지기의 배반을 예(羿)의 고사에 빗대어 말한 것이다.

14. 뜻과 취향을
살펴서 사귐

해설 | 인심이 야박하고 욕심이 하늘을 찔러 진실하고 담박한 사람을 찾기 어려울 뿐 아니라, 풍수와 관상을 논하는 일이 유행하고 있는 말세의 세태를 고발하였다. 그러면서 자신은 함부로 교분을 맺지 않고 반드시 상대의 뜻과 취향을 먼저 살폈고, 지사와 관상가를 가까이 하지 않았음을 밝혔다.

今日는 季世也라 大率人品이 詐澆險譎하고 利慾滔天하여 忠實恬淡之人을 絶未之見하고 至於武弁中庶雜術人하여는 又專以射利干進爲事하여 羞惡一端이 幾乎梏亡하니 尤不可近之也라 余立朝三十年에 位躋卿月하니 朝廷之任遇가 不可謂不重이라 故頗多有欲爲納交者로되 而一未嘗假以色辭하고 雖同朝士大夫라도 亦默察其志趣하여 裁定其疏昵이라 以此로 人頗猒憚하여 不甚親就라 近世人이 甚喜推命論相하니 業此術者가 換面迭出하여 以售於世로되 而曾未一番招問하고 以先山未定時에 邀地師로되 而亦必訪其根脈하여 不輕延納이라 今日號稱極兇之賊이 或有薦其術精者나 惡其姓하여 不許接하다【姓이 睦也라】爲銓長日에 有武弁之善風鑑者가 數數(삭삭)來見이로되 而以閒語酬酢하여 無一語及於論相이라 其人語人曰 "吾負藝術하고 思售於銓門이로되 而某公對我에 只數語而已요 絶不及他語하여 無階而親媚之也라"하고 是後不復來하다 有退方

人自稱善風鑑하여 得差書雲教授하여 至京하니 人皆邀致恐後로되 而余
獨否焉이라 以余爲本監提調라 하여 遵例納刺로되 而亦不與之論相이러
니 其人退하여 謂人曰 "諸宰無不送馬邀見이로되 而某公則否하고 吾自
往謁이로되 而穆然無一言하니 可異也라"하니라 惟此數事는 亦余不諧世
俗之一端也니 人必笑其迂矣리라 然我則欲守此道不變하니 益可見其
疏迂之甚也라

오늘날은 말세라서 사람들의 인품이 대체로 속이기를 좋아하고 야박
하고 험악하며 이익을 탐하는 욕심이 하늘을 뒤덮어 진실하고 담박한 사
람을 결코 찾아볼 수가 없다.

또한 무관(武官)과 중인(中人)과 서얼(庶孽)로서 잡술(雜術)을 하는 사람들
은 오로지 이익을 취하는 것과 청탁으로 벼슬에 나아가는 것만을 일삼
아서 수오지심(羞惡之心)을 거의 잃어버렸으니, 더더욱 가까이 해서는 안
된다.

내가 조정에서 벼슬한 지 30년 만에 지위가 경(卿)에 올랐으니, 조정의
신임과 대우가 중하지 않았다고 말할 수 없다. 그래서 나와 교분을 맺으
려는 자들이 자못 많았으나, 나는 한 번도 낯빛과 말씨를 좋게 꾸며 그
들을 대한 적이 없었다.

비록 같은 조정에서 벼슬하는 사대부라도 그의 뜻과 취향을 묵묵히
살펴서 친하게 대할 것인가 멀리 할 것인가를 결정하였다. 이 때문에 사
람들이 자못 나를 싫어하고 꺼려서 친근하게 다가오는 자가 별로 없었다.

근세의 사람들은 운명을 점치고 관상을 논하는 것을 매우 좋아하는
까닭에 이 방술을 생업으로 삼는 자들이 얼굴을 바꾸어가며 번갈아 나
와서 세상에 재주를 팔았으나, 나는 지금까지 한 번도 불러서 물어본 적
이 없었다.

선친의 산소를 정하지 못하여 지사(地師)[81]를 모셔왔을 때에도 반드시 그 사람의 내력을 먼저 수소문하여 알아보았고 가볍게 맞아들이지 않았다. 그래서 오늘날 '극히 흉악한 적[極兇之賊]'으로 일컬어지는 자[82]가 지술(地術)이 정밀하다고 어떤 이가 나에게 추천하였으나, 그의 성(姓)을 혐의하여 접견을 허락하지 않았었다.【성씨가 목(睦)이다.】

전조(銓曹, 이조)의 장관으로 있을 때에 풍감(風鑑)[83]을 잘하는 한 무관이 있어 자주 찾아왔으나 나는 한가로운 말로 수작할 뿐 한 마디도 관상에 관하여 논하지 않았다. 그러자 그 사람이 다른 사람에게 말하였다.

"내가 관상의 재주를 자부하여 이 재주를 전조에서 팔아볼 생각이었다. 그런데 이모 공(李某公)이 나를 상대하면서 겨우 몇 마디를 나눌 뿐 전혀 다른 말씀을 하지 않아서 환심을 얻고 친해질 계제가 없었다."

그 뒤로는 다시 찾아오지 않았다.

먼 지방에서 온 어떤 사람이 풍감을 잘한다고 스스로 떠벌려 서운관(書雲觀)[84] 교수에 차임되었다. 이 사람이 서울에 이르자 사람들이 모두

●●●●●●

81 지사(地師) : 풍수설에 따라 집터나 묏자리 따위의 좋고 나쁨을 가리는 지관(地官)을 이른다.

82 오늘날……자 : 목호룡(睦虎龍, 1684~1724)을 이른다. 종실 청릉군(靑陵君)의 가동(家僮)으로 있으면서 풍수지리를 배워 지관이 되었다. 처음에 노론 자제들과 어울렸으나 1721년(경종 1)에 노론 사대신이 유배되고 소론 정권이 들어서자, 이듬해에 소론에 가담하여 '경종을 시해하려는 모의가 있다'는 삼급수설(三急手說)로 고변하였다. 이에 역모로 지목된 60여명이 처벌되고, 건저(建儲)의 사대신인 이이명(李頤命), 김창집(金昌集), 이건명(李健命), 조태채(趙泰采) 등이 사형되는 신임사화가 벌어졌다. 이 일로 부사공신(扶社功臣) 3등으로 동성군(東城君)에 봉해지고 동지중추부사에 올랐으나, 영조가 즉위한 뒤에 당시의 무고가 밝혀져 김일경(金一鏡)과 함께 붙잡혀 국문을 받던 중 옥사하였다.

83 풍감(風鑑) : 용모와 풍채로써 사람의 성질을 판단하는 관상법(觀相法)을 이른다.

84 서운관(書雲觀) : 천문·지리·역수(曆數)·측후(測候)·각루(刻漏) 등의 사무를 맡아보던 관상감(觀象監)의 옛 이름이다.

뒤질세라 앞다투어 초청하였으나 나는 홀로 그렇게 하지 않았다.

　내가 본감(本監, 관상감)의 제조(提調)라 하여 그가 규례에 따라 명함을 바쳤을 때에도, 그에게 관상에 관하여 이야기하지 않았다. 그러자 그 사람이 물러가서 다른 사람에게 말하였다.

　"여러 재상들이 모두 말[馬]을 보내어 초청해서 만나 보는데 이 아무개 공은 그렇지 않다. 내가 직접 찾아가 뵈어도 묵묵히 계시면서 한 마디 말씀도 하지 않으셨다. 괴이한 일이다."

　이 몇 가지 일이야말로 내가 세속과 화합하지 못한 단서이다. 사람들은 반드시 그 우활함을 비웃을 것이다. 그런데도 나는 이런 방도를 고집하여 바꿀 생각을 하지 않으니, 여기에서 더욱 내가 몹시 엉성하고 우활한 사람임을 알 수 있다.

15. 동고 이준경의 회계回啓

해설 | 동고 이준경이 기묘사화에 희생된 조광조를 문묘에 종사하고 을사사화에 희생된 분들을 신원할 것을 청한 백인걸의 상소에 소극적이고 모호한 태도를 취한 사실을 밝히고, 후손이 문집을 간행하면서 관련 기록의 일부를 개찬한 사실을 비판하였다. 다만 역자가 보기에 이것이 충분히 비판받을 만한 일이었더라도, 거듭 사화를 겪어 위축되었던 당시의 상황을 감안한다면 쉽게 논할 수 없는 부분이 있다.

李東皐 浚慶이 宣祖初年에 爲首相하여 無所建明하니 士論多短之라 時에 白休菴 仁傑이 上疏하여 請從祀靜菴於文廟하고 伸雪乙巳冤獄한대 上下其疏於廟堂하니 李公回啓호되 語甚糢糊하여 以乙巳之獄으로 謂之"多有可議之端이라"하고 末言"不敢容喙라"한대 栗谷大譏之하니 其說이 備載於《經筵日記》라 近年에 李公後孫著晩이 刊行《東皐集》할새 載其啓호되 '可議'之上에 添'冤枉'二字하고 又有數句緊語하고 '不敢容喙'四字도 亦頗有添刪者하여 與栗谷所記不同이라 後見禹監司伏龍所著《東溪雜錄》하니 錄其回啓全文하여 比栗谷所記尤詳이라 禹公身當其時하여 目見而膽載全文하고 又與栗谷之記符合하니 此爲可信之書明矣라 以此見之하면 《東皐集》所載는 必其子孫이 悶其語之糢糊하여 追加潤色하여 欲掩後人耳目也니 可駭可笑라

동고(東皐) 이준경(李浚慶)[85]이 선조(宣祖) 초년에 수상(首相, 영의정)이 되었으나 국정에 대한 의견을 제시하여 밝힌 바가 없다. 그래서 사론(士論)이 대부분 좋지 않게 생각하였다.

이때 휴암(休菴) 백인걸(白仁傑)[86]이 상소하여 정암(靜菴, 조광조)을 문묘(文廟)에 종사(從祀)할 것과 을사년(1545)의 억울한 옥사에 죽은 자들을 신원할 것을 청하였는데, 성상이 이 상소문을 묘당(廟堂, 의정부)으로 내려 보냈다.

이공(李公)이 이에 회계(回啓)하였는데 말이 매우 모호하였다. 을사년의 옥사에 대해 "논란이 될 만한 단서가 많이 있습니다.〔多有可議之端〕"라고 하였고, 마지막에는 "감히 입을 놀릴 수 없습니다.〔不敢容喙〕"라고 하였다.

율곡(栗谷)이 이를 크게 비난하였는데, 그 내용이 《경연일기(經筵日記)》[87]에 자세히 실려 있다.

근년에 이공(李公)의 후손 이시만(李蓍晚)[88]이 《동고집(東皐集)》을 간행하

••••••

85 동고(東皐) 이준경(李浚慶): 1499~1572. 동고는 호이며, 자는 원길(原吉)이다. 본관은 광주(廣州), 시호는 충정(忠正)이다. 기묘사화로 죄를 받은 조광조(趙光祖)의 억울함을 풀어주고, 을사사화로 죄를 받은 사람들을 신원하여 명상(名相)으로 알려졌으나, 기대승(奇大升)과 이이(李珥) 등 신진 사류들과 뜻이 맞지 않았다. 임종 때 붕당(朋黨)이 있을 것이니 이를 타파해야 한다는 차자(箚子)를 올렸다가 신진 사류들에게 비난을 받기도 하였다.

86 휴암(休菴) 백인걸(白仁傑): 1497~1579. 휴암은 호이며, 자는 사위(士偉), 본관은 수원이다. 초시(初諡)는 충숙(忠肅)이고, 개시(改諡)는 문경(文敬)이다. 조광조의 문인으로 강직하여 여러 번 직간을 올렸고, 조광조를 문묘에 배향할 것을 힘껏 주장하였다.

87 경연일기(經筵日記): 율곡 이이(李珥)가 1565년(명종 20)부터 1581년(선조 14)까지의 경연 내용을 정리하고 자신의 의견을 붙인 책이다. 이준경이 올린 회계에 관한 내용은 《경연일기》의 융경 4년 5월조에 보인다. 《栗谷全書 卷28 經筵日記 隆慶四年庚午》

88 이시만(李蓍晚): 1641~1708. 자는 정응(定應), 호는 동애(東厓)이다.

면서 이 회계[89]를 기재하였는데, '가의(可議)'의 위에 '원왕(冤枉)'이라는 두 글자를 첨가하였다. 또 여러 구(句)의 긴요한 말을 넣고 '불감용훼(不敢容喙)' 네 글자도 자못 첨삭하여서 율곡의 기록과 똑같지 않다.

후에 감사(監司) 우복룡(禹伏龍)[90]이 지은 《동계잡록(東溪雜錄)》을 보니 그 회계의 전문(全文)이 기재되어 있는데 율곡의 기록에 비해 더욱 상세하였다. 우공(禹公)이 그때 직접 눈으로 보고서 전문을 등재한 것이고, 율곡의 기록과도 부합하니, 이것이 믿을 만한 글임이 분명하다.

이로써 살펴보건대 《동고집》에 기재된 것은 이공의 자손들이 그 말씀의 모호함을 안타깝게 생각하여 추가로 윤색하여 후인의 귀와 눈을 가리려고 한 것임이 분명하다. 놀랍고도 우스운 일이다.

• • • • • •

89 이 회계: 수정된 회계가 〈청석을사기유지옥 차청종사차(請釋乙巳己酉之獄且請從祀箚)〉라는 제목으로 《동고유고(東皐遺稿)》 권2에 실려 있다.

90 우복룡(禹伏龍): 1547~1613. 자는 현길(見吉), 호는 구암(懼庵)·동계(東溪), 본관은 단양(丹陽)이다. 1577년에 이이(李珥)의 천거로 출사하여 목사와 부사 등 외직을 지냈는데, 중간에 강원도 관찰사에 제수된 일이 있어 감사(監司)라고 칭한 것이다.

16. 서애 유성룡의《징비록懲毖錄》

해설 | 서애가 엮은《징비록》에 다른 사람의 일을 끌어와 자신의 일로 삼는 등의 오류가 있음을 지적하였다. 그 중에 풍신수길의 서신에 대한 서애의 대응을 사실과 다르게 기록하였음을 박동량의 기록을 근거로 밝혔다. 아울러 정경세가 서애의 행장을 찬술하면서 그 오류를 알고도 그대로 옮겨 서술한 것을 비판하였다.

柳西厓 成龍이 記壬辰事하고 名曰《懲毖錄》이라하고 又雜記兵亂時事하니 今在集中이라 其文集及《懲毖錄》이 久未鋟梓러니 仁祖朝에 其外孫趙壽益按嶺南에 西厓姓孫在安東하여 托其刊行이어늘 諾之取見하니 則當時事功이 明有其主人者 率多攬爲己事라 大駭之하고 語其姓孫曰 "外祖所記則如此나 而某事는 世傳某人所爲하고 某功은 世傳某人所立하여 今皆塗人耳目이요 且有其子孫하니 若刊此錄이면 必大起爭端하여 貽累外祖하리니 不可爲也라"호되 西厓子孫終不聽하여 不得已刊之나 而其中仁和門秉燭前導는 乃是鰲城事어늘 而亦取爲己事하니 此則世人聞見하여 尤不可誣라 故刪去之하고 其他表著數三事도 亦並刪之云이라 余嘗覽過하니 一言一事가 無非誇矜이니 設令盡是己事라도 何可如是리오 其所存을 亦可窺也라 且當秀吉嫚書之至하여 西厓與李山海로 俱在廟堂하여 欲爲欺隱天朝러니 尹梧陰斗壽 力請奏聞하고 黃芝川廷彧亦極言

之하니 此則世所共知也라《懲毖錄》에 乃以爲己則欲奏나 而朝議不一
이라하니 余嘗疑之러니 後見朴錦溪東亮 所著《寄齋雜記》하니 其中에 有
〈辛卯史草〉한대 以爲"倭書初到에 柳成龍以爲'決不可奏라'하고 尹·黃
諸公은 以爲'不可不奏라'하고 朴公 東賢은 又以'奏聞爲當이라'하니 尹·黃·
朴公은 皆是西人이라 故此事便成黨論하여 東人은 皆主勿奏之議하고 西
人은 力持奏聞之論하여 互相詆斥이라"하니 此乃錦溪珥筆出入時所目
覩而記之者니 豈非可信之公案乎아 卒之宣廟從尹公之議하여 終以奏
聞으로 見奬於天朝하니 出兵來援도 亦以此也라 若論重恢之功이면 此當
爲首라 故西厓公然攬取하여 欲以厚誣後人하니 誠可痛也라 鄭愚伏 經
世撰其行狀에 備載此事하여 盛加稱道하니 噫라 愚伏은 一時人也니 寧有
不知之理리오 而阿其所好하여 爲此欺心之事하니 甚矣라 黨論之壞人心
術也여

서애(西厓) 유성룡(柳成龍)이 임진왜란 때의 일을 기록하고 이름을《징비
록(懲毖錄)》이라 하였다. 또 병란 때의 일을 잡다하게 기록한 글들이 지금
문집 안에 들어있다.

그의 문집과《징비록》이 오랫동안 간행되지 못했는데, 인조조(仁祖朝)에
그의 외손 조수익(趙壽益)[91]이 영남 관찰사가 되자 안동(安東)에 거주하고
있는 서애의 후손들이 찾아가 간행을 부탁하였다.

조수익이 이를 승낙하고 초본을 가져다 보니, 당시의 일과 공(功)이 대
부분 분명히 다른 주인공이 있는 것을 취하여 자기 일로 삼은 것이 있었
다. 이에 크게 놀라 그 후손들에게 말하였다.

••••••
91 조수익(趙壽益): 1596~1674. 자는 사정(士靜), 호는 만한(晩閑), 본관은 순창
   (淳昌)이다. 여러 조의 참판을 역임하고 1647년에 경상도 관찰사가 되었다.

"외조께서 기록하신 것은 이와 같지만, 아무 일은 아무 분이 하신 것으로 세상에 전해지고, 아무 공(功)은 아무 분이 세운 것으로 세상에 전해져, 지금 모두 사람들의 이목에 각인되어 있고 또 그 자손들도 있습니다. 만약 이 기록을 간행하면 반드시 크게 분쟁이 벌어져 외조에게 누를 끼칠 것이니, 간행해서는 안 됩니다."

그러나 서애의 자손들이 끝내 듣지 않아 부득이 간행하게 되었다. 그런데 그 가운데 중전(中殿)을 모시고 인화문(仁和門)에서 촛불을 잡고 앞길을 인도한 일은 바로 오성(鰲城, 이항복) 대감의 일을 취하여 서애 자신의 일로 삼은 것인데, 이 일은 세상 사람들이 보고 들어 더욱 속일 수 없는 것이므로 조수익이 삭제하였고, 그밖에도 두세 가지 크게 드러난 일을 모두 삭제하였다고 한다.

내가 일찍이 한 번 읽어보니, 말마다 일마다 교만과 자기 자랑이 아닌 것이 없었다. 설령 모두 자기가 한 일이라 하더라도 어찌 이와 같이 자랑할 수 있겠는가. 그가 마음속에 보존하고 있는 바를 또한 엿볼 수 있다.

또 풍신수길(豐臣秀吉)의 모욕적인 서신[92]이 이르렀을 때, 서애는 이산해(李山海)와 함께 묘당에 있으면서 이 일을 숨겨 천조(天朝, 명나라 조정)를 속이고자 하였다. 그러나 오음(梧陰) 윤두수(尹斗壽)[93]가 강력히 상주(上奏)할

• • • • • •

92 풍신수길(豐臣秀吉)의⋯⋯서신: 편지의 내용이 《선조수정실록》 24년 3월 1일 4번째 기사에 보인다.

93 오음(梧陰) 윤두수(尹斗壽): 1533~1601. 오음은 호이고, 자는 자앙(子昻), 본관은 해평(海平), 시호는 문정(文靖)이다. 1591년(선조 24)에 호조 판서로서 병조 판서 황정욱(黃廷彧)과 함께 풍신수길의 서신을 명나라에 상주할 것을 주장하여 동인(東人)과 대립하였다. 이해 7월에 양사(兩司)가 합계(合啓)하여 정철(鄭澈)과 부화뇌동하였다고 배척하여 파직되었다. 1592년에 왜란이 발생하여 다시 등용되었다.

것을 청하였고, 지천(芝川) 황정욱(黃廷彧)[94]도 이를 끝까지 주장하였으니, 이는 세상 사람들이 모두 아는 일이다. 그런데 《징비록》에는 도리어 서애 자신은 상주하려고 하였으나 조정의 의논이 통일되지 못하였다고 되어 있어 내가 일찍이 이를 의심하고 있었다.

나중에 금계(錦溪) 박동량(朴東亮)[95]이 지은 《기재잡기(寄齋雜記)》를 보니, 그 속에 실린 〈신묘사초(辛卯史草)〉[96]에 다음과 같이 말하였다.

"왜국의 서신이 처음 이르자 유성룡은 '결코 명나라에 상주해서는 안 된다.'고 주장하고, 윤공(尹公)과 황공(黃公) 등 여러 분들은 '상주하지 않으면 안 된다.'고 주장하고, 박공 동현(朴公東賢)[97]도 '상주하는 것이 마땅하다.'고 하였다.

윤공과 황공과 박공은 모두 서인이었다. 그래서 이 일이 곧 당론이 되어서 동인은 모두 상주하지 말아야 한다고 주장하고, 서인은 상주해야 한다는 주장을 강력히 지켜서 서로 비난하고 배척하였다."

이는 바로 금계가 이필(珥筆, 사관)이 되어 출입할 적에 직접 눈으로 보고 기록한 것이다. 어찌 믿을 만한 공안(公案)이 아니겠는가.

••••••

94 지천(芝川) 황정욱(黃廷彧): 1532~1607. 지천은 호이고, 자는 경문(景文), 본관은 장수(長水), 시호는 문정(文貞)이다.

95 금계(錦溪) 박동량(朴東亮): 1569~1635. 금계는 봉호이고, 자는 자룡(子龍), 호는 기재(寄齋), 본관은 반남(潘南), 시호는 충익(忠翼)이다. 1604년에 호성 공신(扈聖功臣) 2등에 책록되어 금계군(錦溪君)에 봉해졌다.

96 신묘사초(辛卯史草): 박동량이 승정원 가주서와 예문관 검열로서 사관(史官)을 겸직하고 있던 1591년(선조 24) 2월 3일부터 5월 16일까지의 일을 기록한 사초로 《기재사초(寄齋史草)》 상권에 수록되어 있다. 《기재잡기(寄齋雜記)》와 합편되어 전해진다.

97 박공 동현(朴公東賢): 1544~1594. 자는 학기(學起), 호는 활당(活塘), 본관은 반남(潘南)이다. 1591년에 홍문관 수찬으로 경연(經筵)에 입시하여 풍신수길의 서신을 명나라에 상주할 것을 주장하였다.

마침내 선조(宣祖)께서 윤공의 주장을 따라 논란을 끝내 상주함으로써 명나라 조정의 칭송을 받았으니, 명나라가 구원병을 보내 조선을 구원한 것도 또한 이 일 때문이었다. 만약 나라를 다시 회복시킨 공을 논한다면 이것이 마땅히 첫 번째가 될 것이다. 그러므로 서애가 공공연하게 이것을 취하여 후세 사람들을 단단히 속이려고 한 것이다. 진실로 애통한 일이다.

우복(愚伏) 정경세(鄭經世)[98]가 서애의 행장(行狀)을 찬할 적에 이 일을 자세히 기재하고 성대하게 칭송을 가하였다. 아! 슬프다. 우복은 같은 시대의 사람이니, 어찌 이를 모를 리가 있겠는가. 자신이 좋아하는 분에게 아부하기 위하여 이처럼 양심을 속이는 일을 한 것이다.

심하다, 당론(黨論)이 사람의 마음을 파괴함이여.

------

98 우복(愚伏) 정경세(鄭經世) : 1563~1633. 자는 경임(景任), 본관은 진주(晉州)이다. 초시(初諡)는 문숙(文肅), 개시(改諡)는 문장(文莊)이다. 서애의 문인이다.

17. 종반宗班의 정사 참여

해설 | 현종조 이후로 종반이 종묘와 능침 등의 일에 관여하여 번번이 논란을 벌이고 있는 폐습을 비판하였다. 종묘와 능침의 일은 조정 정사 중에 큰 비중을 차지하는 것이므로, 이것이 종반에게 정사 간섭을 허락하지 않고 종반의 등용을 막았던 조종의 뜻에도 어긋난다고 지적하였다.

我朝嚴束宗班하여 不許干涉朝政이러니 至光廟靖難하여 破格爲首相하고 其後에 龜城君 浚이 爲將出征하고 入領台府러니 浚誅에 申嚴其防하여 禁切益密이라 故로 雖如臨海、順和之驕悖라도 猶不敢妄干朝議라 及至顯廟朝하여 楨、柟이 陰懷異志하고 嚇翼秀上疏하여 論山陵事하니 自後로 因以爲例하여 凡係宗廟陵寢等事면 雖大典禮、大擧措라도 輒自宗班而發之하고 朝廷亦不以爲怪하여 其言曰 "此非彼此黨論이니 宗班言之無害也라"하니 噫라 朝政之大가 孰有加於宗廟陵寢之事완대 而宗臣乃敢肆然言之哉아 其於祖宗禁制之意에 可謂舛鼇之甚矣니라

우리나라는 종반(宗班)[99]을 엄하게 단속해서 조정의 정사에 간섭하는

. . . . . .
99 종반(宗班): 국왕의 근친으로 종친(宗親)의 반열에 오른 사람을 총칭하는 말이다.

것을 허락하지 않았다. 그러다가 광묘(光廟)¹⁰⁰가 정란(靖難, 계유정란) 이후에 파격적으로 수상(首相)이 되었으며, 그 뒤에 구성군(龜城君) 이준(李浚)¹⁰¹도 장수가 되어 출정하였다가 들어와 태부(台府)¹⁰²를 통솔하는 영의정이 되었다.

하지만 이준이 죽임을 당하자 종반의 정사 참여를 거듭 엄격하게 막고 더욱 치밀하게 금지하였다. 이 때문에 임해군(臨海君)¹⁰³과 순화군(順和君)¹⁰⁴처럼 교만하고 패악한 자들이라 하더라도 오히려 감히 함부로 조정의 의논에 개입하지 못하였다.

현종조(顯宗朝)에 이르러 이정(李楨)과 이남(李柟)¹⁰⁵이 속으로 반역의 뜻

••••••

100 광묘(光廟): 세조(世祖)의 묘호이다. 아직 수양대군(首陽大君)이던 계유년(1453, 단종 1)에 정란을 일으켜 김종서, 황보인, 안평대군 등 반대파를 숙청하고 권력을 잡은 후에 스스로 영의정에 올랐다.

101 구성군(龜城君) 이준(李浚): 1441~1479. 자는 자청(子淸), 시호는 충무(忠武)이다. 세종의 4남 임영대군(臨瀛大君) 이구(李璆)의 아들이다. 이시애(李施愛)의 난에 사도 병마 도총사(四道兵馬都摠使)가 되어 난을 평정한 공로로 병조 판서를 거쳐 영의정에 특진되었다. 그러나 1470년(성종 1)에 어린 성종을 몰아내고 왕이 되려 한다는 정인지(鄭麟趾) 등의 탄핵으로 유배되어 귀양지에서 별세하였다.

102 태부(台府): 의정부를 이른다. 상태성, 중태성, 하태성으로 이루어진 삼태성(三台星)이 임금의 자리를 상징하는 자미궁(紫微宮)을 모시고 있어서, 흔히 삼태성으로 삼정승을 비유한 데서 유래하였다.

103 임해군(臨海君): 1574~1609. 선조(宣祖)의 서출로 시호는 정민(貞愍)이다. 초명은 진국(鎭國)이고, 뒤에 진(珒)으로 고쳤다. 성질이 난폭하여 아우인 광해군에게 세자 자리를 빼앗겼다. 광해군 즉위 후에 유배되었다가 사사되었다.

104 순화군(順和君): 1580~1607. 선조(宣祖)의 여섯째 왕자로, 이름은 보(珤), 시호는 희민(僖敏)이다. 성격이 몹시 패악하여 사람을 함부로 죽이고 재물을 약탈하는 등 불법을 저질러 양사(兩司)의 탄핵을 받았다. 1601년에 순화군의 군호(君號)까지 박탈당하였다가 사후에 복구되었다.

105 이정(李楨)과 이남(李柟): 이정은 복창군(福昌君)이고 이남은 복선군(福善君)이다. 인조의 셋째 아들 인평대군(麟坪大君)의 아들들이다. 복평군(福平君) 이연(李㮒)과 함께 삼복(三福)으로 불린다. 1680년(숙종 6)에 허적(許積)의 서자 허견

을 품고서, 이익수(李翼秀)를 부추겨 상소해서 산릉(山陵, 영릉)의 일을 논란하게 만들었다.[106] 이후로는 이 일을 준례로 삼아서 종묘(宗廟)와 능침(陵寢) 등에 관계된 일이면 비록 큰 전례(典禮)이거나 큰 거조(擧措)에 해당하는 것이라도 번번이 종반들이 논의를 개진하였고 조정에서도 이를 괴이하게 여기지 않는다. 그들은 말하였다.

"이는 피차간의 당론에 해당되는 일이 아니니, 종반이 말하더라도 무방하다."

아! 조정의 정사 중에서 종묘와 능침의 일보다 더 큰 것이 있지 않은데, 종친의 신하가 마침내 감히 방자하게 이렇게 말한단 말인가. 조종(祖宗)께서 금하고 제재하던 뜻과 어긋남이 심하다고 이를 만하다.

•••••• (許堅) 등과 함께 역모를 꾀한 죄로 모두 사사되었다.

106 이익수(李翼秀)를……만들었다 : 효종이 승하하자 송시열의 주도로 영릉(寧陵)을 조성하였는데, 1673년(현종 14) 3월에 이익수가 상소하여 "영릉의 석물(石物)에 틈이 생겨 빗물이 스며들 염려가 있을뿐 아니라, 능의 봉분을 만든 제도가 매우 소루하여 해마다 수리하는 일이 있습니다."라고 하였다. 이에 현종이 능을 영릉(英陵) 곁으로 옮기게 하였다. 그러자 남인들이 일제히 서인을 비난하고 산릉도감(山陵都監)을 맡았던 송시열 등의 책임을 추궁하였다. 《燃藜室記述 卷31 顯宗朝故事本末 寧陵遷奉時事》

18. 왕애王涯 등의 죽음을 조롱한
백거이白居易의 시

해설 | 당나라 정승 왕애(王涯) 등이 죽임을 당하자 백거이가 시를 지어 조롱한 것을 비판하였다. 백거이가 일찍 벼슬에서 물러나 화를 당하지 않은 것은 훌륭하나, 다른 사람이 화를 당한 것을 슬퍼하지 않고 도리어 조롱하면서 스스로 잘난 체하는 것은 군자의 일이 아니라고 비판하였다.

白樂天遊山寺日에 聞王涯,賈餗等被誅하고 作詩曰 "禍福茫茫不可期하니 大都早退是先知라 當君白首同歸日에 是我靑山獨往時라 顧索素琴應未暇요 憶牽黃犬竟何追아 麒麟作脯龍爲醢하니 何似泥中曳尾龜아"하니라 樂天早退全身하니 固可尙矣나 聞人之禍而少無悲傷惻怛之心하고 反有嘲笑自高之意하니 非君子之事也라

백낙천(白樂天)[107]이 산사(山寺)에서 유람하던 날에 왕애(王涯)와 가속(賈餗)[108] 등이 죽임을 당했다는 말을 듣고 시를 지었다. 그 내용은 다음과 같다.

. . . . . .

107 백낙천(白樂天): 772~846. 당나라 시인인 백거이(白居易)로 낙천은 자이다.
108 왕애(王涯)와 가속(賈餗): 왕애는 당나라 문종(文宗) 때 사람으로 이부 상서(吏部尙書)를 지냈고, 가속은 문종 때 중서문하 평장사(中書門下平章事)를 지냈다.

화와 복은 아득하여 기약할 수 없으니	禍福茫茫不可期
대체로 일찍 물러가는 것이 바로 선견지명이라네	大都早退是先知
그대들이 백발로 함께 죽은 날이	當君白首同歸日
내가 청산에 홀로 돌아간 때라오	是我靑山獨往時
응당 소금(素琴)을 돌아볼 겨를도 없었을 것이요[109]	顧素素琴應未暇
황견(黃犬)을 끌려고 생각한들 무슨 소용이 있겠는가[110]	
	憶牽黃犬竟何追
기린이 죽어 포가 되고 용이 젓갈이 되니[111]	麒麟作脯龍爲醢
진흙 속에 꼬리 끌고 가는 거북[112]과 비교하여 어떠한가	
	何似泥中曳尾龜

• • • • • •

　　두 사람은 이훈(李訓) 등과 함께 환관을 주멸하려다 발각되어 피살당하였다.

109　소금(素琴)을……것이요: 소금은 장식하지 않은 금(琴)이다. 삼국시대 위(魏)
　　나라 혜강(嵇康)이 〈광릉산(廣陵散)〉이란 곡을 잘 연주하였으나, 이 곡을 남에게
　　전수하지 않았다. 그가 참소로 죽임을 당하게 되었을 때 소금으로 이 곡을 연주
　　하면서 "〈광릉산〉이 이제는 끊기는구나."라고 하였다.《晉書 卷49 嵇康列傳》

110　황견(黃犬)을……있겠는가: 황견은 누렁이 개를 이른다. 진(秦)나라 승상 이사
　　(李斯)가 무함을 받고 사형을 당하게 되어 아들을 돌아보며 "내가 너와 다시 누
　　렁이를 끌고 상채의 동문으로 나가서 약삭빠른 토끼를 쫓으려고 한들 그럴 수
　　있겠느냐.〔吾欲與若復牽黃犬 俱出上蔡東門 逐狡兎 豈可得乎〕"라고 탄식했다고 한
　　다.《史記 卷87 李斯列傳》

111　기린이……되니: 높은 지위에 있던 인물이 죄를 받아 처형됨을 비유한 말이다.

112　진흙……거북: 초왕(楚王)이 장자(莊子)에게 초나라를 맡아줄 것을 청하자 장
　　자가 "내가 들으니 초나라에 신귀(神龜)가 있어 죽은 지 3천 년이 되었는데, 그
　　껍질을 상자에 넣어 묘당(廟堂)에 높이 보관한다고 합니다. 이 거북이 죽어서 뼈
　　(거북껍질)를 남겨 귀중하게 되기를 바라겠습니까, 차라리 살아서 진흙 속에서
　　꼬리를 끌고 다니기를 바라겠습니까?"라고 하였다.《莊子 秋水》

백낙천이 일찍 물러나 몸을 온전히 지켰으니 진실로 가상하나, 남이 화를 당했다는 말을 듣고서 조금도 슬퍼하거나 가엾게 여기는 마음이 없이 도리어 비웃고 스스로 높은 체하는 뜻을 가졌다. 이는 군자의 일이 아니다.

19. 남인을 추종한 서인
정유악鄭維岳

해설 | 서인이었던 정유악이 변절하여 남인을 추종하는 행태를 보였는데, 이것이 을사사화를 일으킨 선조 정순붕(鄭順朋)의 행태와 서로 흡사하다고 비판하였다. 또한 아버지 정뇌경(鄭雷卿)이 소현세자를 따라 심양에 갔다가 청나라에게 죽임을 당했는데도, 매번 청나라 사신이 올 때마다 말을 바쳐서 이익을 도모하고자 하였다고 비판하였다.

鄭維岳이 以西人으로 甲寅後附南人하여 諂佞之態를 人不忍正視라 時南人新得志하여 推許穆爲窩主하다 一日에 衆南與維岳會于闕中이러니 衆南齊稱"眉叟爺"하니 眉叟者는 穆之號也라 維岳亦從而稱眉叟爺不已어늘 淸城適在座라가 嘻笑曰"吉甫可謂喚爺任從隣兒爲也로다"하니 維岳慚沮하고 衆南失色하니 聞者快之라 吉甫者는 維岳字也라 好事者目維岳曰"回龍顧祖요 納馬忘親이라"하니 蓋堪輿家有回龍顧祖之格이요 而維岳以元兇順朋之後로 其行事恰相似하고 且其父死於虜어늘 而不知讐虜하고 每當勑行時에 納馬以圖利故云이라

정유악(鄭維岳)[113]은 서인(西人)으로서 갑인년(1674, 갑인환국)[114] 이후로 남인(南人)에게 붙어서 아첨하였다. 그의 태도는 사람들이 차마 똑바로 보지 못할 정도였다. 이때 남인이 새로 권력을 잡고서 허목(許穆)[115]을 추대하여 당의 영수로 삼았다. 하루는 여러 남인이 정유악과 함께 대궐 안에 모였는데, 여러 남인이 일제히 '미수야(眉叟爺)'라고 칭하였다. 미수는 허목의 호이다.

정유악도 따라서 '미수야'라고 칭하기를 마지않았는데, 청성(淸城, 김석주)[116]이 마침 자리에 있다가 웃으면서 말하였다.

"길보(吉甫, 정유악)는 이웃집 아이들을 따라 멋대로 할아버지[爺]라고 부른다고 이를 만하다."

이에 정유악은 부끄러워 기가 죽었고 여러 남인은 놀라서 실색하니,

••••••

113 정유악(鄭維岳): 1632~?. 자는 길보(吉甫), 호는 구계(癯溪), 본관은 온양(溫陽)이다. 부침이 심하여 1680년 경신대출척에 변경에 위리안치되고, 1689년 기사환국에 다시 등용되어 이듬해 도승지가 되었고, 1694년 갑술옥사에 다시 진도(珍島)에 위리안치되었다.

114 갑인년: 1674년(현종 15)에 효종의 비 인선왕후(仁宣王后)의 상에 효종의 모후 자의대비(慈懿大妃)가 입을 복(服)을 두고 벌어진 두 번째 예송(禮訟)에서, 서인이 남인에게 패하여 조정에서 축출되고 송시열, 김수항 등이 덕원(德源)과 영암(靈巖) 등지로 유배된 갑인환국(甲寅換局)을 이른다.

115 허목(許穆): 1595~1682. 자는 화보(和甫), 호는 미수(眉叟), 본관은 양천(陽川)이다. 기해예송 때 기년복을 주장하는 서인에 반대하여 삼년복을 주장하는 상소를 올려 남인을 이끌었다. 갑인년의 제2차 예송 때 서인의 대공복(大功服)에 맞서 기년복을 주장하였는데, 현종의 지지를 받아 남인이 집권하는데 공을 세워 대사헌이 되고 이조 참관을 거쳐 우의정에 올라 허적(許積)과 함께 남인의 영수가 되었다.

116 청성(淸城): 김석주(金錫冑, 1634~1684)로 자는 사백(斯百), 호는 식암(息菴), 본관은 청풍(淸風)이다. 청성부원군(淸城府院君)에 봉해졌다. 1674년 갑인환국에 남인 허적(許積) 등과 결탁하여 서인을 축출하였으나, 이후 남인 정권이 지나치게 강성하자 다시 서인을 도와 경신대출척을 일으켜 남인 정권을 축출하였다.

듣는 자들이 통쾌하게 여겼다. 길보는 정유악의 자(字)이다.

호사자(好事者)들이 정유악을 지목하여 말하였다.

"용〔산의 맥〕이 되돌아 와 조산(祖山)을 돌아보며 말〔馬〕을 바치고서 어버이를 잊었다."

감여가(堪輿家)[117]의 설에 '회룡고조(回龍顧祖)'[118]라는 격이 있는데, 정유악이 을사사화의 원흉인 정순붕(鄭順朋)[119]의 후손으로서 그의 행한 일을 흡사하게 따라 한 것이 이와 같다. 또 자기 아버지[120]가 청나라 오랑캐에게 죽었는데, 오랑캐를 원수로 여길 줄을 모르고 매번 칙사가 오면 말을 바쳐 이익을 도모하였기 때문에 그렇게 말한 것이다.

••••••

117 감여가(堪輿家) : 묘지의 방위에 따라 길흉을 판단하는 풍수가(風水家)나 역상(曆象)을 맡고 점성술(占星術)을 맡은 자 등을 이른다.

118 회룡고조(回龍顧祖) : 풍수설(風水說)에서 주장하는 명당의 하나로 본산(조산)의 지맥이 빙 돌아 본산과 마주 대하여 바라보고 있는 형국을 이른다.

119 정순붕(鄭順朋) : 1484~1548. 자는 이령(耳齡), 호는 성재(省齋)이다. 명종이 즉위하여 문정왕후(文定王后)가 수렴청정을 하자 윤원형(尹元衡), 이기(李芑) 등과 함께 을사사화를 일으켜 많은 사람을 죽이고 귀양 보내 간흉으로 일컬어졌다.

120 자기 아버지 : 정순붕의 현손 정뇌경(鄭雷卿, 1608~1639)으로 자는 진백(震伯), 호는 운계(雲溪)이다. 대간이던 때 간신(정순붕)의 현손임을 들어 스스로 탄핵한 바 있다. 1637년에 인조가 청 태종에게 항복한 뒤 소현세자(昭顯世子)가 청나라 심양(瀋陽)에 볼모로 가자 자청하여 수행했다. 당시에 정명수(鄭命壽)와 김이(金伊) 등이 통역을 맡아 갖은 행패를 부리자 이들을 제거하려 하다가 도리어 무고로 잡혀 청나라에 의해 32세의 나이로 처형당하였다. 시호는 충정(忠貞)이다.

20. 이항복과 신흠의
   문상問喪하는 법

해설 | 광해군 시절에 영창대군을 죽이고 인목대비를 유폐하는 일에 가담한 송순이 죽어서 그의 상여가 백사의 집 앞을 지나자 백사가 길에 나가 조문한 일화와, 상촌이 종매부 이경전의 모친상에 이산해가 있다는 이유로 조문하지 않다가 나중에 이경전이 거처를 옮긴 뒤에야 가서 조문한 일화를 견주어 소개하였다. 백사의 성품이 원만하고 상촌의 성품이 강건하였음을 엿볼 수 있다.

宋諄在昏朝에 傅會兇論하여 致位六卿이러니 反正後에 追奪其爵하다 白沙之退居蘆原也에 諄之喪行이 適過其前이어늘 白沙出哭路左러니 申玄翁이 聞而非之하다 一日에 淸陰先生이 往訪白沙한대 白沙言 "聞玄翁以我弔宋諄喪爲非云이라 하니 然否아" 淸陰曰 "然矣니이다" 白沙曰 "彼雖無狀이나 其身已死하여 喪行適過하니 一哭何害오" 淸陰曰 "李慶全은 玄翁之從妹夫也라 遭其母喪하니 一家之義에 不可不問이로되 而以山海之在也라 하여 不問이라가 値慶全避寓他所하여 始往弔하니 以此義推之하면 其不滿於相公이 無怪矣니이다" 白沙拊髀曰 "有是哉라 此老之介也여"

송순(宋諄)[121]이 혼조(昏朝. 광해군)에 있으면서 흉악한 주장[122]을 하는 자들과 부화뇌동하여 육경(六卿. 육조 판서)의 지위에 올랐다가, 인조반정(仁祖反正) 뒤에 그 지위를 추탈당하였다.

백사(白沙. 이항복)가 물러나 노원(蘆原)에 거주할 때 송순의 상여 행차가 마침 그 집 앞을 지나가니, 백사가 나와서 길 왼쪽에서 곡하였다. 그런데 신현옹(申玄翁. 신흠)이 이 말을 듣고 비난하였다.

하루는 청음(淸陰. 김상헌) 선생이 백사를 찾아뵙자 백사가 물었다.

"듣자하니, 현옹이 내가 송순의 상에 조문한 것을 가지고 비난한다고 하는데, 그것이 사실인가?"

청음이 대답하였다.

"사실입니다."

백사가 말하였다.

"저 사람이 비록 형편없는 사람이지만 그 몸이 이미 죽어서 상여의 행차가 마침 내 집 앞을 지나가는데, 한 번 곡한다고 해서 무슨 나쁠 것이 있겠는가."

청음이 말하였다.

"이경전(李慶全)[123]은 현옹의 종매부(從妹夫)입니다. 이경전이 어머니 상을 당하였을 때에 현옹은 한 집안 사람으로서 의리상 조문하지 않을 수

121　송순(宋諄) : 1538~1616. 자는 혼원(渾元), 호는 망촌(忘村), 본관(本貫)은 진천(鎭川)이다. 광해군 때 정인홍, 이이첨 등과 한 당이 되어 영창대군을 모살하고 인목대비(仁穆大妃)를 유폐하는 데에 앞장섰다.

122　흉악한 주장 : 인목대비를 유폐시키자는 폐비론(廢妃論)을 가리킨다.

123　이경전(李慶全) : 1567~1644. 자는 중집(仲集), 호는 석루(石樓), 본관은 한산(韓山)이다. 영의정 이산해(李山海)의 아들이다.

가 없었습니다. 그런데 이산해(李山海)[124]가 집에 있다 하여 조문하지 않다가 마침 이경전이 다른 곳으로 옮겨 거처하게 되어서야 비로소 가서 조문하였습니다. 이러한 의리로 미루어보면, 그가 상공(相公)에게 불만을 갖는 것도 괴이할 것이 없습니다."

백사가 넓적다리를 치며 말하였다.

"이렇구나. 이 노인의 꼿꼿함이여."

• • • • • •

124 이산해(李山海): 1539~1609. 자는 여수(汝受), 호는 아계(鵝溪)로, 북인의 영수
이다. 1591년(선조 24)에 서인 측 대신인 좌의정 정철(鄭澈)로 하여금 광해군을
세자로 책봉하도록 건의하게 만든 후에 이를 빌미로 정철, 윤두수, 윤근수 등 서
인의 주요 인물들을 대거 축출하여 서인으로부터 소인이라는 비난을 받았다.

21. 세상에 드문
정탁鄭琢의 명수命數

해설 | 약포 정탁은 한미한 집안 출신이지만 세상에 드문 운수를 타고나서 좌
의정에 오르고 서원부원군에 봉해졌음을 밝혔다. 아울러 고경명이 일찍이 그
의 사주를 보고 놀랐던 일화와 재치 있게 향안에 이름을 올린 일화 등을 함께
소개하였다.

鄭琢은 醴泉人也라 家世寒微러니 遊於曹南冥之門하여 頗知名於士友
間이라 明廟朝登第하여 分隷芸閣하니 是時用人이 只觀才望하고 不甚拘
門閥이라 故로 歷踐玉堂、銓郎하여 終至位躋左揆하고 勳封西原府院君하
고 年享八十에 致仕而卒하며 子姓亦繁하니 眞稀世之命數也라 其在芸閣
에 適往玉堂이러니 時에 高霽峰 敬命이 方在直하여 與諸友論命하니 蓋霽
峰이 妙於推命故也라 鄭公卽取筆하여 書其四柱하여 使霽峰推之한대 霽
峰怒曰 "君何敢爾오" 鄭公遜謝不已하다 霽峰默觀之하니 極貴之命也
라 乃大驚曰 "君之命은 位極人臣하고 壽到期頤하니 吾諸友皆不及也라
異哉異哉라"하니라 嶺南之俗은 以鄕族爲重하여 必以內外妻家表著之人
으로 入於鄕案이라 鄭公以寒門之故로 官高而猶不得入이러니 爲吏判時
에 受暇下鄕하여 大供具하고 請鄕老하여 爲三日宴하니 蓋諷使入鄕也라
鄕老旣受饋에 乃議于一鄕曰 "鄭琢이 秩登正卿하여 爲國重臣하니 家世

雖微나 似不可不入鄕이니라"鄕人皆許之러니 一人曰"是則然矣나 但既
入之後에 如欲與吾輩爲婚姻이면 則奈何오"하니 一時傳笑라 鄭公入相
後에 其兄이 爲本郡座首러니 倭寇之亂에 監司以軍興不繼로 刑之할새 例
告年甲하니 年七十餘라 監司責之曰"年已老而事則疏로다"對曰"鄭琢
之兄也니 年安得不老리오"하니 監司驚而特免之하니라

정탁(鄭琢)[125]은 예천(醴泉) 사람이다. 집안이 대대로 한미하였지만, 조남
명(曺南冥, 조식)의 문하에서 공부하면서 자못 사우(士友)들 사이에 이름이
알려졌다. 그리고 명종(明宗) 때 과거에 급제하여 운각(芸閣, 교서관)에 분관
(分館)[126]되었다.

이때는 인재를 등용할 적에 다만 재주와 덕망을 보았을 뿐 문벌에는
그다지 제한을 두지 않았다. 그래서 정탁이 옥당(玉堂)과 전조(銓曹)의 낭
관[127]을 두루 거쳐 마침내 좌규(左揆, 좌의정)의 지위에까지 오르고 공훈으
로 서원부원군(西原府院君)에 봉해질 수 있었다. 이렇게 80세의 수를 누리
다가 치사(致仕)한 후에 별세하였으며 자손들도 번성하였다. 참으로 세상
에 드문 명수(命數, 운명)이다.

••••••

125 정탁(鄭琢): 1526~1605. 자는 자정(子精), 호는 약포(藥圃), 본관은 청주(淸州)
　　이다. 벼슬이 좌의정에 이르렀다. 1592년 임진왜란에 좌찬성으로 왕을 의주까지
　　호종하고 곽재우(郭再祐)·김덕령(金德齡) 등의 명장들을 천거하였다. 정유재란
　　에는 이순신(李舜臣)이 옥에 갇히자 힘을 다해 신구(伸救)하여 죽음을 면하게 하
　　였으며, 수륙병진협공책(水陸幷進俠攻策)을 건의하였다.

126 분관(分館): 문과 급제자를 승문원, 성균관, 교서관의 3관에 분속시켜 각각 권
　　지(權知)라는 이름으로 실무를 배우게 하던 일을 이른다. 갑과 급제자 세 명은 권
　　지의 과정 없이 곧바로 서용되었다.

127 옥당(玉堂)과 전조(銓曹)의 낭관: 옥당은 홍문관을 이르고 전조는 문관(文官)
　　의 인사를 행하는 이조와 무관(武官)의 인사를 행하는 병조를 이른다. 모두 청요
　　직 중에서도 중요한 직책들이다.

그가 운각에 있을 적에 마침 옥당을 지나가게 되었다. 그런데 이때 제봉(霽峰) 고경명(高敬命)[128]이 숙직 중에 여러 친구들과 운명을 논하고 있었다. 제봉이 추명(推命)[129]에 재주가 뛰어났기 때문이었다.

정공(鄭公)이 즉시 붓을 취하여 자신의 사주(四柱)를 써서 제봉에게 추명하게 하니, 제봉이 노하여 말하였다.

"그대가 어찌 감히 이럴 수 있는가."

정공은 공손히 사죄하기를 마지않았다. 제봉이 묵묵히 그의 사주를 보니 매우 귀하게 될 운명이었다. 이에 크게 놀라서 말하였다.

"그대의 운명은 신하로서 최고의 지위에 오르고 기이(期頤)[130]의 수명을 누릴 것이오. 우리 여러 친구들은 모두 미치지 못할 것이오. 특이하고 특이한 일이오."

영남 지방의 풍속은 그 지방의 향족(鄕族)을 중시해서, 반드시 본가(本家)와 외가(外家)와 처가(妻家)가 현달한 가문이어야 향안(鄕案)[131]에 들어갈 수 있었다.

정공은 가문이 빈한하였기 때문에 벼슬이 높았어도 향안에 들어가지 못했다. 그래서 이조 판서가 되었을 적에 휴가를 받아 고향에 내려가 음

●●●●●●

128 제봉(霽峰) 고경명(高敬命): 1533~1592. 제봉은 호이고, 자는 이순(而順)이며 본관은 장흥(長興)이다. 벼슬이 동래 부사에 이르렀다가 파직되어 고향으로 돌아와 은거하였다. 임진왜란이 일어나자 전라 좌도에서 의병을 모아 혁혁한 공을 세웠으나 금산(錦山) 싸움에서 왜적과 싸우다가 전사하였다. 시호는 충렬(忠烈)이다.

129 추명(推命): 사람이 태어난 연(年), 월(月), 일(日), 시(時)의 네 간지(干支)를 사주(四柱)로 삼아서 운명과 길흉화복(吉凶禍福)을 예견하는 점법을 이른다.

130 기이(期頤): 나이 백세를 뜻한다. 《예기(禮記)》〈곡례 상(曲禮上)〉의 "백세가 된 자를 '기(期)'라 하니, 부양을 받는다.〔百年曰期頤〕"라는 구절에서 나온 것이다.

131 향안(鄕案): 각 고을에서 출신 사족(士族)의 성명·본관·내력 등을 기록한 향록(鄕錄)을 이른다.

식을 크게 장만하고 향리의 노인들을 초청하여 3일 동안 잔치를 벌였다. 이는 자신을 향안에 넣도록 넌지시 암시한 것이었다.

향리의 노인들이 대접을 받은 뒤 온 향리 사람들과 의논하였다.

"정탁은 품계가 정경(正卿)에 올라 나라의 중한 신하가 되었으니, 가문이 비록 한미하나 향안에 넣지 않을 수 없을 것 같다."

이에 향리 사람들이 모두 허락하였는데, 한 사람이 말하였다.

"이 일은 그렇기는 하지만, 다만 향안에 들어간 뒤에 만약 우리와 혼인을 맺으려 한다면 어찌 한단 말인가."

이에 한때에 우스갯소리로 전해졌다.

정공이 정승에 오른 뒤에 그의 형이 본군(本郡)의 좌수(座首)가 되었는데, 왜구의 난리에 그가 군수물자를 계속 대지 못하였다는 이유로 감사(監司)가 형벌을 내리려고 하였다. 그래서 관례에 따라 연갑(年甲)[132]을 고하였는데, 70세가 넘었다. 감사가 꾸짖었다.

"나이는 이미 늙었는데 일은 서툴다."

이에 대답하였다.

"제가 정탁의 형이니, 나이가 어떻게 늙지 않을 수 있겠습니까."

그러자 감사가 놀라서 특별히 형벌을 면해주었다.

· · · · · ·

132 연갑(年甲): 나이를 이른다. 자신의 나이를 육십갑자(六十甲子)를 들어 무슨 생이라고 말했으므로 이렇게 칭한 것이다.

22. 해인사 승려의 꿈에 나타난 정인홍의 운수

해설 | 정인홍이 태어나던 날 해인사 승려가 특별한 꿈을 꾸었던 일화를 소개하였다. 그리고 이것이 정인홍의 탄생을 알린 꿈이면서 그의 불행한 미래를 점친 흉몽이라고 하였다.

鄭仁弘世居陜川하고 其父爲本郡座首라 一日海印寺僧夢한대 仁弘家火光徹天하고 伽倻山虎·豹·豺·狼·熊·豕之屬이 無數入於其家라 覺而怪之하여 卽往候問其家하니 於是夜生子하니 卽仁弘也라 仁弘以山林發跡하여 至光海朝爲首相한대 在兇黨中에 最强悍하여 卒以大逆伏刑都市라 以僧夢見之컨대 蓋稟得惡獸暴戾之氣而然也라 南人至今言之라

정인홍(鄭仁弘)은 집안이 내대로 협천(陜川)에 거주하였고, 그의 아버지가 본군의 좌수(座首)로 있었다.

어느 날 해인사(海印寺)의 승려가 꿈을 꾸었는데, 정인홍의 집에서 불빛이 새어나와 하늘을 찌르고 가야산(伽倻山)에 있는 호랑이, 표범, 승냥이, 이리, 곰, 돼지 따위가 그 집으로 무수히 들어갔다. 꿈에서 깬 후 괴이하게 여겨 즉시 그 집으로 찾아가 물어보니, 이날 밤에 아들을 낳았다고 하였다. 바로 정인홍이었다.

정인홍은 산림(山林)으로서 출신하여 광해조에 수상(首相)이 되었는데, 흉당 중에서도 가장 강하고 사나워서 끝내 대역죄로 도성의 저자 거리에서 복주(伏誅)되고 말았다.

승려의 꿈을 가지고 보면, 악한 짐승들의 포악하고 사나운 기운을 받고 태어나서 그런 것이었다. 영남 사람들은 지금도 이 일을 이야기한다.

23. 박엽朴燁의 위세에 맞선
9세의 이준악李峻岳

해설 | 도곡의 종조 이준악(李峻岳)이 아홉 살의 나이에 평안 감사 박엽(朴燁)
의 사나운 위세를 피하지 않고 친구의 목숨을 구하기 위해 용감하게 나섰던
일화를 소개하였다. 역자가 보기에, 이준악의 부친 이후천이 평양 소윤이었
으므로 아마도 앞서 이준악이 박엽을 만난 일이 있었기 때문에 박엽이 그를
알아보았던 것으로 추정된다.

曾王考之爲箕城少尹也에 朴燁爲監司하여 逞其兇虐하다 從祖寺正公이
年九歲에 與小童으로 遊戱大同門樓上이러니 燁過其下하니 小童倉卒未
及下라 燁立命斬之한대 從祖往見燁曰 "小童之不得下樓는 實緣與我
遊戱라 非渠之罪요 乃我罪也니 願貸其死하노이다" 燁卽執從祖手曰 "汝
爲丐人命하여 不憚觸我威怒하니 汝誠奇矣라 汝前途必遠矣리니 吾當爲
汝貸之라"하고 卽命救之하고 仍厚給筆墨等物하여 稱道不已하다 從祖以
童孺之年으로 不畏虓虎之暴하고 一言而脫人於死하니 外黃兒蓋不足專
美요 而燁之快許縱舍도 亦可見其有殺活手段矣라

증조고[133]께서 기성(箕城, 평양)의 소윤(少尹)으로 계실 적에 박엽(朴燁)[134]이 감사로 있으면서 사납고 잔인한 성질을 멋대로 부렸다.

종조(從祖)이신 시정공(寺正公)[135]께서 나이가 9세이던 때에 한 작은 아이와 함께 대동문(大同門)의 문루(門樓) 위에서 놀고 있었다. 마침 박엽이 그 아래를 지나가는데, 그 아이가 창졸간에 미처 문루에서 내려오지 못하고 말았다. 이에 박엽이 즉시 목을 베라고 명하자, 종조가 가서 박엽을 뵙고 아뢰었다.

"저 아이가 문루에서 내려오지 못한 것은 사실은 저와 놀고 있었기 때문입니다. 저 아이의 죄가 아니라 바로 저의 죄이니, 저 아이의 죽을죄를 용서해 주소서."

박엽은 즉시 종조의 손을 잡고 말하였다.

"네가 남의 목숨을 살려주기 위해 나의 위엄과 노여움을 무릅쓰기를 꺼려하지 않으니, 네가 참으로 기특하다. 너의 앞길이 반드시 원대할 것이니, 내가 마땅히 너를 위해서 이 아이를 용서해 주겠다."

그러고는 즉시 명하여 놓아 주게 하였다. 이어서 붓과 먹 등의 물건을

......

133 증조고: 도곡의 증조부인 이후천(李後天, 1591~1664)으로, 자는 유야(悠也), 호는 백치(白痴)이다. 벼슬이 병조 참의에 이르렀는데, 1620년(광해군 12)에 평양 서윤(平壤庶尹)으로 있었다.

134 박엽(朴燁): 1570~1623. 자가 숙야(叔夜), 호가 약창(藥窓), 본관이 반남(潘南)이다. 벼슬이 평안도 관찰사에 이르렀다. 광해군 때 당시의 권신 이이첨(李爾瞻)을 모욕하고도 무사하리만큼 권세가 있었으나, 1623년 인조반정 뒤 부인이 세자빈의 인척이라는 이유로 그를 두려워하는 훈신(勳臣)들에 의하여 정사를 포악하게 하였다는 죄로 평양 임지에서 처형되었다. 성품이 급하고 사나워 백성들에게 포악하게 대했다는 기록이 여러 글에 보이나 또한 관방을 잘 지키고 강직하였다는 평가도 보인다.

135 종조(從祖)인 시정공(寺正公): 이준악(李峻岳, 1610~1687)으로 자는 여극(汝極)이다. 천거로 출사하여 예빈시 정(禮賓寺正)에 이르렀다.

많이 주면서 칭찬하는 말을 아끼지 않았다.

종조께서는 어린 나이에도 포효하는 호랑이와 같은 그의 사나움을 두려워하지 않고 한 마디 말씀으로 사람을 죽음에서 벗어나게 하였으니, 외황(外黃)의 아이[136]가 아름다운 명성을 독차지할 수 없을 것이다.

그리고 박엽이 아이를 풀어주라고 흔쾌히 허락하였으니, 또한 그가 사람을 죽이고 살리는 수단이 있었음을 여기에서 볼 수 있다.

••••••

136 외황(外黃)의 아이: 외황은 중국 하남성에 속한 옛 지명이다. 전국시대에 팽월(彭越)이 양(梁)나라를 차지하고 초군(楚軍)의 식량 수송로를 끊자, 항우(項羽)가 외황을 공격하였다. 외항이 버티다가 며칠 뒤에야 겨우 항복하자, 항우가 노하여 15세 이상의 남성을 모두 구덩이에 파묻어 죽이라고 명하였다. 이에 외황 사인(舍人)의 13세 아들이 항우를 찾아가서 "외황의 백성을 파묻어 죽인다면, 외황 동쪽의 10여개 성이 모두 두려워 필사적으로 항거할 것이다."라고 설득하였다. 이에 항우가 외황 백성들을 용서하였는데, 소문을 들은 양나라 성(城)들이 모두 항복하였다고 한다.《史記 卷7 項羽本紀》

24. 윤두수尹斗壽와
윤근수尹根壽 형제의 기상

해설 | 윤두수는 임진년의 혼란한 시기에 정승이 되어 공업을 세웠고, 윤근수는 문형으로서 사림의 중망을 받아 서로 다른 성취를 보여주었다. 일찍이 길에 떨어진 백금(白金)을 처리하는 방식이 서로 달랐던 것을 들어서 두 형제의 성품이 본디부터 달랐음을 밝힌 것이다.

尹梧陰·月汀兄弟兒時에 徒步往師家라가 薄昏還家러니 路有紅袱裹物落地라 月汀은 視若不見하고 梧陰은 開視之하니 白金也라 卽取而納諸袖中한대 月汀曰 "兄何取此物也오 亟投之하라" 梧陰曰 "有用之物을 不可擲之虛牝也라"하다 旣還에 深藏篋笥中하고 卽書牓於門外曰 "某日某街上에 有失紅袱裹物者는 尋此家來하라"하다 過數日後에 果有人來覓이어늘 梧陰不爲出給하고 謂其人曰 "其封有手標하니 汝先書標以示하여 若與其標符하면 則當出付矣리라" 其人卽書標以示어늘 梧陰出其裹하여 參合之하니 不謬라 卽爲出付한대 其人拜曰 "都令主器局이 當爲大宰相矣라"하고 再三稱謝而去하다 公은 當宣廟壬辰하여 入相하여 功業이 茂著於板蕩之際하고 月汀은 官躋極品하고 典文衡하여 以儒雅淸疏로 有重名於士林하니 兄弟氣象之不同이 蓋自兒時已然이라

윤오음(尹梧陰)[137]과 월정(月汀)[138] 형제가 어렸을 적에 걸어서 스승의 집에 갔다가 저물녘에 귀가하는데, 길에 붉은 보자기에 싼 물건이 떨어져 있었다. 월정은 보고도 못 본 척 하였으나 오음이 집어서 열어 보니 백금(白金, 은(銀))이었다. 오음이 이것을 즉시 취하여 소매 속에 넣었다. 이에 월정이 말하였다.

"형님은 어찌하여 이 물건을 취하십니까? 빨리 버리십시오."

오음이 대답하였다.

"쓸모 있는 물건을 텅 빈 골짜기에 버려서는 안 된다."[139]

오음은 집에 돌아와 이것을 상자 속에 깊이 감추어 두고서 즉시 문밖에 방문(榜文)을 써서 붙였다.

"아무 날 아무 길거리에서 붉은 보자기에 싼 물건을 잃은 자가 있거든, 이 집으로 찾아오라."

며칠이 지난 뒤에 과연 어떤 사람이 와서 물건을 찾았다. 오음은 즉시 내어주지 않고 그 사람에게 말하기를 "보자기 속에 봉함하고 수표(手標, 서명)를 적은 것이 있던데, 그대가 먼저 수표를 써서 나에게 보여주시오. 보자기 안의 수표와 일치하면 응당 물건을 내어줄 것이오."라고 하였다.

그 사람이 즉시 수표를 써서 보여주자, 오음이 보자기 속에 있는 것을

......

137 윤오음(尹梧陰) : 윤두수(尹斗壽, 1533~1601)로 오음은 호이고, 자는 자앙(子仰)이다. 본관은 해평(海平), 시호는 문정(文靖)이다. 벼슬이 영의정에 이르렀다. 두 번의 왜란에 큰 공을 세웠다.

138 월정(月汀) : 윤근수(尹根壽, 1537~1616)의 호이다. 자는 자고(子固), 시호는 문정(文貞)이다. 벼슬이 대제학과 좌찬성에 이르렀다. 청백하고 학문이 뛰어나 자주 명나라에 사신으로 파견되었다. 임진왜란에 예조 판서로서 선조를 호종하였다.

139 쓸모……된다 : 쓸모 있는 물건이 사람이 살지 않는 텅 빈 계곡[虛牝]에 쓸모없이 버려짐을 이른다. 한유(韓愈)의 〈증최립지평사(贈崔立之評事)〉 시에 "가련하다. 쓸데없이 정신만 허비할 뿐, 황금을 텅 빈 계곡에 던지는 것과 같도다.[可憐無益費精神 有似黃金擲虛牝]"라는 구절을 원용한 것이다. 《韓昌黎集 卷4》

꺼내어 맞춰보니 틀리지 않았다. 오음이 즉시 꺼내어 건네주니, 그 사람이 절하며 말하기를 "도령님의 기국(器局)이 이렇게 크시니, 마땅히 큰 재상이 될 것입니다."라고 하고, 거듭 칭찬하고 사례한 뒤에 떠나갔다.

공은 선조조 임진년(1592)에 정승이 되어 국가가 혼란에 빠진 판탕(板蕩)의 시기[140]에 공업(功業)을 세운 것이 크게 드러났고, 월정은 벼슬이 극품(極品)[141]에 오르고 문형(文衡, 대제학)을 맡아 문아(文雅)하고 깨끗하고 진솔한 성품으로 사림(士林)의 중망을 받았다. 형제간의 기상이 똑같지 않음이 어렸을 때부터 이미 그러하였던 것이다.

------

140 판탕(板蕩)의 시기: 왜적의 침입으로 나라가 풍전등화의 위기에 처한 때를 이른다. 판탕은 《시경(詩經)》〈대아(大雅)〉의 〈판(板)〉과 〈탕(蕩)〉 두 편을 병칭한 것으로, 두 시 모두 주(周)나라 여왕(厲王)이 무도(無道)하여 나라가 혼란에 빠진 일을 풍자하였다.
141 극품(極品): 최고의 품계란 뜻으로 곧 1품을 이른다.

25. 백곡柏谷 김득신金得臣의
지둔하고 우활한 성품

해설 | 문학에서 높은 성취를 보였던 김득신이 본디 재주가 지둔하였으나 꾸준한 노력으로 이를 극복한 사실을 소개하였다. 공자의 제자 증자(증삼)가 노둔함을 극복하고 끝내 공자의 도를 전수한 것과 유사하다. 수없이 읽었던 〈백이전〉의 구절을 기억조차 못하고, 곡하는 자리에서도 〈백이전〉을 외고 있었던 김득신의 일화를 들어 그의 둔하고 우활한 정도가 어떠했는지를 밝혔다.

金得臣은 監司緻之子也라 爲人疏迂하여 於世間事情에 一切茫昧라 好讀書하여 輒以千萬遍爲誦數하고 尤喜《史記伯夷傳》하여 讀至一億二萬八千遍이라 性鈍甚하여 雖多讀若此나 而掩卷輒忘이라 晩年에 人試問〈伯夷傳〉文字하면 茫然不知出自何書라 人曰 "此是〈伯夷傳〉語也라"호되 金猶不省記라가 乃自 "載籍極博" 誦起하여 至其文字處하여 驚覺曰 "是矣是矣라"하니 其鈍如此라 鹿川 李相國之繼母는 卽金之女也라 其喪行이 至城門內하여 停柩以待門開러니 金隨靷而至하여 乃於火光紛沓之中에 展一卷하여 大讀之어늘 人見之하니 乃〈伯夷傳〉也라 其迂闊類此하다 後喪耦어늘 其姪往弔하여 與之相哭이러니 其姪哭止에 見金方誦〈伯夷傳〉하니 蓋連哭聲而誦之也라 聞者傳以爲笑하니라

김득신(金得臣)[142]은 감사(監司) 김치(金緻)의 아들이다. 인품이 소탈하고 우활하여 세상 물정에 일체 어두웠고, 책 읽기만을 좋아하여 번번이 천 번 만 번씩 헤아리며 외워서 읽었다. 특히 《사기》〈백이전(伯夷傳)〉을 좋아해서 읽은 횟수가 1억 2만 8천 번[143]에 이르렀다. 그러나 재주가 몹시 둔하여 비록 이와 같이 많이 읽었어도 책을 덮으면 즉시 잊어 버렸다.

만년에 사람들이 시험 삼아서 혹 〈백이전〉의 문자를 물어보면, 망연하여 어느 책에 나오는 문자인지 알지 못하였다. 사람들이 말하기를 "이것은 〈백이전〉에 나오는 말입니다."라고 해도, 김공은 여전히 기억해내지 못하였다. 마침내 첫머리의 '재적극박(載籍極博)'[144]에서부터 외우기 시작하여 그 문자가 나오는 부분까지 이른 뒤에야 깜짝 놀라며 깨닫고 말하기를 "옳다. 옳다."라고 하였다. 그 둔함이 이와 같았다.

녹천(鹿川) 이상국(李相國)[145]의 계모는 바로 김공의 따님이다. 그 계모가 별세하여 상여 행차가 성문 안에 이르러 영구(靈柩, 상여)를 세우고 성문이 열리기를 기다리고 있을 때였다. 상여를 따라온 김공이 불빛이 휘

<hr>

•••••

142 김득신(金得臣): 1604~1684. 자는 자공(子公), 호는 백곡(柏谷), 본관은 안동이다. 상락부원군(上洛府院君) 김시민(金時敏)의 손자로, 벼슬이 사도시 정(司䆃寺正)에 이르렀다. 1683년(숙종 9)에 우로(優老)의 특전(特典)으로 가선(嘉善)에 오르고, 안풍군(安豊君)에 봉해졌다.《柏谷集 附錄 嘉善大夫同知中樞府事安豊君金公墓碣銘并序》

143 1억 2만 8천 번: 고대에 억(億)은 십만을 이른다. 이로써 헤아리면 12만 8천 번이 된다.

144 재적극박(載籍極博): 〈백이열전(伯夷列傳)〉의 첫머리가 "학자들이 공부하는 서적이 매우 광범위하지만[夫學者載籍極博]"으로 시작하기 때문에 이렇게 말한 것이다.

145 녹천(鹿川) 이상국(李相國): 이유(李濡, 1645~1721)로, 자는 자우(子雨), 본관은 전주(全州), 시호는 혜정(惠定)이다. 세종의 다섯째 아들인 광평대군(廣平大君) 이여(李璵)의 후손으로, 벼슬이 영의정에 이르렀다.

황하고 사람들이 북적거리는 속에서 책 한 권을 펼쳐놓고 큰소리로 읽고 있었다. 사람들이 살펴보니 바로 〈백이전〉이었다. 김공의 우활함이 이와 같았다.

뒤에 상처(喪妻)를 하여 조카가 조문하러 와서 서로 곡을 하였는데, 조카가 곡을 멈추고 김공을 보니 막 〈백이전〉을 외우고 있었다. 이는 곡하는 소리 끝에 잇달아서 이를 외운 것이었다. 사람들이 이 말을 듣고서 서로 전하며 우스갯거리로 삼았다.

26. 《장자莊子》의 구절을 모른 옥당의 관원

해설 | 문필을 담당하는 사국의 승지와 홍문관의 관원마저 《장자》의 어구를 기억하지 못하여 논란을 유발한 사례를 소개하고, 명성이 있는 관원들이 독서가 부족하여 일상적인 문자조차 제대로 이해하지 못하였던 당시의 세태를 비판하였다.

近來名官이 多不看書하여 雖尋常文字라도 亦未能解하니 甚可歎也라 余少時에 以翰林直史局이러니 時以旱災로 行祈雨祭라 臨當受香하여 諸承旨共言호되 "祭文中에 有誤書字하여 欲改付標하여 踏啓字以下하여 受香하면 勢將向晩이라"하다 余見祭文하니 別無誤書處라 問曰 "所謂誤書者何字耶아" 承旨指 "百昌不遂"四字曰 "'百昌'無文理하니 此'昌'字는 必'品'字之誤也니라" 余曰 "'百昌'은 百物也니 '百物不遂'云者는 文理正好하니 非誤書라 不當改也니라" 承旨曰 "'百昌'之語 出於何書耶아" 余曰 "出於《莊子》하니 非僻書也니라" 承旨疑之어늘 余卽使吏取《莊子》於玉堂하여 以示承旨한대 始釋然曰 "然則當不改어니와 第以誤書當改之意로 通於作文人하니 則以果爲誤書答之者는 何也오" 余曰 "設令作文人이 果以'百品'製出이라도 '百昌'之云이 亦自成語하니 不必改標以致日晩受香也니라" 承旨遂從之하다 後逢作文人하여 問之하니 亦不知 "百昌"之

爲何語라 余笑曰 "然則公何以使用此語也오" 曰 "吾官忙不暇作하여 使人代作이나 而亦不暇詳見하여 使吏淨寫以呈하니 不記其中有何語也라"하니 尤可一笑라 其人은 卽玉堂官也어늘 倩人製之하고 亦不省覽하니 又可見其不誠實之甚矣라

근래에는 유명한 관원들도 대부분 책을 읽지 않아서 일상적인 문자조차 이해하지 못한다. 매우 한탄스러운 일이다.

내가 젊은 시절에 한림(翰林)¹⁴⁶으로서 사국(史局)¹⁴⁷에서 근무할 때 가뭄이 들어 기우제(祈雨祭)를 지내게 되었다. 수향(受香)¹⁴⁸하는 일이 임박하였을 때 여러 승지(承旨)가 함께 말하였다.

"제문(祭文) 중에 잘못 쓴 글자가 있어서 고쳐서 부표(付標)¹⁴⁹해야 하는데, 임금의 재가를 받아서 수향을 하려면 날이 저물 것이다."

내가 제문을 보니 잘못 쓴 글자가 없었다. 그래서 내가 물었다.

"잘못 썼다고 말씀하신 것이 어느 글자입니까?"

승지가 '백창불수(百昌不遂)'라는 네 글자를 가리키며 말하였다.

"'백창(百昌)'은 문리가 통하지 않소. 이 '창(昌)' 자는 분명히 '품(品)' 자를 잘못 쓴 것이오."

• • • • • •

146 한림(翰林): 춘추관(春秋館)의 기사관(記事官)을 겸하는 예문관(藝文館)의 봉교, 대교, 검열을 일컫는 별칭이다. 주로 검열을 이른다.

147 사국(史局): 예문관과 춘추관을 일컫는 별칭이다.

148 수향(受香): 제관(祭官)이 제단(祭壇)에 임할 때 임금으로부터 향(香)과 제문(祭文)을 받는 일을 이른다.

149 고쳐서 부표(付標): 한 번 임금의 재가를 받은 문서 가운데 고쳐야 하는 부분이 있을 경우에, 다시 재가를 받기 위하여 문서를 올리면서 고쳐야 할 곳에 노란 부전(附箋)을 붙이는 일을 이른다.

내가 말하였다.

"'백창(百昌)'은 백물(百物)이라는 말입니다. '백물불수(百物不遂)'란 말은 문리가 잘 통하니, 잘못 쓴 것이 아닙니다. 고쳐서는 안 됩니다."

그러자 승지가 말하였다.

"'백창(百昌)'이란 말이 어느 책에 나오는가?"

내가 말하였다.

"《장자》에 나오니, 세상에 잘 알려지지 않은 책에 나오는 것이 아닙니다."

승지가 의심하기에 내가 곧바로 서리(書吏)를 시켜 옥당에 가서 《장자》를 가져오게 하여 보여주었다. 승지가 비로소 의심을 풀고 말하였다.

"그렇다면 당연히 고치지 말아야 하겠지만, 글을 지은 사람에게 '잘못 쓴 글자가 있어서 고쳐야 마땅하다'는 내용을 통지하였더니, '과연 잘못 썼다'고 답변한 것은 어째서인가?"

내가 말하였다.

"설령 글을 지은 사람이 과연 '백품(百品)'으로 짓고자 한 것이었더라도, 또한 '백창(百昌)'이란 말이 본래의 성어입니다. 그러니 굳이 고쳐서 부표하여 해가 저문 뒤에 수향할 필요는 없습니다."

승지가 마침내 내 말을 따랐다.

뒤에 내가 글을 지은 사람을 만나 이 일을 물어보니, 또한 '백창(百昌)'이 무슨 말인지를 알지 못하였다. 내가 웃으며 물었다.

"그렇다면 공은 어찌하여 이 말을 사용하였습니까?"

그 사람이 대답하였다.

"내가 관청의 일이 바빠서 글을 지을 겨를이 없어서 남을 시켜 대신 짓게 하였으나, 또한 자세히 살펴볼 겨를이 없어서 서리(書吏)로 하여금 깨끗이 베껴서 올리게 하였소. 그 가운데 어떤 말들이 있었는지는 기억하지 못하오."

더더욱 한번 웃을 만한 일이다.

그 사람은 바로 옥당(玉堂)의 관원이었는데, 남을 시켜서 대신 짓게 하였고 살펴보지도 않았던 것이다. 또한 그가 매우 성실하지 않았음을 알 수 있다.

27. 조정 대신이 지은 시詩의
   부귀한 기상

해설 | 시가 사람을 곤궁하게 만든다는 옛말이 있으나, 조정 대신은 이 경우에 해당하지 않아서 부귀한 기상과 격조가 절로 배어나와 빈한한 선비와 같지 않았음을 임당 정유길의 사례를 들어 소개하였다. 옛 사람들이 한 사람의 시문을 보고 그 성격뿐 아니라 장래의 일까지 예측할 수 있었던 까닭도 여기에 있다.

古語云 "詩能窮人이라" 하니 蓋嘲風弄月하고 推敲撚髭는 終非達者事故也라 然其廊廟聲口는 亦與寒士絶異하니 唐‧宋以來詩人之作에 可槪而見也라 林塘 鄭公은 出於累代卿相家하고 身亦作太平宰相이라 時에 國家設厲壇하여 以祭北路戰死之鬼러니 林塘有詩曰 "聖朝枯骨亦沾恩하여 香火年年降塞門이라 祭罷上壇雷雨定하니 白雲如海滿前村이라" 하여 題甚凄楚로되 而詩却富麗하여 有無限餘韻이라 嘗作〈夢賚亭春帖〉詩曰 "白髮先朝老判書가 閒忙隨分且安居라 漁翁報道春江暖하니 未到花時薦鱖魚라" 하니라 吟來에 不覺口角津津生饞涎하니 此眞富貴氣象也라 公子孫繼而入相者가 又五人이요 外裔亦多登台鉉하여 至今猶盛하니 門戶之隆赫이 甲於吾東이라 噫라 享此悠遠福祿者는 出語安得不如此也리오

옛말에 이르기를 "시(詩)가 사람을 곤궁하게 만든다."[150]라고 하였다. 풍월을 읊조리고 퇴고(推敲)하느라 수염을 배배 꼬는 것[151]이 결코 영달한 자의 일은 아니기 때문이다. 그러나 조정 대신들의 시는 그 격조가 또한 빈한한 선비와는 결코 같을 수가 없다. 당(唐)·송(宋) 이래의 시인들이 남긴 작품 중에서 대략 이것을 엿볼 수 있다.

임당(林塘) 정공(鄭公)[152]은 여러 대 경상(卿相)을 배출한 가문 출신이고, 자신도 태평시대의 재상이 되었다. 당시에 국가에서 여단(厲壇)[153]을 만들어 북로(北路)에서 전사(戰死)한 자들의 귀신을 제사하였는데, 임당이 다음과 같은 시를 남겼다.

성조(聖朝)에서는 해골도 은혜를 받아서　　　　　聖朝枯骨亦沾恩
향화(香火)가 해마다 변방 문에 내려지네　　　　香火年年降塞門
제사 끝나 단에 오르자 천둥과 비가 그치니　　　祭罷上壇雷雨定

- - - - - -

150　시(詩)가……만든다 : 시를 좋아하면 사람이 궁해진다는 뜻이다. 북송의 시인 진사도(陳師道)는 〈왕평보문집후서(王平甫文集後序)〉에서 "구양영숙(歐陽永叔, 구양수)이 매성유(梅聖兪)에게 말하기를 '세상에서는 시가 사람을 궁하게 만든다고 말하나, 시가 사람을 궁하게 만드는 것이 아니라 궁하면 시가 훌륭해진다.'라고 하였다.〔歐陽永叔 謂梅聖兪曰 世謂詩能窮人 非詩之窮 窮則工也〕"라고 하였다. 《古文眞寶後集 卷10》《歐陽文忠集 卷42 梅聖兪詩集序》

151　수염을……것 : 시상(詩想)을 떠올리고 시구를 다듬기 위해 고심(苦心)하는 모습을 형용한 말이다. 당나라 말기의 시인 노연양(盧延讓)이 〈고음(苦吟)〉 시에서 "시 읊는 중 한 글자를 안배하느라, 두어 가닥 수염을 꼬아 끊었네.〔吟安一個字 撚斷數莖鬚〕"라고 한 데서 유래하였다.

152　임당(林塘) 정공(鄭公) : 정유길(鄭惟吉, 1515~1588)로 임당은 호이다. 자는 길원(吉元), 본관은 동래(東萊)로 영의정 광필(光弼)의 손자이다. 대제학을 지내고 좌의정에 이르렀다.

153　여단(厲壇) : 여귀(厲鬼)를 위해 마련한 제단(祭壇)이다. 여귀는 전쟁이나 돌림병으로 비명횡사하여 제사를 받지 못하는 귀신을 이른다.

흰 구름이 바다처럼 앞마을에 가득하여라   白雲如海滿前村

시제(詩題)는 매우 처량하나 시는 도리어 풍부하고 화려해서 무한한 여운이 있다. 일찍이 〈몽뢰정춘첩(夢賚亭春帖)〉이라는 시를 지었는데, 그 내용은 다음과 같다.

백발이 된 선왕조의 늙은 판서가   白髮先朝老判書
한가하든 바쁘든 분수대로 편안하네   閒忙隨分且安居
고기잡이 영감이 봄날 강 날씨가 따사롭다며   漁翁報道春江暖
꽃도 피기 전에 쏘가리를 잡아 올리누나   未到花時薦鱖魚

이 시를 읊어보면 나도 모르게 입가에서 군침이 줄줄 흐른다. 이는 참으로 부귀한 기상이 있는 것이다.

공의 자손들이 뒤를 이어 정승에 오른 자도 다섯 명[154]이고, 외손 중에 태현(台鉉)[155]에 오른 자도 많아서 지금까지 여전히 번성하니, 집안의 융성하고 빛남이 우리 동방에서 으뜸이다.

아! 이렇게 유구한 복록을 누리는 자의 말이 어찌 이렇지 않을 수 있겠는가.

••••••

154 공의……명: 정유길의 아들 창연(昌衍)과 증손 태화(太和)·치화(致和)·지화(知和)와 현손 재숭(載嵩)이 상신(相臣)의 반열에 올랐다. 동래 정씨는 조선조에서 전주 이씨 다음으로 상신을 많이 배출하였는데, 대부분 정유길의 후손이다.
155 태현(台鉉): 삼정승을 이른다. 별중에 삼태성(三台星)이 있고 솥에 세 귀가 있어 이렇게 말한 것이다.

28. 호곡壺谷 남용익南龍翼의
시참詩讖

해설 | 시에 뛰어난 남용익이 어린 시절에 한 장로가 불러준 운자에 응하여 창작한 시가 시참(詩讖)이 되어 후일에 현실로 나타났던 사실을 소개하였다. 앞서서 장로는 시를 보자마자 남용익의 미래를 예언하였는데, 기이하게도 뒤에 그 예언이 현실로 입증되었다고 한다.

南壺谷은 自兒時로 詩才出群이라 一日에 長老呼韻하여 命作鼇詩한대 應口輒對하니 其頷聯云 "稚引黑脣迎綠葉이러니 老拖黃腹上靑梯라"하고 末句云 "失却眞形仍化蝶하니 更疑莊叟夢魂迷라"하다 長老嘉賞之하고 仍曰 "以頷聯見之하면 此兒必早列淸要하고 老作大官이로되 而第末句似無終保富貴之象하니 可欠이라"하다 公二十一에 登第하여 出入顯塗하고 旣老에 秩登極品하여 歷宗伯·太宰·判金吾하고 典文衡하여 "老拖黃腹上靑梯"之句驗矣로되 而後爲奸黨所構하여 盡削官衘하고 竄北塞하여 卒於謫所하여 "失却眞形仍化蝶"之句又驗하니 其亦異矣라

남호곡(南壺谷)[156]은 어려서부터 시재(詩才)가 출중하였다. 하루는 장로(長

......

156 남호곡(南壺谷): 남용익(南龍翼, 1628~1692)으로 호곡은 호이다. 자는 운경(雲

老)가 운(韻)을 불러주면서 누에에 관한 시를 지으라고 명하자, 운자를 불러주기 무섭게 답하였다. 그 함련(頷聯)에 이르기를

어려서는 검은 입술 끌고서 푸른 잎 맞이하더니   稚引黑脣迎綠葉
늙어서는 누런 배 끌고서 푸른 사다리 올라간다   老拖黃腹上靑梯

라고 하였고, 마지막 구에서는,

본모습 잃고서 나비로 변하니   失却眞形仍化蝶
다시 장수(莊叟)가 꿈 속에서 헷갈리는 듯하다[157]   更疑莊叟夢魂迷

라고 하였다. 장로가 가상히 여겨 칭찬하고 이어서 말하였다.

"함련을 가지고 보면 이 아이는 반드시 일찍 청요직의 반열에 오를 것이고, 늙어서는 대관(大官)이 될 것이다. 그러나 마지막 구로 보면 끝까지 부귀를 보존할 기상은 없는 듯하다. 이점이 흠이 될 만하다."

공은 21세에 과거에 급제한 뒤로 현달한 벼슬을 두루 거쳤으며, 늙어서는 벼슬이 극품(極品, 1품)에 올라 대종백(大宗伯, 예조 판서)과 태재(太宰, 이

••••••
卿), 본관은 의령, 시호는 문헌(文獻)이다. 벼슬이 대제학을 거쳐 판의금부사에 이르렀다. 1689년(숙종 15)에 기사환국으로 남인이 정권을 장악하고 서인이 축출될 때 명천(明川)에 유배되었다가 배소에서 별세하였다.

157 본모습……듯하다: 호접몽(蝴蝶夢)의 고사를 인용한 것이다. 장수(莊叟)는 장주(莊周)이다. 《장자》 〈제물론(齊物論)〉에 "옛날 장주가 꿈에 나비가 되었다. 훨훨 날아다니는 나비인지라 스스로 유쾌하고 뜻에 만족하여 자신이 장주인 줄을 모르다가 갑자기 꿈을 깨고 보니, 자신이 분명 장주였다. 장주의 꿈 속에서 장주가 나비가 된 것인지, 나비의 꿈 속에서 나비가 장주가 된 것인지 알지 못하였다.〔昔者 莊周夢爲蝴蝶 栩栩然蝴蝶也 自喻適志與 不知周也 俄然覺 則蘧蘧然周也 不知周之夢爲蝴蝶與 蝴蝶之夢爲周與〕"라고 하였다.

조 판서)와 판금오(判金吾, 판의금부사)를 역임하고 문형(文衡, 대제학)을 맡게 되었다. "늙어서는 누런 배 끌고서 푸른 사다리 올라간다."는 시구가 실증된 것이다.

그런데 뒤에 간악한 당에게 모함을 받아서 관직을 모두 삭탈당하고 북쪽 변방에 유배되어 배소에서 별세하였다. "본모습 잃고서 나비로 변하니."라는 시구도 실증된 것이니, 또한 기이한 일이다.

29. 미리 정해지는 사람의 운명

해설 | 남용익이 어린 시절에 꿈에서 얻은 네 구의 시가 역시 시참이 된 사실을 소개하였다. 곧 "지난 밤에 귀문관을 지나왔네."라는 시구가 후일에 모함을 받아 귀문관이 있는 길주 명천으로 유배 갔던 사실과 일치하였다. 두 수의 시가 거듭 시참이 되었으니, 세상만사의 운명이 미리 정해져 있다는 생각을 떠올릴 만하다.

壺谷少時에 夢得四句하니 曰 "絶域逢人少하니 羈愁上客顔이라 蕭蕭十里雨에 夜度鬼門關이라"하니 鬼門關은 在北道之吉州라 覺而怪之하다 公歷職中外하여 致位上卿이로되 而足跡未嘗至北路하고 首擬北伯이로되 又不利러니 至己巳하여 製進元子冊封頒敎文할새 借用 "燕姞夢蘭"語한대 奸黨以此文致之하여 竄之明川하니 實鬼門關外地也라 冒雨하고 暮投店舍에 一如夢中詩景하니 信乎萬事皆有前定也라 公遂作詩曰 "憂因識字蘭均檜요 兆已徵詩鬼似藍이라"하니 "藍"은 謂藍關金字詩요 "檜"는 謂東坡詠檜詩也라

남호곡이 어린 시절에 꿈에서 네 구의 시를 얻었는데, 그 내용이 다음과 같다.

먼 이역 땅에서 만나는 사람 적으니	絕域逢人少
나그네 얼굴엔 시름만 가득하여라	羈愁上客顏
십 리 길에 쓸쓸히 비 내리는데	蕭蕭十里雨
지난 밤에 귀문관158을 지나왔네	夜度鬼門關

귀문관(鬼門關)은 북도(北道, 함경도)의 길주(吉州)에 있는 곳이었기에 깨어나서 이를 괴이하게 생각하였다. 공은 내직과 외직을 두루 역임하고 상경(上卿)의 지위에 오를 때까지 발걸음이 북도에 이른 적이 없었다. 수망(首望)159으로 북백(北伯, 함경도 관찰사)에 주의(注擬)160되었을 때에도 낙점을 받지 못했었다.

그러다가 기사년(1689, 숙종 15)에 이르러서 원자(元子, 경종) 책봉에 대한 반교문(頒敎文)161을 지어 올릴 때 "연길(燕姞)이 천사(天使)에게 난초를 받는 꿈을 꾸었다."라는 말을 빌려 인용하였는데162, 간당(奸黨)들이 이 구절을 가지고 죄를 얽어서 명천(明川)으로 유배를 가게 되었다. 명천은 실로 귀문관 밖에 있는 땅이다.

공은 비를 무릅쓰고 길을 가서 저물녘에 객사에 이르렀는데, 이 일이

••••••

158 귀문관(鬼門關): 함경북도 부령(富寧)과 경성(鏡城) 사이에 있는 관문 이름이다.

159 수망(首望): 관리 후보자로 추천하는 3인 중에 1순위로 올리는 것을 이른다.

160 주의(注擬): 전조(銓曹)에서 후보자를 전형하여 왕에게 천거하는 일을 이른다.

161 반교문(頒敎文): 나라의 경사에 백성에게 반포하는 임금의 교서(敎書)를 이른다.

162 연길(燕姞)이……인용하였는데: 호곡이 반교문(頒敎文)에 정 목공(鄭穆公)의 고사를 인용해 "다행히 난초를 받는 길몽(吉夢)을 점쳐서〔幸占賜蘭之吉夢〕"라고 하였는데, 남인들은 이것이 장희빈을 천첩(賤妾)으로 모욕한 것이라고 무함하였다. 반교문은 《숙종실록》 15년 1월 17일 기사에 보인다. 연길은 춘추시대 정(鄭)나라 문공(文公)의 천첩으로 목공의 어머니이다. 연길이 천사가 난초를 주면서 아들로 만들어 주겠다는 꿈을 꾼 뒤에 문공의 총애를 받아 낳은 아들 난(蘭)이 후에 목공이 되었다. 《春秋左氏傳 宣公 3年》

꿈에서 얻은 시에 묘사된 풍경과 똑같았다. 진실로 세상만사는 모두 미리 정해져 있다는 것이다. 공은 마침내 시를 지으니, 그 내용은 다음과 같다.

글을 알아 우환 겪음은 난(蘭)과 회(檜)가 똑같고　　憂因識字蘭均檜
조짐이 시에 나타남은 귀(鬼)와 남(藍)이 똑같네　　兆已徵詩鬼似藍

'남(藍)'은 남관(藍關)을 금자(金字)로 쓴 시[163]를 이르고, 회(檜)는 동파(東坡)가 회(檜)나무를 읊은 시[164]를 이른다.

‧‧‧‧‧‧

163　남관(藍關)을……시: 도가에서 8선(八仙)으로 꼽히는 한유(韓愈)의 조카 한상(韓湘)이 쓴 시를 이른다. 한상이 젊은 시절에 학문을 권하는 한유에게 "준순주를 빚을 줄도 알고, 경각화도 피울 수 있습니다.〔解造逡巡酒 能開頃刻花〕"라는 시구를 지어 보이고, 흙을 모아 동이로 덮었다가 동이를 치웠다. 그러자 거기에 벽모란(碧牧丹) 두 송이가 피어 있었고, 모란 잎에 "구름은 진령(秦嶺)에 걸쳐있는데 집은 어디에 있나. 눈은 남관(藍關)을 뒤덮어 말이 나아가지 못하네.〔雲橫秦嶺 家何在 雪擁藍關馬不前〕"라는 시구가 작은 금자(金字)로 쓰여 있었다. 한유는 당시에 그 뜻을 깨닫지 못하였다. 뒤에 〈불골표(佛骨表)〉를 올렸다가 조주 자사(潮州刺史)로 좌천되어 가던 길에 눈을 맞으며 따라온 한상이 "옛날 모란 잎에 쓰여 있던 시구가 바로 오늘의 일을 예언한 것입니다."라고 하는 말을 듣고서야 깨닫게 되었다고 한다. 한유가 지명을 물어보니 그곳이 바로 남관(藍關)이었다. 《太平廣記》

164　동파(東坡)가……읊은 시: 동파 소식(蘇軾)이 지은 〈왕복수재소거쌍회(王復秀才所居雙檜)〉 시 두 수를 이른다. 이 시에 "회나무 뿌리가 구천에 이르도록 굽은 곳이 없는데, 세간에서 오직 숨은 용이 알 뿐이네.〔根到九泉無曲處 世間唯有蟄龍知〕"라는 구가 있다. 원풍(元豐) 2년(1079)에 소식이 '오대시안(烏臺詩案)'이란 필화에 걸려 어사대(御史臺)에 투옥되었을 때다. 정적(政敵) 왕규(王珪)가 이를 거론하며 '비룡(飛龍, 현재의 임금)은 자기를 몰라주고 숨은 용〔蟄龍〕만이 자기를 알아준다는 말로, 신종(神宗)의 신하가 아님을 표명한 것'이라고 참소하였다. 그러나 신종은 이들의 주장을 물리치고 소식을 황주 단련부사(黃州團練副使)로 좌천시키는 것으로 옥사를 마무리 지었다. 《宋史全文 卷12下 宋神宗三》

30. 문곡文谷 김수항金壽恒이 꿈에서 얻은 시구

해설 | 남용익의 시처럼 김수항의 시도 현실로 실증되어 시참이 되었던 사실을 소개하였다. 김수항이 일찍이 꿈에서 얻은 시가 동대문을 지나서 전원으로 돌아감을 뜻하는 것이었는데, 실제로 노년에 복상(卜相)의 일로 벼슬에서 물러나 동대문 밖의 양주(楊州)의 석실(石室)로 가게 되었던 것이다.

文谷嘗夢得二句하니 曰 "羸駿獨出上東門하니 未老歸田荷聖恩이라"하다 覺後足之曰 "一壑千峰雲水外에 向來車馬不聞喧이라"하다 後謫南荒할새 路不由東門하여 前夢이 不驗이러니 至丁卯하여 因卜相事하여 大忤上意하여 蒼黃出城하여 投石室先塋下하니 實東門外也라 其夢이 到此乃驗하니 亦可見其前定也라

문곡(文谷)[165]이 일찍이 꿈에서 두 시구를 얻었는데, 그 내용은 다음과 같다.

------

165 문곡(文谷): 김수항(金壽恒, 1629~1689)의 호이다. 자는 구지(久之), 본관은 안동이다. 벼슬이 영의정에 이르렀다. 기사환국에 진도로 유배되었다가 사사되었다. 시호는 문충(文忠)이다. 형제인 김수증(金壽增)과 김수흥(金壽興)도 모두 뛰어나 삼수(三壽)로 병칭된다.

여윈 말 타고 홀로 상동문(동대문)¹⁶⁶을 나서니　　　　　羸驂獨出上東門

성은 입어 늙기 전에 전원으로 돌아왔네　　　　　　　未老歸田荷聖恩

문곡이 꿈을 깬 뒤에 뒷부분을 다음과 같이 완성하였다.

한 골짜기 천 봉우리가 구름과 물 밖이라　　　　　一壑千峰雲水外

이전의 시끄러운 거마 소리 들리지 않노라　　　　　向來車馬不聞喧

　뒤에 문곡이 남쪽 먼 변방으로 유배 갈 적에는 길이 동대문을 경유하지 않아 예전의 꿈이 맞지 않았다. 정묘년(1687, 숙종 13)에 이르러 복상(卜相)의 일¹⁶⁷로 성상의 뜻을 크게 거스르고 경황 중에 도성 문을 나가 석실(石室)의 선영(先塋) 아래로 갔는데, 이곳은 실로 동문 밖이었다. 그 꿈이 이때에 이르러 비로소 실증되었으니, 또한 만사가 미리 정해져 있음을 볼 수 있다.

• • • • • •

166　상동문(上東門) : 본래 한(漢)나라 장안(長安)의 동도문(東都門)을 가리킨다. 여기서는 한양의 동대문인 홍인문(興仁門)을 가리킨 것이다.

167　복상(卜相)의 일 : 정승 후보자를 천거하는 일을 이른다. 1687년 5월 1일에 숙종이 영의정 김수항과 좌의정 이단하(李端夏)에게 복상하도록 하였다. 그런데 숙종은 심중에 두었던 이조 판서 조사석(趙師錫)이 의망되지 않자 다시 의망하게 하였다. 그래서 결국 조사석이 의망되어 숙종의 낙점을 받게 되었다. 김수항은 이 일로 사직하였고, 항간(巷間)에는 '조사석이 궁액(宮掖, 장희빈)에 연줄을 대어 남몰래 정승 자리를 도모하였다.'는 소문이 돌았다. 《肅宗實錄 13年 5月 1日, 7月 24日》

31. 백호白湖 임제林悌의
   호방한 성품과 풍류 있는 시풍

해설 | 성품이 호방하고 시 짓는 솜씨가 뛰어났던 임제가 죽음에 임박해서도 여전히 변함없이 힘차고 호방한 시를 창작하였음을, 평사로 근무했던 일과 경성 판관으로 부임하게 된 친구에게 써준 시를 통해 보여주고 있다.

林白湖豪俊能詩라 少時에 以評事赴北幕하니 風流勝跡을 北人久益追思라 及白湖病革에 其友以鏡城判官으로 將赴任할새 就別曰 "子於北路에 固不能無情하니 吾之往也에 必欲得子詩하여 使佳妓歌之러니 今子之病甚矣니 奈何오" 白湖卽扶起取筆하여 書一詩以贈曰 "元帥臺前海接天하니 曾將書劍醉戎軒이라 陰山八月恒飛雪하여 時逐長風落舞筵이라" 하고 未久而逝하다 臨死之作이 凌厲豪逸이 猶如此하니 平日之氣象을 可見矣라

임백호(林白湖)[168]는 성격이 호방하고 시 짓는 솜씨가 뛰어났다. 젊었을

••••••
168 임백호(林白湖): 임제(林悌, 1549~1587)로 백호는 호이다. 자는 자순(子順), 본관은 나주(羅州)이다. 벼슬이 예조 정랑과 지제교에 이르렀다. 성격이 호방하여 벼슬에 뜻을 두지 않고 유람하기를 좋아하였다. 서도(西道, 평안도)의 평사에 제수되어 부임하는 길에 황진이(黃眞伊)의 무덤을 찾아가 시조 한 수를 짓고 제사 지냈다가 부임하기도 전에 파직당하는 등의 많은 기행을 남기고 39세에 별세하

적에 평사(評事)[169]로서 북막(北幕)에 부임하였는데,[170] 풍류가 있고 행적이 훌륭하여 북쪽 사람들이 오래 지날수록 더욱 그리워하였다. 임백호가 병환이 위중할 때에 친구가 경성 판관(鏡城判官)으로 장차 부임하게 되어 찾아가서 작별하며 말하였다.

"그대는 북도(北道)에 대한 정이 진실로 없을 수 없다. 내가 이번에 부임할 때에 그대의 시를 꼭 얻어가서 아름다운 기생을 시켜 노래하게 하려고 했었는데, 지금 그대의 병이 위중하니 어찌한단 말인가?"

임백호는 즉시 부축을 받고 일어나 붓을 잡고 시 한 수를 써주었는데, 그 내용은 다음과 같다.

원수대[171] 앞 바다가 하늘과 맞닿았는데 　　　　　元帥臺前海接天
책과 검을 들고 오랑캐 털방석에서 취했었네 　　曾將書劍醉戎氈
음산은 팔월에도 항상 눈발이 날려 　　　　　　陰山八月恒飛雪
긴 바람 때로 춤추는 자리에 떨어졌지 　　　　時逐長風落舞筵

그리고는 얼마 지나지 않아 세상을 떠났다. 죽음에 임하여 지은 작품도 오히려 이처럼 힘차고 호방했으니, 평소의 기상을 알 수 있다.

••••••
였다.
169 평사(評事): 함경도와 평안도의 병마절도사 밑에서 행정을 맡은 정6품의 무관직이다.
170 북막(北幕): 북도(北道)의 군막(軍幕)이란 뜻으로 함경도 병마절도사의 북병영(北兵營)을 이른다. 조선조에는 함경도의 종성(鍾城)과 북청(北靑)에 각각 북병사(北兵使)와 남병사(南兵使)를 설치하고, 그 아래에 평사를 두었다.
171 원수대(元帥臺): 지금의 함경북도 경성군에 해당하는 경성도호부(鏡城都護府)에 있는 명승지로 바다에 연해있다. 고려 때 윤관(尹瓘)이 여진족을 물리치고 이곳에서 군대를 점검했다고 한다. 뒤에 비각을 건립하고 '원수대'라고 칭하였다.

32. 남에게 굽히기를 싫어하는 문인들의 습기習氣

해설 | 이안눌의 문장과 정두경의 글씨를 예로 들어, 언제나 남에게 굽히기를 싫어하는 문인들의 오래된 습성을 지적하였다.

東岳 李公은 詩雖擅名一世나 而文非所長이라 人或求序跋하면 輒以詩 應之하여 平生未嘗作文이라 然每自誇曰 "吾之文이 實勝於詩어늘 而世 罕知之하니 可歎이라"하다 淸陰先生이 聞而笑曰 "如是면 何不作一首文 也오"하다 鄭東溟亦詩勝於文하니 筆雖有奇氣나 無師法하여 隨意放筆하 여 終是不能書也어늘 而常自言호되 "吾筆爲第一이요 文次之요 詩又次 之라"하니 亦與東岳之語一般이라 文人每事不欲屈於人은 習氣然也니라

  동악(東岳) 이공(李公)[172]은 비록 시로써 당대에 이름을 떨쳤으나, 문(文, 산문)은 잘하는 것이 아니었다. 사람들이 혹 서문이나 발문을 요청하면 번번이 시로 응수하여 평소 문을 지은 적이 없었다. 하지만 매번 스스로

------

172 동악(東岳) 이공(李公): 이안눌(李安訥, 1571~1637)로 동악은 호이다. 자는 자
    민(子敏), 본관은 덕수(德水)이다. 벼슬이 예조 판서에 이르렀다. 4천 3백여 수에
    이르는 방대한 시를 남겼다.

자랑하였다.

"나의 문이 실로 시보다 나은데 세상에서 아는 이가 적으니, 안타깝다."

청음(淸陰) 선생이 이 말을 듣고 웃으며 말하였다.

"이와 같다면 왜 문을 한 편도 짓지 않는가?"

정동명(鄭東溟)[173]도 시가 문보다 나았다. 글씨는 비록 기이한 기운이 있었으나 스승으로부터 전해 받은 법도가 없이 마음대로 함부로 썼으므로 끝내 잘 쓰지는 못하였다. 그런데도 항상 스스로 말하기를 "나는 글씨가 제일이고 문이 다음이고 시가 또 그 다음이다."라고 하니, 또한 동악의 말과 똑같았다. 문인(文人)들이 모든 일에서 남에게 굽히려 하지 않는 것은 습성이 그런 것이다.

• • • • • •

173 정동명(鄭東溟): 정두경(鄭斗卿, 1597~1673)으로 동명은 호이다. 자는 군평(君
平), 본관은 온양(溫陽)이다. 청나라의 침략에 대비할 것을 주장하였으나 받아들
여지지 않자 벼슬을 그만두고 물러나 향리에서 여러 편의 풍시(諷詩)를 지어 올
렸다. 효종이 즉위하자 27편의 풍시를 지어 올려 호피(虎皮)를 하사받기도 하였
다. 이후 여러 관직에 제수되었으나 모두 사양하고 나아가지 않았다.

33. 고아하면서도 법도에 맞는
군자의 말과 문장

해설 | 문장을 비평하는 도곡 자신의 관점을 소개하였다. 문장이란 언어의 활용이므로 결국 사용한 언어가 고아하여 품격이 있어야 하고 법도에 맞고 조리가 있어야 한다고 보았다. 따라서 문장을 평할 때는 우아한지 비속한지 법도에 맞는지를 보아야지, 남들처럼 겨우 문맥이 통하는지 여부를 보는 정도로는 문장의 성취를 제대로 평가할 수 없다고 지적하였다.

君子之言은 雅以則하니 藝語汚談은 乃賈竪也라 且言雖辯若懸河나 苟失倫序면 與口吃無異矣라 文詞者는 非異常別件物事요 不過言語之所宣이니 若品格俚俗하고 規度乖錯이면 則便同汚藝之談과 失倫之言하여 雖流出不窮하여 驚倒愚蒙이나 亦何足貴哉아 余素不能文이로되 猶能知觀文字라 當先求本體之雅俗하고 次究其法度之合否어늘 而人之觀文字則不然하여 只取其語脈之通不通하여 其他는 全然不察하니 如是而何可知其文之工拙哉아

군자(君子)의 말은 고아하면서 법도에 맞는다. 음담패설과 비속한 말은 바로 장사꾼이나 하는 것이다. 또 말솜씨가 뛰어나서 폭포수처럼 쏟아낼 수 있다고 하더라도, 말의 조리를 잃는다면 말더듬이와 다를 것이 없다.

문장이란 특이하거나 별다른 물건이 아니라 언어를 잘 베풀어 놓은 것에 지나지 않는다. 따라서 품격이 비속하고 법도에 어긋난다면, 곧 비속한 말과 음담패설이나 조리를 잃은 말과 똑같은 것이 된다. 비록 흘러나오는 말이 무궁무진하여 어리석은 사람들을 놀래 자빠지게 만들더라도, 어찌 소중하게 여길 것이 있겠는가.

나는 평소 문장에 능하지 못하지만 그래도 문자를 볼 줄을 알아서, 먼저 그 본체(本體)가 우아한지 비속한지를 살펴보고, 그 다음에 법도에 맞는지의 여부를 따져본다. 그러나 다른 사람들은 문자를 보는 것이 그렇지 않아서, 겨우 문맥이 통하는지의 여부만을 보고, 그 나머지는 전혀 살펴보지 않는다. 이렇게 하고서 어떻게 그 문장이 뛰어난지 졸렬한지를 알수 있겠는가.

34. 선진·당송의 고문과
한위漢魏·성당의 시

해설 | 시와 문장의 근원이 선진 양한의 문과 한·위의 시에 있음을, 필법의 근원이 종요와 왕희지의 필법에 빗대어 강조하였다. 안진경과 유공권이 종요와 왕희지의 필법을 바탕으로 꽃을 피웠듯이, 한유·구양수와 이백·두보도 선진 양한의 문과 한·위의 시를 바탕으로 꽃을 피운 것이라고 하였다. 근원에 뿌리를 두지 않고서는 좋은 성취를 얻을 수 없다는 점을 지적한 것이다.

以文章擬之八法하면 文之先秦、兩京과 詩之漢、魏는 鍾、王也요 文之韓、歐와 詩之李、杜는 顔、柳也라 八法은 必先以鍾、王立其筋骨然後에 始成規模니 不本於鍾、王이면 則雖或有姿媚나 終不能掩其庸俗이라 詩文亦然하여 不以漢、魏、先秦爲法이면 則塵陋無可言이니 雖下筆滔滔하여 優於應俗이나 自識者觀之하면 亦難掩其傖父面目矣니라

문장을 팔법(八法, 서법)[174]에 견주어 말하자면, 선진(先秦) 시대와 양경(兩

......

174 팔법(八法): 서법을 다르게 말한 것이다. 본래 운필(運筆)하는 여덟 가지 법을 이른다. 곧 측(側, 점), 늑(勒, 가로획), 노(努, 세로획), 적(趯, 갈고리), 책(策, 오른 뼈침), 약(掠, 왼 뼈침), 탁(啄), 책(磔, 파임)이다.

京, 양한(兩漢))[175] 시대의 문과 한(漢)·위(魏)의 시는 종요와 왕희지[176]인 셈이고, 한유와 구양수의 문과 이백과 두보의 시는 안진경과 유공권[177]의 필법인 셈이다.

팔법은 반드시 종요와 왕희지의 서법으로써 먼저 근육과 뼈대를 세워야 한다. 그런 뒤에야 비로소 규모를 갖출 수 있는 것이다. 종요와 왕희지의 서법에 뿌리를 두지 않는다면, 비록 겉으로는 아름다운 자태가 있어도 끝내 용렬하고 저속한 기운을 감추지 못한다.

시와 문의 경우도 그러해서, 한·위와 선진 시대를 법으로 삼지 않으면, 저속하고 비루하여 말할 만한 것이 없게 된다. 비록 말을 거침없이 쏟아내어 세속에 응대하기에 충분한 정도라고 하더라도, 식자의 눈으로 보면 창부(傖父, 시골뜨기)와 같은 면목을 감추기가 어렵다.

● ● ● ● ● ●

175 선진(先秦)과 양경(兩京): 선진은 진(秦)나라 통일 이전의 춘추전국시대를 이르고, 양경은 서경(西京)과 동경(東京)이란 뜻으로 전한(前漢)과 후한(後漢)을 이른다.

176 종요와 왕희지: 종요(鍾繇, 151~230)는 자가 원상(元常)이다. 위(魏)나라에서 상국(相國)을 지냈다. 왕희지(王羲之, 307~365)는 동진 사람으로 자가 일소(逸少)이다. 우군장군(右軍將軍)을 지내어 왕우군(王右軍)으로 불리고, 후대에 서성(書聖)으로 칭해진다.

177 안진경과 유공권: 안진경(顔眞卿, 709~785)은 당나라 현종(玄宗) 때의 명신으로 왕희지의 필법을 배운 후에 일가의 서풍을 창조하였다. 유공권(柳公權, 778~865)은 목종(穆宗), 경종(敬宗), 문종(文宗) 3대에 걸친 명신으로 왕희지의 필법을 배운 후에 일가의 서풍을 완성하였다. 두 사람은 '안류(顔柳)'로 병칭된다.

35. 음이생陰飴甥의 말을 원용한 최립의 종계변무宗系辨誣

해설 | 음이생이 군자와 소인의 생각을 번갈아 진술하면서 진 목공을 설득한 말이, 설득을 위한 글에 적합한 문법을 갖추고 있어, 여러 작가에 의해 활용되었음을 밝혔다. 그 예로 최립이 종계변무를 위해 작성한 글과 김창협이 성혼과 이이의 문묘 종사를 청한 상소에 모두 이 문법이 활용된 사실을 들었다. 최립이 작성한 글은 《도협총설》(60번)에도 언급되어 있다.

《左傳》陰飴甥對秦伯之問에 叙君子小人之言은 其文特奇하니 崔簡易宗系呈文中一段語는 祖此라 今其文이 以金黃岡 繼輝名으로 載於陳仁錫所編《明文奇賞》하니 蓋黃岡以使臣往也에 簡易以質正官同行하여 實代製之也라 文甚古雅하고 明人亦劇賞之하다 後來農巖 牛、栗從祀疏中에 列叙可否兩說에도 亦用此文法하니 見之可喜라

《춘추좌씨전》에 음이생(陰飴甥)이 진백(秦伯)의 물음에 대답하면서 군자와 소인의 말을 서술한 글[178]이 있는데, 그 글이 매우 기이하다. 최간이(崔

· · · · · ·

[178] 춘추좌씨전(春秋左氏傳)에⋯⋯서술한 글: 《춘추좌씨전》 희공(僖公) 15년 기사에 보인다. 이때 진(晉)이 진(秦)과 싸워 진 혜공(晉惠公)이 사로잡히고 말았다.

簡易)가 종계변무(宗系辨誣)[179]를 위해 올린 글 가운데 한 단락이 이 일을 근거로 삼은 것이다.

지금 이 글이 황강(黃岡) 김계휘(金繼輝)[180]의 이름으로 진인석(陳仁錫)[181]

••••••

뒤에 회맹할 때 진 목공(秦穆公)이 진(晉)이 화목한가를 묻자, 진(晉)의 대부 음이생(陰飴甥)이 대답하였다. "화목하지 않습니다. 소인들은 임금을 잃은 부끄러움과 친척이 전사한 슬픔으로 세금 내고 무기 수선하기를 피하지 않고, 태자 어(圉)를 임금으로 세우기를 바라며, '반드시 원수를 갚겠다. 어찌 오랑캐를 섬기랴.'라고 합니다. 하지만 군자들은 임금을 사랑하지만 지은 죄도 알기에 세금 내고 무기 수선하기를 피하지 않으면서도, 진(秦)이 임금을 돌려보내라 명하기를 기다리며, '꼭 진(秦)의 은혜를 갚을 것이니, 죽어도 두 마음을 품지 않을 것이다.'라고 합니다. 그래서 화목하지 못합니다.〔不和 小人恥失其君而悼喪其親 不憚征繕以立圉也 曰必報讎 寧事戎狄 君子愛其君而知其罪 不憚征繕以待秦命曰 必報德 有死無二 以此不和〕" 또 혜공이 어떻게 될 것이라 보느냐고 묻자, 대답하였다. "소인들은 죽음을 면치 못한다고 슬퍼하고, 군자들은 꼭 돌아온다고 미루어 짐작합니다. 소인들은 '우리가 진(秦)을 해쳤는데, 진이 어찌 우리 임금을 돌려보내랴.'라고 하고, 군자들은 '우리가 지은 죄를 아니, 진이 임금을 꼭 돌려보낼 것이다.'라고 합니다.〔小人慼 謂之不免 君子恕 以爲必歸 小人曰 我毒秦 秦豈歸君 君子曰 我知罪矣 秦必歸君〕" 음이생의 설득으로 혜공은 곧 귀국할 수 있었다.

179 종계변무(宗系辨誣): 명나라《태조실록(太祖實錄)》과《대명회전(大明會典)》의 조선 건국에 관한 기록에 태조 이성계(李成桂)가 고려의 권신 이인임(李仁任)의 후손이라고 잘못 기록되어 있어, 조선에서 개정할 것을 요청한 일을 가리킨다. 조선은 태조 이래로 기록의 개정을 수없이 요청했으나 명나라가 이에 응하지 않았다. 선조가 즉위한 뒤에 이 일을 강력히 추진하여 1573년(선조 6)에 이후백(李後白)과 윤근수(尹根壽)를, 1575년에 홍성민(洪聖民)을, 1581년에 김계휘(金繼輝)를 보내어 거듭 개정을 주청하자, 마침내 명나라가《대명회전》을 중수하면서 이를 반영하였다. 이에 1584년에 황정욱(黃廷彧)이 중수한《대명회전》의 등본을 가져오고, 1587년에 유홍(兪泓)이 중수한《대명회전》의 조선 관계 부분 한 질을 받아와서 선조가 종묘사직에 친고(親告)하고, 1589년에 윤근수가《대명회전》전부를 받아옴으로써 종계변무의 문제가 일단락되었다.

180 황강(黃岡) 김계휘(金繼輝): 1526~1582. 황강은 호이고 자는 중회(重晦), 본관은 광산(光山)으로 사계 김장생의 아버지이다. 벼슬이 예조 참판에 이르렀다. 1581년(선조 14)에 종계변무를 위한 주청사(奏請使)로서 명나라에 다녀왔다.

181 진인석(陳仁錫): 1581~1636. 명나라 말기 학자로 자는 명경(明卿), 호는 지태(芝台)이다. 벼슬이 국자감 좨주(國子監祭酒)에 이르렀다.

이 편찬한 《명문기상(明文奇賞)》에 기재되어 있다. 이는 황강이 사신으로 갔을 적에 간이가 질정관으로 동행하여 실로 황강을 대신하여 지은 것이다.[182] 문장이 매우 예스럽고 우아하여 명나라 사람들도 매우 칭찬하였다.

  뒤에 농암(農巖)이 우계(牛溪)와 율곡(栗谷)을 문묘에 종사할 것을 청하여 올린 상소[183]에서 가부(可否)에 관한 두 가지 설을 서술하면서도 이 문법을 사용하였으니, 즐겁게 볼 만하다.

• • • • • •

182 이는……것이다: 김계휘가 예부 상서에게 올린 서신 두 통이 《명문기상》에 실려 있는데, 첫째 글은 질정관 최립이 작성하였고, 둘째 글은 서장관 고경명이 작성하였다. 진인석은 첫째 글에 대해 "조선인은 송나라 서적을 전혀 읽지 않아 그 글이 고아하다."라고 평하였다.

183 농암(農巖)이……상소문: 김창협(金昌協)이 성균관 장의(成均館掌議)를 맡았던 1681년(숙종 7) 9월에 이연보(李延普) 등과 함께 팔도 유생의 명의로 지은 상소문 세 통 가운데 하나인 〈관학청오현종사문묘소(館學請五賢從祀文廟疏)〉를 이른다. 이이(李珥), 성혼(成渾), 송나라 양시(楊時), 나종언(羅從彦), 이통(李侗)의 문묘 종사를 청한 것이다. 숙종은 대신들에게 의견을 물은 뒤에 그대로 윤허하였다. 《農巖集 卷7 疏箚》《肅宗實錄 7年 9月 19日》

36. 노장老莊을
《논어》와 《맹자》에 견줌

해설 | 간결하면서 심오한 노자의 《도덕경》과 해박하면서 사변적인 장자의 《남화경》이 각각 《논어》와 《맹자》의 문법과 유사한 점이 있음을 사례를 들어 밝혔다.

老,莊은 異端之雄也로되 老簡而深하고 莊博而辨하니 比之吾道하면 《道德經》은 如《論語》하고 《南華經》은 如《孟子》라 《莊》之〈齊物論〉은 極論其道之大致하니 亦如《孟子》之浩然章이요 〈天下〉篇은 歷叙諸子하여 以及於老聃하니 亦如《孟子》末篇의 論道統之傳이라 雖其道有是非邪正之別이나 著書立言之宗旨는 則略相似라

노자와 장자는 이단의 우두머리이다. 노자는 간결하면서 심오하고 장자는 해박하면서 사변적이니, 이를 우리 유도에 비기면 《도덕경(道德經)》은 《논어》와 같고 《남화경(南華經)》은 《맹자》와 같다.

《장자》의 〈제물론(齊物論)〉은 도의 대체(大體)를 지극히 논한 것이 또한 《맹자》의 호연장(浩然章)[184]과 같고, 《장자》의 〈천하편(天下篇)〉은 제자(諸子)

••••••
184　호연장(浩然章): 《맹자》 〈공손추 상(公孫丑上)〉 제2장의 '호연지기(浩然之氣)'를

를 차례로 서술하여 노담(老聃, 노자)에까지 미친 것이, 또한《맹자》의 마지막 편에서 도통(道統)의 전승을 논한 것과 같다.

비록 그 도에 옳고 그름과 간사하고 바름의 차이가 있으나, 저술을 남겨 말을 전하려는 종지(宗旨)는 대략 서로 비슷하다.

● ● ● ● ● ●
논한 장을 가리킨 것이다.

37. 천고 문장의 정맥正脈이
육경六經에서 근원함

해설 | 문장은 의리가 갖추어져야 하는데, 성인의 도가 육경에 실려 있으므로 문장의 근본을 육경에 두어야 마땅하다고 주장하면서, 문장의 정맥(正脈)이 육경에 있음을 강조하였다. 실제로 양한 시대에서 당송 시대까지의 여러 문장가들이 육경에 근본을 두었는데 명나라 왕세정과 이반룡 등 고문사파(古文辭派)들이 선진의 제자에 집중할 뿐 육경을 배우지 않아 말이 순조롭지 못하고 의리도 빈약해졌다고 비판하였다.

聖人之道가 具在六經하니 固學者所共劑心이요 而雖欲爲詞章之末이라도 外此면 亦不可他求라 蓋文而無理면 不可謂之文이니 欲其詞, 理俱備인댄 捨聖經이면 何適矣리오 是以로 上自兩漢諸公으로 以至唐、宋八大家히 皆本經術爲文이라 蘇氏父子는 雖未能脫縱橫氣習이나 其源則亦出六經하니 千古文章正脈이 實在於此라 皇明 王、李諸人은 專學先秦諸子하여 意欲跨韓、歐而上之하여 與左、馬竝驅로되 而其文不本於經이라 故語不馴而理則媿하여 比之曾、王에도 猶不及하니 況左、馬乎아 嘗怪明人開口에 便說先秦하니 六經은 獨非先秦乎아 譬如酒醴하면 六經은 醇也요 先秦諸子는 醨也라 夫旣專力於先秦이면 則又何以捨其醇而啜其醨也리오 可謂枉費工夫矣로다

성인(聖人)의 도는 육경(六經)[185]에 자세히 나와 있으니, 진실로 배우는 자들이 모두 마음에 새겨야 할 바이다. 비록 말단의 사장(詞章)을 배우고자 할지라도 이를 벗어나 다른 데에서 구할 수 없다.

문장에 의리[理]가 없으면 문장이라고 이를 수 없는 것이다. 그래서 사장[詞]과 의리[理]를 모두 갖추려 한다면, 성인의 경전을 버리고 어디에 가서 구하겠는가? 이 때문에 위로 양한(兩漢)의 여러 문장가로부터 당송의 팔대가(八大家)[186]에 이르기까지 모두가 경술(經術)에 근본을 두고서 글을 지었던 것이다.

소씨(蘇氏) 삼부자(三父子)[187]는 비록 종횡가(縱橫家)의 습성에서 벗어나지 못했으나, 이들의 근원도 육경에서 나왔다. 천고 문장의 정맥(正脈)이 진실로 여기에 있는 것이다.

명나라 왕세정(王世貞)[188]과 이반룡(李攀龍)[189] 등 여러 사람은 오로지 선진(先秦)의 제자(諸子)를 배웠으니, 마음으로는 한유와 구양수를 뛰어넘어

· · · · · ·

185 육경(六經): 유가에서는 보통 《시경》, 《서경》, 《주역》, 《춘추》, 《예기》, 《악경(樂經)》을 육경으로 꼽는다.

186 당송의 팔대가(八大家): 당송 시대의 대표적 문장가 8인을 이른다. 곧 당나라의 한유, 유종원과 송나라의 구양수, 소순, 소식, 소철, 증공, 왕안석이다. '팔대가'라는 말은 송나라 진덕수(眞德秀)가 〈독서기(讀書記)〉에서 처음 사용하였고, 이후 명나라 모곤(茅坤)이 《당송팔대가문초(唐宋八大家文鈔)》를 편찬하면서 널리 쓰였다.

187 소씨(蘇氏) 삼부자(三父子): 소순과 그의 두 아들 소식과 소철을 이른다. 소순을 노소(老蘇), 소식을 대소(大蘇), 소철을 소소(小蘇)라 칭하기도 한다.

188 왕세정(王世貞): 1526~1590. 자는 원미(元美), 호는 엄주산인(弇州山人)이다. 후칠자(後七子)의 한 사람으로, 이반룡과 함께 이왕(李王)으로 병칭된다. 이반룡 사후 고문사파(古文辭派)를 이끌며 문단을 주도하였다.

189 이반룡(李攀龍): 1514~1570. 자는 우린(于鱗), 호는 창명(滄溟)이다. 이몽양(李夢陽) 등 전칠자(前七子)의 의고주의를 계승하여 진한 고문과 성당 이전의 시를 중시하는 고문사파를 창도하였다.

좌구명(左丘明)·사마천(司馬遷)과 어깨를 나란히 하고 싶었을 것이다. 그러나 이들의 문장은 경전에 근본을 두지 않았기 때문에 말이 순조롭지 못하고 의리도 빈약하였다. 그래서 증공(曾鞏)과 왕안석(王安石)에 비하여도 오히려 미치지 못하는데, 하물며 좌구명과 사마천에 비할 수 있겠는가.

내가 일찍이 괴이하게 여긴 것은, 명나라 사람들이 입을 열면 번번이 선진의 문장을 말하고 있는데, 육경은 홀로 선진의 것이 아니란 말인가 하는 것이었다. 술과 단술로 비유하자면 육경은 순주(醇酒)에 해당하고 선진 시대 제자의 문장은 탁주(醨酒)에 해당한다. 전적으로 선진의 문장에 힘쓰고 있다면서, 또한 어찌하여 순주를 버리고서 탁주만을 마셨단 말인가? 공력을 헛되이 낭비했다고 이를 만하다.

38. 선진 제자의
   높은 식견과 문장력

해설 | 선진 제자의 글을 널리 참고하는 것이 문장 학습에 도움이 된다는 뜻을 밝혔다. 그 의(義)와 도리가 육경과 달라 학술의 순수함을 해칠 수 있으나, 선진 제자들이 식견과 필력에 있어서만큼은 상고 시대의 기풍을 타고나서 절로 높고 굳세므로, 이를 익히는 것이 문장의 기운을 강화시키는 데 도움이 된다는 것이다.

先秦諸子는 學術雖不醇이나 其識見儘高하고 筆力又健하니 蓋稟隆古風氣故로 開口自然如此하니 要非以後諸人所及也라 爲文章者는 雖當本之六經이나 亦不妨旁參以助文氣라 但其中背理害義處는 則知所去取可也니라

선진의 제자들은 학술이 비록 순수하지 못하나 식견이 진실로 높고 필력도 굳세다. 이는 상고 시대의 기풍을 받고 태어났기 때문에 입을 열면 자연스럽게 그렇게 되었던 것이다. 요컨대 이는 선진 이후의 여러 사람이 미칠 수 있는 바가 아니다.

　문장을 배우는 자들은 마땅히 육경에 근본을 두어야 하지만, 선진 제자의 글을 널리 참고하여 문장의 기운에 도움을 주는 것도 해롭지 않다. 다만 그 가운데에 도리에 위배되고 의(義)를 해치는 부분에 대해서는 취하고 버릴 줄을 알아야 한다.

39. 명나라의 여러 문학 유파流派

해설 | 명대의 문학 유파를 개괄하여 소개하고 각각에 대하여 간략한 평어를 붙였다. 명초의 송렴과 방효유 등이 경술에 근본을 두어 선진 시대의 전형을 보여주었고, 이몽양이 선진 제자를 표준으로 삼아 아순하지 못하였고, 왕세정과 이반룡 등이 난삽과 험굴을 위주로 하여 한유와 구양수의 정맥에서 벗어났고, 모곤과 당순지 등이 구양수와 증공 등 당송 고문으로 귀의하였고, 왕수인이 모방과 표절에서 벗어나 자득의 묘를 발휘하여 준상혜리(俊爽慧利, 준수하고 밝고 지혜롭고 예리함)한 문장을 성취하였고, 전겸익이 그림자와 메아리를 좇아 표절하는 왕세정 일파와 달리 호탕하고 분방한 기세를 얻어 일가를 성취하였다고 차례로 평하였다.

明興에 宋潛溪、方遜志諸公이 以經術爲文章하니 其文이 雖各有長短이나 猶可見先進典刑이요 遜志는 尤浩博純正이라 至李空同하여 始以先秦諸子爲準則하여 刻意摹倣하니 其才力固雄鷙나 而所就는 頗乖雅馴이라 及夫王弇州、李滄溟、汪太函輩起於隆、萬間하여 一以學古自命하고 滄溟은 尤以槎牙險崛爲主하여 讀之면 絶無意味하고 太函亦然이라 弇州所見雖同이나 其才具實大하여 比諸子爲最故로 其文亦稱頗有一二可喜處라 然非韓、歐正派요 自是別流也라 大抵此數公文章이 專力於先秦諸子、《左》、《國》、《史記》하고 而不本於六經이라 故로 識見無可取요 其序、

記文字 非不新奇로되 而終不免爲華而不實之歸라 如茅鹿門、唐荊川、
王遵巖、歸震川諸人은 專歸宿於歐、曾諸大家라 故로 不甚有此病하여 頗
似爾雅하고 荊川尤佳라 王陽明은 學術雖誤나 其文俊爽慧利하여 非務爲
捊搚割剝之比하여 皆出於胸中自得也라 明末 錢牧齋之文은 駘蕩恣肆
하여 下筆滔滔하여 極其所欲言而止하니 雖格力不高나 要非王、李餘派
尋逐影響者之類니 亦自不易라

명나라가 일어날 때에 송잠계(宋潛溪)[190]와 방손지(方遜志)[191] 등 여러 공
(公)들이 경술로써 문장을 지었다. 그들의 글은 비록 각기 장점과 단점이
있으나, 그래도 선진 시대의 전형을 볼 수 있고, 방손지의 글은 특히 해
박하고 순정하다.

이공동(李空同)[192]에 이르러 처음으로 선진 제자를 표준으로 삼아 온 마
음을 다 쏟아서 모방하였는데, 그 재주와 힘은 진실로 웅건하였으나 성
취한 바는 아순(雅馴)함에서 몹시 벗어났다.

그러다가 왕엄주(王弇州, 왕세정), 이창명(李滄溟, 이반룡), 왕태함(汪太函)[193]
등이 융경 연간과 만력 연간[194]에 등장하여 하나같이 고문을 배운다고

••••••
190 송잠계(宋潛溪): 송렴(宋濂, 1310~1381)으로 잠계는 호이고, 자는 경렴(景濂)
     이다. 명 태조(太祖)의 스승으로《원사(元史)》편수를 주관하였다.

191 방손지(方遜志): 방효유(方孝孺, 1357~1402)로 손지는 호이고, 자는 희직(希直)
     이다. 송렴에게 수학하고 시강학사(侍講學士)에 올랐다.

192 이공동(李空同): 이몽양(李夢陽, 1473~1530)으로 공동은 호이고, 자는 헌길(獻
     吉)이다. 진한 시대의 고문과 이백·두보의 시로 돌아가야 한다는 고문주의를 주
     창하였다. 하경명(何景明), 왕구사(王九思), 왕정상(王廷相), 강해(康海), 변공(邊
     功), 서정경(徐禎卿) 등과 함께 전칠자(前七子)로 불린다.

193 왕태함(汪太函): 왕도곤(汪道昆, 1525~1593)으로 태함은 호이고, 자는 백옥(伯
     玉)이다.

194 융경과 만력 연간: 융경(隆慶)은 명 목종(穆宗)의 연호로 1567~1572년까지이

자처하였다.

이창명은 그 글이 더욱 난삽하고 험굴(險崛)한 것을 위주하여 읽어보면 전혀 의미가 없다. 왕태함도 그렇다. 왕엄주는 소견이 비록 이들과 같았으나, 그 재주가 진실로 커서 여러 사람들에 비해 가장 뛰어났다. 때문에 그의 글도 한두 군데는 자못 좋아할 만한 곳이 있다고 일컬어지고 있다. 그러나 한유와 구양수의 정맥(正脈)을 이은 것이 아니라 스스로 별도의 유파를 이룬 것이다.

대체로 이 몇 분의 문장은 선진 시대의 제자(諸子)와 《춘추좌전》, 《국어》, 《사기》에 오로지 힘쓰고 육경에 근본을 두지 않았다. 이 때문에 취할 만한 식견이 없고 서(序)와 기(記) 등의 글이 새롭고 기이하지 않은 것은 아니나, 화려하기만 하고 질박함은 없는 데로 귀결됨을 끝내 면하지 못하였다.

모녹문(茅鹿門)[195], 당형천(唐荊川)[196], 왕준암(王遵巖)[197], 귀진천(歸震川)[198] 같은 분들은 오로지 구양수와 증공 등의 여러 대가에게 귀의하였다. 그

다. 만력(萬曆)은 명 신종(神宗)의 연호로 1573~1620년까지이다.

다. 만력(萬曆)은 명 신종(神宗)의 연호로 1573~1620년까지이다.

195 모녹문(茅鹿門): 모곤(茅坤, 1512~1601)으로 녹문은 호이고, 자는 순보(順甫)이다. 고문에 뛰어나고 당송의 문장을 좋아하여 《당송팔대가문초》를 편찬하였다. 고문사파를 반대하고 당송의 글을 중시하여 당송파로 불렸다.

196 당형천(唐荊川): 당순지(唐順之, 1507~1560)로 형천은 호이고, 자는 응덕(應德)이다. 양명학자로서 명성이 높았으며, 정감을 표출하는 달의(達意)의 글을 중시하고 당송의 문장을 높이 평가하였다.

197 왕준암(王遵巖): 왕신중(王愼中, 1509~1559)으로 준암은 호이고, 자는 도사(道思)이다. 처음에 전칠자(前七子)를 따라 의고(擬古)를 주장하였으나 뒤에 입장을 바꿔 당송파의 일원이 되어 구양수와 증공을 높이 평가하였다.

198 귀진천(歸震川): 귀유광(歸有光, 1506~1571)으로 진천은 호이고, 자는 희보(熙甫)이다. 그의 문장은 흉중에서 우러나오는 진지한 감성이 독자들의 심금을 울린다는 평을 받았다. 당송의 문장을 배워 평이하면서 유려하고 명확한 문장을 구사하였다.

러므로 이러한 병통이 많지 않아서 자못 해박하고 고상한 듯하다. 그중에 당형천은 더욱 훌륭하다.

왕양명(王陽明)[199]은 학술이 비록 잘못되었으나 그 글은 준수하고 밝고 지혜롭고 예리하여, 모방과 표절을 힘쓰는 자들에 견줄 바가 아니다. 그 글이 모두 자신의 흉중에서 자득한 데서 나왔다.

명나라 말기에 전목재(錢牧齋)[200]는 문장이 호탕하고 분방하여 붓을 잡아 거침없이 써 내려가서 하고 싶은 말을 다 쓰고서야 그만두었다. 비록 품격과 힘은 높지 않았어도 요컨대 그림자와 메아리를 쫓는 왕세정과 이반룡의 여파(餘派)에 속하는 부류는 아니니, 이것도 본래 쉽지 않다.

------

199 왕양명(王陽明): 왕수인(王守仁, 1472~1529)으로 양명은 호이다. 주자학을 비판하고 육구연(陸九淵)의 심성론(心性論)을 계승하여 심즉리(心卽理), 지행합일(知行合一), 치양지(致良知)를 제창하여 양명학이란 새로운 유학을 창도하였다.

200 전목재(錢牧齋): 전겸익(錢謙益, 1582~1664)으로 목재는 호이고, 자는 수지(受之)이다. 전후칠자를 비판하고 송대의 문장을 높이 평가하였다.

40. 고문의 법도와 이반룡·왕세정

해설 | 고문의 간엄(簡嚴)한 법도가 당·송의 팔대가에 이르기까지 잘 계승되었으나, 명나라 이반룡과 왕세정 등에 이르러 바뀌었음을 밝혔다. 이들은 좌구명과 사마천 등과 어깨를 나란히 한다고 자처하였으나, 실제로는 고문의 의치(意致)와 법도를 계승하지 못하고 그 자구를 베끼고 형식을 답습하였을 뿐이라고 비판하고 있다.

古文은 法度甚簡嚴하여 絕無浮字賸句하니 下至唐 宋 韓、歐、蘇、曾諸公히 無不皆然이라 且韓、柳以下八家는 雖一意法古로되 只竊取意致法度而已요 文字則絕不襲用하니 非其才不能也요 薄而不爲也라 至皇明 李、王諸公하여는 自謂高出韓、歐하여 直與左、馬並驅로되 而造語多冗長하여 浮賸字句를 不勝指摘이라 且雜取諸子、左、馬文字하여 複複相仍하여 拾掇韓、歐諸公已棄之餘하고 而高自稱許하니 可謂陋矣라 至詩亦然하니 錢牧齋固已議之矣라

고문은 법도가 매우 간엄(簡嚴)하여 쓸데없는 글자와 글귀가 전혀 없다. 아래로 당·송의 한유, 구양수, 소식, 증공 등 여러 공(公)들에 이르기까지 모두 그러하다.

또한 한유와 유종원 이하의 팔대가는 비록 한 마음으로 고문을 본받

았으나, 단지 그 의치(意致)와 법도를 은밀히 취하였을 뿐이지 그 문자는 전혀 답습하지 않았다. 이는 능한 재주가 없어서가 아니라 천박하게 여겨서 하지 않은 것이다.

그런데 명나라의 이반룡과 왕세정 등 여러 공(公)들은 자신들이 한유와 구양수보다 크게 뛰어나서 곧장 좌구명·사마천과 어깨를 나란히 할 정도라고 말하였지만, 조어(造語)가 지나치게 긴 것이 많아 쓸데없이 보탠 자구를 다 지적하지 못할 정도다.

또한 제자(諸子)와 좌구명과 사마천의 문자를 뒤섞어 취하여 첩첩이 중복되었고, 한유와 구양수 등 여러 공(公)들이 이미 버린 찌꺼기까지 주위 모으면서도 자신을 높이 칭찬하고 허여하였으니, 비루하다고 이를 만하다.

시에 있어서도 그와 같았으므로 실제로 전목재가 이미 이를 비판하였다.

41. 시를 논하는 천고의 표준, 온유돈후溫柔敦厚

해설 | 《시경》 3백 편의 온유돈후(溫柔敦厚)가 시의 표준인데, 굴원에서 두보에 이르기까지 모두 이를 잘 지켜서 시가(詩家)의 정맥을 이루었으나, 송나라이후로 변질되었음을 밝혔다. 다만 송나라 시인들은 아직 성정을 잃지 않고 진실함을 갖추었으나, 명나라 시인들은 그렇지 못하다고 지적하였다. 이를 근거로 두보 이전의 시인들을 옥에 견주고, 송나라 시인들을 옥돌에 견주었으며, 명나라 시인들을 수정과 유리에 견주었다.

詩以道性情이라《詩經》三百篇은 雖有正有變이나 大要不出"溫柔敦厚"四字하니 此是千古論詩之標的也라 屈原變而爲《騷》하여 深得《三百篇》遺音하고 西京·建安은 卓矣하여 無容議爲라 下及陶·謝·江·鮑하여 又皆一時之傑然者요 至唐 益精鍊하여 衆體克備로되 而杜陵集大成하니 此又詩家正脈然也라 爲詩而價此矩면 則不可謂之詩矣라 宋人은 雖自出機軸이나 亦各不失其性情하여 猶有眞意之洋溢者러니 至於明人하여 浮慕《三百篇》·漢·魏하고 鄙夷唐以下나 而究其所成就하면 正如仲默所謂"古人影子"니 不能自道出胸中事하여 吟咀數三에 索然無意味라 以余揆之컨대 反不如宋也라 譬之則《三百篇》·《楚辭》·漢·魏로 以至盛唐 李·杜諸公하여는 其才雖有等差나 而皆是玉也로되 玉亦有品之高下故也요 宋則珉也요 明則水晶·琉璃之屬也라

시(詩)는 사람의 성정(性情)을 표현하는 것이다. 《시경》의 시 삼백 편은 비록 정(正)과 변(變)의 구별은 있으나[201] 그 대체의 요지는 "온유돈후(溫柔敦厚)"[202]라는 네 글자에서 벗어나지 않는다. 이 온유돈후가 천고(千古)에 시를 논하는 표준이다.

굴원(屈原)이 지은 《이소경(離騷經)》은 《시경》의 변(變)으로서 《시경》 삼백 편에서 남긴 음조를 깊이 얻었다. 그리고 서경(西京)[203]과 건안(建安)[204]은 하도 높아서 평론할 것도 없다. 아래로 도잠(陶潛)[205], 사영운(謝靈運)[206],

• • • • • •

201 시경의……있으나: 《시경》의 국풍을 정(正)과 변(變)으로 구분하여 주남과 소남을 정풍이라 하고 패풍(邶風) 이하 13국의 풍을 변풍이라 한다. 소아와 대아도 정과 변으로 나눈다. 소아는 〈6월(六月)〉부터 〈하초불황(何草不黃)〉까지 58편을 변소아라 하고, 대아는 〈민로(民勞)〉부터 〈소민(召旻)〉까지 23편을 변대아라 한다.

202 온유돈후(溫柔敦厚): 이는 《예기》 〈경해(經解)〉에 "어떤 나라에 들어가서 백성의 풍속을 관찰하면, 그 교화된 정도를 알 수 있다. 그 사람됨이 온화하고 유순하며 돈후하고 후덕함은 《시경》의 가르침이요, 소통하여 위로 먼 상고시대를 아는 것은 《서경》의 가르침이요, 광박하고 평이하고 선량함은 《악경(樂經)》의 가르침이요, 깨끗하고 고요하고 정미함은 《역경(易經)》의 가르침이다.〔入其國 其教 可知也 其爲人也 溫柔敦厚 詩教也 疏通知遠 書教也 廣博易良 樂教也 潔靜精微 易教也〕"라는 공자(孔子)의 말에서 차용한 것이다.

203 서경(西京): 전한(前漢)을 이르는 바, 서쪽의 장안(長安)에 도읍하여 서한(西漢) 또는 서경으로 칭한다. 이 시기에 가의(賈誼), 사마천(司馬遷), 동중서(董仲舒), 사마상여(司馬相如), 유향(劉向), 양웅(揚雄) 등의 문인이 배출되었다.

204 건안(建安): 서기 196~220년까지 사용되던 후한 헌제(獻帝)의 연호이다. 이 시기에 삼조(三曹)로 일컬어지는 조조(曹操)와 두 아들 조비(曹丕)와 조식(曹植)이 문단을 주도하고 공융(孔融), 진임(陳琳), 왕찬(王粲), 서간(徐幹), 완우(阮瑀), 응창(應瑒), 유정(劉楨) 등의 건안칠자(建安七子)가 등장하여 문학이 크게 발전하였다.

205 도잠(陶潛): 365~427년. 남북조 시기의 시인으로 주로 도연명(陶淵明)으로 불린다. 팽택 영(彭澤令)을 지내고 물러나 향리에 은거하면서 전원의 삶을 시로 노래하였다.

206 사영운(謝靈運): 385~433년. 남북조 시기의 시인으로 조부 사현(謝玄)을 이어 강락공(康樂公)에 습봉되어 사강락(謝康樂)으로 불린다. 유람을 좋아하고 산

강엄(江淹)[207], 포조(鮑照)[208]에 이르러도 모두 한 시대를 주도한 걸출한 문인들이다.

당나라에 이르러서는 더욱 정련(精鍊)되어 여러 시체(詩體)가 모두 구비되었는데, 두릉(杜陵, 두보)이 집대성(集大成)을 하였다. 이는 또 시가(詩家)의 정맥(正脈)이라고 할 수 있으니, 시를 지으면서 이 법도를 어긴다면 시라고 말할 수 없다.

송나라 사람들은 비록 스스로 기축(機軸, 시문의 체재)에서 벗어나긴 하였으나, 그럼에도 각각 그 성정(性情)을 잃지 않아서 그런대로 진실한 뜻이 넘쳐났다. 그러나 명나라 사람들에 이르러서는 《시경》 삼백 편과 한·위를 지나치게 사모하고 당나라 이하를 비천하게 여겼으나, 정작 그 성취한 바를 따져보면 바로 중묵(仲默)[209]이 말한 "옛사람의 그림자[古人影子]"[210]와 똑같을 뿐이어서 자기 흉중의 일을 하나도 스스로 말해내지 못하였다. 그리하여 서너 번 읊어보아도 공허하여 아무런 의미가 느껴지지 않는다. 내가 헤아려보건대, 명나라가 도리어 송나라만 못하다.

••••••
수시를 즐겨 창작하였다.

207 강엄(江淹) : 444~505년. 남북조 시기의 시인으로 자는 문통(文通)이다. 의고시(擬古詩)와 부(賦)로 명성을 떨쳤다.

208 포조(鮑照) : ?~466년. 남북조 시기의 시인으로 자는 명원(明遠)이다. 악부시와 칠언시에서 새로운 경지를 개척하여 후대에 영향을 끼쳤다.

209 중묵(仲默) : 명나라 문인 하경명(何景明, 1483~1521)으로 중묵은 자이고, 호는 대복(大復)이다. 전칠자(前七子)의 한 사람으로 이몽양(李夢陽)과 함께 '하리(何李)'로 병칭되었다.

210 옛사람의 그림자[古人影子] : 이몽양이 하경명에게 보낸 〈박하씨논문(駁何氏論文)〉이라는 글에서 "그대가 나의 글을 지적하여 '그대 글의 높은 곳은 고인의 그림자일 뿐이고, 낮은 곳은 이미 근대의 구기에 떨어졌다.' 하였다.[子摘我文曰 子高處是古人影子耳 其下者 己落近代之口]"라고 보인다. 《空同集 卷62》

비유하자면, 《시경》 삼백 편과 《초사》와 한·위로부터 성당의 이백과 두보 등 여러 공(公)들에 이르기까지, 그 재주에 비록 차등이 있으나 모두가 옥(玉)과 같다. 다만 옥에도 품질의 높고 낮음이 없을 수 없어 각각의 차등이 있는 것이다. 하지만 송나라는 그저 옥돌이요, 명나라는 수정(水晶)과 유리(琉璃) 등속에 불과하다.

42. 이백과 두보가 숭상한 포명원

해설 | 도곡은 도연명과 사영운 이후의 시인 가운데 포조(鮑照)를 가장 좋아한 다는 뜻을 밝혔다. 화려함을 숭상하던 남북조시대에 홀로 준수하고 호쾌하고 굳세면서 높고 강한 골기를 갖추었기 때문이다. 이백과 두보도 이런 까닭에 그를 높이고 숭상했다고 한다.

余於陶、謝以後에 劇喜鮑明遠하니 蓋宋、齊以來로 駸駸趨於靡麗하여 多 姿而少骨하여 西京、建安之音節이 幾乎絕矣어늘 而明遠之詩는 乃獨俊 快矯健하고 骨氣高强하여 類非後來諸人所可幾及이라 是以로 李、杜亦 極宗尙하니 朱夫子謂"李太白專學之"者得之니 太白天仙之才는 雖出 天授나 而其奇逸之氣는 固自有所從來矣라

나는 도잠과 사영운 이후로는 포명원(鮑明遠, 포조)을 매우 좋아한다. 남 조의 송(宋)나라와 제(齊)나라 이후로는 점점 화려한 데로 향해 나아가서, 아름다운 자태만 많고 골격이 적어서 서경(西京)과 건안(建安)의 음절이 거 의 끊어지게 되었다. 그런데 포명원의 시가 홀로 준수하고 호쾌하고 굳세 며 골격과 기운이 높고 강한 경지에 올라, 대체로 후대의 여러 사람이 미 칠 수 있는 바가 아니기 때문이다.

이런 까닭에 이백과 두보도 지극히 그를 높이고 숭상하였다. 주부자(朱

夫子, 주희)가 이르기를 "이태백(李太白)은 오로지 포명원만 배웠다."[211] 라고
한 것은 맞는 말씀이다. 천상에 있는 신선〔天仙〕 같은 이태백의 문재(文才)
는 비록 천부적인 재주에서 나왔으나, 그 기이하고 뛰어난 기운이 진실로
본래 유래한 곳이 있었던 것이다.

• • • • • •

211 이태백(李太白)은……배웠다: 이 내용은 《주자어류(朱子語類)》 권140 〈논문 하
     시(論文下詩)〉에 보인다.

43. 송나라 주요 시인의 시체에 대한 평

해설 | 송나라 시인 황정견, 진사도, 진여의, 육유, 주희 등 5명의 시에 대해 평하였다. 이 가운데 말이 심오하고 뜻이 화평한 진여의 시를 가장 좋아하고, 주자의 〈재거감흥〉 시를 가장 애호하여 항상 읊조리고 있다고 하였다.

宋詩門戶甚繁이로되 而黃、陳은 專學老杜하여 以蒼健爲主하고 其中簡齋는 語深而意平하여 不比魯直之崚嶒과 無己之枯澁하여 可以學之無弊하니 余最喜之라 放翁은 如唐之樂天、明之元美하니 眞空門所謂 "廣大敎化主"니 非學富면 不可能也라 朱夫子於詩에 亦一意詮古하여 選體諸作俱佳요 〈齋居感興〉은 以梓潼之高調로 發洙泗之妙旨하여 誠千古所未有니 余竊愛好하여 常常吟誦焉이로라

송나라 시는 문호(門戶)가 매우 많은데, 황정견(黃庭堅)[212]과 진사도(陳師

• • • • • •

212 황정견(黃庭堅): 1045~1105년. 자는 노직(魯直), 호는 산곡도인(山谷道人)이다. 북송의 강서시파(江西詩派)를 대표하는 시인으로서, 소식(蘇軾)에게 높은 평가를 받았다.

道)²¹³의 경우에는 오로지 노두(老杜, 두보)를 배워서 창건(蒼健)함을 위주로 하였다. 그리고 그 가운데 진간재(陳簡齋)²¹⁴는 말이 심오하면서도 뜻이 화평하여, 노직(魯直, 황정견)의 험준함과 무기(無己, 진사도)의 난삽함에 견줄 바가 아니어서 배워도 병폐가 생기지 않을 수 있다. 그래서 나는 간재를 가장 좋아한다.

방옹(放翁)²¹⁵은 당나라의 낙천(樂天)²¹⁶과 명나라의 원미(元美, 왕세정)와 같으니, 참으로 공문(空門)에서 말하는 "광대교화주(廣大敎化主)"²¹⁷라는 것이다. 학문이 성대한 자가 아니면 이렇게 하지 못한다.

주부자는 시에 있어서도 한 마음으로 고문을 배워서 선체(選體)²¹⁸로 지은 여러 작품이 모두 아름답다. 그 가운데 〈재거감흥(齋居感興)〉 시는 재동(梓

• • • • • •
213 진사도(陳師道): 1053~1101년. 자는 무기(無己)·이상(履常), 호는 후산거사(後山居士)이다. 황정견의 시를 배워 강서시파의 일원이 되었다. 후일에는 두보 시의 정격(正格)을 배워 아건(雅健)한 성향의 시를 짓기도 하였다.

214 진간재(陳簡齋): 진여의(陳與義, 1090~1138)로 간재는 호이고, 자는 거비(去非)이다. 황정견과 진사도를 배워 강서시파의 '삼종(三宗)' 가운데 한 사람으로 꼽혔다. 정강(靖康)의 난에 겪은 참혹한 경험들을 시에 반영하여 두보와 흡사한 비장한 시를 지었다.

215 방옹(放翁): 남송의 시인 육유(陸游, 1125~1210)로 방옹은 호이고, 자는 무관(務觀)이다. 부패한 조정에서 향리로 물러나 시 창작에 전념하여 거의 1만 수에 달하는 다양한 편폭의 시를 남겼다.

216 낙천(樂天): 당나라의 시인 백거이(白居易, 772~846)로 낙천은 자이고, 호는 향산거사(香山居士)이다. 〈장한가(長恨歌)〉와 〈비파행(琵琶行)〉등 평이하면서 유려한 시를 남겼다.

217 광대교화주(廣大敎化主): 당나라 장위(張爲)가 〈시인주객도(詩人主客圖)〉에서 시인 6인을 주(主)로 삼고 나머지를 입실(入室), 승당(升堂), 급문(及門)으로 나누어 객(客)으로 삼았다. 여기에서 백거이를 '광대교화주'라고 하였다. 광대교화(廣大敎化)는 불가에서 부처의 교화가 온 세상에 널리 퍼짐을 이르는 말이다. 《唐詩紀事》

218 선체(選體): 《문선(文選)》에 실린 시문의 문체(文體)나, 혹은 후대에 이를 본받아 지은 시문의 문체를 이른다.

潼)의 높은 격조를 가지고 수사(洙泗)의 절묘한 뜻을 발명하였으니,[219] 진실로 천고에 일찍이 있지 않았던 것이다. 내가 마음속으로 몹시 좋아하여 항상 읊조리고 외운다.

• • • • • •

219 재거감흥(齋居感興) 시는……발명하였으니: 〈재거감흥〉 시는 주자 자신의 높은 문재(文才)를 바탕으로 공맹(孔孟)의 뜻을 발명하여 표현한 작품이라는 말이다. 재동(梓潼)은 중국 사천성(泗川省)의 지명이다. 전설에 의하면 재동 출신의 장아자(張亞子)가 진(晉)나라에서 벼슬하다가 전사(戰死)하자, 재동 사람들이 그를 사당에 모시고 제사를 지냈는데, 이후 당(唐)·송(宋) 시대를 거치며 도가(道家)에서 문운(文運)과 녹적(祿籍)을 주관하는 신(神)인 문창제군(文昌帝君)과 병칭하여 재동제군(梓潼帝君)으로 불렀다고 한다. 그래서 지금은 문창제군, 문창제(文昌帝) 등과 같은 의미로 쓰인다. 《明史 卷50 禮志 吉禮 諸神祠》 수사(洙泗)는 노나라 곡부(曲阜)에 있는 수수(洙水)와 사수(泗水)를 아울러 일컫는 말인데, 공자가 이 지역에서 강학 활동을 하였으므로 공자와 맹자를 비유하는 말이 되었다.

44. 명나라 주요 시인의 시체에 대한 평

해설 | 명나라를 대표하는 시인 하경명, 이몽양, 왕세정, 이반룡 4명의 시에 대해 평하면서 이들의 뛰어난 점과 부족한 점을 밝혔다. 아울러 이들의 뒤를 이어 서위 · 원굉도와 종성 · 담원춘에 의해 두 차례 시체가 변하였으나, 마치 쥐구멍과 지렁이 구멍으로 들어가듯이 점차 쇠퇴하게 되었다고 비판하였다.

明詩는 雖衆體迭出이나 要其格律이 無甚逈絕이라 稱大家者有四하니 信陽은 溫雅美好하여 有姑射仙人之姿로되 而氣短神弱하여 無籋健之格하고 北地는 沈鷔雄拔하여 有山西老將之風이로되 而心麤材駁하여 欠平和之致하며 大倉은 極富博이로되 而有患多之病하고 歷下는 極軒爽이로되 而有使氣之累라 一變而爲徐、袁하고 再變而爲鍾、譚하여 轉入於鼠穴蚓竅而國運隨之하니 無可論矣라

명나라 시는 비록 여러 시체(詩體)가 번갈아 나왔으나, 요컨대 그 격식과 음률은 그리 뛰어난 것이 없다.

대가로 일컬어지는 사람은 네 명이 있다. 신양(信陽)[220]은 온아(溫雅)하고 아름다워서 고야선인(姑射仙人)[221]의 자태가 있으나, 기력이 짧고 정신

······

220 신양(信陽): 하남(河南) 신양 사람인 하경명(何景明)을 이른다.
221 고야선인(姑射仙人): 막고야(藐姑射)의 산에 있다는 신선을 이른다. 살결이 빙

이 약하여 우뚝하고 강건한 격조가 없다. 북지(北地)²²²는 침착하고 날쌔고 웅장하여 산서 노장(山西老將)²²³의 기풍이 있으나, 마음이 거칠고 재주가 잡박하여 화평한 운치가 적다. 태창(大倉)²²⁴은 지극히 풍부하고 해박하나 많음을 근심하는 병통이 있으며, 역하(歷下)²²⁵는 지극히 높고 밝으나 객기를 부리는 잘못이 있다.

여기에서 한번 변하여 서위(徐渭)²²⁶와 원굉도(袁宏道)²²⁷가 되고, 두 번 변하여 종성(鍾惺)²²⁸과 담원춘(譚元春)²²⁹이 되었는데, 더욱 쥐구멍과 지렁이 굴로 더욱 들어가면서 국운(國運)도 따라 망하였다. 이들은 논할 만한 것이 없다.

* * * * * *

설처럼 깨끗하고 아기 피부처럼 부드러우며, 오곡을 먹지 않고 바람을 호흡하면서 이슬을 마신다고 한다. 《莊子 逍遙遊》

222 북지(北地): 이몽양(李夢陽)을 이른다. 북지는 이몽양의 출신지인 섬서(陝西) 경양(慶陽) 지역이다.

223 산서 노장(山西老將): 산서는 태항산(太行山)의 서쪽 지역이다. 태항산의 동쪽 지역에서 명재상이 많이 배출되고, 서쪽 지역에서 명장이 많이 배출되어 이렇게 말한 것이다.

224 태창(大倉): 강소(江蘇) 태창 사람인 왕세정(王世貞)을 이른다.

225 역하(歷下): 산동 제남(濟南)의 역하 사람인 이반룡(李攀龍)을 이른다.

226 서위(徐渭): 1521~1593년. 자는 문장(文長), 호는 청등(靑藤)이다. 의고파(擬古派)에 반대하고 독창성과 개성을 중시하였다.

227 원굉도(袁宏道): 1568~1610년. 자는 중랑(中郎), 호는 석공(石公)이다. 형 종도(宗道)와 아우 중도(中道)도 문학에 뛰어나 삼원(三袁)으로 병칭된다. 출신지 이름을 따서 공안파(公安派)로 불린다.

228 종성(鍾惺): 1574~1625년. 자는 백경(伯敬), 호는 퇴곡(退谷)이다. 호북(湖北) 경릉(竟陵) 출신으로 경릉파로 불린다. 의고파와 공안파를 비판하였다.

229 담원춘(譚元春): 1586~1631년. 자는 우하(友夏)이다. 종성과 함께 《시귀(詩歸)》를 편찬하면서 고시와 당시에 대한 전통적 평가를 버리고 곳곳에 자기들의 독자적 견해에 따른 평어(評語)를 붙였다.

45. 호응린의 《시수》에 대한 평

해설 | 호응린이 엮은 《시수》의 공로와 과실을 밝혔다. 공로는 고금의 성조를 대체로 이치에 맞게 품평하여 시학(詩學)에 어두운 자들에게 도움을 줄 수 있게 된 것이고, 과실은 왕세정을 지나치게 추대하여 이백과 두보의 반열에 올려놓고자 한 것이라고 지적하였다.

胡元瑞《詩藪》는 原其主意하면 專在媚悅弇州하니 其論漢、唐은 不過虛 爲此冒頭耳라 然其評品古今聲調는 亦多中窾하니 昧於詩學者는 不妨 流覽以袪孤陋라 至若推颺元美諸人하여 躋之李、杜之列하여는 直是可 笑하니 錢牧齋罵辱雖過나 亦其自取之也라

호원서(胡元瑞)[230]의 《시수(詩藪)》[231]는 그 주된 의도를 궁구해보면 오로지 왕엄주(王弇州, 왕세정)에게 아첨하는 데에 있다. 그가 한나라와 당나라를 논한 것도 공연히 이를 위해서 앞에 늘어놓은 것에 불과할 뿐이다.

· · · · · ·
230 호원서(胡元瑞): 호응린(胡應麟, 1551~1602)으로 원서는 자이고, 호는 소실산 인(少室山人)이다. 왕세정을 흠모하여 일찍이 시를 지어 찾아가 칭송을 받았다.
231 시수(詩藪): 호응린이 엮은 시론집으로 선진에서 명나라에 이르기까지의 고체 와 근체의 시와 시인을 두루 평론한 책이다.

그러나 그가 고금의 성조(聲調)를 품평한 것은 또한 이치에 맞는 것이 많으니, 시학(詩學)에 어두운 자는 이 책을 두루 보아서 고루한 병통을 제거하는 것도 무방할 것이다. 그러나 왕원미(王元美, 왕세정) 등 여러 사람을 추대하여 이백과 두보의 반열에 올려놓은 것은 참으로 가소롭다. 전목재(錢牧齋, 전겸익)가 이를 꾸짖어 욕한 것이 비록 지나치지만, 이는 또한 그가 스스로 취한 것이다.

46. 우리나라 문풍과 시풍의 변천

해설 | 명나라의 문장은 화려함에 치중하여 진실성이 부족하나, 문사에 대한 평론이 정확하고 선진의 문과 한·위의 시를 근본으로 삼아서 규모와 법도가 삼엄하게 갖추어져 있다. 그러나 우리나라는 배운 바가 높지 못해서 식견이 누추하다고 비판하면서, 선진과 한·위의 문학이 수용되어가는 과정을 고문사(古文詞)와 선체(選體)에 주목하여 간략하게 소개하였다.

大明文章은 大抵務華采而少眞實하니 此其所以反不及於宋也라 然其評隲文詞는 極其精確하여 尋源流·辨雅俗에 毫髮不爽이라 文以先秦爲主하고 詩以漢·魏爲本하여 一篇之內에 規度森然하니 要非我國人所可企及也라 我東雖稱右文之國이나 於文章에 效法不高하여 識見甚陋라 自勝國以來로 只學東坡하고 泝以上之하면 惟以唐爲極致하니 豈知又復有漢·魏·先秦也哉아 李文順文章이 爲東國之冠이로되 而其論文評詩에 多有鄕闇可笑者하니 況其餘乎아 牧隱出於其後하여 文章深厚하여 自然有不可及處라 本朝諸鉅公에 乖崖·佔畢其尤也로되 而不過以韓·蘇爲範而已라 簡易·月汀이 始以馬·班揭示後學하여 時尙이 爲之一變이나 然月汀則功力猶未深이러니 至谿谷·澤堂繼之然後에 古文詞路徑始開라 尤菴은 專意問學하여 不屑屑於古文法程이로되 而筆力可與李文順雁行이오 農巖爲古文에 典雅稱停하여 深得歐·曾體制라 詩則如佔畢·容齋·挹

翠、訥齋諸公이 俱稱名家나 而亦蘇、黃也라 後來湖陰七言律과 穌齋五
言律이 俱膾炙一世하며 芝川篇什散逸하여 傳者不多로되 而其傳者는 箇
箇奇拔이라 簡易雖以古文名이나 詩亦矯健하고 有意致하여 足爲穌老敵
手라 古詩選體에 諸家無可傳은 由昧漢、魏故也라 申玄翁、鄭東溟이 始
宗漢、魏하여 頗有所效作이나 而聲響格法이 全不髣髴이라 近來農巖兄
弟가 刻意追古하여 亦多述作이나 未知後人尙論에 以爲如何耳로라

명나라의 문장은 대체로 화려함에 치중하여 진실함이 적다. 이것이 바
로 도리어 송나라만 못한 이유이다. 그러나 문사(文詞)에 대한 평론은 지
극히 정밀하고 명확하여 원류(源流)를 찾아내고 고아함과 속됨을 분별함
에 있어서 털끝만큼도 어긋남이 없다.

그리고 그 문장은 선진(先秦)을 위주로 하고 시는 한(漢)·위(魏)를 근본
으로 삼아서, 글 한 편에 규모와 법도가 삼엄하게 갖추어져 있으니, 요컨
대 우리나라 문인들이 미칠 수 있는 바가 아니다.

우리나라는 비록 문장을 숭상하는 나라라고 일컬어지지만 문장에 있
어서 배우는 바가 높지 못해서 식견이 매우 고루하다. 승국(勝國)[232] 이래
로 오로지 동파(東坡, 소식(蘇軾))를 배웠을 뿐이고, 거슬러 올라가더라도
오직 당나라를 최고의 경지로 삼았을 뿐이니, 어찌 이밖에 다시 한·위
와 선진이 있는 줄을 알았겠는가.

이문순(李文順)[233]은 문장이 우리나라에서 으뜸이지만, 그가 문장을 논

232 승국(勝國): 전조(前朝)라는 말로 한 왕조의 바로 앞 대(代)의 왕조를 이르는
     말인데, 여기서는 고려를 이른다.
233 이문순(李文順): 이규보(李奎報, 1167~1241)이다. 문순은 시호이고, 자는 춘경
     (春卿), 호는 백운거사(白雲居士), 본관은 여주(驪州)이다. 독창적인 글을 지어 고
     려조의 가장 뛰어난 문장가로 평가받고 있다.

하고 시를 평론한 것에는 촌스러워서 가소로운 부분이 많다. 하물며 그 나머지 사람은 어떠하겠는가? 목은(牧隱)234은 그 뒤에 나왔는데 문장이 매우 심후하여 자연히 미칠 수 없는 부분이 있다.

본조(本朝, 조선조)의 여러 뛰어난 분들 중에서 괴애(乖崖)235와 점필재(佔 畢齋)236가 최고이지만, 한유와 소식을 모범으로 삼은 것에 불과할 뿐이었 다. 간이(簡易)237와 월정(月汀)238이 처음으로 사마천(司馬遷)과 반고(班固)의 저술을 후학들에게 제시하면서 세속에서 숭상하는 바가 한번 변하였다. 그러나 월정은 여전히 공력이 깊지 못했는데 계곡(谿谷)239과 택당(澤堂)240 이 뒤를 잇고 나서야 고문사(古文詞)의 길이 비로소 열리게 된 것이다.

우암(尤菴, 송시열)은 학문에 전념하여 고문의 법식에 연연하지 않았으

• • • • • •

234 목은(牧隱): 이색(李穡, 1328~1396)의 호이다. 자는 영숙(穎叔), 본관은 한산 (韓山), 시호는 문정(文靖)이다. 이제현(李齊賢)과 쌍벽을 이루는 대문장가로 일 컬어진다. 조선 조에서 벼슬하지 아니하여, 정몽주, 길재와 함께 삼은(三隱)으로 일컬어진다.

235 괴애(乖崖): 김수온(金守溫, 1409~1481)의 호이다. 자는 문량(文良), 시호는 문평(文平)이다. 학문과 문장에 뛰어나 명성을 얻었고, 사서오경의 구결을 찬정 (撰定)하기도 하였다.

236 점필재(佔畢齋): 김종직(金宗直, 1431~1492)의 호이다. 자는 계온(季昷), 본관 은 선산(善山), 시호는 문충(文忠)이다. 도학(道學)을 계승하여 제자 김굉필, 정 여창, 김일손 등에게 영향을 끼쳤다.

237 간이(簡易): 최립(崔岦, 1539~1612)의 호이다. 자는 입지(立之), 본관은 통천 (通川)이다. 율곡의 문인으로 시와 의고문체(擬古文體) 산문에 뛰어났다.

238 월정(月汀): 윤근수(尹根壽, 1537~1616)의 호이다. 자는 자고(子固), 본관은 해평(海平), 시호는 문정(文貞)이다. 오음(梧陰) 윤두수(尹斗壽)의 아우로, 문장 과 글씨에 뛰어나 명성이 높았다.

239 계곡(谿谷): 장유(張維, 1587~1638)의 호이다. 자는 지국(持國), 본관은 덕수 (德水), 시호는 문충(文忠)이다. 김장생의 문인으로, 문장에 뛰어나 한문 4대가 로 꼽힌다.

240 택당(澤堂): 이식(李植, 1584~1647)의 호이다. 자는 여고(汝固), 본관은 덕수, 시호는 문정(文靖)이다. 대제학을 지냈고, 문장에 뛰어나 한문 4대가로 꼽힌다.

나, 필력은 이문순과 더불어 어깨를 나란히 할 만하다. 농암(農巖, 김창협)은 고문을 지으면 전아(典雅)하고 적확(的確)하여 구양수와 증공의 체제를 깊이 얻었다.

시에 있어서는 점필재(佔畢齋), 용재(容齋),[241] 읍취헌(挹翠軒),[242] 눌재(訥齋)[243] 같은 여러 분이 모두 명가(名家)로 일컬어지나 역시 소동파와 황산곡의 부류이다. 그 이후로 호음(湖陰)[244]의 칠언율시와 소재(穌齋)[245]의 오언율시가 모두 온 세상에 회자되고 있다.

지천(芝川)[246]은 시편이 산일되어 전하는 것이 많지 않으나, 전해지는 것들은 하나하나가 기이하고 빼어나다. 간이는 비록 고문으로 명성을 얻었으나, 시도 웅건하고 깊은 뜻과 운치가 있어서 충분히 소재 노인의 적수(敵手)가 될 만하다.

• • • • • •

241 용재(容齋): 이행(李荇, 1478~1534)의 호이다. 자는 택지(擇之), 본관은 덕수(德水), 시호는 문정(文正)이다. 대제학을 지냈고,《신증동국여지승람(新增東國輿地勝覽)》의 편찬을 주도하였다.

242 읍취헌(挹翠軒): 박은(朴誾, 1479~1504)의 호이다. 자는 중열(仲說), 본관은 고령(高靈)이다. 북송의 황정견과 진사도 등 강서시파(江西詩派)의 시를 배워 해동강서시파(海東江西詩派)를 대표하는 시인으로 꼽힌다.

243 눌재(訥齋): 박상(朴祥, 1474~1530)의 호이다. 자는 창세(昌世), 본관은 충주(忠州)이다. 학문과 문장이 뛰어나 성현(成俔), 신광한(申光漢), 황정욱(黃廷彧)과 함께 서거정 이후 4가(四家)로 꼽힌다.

244 호음(湖陰): 정사룡(鄭士龍, 1491~1570)의 호이다. 자는 운경(雲卿), 본관은 동래(東萊)이다. 대제학을 지냈고, 특히 칠언율시에 뛰어나 소재 노수신, 지천 황정욱과 함께 관각문학의 삼걸(三傑)로 일컬어진다.

245 소재(穌齋): 노수신(盧守愼, 1515~1590)의 호이다. 자는 과회(寡悔), 본관은 광주(光州), 시호는 문의(文懿)인데 뒤에 문간(文簡)으로 고쳤다. 대제학을 지냈고, 오언율시에 뛰어나 관각문학의 삼걸로 일컬어진다.

246 지천(芝川): 황정욱(黃廷彧, 1532~1607)의 호이다. 자는 경문(景文), 본관은 장수(長水)이다. 대제학을 지냈고, 관각문학의 삼걸로 일컬어진다. 해동강서시파를 대표하는 시인으로 꼽힌다.

고시(古詩)의 선체(選體)는 제가(諸家)의 작품 중에서 전할 만한 것이 없다. 이는 한·위에 어두웠기 때문이다. 신현옹(申玄翁)[247]과 정동명(鄭東溟)[248]이 처음으로 한·위를 높여서 자못 본받아 지은 것이 있으나, 성조(聲調)와 격식과 법이 전혀 비슷하지 않다.

근래에 농암(農巖) 형제[249]가 마음을 다하여 고시를 추구하여 저술한 작품도 많은데, 후인들은 옛날의 작품을 평할 적에 이를 두고 뭐라고 말할 지 모르겠다.

· · · · · ·

247　신현옹(申玄翁): 신흠(申欽, 1566~1628)을 이른다. 현옹은 호이다. 또 다른 호는 상촌(象村), 자는 경숙(敬叔), 본관은 평산(平山), 시호는 문정(文貞)이다. 대제학을 지냈고, 한문 4대가로 꼽힌다.

248　정동명(鄭東溟): 정두경(鄭斗卿, 1597~1673)을 이른다. 동명은 호이고, 자는 군평(君平), 본관은 온양(溫陽)으로 이항복(李恒福)의 문인이다.

249　농암(農巖) 형제: 농암 김창협(金昌協, 1651~1708)과 삼연(三淵) 김창흡(金昌翕, 1653~1722)을 이른다. 김창협은 자가 중화(仲和), 호가 농암·삼주(三洲), 본관이 안동(安東), 시호가 문간(文簡)으로 이의현의 스승이다. 김창흡은 자가 자익(子益), 호가 삼연, 시호가 문강(文康)이다.

47. 조맹부 글씨의 전래와 우리나라 서체의 변화

해설 | 고려 충선왕과 인연이 있는 조맹부의 글씨가 우리나라에 전해지고 숭상되면서 기골이 굳세고 예스러운 법이 점차 사라졌다고 비판한다. 조선 명종 때까지는 그의 서체가 우리나라에 심각한 영향을 끼치지는 않았는데, 선조 때 크게 유행한 이후부터 그 영향이 현실에 나타나 서체의 품격이 점차 낮아지는 결과로 이어졌다고 보았다.

我東筆法은 自金生、孤雲으로 至麗末 柳巷、葵軒諸人하여 俱骨氣勁健하여 古意森然이라 蓋古人은 心不苟하여 雖於末技나 不欲草草하고 而且其時則只知有鍾、王、歐、褚、顔、柳而已하여 諸人各就此服習故로 所就然耳라 及忠宣王入元하여 與趙子昻同處하여 多得其書以來之後로 東人이 專尙子昻하여 字體遂變하여 古法漸亡하니 蓋子昻之書 本主二王하고 參之泰和、季海하여 亦非不古로되 而終嫌映艶太勝하여 蒼老不足하니 自家則可謂盡乎技矣나 而要非效法之書也라 然其始不甚誤人하니 我朝明廟以前에 如成、姜、二金、聽松、自菴、蓬萊諸公은 各自有疏勁意致하여 雖專於學趙者라도 亦不無可觀이러니 至宣廟以後로는 古意盡喪하여 肥皮厚肉하여 入眼皆俗하니 由趙體大行하여 漸趨卑下而然也라 近世朴士安이 厭其然하여 創爲魯公體하여 人多效之나 其實은 朴書只襲顔肉하고 而勁骨則不得分毫하여 徒誤後人而已라

우리나라의 필법은 김생(金生)과 고운(孤雲, 최치원)으로부터 고려 말의 유항(柳巷)[250]과 규헌(葵軒)[251] 등 여러 분에 이르기까지 모두 기골이 굳세고 힘차서 예스러운 뜻이 선연(鮮然)하였다.

옛사람들은 마음이 구차하지 않아서 비록 지엽적인 기예에 있어서도 대충대충 하려고 하지 않았고, 또 이때에는 다만 종요와 왕희지, 구양순과 저수량, 안진경과 유공권이 있다는 것만 알아서 여러 사람이 각자 이들의 서법을 가지고 필법을 익혔다. 그러므로 성취한 바도 이들의 옛 서법이었다.

그러다가 충선왕(忠宣王)이 원나라에 들어가 조자앙(趙子昻)[252]과 함께 거처할 때 그의 글씨를 많이 얻어온 이후로 우리나라 사람들이 오로지 조자앙의 서법만 숭상하여 글자체가 마침내 변하여 옛 법이 점점 사라지게 되었다.

조자앙의 글씨는 본래 이왕(二王)[253]을 위주로 하고 태화(泰和)와 계해(季海)[254]를 참작한 것이어서 또한 예스럽지 않은 것이 아니나, 끝내 너무 지

• • • • • •

250 유항(柳巷): 고려 말의 문인 한수(韓脩, 1333~1384)의 호이다. 자는 맹운(孟雲), 본관은 청주(淸州), 시호는 문경(文敬)이다. 초서와 예서에 능하여 명성을 얻었다.

251 규헌(葵軒): 조선 중기의 문인 홍수량(洪受亮, 1626~1696)의 호이다. 자는 청숙(淸叔), 본관은 남양(南陽)이다. 해서에 능하여 명성을 얻었다. 그러나 홍수량은 고려말의 인물이 아닌바, 도곡이 착각했거나 아니면 또 다른 사람이 있었던 것으로 보인다.

252 조자앙(趙子昻): 원나라 서화가 조맹부(趙孟頫, 1254~1322)로 자앙은 자이고, 호는 송설(松雪)이다. 송나라 종실의 후손으로, 위국공(魏國公)에 봉해졌다. 충선왕이 원나라에 있으면서 만권당(萬卷堂)을 지어 조맹부를 비롯한 중국 인사들과 교유하면서 그의 필적이 국내로 많이 유입되었기 때문에 고려와 조선에서 그의 서체가 크게 유행하였다.

253 이왕(二王): 왕희지(王羲之)와 그의 아들 왕헌지(王獻之)를 아울러 이른 말이다.

254 태화(泰和)와 계해(季海): 태화는 이옹(李邕, 678~747)의 자이다. 북해 태수

나치게 살지고 요염하여 웅건(雄健)하고 노련함이 부족하다는 혐의가 있다. 따라서 스스로는 기예를 극진히 했다고 말할 수 있겠지만, 요컨대 본받을 만한 서체는 아니다.

그러나 처음에는 이 서체가 그다지 사람들을 그르치지 않았다. 우리 명종조 이전의 성(成)씨, 강(姜)씨[255], 두 김(金)씨[256], 청송(聽松)[257], 자암(自菴)[258], 봉래(蓬萊)[259]와 같은 여러 분은 각자 소탈하고 굳센 의취가 있었

· · · · · ·

(北海太守)를 지내어 이북해(李北海)로 불린다. 비문을 많이 썼고 행서에 능하였다. 계해는 서호(徐浩, 703~782)의 자이다. 초서와 예서에 특히 뛰어나 "성난 사자가 돌을 할퀴고 목마른 말이 샘으로 달린다."는 평을 얻었다.

255 성(成)씨와 강(姜)씨: 《연려실기술》〈문예전고 필법(文藝典故筆法)〉의 "성임(成任), 강희안(姜希顏), 정동래(鄭東萊)는 당시에 서법에 능한 자로 불려졌다.〔成任·姜希顏·鄭東萊, 號一時善書.〕"라는 말로 보아 성임과 강희안인 듯하다. 성임(1421~1484)은 자가 중경(重卿), 호가 일재(逸齋), 본관이 창녕(昌寧)이며, 송설체(松雪體)에 뛰어났다. 강희안(1417~1464)은 자가 경우(景愚), 호가 인재(仁齋), 본관이 진주(晉州)이다. 시와 글씨, 그림에 모두 뛰어나 삼절(三絕)로 불렸다.

256 두 김(金)씨: 김희수(金希壽, 1475~1527), 김로(金魯, 1498~1548) 부자를 가리킨다. 《芝峯類說 卷18 技藝部 書》《海東雜錄 本朝 金希壽》김희수는 자가 몽정(夢禎), 호가 유연재(悠然齋), 본관이 안동(安東)이다. 중종 때 명필로 명성이 자자하였고, 당대 많은 비석의 글씨를 썼다. 정묘년(1507, 중종 2)에 증광문과에 급제하고 도승지, 경상도 관찰사 등을 지냈다. 김로는 자가 경삼(景參), 호가 동고(東皐)로, 부친 김희수와 함께 당대 명필로 이름이 났다. 을유년(1525, 중종 20)에 식년문과에 급제하고 직제학, 첨지중추부사 등을 지냈다.

257 청송(聽松): 성수침(成守琛, 1493~1564)의 호로, 자는 중옥(仲玉), 본관은 창녕이다. 조광조의 문인으로 벼슬을 멀리한 채 학문에 전념하였고, 서법에도 능하였다.

258 자암(自菴): 김구(金絿, 1488~1534)의 호로, 자는 대유(大柔), 본관은 광산(光山)이다. 서법에 능하여 명성을 얻었다. 〈자암필첩(自菴筆帖)〉, 〈우주영허첩(宇宙盈虛帖)〉 등이 전해진다.

259 봉래(蓬萊): 양사언(楊士彦, 1517~1584)의 호로, 자는 응빙(應聘), 본관은 청주(淸州)이다. 해서와 초서에 뛰어나고 대자(大字)에 능하였다.

으므로 오로지 조자앙의 서체만 배웠던 분이라도 볼만한 것이 없지 않았다.

그런데 선조조 이후로는 예스러운 뜻을 모두 잃어서 가죽이 두껍고 살이 두둑해져 눈에 들어오는 것이 모두 속되다. 이는 조자앙의 서체가 크게 유행하면서 격이 점점 낮아져서 그런 것이다.

근래에 박사안(朴士安)²⁶⁰이 이러한 것을 싫어서 처음으로 노공(魯公, 안진경)의 서체를 쓰자, 많은 사람들이 이를 모방하였다. 그러나 실제로 박사안의 서체는 겨우 안진경의 살집을 답습하였을 뿐 굳센 골기(骨氣)는 털 끝만큼도 얻지 못한 것이어서 한갓 후인을 그르칠 따름이다.

••••••
260 박사안(朴士安): 박태유(朴泰維, 1648~1686)이다. 사안은 자이고, 호는 백석 (白石), 본관은 반남으로 서계(西溪) 박세당(朴世堂)의 아들이다. 해서·행서에 능했는데, 조자앙의 송설체에서 벗어나 안진경의 서체를 배웠다.

48. 경조부박하여 겉치레에 힘쓴 명나라 인심과 풍속

해설 | 명나라 사람들이 부화하고 경박하여 화려한 문사에만 힘쓸 뿐 근본과 실제를 일삼지 않아, 결국 국가의 명운을 오랑캐에게 빼앗기는 데에 이르게 되었다고 분석하였다. 주자의 학문을 멋대로 비방하고 명예와 예절을 내팽개친 채 음탕하고 방종한 일만을 좇아 사업을 이루지도 못하였는데, 이는 당시의 인심과 풍속이 그렇게 만든 것이라고 지적하였다.

大明人物은 大抵浮浪輕佻하여 無敦重朴厚氣象이라 故爲文章에 專務詞華하고 不事本實하며 其學問은 又雜以仙佛하여 尤無可觀이요 於朱子에 公肆詆侮라 爲士者遊蕩於倡樓酒肆하여 淫佚縱慾하여 名檢이 殆乎掃地하니 以此로 立朝事業이 亦無可紀라 間有剛直之士殺身無悔者나 而率多任一時之氣요 非必皆有平日學力而然也라 上下三百年間에 貂璫之執柄居多하고 陵夷至於末運하여 終見中國淪於氈裘而後已하니 未必非人心風俗使之然也니 可慨也已라

명나라의 인물들은 대체로 부화(浮華)하고 방탕하고 경박하여 돈후하고 진중하고 질박한 기상이 없다. 그러므로 문장을 지을 적에 오로지 아름다운 문사(文詞)에만 힘썼을 뿐 근본과 실제를 일삼지 않았다. 그 학문

도 선(仙)과 불(佛)이 뒤섞여 있어서 더욱 볼만한 것이 없고, 주자(朱子)를 공공연하게 멋대로 비방하고 업신여겼다.

선비라는 자들이 기생집과 술집에서 놀면서 음탕하고 방종하여 명예와 예절이 거의 빗자루로 쓸어낸 듯 사라졌으니, 이 때문에 조정에 오른 뒤의 사업(事業)도 기록할 만한 것이 없었다.

간혹 목숨을 내놓고도 후회하지 않는 강직한 선비가 없었던 것은 아니나, 대부분 한때의 혈기에 따라서 그런 것이었지, 반드시 평소에 학문으로 쌓은 공력이 있어서 그런 것은 아니었다.

상하 3백 년 동안에 환관들이 대부분 권력을 잡고 있으면서,[261] 점차로 쇠퇴하여 국가의 명운(命運)이 막다른 데에 이르게 되어, 끝내 털방석에 앉고 갖옷을 입는 오랑캐에게 중국을 몰락시키게 하였다. 절대로 인심과 풍속이 그렇게 만든 것이 아니라고 말할 수 없을 것이다. 개탄할 만한 일이다.

• • • • • •
261 환관들이……있으면서: 명나라 성조(成祖, 재위 1402~1424)가 반란을 일으켜 황제에 즉위한 뒤에, 황권 강화를 위해 측근에 있던 환관을 중용하였다. 이후로 환관들이 막강한 권세를 부리게 되었다. 특히 영종(英宗) 때의 왕진(王振), 무종(武宗) 때의 유근(劉瑾), 희종(熹宗) 때의 위충현(魏忠賢) 등은 거의 황제와 같은 권력을 휘둘렀다.

49. 정사正史를 어지럽히고 성정을 해치는 《수호전》과 《서유기》

해설 | 《수신기》와 같은 패관소설은 적어도 역사를 보충하고 사장을 돕는 역할을 할 수 있지만, 명대에 유행한 《수호전》과 《서유기》 등은 공부에 방해가 되고 성정을 해칠 수 있는 점을 지적하였다. 역사를 상상으로 연의한 허구로서 정사를 어지럽히고, 외설스럽고 비루하고 음탕한 내용이 많아서 선비가 읽을 책이 아니라는 것이다. 이보다는 《자치통감강목》이나 《십칠사략》 등을 읽을 것을 권하였다.

稗官小說은 自漢、唐以來로 代有之하니 如《搜神記》等書는 語多荒怪나 而文頗雅馴하고 其他諸種은 間亦有實事하여 可以補史家之闕遺하고 備詞場之採掇者라 至如《水滸傳》、《西遊記》之屬하여는 雖用意新巧하고 命辭瓌奇나 別是一種文字요 非上所稱諸書之例也어늘 而明人劇賞之하고 加以俗尙輕浮佚蕩하여 輒贋作一副說話하여 以售於世하니 大抵皆演成史傳과 與男女交歡事也라 演史出하여 而正史事蹟汨亂하니 本不當觀이요 男女之事는 又多猥鄙淫媟하여 尤非莊士所可近眼이어늘 而近來人鮮篤實하여 喜以此等小記로 作爲消寂遣日之資하니 甚可歎也라 余意年少惜陰者는 固不可留意於此요 而其或老年氣衰하여 不能索性下工者는 則且就《綱目》、《十七史》、宋·明以下文集、東國史書、雜著等

諸件하여 時時披閱하면 則不甚勞弊精神하고 而且不無一分所助하여 大勝於觀贋書淫傳하여 都不濟事하고 反爲害性耳니라

패관소설(稗官小說)은 한나라와 당나라 이래로 왕조마다 있었다. 예컨대 《수신기(搜神記)》와 같은 책은 황당무계한 내용이 많으나, 문장은 자못 고아하고 순수하다. 그밖에 여러 종류의 책들도 사이사이에 실제의 사실들이 기록되어 있어서, 사가(史家)가 빠뜨린 것을 보충할 수도 있고, 사장(詞場, 문단(文壇))에서 채택하여 쓸 자료를 대비할 수도 있다.

그런데 《수호전(水滸傳)》과 《서유기(西遊記)》 같은 책은 비록 의도가 새롭고 교묘하며 언어 사용이 아름답고 기이하더라도, 별개의 한 종류의 문자일 뿐이지 위에서 말한 《수신기》와 같은 종류의 책은 아니다. 그런데 명나라 사람들은 이를 매우 칭찬하였다. 게다가 풍속이 경솔하고 부박(浮薄)하고 질탕한 것을 숭상하였으므로 번번이 하나의 이야깃거리를 거짓으로 만들어내어 세상에 유통시켰다. 이들은 대체로 모두 역사에 전하는 사실을 부연한 내용이거나 남녀가 서로 사귀며 기뻐하는 일을 쓴 것이다.

역사를 연의(演義)한 글이 나와 정사(正史)의 사적(事蹟)을 어지럽히고 있으니, 이런 것은 본래 보아서는 안 된다. 남녀 사이의 일을 쓴 것도 외설스럽고 비루하고 음탕한 것이 많아서 더더욱 점잖은 선비가 눈에 가까이 할 수 있는 것이 아니다. 그런데 근래 사람들은 독실한 자가 적어서 이런 소설류를 가지고 시간을 보내는 심심풀이 소재로 삼기를 좋아한다. 매우 탄식할 만하다.

내가 생각하건대, 시간을 아껴야 할 젊은 사람들은 진실로 여기에 생각을 두어서는 안 된다. 혹 노년에 기력이 쇠하여 마음껏 공부할 수 없는 자들은 우선 《자치통감강목(資治通鑑綱目)》과 《십칠사략(十七史略)》과 송·명

이후의 문집과 우리나라의 역사책과 잡저(雜著) 등 여러 가지 책을 때때로 펼쳐본다면, 그 내용이 정신을 그다지 피로하게 만들지 않으면서도 다소나마 도움이 없지 않을 것이며, 거짓으로 지은 책과 음탕한 전기(傳記)를 보아서 전혀 공부에 도움이 되지 못하고 도리어 성정(性情)을 해치는 것보다는 크게 나을 것이다.

50. 여항에서 부녀간에 사용되는 예스러운 문자

해설 | 여항에서 부녀자와 천한 사람들 간에 사용되는 일상의 언어 속에 지극히 예스러운 문자들이 적지 않게 섞여 있음을 밝히고 있다. 예컨대 '망극(罔極)', '분주(奔走)', '신기(神奇)', '창피(昌披)' 등은 언뜻 비속한 말처럼 보이지만, 사실은 유가 경전과 선진·양한의 고전에서 유래한 예스러운 문자라는 것이다.

閭巷間俚語鄙諺과 婦女下賤尋常騰口者도 考其出處하면 間有極古者하니 姑以其一二言之호리라 "進退維谷", "罔極", "奔走"는《詩經》也요 "罔晝夜", "明若觀火"는《書經》也요 "積善", "積不善"과 "趑趄", "變通"은《周易》也요 "幼學", "進士", "大司成", "推移", "不共戴天之讐", "大殺之年"은《禮記》也요 "血氣未定"은《論語》也요 "五十步百步", "不似", "巨擘", "絶長補短"은《孟子》也요 "周旋", "遷延"은《左傳》也요 "支離", "神奇", "陳·蔡之患"은《莊子》也요 "昌披"는《楚辭》也요 "怨入骨髓", "一敗塗地"는《史記》也요 "物故", "身死"는《漢書》也라 此等文字는 似俚而實雅하여 雖於古文辭라도 無不可用之理하니 顧在用之之如何耳라

여항(閭巷) 사이에서 부녀자와 천한 사람들이 평소 입에 올리는 속어와

속담도 그 출처를 살펴보면 간혹 지극히 예스러운 것이 있다. 우선 한두
가지를 말해보겠다.

'진퇴유곡(進退維谷)', '망극(罔極)', '분주(奔走)'262는 《시경》의 말이고, '망
주야(罔晝夜)'와 '명약관화(明若觀火)'263는 《서경》의 말이고, '적선(積善)', '적
불선(積不善)', '자저(趑趄)', '변통(變通)'264은 《주역》의 말이고, '유학(幼學)',
'진사(進士)', '대사성(大司成)', '추이(推移)', '불공대천지수(不共戴天之讐)', '대쇄

••••••

262 진퇴유곡(進退維谷)……분주(奔走) : '진퇴유곡'은 《시경》〈대아 상유(桑柔)〉
의 "사람들도 진퇴유곡이라 말하는구나.〔人亦有言 進退維谷〕"에 보인다. '망극(罔
極)'은 〈소아 하인사(何人斯)〉의 "버젓이 면목을 드러내 사람을 봄이 다함이 없노
라.〔有靦面目 視人罔極〕"에 보인다. '분주'는 〈주송 청묘(淸廟)〉의 "하늘에 계신 분
을 대하고 사당에 계신 신주(神主)를 매우 분주히 받든다.〔對越在天 駿奔走在廟〕"
에 보인다.

263 망주야(罔晝夜)와 명약관화(明若觀火) : '망주야'는 《서경》〈익직(益稷)〉의 "태
만하게 놂을 좋아하며 오만함과 포악함을 행하며 밤낮없이 쉬지 않고 계속합니
다.〔惟慢遊是好 傲虐是作 罔晝夜額額〕"에 보인다. '명약관화'는 〈반경 상(盤庚上)〉
의 "내가 너희의 심정을 봄이 불을 보듯 분명하다.〔我視汝情 明若觀火〕"에 보인다.

264 적선(積善)……변통(變通) : '적선'과 '적불선(積不善)'은 《주역》〈곤괘 문언전
(文言傳)〉의 "선을 쌓은 집안에는 반드시 남은 경사가 있고, 불선을 쌓은 집안에
는 반드시 남은 재앙이 있다.〔積善之家 必有餘慶 積不善之家 必有餘殃〕"에 보인다.
'자저(趑趄)'는 간단하게 '차저(次且)'라고 쓰는데, 〈구괘(姤卦) 구삼(九三)〉의 "볼
기짝에 살이 없으나 그 가는 것을 머뭇거린다.〔九三 臀无膚 其行次且〕"에 보인다.
'변통'은 〈계사전 상(繫辭傳上)〉의 "광대는 천지에 배합하고 변통은 사시에 배합
한다.〔廣大 配天地 變通 配四時〕"에 보인다.

지년(大殺之年)'265은 《예기》의 말이고, '혈기미정(血氣未定)'266은 《논어》의 말이고, '오십보백보(五十步百步)', '불사(不似)', '거벽(巨擘)', '절장보단(絶長補短)'267은 《맹자》의 말이고, '주선(周旋)'과 '천연(遷延)'268은 《춘추좌씨전》의 말이고, '지리(支離)', '신기(神奇)', '진채지환(陳蔡之患)'269은 《장자》의 말이고,

......

265 유학(幼學)……대쇄지년(大殺之年): '유학'은 《예기》 〈곡례상(曲禮上)〉의 "사람이 태어나 10세가 된 자를 '유(幼)'라 하니, 학업을 익힌다.〔人生 十年曰幼學〕"에 보인다. '진사(進士)'는 〈왕제(王制)〉의 "대악정이 조사(造士) 중에서 우수한 자를 논하여 왕에게 고하고 사마에게 올리니, 이를 '진사'라고 한다.〔大樂正 論造士之秀者 以告于王 而升諸司馬 曰進士〕"에 보인다. '대사성(大司成)'은 〈왕제〉의 "대사성이 동서(東序)에서 가르침을 받은 자들의 우열을 논설한다.〔大司成 論說在東序〕"에 보인다. '추이(推移)'는 〈왕제〉의 "중국과 서융, 동이, 오방의 백성들은 모두 독특한 성품이 있어 추이(변화)할 수가 없다.〔中國戎夷五方之民皆有性也 不可推移〕"에 보인다. '불공대천지수(不共戴天之讐)'는 〈곡례 상〉의 "아버지를 죽인 원수는 한 하늘 아래에서 함께 살지 않는다.〔父之讐 弗與共戴天〕"에 보인다. '대쇄지년'은 〈예기(禮器)〉의 "이 때문에 1년 농사가 비록 크게 흉년이 들었더라도 백성들이 두려워하지 않는 것은 윗사람이 예를 제정함이 절도에 맞기 때문이다.〔是故年雖大殺 衆不匡懼 則上之制禮也節矣〕"에 보인다.

266 혈기미정(血氣未定): 《논어》 〈계씨(季氏)〉의 "젊을 때엔 혈기가 아직 정해지지 않았으므로 경계함이 여색에 있다.〔少之時 血氣未定 戒之在色 〕"에 보인다.

267 오십보백보(五十步百步)……절장보단(絶長補短): '오십보백보'는 《맹자》 〈양혜왕상(梁惠王上)〉의 "오십 보를 도망갔다 하여 백 보를 도망간 자를 비웃으면 어떻습니까?〔以五十步 笑百步 則何如〕"에 보인다. '불사(不似)'는 〈양혜왕 상〉의 "바라보아도 인군 같지 않습니다.〔望之不似人君〕"에 보인다. '거벽(巨擘)'은 〈등문공 하(滕文公下)〉의 "내가 반드시 중자를 거벽(으뜸)으로 여긴다.〔吾必以仲子 爲巨擘焉〕"에 보인다. '절장보단'은 〈등문공 상(滕文公上)〉의 "이제 등나라를 긴 곳을 잘라 짧은 곳을 보충하면 거의 50리가 된다.〔今滕 絶長補短 將五十里也〕"에 보인다.

268 주선(周旋)과 천연(遷延): '주선'은 《춘추좌씨전》 희공(僖公) 15년 기사의 "겉은 강해 보이나 속은 기운이 고갈되어 진퇴도 할 수 없고 주선도 할 수 없을 것이니, 임금께서 반드시 후회하실 것입니다.〔外彊中乾 進退不可 周旋不能 君必悔之〕"라는 경정(慶鄭)의 말에 보인다. '천연'은 양공(襄公) 14년 기사의 "진나라 사람들이 이번 전쟁을 '시일만 끌다가 소득 없이 끝낸 전쟁'이라 하였다.〔晉人謂之遷延之役〕"에 보인다.

269 지리(支離)……진채지환(陳蔡之患): '지리'는 《장자》 〈인간세(人間世)〉의 "자신

'창피(昌披)'[270]는 《초사(楚辭)》의 말이고, '원입골수(怨入骨髓)'와 '일패도지(一敗塗地)'[271]는 《사기》의 말이고, '물고(物故)'와 '신사(身死)'[272]는 《한서(漢書)》의 말이다.

이와 같은 문자들은 속된 것 같으나 실제로는 아름다우니, 비록 옛 문장에 쓰인 언사(言辭)지만 사용하지 못할 이치가 없다. 다만 어떻게 사용하느냐에 달려 있을 뿐이다.

••••••

의 몸을 지리하게(쓸모없게) 한 사람도 오히려 자신의 몸을 충분히 기른다.[夫支離其形者 猶足以養其身]"에 보인다. '신기(神奇)'는 〈지북유(知北游)〉의 "만물은 똑같은 것인데, 자신이 아름답다고 여기는 것은 신기하게 여긴다.[萬物一也 是其所美者爲神奇]"에 보인다. '진채지환'은 〈천운(天運)〉의 "공자가 진(陳)나라와 채(蔡)나라 사이에서 포위되어, 7일간이나 불로 밥을 지어 먹지 못하여, 삶과 죽음이 서로 이웃이 될 정도였다.[圍於陳蔡之間 七日不火食 死生相與隣]"에 보인다.

270 창피(昌披): 원래 옷을 입고 띠를 묶지 않아 옷이 바람에 날리는 모습인데, 뒤에 망신이나 수치를 일컫는 말로 쓰였다. 《초사》〈이소(離騷)〉의 "어찌하여 걸과 주는 허리띠도 매지 않고 좁은 길로 황급히 뛰어들었나.[何桀紂之昌披兮 夫唯捷徑以窘步]"에 보인다.

271 원입골수(怨入骨髓)와 일패도지(一敗塗地): '원입골수'는 《사기》〈오왕비전(吳王濞傳)〉의 "혹 10여년 동안 머리를 감거나 몸을 씻는 일조차 잊으며 원한이 골수에 사무쳐서 한 번 출전하려 한 지가 오래다.[或不沐洗十餘年 怨入骨髓 欲一有所出之久矣]"라는 비(濞)의 격문에 보인다. '일패도지'는 〈고조본기(高祖本紀)〉의 "지금 장수를 제대로 세우지 못하면 일패도지할 것입니다.[今置將不善 壹敗塗地]"에 보인다.

272 물고(物故)와 신사(身死): '물고'는 《전한서》〈이광소건전(李廣蘇建傳)〉의 "이미 투항한 자들과 물고된 자들을 제외하고 소무(蘇武)를 따라 돌아온 자가 아홉 사람이다.[前以降及物故 凡隨武還者九人]"에 보인다. 안사고(顔師古)는 "물고는 죽음을 이른다."라고 주를 달았다. '신사(身死)'는 《전한서》〈오행지(五行志)〉의 "정월에 초나라와 함께 군대를 일으켰다가 몸이 죽고 나라가 망했다.[正月 與楚俱起兵 身死國亡]"에 보인다.

51. 우리나라에서 다르게 사용되는 어휘와 한자

해설 | 우리나라 사람들이 어휘의 본래 뜻과 한자의 원형을 투철하게 연구하지 않아서, 어휘의 본뜻을 오인하여 다르게 사용하거나 서로 형태가 비슷한 한자의 구성요소를 같은 것으로 착각하여 뒤섞어 사용하는 경우가 있음을 몇 가지 사례를 들어 소개하였다.

東人心麤하여 不能細究文義하고 甚至字畫하여도 亦多以相近而混用하니 姑擧其一二호리라 朱子於劉白水에 稱"劉聘君"者는 以嘗被徵故耳니 如云徵士也어늘 而今人以朱子爲劉壻也라 하여 誤認爲婦翁之稱이라 因此로 世俗이 輒稱婦翁以聘君하니 可笑라 "張空弮"은《漢書》語也라 "弮"字從弓하니 謂空弓이요 非拳手也어늘 而東人文字中에 多云 "張空拳相搏"하니 搏之當用拳이니 豈可張而搏之也리오 鬢齼之齼을 誤作齼하고 未沫之沫을 誤作沫하고 兆眹之眹을 誤作眹하고 至押於入聲及寢沁韻하며 謝朓之朓를 誤作眺하고 揚雄之揚을 誤作楊이라 疋·足·示·衣는 相近而實異하니 疏·疎는 疋也요 踵·趾等凡係足部者는 皆足也요 福·祿·禱·祝等字는 示也요 凡係衣服及初·裕等字는 皆衣也라 申平城 景禛兄弟之名이 皆從示로되 而又有曰景裕者하고 協·博은 從十이요 非從心이어늘 而鄭議政彦信諸子와 黃芝川 廷彧諸父는 皆從心로되 而亦有以協·博名

者라 兼之下方은 從人이요 非從火어늘 而金滄洲 益熙兄弟는 皆從火로되 而又有以兼名者하니 皆不明字畫之致也라 至如冕·最二字하여는 本非 從日이어늘 而申冕與最는 與日下之字로 并作兄弟之名하니 以玄翁父子 之淹博多聞으로 猶不免此陋者는 何也오 且如衡之角而非魚와 志之士 而非土와 麒麟之鹿而非犬이어늘 亦皆混用하고 商之下는 從八從口하여 與適之從古不同이어늘 而亦或從古라 我國創名水田以畓이요 非本有之 字也라 與雜沓之沓不同이어늘 而雜沓之沓과 與蹙踏之踏을 俱或從田하 며 用里先生之甪은 音祿이요 字亦與角大別이어늘 而輒誤讀以角里하며 糶者는 瑞禾也라 我朝司糶寺는 掌御供米故로 名之以此어늘 而亦多誤 書以禣하니 益可笑也라 如此之類를 不可殫記로라

우리나라 사람들은 마음이 거칠어서 문장의 뜻을 자세히 연구하지 못 하고, 심지어 글자의 획도 서로 비슷한 것이라고 하여 혼용하는 경우가 많다. 우선 한두 가지를 예로 들어보겠다.

주자(朱子)가 유백수(劉白水)[273]를 '유빙군(劉聘君)'으로 칭한 것은, 그가 이 전에 임금의 부름을 받은 적이 있기 때문이다. 곧 '징사(徵士)'라고 말한 것과 같다. 그런데 지금 사람들은 주자가 유빙군의 사위라는 이유로 이것 이 부옹(婦翁, 장인)에 대한 칭호라고 잘못 생각하고 있다. 이로 인해 세속 에서 번번이 부옹을 빙군으로 일컫고 있다. 가소로운 일이다.

"빈 활만 당긴다.〔張空弮〕"[274]라는 말은 《한서》의 구절이다. 그런데 '권

......

273 유백수(劉白水): 주자(朱子)의 장인 유면지(劉勉之, 1091~1149)이다. 자는 치 중(致中), 호는 초당(草堂)이다. 숭안(崇安) 백수(白水) 사람이라서 '백수 선생'으 로 불렸다. 소흥(紹興) 연간에 조정의 부름을 받고 나갔다가 진회(秦檜) 등이 국 정을 농단하는 것을 보고 벼슬에서 물러나 학문에 힘쓰고 제자를 길렀다.

274 빈……당긴다: 《한서》〈사마천전(司馬遷傳)〉에 "피로 얼굴을 적시고 눈물을 삼

〔弮〕' 자가 '궁〔弓〕'을 따른 글자이니, '공권(空弮)'은 빈 활〔空弓〕을 말한 것이지 손을 오므려 주먹을 쥔 것을 말한 것이 아니다. 그러나 우리나라 사람들은 문장 속에서 "맨주먹을 펼쳐서 서로 친다.〔張空拳相搏〕"라고 한 경우가 많다. 칠 때에는 마땅히 주먹을 사용해야지, 어찌 손을 펼쳐서 칠수 있겠는가.[275]

'초츤(髫齔)'의 '츤(齔)'을 '흘(齕)'로 잘못 쓰고, '미말(未沫)'의 '말(沫)'을 '매(沫)'로 잘못 쓰고, '조진(兆眹)'의 '진(眹)'을 '짐(朕)'으로 잘못 써서 심지어 입성(入聲)에 압운하고 '침(寢)'과 '심(沁)'의 운에 압운(押韻)하는 데에 쓰고[276], '사조(謝脁)'의 '조(脁)'를 '조(眺)'로 잘못 쓰고, '양웅(揚雄)'의 '양(揚)'을 '양(楊)'으로 잘못 쓴다.

'소(疋)'와 '족(足)', '시(示)'와 '의(衣)'는 서로 비슷해 보이나 실제는 다르다. '소(疏)'와 '소(疎)'는 부수가 '소(疋)'이고, '종(踵)'과 '지(趾)' 등 무릇 발과 관련된 글자들은 부수가 모두 '족(足)'이다.

'복(福)', '녹(祿)', '도(禱)', '축(祝)' 등의 글자는 부수가 '시(示)'이고, 모든 의복과 관련된 글자와 '초(初)', '유(裕)' 등의 글자는 모두 부수가 '의(衣)'이다. 그런데 평성(平城) 신경진(申景禛) 형제의 이름은 모두 '시(示)'를 따른 글자

• • • • • •

키면서 빈 활을 당기고 시퍼런 칼날을 무릅썼다.〔沫血飲泣 張空弮 冒白刃〕"라고 보인다.

275 우리나라……있겠는가: '장공권(張空弮)'은 원래 화살이 없어 빈 화살만 당기면서 싸움을 뜻한 말이다. 우리나라에서 '권(弮)'을 '권(拳)'으로 보아 "장공권상박(張空拳相搏)"이라고 한 것은 오류이다. "맨주먹을 휘둘러 서로 친다."는 뜻으로 썼겠지만, "빈주먹을 펴서 서로 친다."로 풀이할 수 있다고 지적한 것이다.

276 조진(兆眹)의…쓰고: 도곡은 '조진'을 '조짐(兆朕)'으로 써서는 안 된다고 보았다. 보통은 '짐(朕)' 자에 '징조'의 뜻이 있는 것으로 보아 '조짐(兆朕)'이란 말을 사용한다. '진(眹)'을 '짐(朕)'과 같은 글자로 보아, '짐(朕)'으로 압운할 자리에 '진(眹)'을 사용한다는 말로 이해된다. 입성에 압운한다는 것은 자세하지 않다.

를 이름에 썼는데, 예외로 또한 '경유(景裕)'라는 이름도 있다.[277]

또한 '협(協)'과 '박(博)'은 '십(十)'을 따른 글자이지, '심(心)'을 따른 글자가 아니다. 그런데 의정(議政) 정언신(鄭彦信)의 여러 아들과 지천(芝川) 황정욱(黃廷彧)의 제부(諸父, 백숙부)의 이름은 모두 '심(心)'을 따른 글자를 이름에 썼는데, 또한 '협(協)'과 '박(博)'으로 이름을 지은 사람도 있다.

'겸(兼)'의 아래 부분은 '인(八)'을 따른 것이지, '화(火)'를 따른 것이 아니다. 그런데 창주(滄洲) 김익희(金益熙) 형제는 모두 '화(火)'를 따른 글자를 이름에 썼는데, '겸(兼)'으로 이름을 지은 사람도 있다.[278] 이는 모두 글자 획에 밝지 못해서 빚어진 결과이다.

심지어 '면(冕)'과 '최(最)' 두 글자의 경우는 본래 '일(日)'을 따른 글자가 아닌데, 신면(申冕)과 신최(申最)[279]를 '일(日)'을 따른 글자를 사용한 이름과 함께 같은 형제의 이름으로 삼았다. 해박하고 견문이 넓은 현옹(玄翁) 부자(父子)[280]도 오히려 이러한 고루함을 면하지 못한 것은 어째서인가.

또 '형(衡)'은 '각(角)'을 따른 글자이지 '어(魚)'를 따른 글자가 아니고, '지

••••••

277 평성(平城) 신경진(申景禛)……있다: 평성은 신경진(申景禛, 1575~1643)의 봉호(封號)이다. 자는 군수(君受), 본관은 평산(平山), 시호는 충익(忠翼)이다. 아래로 경유(景裕)와 경인(景禋) 두 아우가 있다. 이들 형제가 본래 '시(示)'를 이름에 썼으나, '경유'의 '유(裕)'는 부수가 '의(衣)'이므로 이렇게 말한 것이다.

278 창주(滄洲) 김익희(金益熙)……있다: 창주(滄洲)는 김익희(1610~1656)의 호이다. 자는 중문(仲文), 본관은 광산(光山), 시호는 문정(文貞)이다. 김장생(金長生)의 손자이다. 아우 김익겸(金益兼, 1615~1637)이 '겸(兼)'을 이름에 썼다.

279 신면(申冕)과 신최(申最): 평산(平山) 신씨로 신익성(申翊聖, 1588~1644)의 아들 형제이다. 신면(1607~1652)은 자가 시주(時周), 호가 하관(遐觀)이다. 신최(1619~1658)는 자가 계량(季良), 호가 춘소(春沼)이다. '면(冕)'은 경부(冂部)에 속하고 '최(最)'는 왈부(曰部)에 소속하여 '일(日)'과는 상관이 없다.

280 현옹(玄翁) 부자(父子): 신흠(申欽, 1566~1628)과 그의 아들 신익성을 이른다. 현옹은 신흠의 호이다.

(志)'는 '사(士)'를 따른 글자이지 '토(土)'를 따른 글자가 아니며, '기(麒)'와 '린(麟)'은 '녹(鹿)'을 따른 글자이지 '견(犬)'을 따른 글자가 아닌데, 모두 혼용하고 있다. '상(商)'은 아래가 '팔(八)'과 '구(口)'를 따른 글자여서 '고(古)'를 따른 '적(適)'과는 같지 않은데, 역시 간혹 '고(古)'를 따른 글자로 잘못 쓰기도 한다.

우리나라에서 처음으로 '수전(水田)'을 '답(畓)'으로 이름 지었는데, 이는 본래 있는 글자가 아니어서 '잡답(雜沓)'의 '답(沓)'과는 똑같지 않다. 그런데 '잡답(雜沓)'의 '답(沓)'과 '축답(蹙踏)'의 '답(踏)'을 모두 간혹 '전(田)'을 따른 글자로 잘못 쓰기도 한다. 또 '녹리 선생(甪里先生)'[281]의 '녹(甪)'은 음이 '녹(祿)'이고, 글자 모양도 '각(角)'과 크게 다른데, 번번이 '각리(角里)'로 잘못 읽는다.

'도(稌)'는 상서로운 벼[瑞禾]이다. 우리 조정의 '사도시(司稌寺)'는 어공미(御供米, 임금에게 올리는 쌀)를 관장하는 곳이다. 그래서 이렇게 이름을 붙인 것인데, 이 또한 '도(導)'라고 잘못 쓰는 경우가 많다. 더욱 가소로운 일이다. 이와 같은 종류가 이루 기록할 수 없을 만큼 많다.

• • • • • •
281 녹리 선생(甪里先生): 진(秦)나라 말기의 은자(隱者)이다. 하황공(夏黃公), 기리계(綺里季), 동원공(東園公)과 함께 상산사호(商山四皓)로 칭해진다.

52. 원나라에 정통성을 부여한 《송원강목》

해설 | 국통(國統)을 중시하는 것이 춘추대의이다. 주자도 《자치통감강목》에서 무후의 연호와 여후의 연호를 분주하는 방식으로 춘추필법을 따랐다고 하였다. 다만 김우옹이 《송원강목》에서 원나라 연호를 사용하여 이적에게 정통성을 부여했다고 비판한 것은 사실과 다르다. 《송원강목》은 명나라 사람의 저서인데 김우옹의 후손들이 동강의 저서로 오인해서 빚어진 해프닝이다.

春秋之法은 專以國統爲重이라 朱子作《綱目》할새 於武后僭位之日에 係中宗之年이로되 而分註武后之年하고 大書其下曰 "帝在房州라"하니 蓋用《春秋》 "公在乾侯"之例라 至於呂后稱制가 在惠帝後, 文帝前하여는 無年可係故로 只分註其年하여 不與其僭하니 其義可謂嚴矣라 況以夷狄入主中夏는 此誠千古大變이니 尤不可不十分致嚴이어늘 而金宇顒作 《宋元綱目》에 乃於宋亡之後에 大書元年號하니 以其混一天下라 하여 歸之以正統也라 律以《春秋》吳, 楚僭王에 削而不稱之例하면 則其違背於大義甚矣라 如使朱子作此면 必用呂, 武之例無疑라 宇顒은 固不足論이요 雖以中國言之라도 卽今淸又以夷狄混一하여 胡漢錯雜하여 無所分別하니 作《元史》에 亦必如此矣리니 可慨也已로다

춘추의 필법은 오로지 국통(國統)을 중시한다. 주자(朱子)가 지은 《자치통감강목》에는, 무후(武后)가 제위(帝位)를 참칭한 시기에도 중종(中宗)의 연호를 단 후에 무후의 연호를 분주(分註)[282]하였다. 그리고 그 아래에 큰 글씨로 쓰기를 "황제가 방주에 있었다.[帝在房州]"[283]라고 하였다. 이는 《춘추》에서 "공이 건후에 있었다.[公在乾侯]"라고 한 예[284]를 따른 것이다.

혜제(惠帝)가 서거한 이후부터 문제(文帝)가 즉위하기 전까지 여후(呂后)가 황제로 칭한 일에 있어서는 달 만한 연호가 없었으므로 단지 여후의 연호를 분주하는 형식을 써서 여후의 참람함을 인정하지 않았다. 그 의리가 엄중하다고 이를 만하다.

하물며 이적(夷狄)으로서 중하(中夏)에 들어와 주인이 된 사건은 진실로 천고의 큰 변고에 해당하니, 더욱 십분 지극히 엄중하게 기록하지 않으면 안 된다. 그런데 김우옹(金宇顒)[285]이 《송원강목(宋元綱目)》[286]을 지으면서

••••••

282 분주(分註): 분주(分注)로도 표기하는데, 본문 아래에 작은 글자를 두 줄로 써서 단 주를 이른다.

283 황제가 방주에 있었다[帝在房州]: 당(唐)나라 제3대 황제인 고종(高宗)의 황후(皇后)였던 측천무후(則天武后)가 684년 자신의 아들인 제4대 황제인 중종(中宗)을 폐위시키고 자신이 직접 황제가 되어 통치하였는데, 이때 중종이 방주(房州, 지금의 호북성(湖北省) 방현(房縣))에 유폐되어 있었기 때문에 이렇게 말한 것이다.

284 춘추에서……예: 노(魯)나라 소공(昭公)이 계씨(季氏)에게 쫓겨나 임금 노릇을 하지 못하였다. 그러나 공자는 《춘추》에서 "30년 봄 정월에, 소공이 건후에 있었다.[三十年春王正月 公在乾侯]"라고 기록하여 정통이 소공에게 있음을 나타냈는데, 이것을 이른다.

285 김우옹(金宇顒): 1540~1603년. 자가 숙부(肅夫), 호가 동강(東岡), 본관이 의성(義城), 시호는 문정(文貞)이다.

286 송원강목(宋元綱目): 송·원 시대를 중심으로 엮어진 《속자치통감강목(續資治通鑑綱目)》의 별칭이다. 이 책은 명나라 상로(商輅, 1414~1486)의 저서인데, 김우옹의 저서로 잘못 알려졌다.

마침내 송나라가 망한 뒤에 원나라의 연호를 큰 글씨로 써놓았다. 이는 원나라가 천하를 통일했다고 하여, 원나라에게 정통을 돌려준 것이다.

《춘추》에서 오(吳)나라와 초(楚)나라가 왕을 참칭한 것을 삭제하여 왕으로 칭해주지 않았던 사례에 견주어볼 때, 이는 춘추대의(春秋大義)에 심하게 위배된다. 만일 주자가 이를 지었다면, 반드시 여후(呂后)와 무후(武后)의 예를 따랐을 것임은 의심할 여지도 없다.

김우옹의 일은 굳이 논할 것이 되지 못한다. 비록 중국의 상황을 가지고 말하더라도, 이제 청나라가 또다시 이적으로서 천하를 통일하여 오랑캐와 중국이 뒤섞여서 분별할 길이 없어지게 되었으니, 《원사(元史)》[287]를 지을 때에도 반드시 그렇게 할 것이다. 개탄스러운 일이다.

• • • • • •

287 원사(元史): 《청사(淸史)》의 오기로 보인다. 《원사》는 이미 명나라 때에 편찬되었는바, 중국에 이미 편찬된 사서를 다시 편찬한 전례가 없다.

53. 《주자대전차의》의
소루하고 잘못된 오류

해설 | 퇴계는 주자의 편지글에 주석을 단 《주자서절요기의》를 엮었고, 우암은 《주자대전》 전체에 주석을 단 《주자대전차의》를 엮었다. 그런데 우암이 《주자대전차의》를 끝까지 완성하지 못하여 문인들에 의해 마무리되는 사이에 소루하게 되었거나 잘못된 부분이 있게 되었다. 이런 부분들을 찾아내어 하나하나씩 바로잡았다.

退溪註釋朱子書하고 名曰《記疑》라 하니 此則書一類也라 尤翁이 盡取 《大全》하여 釋之하고 名曰《箚疑》러니 未及卒功하고 托諸門人하여 使之 續成하니 其出農巖者固善이나 而其他는 類不免疏漏舛誤之患이라 姑以 鄙見言之호리라

古人詩集中에 凡所謂"擬古"者는 皆擬〈古詩十九首〉요 非徒作也라 朱子擬古八首도 亦然이어늘 而《箚疑》에 乃曰 "擬陳子昂〈感遇〉"라 하니 此恐誤라 子昂〈感遇〉는 與李白〈古風〉五十九首로 其模範이 固出於 〈十九首〉나 而體格則稍變이라 朱子〈齋居感興〉詩는 乃是倣〈感遇〉之 作이요 而此則擬〈十九首〉니 非擬子昂也라 試以其詩論之호리라

"離離原上草"는 擬"靑靑河畔草"也요 "綺閣百餘尺"은 擬"西北有高樓" 也요 "上山採薇蕨"은 擬"涉江採芙蓉"也요 "佳月朗秋夜"는 擬"明月皎

夜光"也요 "鬱鬱澗底松"은 擬"冉冉孤生竹"也요 "高樓一何高"는 擬
"東城高且長"也요 "夫君滄海至"는 擬"客從遠方來"也요 "衆星何歷歷"
은 擬"明月何皎皎"也니 考其音節하면 居然可見이라

董卓作逆時에 謠語云 "千里草何靑靑고 十日卜不得生이라"하더니 未幾
에 卓敗하니 〈齋居感興〉의 所謂"靑靑千里草"는 蓋用此語요 非朱子自
爲破字也어늘 而《箚疑》는 不引古謠하니 意似未足이라

第八卷〈和林擇之鳳凰山〉詩의 "荒亡"註에《箚疑》엔 只云 "荒凉之意"
나 而"荒亡"二字는 出自《孟子》하니 提出引用之本語而註之者가 乃註
家之常例니 當以《孟子》語添註라

第九卷〈天慶觀〉詩의 "斷腸聲"은《箚疑》에 引杜詩〈吹笛〉註阮咸語하
니 此正朱子所云 "鄭昻僞作"이니 當刪去라〈引年得請〉詩의 "妄竊老夫
號"는《箚疑》에 引南越王 佗語하니 佗固有"老夫"之語나 而第此詩는 卽
朱子致仕後作이니 其謂"妄竊云云"은 恐引《禮記》"大夫致事에 自稱曰
老夫"之語也라

第十九卷의〈乞褒錄高登狀〉云 "値靖康之禍하여 與陳東上書하여 力陳
六賊之罪"를《箚疑》에 以爲"黃潛善、汪伯彦等이라"하나 而按《宋史》하면
靖康元年에 陳東等上書하여 言"李邦彦、白時中、張邦昌、趙野、王孝迪、
蔡懋、李梲之徒가 忌嫉賢能하고 不恤國計하니 社稷之賊也"云云하고 至
高宗 建炎元年하여 東又上書하여 乞留李綱하고 罷汪、黃하니 據此하면 則
靖康上書는 非論汪、黃也요 所謂六賊은 正指邦彦等也니 註恐失之라

第二十卷의 "庾亮之傳應詹之書"는《箚疑》云 "當考라"하나 按考亮、詹
本傳하면 "議者謂侃欲誅執政하여 以謝天下라한대 亮甚懼러니 及見侃에
引咎自責한대 侃不覺釋然이라"하고 詹與侃書曰 "足下年德並隆하고 功
名俱盛하니 宜務建洪範하여 雖休勿休하여 至公至平하고 至謙至順이면
卽自天祐之하여 吉無不利라"하니라

第二十二卷의〈辭召命狀一〉의 "不洎之悲"는《箚疑》云 "祿不逮親之意라"하니라 按《莊子寓言》篇에 曾子曰 "吾及親仕에 三釜而心樂이러니 後仕三千鍾이로되 不洎 吾心悲라"하니 此所謂 "不洎之悲"니 實用此語也라〈辭召命狀五〉에 "雖不俟屨而疾趨라"한대《箚疑》에 只云 "'雖'下에 疑脫'欲'字"하고 而不註其出處라 "不俟屨"는 固近世恒談이나 然其出處는 亦本《禮記》의 "二節以走하고 一節以趨하며 在官不俟屨하고 在外不俟車"之語라〈辭江西提刑箚子一〉의 "虛有詞費"는《箚疑》云 "謂虛費辭說也라"하니 而 "詞費"二字는 亦出於《禮記》 "禮不辭費"之語하니 并當引本語而註之也라

第二十四卷의〈與劉平甫書〉에 "次第亦須見怒"는《箚疑》云 "汪尚書怒之也라"하니 竊意此所謂 "見怒"者는 恐亦指陳公也라 蓋報汪兩書에 斥陳甚嚴이라 故로 其後與陳書에 有 "試取而觀이면 知我罪我"之語하니 此正謂 "陳見其與汪書斥己不少饒而怒之"也라 淺見則如此나 未知果是否也로라

第二十六卷의〈與臺端書〉에 "夫人而能知之라"하니 "夫人"二字는 蓋出《周禮考工記》의 "夫人而能爲鏄하고 夫人而能爲函"之語라《記疑》說은 固未當하니《箚疑》辨之是矣나 而亦當引其出處而註之라〈與丞相別紙〉의 "稍廩"은 卽所謂稍食이니 亦出《周禮》라

第二十七卷의〈答詹帥書〉에 "違言"은《箚疑》云 "詆辱之言이라"하나 按 "違言"二字는 出《左傳》이라

第二十八卷의〈與周丞相書〉에 "專人奏記"는《箚疑》云 "〈霍光傳〉에 杜延年奏記光이라"하나 今按〈光傳〉에 無此語라 "銜戢"은《箚疑》云 "感意라"하나 按陶淵明詩에 "銜戢知何謝오"하니라〈與留丞相箚子〉의 "行將就木"은《箚疑》云 "入棺之謂라"하나 按 "就木"二字는 出《左傳》이라〈與留丞相書〉의 "眄睞"는《箚疑》에 引杜詩나 而 "眄睞以適意"는 卽〈古

詩十九首〉이니 此在杜詩之前이니 當引此而不必引杜詩也라

第二十九卷의〈與李季章書〉에 "隱侯之言"은《箚疑》云 "隱侯는 沈約字라"하니라 按隱卽謚요 侯卽爵이니 非字也라 約은 字休文이라

第三十三卷의〈答呂伯恭書〉에 "石林燕語"는《箚疑》云 "書名이라"하나 按《石林燕語》는 卽宋吏部尙書葉夢得所著라 "淺之爲丈夫"는《箚疑》云 "猶言淺丈夫라"하나 按此語는 本出《左傳》이라

第三十四卷의〈答呂伯恭書〉에 "仁鳥增逝"는《箚疑》에 引〈弔屈原賦〉語나 按此四字는 本出《漢書梅福上書》라

第三十五卷의〈與劉淸之書〉에 "《石林》考其年이라"한대《箚疑》云 "《石林》은 疑是《石林燕語》니 蓋李翶所作이라"하나 按《石林燕語》는 卽葉夢得所著어늘 今云 "李翶所著"는 何耶아 豈翶亦有所著名《石林》者耶아 當考라〈論白鹿院記〉에 "罵破"는《箚疑》云 "罵詈毀破라"하나 愚意 "破"字는 恐是助辭라 "定叟"는 已見於上〈與伯恭書〉어늘 而不註하고 乃註於後書下하니 恐失之라

第三十七卷에 "動以天"은《箚疑》云 "《易無妄》語라"하나 按此三字는 卽〈无妄〉程傳語라 "虎食其外"는《記疑》에 "單豹云云이라"하나 按此出《莊子達生》篇이라 "物故"는《記疑》에 "言死也라"하나 按此語는 出《前漢書》이라

第四十卷의 "發藥"은 出《莊子列禦寇》篇이라

第四十四卷의 "李積微"는《箚疑》云 "疑陽冰字라"하나 按陽冰字少溫이니 "積微"는 恐是當時人이라

第五十卷의 "唯阿"는《記疑》云 "姑息之意라"하나 按 "唯阿"는 出《道德經》하니 唯諾之意也라

第五十三卷의 "隃度(요탁)"은《箚疑》云 "越也라"하나 按《前漢書》에 "兵難隃度이라"한대 註에 "隃讀曰遙라"하니 古與 "遙"通用하니 非踰越之意

也라

第五十四卷의 "公孫洪"은 《箚疑》云 "'弘'字之誤라"하나 按宋太祖父名弘殷이라 故로 宋人改"弘"以"洪"하니 如韓弘作韓洪之類是也니 此乃借用他字요 非誤也라 "黨錮之禍"는 《記疑》에 "謂僞學黨錮之禍라"하나 按 "黨錮"는 乃東漢 李膺, 范滂等受禍時名目이요 而"僞學"은 卽朱子被構於侂冑之目也니 其目이 各有攸當이라 今云"黨錮之禍"者는 乃朱子引用前事하여 以比當日事也어늘 《記疑》에 混合而釋之하니 恐欠分曉라

第六十四卷의 "沈, 宋"은 《記疑》에 "沈休文, 宋之問이라"한대 《箚疑》云 "沈은 卽佺期也니 沈休文은 乃晉人이라"하니라 按 《記疑》之云이 大誤하니 《箚疑》所辨이 正是로되 但沈約卽梁人이니 其謂晉人者는 亦誤라

第七十九卷의 "畸人"은 《箚疑》云 "不遇之人이라"하나 按 《莊子 大宗師》篇에 "畸人者는 畸於人而侔於天이라"한대 註에 "畸者는 獨也니 言獨異之人也라"하니 由其獨異故로 不偶於人而合於天이요 非"畸"之釋爲不偶也라

第八十卷의 "堂皇"은 《箚疑》云 "《漢書胡廣傳》云云이라"하나 按非胡廣이요 乃胡建也라

第八十六卷의 "孤露"는 《箚疑》云 "當考라"하나 "孤露"는 本非隱晦語而云然者는 豈別有所當考者耶아 其語則實出嵇康 〈與山濤書〉라

第八十七卷의 "綠競"은 按 "不綠不競"은 卽 《詩經》句語라 "婁卜"은 註에 "婁는 疑屢字之誤라"하나 按 《漢書》에 '屢'皆作'婁'하니 蓋古字通用이라 "夜臺"는 註에 引歐詩하나 按"夜臺"는 出處甚古하여 非始於歐也라 "千萬永訣"은 註에 引〈張季友誌〉語나 而'友'作'羽'하니 誤라 "目斷門柳"는 註云 "子厚門前有柳라"하나 鄙意則'柳'恐是廣柳之柳라

第九十五卷上의 "版輿"는 註에 "母所乘이라"하나 按潘岳〈閒居賦〉에 "太夫人乃御版輿하여 乘輕軒이라"하니라

《別集》第八卷의 "惠洪"은 註에 "當考라"하나 按 "惠洪"은 卽宋詩僧으로 後還俗하여 名洪覺範이라

其他는 不能悉擧로라

　퇴계가 주자의 편지글에 주석(註釋)을 달고서 이름을 《주자서절요기의 (朱子書節要記疑)》라고 하였다. 이는 편지글 한 종류에 대한 것이다.

　우암은 《주자대전》 전체에 대하여 주석을 달고서 이름을 《주자대전차 의(朱子大全箚疑)》라고 하였으나, 일을 끝마치지 못하고 문인들에게 부탁해 서 뒤를 이어 완성하게 하였다. 그런데 그 중에 농암(農巖)에게서 나온 주 석은 진실로 좋았으나, 그 밖의 주석들은 대체로 소루(疏漏)하거나 착오 가 생기는 병통을 면치 못하였다. 우선 나의 비루한 식견을 가지고 말해 보겠다.

　옛사람의 시집(詩集)에 실려 있는 이른바 '의고시(擬古詩)'라는 것은 모두 〈고시(古詩) 19수〉[288]를 모의한 것이지 그냥 지은 것이 아니다. 주자의 〈의 고 8수〉도 그런 것인데, 《주자대전차의》에는 "진자앙(陳子昻)[289]의 〈감우 시(感遇詩)〉[290]를 모의했다."라고 하였으니, 이는 잘못인 듯하다. 진자앙의 〈감우시〉는 이백(李白)의 〈고풍(古風) 59수〉와 마찬가지로 그 모범이 진실 로 〈고시 19수〉에서 나왔으나 체제와 격식은 다소 변하였다. 주자의 〈재

288　고시 19수: 《문선(文選)》 권29 〈잡시부 상(雜詩部上)〉에 수록된 오언고시(五言古 詩) 19수를 이른다. 작자는 미상이고, 후한 말기에 창작되었을 것으로 추정된다.

289　진자앙(陳子昻): 656~698년. 당나라 초기의 시인으로 자는 백옥(伯玉)이다. 당시의 유약(柔弱)한 시풍에 반대하고 한(漢)·위(魏)의 고아(高雅)한 시풍을 회 복하려 노력하였다.

290　감우시(感遇詩): 위(魏)나라 완적(阮籍)의 영회시(詠懷詩)를 모방하여 지은 총 38수의 시로, 후대 시인들에게 지대한 영향을 미쳤다.

거감흥시(齋居感興詩)〉는 바로 진자앙의 〈감우시〉를 모의하여 지은 것이지만, 이 〈의고 8수〉는 〈고시 19수〉를 모의한 것이지 진자앙을 모의한 것이 아니다. 한번 그 시를 가지고 논해 보겠다.

〈의고 8수〉의 "무성한 언덕 위의 풀[離離原上草]"이라는 구는 〈고시 19수〉의 "푸르고 푸른 황하 가의 풀[靑靑河畔草]"이라는 구를 모의한 것이고, "단청한 누각 백여 척[綺閣百餘尺]"이라는 구는 "서북쪽에 높은 누대 있으니[西北有高樓也]"라는 구를 모의한 것이고, "산 위에 올라 고사리를 채취하네[上山採薇蕨]"라는 구는 "강 건너 부용꽃 채취하네[涉江採芙蓉]"라는 구를 모의한 것이고, "아름다운 달 환한 가을밤[佳月朗秋夜]"이라는 구는 "밝은 달빛 교교히 빛나는 밤[明月皎夜光]"이라는 구를 모의한 것이고, "울울창창한 시냇가의 소나무[鬱鬱澗底松]"라는 구는 "한들한들 외로운 대나무[冉冉孤生竹]"라는 구를 모의한 것이고, "높은 누대 어쩌면 저리도 높은가[高樓一何高]"라는 구는 "동쪽 성이 높고 또 길다[東城高且長]"라는 구를 모의한 것이고, "그대 창해에서 와서[夫君滄海至]"라는 구는 "나그네 먼 지방에서 와서[客從遠方來]"라는 구를 모의한 것이고, "뭇 별들 어쩌면 저리도 또렷한가[衆星何歷歷]"라는 구는 "밝은 달 어쩌면 저리도 밝은가[明月何皎皎]"라는 구를 모의한 것이니, 그 음절을 살펴보면 분명히 알 수 있다.

동탁(董卓)이 반역했을 때에 동요에 이르기를 "천리의 풀이 어찌 푸르겠는가? 점치건대 10일을 살 수 없으리라.[千里草何靑靑 十日卜不得生]"291라고 하였는데, 얼마 되지 않아 동탁이 패망하였다. 〈재거감흥시(齋居感興

------

291 천리의……없으리라 : 원문의 '천리초(千里草)'는 '동(董)' 자를 파자한 것으로 '동가(董哥)가 어찌 오래 가겠는가.'라는 뜻이며, '십일복(十日卜)'은 '탁(卓)' 자를 파자한 것으로 '동탁이 오래 살 수 없다.'라는 뜻이다.

詩)〉의 이른바 "푸르고 푸른 천리의 풀〔靑靑千里草〕"이라는 것은 이 말을 사용한 것이지 주자가 스스로 파자(破字)한 것이 아니다. 그런데 《주자대전차의》에는 옛날 동요를 인용하여 제시하지 않았으니, 풀이한 뜻이 부족한 듯하다.

제8권 〈화임택지봉황산(和林擇之鳳凰山)〉 시의 '황망(荒亡)'에 대해 《주자대전차의》에는 단지 "황량의 뜻이다.〔荒凉之意〕"라고 주를 내었는데, '황망' 두 글자는 《맹자》로부터 나온 것이다.[292] 인용한 본래의 말을 제시하여 주를 내는 것이 바로 주가(註家)의 상례(常例)이니, 마땅히 《맹자》의 말을 보태어 주를 내었어야 한다.

제9권 〈천경관(天慶觀)〉 시의 '단장성(斷腸聲)'에 대해 《주자대전차의》에는 두보의 시 〈취적(吹笛)〉의 주에 있는 완함(阮咸)의 말을 인용하였다. 그러나 이는 바로 주자가 말한 '정앙(鄭昂)의 위작(僞作)'[293]이라는 것이니, 마땅히 삭제해야 한다.

〈인년득청(引年得請)〉 시의 "망령되이 노부(老夫)의 칭호를 도둑질했다.〔妄竊老夫號〕"는 구에 대해 《주자대전차의》에는 남월왕(南越王) 조타(趙佗)[294]의 말을 인용하여 주를 내었다. 조타가 진실로 '노부(老夫)'란 말을

292　황망(荒亡)……것이다: 《맹자》〈양혜왕 하(梁惠王下)〉에 "짐승을 쫓아 사냥하여 만족함이 없음을 황(荒)이라 이르고, 술을 즐겨 만족함이 없음을 망(亡)이라 이른다.〔從獸無厭 謂之荒 樂酒無厭 謂之亡〕"라고 하였다.

293　정앙(鄭昂)의 위작(僞作): 민인(閩人) 정앙이 두보(杜甫)의 시에 거짓으로 소동파(蘇東坡)의 이름을 빌려 '소왈(蘇曰)'이라고 주를 낸 것을 이른다. 이는 《회암집(晦菴集)》卷84 〈발장국화소집주두시(跋章國華所集注杜詩)〉에 보인다.

294　남월왕(南越王) 조타(趙佗): ?~기원전 137년. 진(秦)나라 시황제 때의 장수로 남해(南海) 용천령(龍川令)으로 파견되었다가 진나라 말기의 혼란기를 틈타 계림(桂林)과 상군(象郡), 남해를 병합하여 남월(南越)을 세우고 스스로 무왕(武王)이라 칭하였다. 한(漢)나라 여후(呂后) 때 독립하여 칭제(稱帝)하고 한나라와 대립하다가 문제(文帝) 원년(기원전 179)에 제호(帝號)를 없애고 신종(臣從)하

하지 않은 것은 아니나, 다만 이 시는 바로 주자가 치사(致仕)한 뒤에 지은 것이니 "망령되이 노부의 칭호를 도둑질했다."라고 한 것은 아마도 《예기》의 "대부가 치사하고 나면, 스스로 '노부'라고 칭한다.[大夫致事 自稱曰 老夫]"라는 말[295]을 인용한 듯하다.

제19권 〈걸포록고등장(乞褒錄高登狀)[296]〉에 "정강(靖康)의 화[297]를 만나서 진동(陳東)[298]과 상서(上書)하여 육적(六賊)의 죄를 힘써 아뢰었다."라고 하였는데, '육적(六賊)'에 대해 《주자대전차의》에는 "황잠선(黃潛善)과 왕백언(汪伯彦)[299]의 무리이다."라고 하였다. 그러나 《송사(宋史)》를 살펴보면 정강(靖

<hr />

는 조건으로 강화하고 나라를 유지하였으나, 무제(武帝) 때 멸망하였다. 《史記 卷 113 南越列傳》

295 예기의……말: 《예기》〈곡례 상(曲禮上)〉에 "대부(大夫)는 70세가 되면 벼슬을 내놓고 물러난다.……〈다른 나라에 있으면〉 자칭하기를 노부라 하고, 자기 나라에서는 이름을 칭한다.[大夫 七十而致事……自稱曰老夫 於其國則稱名]"라고 하였다.

296 걸포록고등장(乞褒錄高登狀): 포록(褒錄)은 훌륭한 사람을 표창하여 녹용(錄用)하는 것이다. 고등(高登, 1104~1159)은 자가 언선(彦先)이고 장포(漳浦) 사람이다. 선화(宣和) 연간에 태학생으로 있으면서 진동(陳東)과 함께 상서하여 국정을 문란하게 한 육적(六賊)을 주륙할 것을 청하였다.

297 정강(靖康)의 화(禍): 북송 흠종(欽宗) 정강 2년(1127)에 금나라 태종(太宗)이 대군을 이끌고 침략한 변란이다. 수도 변경(汴京)이 함락되고 휘종(徽宗)과 흠종 부자와 수많은 황족과 신하들이 사로잡혀갔다. 이 변란으로 북송은 멸망하고, 남쪽으로 도주한 휘종의 아들 고종(高宗)이 남경에서 즉위하여 왕조의 명맥을 유지하여, 남송(南宋)이 시작되었다.

298 진동(陳東): 1086~1127년. 자는 소양(少陽)이다. 흠종 때 태학생의 신분으로 상소하여 천도(遷都)의 책임을 물어 국정을 문란하게 한 육적(六賊)을 주륙(誅戮)할 것을 청하였다.

299 황잠선(黃潛善)과 왕백언(汪伯彦): 남송 고종 때 득세하여 주전파 이강(李綱)을 몰아내고 정권을 농단하여 금나라와 굴욕적인 화의를 맺게 한 인물들이다. 황잠선(1078~1130)은 자가 무화(茂和)이다. 원부(元符) 3년(1100)에 진사시에 급제하여 문하시랑(門下侍郞)에 올랐다. 왕백언(1069~1141)은 자가 정준(廷俊), 호가 신안거사(新安居士)이다. 숭녕(崇寧) 2년(1103)에 진사시에 급제하여 지추밀원사(知樞密院事)에 올랐다.

康) 원년(1126)에 진동 등이 상서하여 "이방언(李邦彦), 백시중(白時中), 장방창(張邦昌), 조야(趙野), 왕효적(王孝廸), 채무(蔡懋), 이예(李梲)의 무리가 어진 자와 유능한 사람을 시기하고 나라의 계책을 돌보지 아니하여 사직(社稷)을 해쳤습니다."라고 운운하였다. 또 고종(高宗) 건염(建炎) 원년(1127)에 이르러 진동이 다시 상서하여 이강(李綱)을 유임시키고 황잠선과 왕백언을 파직할 것을 청하였다. 이를 근거로 보면, 정강 연간에 상서한 것은 황잠선과 왕백언을 논한 것이 아니다. 이른바 '육적'이란 바로 이방언 등을 가리킨 것이니, 주가 잘못된 듯하다.

제20권의 "유량(庾亮)³⁰⁰의 전(傳)과 응첨(應詹)³⁰¹의 편지〔庾亮之傳 應詹之書〕"라는 것에 대해 《주자대전차의》에는 "마땅히 상고하여야 한다."라고 하였다. 그러나 《진서(晉書)》의 〈유량열전〉과 〈응첨열전〉을 살펴보면 "의론하는 자들이 '도간(陶侃)³⁰²이 집정대신 유량을 죽여 천하에 사죄하려 한다.'라고 말하자, 유량이 몹시 두려워했다. 이에 유량이 도간을 만나서 허물을 자신에게 돌려 자책하니, 도간이 자기도 모르게 모든 의심이 사라졌다."라는 내용과 "족하(足下, 도간)께서는 나이와 덕망이 모두 높고 공과 명성이 모두 성대하니, 마땅히 힘써 모범이 되는 큰 법〔洪範〕을 세워

· · · · · ·

300　유량(庾亮): 289~340년. 자는 원규(元規)이다. 생질인 성제(成帝)가 즉위하자 중서령(中書令)이 되어 정권을 장악하였다. 함화(咸和) 2년(327)에 소준(蘇峻)의 반란군을 토벌하다가 패하여 심양(潯陽)으로 달아났는데, 응첨(應詹) 등과 함께 도간(陶侃)을 맹주로 추대하여 반란을 평정하였다.

301　응첨(應詹): 279~331년. 자는 사원(思遠)이다. 왕돈(王敦)의 난을 평정한 공으로 강주 자사(江州刺史)가 되었는데, 이때 소준이 반란을 일으키자 유량을 위해 도간을 설득하여 함께 반란을 평정하였다.

302　도간(陶侃): 259~334년. 자는 사행(士行)이다. 영가(永嘉)의 난에 무창(武昌)을 지켜 공을 세웠다. 명제(明帝) 때 정남대장군(征南大將軍)으로 왕돈과 소준의 반란을 평정하여, 벼슬이 시중태위(侍中太尉)에 이르고, 장사군공〔長沙郡公〕에 봉해졌다.

서 비록 아름답더라도 아름답게 여기지 마시고 지극히 공정하고 지극히 공평하게 하며 지극히 겸손하고 지극히 순하게 하시면, 바로 하늘이 도와주어 길하여 이롭지 않음이 없을 것입니다."라는 내용으로, 웅첨이 도간에게 보낸 편지가 각각 보인다.

제22권 〈사소명장(辭召命狀) 1〉의 "미치지 못하는 슬픔〔不洎之悲〕"에 대해서 《주자대전차의》에는 "녹(祿)이 어버이에게 미치지 못한다는 뜻이다.〔祿不逮親之意〕"라고 하였다. 《장자》 〈우언편(寓言篇)〉을 살펴보면, 증자(曾子)가 "내가 어버이 생전에 벼슬할 때는 녹봉이 3부(釜, 1부는 6두(斗) 4승(升)에 지나지 않았어도 마음이 즐거웠는데, 어버이가 돌아가신 뒤에 벼슬할 때는 녹봉이 3천 종(鍾, 1종은 10부(釜))이나 되어도 어버이를 봉양하는 데에 미치지 못하여 나의 마음이 슬펐다."라고 하였다. 여기에서 말한 "미치지 못하는 슬픔"은 실제로는 이 말을 인용한 것이다.

〈사소명장(辭召命狀) 5〉에 "비록 신을 신기를 기다리지 않고 재빨리 달려간다 해도〔雖不俟屨而疾趨〕"라고 하였는데, 《주자대전차의》에는 단지 "'수(雖)'자 아래에 '욕(欲)'자가 빠진 듯하다."라고만 주를 내고 그 출처를 밝히지 않았다. "신을 신기를 기다리지 않는다.〔不俟屨〕"는 것은 진실로 근세에 항상 하는 이야기이나, 이 말의 출처는 또한 《예기》의 〈군주가 부를 때에〉 2절(節)로 부르면 달려가고 1절로 부르면 종종걸음으로 가며, 관청에 있을 때 부르면 신을 신기를 기다리지 않고, 밖에 있을 때 부르면 수레에 멍에 매기를 기다리지 않는다.〔二節以走 一節以趨 在官不俟屨 在外不俟車〕"[303]는 구절에서 나온 것이다.

〈사강서제형차자(辭江西提刑箚子) 1〉의 "헛되이 말을 허비함이 있다.〔虛有詞費〕"라는 구절에 대해 《주자대전차의》에는 "헛되이 사설을 씀을 이

● ● ● ● ● ●
303 2절(節)로……않는다: 이 내용은 《예기》 〈옥조(玉藻)〉에 보인다.

른다.〔謂虛費辭說也〕"라고 주를 내었다. '사비(詞費)'라는 두 글자도 《예기》의 "예는 말을 허비하지 않는다.〔禮不辭費〕"는 구절에서 나왔으니[304] 아울러 본래의 구절까지 인용하여 주를 내었어야 마땅하다.

제24권 〈여유평보서(與劉平甫書)〉의 "차제로 또한 반드시 노여움을 당할 것이다.〔次第亦須見怒〕"라는 구절에 대해 《주자대전차의》에 "왕상서[305]가 노여워한 것이다.〔汪尙書怒之也〕"라고 하였다. 그러나 가만히 생각해 보건대, 여기서 말한 "노여움을 당한다.〔見怒〕"는 것은 아마도 또한 진공(陳公)[306]을 가리킨 듯하다.

주자가 왕상서에게 답한 두 통의 편지에서 진공을 매우 엄하게 배척하였다. 그래서 나중에 진공에게 보낸 편지에 "한 번 편지를 가져다가 보시면 나를 알 수도 있고 나를 죄줄 수도 있으리라."라고 말하였던 것이다. 따라서 이 구절은 바로 '주자가 왕상서에게 보낸 편지에서 진공을 조금도 봐주지 않고 배척한 것을 보고서 진공이 노여워할 것이다'는 말이다. 나의 얕은 소견은 이와 같은데 과연 옳은지는 알지 못하겠다.

제26권 〈여대단서(與臺端書)〉의 "사람마다 다 알 수 있다.〔夫人而能知之〕"라는 구절에서 '부인(夫人)'이라는 두 글자는 《주례(周禮)》〈고공기(考工記)〉의 "사람마다 능히 편종〔鎛〕을 만들고 사람마다 능히 갑옷〔函〕을 만든다.〔夫人而能爲鎛 夫人而能爲函〕"라는 말에서 나온 것이다. 《주자서절요기의》의 설명은 진실로 온당치 못하니 《주자대전차의》에서 이를 논변한

••••••
304 사비(詞費)라는……나왔으니: 《예기》〈곡례 상(曲禮上)〉에 보인다.
305 왕상서(汪尙書): 상서 벼슬을 지낸 왕응신(汪應辰, 1118~1176)을 이른다. 자는 성석(聖錫), 호는 옥산(玉山), 시호는 문정(文定)이다.
306 진공(陳公): 진준경(陳俊卿, 1113~1186)으로 자는 응구(應求)이다. 재상 진회(秦檜)와 불화(不和)하여 한직에 있다가 진회가 죽은 뒤에 재상에 올랐다.

것은 옳다. 그러나 또한 그 출처까지 밝혀서 주를 내었어야 마땅하다.307

〈여승상별지(與丞相別紙)〉의 '초름(稍廩)'308은 바로 이른바 '초식(稍食, 관리의 녹봉)'이라는 것이니, 역시《주례》에 나온다.

제27권 〈답첨수서(答詹帥書)〉의 '위언(違言)'309에 대해 《주자대전차의》에서 "비방하고 욕하는 말이다.〔詆辱之言〕"라고 하였다. 살펴보건대 '위언'이라는 두 글자는《춘추좌씨전》에서 나왔다.

제28권 〈여주승상서(與周丞相書)〉의 "전인(專人)을 보내어 주기(奏記)310하였다.〔專人奏記〕"에 대해 《주자대전차의》에는 "〈곽광전(霍光傳)〉에 '두연년(杜延年)이 곽광에게 주기(奏記)하였다.〔杜延年奏記光〕'라고 보인다."라고 하였다. 그러나 지금 살펴보건대, 〈곽광전〉에는 이런 구절이 없다.311

"함집(銜戢)"에 대해 《주자대전차의》에는 "감사한 뜻이다.〔感意〕"라고 하였다. 그러나 살펴보건대, 도연명(陶淵明)의 시에 "감사한 뜻을 어찌 보답

......

307 　주자서절요기의……마땅하다: '부인(夫人)'에 대해 《주자서절요기의》에는 "범인이라는 말과 같다.〔猶言凡人〕"라고 하였는데, 《주자대전차의》에서 "'부(夫)'는 어사이고, '인(人)'은 인인(人人, 사람마다)을 이른다. 《기의》의 설은 옳지 않은 듯하다.〔按夫語辭 人謂人人 記疑說 恐未然〕"라고 오류를 지적하였으나, 여전히 출처를 밝히지 않았기 때문에 이렇게 말한 것이다.

308 　초름(稍廩): 《의례》〈빙례 제8(聘禮第八)〉의 "유초수지(唯稍受之)"의 주에 "초는 늠식이다.〔稍廩食也〕"라고 하였고, 《주례》 권3 〈천관(天官) 궁정(宮正)〉에 "균기초식(均其稍食)"이란 말이 보인다.

309 　위언(違言): 《춘추좌씨전》 은공(隱公) 11년 기사에 "정나라와 식나라 사이에 위언(違言)이 있어 식후가 정나라를 쳤다.〔鄭息有違言 息侯伐鄭〕"라고 하였는데, 두예(杜預)는 위언에 대해 "말이 서로 어긋나 분한(忿恨)한 것이다.〔以言語相違恨〕"라고 주를 내었다.

310 　주기(奏記): 승상(丞相)이나 장관(長官) 등에게 서면(書面)으로 자신의 의견을 진술하는 일을 이른다. 《주자서절요기의》에는 "승상에게 글을 올리는 것을 주기라 하고, 어전(御前)에 직접 전달하는 것을 주장(奏狀)이라 한다.〔上書丞相謂之奏記 直達御前謂之奏狀〕"라고 하였다.

311 　그러나……없다: 이 구절은 《전한서》 권60에 수록된 〈두연년전〉에 보인다.

하리오〔銜戢知何謝〕"312 라 하였다.

〈여유승상차자(與留丞相箚子)〉의 '행장취목〔行將就木〕'에 대해《주자대전차의》에는 "취목(就木)은 관(棺)에 들어감을 이른다."라고 하였다. 살펴보건대, '취목(就木)'313이라는 두 글자는《춘추좌씨전》에 나온다.

〈여유승상서(與留丞相書)〉의 '면래(眄睞)'에 대해《주자대전차의》에는 두보(杜甫)의 시를 인용하였다. 그러나 "뒤돌아보면 마음에 찰까.〔眄睞以適意〕"는 바로 〈고시 19수〉의 구이다. 이것이 두보의 시보다 앞 시대에 나왔으니 마땅히 이것을 인용해야지 두보의 시를 인용할 필요는 없다.

제29권 〈여이계장서(與李季章書)〉의 "은후지언(隱侯之言)"에 대해《주자대전차의》에는 "은후는 심약의 자이다.〔隱侯沈約字〕"라고 하였다. 그러나 살펴보건대, '은(隱)'은 시호이고 '후(侯)'는 작위(爵位)이니 자(字)가 아니다. 심약의 자는 휴문(休文)이다.

제33권 〈답여백공서(答呂伯恭書)〉의《석림연어(石林燕語)》에 대해《주자대전차의》에는 "책 이름이다.〔書名〕"라고 하였다. 살펴보건대,《석림연어》는 바로 송나라 이부 상서 섭몽득(葉夢得)314이 지은 것이다.

• • • • • •
312 가슴속에⋯⋯뜻: 도연명(陶淵明)의 시 〈걸식(乞食)〉에 보인다. 이 시에 근거하면 '함집(銜戢)'은 '가슴속에 새기다'라는 뜻이 된다.
313 취목(就木):《춘추좌씨전》희공(僖公) 23년 기사에 "중이(重耳)가 제나라로 가려 하면서 계외(季隗)에게 이르기를 '나를 25년 동안 기다렸다가 돌아오지 않으면 시집가라.'라고 하니, 대답하기를 '내 나이 지금 25세인데 다시 25년이 지난 뒤에 시집간다면 관(棺)에 들어갈 때가 될 것이니, 저는 공자(公子)를 기다리겠습니다.〔將適齊 謂季隗曰 待我二十五年 不來而後嫁 對曰 我二十五年矣 又如是而嫁 則就木焉 請待子〕"라고 하였다.
314 섭몽득(葉夢得): 1077~1148년. 자는 소온(少蘊), 호는 석림(石林)이다. 소성(紹聖) 4년(1097)에 진사시에 급제하고 벼슬이 상서 좌승(尚書左丞)에 이르렀다.《석림연어(石林燕語)》와《석림시화(石林詩話)》등의 저서를 남겼다.

"천지위장부(淺之爲丈夫)"315에 대해 《주자대전차의》에는 "천장부(淺丈夫)라는 말과 같다.〔猶言淺丈夫〕"라고 하였다. 그러나 살펴보건대, 이 말은 본래 《춘추좌씨전》에 나온다.

제34권 〈답여백공서(答呂伯恭書)〉의 "인조(仁鳥, 봉황새)는 더욱더 멀리 날아가 버린다.〔仁鳥增逝〕"라는 구절에 대해 《주자대전차의》에는 〈조굴원부(弔屈原賦)〉의 말을 인용하였다. 그러나 살펴보건대, '인조증서(仁鳥增逝)'라는 네 글자는 본래 《한서》 〈매복전(梅福傳)〉에 실린 상서(上書)에 나온다.316

제35권 〈여유청지서(與劉淸之書)〉317의 "석림(石林)에서 그 연도를 고찰한다.〔石林考其年〕"라는 구절에 대해 《주자대전차의》에는 "석림은 짐작컨대 《석림연어(石林燕語)》인 듯하다. 이는 이고(李翶)가 지은 것이다.〔石林疑是石林燕語蓋李翶所作〕"라고 하였다. 그러나 살펴보건대, 《석림연어》는 바로 섭몽득이 지은 것인데, 지금 "이고가 지은 것이다."라고 말한 것은 어째서인가? 어쩌면 이고가 지은 책 중에도 석림(石林)이란 제목의 책이 있는 것인가? 마땅히 상고해보아야 한다.

• • • • • •

315 천지위장부(淺之爲丈夫): 《춘추좌씨전》 양공(襄公) 19년 기사에 "내가 대장부를 안 것이 참으로 천박하다.〔吾淺之爲丈夫也〕"라고 하였고, 두예(杜預)는 "사심(私心)으로 사람을 대한 것을 스스로 한탄한 것이다.〔自恨以私待人〕"라고 하였다. '천장부'와는 의미가 다르다.

316 인조증서(仁鳥增逝)라는……나온다: 서한(西漢) 말기에 남창 현위(南昌縣尉)를 지내던 매복(梅福)이, 당시에 황태후의 친정 조카로서 국정을 농단하던 왕망(王莽)을 풍자하는 상소를 올려 "솔개와 까치가 살해를 당하면 어진 새는 더욱더 멀리 날아가고, 어리석은 자가 죄를 입게 되면 지혜로운 선비는 깊이 숨어 버린다.〔鳶鵲遭害 仁鳥增逝 愚者蒙戮 智士深退〕"라고 하였다. 어진 새〔仁鳥〕는 봉황새를 가리킨다. 《前漢書 卷67 楊胡朱梅云傳》

317 여유청지서(與劉淸之書): 《주자대전》에는 제목이 〈여유자징서(與劉子澄書)〉로 되어 있다. 유청지(1134~1190)는 자가 자징(子澄), 호가 정춘선생(靜春先生)으로 주자의 문인이다.

〈논백록원기(論白鹿院記)〉318의 "매파(罵破)"에 대해 《주자대전차의》에는 "욕설로 꾸짖고 훼손시키는 것이다.〔罵詈毁破〕"라고 하였다. 그러나 내가 생각하건대, '파(破)' 자는 아마도 어조사(語助辭)일 듯하다.319

'정수(定叟)'320라는 말은 이미 위의 〈여백공서(與伯恭書)〉에 보이는데 여기에 주를 내지 않고 뒤 편지 아래에 주를 달았으니 잘못된 듯하다.

제37권의 "동하기를 천리(天理)로써 한다.〔動以天〕"라는 구절에 대해 《주자대전차의》에는 "《주역》〈무망괘(無妄卦)〉의 말이다.〔易無妄語〕"라고 하였다. 살펴보건대, 이 세 글자는 바로 〈무망괘〉의 《정전(程傳)》에 있는 말이다.

같은 권의 "호랑이가 그 밖을 먹는다.〔虎食其外〕"321라는 구절에 대해 《주자서절요기의》에는 '선표(單豹)'의 이야기를 운운하였다. 살펴보건대, 이는 《장자》〈달생(達生)〉편에 나온다.

· · · · · ·

318 논백록원기(論白鹿院記): 〈논백록원기〉는 백록동서원의 기문(記文)을 논한 것으로, 《주자대전》에는 제목이 〈여동래논백록서원기(與東萊論白鹿書院記)〉로 되어 있다.

319 파(破) 자는……듯하다: 도곡은 '파(破)' 자를 의미 없는 어조사로 보고 '매(罵)' 자의 뜻만을 새겨야 한다고 말한 것이다. 예컨대 '독파(讀破)'와 '설파(說破)'에서 '파(破)'는 모두 어조사로 사용된 것이다.

320 정수(定叟): 남송의 대학자 장식(張栻)의 종제(從弟)인 장진(張枃)의 자(字)이다.

321 호랑이가……먹는다: 《장자》〈달생(達生)〉에 "노(魯)나라에 선표란 자가 있어 바위굴에 은거하면서 물만 마시고 속세의 이익을 다투지 아니하여, 나이 칠십이 되어도 얼굴이 마치 어린애와 같았는데, 불행히 굶주린 호랑이를 만나서 잡혀 먹었다. 또 장의(張毅)라는 사람은 부잣집, 가난한 집을 두루 찾아다니며 명리를 얻기에 급급했는데, 나이 사십에 속으로 열병이 나서 죽었다. 선표는 내면의 정신만을 기르다가 호랑이에게 잡아먹혔고, 장의는 외면의 몸만을 기르다가 열병이 그 안을 침범한 것이니, 이 두 사람은 모두 그 뒤쳐진 것을 채찍질하지 못한 것이다.〔魯有單豹者 巖居而水飮 不與民共利 行年七十而猶有嬰兒之色 不幸遇餓虎 餓虎殺而食之 有張毅者 高門縣薄無不走也 行年四十而有內熱之病以死 豹養其內 而虎食其外 毅養其外 而病攻其內 此二子者 皆不鞭其後者也〕"라고 하였다.

같은 권의 "물고(物故)"[322]라는 말에 대해 《주자서절요기의》에는 '죽음을 말한다.[言死也]'라고 하였다. 살펴보건대, 이 말은 《전한서(前漢書)》에 나온다.

제40권의 "발약(發藥)"은 《장자》〈열어구(列禦寇)〉 편에 나온다.[323]

제44권의 "이적미(李積微)"에 대해 《주자대전차의》에는 "이양빙(李陽冰)[324]의 자인 듯하다.[疑陽冰字]"라고 하였다. 그러나 살펴보건대, 양빙은 자가 소온(少溫)이다. 적미(積微)는 당시의 사람인 듯하다.

제50권의 "유아(唯阿)"에 대해 《주자서절요기의》에는 "고식의 뜻이다.[姑息之意]"라고 하였다. 그러나 살펴보건대, '유아(唯阿)'는 《도덕경》에 나오니, 유락(唯諾, 대답하는 소리)의 뜻이다.[325]

제53권의 "유탁(隃度)"에 대해 《주자대전차의》에는 "넘어가는 것이다.[越也]"라고 하였다. 그러나 살펴보건대 《전한서》에 "군대는 멀리서 헤아리기가 어렵다.[兵難隃度]"라고 하였는데, 그 주에 "유(隃)는 요(遙)라고 읽는다.[隃讀曰遙]"[326]라고 하였다. 옛날에는 유(隃)와 요(遙)를 통용한 것

······

322 물고(物故) : 《전한서》〈이광소건전(李廣蘇建傳)〉에 "이미 투항한 자들과 물고된 자들을 제외하고 소무를 따라 돌아온 자가 아홉 사람이다.[前以降及物故 凡隨武還者九人]"라고 하였는데, 안사고(顔師古)는 "물고는 죽음을 이른다."라고 하였다.

323 발약(發藥) : 《장자》〈열어구〉에 "선생께서 이미 오셨으니, 어찌 약이 될 좋은 말씀을 가르쳐 주지 않으십니까?[先生旣來 曾不發藥乎]"라고 하였는데, 송나라 임희일(林希逸)은 《장자구의(莊子口義)》에서 "발약은 가르치고 개발하여 약으로 고쳐주는 것이다.[敎誨開發而藥石之]"라고 하였다.

324 이양빙(李陽冰) : 당나라 현종(玄宗) 때의 문인으로 자는 소온(少溫)이다. 시선(詩仙) 이백(李白)의 종숙(從叔)으로 전서(篆書)에 뛰어났다.

325 유아(唯阿) : '유(唯)'는 공손한 대답을 가리키고, '아(阿)'는 공손치 못한 대답을 가리킨다. 《도덕경》 20장에 "학문을 끊어버려야 근심이 없게 된다. '예'라고 하는 대답과 '아'라고 하는 대답 사이에 도대체 차이가 얼마나 되겠는가.[絶學無憂 唯之與阿 相去幾何]"라고 하였다.

326 전한서에……하였다 : 《전한서》 권69 〈조충국전(趙充國傳)〉에 보인다. 주는 안

이다. 그렇다면 이는 '멀리'라는 뜻이지 '넘어간다'는 뜻이 아니다.

제54권의 "공손홍(公孫洪)"에 대해《주자대전차의》에는 "'홍(弘)' 자의 오자이다.[弘字之誤]"라고 하였다. 그러나 살펴보건대, 송(宋) 태조(太祖)의 아버지 이름이 '홍은(弘殷)'이기 때문에 송나라 사람들이 '홍(弘)'을 '홍(洪)'으로 고쳐 쓴 것이다. 예컨대 '한홍(韓弘)'을 '한홍(韓洪)'이라고 쓴 따위가 이것이다. 이는 다른 글자를 차용한 것이지 오자가 아니다.

같은 권의 "당고의 화[黨錮之禍]"[327]에 대해《주자서절요기의》에는 "위학(偽學)은 당고의 화이다.[偽學黨錮之禍]"라고 하였다. 살펴보건대 '당고(黨錮)'는 바로 동한(東漢) 시대에 이응(李膺)과 범방(范滂) 등이 화를 받을 때에 붙여진 명목(名目)이고, '위학(偽學)'[328]은 바로 주자(朱子)가 한탁주(韓侂胄)[329]에게 화를 당할 때에 붙여진 명목이니, 그 명목이 각각 해당되는 바

• • • • • •

사고(顔師古)의 주이다.

327 당고의 화[黨錮之禍] : 후한(後漢) 때 두 번에 걸쳐 일어난 옥사를 이른다. 환제(桓帝) 시기에 환관들이 정사를 농단하여 폐단이 심해지자, 이응(李膺)과 범방(范滂), 진번(陳蕃) 등이 태학생들과 함께 스스로 청류(淸流)라 칭하며 환관들에게 대항하였다. 그러자 환관들이 황제를 선동하여 연희(延熹) 9년(166)에 청류 인사 2백여 명을 체포하였다. 그리고 다음해에 금고령을 내려 이들의 벼슬길을 막았다. 이것이 제1차 당고의 옥사이다. 환제의 뒤를 이어 영제(靈帝, 168~189)가 12세에 즉위하자, 외척 두무(竇武)가 정권을 장악하고 진번과 함께 환관들을 축출하려다가 도리어 반역죄로 몰려 멸족의 화를 당하였다. 환관들이 다시 득세하여 이응과 두밀(杜密) 등을 주륙하고, 관련 인사들을 폐출하거나 금고하였다. 이것이 제2차 당고의 옥사이다.《後漢書 黨錮列傳》

328 위학(偽學) : 거짓된 학문이란 뜻이다. 사람에게 식욕과 색욕(성욕)이 있는데, 주자가 이를 억제하도록 가르친다 하여 위학이라 한 것이다.

329 한탁주(韓侂胄) : 1152~1207년. 자가 절부(節夫)이다. 북송 인종(仁宗) 때의 명상 한기(韓琦)의 증손이다. 질손(姪孫)이 영종(寧宗)의 황후가 되어 영종 즉위 후에 승상에 임명되어 정권을 잡았다. 자신과 대립하던 우승상 조여우(趙如愚)를 모함하여 유배 보내고, 조여우가 추천한 주자의 학문을 위학(偽學)이라고 무함하여 주자의 관작을 삭탈하였으며, 주자와 뜻을 같이하는 사람들을 모두 위학당으로 지목하여 유배 보내거나 벼슬길을 막았다.《宋史 卷474 韓侂胄傳》

가 다르다. 그런데 지금 여기에서 "당고(黨錮)의 화(禍)"라고 말한 것은, 바로 주자가 예전의 일을 인용하여 이로써 당시의 일에 견준 것이다. 《주자서절요기의》는 이를 뒤섞어서 해석하여 분명함이 부족해진 듯하다.

제64권의 "심(沈)·송(宋)"에 대해 《주자서절요기의》에는 "심휴문(沈休文)[330]과 송지문(宋之問)[331]이다.〔沈休文宋之問〕"라고 하고, 《주자대전차의》에는 "심(沈)은 바로 심전기[332]이다. 심휴문은 진나라 사람이다.〔沈卽佺期也 沈休文乃晉人〕"라고 하였다. 살펴보건대, 《주자서절요기의》에서 말한 것은 크게 잘못되었고, 《주자대전차의》에서 분별한 것은 옳다. 다만 심약(沈約)은 바로 양(梁)나라 사람이니 진나라 사람이라고 말한 것은 또한 잘못이다.

제79권의 "기인(畸人)"에 대해 《주자대전차의》에는 "불우한 사람이다.〔不遇之人〕"라고 하였다. 그러나 살펴보건대, 《장자》〈대종사(大宗師)〉편에 "기인이란 사람들 속에 홀로 특이하여 하늘에 짝한다.〔畸人者 畸於人而侔於天〕"라고 하였는데, 그 주에 "기(畸)는 홀로란 뜻이다. 홀로 특이한 사람을 이른다.〔畸者獨也 言獨異之人也〕"[333]라고 하였다. 홀로 특이하기 때문에 사람들과 짝하지 못하고 하늘에 짝한다고 한 것이지 '기(畸)'의 해석이 '불우(不遇)'가 되는 것은 아니다.

••••••

330 심휴문(沈休文): 남조 양(梁)나라 때의 문인이자 학자인 심약(沈約, 441~513)으로, 휴문은 그의 자이다. 음운학(音韻學)의 대가로 처음 사성(四聲)에 대해 연구하였으며 시의 팔병설(八病說)을 제창하였다.

331 송지문(宋之問): 당나라 초기의 시인으로 자는 연청(延淸)이다. 시에 있어 율시체(律詩體)를 개척하여 심전기, 두심언(杜審言) 등과 더불어 후대의 문단에 심대한 영향을 미쳤다.

332 심전기(沈佺期): 당나라 초기의 시인으로 자는 운경(雲卿)이다. 시에 뛰어나 칠언율시를 개척하여 송지문과 함께 '심송(沈宋)'이라 병칭되었다.

333 기(畸)는……이른다: 송나라 임희일(林希逸)의 《장자구의(莊子口義)》에 보인다.

제80권의 "당황(堂皇)"에 대해 《주자대전차의》에는 《한서》〈호광전(胡廣傳)〉을 인용하여 운운하였다. 살펴보건대 이는 호광(胡廣)이 아니고 바로 호건(胡建)[334]이다.

제86권의 "고로(孤露)"[335]에 대해 《주자대전차의》에는 "마땅히 상고해야 한다.〔當考〕"라고 하였다. "고로(孤露)"는 본래 그 뜻이 분명치 않은 말이 아닌데도 이렇게 말한 것은, 별도로 상고해야 할 바가 있다는 것인가? 이 말은 실로 혜강(嵇康)이 산도(山濤)에게 보낸 편지[336]에 나온 것이다.

제87권의 "구경(絿競)"에 대한 주석은 살펴보건대 "느슨하지도 않고 강하지도 않다.〔不絿不競〕"에 대한 것이니, 바로 《시경》의 구[337]이다.

"누복(婁卜)"은 주에서 "'누(婁)'는 아마도 '누(屢)' 자의 오류인 듯하다."라고 하였다. 그러나 살펴보건대, 《한서》에는 '누(屢)'를 모두 '누(婁)'로 썼으니, 옛 글자는 통용된 듯하다.

· · · · · ·

334 호건(胡建): ?~기원전 86. 한나라 무제 때의 관리로 자는 자맹(子孟)이고, 하동(河東) 사람이다. 수군정승(守軍正丞)과 위성현 현령(渭城縣縣令)을 지냈는데, 청렴하고 강직한 성품으로 명성이 높았다. 《前漢書 卷六十七 楊胡朱梅雲傳》

335 고로(孤露): 보호해 줄 사람이 없어 고단(孤單)하다는 뜻으로, 부친이나 모친, 또는 부모를 모두 죽음으로 잃은 것을 비유하는 말이다.

336 혜강(嵇康)이⋯⋯편지: 〈여산거원절교서(與山巨源絕交書)〉를 이른다. 혜강(嵇康, 224~263)은 자가 숙야(叔夜)로, 위나라 때 중산대부(中散大夫)에 제수되어 '혜중산(嵇中散)'으로 불린다. 노장(老莊)을 숭상하고 반유교적 사상을 지녀 당시 권력층의 미움을 받았다. 함께 죽림칠현(竹林七賢)에 속하던 산도(山濤, 205~283)가 진나라 조정에서 벼슬하자 절교하는 편지를 보냈다. 산도는 자가 거원(巨源)으로 노장에 심취하고 청담(淸談)을 즐기다가, 40세가 넘어 벼슬에 나아가 이부 상서(吏部尙書)를 거쳐 사도(司徒)에 이르렀다.

337 시경의 구: 《시경》〈상송(商頌) 장발(長發)〉에 "굳세지도 않고 느슨하지도 않으며 강하지도 않고 유약하지도 않다.〔不競不絿 不剛不柔〕"라고 보인다.

"야대(夜臺)"338는 주에 구양수의 시를 인용하여 풀이하였다. 그러나 살펴보건대, "야대"는 출처가 매우 오래되었으니 구양수에서 시작된 것이 아니다.

"천만영결(千萬永訣)"은 주에서 장계우(張季友)의 묘지명339의 말을 인용하였다. 그러나 '우(友)'를 '우(羽)'로 표기한 것은 오류이다.

"목단문류(目斷門柳)"는 주에서 "황자후(黃子厚)의 문 앞에 버드나무가 있다.〔子厚門前有柳〕"라고 하였다. 그러나 내 생각에는 '버드나무'는 아마도 광류(廣柳)340의 버드나무인 듯하다.

제95권 상(上)의 "판여(版輿)"341에 대해 주에서 "어머니가 타는 수레이다.〔母所乘〕"라고 하였다. 살펴보건대, 반악(潘岳)342의 〈한거부(閒居賦)〉에 "태부인(太夫人)을 판여에 모시고 가벼운 수레에 오르시게 하다.〔太夫人 乃御版輿 乘輕軒〕"라고 하였다.

• • • • • •

338 야대(夜臺) : 캄캄한 무덤 속을 가리키는 말이다. 구양수 이전에 남조(南朝)의 심약(沈約)이 〈상미인(傷美人)〉에서 "일찍이 아리따운 웃음을 펴지도 못했건만 홀연 몸이 야대에 빠지고 말았네.〔曾未伸其巧笑 忽淪軀於夜臺〕"라고 보인다.

339 장계우(張季友)의 묘지명 : 한유(韓愈)가 쓴 〈당 고상서 우부원외랑 장부군 묘지명(唐故尙書虞部員外郎張府君墓誌銘)〉을 이른다. 장계우는 자가 효권(孝權)으로, 당나라 정원(貞元) 8년(792)에 진사시에 한유와 동방급제하고 벼슬이 우부원외랑에 이르렀다.

340 광류(廣柳) : 장례 때 영구를 싣는 광류거(廣柳車)이다. 버드나무로 장식한다.

341 판여(版輿) : 부들방석을 깔아 푹신하게 만든 노인용 가마를 이른다. 〈한거부(閒居賦)〉에는 '板輿'로 표기되어 있다.

342 반악(潘岳) : 247~300년. 서진(西晉) 때의 문인으로 자는 안인(安仁)이다. 문재(文才)가 뛰어나 당시의 세력가 가밀(賈謐)의 문객 이십사우(二十四友) 중에서 최고의 대접을 받았다. 서진의 문학을 대표하여 육기(陸機)와 함께 육반(陸潘)으로 병칭된다. 하양 현령(河陽縣令)이 되자 판여에 어머니를 모시고 가서 정성껏 봉양한 일로 유명하다.

《별집》 제8권의 "혜홍(惠洪)"343에 대해 주에서 "마땅히 상고하여야 한다.〔當考〕"라고 하였다. 그러나 살펴보건대, 혜홍은 바로 송나라의 시승(詩僧)이니 뒤에 환속하여 이름을 홍각범(洪覺範)이라 하였다.

그 나머지는 다 거론하지 못한다.

......

343 혜홍(惠洪): 1070~1128년. 북송 말기의 저명한 시승인데, 각범(覺範)은 이름
     이 아니라 자이다. 모함을 당하여 환속하고 여러 차례 투옥되는 등 많은 고난을
     겪다가 휘종(徽宗) 때 불적(佛籍)을 회복하였다.

54. 서적 편찬과 완물상지

해설 | 여조겸이 《곤범》을 저술한 것과 범조우가 역사서를 엮은 것이 완물상
지의 병폐를 면하지 못하였다는 주자의 지적을 소개하고, 이를 근거로 책을
편찬하는 일이 학문에 방해되어 학자에게 아름다운 일이 되지 못한다고 주장
하였다.

朱子〈與張南軒書〉云 "伯恭은 只向博雜處用功하니 博雜極害事라 如
《閫範》之作은 指意極佳나 然讀書只如此면 亦有何意味리오 先達所以
深懲玩物喪志之弊者는 正爲是耳라 范淳夫一生에 作此等工夫하니 想
見將聖賢之言을 都只忙中草草看過하여 抄節一番하면 便是事了하니 是
豈不可戒也耶아"하니라 以此見之하면 編纂書帙이 實妨於學하니 本非儒
者之盛美也니라

주자(朱子)가 〈여장남헌서(與張南軒書)〉에서 말씀하였다.
"여백공(呂伯恭)[344]이 잡박한 곳만을 향해 공력을 쓰는데, 잡박한 것은

......
344 여백공(呂伯恭): 남송의 학자 여조겸(呂祖謙, 1137~1181)으로, 백공은 자이
고, 호는 동래(東萊)이다. 주자와 육상산의 아호사(鵝湖寺) 회합을 주선하는 등,
이들과 함께 강학(講學)에 힘썼고, 주자와 함께 《근사록(近思錄)》을 편찬하였다.
또한 그가 엮은 《동래박의(東萊博議)》는 과거 준비의 필독서가 되었다. 그러나

지극히 일에 해롭다. 예컨대 《곤범(閫範)》³⁴⁵을 지은 것은 그 뜻이 매우 아름답지만, 독서를 단지 이렇게 할 뿐이라면 또한 무슨 의미가 있겠는가. 선배들이 완물상지(玩物喪志)³⁴⁶의 병폐를 깊이 경계한 것은 바로 이 때문이다. 범순부(范淳夫)³⁴⁷가 일생 동안 이렇게 공부를 하였는데, 아마도 성현(聖賢)의 말씀을 모두 바쁜 가운데 대충대충 보아 넘기면서 한번 초록(抄錄)하면 곧 일이 끝난다고 생각한 것으로 보인다. 이것이 어찌 경계할 만하지 않겠는가."

이 말씀을 가지고 보면, 책을 편찬하는 것은 실로 학문에 방해되는 일이니, 본래 학자에게 진실로 아름다운 일은 아니다.

● ● ● ● ● ● ●

주자는 그가 경전을 우선하지 않는다고 비판하였다.

345 곤범(閫範): 부녀자가 집안에서 지켜야 할 범절을 기록한 여조겸의 저서이다.

346 완물상지(玩物喪志): 사람이 외물(外物)을 좋아하면 곧 흉중(胸中)의 지기(志氣)를 상실함을 이른다. 《서경》〈여오(旅獒)〉에 "사람을 하찮게 여기면 덕(德)을 잃고, 물건을 구경하면 뜻을 잃는다.〔玩人喪德 玩物喪志〕"라고 보인다.

347 범순부(范淳夫): 북송의 명신(名臣) 범조우(范祖禹, 1041~1098)로 순부는 자이다. 신종(神宗) 때 사마광(司馬光)과 함께 《자치통감(資治通鑑)》을 편찬하고, 당나라의 역사 비평서인 《당감(唐鑑)》을 저술하였다. 《宋史 卷337 范祖禹列傳》

55. 《미암일기초》의 오류

해설 | 《미암일기》를 줄여 《미암일기초》를 만들면서 신중하지 못하여 오류가 발생하였음을 지적하였다. 이 때문에 이를 인용한 《율곡속집》에도 오류가 있게 되었음을 밝혔다.

《栗谷續集》에 有〈與柳眉巖希春書〉하니 其書云云 "覺得黃霧二十年間에 唯金厚之出處甚高라 大臣啓於宸聰하니 宜褒獎以樹風聲이라"하고 題下註云 "出《眉巖日錄》"이라하니라 後見眉巖手書日記하니 栗谷書止於 "因便下送"하고 其下에 有他語한대 又有加圈一段語하고 又加圈에 書"覺得以下"라 以此見之하면 "覺得以下"는 乃是眉巖語也라 蓋《眉巖日記》는 不但記朝著間事요 凡家間細事도 無不畢記라 近有《眉巖日記抄》四册이 行於世하니 此乃後人刪煩節要者也라 其册謄本에 必偶忘加圈하고 連書於上段語라 故誤認爲栗谷書中語하여 而載入《續集》矣라 且題下云 "甲戌"이나 而考《眉記》하면 乃丙子六月也니 甲戌亦誤라

《율곡속집(栗谷續集)》에 〈여유미암희춘서(與柳眉巖希春書)〉가 있는데[348] 이

• • • • • •
348 율곡속집(栗谷續集)에……있는데: 〈여유미암희춘서(與柳眉巖希春書)〉는 현재 유행하고 있는 《율곡전서(栗谷全書)》에는 《율곡속집》이 아니라 《율곡전서습유

편지에 운운하였다.

"누런 안개가 덮었던 20년 동안[349] 오직 김후지(金厚之)[350]만이 출처가 매우 높았음을 알 수 있었다. 대신이 임금께 아뢰어서 마땅히 김후지를 표창하고 장려하여 교화를 세워야 한다."

또 제목 아래에 주를 달았다.

《미암일록(眉巖日錄)》에 나온다."

미암이 손수 기록한 일기를 나중에 보니, 율곡의 편지는 "인편에 내려 보내주십시오."라는 말에서 그친다. 그리고 그 아래에 다른 말이 있는데, 다시 권점(圈點)을 붙인 한 단락의 말이 나오고, 그 뒤에 다시 권점을 붙인 다음에 '각득(覺得)' 이후의 말〔누런 안개가……세워야 한다〕을 기록하였다. 이것을 가지고 보면, '각득' 이후는 바로 미암의 말씀이다.

《미암일기(眉巖日記)》는 비단 조정의 일을 기록했을 뿐만 아니라 모든 집안의 세세한 일들도 다 기록하지 않음이 없었다. 요즈음 《미암일기초(眉巖日記抄)》 네 책이 세상에 전해지고 있는데, 이는 바로 후인들이 번거로운 것을 삭제하고 중요한 부분만을 정리한 것이다.

●●●●●●

《栗谷全書拾遺》의 제3권에 〈여유미암【갑술】(與柳眉巖【甲戌】)〉이라는 제목으로 실려있다. 미암은 유희춘(柳希春, 1513~1577)의 호로, 자는 인중(仁仲), 본관은 선산(善山)이다. 1538년(중종 33) 별시 문과에 급제하고, 수찬(修撰), 대사헌, 이조 참판 등을 지냈다. 시호는 문절(文節)이다.

349 누런……동안: 유희춘이 유배된 시기를 이른다. 유희춘은 1547년에 양재역(良才驛) 벽서사건에 연루되어 제주에 유배되었다가, 고향과 가깝다는 이유로 곧 함경도 종성으로 이배되어, 그곳에서 19년의 세월을 보내었다.

350 김후지(金厚之): 김인후(金麟厚, 1510~1560)로, 후지는 자이다. 호는 하서(河西), 본관은 울산(蔚山)이다. 1540년(중종 35)에 별시 문과에 급제하여 홍문관 부수찬으로 세자를 가르치는 직임을 맡다가, 1545년(인종 1)에 인종이 승하하고 곧이어 을사사화가 일어나자 병을 칭탁하고 향리로 돌아가 학문 연구와 제자 양성에 전념하였다. 시호는 문정(文正)이고, 문묘(文廟)에 종향되었다.

그런데 이 책의 등사본에서 필시 우연히 권점을 붙이는 것을 잊고서 위 단락의 말에 그대로 이어 붙여 썼을 것이다. 그러므로 이를 율곡이 미암에게 쓴 편지 중의 말이라고 잘못 생각하여 속집(續集)에 그대로 실은 것이다.

또 제목 아래에 '갑술(甲戌)'이라고 되어 있으나 《미암일기》를 살펴보면 이는 병자년 6월의 일이니, '갑술'이라는 기록도 잘못된 것이다.

56. 중첩되고 번잡한
영락대전본 경서 소주小註

해설 | 주자는 경서 《집주》에서 한 글자 한 글귀도 소홀히 다루지 않았고 누구의 견해라도 온당하지 않으면 취하지 않았으나, 영락 연간에 더 보태어 넣은 소주는 거칠고 잘못된 것을 뒤섞어 중첩되고 번잡하게 되었다고 지적하였다. 따라서 배우는 자들은 소주에 유념하지 말고 《집주》를 위주로 읽어야 마땅하다고 하였다. 소주의 오류에 대해서는 그 사이 많은 학자의 지적이 있었다.

晦翁箋註經書에 一字一句를 曾不放過하니 觀於《精義》《或問》하면 可見也라 程門諸子之言에 就其中理者는 或全段入錄하고 或裁截入錄하고 苟有未安이면 雖兩程之言이라도 亦不取焉하니 其精密的當이 有如此者라 大明 永樂年間에 命內閣學士하여 補作小註하니 其在朱子以前者는 皆朱子所已汰者요 朱子後諸儒之言은 則使朱子見之하면 汰者亦必多矣어늘 而乃不揀精粗得失하고 一齊登載하여 徒爲架疊繁雜之歸하니 今之讀者는 當專精於《集註》요 而小註則不甚着意가 似乎可矣니라

회옹(晦翁, 주자(朱子))이 경서(經書)를 주해(註解)할 적에 한 글자나 한 글귀

를 일찍이 그대로 지나친 적이 없다. 《정의(精義)》351와 《혹문(或問)》352에서 살펴보면 이를 알 수 있다.

정자(程子) 문하에 있던 제자(諸子)의 말씀에 대해서는, 이치에 맞는 것이면 혹은 전체 단락을 그대로 기재하였고, 혹은 줄이거나 정리하여 기재하였다. 그러나 만일 온당하지 못한 부분이 있으면 비록 두 분 정자의 말씀이라도 취하지 않았으니, 정밀하고 적당함이 이와 같았다.

명나라 영락(永樂) 연간353에 내각(內閣)의 학사(學士)들에게 명하여 소주(小註)를 보충하게 하였다. 그런데 주자 이전의 설(說)은 모두 주자에 의해 이미 도태되었던 것들이고, 주자 이후 여러 학자의 설도 주자가 보았다면 도태시켰을 것이 또한 반드시 많았을 것인데, 끝내 정밀한 것과 거친 것, 잘된 것과 잘못된 것을 가려내지 않고 일제히 등재하여 한갓 중첩되고 번잡스러운 것으로 귀결되고 말았다.

따라서 오늘날의 독자들은 마땅히 마음과 힘을 《집주(集註)》에만 써야 하고, 소주에는 깊이 유념하지 않는 것이 좋을 듯하다.

• • • • • •

351 정의(精義): 주자가 엮은 《논맹정의(論孟精義)》를 가리킨다.

352 혹문(或問): 주자가 엮은 《사서혹문(四書或問)》을 가리킨다. 이를 책별로 《대학혹문(大學或問)》, 《중용혹문(中庸或問)》 등으로 일컫기도 한다.

353 영락(永樂) 연간: 영락은 명나라 성조(成祖)의 연호로 1403년부터 1424년까지이다.

57.《소학집주》의 오류

해설 |《소학집주》에 잘못된 주석이 실려 있어 이를 인용하는 여러 사람이 오류를 면하지 못하고 있음을 노수신의 사례를 들어 밝혔다. 노수신이 '측투(廁牏)'에 대한 잘못된 주석을 수용하여 오류를 범하였는데, 이에 대해 김장생(金長生)이《경서변의》〈소학조〉에서 분명하게 밝혔다.

《小學》의 石建, 慶兄弟가 "取親中帬, 廁牏라"한대 註에 以爲 "近身之小衫이라"하니 此大誤라 此蓋釋 "帬"之語어늘 而誤兼 "廁牏"而言之也라 以廁牏謂衫는 殊甚無謂하니 沙溪先生辨之當矣라 嘗見《穌齋集》有吾傍親靜存公墓文하니 其一段曰 "請大夫人廁牏一襲以行이라"하니 此亦似緣註而重誤也라

《소학》에 석건(石建)과 석경(石慶) 형제가 "어버이의 중군(中帬)과 측투(廁牏)를 가져갔다.〔取親中帬廁牏〕"라는 말이 있는데, 주에서 '측투(廁牏)'에 대해 "몸에 가까이하는 작은 적삼이다.〔近身之小衫〕"라고 하였다. 이는 크게 잘못되었다. 아마도 '중군'을 해석한 말인데, 잘못해서 '측투'까지 묶어서 말한 듯하다. '측투'를 '삼(衫)'이라고 하는 것은 결코 말이 되지 않는

다. 사계(沙溪) 선생의 변별이 옳다.354

이전에 《소재집(穌齋集)》을 보니, 우리 집안의 방계 친족이신 정존공(靜存公)의 묘문(墓文)355이 실려 있었는데, 그 한 단락에 "대부인의 측투 한 벌을 청하여 가지고 갔다."라고 하였다. 이것도 《소학》의 주로 인해서 거듭 잘못된 듯하다.

354 사계(沙溪)……옳다: 사계 김장생은 《경서변의(經書辨疑)》〈소학·선행(善行)〉에서 "《운회(韻會)》를 살펴보니, '투(牏)는 행청(行圊)이니 측간에서 분변(糞便)을 담는 통이다. 나무를 깎아 속을 비워서 구유처럼 만든 것이다.'라고 하였으니, 주의 설은 잘못된 듯하다. 이는 속옷[中裙]은 빨고 변기통[廁牏]은 세척한다는 것이다."라고 하였다.《沙溪全書 卷11》

355 정존공(靜存公)의 묘문(墓文): 소재 노수신(盧守愼, 1515~1590)이 쓴 〈유명조선국 통정대부 수충청도관찰사 이공 묘갈명(有明朝鮮國通政大夫守忠淸道觀察使李公墓碣銘)〉을 이른다. 정존공(靜存公)은 이담(李湛, 1510~1575)의 호이고, 자는 중구(仲久)이다. 아버지 이종유(李宗葵)가 도곡의 8대조 이종형(李宗衡)의 형이다.《穌齋集 卷10》

58. 증공과 소식의 잘못된 인물평

해설 | 증공이 한나라 양웅(揚雄)을 기자(箕子)에 견주고, 소식이 순욱(荀彧)을 성인의 무리로 칭찬한 것은 실정과 시비에 맞지 않은 지나친 평이었음을 지적하였다. 주자가 이에 두 사람의 일을 분석하고 시비를 엄격하게 판단하여 잘못을 바로잡았는데, 이로써 의리를 밝히고 세교를 도울 수 있었다고 하였다.

觀南豐〈與王深甫論揚雄書〉에 以仕莽으로 擬箕子之明夷하고 又於美新之文에 曲意回護하니 甚矣라 其見之刺謬也여 雄之是非는 本不難曉어늘 而古人之論多錯하고 南豐立論는 尤不成說하니 可笑라 如荀彧是非亦然이어늘 東坡盛稱其爲聖人之徒라 至朱夫子하여 於二人事에 剖判甚嚴하여 使其掩藏之心術로 莫逃於千古之鈇鉞하니 此又夫子明義理·扶世敎之一端也니라

남풍(南豐)[356]의 〈여왕심보 논양웅서(與王深甫論揚雄書)〉[357]를 보면, 양웅

• • • • • •

356 남풍(南豐): 북송의 문인 증공(曾鞏)으로, 당송팔대가의 한 사람으로 꼽힌다. 그가 남풍 출신이므로 세상에서 이렇게 칭하였다.

357 여왕심보논양웅서(與王深甫論揚雄書): 증공의 문집 《원풍유고(元豐類藁)》 권

(揚雄)³⁵⁸이 왕망(王莽)에게 벼슬한 일을 기자(箕子)의 명이(明夷)³⁵⁹에 견주었다. 또 양웅이 신(新)나라를 찬미한 글³⁶⁰을 쓴 일에 대하여 뜻을 굽혀서 비호하였다. 심하구나, 그 견해의 잘못됨이여!

양웅의 옳고 그름에 대해서는 본래 알기가 어렵지 않은데, 고인들이 주장한 의논 중에도 잘못된 부분이 많고 남풍이 주장한 의논도 더욱 말이 되지 않으니, 가소로운 일이다. 또한 순욱(荀彧)³⁶¹의 옳고 그름도 역시 그러한데, 동파(東坡)는 그가 성인(聖人)의 무리라고 매우 칭찬하였다.³⁶²

주부자(朱夫子)에 이르러서야 두 사람의 일에 대해 옳고 그름을 매우 엄격히 변별해서, 가려지고 감춰져 있던 이들의 심술이 천고(千古)의 부

......

    16에 실려 있다. '왕심보'는 왕회(王回, 1023~1065)로, '심보'는 자이다.

358 양웅(揚雄): 기원전 53~18년. 전한 말기의 문인이자 학자로, 자는 자운(子雲)이다. 왕망(王莽)의 신(新)나라에서 태중대부(太中大夫)를 지내고 왕망에게 아부하는 글을 지어 후대에 비판을 받았다.

359 기자(箕子)의 명이(明夷): 기자가 자신의 밝음을 감춘 것을 이른다. 《주역》〈명이괘(明夷卦)〉의 육오 효사에 "기자의 명이이니 바르게 함이 이롭다.〔箕子之明夷 利貞〕"라고 하였다. 명이괘는 곤(坤)이 위에 있고 이(離)가 아래에 있어 밝음을 잃는다는 의미를 갖는다. 우매한 임금이 위에 있을 적에 현자가 아래에서 밝음을 드러내면 해쳐질 수 있지만, 기자가 스스로 감춘 것처럼 하면 난을 면할 수 있다는 뜻이다.

360 신(新)나라를……글: 진나라의 잘못을 비판하고 신나라의 미덕을 칭송한 〈극진미신(劇秦美新)〉편을 이른다. 《揚子雲集 卷4》

361 순욱(荀彧): 163~212년. 후한 말기 조조(曹操)의 책사로 자는 문약(文若)이다. 조조가 그를 자신의 장자방(張子房, 장량)이라고 칭찬하였다. 건안(建安) 17년(212)에 조조가 헌제(獻帝)에게 구석(九錫)을 받으려 하는 것을 만류했는데, 조조가 불편하게 생각하자 근심하다가 끝내 자살하였다. 《三國志 荀彧傳》

362 동파(東坡)는……칭찬하였다: 소식의 《동파전집(東坡全集)》 권105 〈지림십삼조논고(志林十三條論古)〉에 보인다.

월(斧鉞)363을 피하지 못하게 되들었다. 이것이 또한 주부자가 의리(義理)를
밝히고 세교(世敎)를 붙잡아 준 한 가지 일이다.

<hr />

363 부월(斧鉞): 출정하는 대장(大將)에게 임금이 손수 주던 큰 도끼이다. 전쟁 중
     에는 이로써 형륙(刑戮)을 임의대로 행할 수 있었다고 한다. 이 때문에 형벌이나
     냉엄한 비판을 이르는 말로 쓰이곤 한다.

【후지(後識)】

余在謫에 無所事하여 取架上書하여 或讀或看하여 間取赫蹄하여 疏若干
則이러니 還朝後不復省閱이라 近始收聚하고 刪去繁瑣하여 存其什一호되
臆記而有謬者는 追考本書而釐改之하니 大抵不足示人이라 姑藏篋衍
中云이라
戊申中夏에 陶叟識하노라

　내가 적소(謫所)에 있을 적에 할 만한 일이 없었기 때문에 서가 위의 책
을 가져다가 혹은 소리 내어 읽기도 하고 혹은 대충 보면서 넘기기도 하
였다. 그러다가 간간이 혁제(赫蹄)³⁶⁴를 취하여 몇 가지 조목에 대해 견해
를 밝혀 기술하곤 하였는데, 조정에 돌아온 이후로는 다시 살펴보지 않
았다.

　근간에 비로소 거두어 모으고 번잡한 것을 삭제해서 그 가운데 십 분
의 일만을 남겨두었는데 억측으로 기록하여 잘못되었던 것들은 추후에
본서(本書)를 상고하여 고쳐서 바로잡았다. 대체로 남에게 보일 만한 것이
못 되니, 우선 상자 속에 보관해 둔다.

　경신년(1680, 숙종 6) 중하(中夏)에 도수(陶叟)는 기록하다.

• • • • • •

364 혁제(赫蹄): 옛날에 글씨를 쓰는 데 썼던 폭이 좁은 비단을 이른다. 여기에서
　　연유하여 기록을 위한 종이를 칭하거나, 작은 종이에 작은 글씨로 쓴 글을 칭하
　　기도 한다.

1 一百四則: 104조항이다. 저본에 실린 것은 총 101조항이다. 이 가운데 세 조항에
  서로 다른 두 가지의 내용이 묶여 있으므로, 이를 나누어 104조항에 맞추었음
  을 밝혀둔다. 곧 45조·46조와 73조·74조와 80조·81조는 저본에 각각 한 조로
  되어 있다.

陶峽叢說

1. 이단異端과 주자학朱子學에 관한 논란

해설 | 새로운 경향의 학술이 조선에 전해져 기존의 학문 풍토가 뒤바뀌는 사이에 주자학의 권위까지 흔들리고 있음을 지적하고 탄식하였다. 학문에 밝아야 마땅한 옥당의 관원이 장저(長沮)와 걸닉(桀溺)을 공자에 뒤지지 않는 현인으로 추켜세운 사실과,《집주》를 존중하지 않고《논어혹문》의 존재조차 모르고 있는 사실을 들어서 이런 세태를 보여주고 있다.

乙巳에 余自謫所還朝하여 以知經筵入侍하니 時에 上方講《論語》하여 至長沮、桀溺事라 余曰 "沮、溺은 誠高士나 然往而不返하여 廢絶人倫하여 終不免爲異端之歸요 唯孔子時行時止하여 大中至正하여 爲萬世之法이니이다" 上曰 "沮、溺은 賢人이어늘 何可斥之以異端이리오 筵臣之言이 非矣로다" 余曰 "所謂異端者는 非指兇邪小人이요 雖其人品이 高出流俗이라도 若其所爲가 違背聖道하면 則自當爲異端이니이다 孟子斥楊、墨爲異端하시니 楊、墨은 乃學仁義而差者니 其人品이 豈不絶異凡人이리오마는 而以其所學之差로 斥之如此하니 異端之稱는 元非惡名矣니이다" 上猶以爲不然하시다 有一玉堂官進曰 "孔子、沮、溺은 俱是鑿之人也니 殊無優劣是非之可言이니 聖敎至當이니이다"【鑿之爲言은 方言謂賢也라】 上乃喜曰 "玉堂之言이 甚是라"하시다 他日에 又入侍할새 上頻摘朱子《集註》之誤라 余力辨其不然하고 且言 "朱子定著《集註》에 用盡一生心力하여 其裁

度去就가 置水不漏하여 一字一句가 皆有意義하여 不可移易이니다 聖上이 若觀《論語或問》하시면 則可知註說之十分的當矣이다" 有一玉堂官進曰 "此言은 未免誤達矣니이다 朱子嘗著《大學或問》이나 而未嘗有《論語或問》矣니이다" 余曰 "玉堂官이 必未及見《論語或問》而有是言矣리이다" 語未畢에 其人遽發他言故로 不得竟其說이라

退而說與某人而笑之하고 且曰 "其人이 旣全昧《論語》之有《或問》이어늘 而獨知《大學》之有《或問》은 誠不可曉矣로다" 某人曰 "公未曉其故耶아 近來科儒之爲監試終場工夫者가 爲掇拾文字하여 頗觀《大學或問》이요 而《論語或問》은 以不切於科工也라 하여 棄而不觀하니 其人之昧於彼而知有此者는 固也니 何足怪哉리오" 余不覺捧腹曰 "信矣信矣라" 하니라 蓋兩玉堂之言이 眞的對也니 足可爲閒中破寂之資라 故錄之하노라

을사년(1725, 영조 1)에 내가 적소(謫所, 유배지)에 있다가 조정으로 돌아와서 지경연사(知經筵事)로서 입시하였다. 이때 성상께서 경연에서 한창 《논어》를 강론하고 계셨는데, 장저(長沮)와 걸닉(桀溺)[2]의 일에 관한 부분에 이르렀다. 내가 아뢰었다.

"장저와 걸닉은 진실로 고사(高士)들이지만, 은둔하러 가서 돌아오지 않고 군신 간의 인륜을 폐하여 끝내 이단(異端)으로 귀결됨을 면치 못하였습니다. 오직 공자(孔子)만이 도를 행할 만한 때이면 행하고 그칠 만한 때이면 그치시어, 더없이 합당하고 지극히 공정하여 만세의 법이 되시었습니다."

------
2 장저(長沮)와 걸닉(桀溺): 춘추시대 초나라의 은자(隱者)들로 관련 내용이 《논어》〈미자(微子)〉에 보인다.

성상께서 말씀하셨다.

"장저와 걸닉은 현인(賢人)인데 어찌 이단으로 배척한단 말인가? 연신(筵臣)[3]의 말이 잘못되었다."

그래서 내가 아뢰었다.

"이른바 이단(異端)이라는 것은 흉악하고 간사한 소인을 가리킨 것이 아닙니다. 비록 그 인품이 평범한 사람보다 크게 빼어난 자라 하더라도, 만약 그가 행한 바가 성인의 도에 위배된다면 절로 이단이 되는 것이 당연합니다. 맹자(孟子)가 양주(楊朱)와 묵적(墨翟)을 배척하여 이단이라고 하셨는데,[4] 양주와 묵적은 바로 인(仁)과 의(義)를 배우다가 잘못된 자들이니,[5] 이들의 인품이 어찌 보통사람보다 크게 뛰어나지 않았겠습니까. 다만 이들이 배운 바가 잘못되었기 때문에 이같이 배척하신 것입니다. 이단이라는 칭호가 원래 나쁜 말은 아닙니다."

그러나 성상은 여전히 내 말을 옳게 여기지 않으셨다.

이때 한 옥당(玉堂 홍문관) 관원이 나아가 아뢰었다.

"공자와 장저·걸닉은 모두 착(鑿)한 사람으로 결코 우열과 시비를 말할 수가 없으니, 성상의 하교가 지당하십니다."【착(鑿)하다는 말은 어질다는 뜻의 방언이다.】

성상이 마침내 기뻐하며 말씀하셨다.

• • • • • •

3 연신(筵臣): 경연(經筵)이나 서연(書筵) 등에서 경전 등을 강론하는 신하를 이른다.

4 맹자(孟子)가……하셨는데: 《맹자》〈등문공 상(滕文公上)〉에 "양주(楊朱)와 묵적(墨翟)의 도가 종식되지 않으면 공자의 도가 드러나지 못할 것이니, 이는 부정한 학설이 백성들을 속여 인의(仁義)를 막는 것이다.〔楊墨之道不息, 孔子之道不著, 是邪說誣民, 充塞仁義也.〕"라고 보인다.

5 양주와……자들이니: 양주는 자신의 지조를 지킬 것을 주장하였으므로 의(義)를 배우다가 잘못된 것이고, 묵적은 박애(博愛)를 주장하였으므로 인(仁)을 배우다가 잘못된 것이라고 말한 것이다.

"옥당 관원의 말이 매우 옳다."

다른 날에 다시 입시하였을 적에, 성상께서 주자(朱子)의 《집주(集註)》에서 잘못된 부분을 자못 지적하셨다. 그래서 내가 그렇지 않음을 강력히 밝히고 또 아뢰었다.

"주자가 《집주》를 확정하여 지으실 적에 일생의 마음과 힘을 다하였기에, 재량(裁量)하고 취사(取捨)하신 것이 물을 부어도 새지 않을 정도로 치밀합니다. 한 글자와 한 구(句)에도 모두 의의(意義)가 있으니 옮기거나 바꾸어서는 안 됩니다. 성상께서 만약 《논어혹문(論語或問)》을 보신다면 주자의 주설(註說)이 십분 적당하다는 것을 아실 수 있습니다."

한 옥당 관원이 나아가 아뢰었다.

"이 말은 잘못 아룀을 면치 못하였습니다. 주자가 일찍이 《대학혹문(大學或問)》은 지었어도 《논어혹문》을 지은 적은 없습니다."

내가 아뢰었다.

"옥당 관원은 필시 아직 《논어혹문》을 보지 못해서 이렇게 말하는 것입니다."

그런데 말을 마치기도 전에 그 사람이 갑자기 화제를 돌렸기 때문에 내가 말을 다하지 못하였다. 내가 조정에서 물러 나와 아무개에게 이를 이야기하고 웃으면서 또 말하였다.

"이 사람이 《논어》에 《혹문(或問)》이 있다는 것을 전혀 모르면서도 유독 《대학》에 《혹문》이 있다는 것을 알고 있으니, 참으로 이해할 수 없습니다."

아무개가 말하였다.

"공은 그 이유를 모르십니까? 근래에 감시(監試)의 종장(終場)[6] 공부를

6   감시(監試)의 종장(終場) : 감시는 생원(生員)과 진사(進士)를 뽑는 소과(小科)에

준비하는 유생(儒生)들이 쓸만한 문자를 수집하기 위해 《대학혹문》은 많이 보지만, 《논어혹문》은 과거 공부에 긴요하지 않은 것이라 하여 버려두고 보지 않습니다. 그러니 그 사람이 《논어혹문》을 모르면서도 《대학혹문》이 있음을 아는 것은 당연합니다. 어찌 괴이하게 여길 것이 있겠습니까."

나는 자신도 모르게 배를 움켜쥐고 웃으며 말하였다.

"참으로 옳습니다. 참으로 옳습니다."

두 옥당 관원의 말이 참으로 서로 딱 들어맞는 대구(對句)가 된다. 한가할 때 심심파적하는 자료로 삼기에 충분하므로 이를 기록한다.

• • • • • •

　해당하는 국자감시(國子監試)를 이른다. 종장은 과거(科擧)의 삼장(三場)에서 초시(初試)와 복시(覆試)에 이은 마지막 단계의 시험을 이른다. 여기서는 감시의 최종 과정이라는 의미로 쓰인 듯하다.

2. 《언해諺解》의 구두句讀 오류

해설 | 《맹자》와 《시경》의 관본언해(官本諺解)에서 발견되는 구두상의 오류를 지적하였다.

《孟子》"聞文王作興"을 《諺解》에 以"作興"爲句하니 此恐不然이라 考 《集註》하면 曰 "作興은 皆起也라"하니 若以"作興"爲句면 則當但曰 "作 興은 起也라"하고 不當着"皆"字어늘 而今曰 "皆起"면 則以"作"爲句하여 屬之"文王"하고 "興"爲句하여 屬之"伯夷"者明甚이니 不知定《諺解》時 에 何以如此也로라 唐本《孟子》는 皆於"作"字下에 着小圈하니 尤可知其 當以"作"爲句라

《詩生民》의 "履帝武敏歆攸介攸止"를 《諺解》에 以"敏"爲句하고 "歆"屬 下句나 而唐本則於"歆"下着圈하니 此亦似當從唐本矣라

《맹자》의 '문문왕작흥(聞文王作興)'을 《언해(諺解)》에서 '작흥(作興)'으로 구를 떼었으나[7] 이는 옳지 않은 듯하다. 《집주》를 살펴보면 "작(作)과 흥(興)

• • • • • •

7   맹자의……떼었으나: 《맹자》〈이루 상〉의 "伯夷辟紂 居北海之濱 聞文王作 興曰 盍
    歸乎來"의 구절에 대해, 관본 《언해》에는 '聞文王作興하고'로 현토하여 '작흥(作
    興)'을 '일어난 것'으로 풀이하였다. 그러나 율곡 이이의 《언해》와 사계 김장생의
    《석의(釋疑)》에는 모두 '문왕이 일어났다는 말을 듣고 흥기하여 말씀하기를[聞文

은 모두 기(起)이다."라고 하였다. 만약 '작흥(作興)'을 한 구로 삼았다면 단지 "작흥(作興)은 기(起)이다."라고 해야 마땅하고 '개(皆)' 자를 붙여서는 안 된다. 그런데 지금 '개기(皆起)'라고 하였다면, 이는 '작(作)'에서 구를 떼어 이를 문왕(文王)에 속하게 하고 '흥(興)'을 한 구로 떼어 백이(伯夷)에 속하게 한 것임이 매우 분명하다. 《언해》를 정할 때에 어찌하여 이와 같이 만들었는지 알지 못하겠다.

중국본 《맹자》는 모두 '작(作)' 자 아래에 작은 권점(동그라미)을 찍어놓았으니, '작(作)'에서 구를 떼어야 마땅함을 더욱 알 수 있다.

《시경》〈생민(生民)〉의 '이제무민흠유개유지(履帝武敏歆攸介攸止)'를 《언해》에는 '민(敏)'에서 구를 떼고 '흠(歆)'을 아래 구에 붙였다. 그러나 중국본에는 '흠(歆)' 자 아래에 권점을 찍어놓았다.[8] 이것도 중국본을 따라야 마땅할 듯하다.

<hr />

王作 興曰'이라고 풀이하였다.

8 시경……찍어놓았다: 관본 《언해》는 이 대목을 "제(帝)의 무민(武敏)을 리(履)하사 개(介)한 바와 지(止)한 바에 흠(歆)하사"라고 풀이하여, '상제(上帝)의 발자국에 엄지발가락을 밟으시어 크게 여기고 멈춘 바에 흠동(歆動)하사'라고 풀었다. 그러나 중국본은 "履帝武敏歆 攸介攸止"라고 되어 있어 '상제(上帝)의 발자국에 엄지발가락을 밟으시고 흠동하시어, 크게 여기고 멈춰서'라고 해석된다. 그러나 중국본에도 민(敏)에서 구를 뗀 것이 종종 보인다.

3. 공자와 맹자의 경륜을 담은 《중용中庸》과 《맹자孟子》

해설 | 역대 성군(聖君)의 정사는 《서경》에서 확인할 수 있고, 제왕의 지위에 오르지 못한 공자와 맹자의 경륜은 《중용》과 《맹자》의 몇몇 장(章)에서 엿볼 수 있음을 말하였다.

堯、舜、禹、湯、文、武、周公은 得位하고 孔、孟은 不得位하시니 唐、虞、三代 之政은 《書經》諸篇에 可攷也요 孔、孟經綸之大는 於〈哀公問政〉과 〈經界〉、〈班祿〉等章에 俱可以想像矣라

요(堯), 순(舜), 우(禹), 탕(湯)과 문왕(文王), 무왕(武王), 주공(周公)은 지위를 얻으셨고, 공자, 맹자는 지위를 얻지 못하셨다. 요(堯), 순(舜)의 당(唐)·우(虞) 시대와 하(夏), 은(殷), 주(周)의 삼대(三代)에서 시행된 정사는 《서경》의 여러 편에서 상고할 수 있고, 공자와 맹자의 큰 경륜(經綸)은 〈애공문정장(哀公問政章)〉과 〈경계장(經界章)〉, 〈반록장(班祿章)〉 등[9]에서 모두 상상해 볼 수 있다.

. . . . . .

9 애공문정장(哀公問政章)……등: 〈애공문정장〉은 《중용》 제20장을 이르고, 〈경계장(經界章)〉은 《맹자》 〈등문공 상(滕文公上)〉, 〈반록장(班祿章)〉은 《맹자》 〈만장하(萬章下)〉에 보인다.

4. 억지로 고문을 모방하는 병통

해설 | 후인들이 억지로 고문을 모방하는 것은 진실한 도리가 아니라고 비판
하였다. 주자가 〈보망장(補亡章)〉을 지으면서 순전히 송나라 문체를 사용한
것도 억지로 고문을 모방하는 일이 옳지 않음을 알았기 때문이라고 하였다.
당시의 의고문(擬古文)을 겨냥하여 말한 것으로 보인다.

朱子作《大學》〈補亡章〉하니 其文이 純是宋人文體하여 不類上古文이라
蓋文以世降하여 雖以朱子之亞聖으로도 有難力致하니 而若欲强效古文
이면 則亦非眞實底道理라 故不爲之耳라 據此면 則後人之强作权枒鉤
棘語하여 欲以效古者는 適足爲無病顰呻之歸하여 而非識者之所取를
可知矣라

　주자가 《대학》의 〈보망장(補亡章)〉을 지었는데, 그 문장이 순전히 송나
라 사람의 문체여서 상고 시대의 문장과는 똑같지 않다. 이는 문체가 시
대를 따라 내려가며 변하므로 비록 주자와 같은 아성(亞聖)도 노력으로
고문을 이루기에 어려움이 있었기 때문이다. 그런데도 억지로 고문(古文)
을 모방하여 쓰려고 한다면, 이 또한 진실한 도리가 아니다. 그러므로 하
지 않았던 것이다.
　여기에 근거해보면, 후인들이 억지로 들쭉날쭉하고 난삽한 말들을 만
들어 고문을 모방하려는 것은 바로 병이 없으면서 얼굴을 찌푸리고 신음
하는 꼴이 될 뿐이니, 식자(識者)들이 취할 바가 아님을 알 수 있다.

5. 사람의 마음을 감발시키는 《시경詩經》

해설 | 《시경》 삼백 편이 사람의 성정을 묘사하여 마음을 감발시키는데, 특히 〈절남산〉, 〈정월〉, 〈시월지교〉 등의 시는 감동이 커서 읽을 때마다 눈물을 흘리게 된다고 고백하였다.

《詩》三百篇은 皆所以模寫性情이라 正者和緩하고 變者激慨하여 無非有感發之端이요 而至於〈節南山〉, 〈正月〉, 〈十月之交〉等篇하여는 憂國憤世가 反復纏綿하여 辭意之悲痛이 有非他篇之比라 余每讀之에 未嘗不流涕하니 《詩》之感人이 有如是夫인저

《시경》 삼백 편은 모두 사람의 성정(性情)을 묘사한 것이다. 이 가운데 정(正)은 온화하고 느슨하며 변(變)은 격렬하고 강개하여,[10] 편마다 모두 마음을 감발시키는 단서를 지니고 있다.

이 중에서도 〈절남산(節南山)〉, 〈정월(正月)〉, 〈시월지교(十月之交)〉[11] 등의 편

・・・・・・

10 정(正)은……강개하여: 국풍은 주남(周南)과 소남(召南)이 정풍(正風)이고 그 나머지가 변풍(變風)이다. 소아는 〈청청자아(菁菁者莪)〉까지가 정소아(正小雅)이고 그 나머지가 변소아(變小雅)이며 대아는 〈권아(卷阿)〉까지가 정대아(正大雅)이고 그 나머지가 변대아(變大雅)이다.

11 절남산(節南山)……시월지교(十月之交): 〈절남산〉, 〈정월(正月)〉, 〈시월지교(十月之交)〉는 모두 변소아에 속한다.

들은 나라를 걱정하고 세상에 분개하는 마음이 반복하여 이리저리 맺혀 있어 글 뜻의 비통함이 다른 편에 비할 바가 아니다.

나는 이 시들을 읽을 적마다 일찍이 한 번도 눈물을 흘리지 않은 적이 없었으니, 《시경》의 시가 사람을 감동시킴이 이와 같다.

6. 정사 중에 가장 신중해야 하는
형정刑政

해설 | 《서경》에서 확인할 수 있듯이 상고 시대에는 형벌과 옥사를 매우 신중하게 다루었는데, 후대에는 군주의 일시적인 감정에 따라 형벌을 시행하여 사람의 목숨을 가볍게 다룬다고 비판하였다. 정약용(丁若鏞)의 《흠흠신서(欽欽新書)》라는 책 이름도 "공경하고 공경하여 형벌을 신중히 하였다〔欽哉欽哉 惟刑之恤哉〕"라는 《서경》의 글귀에서 취한 것이다.

上古最重刑獄하니 有若〈舜典〉之 "惟刑之恤"과 〈康誥〉之 "克明德愼罰"과 "敬明乃罰"과 〈酒誥〉之 "勿用殺하고 姑惟敎之"와 〈召誥〉之 "勿以淫用非彛라 하여 亦敢殄戮用乂"와 〈多方〉之 "開釋無辜도 亦克用勸"과 〈立政〉之 "勿誤于庶獄庶愼"과 〈君陳〉之 "辟以止辟乃辟"과 及〈呂刑〉一篇은 無非眷眷以恤刑愼法으로 垂之訓戒라 蓋刑政은 有國之所先이니 一誤于此하면 亂亡隨之故耳라 後世則不然하여 率多以人君一時喜怒로 輕視人命하여 若刈草菅하니 其視古者 "象以典刑"之意하면 何如哉아 悲夫라

상고 시대에는 형벌과 옥사를 가장 신중하게 처리하였다. 예컨대 《서

경》〈순전(舜典)〉의 "형벌을 신중히 하였다.〔惟刑之恤〕"¹² 라는 말과 〈강고
(康誥)〉의 "능히 덕(德)을 밝히고 형벌을 삼갔다.〔克明德愼罰〕"¹³ 라는 말과
"너의 형벌을 공경히 밝혀라.〔敬明乃罰〕"¹⁴ 라는 말과 〈주고(酒誥)〉의 "죽
이지 말고 우선 가르쳐라.〔勿用殺, 姑惟教之.〕"¹⁵ 라는 말과 〈소고(召誥)〉
의 "법이 아닌 것을 지나치게 쓴다고 하여 또한 과감하게 죽여서 다스리
지 말라.〔勿以淫用非彝, 亦敢殄戮用乂.〕"¹⁶ 라는 것과 〈다방(多方)〉의 "죄
가 없는 자를 열어 석방하는 것 또한 백성을 권면하는 것이다.〔開釋無辜,
亦克用勸.〕"¹⁷ 라는 말과 〈입정(立政)〉의 "여러 옥사와 신중히 할 여러 형벌
을 그르치지 마십시오.〔勿誤于庶獄庶愼〕"¹⁸ 라는 말과 〈군진(君陳)〉의 "형

••••••

12 형벌을……하였다: 《서경》〈순전(舜典)〉에 "과오와 불행으로 지은 죄는 용서하
여 풀어주고, 세력을 믿고 끝까지 재범(再犯)하는 자는 죽이거나 형벌에 처하되,
공경하고 공경하여 형벌을 신중히 하였다.〔眚災肆赦 怙終賊刑 欽哉欽哉 惟刑之恤
哉〕"라고 하였다.

13 능히……삼갔다: 《서경》〈강고(康誥)〉에 "너의 크게 드러나신 아버지 문왕께서
능히 덕을 밝히고 형벌을 삼가셨다.〔惟乃丕顯考文王 克明德愼罰〕"라고 하였다.

14 너의……밝혀라: 《서경》〈강고〉에 "너의 시행할 형벌을 공경히 밝혀라. 사람들
에게 작은 죄가 있더라도 모르고 지은 죄가 아니면 이는 끝까지 죄를 저지르려고
한 것으로서, 스스로 떳떳하지 못한 일을 해서 이렇게 된 것이니, 그 죄가 작더
라도 죽이지 않을 수 없다.〔敬明乃罰 人有小罪 非眚乃惟終 自作不典 式爾 有厥罪小
乃不可不殺〕"라고 하였다.

15 죽이지……가르쳐라: 《서경》〈주고〉에 "또 은나라 수(受, 주왕)가 악으로 인도
한 여러 신하들과 벼슬아치들이 술에 빠지거든 곧바로 죽이지 말고 너는 우선
가르쳐라.〔又惟殷之迪諸臣惟工 乃湎於酒 勿庸殺之 姑惟教之〕"라고 하였다.

16 법이……말라: 《서경》〈소고〉에 "왕께서는 소민들이 법이 아닌 것을 지나치게
쓴다고 하여, 또한 과감하게 죽여서 다스리지 마소서. 백성들을 순히 하여야 공
이 있을 것입니다.〔其惟王勿以小民淫用非彝 亦敢殄戮用乂 民若有功〕"라고 하였다.

17 죄가……것이다: 《서경》〈다방〉에 "죄수를 판결함에 죄가 많은 자를 죽이는 것
도 백성을 권면하는 것이며, 죄가 없는 자를 석방하는 것 또한 백성을 권면하는
것이다.〔要囚 殄戮多罪 亦克用勸 開釋無辜 亦克用勸〕"라고 하였다.

18 여러……마십시오: 《서경》〈입정〉에 "지금부터 문자(文子), 문손(文孫)은 여러

벌을 내려 형벌을 그칠 수 있거든 이에 형벌을 내리도록 하라.〔辟以止辟, 乃辟.〕"[19]라는 말과 〈여형(呂刑)[20]〉 한 편은 모두 간곡하게 형벌을 조심하고 법을 삼가는 것을 가지고 훈계를 남긴 내용이다.

형정(刑政)은 나라를 소유한 자가 최우선으로 해야 하니, 한번 이것을 잘못 시행하면 혼란과 멸망이 뒤따르기 때문이다. 그런데 후세에는 그렇지 않아서 대부분 군주가 한때의 기쁘거나 노여운 감정으로 형벌을 시행하여 마치 잡초와 골풀을 베듯이 사람의 목숨을 가볍게 다룬다. 이를 "떳떳한 형벌로 보여준다.〔象以典刑〕"[21]라는 옛날의 뜻에 비하여 본다면 어떠한가? 참으로 서글픈 일이다.

옥사와 신중히 할 여러 형벌을 그르치지 말고, 오직 정(正)으로 다스리소서.〔繼自今 文子文孫 其勿誤于庶獄庶愼 惟正是乂之.〕"라고 하였다.

19 형벌을 ……하라:《서경》〈군진〉에 "너의 정사에 순종하지 않고 너의 가르침에 교화되지 않는 자가 있거든, 형벌을 내려 형벌을 그칠 수 있을 때 비로소 형벌을 내리도록 하라.〔有弗若于汝政 弗化于汝訓 辟以止辟 乃辟〕"라고 하였다.

20 여형(呂刑): 여후(呂侯)가 천자의 사구(司寇)가 되자, 주나라 목왕(穆王)이 그에게 명하여 형벌을 훈계하여 사방에게 가르치게 한 내용이 실려 있다.

21 떳떳한 형벌로 보여준다: 이 구절은《서경》〈순전(舜典)〉에 보인다.

7. 지극한 양陽의 정기가 되는 용龍

해설 | 《주역》 건괘에서 용을 상(象)으로 삼은 이유를 밝혔다. 《주역》은 양을 붙들고 음을 억제함을 강령으로 삼는데, 지극한 양의 정기가 용이기 때문이라는 것이다.

《易》之爲書는 專以扶陽抑陰爲綱領하니 龍爲至陽之精故로 乾卦는 首以龍爲言者가 此也라 其後諸卦는 雖不皆言龍이나 而大旨則同하니 蓋不出乾卦範圍之外也라

《주역(周易)》이란 책은 오로지 양(陽)을 붙들고 음(陰)을 억제하는 것을 강령(綱領)으로 삼는다. 용(龍)이 지극한 양의 정기가 되므로 건괘(乾卦)에서 맨 먼저 용을 말한 것[22]은 바로 이 때문이다. 그 뒤의 여러 괘는 비록 모두 용을 말하지는 않았으나 큰 뜻은 이와 똑같으니, 어느 괘도 건괘의 범위 밖으로 벗어나지 않는다.

•••••
22 건괘(乾卦)에서……것: 《주역》〈건괘〉의 효사(爻辭)가 용의 변화로 풀이되어 있어 이렇게 말한 것이다. 초구의 '잠용물용(潛龍勿用)', 구이의 '현룡재전(見龍在田)', 구사의 '혹약재연(或躍在淵)', 구오의 '비룡재천(飛龍在天)', 상구의 '항룡유회(亢龍有悔)' 등이 모두 용과 연관되어 있다.

8. 진호陳澔가 편찬한
《예기집설禮記集說》의 소략한 주석

해설 | 《예기》는 문장이 빈틈이 없고 명백하여 독서하기에 좋은 책인데 늦게
야 읽게 된 것을 탄식하면서, 문장 속의 난해한 구법을 진호가 주석에서 상세
하게 밝히지 않아 그것이 흠이 됨을 아쉬워하였다.

《禮記》之文은 極周匝明白이로되 而間有句法之艱晦者어늘 陳澔之註가
多欠疏漏하니 可歎이라 余少時에 不讀此書라가 癸卯、甲辰年間에 在謫
所하여 始讀之하고 甚喜하니 深恨其不早着工也로라

《예기》의 문장은 매우 빈틈이 없고 명백하지만 간혹 알기 어려운 구법
(句法)이 있다. 그런데 이에 대한 진호(陳澔)의 주(註)[23]가 소략하여 흠이 되
는 곳이 많으니, 탄식할 만하다.

내가 젊었을 적에는 이 책을 읽지 못했었는데, 계묘년(1723, 경종 3)과 갑
진년(1724, 경종 4) 사이에 적소(유배지)에 있을 때 처음 읽어 보고 몹시 기뻐
하였으며, 더 일찍 공부하지 않은 것을 깊이 후회하였다.

• • • • • •
23   진호(陳澔)의 주(註): 진호(1260~1341)는 경학가(經學家)로서 학문에 전념하
      여 총 10권 분량의 《예기집설(禮記集說)》을 편찬하였다. 주(註)는 《예기집설》을
      이른다.

9. 《춘추春秋》와 《자치통감강목資治通鑑綱目》의 서술 기점과 성인의 필법

해설 | 공자가 《춘추》를 편찬할 때 노나라 은공 원년을 춘추시대의 기원으로 삼은 것과 주자가 《자치통감강목》을 편수할 때 주나라 위열왕 23년을 전국시대의 기원으로 삼은 것은 모두 성현의 필법으로 그 이유가 서로 유사하다는 점을 밝혔다. 참고로 《자치통감강목》은 의례(義例)를 따로 정한 것이 아니라 사마광의 《자치통감》을 기준으로 한 것이다.

《春秋》는 聖人撥亂反正之書也라 託始於隱公하니 卽周 平王四十九年이니 東遷失政之後에 亂始於此라 故로 以此爲始하니 聖人之意深矣라 其後朱子修《綱目》에 亦始於周 威烈王二十三年하니 以其爲三晉强盛하여 王室寢微之端也라 平王歸仲子之賵과 威烈命趙, 魏, 韓爲諸侯는 其失政恰同이라 故로 俱以此始之하니 聖人筆法이 前後一揆矣라

《춘추(春秋)》는 성인(聖人, 공자)이 혼란을 다스려 정상으로 되돌아오게 한 책이다. 노(魯)나라 은공(隱公)에서 시작하였는데, 은공 원년은 바로 주(周)나라 평왕(平王) 49년(기원전 722)이다. 평왕이 동쪽으로 천도하여 천자의 권위를 잃은 뒤로부터, 혼란이 시작되었기 때문에 이로써 시작을 삼은 것이니, 성인(공자)의 뜻이 깊다.

그 뒤에 주자(朱子)가 《자치통감강목(資治通鑑綱目)》을 편수할 때에도 주나라 위열왕(威烈王) 23년(기원전 403)에서 시작하였는데, 이는 삼진(三晉)[24]이 강성해진 일이 곧 왕실(王室)이 점점 쇠약해지는 단서가 되었기 때문이었다.

평왕(平王)이 중자(仲子)에게 봉(賵)을 보낸 것[25]과 위열왕(威烈王)이 조씨(趙氏)와 위씨(魏氏), 한씨(韓氏)를 명하여 제후로 삼은 것[26]은 그 정사를 잘못한 것이 흡사하다. 그래서 모두 이로써 시작을 삼은 것이니, 성인의 필법(筆法)은 전후가 서로 똑같다.

• • • • • •

24 삼진(三晉): 춘추시대에 진(晉)나라를 삼분(三分)하여 제후가 된 위(魏), 한(韓), 조(趙)를 아울러 일컫는 말이다.

25 평왕(平王)이······것: 중자(仲子)는 노(魯)나라 혜공(惠公)의 부인이다. 《춘추》가 시작되는 은공(隱公) 원년에 "가을 7월에 천왕이 재훤(宰咺)을 보내어 혜공과 중자에게 봉을 주었다.[秋七月 天王使宰咺來歸惠公仲子之賵]"라는 경문(經文)이 있다. 이 일이 왕실이 아래로 제후(諸侯)와 교통한 최초의 사건이었기에 천하의 혼란이 싹튼 춘추시대가 시작되는 사례로 삼은 것이다. 봉(賵)은 상가(喪家)에 주는 거마(車馬) 등의 부의(賻儀) 물품이다.

26 위열왕이······것: 조씨(趙氏)와 위씨(魏氏)와 한씨(韓氏)는 모두 진(晉)나라 대부이다. 이들이 진을 삼분(三分)하여 실권을 장악하고 제후로 봉해줄 것을 칭하였는데, 주나라 위열왕이 이를 허락한 것이다. 사마광(司馬光)은 이 사건이 천왕(天王)이 스스로 명분(名分)과 예(禮)를 파괴하여 전국시대의 시작을 알린 사례가 된다고 보아 《자치통감(資治通鑑)》의 첫 기사로 삼아 "처음으로 진나라의 대부인 위사, 조적, 한건을 명하여 제후로 삼았다.[初命晉大夫魏斯趙籍韓虔 爲諸侯]"라고 하였고, 주자도 《자치통감강목(資治通鑑綱目)》에서 이를 그대로 따랐다.

10. 간략하고 심오하며 의리가 순정한 《공양전公羊傳》과 《곡량전穀梁傳》

해설 | 위(魏)·진(晉) 시대 이후로 《춘추》의 주석서인 《좌씨전(左氏傳)》을 경쟁적으로 숭상했던 것은 화려함을 숭상하고 실제에 힘쓰지 않은 세태와 관련되어 있음을 밝혔다. 앞서 유행하던 《공양전》과 《곡량전》은 성인의 뜻에 위배되는 곳이 없지 않으나, 문장이 간략하고 심오하며 의리가 순정해서 허탄하고 과장스러운 《좌씨전》과는 견줄 바가 아니라고 하였다.

孔子旣作《春秋》에 公羊高、穀梁俶은 析其義하고 左丘明은 載其事하니 《公》、《穀》最先出하여 漢 武帝時에 首表章之하고 《左氏》後出하여 不得 列於學官이러니 自魏、晉以後로 人爭尙《左氏》하여 《公》、《穀》微而不著 하여 今則尤無治《公》、《穀》者라 《公》、《穀》雖或有違戾於聖人本旨者나 大較文字簡奧하고 義理純正하여 大非《左氏》浮誇之比어늘 而擧世主彼 而棄此하니 亦後世尙華不務實之病也歟인저

공자가 《춘추》를 지으시자, 공양고(公羊高)[27]와 곡량숙(穀梁俶)[28]은 그 의미를 해석하고 좌구명(左丘明)[29]은 그 역사적 사실을 기록하였다. 《공양전》과 《곡량전》이 한(漢)나라 무제(武帝) 때 가장 먼저 나와 첫 번째로 《춘추》의 뜻을 드러내었던 것에 반해, 《좌씨전》은 뒤에 나와서 학관(學官)에 나열되지 못하였다.

그런데 위(魏)·진(晉) 시대 이후로 사람들이 경쟁적으로 《좌씨전》을 숭상하는 바람에 《공양전》과 《곡량전》이 미약해져 드러나지 못하게 되었고, 지금은 더욱 《공양전》과 《곡량전》을 전공하는 사람이 없게 되었다.

《공양전》과 《곡량전》이 비록 혹 성인의 본래 뜻에 위배되는 부분이 있으나, 대체로 문장이 간략하고 심오하며 의리가 순정(純正)하여 허탄하고 과장된 《좌씨전》과는 결코 견줄 바가 아니다. 그런데도 온 세상이 《좌씨전》을 높이고 《공량전》과 《곡량전》을 버려두고 있으니, 이 또한 화려함을 숭상하고 실제에 힘쓰지 않는 후세의 병통일 것이다.

••••••

27   공양고(公羊高) : 전국시대 제(齊)나라 학자로 한(漢)나라 금문경학(今文經學)의 선구자이다. 자하(子夏)에게 《춘추》를 배우고 풀이한 것이 구전되다가 한나라 경제(景帝) 때에 현손 공양수(公羊壽)와 그의 제자 호무생(胡毋生)에 의해 《공양전(公羊傳)》으로 완성되었다고 한다. 한 무제(漢武帝) 때에 공손홍(公孫弘)과 동중서(董仲舒) 등이 이를 높여 경서(經書)로 삼고 이를 교수하는 학관(學官)을 세웠다.

28   곡량숙(穀梁俶) : 전국시대 노(魯)나라의 경학가로 자는 원시(元始), 다른 이름은 적(赤)이다. 자하(子夏)에게 《춘추》를 배우고 풀이한 것이 구전되다가 전한(前漢) 말에 《곡량전(穀梁傳)》으로 완성되었고, 한 선제(漢宣帝)에 의해 크게 유행되었다고 한다.

29   좌구명(左丘明) : 춘추시대 노(魯)나라 사관(史官)으로 《춘추좌씨전(春秋左氏傳)》과 《국어(國語)》의 저자로 알려져 있으나, 이설이 분분하다.

11. 완곡하고 재미있는
영고숙穎考叔의 언변

해설 | 정(鄭)나라 장공(莊公)을 감동시킨 영고숙(穎考叔)의 말을 후대 위징(魏徵)의 말과 비교하여 칭찬하였는데, 인품이 순후한 상고시대 사람들의 언어와 문장은 후세의 사람들이 미칠 바가 아니라는 상고주의 사고가 엿보인다.

封人舍肉之對는 不過片言이로되 而婉而有味하여 足以動悟人主라 後來魏徵獻陵之對은 倣此而語稍有角하니 時代人品을 居然可見이라

영봉인(穎封人)이 고깃국을 먹지 않은 이유를 대답한 것[30]은 짧은 말에 불과하지만 완곡하면서도 묘미가 있어서 충분히 군주를 감동시켜 깨달

• • • • • •

30　영봉인(穎封人)이……것: 영봉인은 춘추시대 정(鄭)나라 영곡(穎谷)의 봉인(封人)인 영고숙(穎考叔)이다. 정나라 장공(莊公)이 아우 숙단(叔段)의 반역을 편든 어머니 강씨(姜氏)를 유폐하고 "황천(黃泉)에 가기 전에는 만나지 않을 것이다."라고 맹세하였다. 이에 영고숙이 뵙기를 청하니 장공이 불러 음식을 하사했는데, 영고숙이 고깃국을 먹지 않고 내려놓았다. 장공이 까닭을 묻자 "소인에게 어머니가 계신데, 소인이 먹은 음식을 모두 맛보셨으나, 임금님의 고깃국은 맛보지 못했습니다. 이를 가져다가 드리려 합니다.[小人有母 皆嘗小人之食矣 未嘗君之羹 請以遺之]"라고 하였다. 장공이 이 말을 듣고 탄식하고 후회하여 결국 어머니와의 관계를 회복하였다. 《春秋左氏傳 隱公 元年》

게 할 만하였다. 후대에 위징(魏徵)이 헌릉(獻陵)으로 대답한 것[31]은 이를 모방한 것인데, 말이 다소 모가 나 있으니, 시대에 따른 인품을 분명히 볼 수 있다.

<hr />

31 위징(魏徵)이……것: 위징(580~643)은 당나라 개국공신으로 자는 현성(玄成), 시호는 문정(文貞)이다. 태종(太宗)의 잘못을 간쟁하여 정관(貞觀)의 치(治)라는 태평시대를 여는데 크게 공헌하였다. 헌릉은 태종의 아버지 고조(高祖)의 능이다. 태종은 부인 문덕황후(文德皇后)의 소릉(昭陵)을 황궁 근처에 조성하고, 궐내에 세운 높은 층대에 올라가 날마다 바라보았다. 하루는 위징과 함께 층대에 올라갔는데, 위징이 지긋이 보더니 "신은 눈이 아물거려 보이지 않습니다."라고 하였다. 이에 태종이 소릉을 가리키자 위징은 "이는 소릉이 아닙니까?"라고 하였다. 태종이 수긍하자 위징은 "신은 폐하께서 헌릉을 바라보시는 줄 알았습니다. 소릉은 신이 벌써 보았습니다."라고 하였다. 이에 태종은 눈물을 삼키고 층대를 헐었다. 《新唐書 卷97 魏徵列傳》

12. 춘추시대와 전국시대
말의 문장 변천

해설 | 춘추시대의 말은 도리에 근거한 것이면서 분명하게 조리가 있으나, 전국시대의 말은 괴이하고 허탄해서 남을 기만하여 이기는 데에 힘쓴 것이었음을 지적하였다. 그리고 두 시대가 서로 멀지 않은데도 급격하게 습속이 변한 것은 주(周)나라의 문폐(文弊)때문이라고 탄식하였다.

春秋之際에 諸人論諫陳說之言은 無論其言之是非하고 大抵根據道理하여 不爲無實之空言하여 粲然有倫하여 讀之可喜하니 成周尙文之治를 於斯可見이라 及至戰國之世하여는 其言이 率多譎詭變詐하여 務以詆人取勝하여 去春秋之時不甚遠이로되 而習俗之遷流가 乃至於此하니 蓋周室將蹶에 文反生弊하여 其勢自不得不如此耳니 可慨也夫인저

춘추시대에 여러 사람들이 의론(議論)하고 간언(諫言)하고 진언(進言)한 말들은, 그 말의 옳고 그름을 막론하고 대체로 도리에 근거하고 있어서 실제가 없는 빈말이 되지 않고 분명하게 조리가 있어 읽어보면 좋아할 만하다. 성주(成周) 시대에 문(文)을 숭상하는 정치를 했음을 여기에서 볼 수 있다.

전국시대에 이르면 그 말들이 대부분 괴이하고 허탄하고 교묘히 속이는 것이어서, 남을 기만하여 승리를 얻기에 힘썼다. 춘추시대에서 그리 먼 시간이 지나지 않았는데도, 습속(習俗)의 변천이 마침내 이런 지경에 이른 것이다. 이는 주(周)나라 왕실이 장차 멸망하려 함에, 문(文)이 도리어 폐해를 낳아서 그 형세가 자연히 이와 같지 않을 수 없었던 것이다. 개탄스럽게 여길 만하다.

13. 읽는 사람을 고무시키는
《주례周禮》〈고공기考工記〉의 문장

해설 | 일실된 《주례》〈동관〉을 대신하여 한나라 유자들이 보충해 넣은 〈고공기〉가 문장이 빼어나 읽는 사람을 고무시키는 힘이 있음을 밝혔다. 또한 법도가 없는 듯하면서도 법도에 맞아서 다듬은 흔적이 보이지 않는 고문을 구사하여, 한유와 구양수조차 따라할 수 없는 경지에 있다고 극찬하였다.

《周禮冬官》闕이러니 漢興에 以千金購求나 不能得하니 今所補〈考工記〉者는 漢儒作也라 其文鼓舞하여 讀之하면 覺神王이라 大抵古文은 如無法度로되 而自合法度하여 無斤錘之痕하니 非後世可及也라 如韓·歐文章高矣나 結構安排之跡이 森然可見하니 此時代之辨也라

《주례(周禮)》에서 〈동관(冬官)〉이 빠져 있었는데,[32] 한(漢)나라가 건국 이후에 천금(千金)의 상금을 내걸고서 구하였으나 얻지 못하였다.

• • • • • •

32 주례(周禮)에서……있었는데 : 《주례》는 주나라의 관직 제도와 전국시대 각국의 제도를 기록한 책이다. 주나라 관직 제도를 〈천관(天官)〉, 〈지관(地官)〉, 〈춘관(春官)〉, 〈하관(夏官)〉, 〈추관(秋官)〉, 〈동관(冬官)〉으로 나누어 기록했는데, 이 중에 처음부터 유실된 〈동관〉을 대신하여 한대(漢代)에 〈고공기(考工記)〉를 보충해 넣었다.

지금 보충된 〈고공기(考工記)〉는 한나라 유자(儒者)들이 지은 것이다. 그런데 그 문장이 사람을 고무시켜서 글을 읽다보면 정신이 왕성해짐을 느끼게 된다.

대저 고문(古文)은 법도가 없는 듯하면서도 절로 법도에 맞아서 도끼질하고 망치질한 흔적이 없다. 이는 후세 사람들이 미칠 수 있는 경지가 아니다.

한유(韓愈)와 구양수(歐陽脩)의 문장이 훌륭하지만 문장을 읽어내고 안배한 흔적을 많이 볼 수 있으니, 여기에서 시대의 차이를 분별할 수 있다.

14. 지식과 견문을 넓히는
《십삼경주소十三經注疏》

해설 | 《십삼경주소》의 여러 학설은 주자의 《집주》가 나오면서 모두 폐기되었으나, 고대와 가까운 시간에 작성되었고 해석도 경전에 근거한 것이어서, 지식과 견문을 넓히는 데에 도움이 된다고 강조하였다. 이는 당시 학자들이 주자의 《집주》에 갇혀서 벗어나지 못하는 고루한 병폐를 지적한 것이다.

十三經은 一曰《周禮》니 漢 鄭玄註요 二曰《周易》이니 魏 王弼註요 三曰《毛詩》니 鄭玄註요 四曰《尙書》니 漢 孔安國註요 五曰《論語》니 魏 何晏註요 六曰《孟子》니 漢 趙岐註요 七曰《春秋左氏傳》이니 晉 杜預註요 八曰《春秋公羊傳》이니 漢 何休註요 九曰《春秋穀梁傳》이니 晉 范甯註요 十曰《禮記》이니 鄭玄註요 十一曰《儀禮》이니 鄭玄註요 十二曰《爾雅》니 晉 郭璞註요 十三曰《孝經》이니 唐 玄宗註라 自朱子作傳註以後로 諸說盡廢라 以今見之하면 舊註雖多疏謬蹖駁이나 而去古爲近하여 其所解釋이 亦頗有經據하니 要不可一切掃去之也라 余家藏此書하여 讀經書時에 間取而參驗之하니 益信朱子註說之擷撲不破요 而亦可以資多聞而廣知見矣라

십삼경(十三經)은 첫 번째가 《주례》인데 한나라 정현(鄭玄)[33]이 주(註)를 달았고, 두 번째가 《주역》인데 위(魏)나라 왕필(王弼)[34]이 주를 달았고, 세 번째가 《모시(毛詩, 시경)》[35]인데 정현이 주를 달았고, 네 번째가 《상서(尙書, 서경)》인데 한나라 공안국(孔安國)[36]이 주를 달았고, 다섯 번째가 《논어》인데 위나라 하안(何晏)[37]이 주를 달았고, 여섯 번째가 《맹자》인데 한나라 조기(趙岐)[38]가 주를 달았고, 일곱 번째가 《춘추좌씨전(春秋左氏傳)》인데 진

• • • • • •

33 정현(鄭玄): 127~200년. 후한 말기의 경학자로, 자는 강성(康成)이다. 일찍이 태학에서 공부하고 고향으로 돌아가 수천 명의 제자를 길렀다. 44세에 당고(黨錮)의 화로 금고에 처해지자 저술에 전념하였다. 고문과 금문의 경설을 절충하여 한대(漢代)의 경학을 집대성하였다. 후대에 그의 학문을 높여 '정학(鄭學)'이라 일컫는다.

34 왕필(王弼): 226~249년. 삼국시대 위(魏)나라의 학자로 자는 보사(輔嗣)이다. 하안(何晏)과 함께 위·진 시대 현학(玄學)의 시조로 칭해진다. 한나라의 상수(象數)와 참위설(讖緯說)을 물리치고 의(義)와 이(理)의 분석적이고 사변적인 학풍을 창설하였다. 《노자(老子)》와 《주역》에 주를 달았다.

35 모시(毛詩): 《시경(詩經)》의 별칭이다. 한나라 초기에 제시(齊詩), 노시(魯詩), 한시(韓詩) 및 모형(毛亨)과 모장(毛萇)이 전한 《모시》가 전해졌다. 이중에 정현(鄭玄)이 전주(箋註)를 붙인 《모시》가 전해져 《시경》이 되고, 다른 3가의 시는 모두 사라졌다.

36 공안국(孔安國): 전한의 학자로 자는 자국(子國)이다. 무제(武帝) 말년에 공자의 옛 집에서 과두문자(科斗文字)로 쓰인 《상서》, 《예기》, 《논어》, 《효경》 등 수십 편의 전적이 나오자, 공안국이 《상서》 45편 중 29편을 당시의 문자로 해독해내고 이를 《고문상서(古文尙書)》라고 하였다. 이는 복생(伏生)이 전한 《금문상서》보다 10여 편이 많은 것이었다. 공안국은 이를 《금문상서》와 대조하고 고증하여 주석을 붙여 《고문상서》 학파의 개창자가 되었다. 그러나 공안국의 《고문상서》는 산실되었고, 현전하는 《고문상서》는 후세의 위작이라 한다.

37 하안(何晏): ?~249년. 삼국시대 위(魏)나라의 학자로 자는 평숙(平叔)이다. 이부 상서에 올랐다가 사마의(司馬懿)에게 살해되었다. 왕필(王弼)과 함께 위·진 시대 현학(玄學)의 비조로 일컬어진다. 경서에 밝아 《논어》에 주를 달았다.

38 조기(趙岐): ?~201년. 후한 말기의 학자로 자는 빈경(邠卿)이다. 당대의 학풍과 다르게 《논어》와 《맹자》를 중시하였고, 《맹자장구(孟子章句)》를 지었다.

(晉)나라 두예(杜預)[39]가 주를 달았고, 여덟 번째가 《춘추공양전(春秋公羊傳)》
인데 한나라 하휴(何休)[40]가 주를 달았고, 아홉 번째가 《춘추곡량전(春秋穀
梁傳)》인데 진(晉)나라 범녕(范甯)[41]이 주를 달았고, 열 번째가 《예기(禮記)》인
데 정현이 주를 달았고, 열한 번째가 《의례(儀禮)》인데 정현이 주를 달았
고, 열두 번째가 《이아(爾雅)》인데 진나라 곽박(郭璞)[42]이 주를 달았고, 열
세 번째가 《효경(孝經)》인데 당나라 현종(玄宗)이 주를 달았다.

　주자(朱子)가 전주(傳註)를 지은 뒤로 여러 학설이 모두 폐기되었다. 그런
데 지금의 입장에서 보면, 옛 주석들이 비록 엉성하고 잘못되고 뒤섞인
부분이 많지만 고대(古代)와의 시간 거리가 가깝고 해석한 바도 자못 경전
에 근거하고 있으니, 요컨대 일체 모두를 폐기해서는 안 된다.

　나는 이러한 책들을 집에 보관해 놓고 경서(經書)를 읽을 때 간혹 취하
여 참고하고 증험해 보았다. 이에 주자의 주설(註說)이 완벽하여 깨뜨릴
수 없는 것임을 더욱 믿게 되었고, 또한 이 주석서들을 통해 다문(多聞)에
도움을 받고 지식과 견해를 넓힐 수 있었다.

━━━━━━

39　두예(杜預): 224~284년. 진(晉)나라 무제(武帝) 때의 장군이며 학자로 자는 원
　　개(元凱)이다. 경서에 두루 통달하였고 《춘추좌씨경전집해(春秋左氏經傳集解)》
　　를 지었다.
40　하휴(何休): 129~182년. 후한 말기의 학자로 자는 소공(卲公)이다. 육경에 정
　　통하였고 《춘추공양전해고(春秋公羊傳解詁)》를 지었다.
41　범녕(范甯): 진(晉)나라 때의 학자로 자는 무자(武子)이다. 《춘추곡량전집해(春
　　秋穀梁傳集解)》를 지었다.
42　곽박(郭璞): 276~324년. 진(晉)나라의 학자로 자는 경순(景純)이다. 오행과 천
　　문과 점서(占筮)에 밝아 국가의 운명과 길흉화복을 예언하였다. 문학과 문자와
　　훈고(訓詁) 등에 조예가 깊어 《이아(爾雅)》에 주를 달았다.

15. 《소학小學》과《근사록近思錄》

해설 | 경서의 전주(箋註)를 제외한 주자의 저술 중에서《소학》은 공부하는 자들이 평생 체행해야 할 책이고, 《근사록》은 사서(四書)의 우익(羽翼)이면서 도학의 중요한 열쇠가 되는 책이라고 극찬하였다.

朱子所著述은 經書箋註外에《小學》, 《近思錄》이 爲最大書라《小學》은 有其名而無其書久矣러니 朱子乃採取古今諸書하여 逐篇補入하여 節目 備具하고 規模廣大하니 非但初學之所服習이요 學者終身體行이라도 亦 有不能盡者라《近思錄》은 裒聚周, 程, 張子嘉言, 格論하여 分類互載하여 體用相涵하고 條理貫通하니 實四子之羽翼이요 而道學之要鍵也라 噫라 非朱子면 安得成出此大編纂哉아 余少時에 蓋嘗學習《小學》而不能着 力하고, 在謫에 又讀之而事同炳燭하여 尤無可言이라《近思錄》은 晩讀數 三過하고 尋常玩繹이나 而亦未有入頭處하여 終爲悲歎窮廬之人하니 負 愧而已라

주자의 저술 중에서 경서의 전주(箋註)를 제외하고는《소학》과《근사록》이 가장 뛰어난 책이다.

《소학》은 명칭만 남고 책이 없어진 지 오래되었는데, 주자가 고금의 여러 책들에서 채록하고 편마다 보충하여 절목(節目)이 구비되어 있고 규모

가 광대하다. 이는 비단 초학자들이 행하고 익힐 수 있을 뿐 아니라, 배우는 자들이 종신토록 체행해도 다할 수 없는 것이다.

《근사록》은 주자(周子, 주돈이(周敦頤)), 정자(程子, 정호(程顥)·정이(程頤)), 장자(張子, 장재(張載))의 아름다운 말씀과 격언을 모아 분류하고 차례로 기재하여 체(體)와 용(用)이 서로 포함되고 조리(條理)가 관통하고 있으니, 실로 사자(四子, 사서(四書))의 우익(羽翼)이요 도학(道學)의 중요한 열쇠이다. 아! 주자가 아니었다면, 어떻게 이런 위대한 편찬을 완성할 수 있었겠는가?

내가 젊었을 적에 일찍이 《소학》을 배우고 익혔으나 힘써서 익히지 못하였고, 적소(謫所)에 있으면서 다시 읽어보았으나 늙어서 배우는 일이 마치 촛불을 밝히는 것〔炳燭〕과 같으니[43] 더욱 말할 만한 것이 없다.

《근사록》은 말년에 두세 번 읽어보았고 평상시에도 늘 보고 생각하였으나, 또한 입두처(入頭處)를 얻지 못하여 끝내 궁벽한 집에서 슬퍼하고 탄식하는 사람이 되었을 뿐이니, 부끄러울 따름이다.

······

43 일이……같아서: 노쇠한 때에 공부를 좋아하는 것은 배움의 효과가 크지 않다는 것을 비유하는 말이다. 춘추시대에 진(晉)나라 평공(平公)이 자신은 학문하기에 이미 늙었다고 걱정하자, 사광(師曠)이 "신이 들으니, 어려서 배우기를 좋아함은 떠오르는 해의 빛과 같고, 장성하여 배우기를 좋아함은 중천에 뜬 해의 빛과 같고, 늙어서 배우기를 좋아함은 촛불의 밝음과 같다고 합니다. 촛불을 켜서 밝은 것과 어둠 속을 가는 것 중에 어느 것이 낫겠습니까?"〔臣聞之 少而好學 如日出之陽 壯而好學 如日中之光 老而好學 如炳燭之明 炳燭之明 孰與昧行乎?〕"라고 권유한 데서 유래하였다. 《說苑 卷3 建本》

16. 진덕수眞德秀의
《심경心經》과 《정경政經》

해설 | 진덕수가 심학(心學)에 관한 옛 성현들의 말을 집록한 《심경》이 우연히 퇴계의 눈에 띄어 '사서와 《근사록》보다 못하지 않다'는 평을 듣게 된 이후로 우리나라에서 크게 유행하게 된 사실을 소개하였다. 우리나라 선비들이 구한 말에 독립운동가들을 통해 《심경》의 구입을 부탁하곤 했는데, 중국에서는 알려진 책이 아니어서 《반야심경》을 잘못 보내주는 경우가 많았다고 한다.

《心經》은 眞西山所輯이니 而蓋於從仕在朝時에 輯古聖賢心學文字하여 爲一書하여 以爲自省用力之地하고 又取古人牧民施政之事하여 爲《政經》이라 兩書當時固並傳이로되 而《心經》則已經明人程敏政之註釋하고, 《政經》은 不過後世守令理郡之蹟하여 無甚可觀故로 仍遂不傳이라 《心經》獨傳而猶未大行이러니 退溪先生이 偶見於逆旅而喜之하여 首起而表章之하여 以爲 "不在四子, 《近思錄》之下라" 하시니 由是로 世輒與《近思錄》並稱하니 此其前後此書顯晦之大端也라 此書雖晚出이나 於心學工夫에 甚爲要緊하니 學者其可不劌心於斯乎아

《심경(心經)》은 진서산(眞西山)[44]이 편집한 것이다. 이는 진서산이 조정에

••••••
44   진서산(眞西山): 남송의 학자인 진덕수(眞德秀, 1178~1235)로 서산은 호이고,

서 벼슬하고 있을 적에 옛 성현들의 심학(心學)에 관한 문자를 모아 하나의 책으로 만들어, 스스로 살피고 힘쓸 자료로 삼은 것이다. 진서산은 또 고인(古人)들이 백성을 기르고 정사를 베풀었던 일을 모아서 《정경(政經)》[45]을 만들었다.

이 두 책은 당시 처음부터 세상에 함께 전해졌는데, 《심경》은 이미 명나라 정민정(程敏政)[46]에 의해 주석이 달렸으나, 《정경》은 후세의 수령들이 고을을 다스린 행적에 불과하여, 그다지 볼만한 내용이 없었기 때문에 결국 전해지지 못하였다.

그리하여 《심경》만 홀로 전해졌으나 오히려 크게 유행하지는 못하였는데, 퇴계(退溪) 선생이 우연히 역려(逆旅, 여관)에서 이를 보고 기뻐하여, 가장 먼저 이 책을 세상에 드러내 알려 칭찬하시기를 "사서와 《근사록》보다 못하지 않다."라고 하셨다. 이로 말미암아 세상에서 번번이 《근사록》과 함께 나란히 일컬어진다. 이것이 이 책이 전후로 유행하고 침체되었던 대략의 내용이다.

이 책이 비록 늦게 나왔으나, 심학(心學)을 공부하는데 매우 요긴하니, 배우는 자가 어찌 여기에 마음을 다하지 않을 수 있겠는가?

자는 경원(景元)이다. 한탁주(韓侂胄)에 의해 위학(僞學)으로 몰려 침체되었던 주자학을 부흥시키는 데 크게 공헌하였다.

45 정경(政經): 진덕수가 경사(經史) 중에서 백성을 기르는 정사에 관한 요점을 편집한 책으로, 아울러 한(漢), 진(秦), 수(隋), 당(唐)의 수령들에 관한 일을 채록하고 자신이 맡았던 주군에서 작성하였던 방문(榜文)과 유시(諭示) 등을 수록하였다.

46 정민정(程敏政): 1445~1499. 명나라 중기의 학자로 자는 극근(克勤)이고 호는 황돈(篁墩)이다. 육구연(陸九淵)의 학파로 알려졌으나, 《심경부주(心經附註)》를 엮어 주자학에도 공헌하였다. 저서에 《황돈집(篁墩集)》이 있다.

17. 인仁과 의義를 배우다가 잘못된 양주楊朱와 묵적墨翟

해설 | 양주와 묵적이 인과 의를 배우다가 잘못되어 결국 무부 무군(無父無君)의 유폐를 빚어내고 말았으나, 이들이 스스로 이단이 되려 한 것은 아니었음을 말하였다. 맹자가 이들을 공격하여 그 유폐를 발본색원하고자 한 것은, 배우는 자들이 이를 배워서 그릇된 길로 들어설까 걱정해서였으니, 이는 정자의 걱정과 다르지 않다고 하였다. 모두 학문의 문로(門路)가 중요함을 말한 것이다.

楊、墨은 是學仁義而差者니 非必自身爲異端이로되 其流弊當至於無父無君이라 故로 孟子爲拔本塞源計하여 攻之에 不遺餘力耳라 程子言 "楊、墨 本學仁義어늘 後人乃不學仁義하여 後之學者 又不及楊、墨이라 但楊、墨之過는 被孟子指出하고 後人은 無人指出故로 不見其過"者 誠是라 後來爲學問而門路差偏者 亦何限也리오

양주(楊朱)와 묵적(墨翟)은 바로 인(仁)과 의(義)를 배우다가 잘못된 자들이니 반드시 자신이 이단(異端)을 한 것은 아니지만, 이들로 인한 유폐(流

弊)가 무부 무군(無父無君)⁴⁷에 이를 수밖에 없었다. 이 때문에 맹자가 발본색원(拔本塞源)하는 계책을 세워서 온 힘을 다하여 이들을 공격하였다.

정자(程子)가 "양주와 묵적은 본래 인과 의를 배웠지만 후세 사람들은 인과 의를 배우지 않으니, 후세의 배우는 자들이 또한 양주와 묵적에 미치지 못하는 부분이 있다. 그러나 양주와 묵적의 잘못은 맹자에 의해 지적을 받았지만, 후세 사람들에 대해서는 아무도 지적하지 않기 때문에 그 잘못을 알지 못하는 것이다."⁴⁸라고 한 말씀이 참으로 옳다.

후세에 학문을 하면서 문로(門路, 학문상의 나아갈 길)가 잘못되고 편벽된 경우를 또한 어찌 다 헤아릴 수 있겠는가?

••••••

47 무부 무군(無父無君): 부모를 무시하고 군주를 무시하는 것으로 양주(楊朱)와 묵적(墨翟)의 유폐를 이르는 바,《맹자》〈등문공 하〉에 보인다. 주자는《집주》에서 "양주는 몸을 아낄 줄만 알고 다시 몸을 바치는 의리가 있음을 알지 못하니 군주가 없는 것이요, 묵자는 사랑에 차등이 없어 지친(至親)을 보기를 중인(衆人)과 다름없이 하니 아버지가 없는 것이다."라고 하였다.

48 양주와……것이다:《이정유서(二程遺書)》에는 "후세의 배우는 자들은 또 양주와 묵적에 미치지 못한다.〔後之學者又不及楊墨〕"는 말이 "양주와 묵적은 본래 인의를 배웠다.〔楊墨本學仁義〕"는 말 앞에 놓여 있다.

18. 타인의 말을 경청한
사마광司馬光과 범순인范純仁

해설 | 북송의 명재상인 범중엄, 한기, 사마광, 범순인 4명의 기국과 도량을 견주어 논하였다. 특히 타인의 의견을 경청하여 수용한 사마광의 능력과 자신의 허물에 대한 타인의 지적을 겸허하게 수용한 범순인의 능력이 뛰어남을 실제 사례를 들어 밝혔다.

司馬公은 器量이 不及於范文正、韓魏公이나 然容受之量亦大라 程子與范堯夫言하면 十件에 只爭三四件하고 與司馬公言하면 輒盡言之하고 曰 "只爲君實能受人言하여 不以爲忤하니 此最好處라"하니라 蓋溫公誠實하여 無物我故로 能如此하니 堯夫는 固不及也라 堯夫規模雖狹이나 亦喜聞過라 程子聞其張樂하여 大饗將校於舊帥新亡時하고 斥言不可한대 便嗟歎曰 "非先生이면 安得聞此言이리오"하니라 事載《二程全書》하니 亦不易得也라

사마공(司馬公)[49]은 기국과 도량이 범 문정(范文正)[50]과 한 위공(韓魏公)[51]에

•••••••
49 사마공(司馬公) : 북송의 명재상인 사마광(司馬光, 1019~1086)으로, 자는 군실(君實), 호는 우부(迂夫), 시호는 문정(文正)이다. 사후에 온국공(溫國公)에 봉해져 사마온공(司馬溫公)으로 불린다. 철종(哲宗) 때 문하시랑(門下侍郎)을 지냈으며 《자치통감(資治通鑑)》을 편찬하였다.

게 미치지 못했으나, 남의 말을 수용하는 도량은 또한 이들만큼 컸다.

정자(程子)가 범요부(范堯夫)[52]와 대화를 나누면 열 가지의 안건 중에 겨우 서너 건만을 의논할 수 있었지만, 사마공과 대화를 나누면 번번이 준비한 안건을 다 의논하고서 말씀하셨다.

"단지 군실(君實, 사마광의 자)이 남의 말을 잘 받아들이고 자신의 의견을 거스른다고 여기지 않아서이니, 이것이 가장 좋은 부분이다."

대체로 온공(溫公, 사마광)은 성실하여 자신과 타인 사이에 간격을 두지 않았기 때문에 그럴 수 있었으니, 요부는 참으로 온공에게 미치지 못한다. 요부는 규모가 비록 좁았으나 또한 자신의 허물을 듣는 것을 좋아하였다. 옛 장수가 막 별세하였을 때, 요부가 새로 부임하여 장교들에게 풍악을 울리며 크게 연향을 베풀었는데, 이 말을 들은 정자가 불가한 일임을 지적하자 요부가 곧바로 감탄하며 말하였다.

"선생이 아니면, 제가 어떻게 이런 말씀을 듣겠습니까?"

이 일이 《이정전서(二程全書)》에 실려 있다. 요부와 같은 사람을 얻는 것도 쉬운 일이 아니다.

· · · · · ·

50 범 문정(范文正): 북송의 명재상인 범중엄(范仲淹, 989∼1052)으로, 문정은 시호이고, 자는 희문(希文)이다. 한기(韓琦), 부필(富弼)과 함께 인종(仁宗)을 도와 신정(新政)을 주도하고 서하(西夏)의 침략을 물리쳤다. 사회적 성찰을 담은 아름다운 시부(詩賦)와 산문으로도 명성을 얻었다.

51 한 위공(韓魏公): 북송의 한기(韓琦, 1008∼1075)로, 자는 치규(稚圭), 호는 공수(贛叟), 시호는 충헌(忠獻)이다. 위국공(魏國公)에 봉해져 위공으로 불린다. 범중엄과 함께 인종(仁宗)을 도와 신정을 주도하고 서하의 침략을 물리쳤다. 신종(神宗) 때 왕안석(王安石)과 대립하다가 벼슬에서 물러났다.

52 범요부(范堯夫): 북송의 범순인(范純仁, 1027∼1101)으로, 요부는 자이고 시호는 충선(忠宣)이며, 범중엄의 아들이다. 철종 때에 사마광과 함께 신법을 폐지하고 옛 정사를 회복하는데 앞장섰으나, 뒤에 신법당의 장돈(章惇) 등에게 배척을 받아 영주(永州)로 좌천되었다.

19. 감사와 수령의 바람직한 관계

해설 | 감사는 주·현의 수령과 일체가 되어 성심을 다해 백성을 다스려야 함을 강조한 정자의 말씀을 소개하면서, 수령들의 잘못을 사찰하는 것만 능사로 삼는 당시 감사들의 잘못된 폐습을 지적하였다.

"今之監司는 多不與州縣一體하여 專欲伺察하니 不若推誠心與之共治라 有所不逮어든 可敎者는 敎之하고 可督者는 督之호되 至于不聽하여는 擇其甚者하여 去一二하여 使足以警衆이 可也라"하니 此程子語也라 余常服膺於此하여 前後按藩에 一用此道라 今之爲監司者는 專以伺察爲能하여 轉相倣效하여 便成一世習尙하니 彼豈以程子之言爲不可遵而然耶아

"지금의 감사들은 대부분 주(州)와 현(縣)의 수령과 일체가 되지 않고, 오로지 수령들의 잘못을 사찰하려고만 한다. 이보다는 자신의 성심을 다 바쳐서 수령들과 함께 백성들을 잘 다스리는 것이 더 낫다. 수령들에게 부족한 점이 있다면, 가르칠 만한 것은 가르치고 독려할 만한 것은 독려하되, 명령을 듣지 않을 경우 그 가운데 심한 자를 가려내 한두 명을 제거함으로써 사람들을 경계시키면 되는 것이다."

이상은 정자의 말씀이다. 나는 항상 이 말씀을 마음속에 간직하여 전후로 관찰사가 되었을 적에 한결같이 이 방법을 사용하였다.

지금의 감사들은 오로지 수령을 사찰하는 것만 능사로 여겨 서로 돌아가며 본받아서, 이것이 곧 한 시대의 습속을 이루었다. 저들은 어쩌면 정자의 말씀을 따를 수 없는 것이라고 여겨서 그렇게 하는가보다.

20. 과거제도의 병폐

해설 | 현량방정과와 명경과가 제 구실을 하지 못하고 진사과도 천하를 다스릴 인재를 선발하는 수단이 되지 못한다는 정이천의 비판적 견해를 소개한 뒤에, 우리나라 과거제도의 병폐가 이보다 더 심하다고 꼬집었다.

伊川上仁宗書一段에 論科擧事하니 有曰 "國家取士를 雖以數科나 然而賢良方正은 歲止一二人而已요 又所得이 不過博聞强記之士爾며 明經之屬은 唯專念誦하여 不曉義理하니 尤無用者也라 最盛者는 唯進士科로되 以詞賦、聲律爲工하니 詞賦之中엔 非有治天下之道也라 人學之以取科第하여 積日累久하여 至於卿相하니 帝王之道와 敎化之本을 豈嘗知之리오 居其位하여 責其事業이면 則未嘗學之하니 譬如胡人操舟하고 越客爲御하여 求其善也나 不亦難乎아"하니라 此所論科擧之弊는 恰與我國科弊相類라 我國은 古無別科하고 只大比年科而已러니 而年久之後에 亦至生弊라 式年은 例講經書하고 兼製述하니 意非不美로되 而末流는 專以誦爲主故로 士多不究文義하여 只事口讀하고 製述則倩他人을 不爲諱秘하고 人亦視爲常事라 以是로 登明經科者는 例多不解文字하니 至近來益甚이라 間有製述別擧나 前則能文者多中이러니 近來엔 科擧甚頻하여 士子多製而少讀하여 遂不開卷하고 專事剽竊前人科作하여 以得科名이라 故識見昧陋하여 元無學術之可論이라 賢良方正科는 趙靜菴在朝時

에 嘗一行之러니 而己卯禍後에 還罷하고 仍不復設하여 以至于今하여 只
行式年、別擧로되 而兩科之弊는 殆有甚於宋朝하니 若使程子見之하면
當以爲如何也오 可慨也已라

이천(伊川, 정이)이 인종(仁宗)에게 올린 글의 한 단락에 과거제도의 일을
논하여 말씀하셨다.

"국가에서 선비를 선발하기 위해 비록 여러 과(科)를 운용하나, 현량방
정과(賢良方正科)의 경우에는 1년에 한 두 사람을 뽑을 뿐이고, 여기서 선
발된 사람도 문견이 넓고 기억을 잘하는 선비에 불과할 뿐입니다. 명경과
(明經科)53와 같은 것은 오로지 경서를 읽고 암송하기만 하여 그 의리(義理)
를 깨닫지 못하는 자들이 선발되니, 더욱 쓸 만한 자가 없습니다.

선비를 가장 많이 선발하는 것은 오직 진사과(進士科)로써 사부(詞賦)와
성률(聲律)을 제일로 삼는데, 사부에는 천하를 다스리는 방도가 실려 있
지 않습니다. 사람들이 사부를 배워서 과거에 급제한 뒤 세월이 지나면
경상(卿相)의 지위에 오르니, 제왕의 도리와 교화의 근본을 저들이 어찌
일찍이 알겠습니까.

그럼에도 그런 지위에 있으면서 그에 걸맞는 사업을 하도록 책임지운
다면, 저들은 일찍이 그에 관한 일을 배운 적이 없으니, 비유하자면 북방
의 호인(胡人)이 배를 조종하고 남방의 월(越)나라 나그네가 말을 모는 것54

••••••

53 명경과(明經科): 과거의 한 종류로 당나라 때에 처음 시작되었다. 경학(經學)을
시험하여 인재를 선발하는데, 5경, 3경, 2경 등의 명목(名目)이 있었다.

54 북방의……것: 호인(胡人)은 흉노(匈奴) 등의 북방 민족과 서역(西域)의 여러
민족을 통칭한다. 이들 지역은 큰 강이나 바다가 없어 말을 다루는 일에는 익숙
하나 배를 다루는 일에는 서투르며, 월(越)나라는 양자강 유역에 있어 배를 다
루는 일에는 익숙하나 말을 다루는 일에는 서툴러서 이렇게 말한 것이다.

과 같을 것입니다. 이들이 잘하기를 바라지만 어렵지 않겠습니까."

여기에서 논한 과거제도의 병폐가 우리나라 과거제도의 병폐와 서로 흡사하다.

우리나라는 옛날에 별과(別科)[55]가 없고 단지 대비 식년과(大比式年科)[56]만 있었을 뿐이었는데, 세월이 오래된 뒤에 폐단이 생기게 되었다.

식년과(式年科)는 으레 경서를 강하게 하고 겸하여 제술하게 하니 그 뜻이 훌륭하지 않은 것은 아니다. 그러나 그 후세에는 오로지 암송을 위주하여 선비들이 대부분 글 뜻을 연구하지 않고 단지 입으로 읽는 것만을 일삼는다. 그리고 제술을 다른 사람에게 시켜 대신하게 하면서도 이를 숨기지 않고, 다른 사람들도 보통의 일로 보아 넘긴다. 이 때문에 명경과에 급제한 자들 가운데 으레 문자를 알지 못하는 자들이 많은데, 근래에 들어서 더욱 심해졌다.

간혹 제술(製述)로써 별과를 치르는데, 예전에는 글을 잘하는 자가 많이 급제하였다. 그러나 근래에는 과거를 몹시 빈번하게 시행해서 선비들이 제술 공부를 많이 하고 독서 공부를 적게 하더니, 마침내는 책을 펴보지도 않은 채 오로지 선배들의 과작(科作)을 표절해서 과명(科名)을 얻는 데에 힘쓸 뿐이다. 그러므로 식견이 어둡고 비루해져서 애초부터 논할 만한 학술이 없다.

• • • • • •

55 별과(別科): 식년에 일정하게 치르는 과거 외에, 일정하지 않게 별도로 치르는 과거를 이른다. 증광시(增廣試), 별시(別試), 알성시(謁聖試) 등이 있다.

56 대비 식년과(大比式年科): 자(子), 묘(卯), 오(午), 유(酉)가 드는 해를 식년으로 삼아 3년마다 치르는 과거이다. 대비과(大比科)나 식년과(式年科)로도 불린다. 대비(大比)는 주나라 때 3년마다 향리들을 평가하여 현자(賢者)와 능자(能者)를 가리던 일을 이른다. 《주례(周禮)》 〈지관(地官) 향대부(鄕大夫)〉에 "3년이 되면 대비를 하는데, 덕행과 도예를 평가하여 현자와 능자를 등용한다.〔三年則大比, 考其德行道藝, 而興賢者能者.〕"라고 하였다.

현량방정과(賢良方正科)[57]는 조정암(趙靜菴)이 조정에 있을 당시에 한 번 시행한 적이 있었는데, 기묘사화(己卯士禍) 뒤에 도로 폐지되더니 결국 다시는 시행되지 않았다. 오늘날에 이르러는 단지 식년과와 별과가 행해지고 있을 뿐인데, 두 과거의 병폐가 자못 송(宋)나라 조정보다 더 심하다. 만약 정자가 이를 보신다면 마땅히 어떻게 생각하시겠는가? 개탄할 만하다.

••••••

57　현량방정과(賢良方正科): 중종 때 조광조(趙光祖)의 건의에 따라 1519년(중종 14)에 한 번 치렀던 현량과(賢良科)를 이른다. 한(漢)나라의 현량방정과를 모방한 제도이므로 이렇게 칭한 것이다. 경학에 밝고 덕행이 뛰어난 인재를 천거하면 대책문(對策文)으로 시험하여 관리로 선발하였다.

21. 국가의 존망에 무심한 자는
유자儒者가 아니다

해설 | 주자가 낮은 지위에 있으면서도 국가의 존망에 무심하지 않고 국난을 극복하기 위해 여러 정승들을 타이르고자 노력했던 일을 소개하였다. 이를 통해 간절하게 시대를 근심하고 나라를 걱정하는 것이 유가의 법문임을 강조하였다.

見朱夫子與陳、汪、留、趙諸相書하면 其憂時惓惓하고 憂國耿耿之意가 溢於辭表라 雖在卑官末僚라도 而隨事規益하여 反復激切하니 令人不覺 感歎이라 吾儒法門이 自當如此하니 若諉以處卑居下하여 而越視存亡하고 默無一言이면 則是直果於忘世者之爲耳니 非儒者也라

주 부자(朱夫子)가 진준경(陳俊卿), 왕응신(汪應辰)[58], 유정(留正), 조여우(趙汝愚) 등 여러 정승들에게 보낸 편지를 보면, 간절하게 시대를 근심하고 충직하게 나라를 걱정하신 뜻이 말씀 밖에 넘쳐난다.

● ● ● ● ● ●

58   왕응신(汪應辰): 1118~1176. 남송의 학자로 자는 성석(聖錫)이다. 성품이 강직하여 자주 직간을 올렸다. 주자와 교유하여 서신을 주고받았다. 벼슬이 이부 상서에 그쳤으나, 다른 정승들과 아울러 상(相)으로 일컬은 것이다.

비록 자신이 낮은 관직에서 말단 관료로 있을지라도, 때에 따라 정승들을 타이르기를 반복적으로 격절(激切)하게 하여 사람들이 자신도 모르게 감탄하도록 만들었다. 우리 유가의 법문은 본래 마땅히 이와 같아야 하는 것이다.

만약 자신이 낮은 지위에 있고 아랫자리에 있다고 핑계를 대면서, 마치 월(越)나라 사람이 진(秦)나라의 존망을 보듯이 국가의 존망을 무심하게 여겨[59] 침묵을 지키고 한마디 말도 하지 않는다면, 이는 단지 세상을 잊은 데에 과감한 자일 뿐이지 유자(儒者)가 아닌 것이다.

●●●●●●

59 월(越)나라……여겨: 진나라 사람이 살찌거나 야위거나 자신과 무관하다고 여기는 월나라 사람들처럼 무심하게 본다는 말로, 어떤 일을 남의 일로 여겨 상관하지 않음을 뜻한다. 한유(韓愈)의 〈쟁신론(爭臣論)〉에 "정사의 득실을 보기를, 월나라 사람이 진나라 사람의 살찌고 수척함을 보는 것처럼 소홀히 하여, 기쁨과 슬픔을 마음에 두지 않는다.〔視政之得失 若越人視秦人之肥瘠 忽焉不加喜戚於其心〕"라고 하였다.

22. 청淸의 본래 칭호는 융로戎虜

해설 | 정강 연간 이후로 송나라가 금나라에게 칭신(稱臣)하였으나, 주자는 매번 금나라를 이로(夷虜)와 융적(戎狄)으로 일컬었던 사실을 소개하면서, 당시 청나라를 융로(戎虜)로 일컫지 않는 우리나라 사람들의 태도를 비판하였다.

靖康以後로 宋稱臣於金虜로되 而朱子每於文字에 輒曰夷虜戎狄이라 하니 以稱臣非本懷요 而亦不掩其實也라 奈何今之人은 於文字稱彼에 必曰敵曰淸하고 而戎虜之本稱을 諱而不書오 豈以丁丑下城으로 爲當然之事하여 而欲爲甘心臣服耶아 試觀近來某某人文集하면 無不皆然하니 心竊駭痛하여 因觀朱書하여 漫書之하노라

정강(靖康)[60] 연간 이후로 송나라가 오랑캐인 금(金)나라에게 '신(臣)'이라 칭하였으나, 주자는 글을 쓸 적마다 번번이 금나라를 '이로(夷虜)'와 '융적(戎狄)'이라 하였다. 이는 '신(臣)'이라 칭한 것이 본래의 마음이 아니었고,

• • • • • •

60 정강(靖康): 북송 흠종(欽宗)의 연호로, 여기서는 정강 연간의 변란을 이른다. 정강 2년(1127)에 금(金)나라 태종(太宗)이 대군을 이끌고 북송을 침략하여 수도 변경(汴京)을 함락하고 휘종(徽宗)과 흠종 부자(父子) 및 수많은 황족과 신하들을 사로잡았다. 이로 인해 북송은 멸망하였고, 남쪽으로 도주한 휘종의 아들 고종(高宗)이 남경(南京)에서 즉위하여 남송(南宋)이 시작되었다.

또한 저들이 오랑캐라는 사실도 숨기지 않았던 것이다.

그런데 어찌하여 지금 우리나라 사람들은 글에서 저들을 칭할 때마다 반드시 '적(敵)'이라 하거나 '청(淸)'이라 하여 '융로(戎虜)'라는 본래 칭호를 숨기고 쓰지 않는가? 어쩌면 정축년(1637, 인조 15)의 하성(下城)⁶¹을 당연한 일로 여겨 기꺼이 신하로서 복종하고자 해서 그런 것인가?

근래 아무개 아무개의 문집을 시험 삼아 살펴보면 모두 그렇지 않은 것이 없다. 적이 놀랍고 비통한 마음이 든다. 주자의 책을 보다가 부질없이 이 글을 쓴다.

• • • • • •
61 정축년의 하성(下城): 병자호란(1636, 인조 14)에 남한산성으로 파천(播遷)한
    인조가 이듬해 정축년에 청나라에 항복한 일을 이른다. 하성(下城)은 성에서 내
    려온다는 말로, 항복을 에둘러 표현한 것이다.

23. 주자朱子가 활용한
외가外家의 말과 한만한 시구

해설 | 주자는 외가(外家)의 말이나 대수롭지 않은 시구(詩句)를 인용하여 비유하면서도 사리에 합당하였으나, 단장취의하였기 때문에 간혹 원저자의 말뜻과 상반되게 쓰인 경우도 있음을 밝혔다.

"子弟寧可終歲不讀書언정 而不可一日近小人"은 劉元城語也요 "丈夫五十年에 要須識行藏"은 崔德符詩也요 "射人先射馬하고 擒賊先擒王"하며 "四隣未耕出하니 何必吾家操"는 並杜甫詩也요 "將此身心奉塵刹이면 是則名爲報佛恩"은 佛經語也요 "皓天不復하여 憂無疆也나 千秋必反은 古之常也니 弟子勉學이면 天不忘也"는 荀子語也요 "歸來兮逍遙하니 西江波浪何時平"은 黃山谷詞也요 "野火燒不盡하여 春風吹又生"은 白樂天詩也니 或是外家語요 或是閒漫詩句로되 而朱子引以譬喩에 各當其事理하고 間有與本人語意絶相反者하니 意在斷章取義也라

"자제들은 차라리 1년 내내 책을 읽지 않을지언정 하루라도 소인을 가까이 해서는 안 된다.〔子弟寧可終歲不讀書 而不可一日近小人〕"[62]라는

......
62 자제들은……안 된다: 원작의 출처는 미상으로, 주희의 〈여진승상서(與陳丞相書)〉에 인용되어 있다.《晦菴集 卷27》

것은 유 원성(劉元城)[63]의 말이고, "대장부 나이 50세면 모름지기 행장(行藏)[64]을 알아야 한다.〔丈夫五十年 要須識行藏〕"[65]라는 것은 최덕부(崔德符)의 시[66]이고, "사람을 쏘려거든 먼저 말을 쏘아야 하고, 적을 잡으려거든 먼저 왕을 잡아야 한다.〔射人先射馬 擒賊先擒王〕"[67]라는 것과 "사방의 이웃이 쟁기와 보습을 들고 나오니 구태여 우리 집까지 쟁기와 보습을 잡을 필요가 있으랴.〔四隣未耕出 何必吾家操〕"[68]라는 것은 모두 두보(杜甫)의 시이고, "이 몸과 마음을 가지고 진찰(塵刹)[69]을 받드는 것, 이를 일러 부처님 은혜에 보답하는 것이라 하네.〔將此身心奉塵刹 是則名爲報佛恩〕"[70]라는 것은 불경(佛經)의 말이고, "밝은 하늘의 도가 회복되지 않으니 근심이 끝이 없구나. 천추에 반드시 돌아오는 것이 예로부터 떳

‧‧‧‧‧‧

63 유 원성(劉元城): 북송의 유안세(劉安世, 1048~1125)로, 원성 사람이라서 이렇게 칭하였다. 사마광의 천거로 출사한 뒤에, 장돈〔章惇〕에게 밀려 광동(廣東)과 광서(廣西) 등으로 일곱 번 유배되었으나 뜻을 굽히지 않았다. 이에 소식이 그를 '철한(鐵漢)'이라 불렀다. 시호는 충정(忠定)이다.《宋史 卷345 劉安世列傳》

64 행장(行藏): 행(行)은 나아가 도를 행함이고, 장(藏)은 물러나 은둔함이다.《논어》〈술이〉에 "등용되면 도를 행하고 버려지면 은둔한다.〔用之則行 舍之則藏〕"라고 한 공자의 말씀이 보인다.

65 대장부……한다: 원작의 제목은 미상으로, 주희의 〈여주승상서(與周丞相書)〉에 인용되어 있다.《晦菴集 卷27》

66 최덕부(崔德符): 북송의 최언(崔鷗, 1058~1126)으로, 덕부는 자이고 호는 파사(婆娑)이다. 직언을 많이 올려 명성을 얻었다.

67 사람을……한다: 두보의 〈전출새(前出塞)〉에 보이는 말로, 주희의 〈여유승상서(與留丞相書)〉에 인용되어 있다.《晦菴集 卷28》

68 사방의……있으랴: 두보의 〈대우(大雨)〉에 보이는 말로, 주희의 〈답진동보(答陳同甫)〉에 인용되어 있다.《晦菴集 卷36》

69 진찰(塵刹): 본래 불교에서 국토(國土)의 수가 헤아릴 수 없이 많음을 티끌에 비유한 것으로, 곧 티끌처럼 무한한 세계를 이른다.

70 이 몸과……하네:《능엄경(楞嚴經)》에 보이는 말로, 주희의 〈답진동보(答陳同甫)〉에 인용되어 있다.《晦菴集 卷36》

떳한 이치이니, 제자들이 배움에 힘쓰면 하늘이 잊지 않으리라.〔皓天不
復 憂無疆也 千秋必反 古之常也 弟子勉學 天不忘也〕〕⁷¹라는 것은 순자
(荀子)의 말이고, "돌아가 편히 쉬시게나 서강(西江)의 물결은 어느 때나 평
탄해질까?〔歸來兮逍遙 西江波浪何時平〕"⁷²라는 것은 황산곡(黃山谷)⁷³의
사(詞)이고, "들불로 태워도 다 타지 않아 봄바람이 불면 또다시 돋아나
네.〔野火燒不盡 春風吹又生〕"⁷⁴라는 것은 백락천(白樂天)⁷⁵의 시이다.

　혹은 외가(外家)⁷⁶의 말이고 혹은 대수롭지 않은 시구(詩句)이지만, 주자
가 인용하여 비유로 삼을 적에는 각각 그 사리에 합당하게 사용하였다.
간혹 원저자의 말뜻과 전혀 상반되게 쓰인 것도 있는데, 이는 그 뜻이 단
장취의(斷章取義)⁷⁷한 데에 있는 것이다.

• • • • • •

71　밝은……않으리라:《순자》〈성상편(成相篇)〉에 있는 말로, 주희의 〈여전시랑자정
　　(與田侍郎子貞)〉에 인용되어 있다.《晦菴集 續集 卷3》

72　돌아가……평탄해질까: 황정견의 〈훼벽(毀璧)〉에 있는 말로, 주희의 〈여임정백
　　(與林井伯)〉에 인용되어 있다.《晦菴集 別集 卷1》

73　황산곡(黃山谷): 북송의 시인 황정견(黃庭堅, 1045~1105)으로, 호가 산곡도인
　　(山谷道人), 자가 노직(魯直)이다. 시부(詩賦)의 창신(創新)을 주장하여 독특한
　　시풍을 이루었다. 소식(蘇軾)에게 높은 평가를 받았으며, 강서시파(江西詩派)의
　　원조가 되었다.

74　들불로……돋아나네: 백거이의 〈부득고원초송별(賦得古原草送別)〉에 있는 말
　　로, 주희의 〈답임택지(答林擇之)〉에 인용되어 있다.《晦菴集 卷43》

75　백락천(白樂天): 당나라 시인 백거이(白居易, 772~846)로, 낙천은 자이고, 호는
　　향산거사(香山居士)이다. 〈장한가(長恨歌)〉와 〈비파행(琵琶行)〉 등으로 명성을 떨
　　쳤다.

76　외가(外家): 유가(儒家) 이외의 다른 학문이나 종교를 이른다. 여기서는 불교의
　　《능엄경》 등을 말한 것이다.

77　단장취의(斷章取義): 시문에서 일부 장구만을 잘라내어 본래 뜻과 상관없이 자
　　기가 의도한 뜻에 맞추어 활용하는 것을 이른다.

24. 《주자대전朱子大全》은 의리義理의 창고

해설 | 선비가 힘써 공부해야 할 책으로, 사서 외에 《주자대전》이 가장 우선임을 말하였다. 《주자대전》은 의리의 창고로 일컬어지는데, 특히 그 가운데 편지글은 마음가짐의 은미한 부분에서부터 사물을 응접하는 절도까지 갖추고 있지 않은 것이 없다. 다만 《주자대전》을 다 읽을 수 없다면 우선 《주문작해》와 《절작통편》을 읽어야 한다고 권유하였다. 이는 노론학자들의 일반적인 학문 방법과 다르지 않다.

《朱子大全》一書는 實義理府庫인대 而書一類는 自心術隱微之間으로 以至應事接物之節히 無不備具하여 見之하면 有若親承提誨하여 尤使人有感發興起之意라 退溪先生이 抄其緊切語하여 作《節要》十冊하다 且序、記, 封事等諸篇도 亦無非大義理所關이라 愚伏 鄭公抄選하고 又加抄書하여 爲《酌海》八冊하고 尤菴先生이 補遺爲四冊하니 學者如難讀破全書인대 姑就此二書하여 鑽硏之하면 亦可終身受用不盡矣리라 儒士之所用力은 四子外에 此當爲先이니 苟不讀此하면 雖博涉九流百家라도 心地終不免茅塞하고 識見終不免孤陋하리니 何益之有리오 余亦尋常尊奉書與封事하여 蓋嘗屢次讀誦이로되 而未能用篤實工夫하니 今已年老에 徒切望洋之歎이라 有時思之에 不覺愧汗洽背也로라

《주자대전》 한 책은 실로 의리(義理)의 창고인데, 특히 편지글 한 종류에는 마음가짐의 은미한 부분으로부터 사물을 응접하는 절도에 이르기까지 갖춰지지 않은 것이 없다. 이 편지글을 보면 마치 주자의 가르침을 직접 받는 듯해서 더더욱 사람을 분발시키고 흥기하는 생각을 갖게 한다. 퇴계 선생이 이 중에서 긴요하고 간절한 말씀을 뽑아《주자서절요(朱子書節要)》10책을 만들었다.

또한 서(序), 기(記), 봉사(封事) 등의 여러 편도 큰 의리에 관계되지 않은 것이 없다. 그래서 우복(愚伏) 정공(鄭公)[78]이 이 중에서 가려 뽑고 편지글도 더 뽑아서《주문작해(朱文酌海)》[79] 8책을 만들었으며, 우암(尤菴) 선생이《보유(補遺)》4책을 만들었다.[80]

배우는 자들이 만약 《주자대전》 전부를 독파하기 어렵다면, 우선 이 두 책을 가지고 연구해도 종신토록 다 수용하지 못할 것이다.

선비가 힘써 공부해야 할 책은 사서(四書) 외에 마땅히 이《주자대전》이 가장 우선되어야 한다. 만약 이를 읽지 않는다면, 비록 구류(九流)와 백가(百家)[81]를 널리 섭렵한다고 해도 끝내 마음이 막히고 식견이 고루해짐을

• • • • • •

78 우복(愚伏) 정공(鄭公): 정경세(鄭經世, 1563~1633)로 자는 경임(景任), 본관은 진주(晉州)이다. 초시(初諡)는 문숙(文肅), 개시(改諡)는 문장(文莊)이다. 유성룡(柳成龍)의 문인으로, 경학과 예학에 밝았다.

79 주문작해(朱文酌海): 정경세가《주자대전(朱子大全)》에서 긴요한 부분을 가려 뽑아 16권 8책으로 편집하고, 1648년에 이만(李曼)이 발간했다.

80 우암(尤菴)……만들었다: 우암은 송시열(宋時烈)의 호인데《주자서절요》와《주문작해》를 통합하여《절작통편(節酌通編)》을 엮은 바 있다. 보유는《절작통편보유》라고도 하는데, 이 책은 본집이 총 36권 20책이고, 보유가 총 7권 5책인바, 4책은 5책의 오기로 보인다.

81 구류(九流)와 백가(百家): 선진 시대의 많은 학파와 학자를 이르는 말로, 흔히 다양한 학문을 일컫는다. 구류(九流)는 아홉 가지 학술 유파인 유가, 도가, 음양가, 법가, 명가, 묵가, 종횡가, 잡가, 농가를 이른다. 백가(百家)는 유가 외의 학파

면하지 못할 것이다. 그러면 무슨 유익함이 있겠는가?

　나도 평소에 이 책을 존중하고 받들어서 서(書)와 봉사(封事)를 여러 차례 읽고 암송하였으나 독실하게 공부하지는 못하였다. 지금은 이미 늙어 그저 망양(望洋)의 탄식[82]만 간절할 뿐이다. 이를 생각할 때마다 나도 모르게 부끄러워 땀이 등을 적시곤 한다.

• • • • • •

와 학자를 통칭한 말이다.

82　망양(望洋)의 탄식: 황하의 신(神)인 하백(河伯)이 북해(北海)에 가서 끝없이 넓은 바다를 보고 자신의 좁은 식견을 탄식했다는 고사에서 유래한 말이다. 넘볼 수 없는 경지를 접하고서 자신의 부족한 역량을 한탄함을 뜻한다. 《莊子 秋水》

25. 주자를 존숭하지 않는 소론少論

해설 | 최창대가 주자학을 비판하고, 박세당과 최석정이 《사변록》과 《예기유편》을 엮어 주자를 공격하고, 임수간과 이인엽이 경연에서 우암의 《절작통편》을 진강하는 것을 비판한 일을 들어, 당시의 소론들이 주자를 존숭하지 않고 경시하였음을 밝혔다. 사색당파가 갈린 때에 우암이 주자를 높이자 소론 학자들이 도리어 주자학을 존숭하지 않는 경향이 있었음을 함께 지적하였다.

余少時에 與崔昌大爲翰苑同僚러니 昌大肆言朱子·學問之無可取어늘 余極駁하여 責曰 "君乃敢發此惡口하니 獨不畏上天乎아"하니 昌大笑 曰 "君亦泥於世俗之論矣로다 君試看朱子太極問答하라 直是賈竪辭氣 니 豈粗有涵養之人所可爲者乎아"하니 余益駁하여 不復與言하다 厥後에 《思辨錄》·《禮記類編》之事가 相繼而出하니 蓋素嘗輕視朱子故로 見朱 子註解하고 妄生疵摘之心하여 以至於此하니 一則可哀라 又尤翁이 每以 尊崇朱子爲主故로 其惡尤翁者 移怒於朱子하여 凡係朱子之言을 必思 排斥이라 朱子는 以累百年前中國人이니 何與於今日是非완대 而橫被其 忿嫉如是哉아 還可笑也라

尤翁이 嘗取《節要》·《酌海》兩書하여 合成一册이러니 肅宗末年에 進講此 書할새 李相 子賓이 與任守幹으로 同爲玉堂官하여 入侍하고 李判書 寅燁 이 以經筵官入이러니 任也極言'朱子閒漫書札을 不必進講於法筵이라'한

대 李相言其不然하다 任又盛氣辨斥하니 李判書右任言하여 兩言迭發하
여 皆斥李相이라 李相素乏談辨하여 不能抵當하고 含意而退하여 自歎曰
"朱子는 乃天下之朱子니 非我所可私어늘 而兩人怒目斥我하니 我豈不
困乎아"하니라 於此에 亦可見時輩不尊朱子之一端矣라

내가 젊었을 때 최창대(崔昌大)[83]와 한원(翰苑, 예문관)에서 동료가 되었는
데 최창대가 주자의 학문에는 취할 만한 것이 없다고 함부로 말하였다.
내가 매우 놀라 꾸짖어 말하였다.

"자네는 감히 이런 악담을 하면서 하늘이 두렵지도 않은가?"

최창대가 웃으면서 말하였다.

"그대도 세속의 논리에 빠져 있는 것이네. 그대는 한번 주자의 태극(太
極)에 관한 문답(問答)[84]을 보시게나. 이는 단지 장사꾼의 말버릇일 뿐이
니, 어찌 조금이라도 함양(涵養) 공부가 있는 사람이 할 수 있는 말인가?"

나는 더욱 놀라서 다시는 그와 말하지 않았다.

그 이후로 《사변록(思辨錄)》[85]과 《예기유편(禮記類編)》[86]의 사건이 계속해

• • • • • •

83　최창대(崔昌大): 1669~1720년. 자는 효백(孝伯), 호는 곤륜(昆侖), 본관은 전
　　주(全州)이다. 영의정 최석정(崔錫鼎)의 아들로, 문장에 뛰어나 박세채(朴世采)와
　　김창협(金昌協)에 비교되었다.

84　주자(朱子)의……문답(問答): 이 내용은 《주자어류》 권1의 〈태극천지 상(太極
　　天地上)〉에 보인다.

85　사변록(思辨錄): 박세당(朴世堂, 1629~1703)이 사서(四書)와 《서경》·《시경》을
　　주해한 책으로 《통설(通說)》로도 불린다. 주자의 설을 비판하고 독자적 주석을
　　많이 달아 크게 물의를 일으켜, 노론에 의해 사문난적(斯文亂賊)으로 몰렸다.

86　예기유편(禮記類編): 최석정(崔錫鼎, 1646~1715)이 《예기》의 경문이 뒤섞이고
　　누락되었다고 보아 이를 바로잡은 책이다. 1693년(숙종 19)에 간행되고, 1700년
　　에 중간되었다. 주자의 《의례통해(儀禮通解)》 체제를 따르고 진호(陳澔)의 《예기
　　집설(禮記集說)》 주설(註說)을 따랐으나, 일부 주석이 주자의 설과 달라 노론에게

서 발생하였다. 이는 평소에 주자를 경시한 까닭에 주자의 주해(註解)를 보고서는 함부로 하자를 지적할 생각을 내어 이 지경에 이른 것이니, 한 편으로는 애처롭다.

또 우옹(尤翁, 우암)이 매양 주자를 존숭(尊崇)하였기에, 우옹을 미워하는 자들이 그 분노를 주자에게 옮겨서 주자의 말씀과 관계된 것이면 반드시 배척할 생각을 하였다. 수백 년 전 중국 사람인 주자가 오늘날 사색당파의 시비에 무슨 상관이 있기에 저들에게 이처럼 억울한 분노와 시기를 당한단 말인가? 또한 가소롭다.

우옹이 일찍이 《주자서절요(朱子書節要)》와 《주문작해(朱文酌海)》두 책을 통합하여 한 책을 만들었다.[87] 숙종 말년에 이 책을 진강(進講)하게 되었는데, 이때 정승 이자빈(李子賓)[88]과 임수간(任守幹)[89]이 함께 옥당(玉堂)의 관원으로 입시하고, 판서 이인엽(李寅燁)[90]이 경연관으로 입시하였다. 임수간이 주자의 한만(閒漫)한 서찰을 굳이 법연(法筵, 경연)에서 진강할 필요가 없다고 극언하자, 이 정승이 옳지 않음을 말하니, 임수간이 다시 등등한 기세로 변론하여 배척하였다. 이 판서가 임수간의 말을 지지하여 두 사

• • • • • •

공격을 받았다.

87　우옹이……만들었다 : 우암이 《주자서절요》와 《주문작해》를 통합하면서 주자의 글을 보태고 일부에 주해를 달아 완성한 《절작통편(節酌通編)》을 이른다. 1686년에 교서관에서 교정하였고, 전라도와 경상도 감영에서 20책으로 간행하였다.

88　이자빈(李子賓) : 이관명(李觀命, 1661~1733)으로, 자빈은 자이다. 호는 병산(屛山), 본관은 전주(全州), 시호는 문정(文靖)이다. 문장에 뛰어나 응제문(應製文), 반교문(頒敎文), 시책문(諡冊文) 등 많은 글을 남겼다.

89　임수간(任守幹) : 1665~1721. 자는 용여(用汝), 호는 돈와(遯窩), 본관은 풍천(豐川)이다. 경사(經史)에 밝고 음률(音律)과 상수(象數) 등에 해박하였다.

90　이인엽(李寅燁) : 1656~1710. 자는 계장(季章), 호는 회와(晦窩), 본관은 경주(慶州)이다. 이시발(李時發)의 손자로 노론의 독주(獨走)를 견제하였다.

람이 교대로 발언해서 모두 이 정승을 배척하였다.

이 정승은 평소에 변론을 잘하지 못하였기 때문에 이들을 당해내지 못하고서 마음속에 울분을 품은 채로 물러나와 스스로 탄식하여 말하였다.

"주자는 곧 천하의 주자이다. 내가 사사로이 할 수 있는 분이 아니거늘 두 사람이 눈을 부릅뜨면서 나를 배척하니 내가 어찌 곤궁하지 않겠는가?"

여기에서도 시배(時輩, 소론)들이 주자를 높이지 않은 일단(一端)을 볼 수 있다.

26. 정밀한 독서는 학문의 요체

해설 | 정밀한 독서를 통해 학문이 효과를 얻을 수 있음을 말하고 스승 김창협이 소리를 길게 빼어 여운을 남기면서 오랜 시간을 들여 정밀하게 성독하던 모습을 소개하였다. 옛날에는 책을 읽을 적에 반드시 성독하였는 바, 소리 내어 읽지 않고 목독(目讀)에 그쳐서는 글 속의 깊은 뜻을 음미하여 내면화하기 어렵다.

爲學之要는 在於讀書致精하니 若不甚究蹟하고 草草讀過하면 雖讀至千遍이라도 有何效益이리오《朱子語類》에 論讀書法甚詳하니 可考而見也라 少時에 見農巖讀書에 引聲留音하고 反復永歎이라 以是讀一遍甚久하니 可見其讀書之精이니 如是而後에 可責其得力矣라

학문을 하는 요체는 독서를 지극히 정밀하게 하는 데에 있다. 만약 깊이 궁구하지 않고 대충 읽고 지나간다면, 비록 천 번을 읽은들 무슨 효과와 이익이 있겠는가?《주자어류》에 독서하는 방법이 매우 자세하게 논의되어 있으니[91] 상고하여 볼 수 있다.

......

91 주자어류에……있으니: 이 내용은《주자어류》권10의 〈독서법 상(讀書法上)〉과 권11의 〈독서법 하(讀書法下)〉에 자세히 보인다.

내가 젊었을 적에 농암(農巖, 김창협)이 독서하시는 것을 보니, 소리를 길게 빼어 여운을 남기면서 반복적으로 영탄(詠歎)하였다. 이 때문에 한 번을 읽는 데에도 매우 오랜 시간이 걸렸으니, 책을 정밀하게 읽었음을 볼 수 있다. 이렇게 한 뒤에야 학문에 있어서 득력을 기대할 수 있는 것이다.

27. 과거공부와 독서의 경중輕重

해설 | 과거공부와 독서의 경중을 구별하여 반드시 독서에 치중해야 함을《주자어류》의 내용을 빌어 말하였다. 성현의 책을 읽고서 마음을 다해 묻고 배우는 진정한 독서에는 힘쓰지 않고, 겨우 앞 사람들의 과문(科文)을 외우고 베끼는 과거공부에 매몰되어 있는 당시의 풍조를 비판하였다.

《語類》云 "士先要分別科舉、讀書兩件孰輕孰重이니 若讀書七分하고 科舉三分하면 猶可어니와 若科舉七分하고 讀書三分이면 將來必被他勝却이라 況此志全是科舉면 所以到老에 全使不着이라"하니 至哉라 言乎여 所謂讀書는 非謂讀閒漫書也요 讀聖賢書하여 究心問學之謂也라 今人則雖閒漫書라도 亦不讀하고 只袞錄前人科文하여 剽竊依倣하여 以爲應科之資하며 甚者는 或借作하고 或與試官交通弄奸하여 無可言矣라

《주자어류》에 "선비는 먼저 과거공부와 독서 두 가지 중에서 어느 것이 더 중요한지를 분별해야 한다. 만약 독서에 7푼의 뜻을 기울이고 과거공부에 3푼의 뜻을 기울인다면 그래도 괜찮으나, 만약 과거공부에 7푼의 뜻을 기울이고 독서에 3푼의 뜻을 기울인다면, 장래에 반드시 과거공부를 독서보다 많이 하게 될 것이다. 더구나 그 뜻이 오직 과거공부에 있다면 늙도록 독서하여도 전혀 공력을 얻지 못하게 될 것이다."라고 하였으

니, 참으로 지극한 말씀이다.

　이른바 '독서'라는 것은 대수롭지 않고 보잘것없는 책을 읽음을 말하는 것이 아니요, 성현의 책을 읽고서 마음을 다해 묻고 배움을 말한 것이다. 그런데 지금 사람들은 대수롭지 않고 보잘것없는 책마저도 읽지 않고 겨우 앞 사람들의 과문(科文)을 모아 기록해두고서 표절하고 모방하여 과거에 응시하는 자료로 삼을 뿐이다. 심한 경우에는 과장(科場)에서 남을 시켜 대신 짓게 하거나 시험관과 서로 은밀히 내통하여 농간을 부리기도 하니, 달리 할 말이 없다.

28. 난세에 벼슬하는 자가 지켜야 할 것

해설 | 난세에 벼슬하는 자는 일을 할 때마다 명분과 의리에 바른지를 살펴야 함을 《주자어류》를 인용하여 지적하고, 명분과 의리에 맞지 않은 일이면 성공할 수 없을 뿐 아니라 자신도 허물을 짓게 될 뿐이라고 하였다. 도곡이 자신의 시대를 난세로 보았음을 엿볼 수 있다.

《語類》云 "名義不正이면 則事不可行이니 無可爲者는 有去而已라 蓋未有名義不正而能做事者하니 強欲做事면 非徒事不得做라 在其身에도 亦有偷合苟容之譏리니 奚可哉리오"하니라 亂世立朝者는 以朱子此言으로 參前倚衡이 可也니라

《주자어류》에 "명분과 의리가 바르지 않으면 큰일을 행할 수 없으니, 조정에서 할 만한 일이 없는 경우에는 떠나감이 있을 뿐이다."[92]라고 하였다. 명분과 의리가 바르지 않으면서 큰일을 할 수 있는 자는 있지 않다. 억지로 큰일을 하고자 하면 단지 큰일을 할 수 없을 뿐만이 아니라, 자신의 몸에도 구차히 영합한다는 비판이 이를 것이다. 어찌 옳은 일이겠는가?

......
92   명분과……뿐이다: 이 내용은 《주자어류》권13 〈학(學) 역행(力行)〉에 보인다.

난세에 조정에서 벼슬하는 자들은 주자의 이 말씀을 항상 가슴속에 간직하여 언제 어디서나 기억하여야 할 것이다.[93]

• • • • • •

93 항상……것이다: 원문의 '참전의형(參前倚衡)'은 《논어》〈위령공(衛靈公)〉의 "서 있으면 충신(忠信)과 독경(篤敬)이 앞에 참여하여 있음을 볼 수 있고, 수레에 있으면 이것이 멍에에 기대어 있음을 볼 수 있어야 한다. 이와 같은 뒤에야 행해질 수 있다.〔立則見其參於前也 在輿則見其倚於衡也 夫然後行〕"라는 구절을 요약한 것이다.

29. 선학禪學에 물든
    이정二程의 문인들

해설 | 정명도와 정이천의 문하에서 공부하던 문인 중에 선학(禪學)에 물든 자가 많았음을 지적하면서, 이에 해당하는 몇 사람의 사례를 《주자어류》를 인용하여 소개하였다.

程門諸人이 後來多染禪學하니《語類》論及此하여 有曰 "伊川之門에 上蔡自禪門來하여 其說亦有差라"하고 又曰 "謝上蔡、游定夫、楊龜山輩는 下梢皆入禪學去하니 必是程先生이 當初說得高하시니 他只睟見一截하고 少下面着實工夫하여 流弊至此라"하다 又曰 "游、楊、謝三君子가 初皆學禪하니 後來餘習猶在故로 學之者 多流於禪하니 游先生은 大是禪學이라"하고 又曰 "龜山少年未見伊川時에 先去看《莊》、《列》等文字하니 後來에 雖見伊川이나 此念熟了하여 不覺時發出來요 游定夫尤甚하고 羅仲素時復亦有此意라 和靖在虎丘에 每朝起하여 頂禮佛하고 張思叔詩는 都似禪하니 緣他初是行者出身이라"하고 又曰 "呂與叔後來에 亦看佛書라"하다 又朱子《雜學辨》에 辨《呂氏大學解》而曰 "呂氏之學이 最爲近正이나 然未能不惑於浮屠、老子之說이라 故末流不能無出入之弊라"하고 又朱子《記疑》云 "偶得雜書一編하니 不知何人所記나 而不能無疑하여 因辨之云이라"하고 且曰 "此皆習聞近世禪學之風而慕效之하여 不自

知其相率而陷於自欺也라"하니라 按此乃王信伯語也라 朱子又辨《張無
垢中庸解》에 張說尤怪異하여 全是禪家話頭라 하여 皆經朱子劈破無遺
하니 誠一快事也라 張雖非程門人이나 而學於龜山하여 自以爲有得者也
라 龜山之徒에 又有蕭子莊、李西山、陳默堂하여 皆說禪이라 龜山之沒에
西山嘗有佛經疏追薦之事하고 胡文定又參禪하니 胡亦從游龜山者也니
俱見《語類》라 程門諸人中에 龜山最老壽故로 波流尤遠하여 爲吾道之
害益甚矣라

정자(程子)의 여러 문인들 중에 훗날 선학(禪學)에 물든 사람이 많았다.
《주자어류》에서 이에 대해 언급하기를 "이천(伊川)의 문하에 상채(上蔡)[94]는
선문(禪門)에서 왔으므로 그의 말에 또한 잘못됨이 있다."라고 하였다.

또 "사상채(謝上蔡), 유정부(游定夫),[95] 양구산(楊龜山)[96] 등은 마지막에 모
두 선학으로 들어갔다. 필시 이것은 정 선생(程先生)이 당초에 고원(高遠)한
경지를 말씀해 주었는데, 저들이 그 일단(一段)만 보고 하면(下面)의 착실
한 공부를 부족하게 하여 폐단이 이 지경에 이른 것이다."라고 하였다.

또 "유정부, 양구산, 사상채 등 세 분은 처음에 모두 선(禪)을 배웠는데,
뒤에도 그 습관이 여전히 남아 있었다. 그러므로 이들에게 배운 분들 가

• • • • • •

94 상채(上蔡): 북송 말의 학자인 사량좌(謝良佐, 1050~1103)로, 채주(蔡州) 상채
(上蔡) 사람이다. 자는 현도(顯道), 시호는 문숙(文肅)이다. 이정(二程)의 문하에
서 종유하여 유작(游酢), 여대림(呂大臨), 양시(楊時)와 함께 정문 사선생(程門四
先生)으로 불린다. 선학(禪學)에 물들어 있어 주자에게 비판을 받았다.

95 유정부(游定夫): 정문 사선생의 한 사람인 유작(游酢, 1053~1123)이다. 정부는
자이고, 호는 치산(廌山), 시호는 문숙(文肅)이다. 《주역》에 밝았다.

96 양구산(楊龜山): 정문 사선생의 한 사람인 양시(楊時, 1053~1135)이다. 구산은
호이고, 자는 중립(中立), 시호는 문정(文靖)이다. 낙학(洛學)의 대종(大宗)이 되
었는바, 이 학맥이 주희(朱熹), 장식(張栻), 여조겸(呂祖謙)으로 이어졌다. 저서에
《구산어록(龜山語錄)》이 있다.

운데 선에 빠진 사람이 많다. 유 선생(游先生)의 학문은 대부분 선학이다."
라고 하였다.

또 "구산(龜山)이 아직 이천(伊川)을 만나보지 않았던 소년 시절에 먼저
《장자(莊子)》와 《열자(列子)》 등의 문자를 탐독하였다. 그래서 훗날 비록 이
천을 만났으나, 이 생각에 익숙해져 있어서 자신도 모르게 노장(老莊)의
학문이 때로 표출되었다. 그 가운데 유정부가 더욱 심하였으며, 나중소
(羅仲素)⁹⁷도 때로 뜻이 여기에 있었다. 화정(和靖)⁹⁸은 호구산(虎丘山)에 있
을 적에 매양 아침에 일어나서 부처님께 정례(頂禮)⁹⁹하였다. 장사숙(張思
叔)¹⁰⁰은 시(詩)가 모두 선시(禪詩)와 같으니, 그가 애초에 행자(行者) 출신이
기 때문이다."라고 하였다.

또 "여여숙(呂與叔)¹⁰¹도 후일에 불서(佛書)를 보았다."라고 하였다.

또 주자는 《잡학변(雜學辨)》에서 〈여씨대학해(呂氏大學解)〉에 대해 논변하
기를 "여씨(呂氏)의 학문이 가장 바름에 가깝지만, 부도(浮屠)¹⁰²와 노자의

• • • • • •

97 나중소(羅仲素) : 나종언(羅從彦, 1072~1135)으로, 중소는 자이고, 호는 예장
    (豫章), 시호는 문질(文質)이다. 건염(建炎) 4년(1130)에 급제하여 잠시 출사하였
    다가 곧 물러나 학문에 전념하였다. 정이천과 양시의 학문을 계승하여 연평(延
    平) 이동(李侗)에게 전하였고, 이동이 이를 다시 주자에게 전하였다.

98 화정(和靖) : 정이천을 사사(師事)한 윤돈(尹焞, 1061~1132)의 호로, 자는 언명
    (彦明)이다. 원우(元祐) 4년(1089)에 응시한 과거에서, 원우의 제신(諸臣)을 주
    륙(誅戮)해야 한다는 시제(試題)가 걸리자 과거를 포기하고 다시 응시하지 않았
    다. '원우의 제신'이란 사마광(司馬光) 등의 구법당(舊法堂)을 가리킨 것이다.

99 정례(頂禮) : 불교에서 지극히 공경하는 뜻을 보이기 위해 이마가 땅에 닿도록 몸
    을 구부려 하는 절을 이른다.

100 장사숙(張思叔) : 장역(張繹, 1071~1108)으로, 사숙은 자이다. 빈한하여 학문
    하지 못하다가 만년에 정이천의 문인이 되었다.

101 여여숙(呂與叔) : 정문 사선생의 한 사람인 여대림(呂大臨, 1040~1092)으로, 여
    숙은 자이다. 육경(六經)에 통달하였고, 정자의 예학을 계승하여 《예기》에 밝았다.

102 부도(浮屠) : 범어 '붓다(Budha)'의 음역으로 부처를 가리킨다. 후대에 인신하

말에 미혹됨을 면치 못하여, 종국에는 선학에 출입한 폐단이 없지 않았다."라고 하였다.

또 주자는 〈기의(記疑)〉에서 "우연히 잡서(雜書) 한 편을 얻었는데, 누가 기록한 것인지는 모르겠으나, 의심스러운 부분이 없지 않아 이를 변론한다."라고 한 뒤에, 또 이르기를 "이는 모두 근세 선학(禪學)의 학풍을 익숙하게 듣고 이를 흠모하여, 배우는 사이에 자신도 모르게 서로 이끌어서 속이는 지경에 빠진 것이다."라고 하였다. 살펴보건대 이 잡서는 왕신백(王信伯)[103]의 글이다.

주자는 또 〈장무구중용해(張無垢中庸解)〉[104]에서 장무구[105]의 《중용설(中庸說)》에 대해 변론했는데, 장무구의 설은 더욱 괴이해서 전체가 선가(禪家)의 화두(話頭)인바, 이것이 모두 주자에 의해 남김없이 철저하게 해부되고 변석되었으니, 진실로 크게 통쾌한 일이다.

장무구는 비록 정자의 문인은 아니었으나 양구산(楊龜山)에게 배워 스스로 얻은 것이 있다고 여긴 자이다. 구산의 무리 중에는 또 소자장(蕭子莊), 이서산(李西山), 진묵당(陳默堂)[106]이 모두 선학을 말하였다. 구산이 죽

여 승려를 가리키거나 고승의 사리나 유골을 넣은 돌탑을 가리킨다.

103 왕신백(王信伯): 정이천과 양시(楊時)를 사사한 왕빈(王蘋, 1082~1153)이다. 신백은 자이고, 호는 진택(震澤)이다. 정이천의 이학(理學)을 심학(心學)의 관점에서 해석하여 심학의 발전을 이끌었다.

104 장무구중용해(張無垢中庸解): 《회암집(晦菴集)》 권72 〈잡저(雜著)〉에 보인다.

105 장무구(張無垢): 장구성(張九成, 1092~1159)으로, 무구는 호이고, 자는 자소(子韶), 시호는 문충(文忠)이다. 양시(楊時)를 사사하고 선승 종고(宗杲)의 영향을 받았다. 정자의 학문에서 심학(心學)의 요소를 발전시켜, 정자의 이학(理學)과 육구연(陸九淵)의 심학을 잇는 교량 역할을 하였다. 저술로 《중용설》 등이 있다.

106 소자장(蕭子莊), 이서산(李西山), 진묵당(陳默堂): 모두 양시 문하의 학자이다. 소자장은 소의(蕭顗)로, 자장은 자이고 포성(浦城) 사람이다. 이서산은 이욱(李郁)으로, 자는 광조(光祖)이며, 양시의 사위이다. 진묵당은 진연(陳淵, 1067~1145)

자 이서산은 뒤에 불경(佛經)의 소(疏)를 추천한 일이 있었다.[107] 호 문정(胡文定)[108]도 참선을 하였는데, 호 문정 또한 구산을 종유(從游)한 자이다. 모두《주자어류》에 보인다.

정자의 여러 문인 가운데 구산이 가장 장수하였기에, 그의 유파(流波)가 더욱 멀리 퍼져서 우리 유학에 폐해를 끼친 것이 더욱 심하다.

••••••

    으로, 묵당은 호이고 자는 지묵(知默)이다.《閩中理學淵源考》

107   구산의 무리……있었다:《주자어류》권101〈정자문인(程子門人)·양중립(楊中立)〉에 보인다.

108   호문정(胡文定): 호안국(胡安國, 1074~1138)으로, 문정은 시호이고, 자는 강후(康侯), 호는 무이(武夷)이다. 정이천을 사숙하여 무이학파(武夷學派)를 성립시켰다. 저술로《춘추호씨전(春秋胡氏傳)》이 있다.

30. 말년에 출사하여 흠을 남긴 양시楊時

해설 | 70세가 넘은 노년에 출사하여 일생의 행적에 흠을 남긴 양시의 시말을 자세하게 소개하였다. 출처에 신중해야 함을 말한 것이다. 채경은 16년간 재상의 지위에 있으면서 국난을 초래하였다는 평가를 받는데, 양시가 출사하여 그를 도왔으므로 후세에 비판을 받게 되었다.

龜山年七十之後에 爲蔡京所染汚하여 出處不免有後議라 蔡京晚歲에 漸覺事勢狼狽하고 亦有隱憂라 其從子應之가 來見이어늘 因訪問人才한대 應之愕曰 "今天下人才가 盡在太師陶鑄中하니 某何人이 敢當此問이닛고" 京曰 "不然하다 覺得目前에 盡是面諛하여 脫取官職去底人이라 恐山林間有人才하니 欲得知하노라" 應之乃言 "福州에 有張觷字柔直하니 抱負不苟하여 可致之라"한대 京召爲塾客하니 觷以師道自尊하여 待諸生嚴厲하여 諸生不能堪이라 一日에 呼之來前曰 "汝曹曾學走乎아" 諸生曰 "某尋常聞先生、長者之敎에 但令緩行이니이다" 觷曰 "天下被汝翁作壞了하여 早晚賊起하여 首先到汝家하리니 若學得走하면 緩急에 可以逃死하리라" 諸生大驚하여 走告其父曰 "先生忽心恙如此니이다" 京矍然曰 "非汝所知也라"하고 卽入書院하여 與觷傾倒하고 因訪策한대 觷遂薦龜山하니 龜山自是有召命이라 其說이 詳見《語類》하니 觷之事迹亦奇라

구산(龜山, 양시)이 70세가 넘은 뒤에 채경(蔡京)[109]에 의해 더럽힘을 당하여, 그 출처에 대한 뒷말을 피할 수 없게 되었다.

채경이 만년에 점점 사세(事勢)가 낭패되어 감을 깨닫고는 또한 근심이 깊어졌을 때이다. 그의 종자(從子, 조카)인 응지(應之)가 찾아와 뵙자, 채경이 쓸 만한 인재가 있는지를 물었다. 응지가 놀라며 말하였다.

"지금 천하의 인재가 모두 태사(太師, 채경)의 손에서 양성되고 있는데, 제가 어떤 사람이라고 감히 이 질문을 감당하겠습니까."

이에 채경이 말하였다.

"아니다. 내가 생각해보니 나의 눈앞에 있는 자들은 모두 면전에서 아첨하여 관직을 얻으려는 사람들뿐이다. 아마도 산림(山林) 속에 인재가 있을 듯하니 그 사람들에 대해 알고 싶다."

응지가 마침내 말하였다.

"복주(福州)에 자(字)가 유직(柔直)인 장학(張鷽)이라는 자가 있는데 포부가 구차하지 않으니 불러올 만한 자입니다."

이에 채경은 장학을 불러 숙객(塾客, 글방의 스승)으로 삼았다.

장학은 사도(師道)로써 스스로 높이고 제생(諸生)들을 엄격히 대하여 제생들이 견디기 어려울 정도였다. 하루는 장학이 제생들을 불러서 앞으로 나오게 하고 말하였다.

"너희들은 일찍이 달리기를 배웠느냐?"

제생들이 말하였다.

• • • • • •

109 채경(蔡京) : 1047~1126. 북송 말기의 문신으로 자는 원장(元長)이다. 신법당과 구법당을 오가며 출세길을 쫓다가 휘종 때 환관 동관(童貫)의 도움으로 재상에 올라 16년간 재상 자리를 지켰다. 금군(金軍)이 침입한 정강(靖康)의 변에 국난을 초래한 6적(賊)의 우두머리로 몰려 실각되었고, 담주(儋州)로 유배되어 가던 중에 병사하였다.

"저희는 평소에 선배와 장자(長者)들에게 가르침을 받았는데, 단지 천천히 걸으라는 분부가 있었을 뿐입니다."

장학이 말하였다.

"천하가 너의 아버지에 의해 파괴되었기에 조만간 도적 떼가 일어나서 가장 먼저 너희 집으로 몰려 올 것이다. 너희들이 만약 달리기를 배워놓는다면 그 위급한 상황에서 죽음을 면할 수 있을 것이다."

제생들이 크게 놀라 자기 아버지에게 달려가 아뢰었다.

"선생님이 갑자기 정신이 이처럼 이상해지셨습니다."

채경이 깜짝 놀라며 말하였다.

"너희들이 알 바가 아니다."

그리고 곧바로 서원(書院, 글방)으로 들어가서 장학과 깊은 대화를 나누고 인하여 대책을 묻자 장학이 마침내 구산을 천거하였으니, 이로 말미암아 구산이 황제의 부름을 받게 되었던 것이다. 이 내용이 《주자어류》에 자세히 보이는데, 장학의 사적(事迹)도 기이하다.

31. 선학禪學과 사학史學과 공리설功利說에 대한 비판

해설 | 육구연의 선학과 여조겸의 사학과 진량의 공리설이 끼치는 폐해에 대해 주자가 통렬하게 논박한 내용이 주자의 서간과 《주자어류》에 실려 있다고 소개하고, 배우는 자가 이를 잘 읽어서 살피면 식견을 넓힐 수 있다고 하였다.

朱子同時에 陸子靜兄弟는 主禪學하고 呂東萊兄弟는 主史學하고 陳同父는 主功利之說이러니 朱子旣痛加掊擊하니 書札中陸、陳、呂、劉問答에 可見이요 見於《語類》者亦多라 學者究觀於此하면 亦可以長其知見矣리라

주자와 같은 시대 사람 중에 육자정(陸子靜) 형제[110]는 선학을 위주로 하였고, 여동래(呂東萊) 형제[111]는 사학(史學)을 위주로 하였고, 진동보(陳同

••••••

110   육자정(陸子靜) 형제: 육구연(陸九淵, 1139~1192)과 육구령(陸九齡, 1132~
      1180)을 이른다. 자정은 육구연의 자이고, 호는 상산(象山), 시호는 문안(文安)
      이다. 심즉리(心卽理)의 주관적 유심론(主觀的唯心論)을 주창하였고, 이것이 왕
      양명(王陽明)에게 계승되어 양명학(陽明學)으로 발전하였다. 육구령은 자가 자
      수(子壽), 호가 복재선생(復齋先生)이다. 육구연과 아호(鵝湖)에서 강학하여 이
      륙(二陸)으로 병칭되었다.

111   여동래(呂東萊) 형제: 여조겸(呂祖謙, 1137~1181)과 여조검(呂祖儉, ?~1196)
      을 이른다. 동래는 호이고, 자는 백공(伯恭)이다. 주자와 육상산의 아호사(鵝湖

父)[112]는 공리(功利)의 설을 위주로 하였다. 이에 주자가 이미 이들을 통렬하게 공격하였으니, 이 일은 서찰 가운데 육자정, 진동보, 여동래, 유청지(劉淸之)[113]와 문답한 내용에서 확인할 수 있고, 《주자어류》에 보이는 것도 많다. 배우는 자가 이를 자세히 살펴본다면 또한 식견을 넓힐 수 있을 것이다.

• • • • • •

　ᄒᆞ) 회합을 주선한 바 있다. 《동래박의(東萊博議)》를 저술하였고, 또 주자와 함께 《근사록(近思錄)》을 엮었다. 여조검은 자가 자약(子約), 호가 대우(大愚)로 형 여조겸에게 수학하였다. 정자(程子)를 계승하면서 주자와 육구연(陸九淵)의 설을 절충하였다.

112　진동보(陳同父): 남송의 진량(陳亮, 1143~1194)으로, 동보는 자이다. 세상에서 용천 선생(龍川先生)으로 불렸다. 성리학 논쟁을 반대하고 실사실공(實事實功)을 강조하였다.

113　유청지(劉淸之): 1134~1190. 자는 자징(子澄), 호는 정춘 선생(靜春先生)이다. 주자를 만나 의리지학(義理之學)에 뜻을 두고 여조겸(呂祖謙)·장식(張栻) 등과 교유하였다.

32. 선학禪學보다 해가 심한
여조겸呂祖謙과 진량陳亮의 학술

해설 | 사학을 중시한 여조겸과 공리를 앞세운 진량의 두 학파가 하나로 합쳐져서 육구연의 선학보다 세도(世道)에 더 해를 끼친다고 우려한 주자의 견해를 소개하였다. 여조겸의 사학은 과거 공부를 준비하는 학자들에게 큰 영향을 끼쳤는데, 우리나라에서도 여조겸의 《동래박의(東萊博議)》는 과문을 준비하는 자들에게 필독서로 꼽혔다.

朱子憂呂、陳過於陸하여 有曰 "伯恭門人에 却有爲同父之說者하여 二家打成一片하니 可怪라"하고 又曰 "江西之學은 只是禪이요 浙學은 却專是功利라 禪學은 後來學者가 摸索一上하면 無可摸索하여 自會轉去어니와 若功利則學者習之하면 便可見效하니 此甚可憂라"하시니 其憂及世道가 可謂至切矣로다

주자가 여조겸(呂祖謙)과 진량(陳亮)을 육구연보다 더욱 우려하여 말씀하였다.

"백공(伯恭, 여조겸)의 문인 중에 동보(同父, 진량)의 학설을 말하는 자가 있다. 이질적인 두 학파가 하나로 합쳐진 것은 괴이하게 여길 만하다."

또 말씀하였다.

"강서(江西, 육구연)의 학문은 단지 선학(禪學)일 뿐이고, 절강(浙江, 여조겸과 진량)의 학문은 오로지 공리(功利)일 뿐이다. 선학은 후대에 배우는 자들이 탐색하여 한 층을 올라가보면 더 이상 탐색할 것이 없어서 저절로 바른 데로 돌아오게 된다. 하지만 공리의 경우는 배우는 자가 이를 익히면 곧 효과를 볼 수 있으니, 이것이 매우 근심스럽다."

이러하니, 주자가 세도(世道)에 대해 우려한 것이 지극하고 간절하다고 할 만하다.

33. 사마광司馬光을 공격한
진량陳亮에 대한 비판

해설 | 사마광이 원우 연간에 조정에 나아가 신법당과 구법당을 아우르지 못해서 다시 신법당이 집권하게 만들었다는 진량의 비난에 대해 반박한 주자의 견해를 소개하였다. 주자는 당시에 여대방과 범순인 등이 신·구 두 당파를 조정(調停)하여 아울러야 한다고 주장하다가 결국 신법당의 장돈(章惇)과 채경(蔡京) 등에게 축출되었다고 비판하였으며, 진량의 주장이 공리설에서 나온 것임을 지적하고 있다.

陳同父非斥司馬溫公하여 以爲"居洛에 只理會《通鑑》하고 到元祐出來做事에 却未盡하니 所以激後來之禍라"한대 朱子駁之曰 "溫公所做는 今只論是與不是와 合當做與不當做니 如何說他激得後禍리오 這是全把利害去說이라 溫公固有從初講究未盡處나 細看那時節컨대 若非溫公이면 如何做리오 溫公直有旋乾轉坤之功하니 溫公此心이 可以質天地, 通幽明이니 豈容易及이리오 後來呂微仲, 范堯夫가 用調停之說하여 兼用小人하여 所以成後日之禍어늘 今人은 却不歸咎調停하고 反歸咎於元祐之政이라 若眞見得君子小人不可雜處하면 如何要委曲遮護得이리오"하니 朱子此言은 可謂明確이라 龍川言論이 每就利害上說故로 其言如此矣라

진동보가 사마온공(司馬溫公, 사마광)을 비난하고 배척하여 말하였다.

"낙양(洛陽)에 살면서 겨우 《자치통감(資治通鑑)》[114]을 이해했을 뿐, 원우(元祐) 연간에 조정에 진출해서 한 일이 미진하였다. 이 때문에 후일의 화(禍)를 초래한 것이다."[115]

이에 주자가 다음과 같이 반박하였다.

"온공(溫公)이 한 일에 대해서 지금은 단지 옳은가 옳지 않은가, 마땅히 해야 할 일이었는가 마땅히 하지 않아야 할 일이었는가를 논할 뿐이지, 어떻게 온공이 후일의 화를 초래하였다고 말하는가? 이는 순전히 이해(利害)만을 가지고 따져서 말한 것이다.

온공이 진실로 처음부터 대책을 강구하기를 미진하게 한 점은 있다. 그러나 그 시절을 자세히 살펴보건대, 만약 온공이 아니었다면 나라가 어떻게 되었겠는가? 온공은 바로 천지를 돌려놓아 국세를 일신한[旋乾轉坤][116] 공로가 있는 것이다. 온공의 이 마음은 천지(天地)에 질정하여도 의심이 없고 유명(幽明)의 이치를 통달한 것이니, 어찌 쉽게 미칠 수 있는

• • • • • •

114 자치통감(資治通鑑): 사마광이 치평(治平) 2년(1065)에 편년체 역사를 편찬하라는 영종(英宗)의 명을 받고 19년간 작업하여 총 294권으로 완성한 저술이다.

115 원우(元祐)……것이다: 사마광은 철종이 막 즉위하고 선인태후(宣仁太后)가 수렴청정한 원우 연간에 재상에 올라서 왕안석(王安石)의 신법(新法)을 폐지하고 구법당(舊法黨)의 영수로서 수완을 발휘하였으나, 얼마 되지 않아 죽었다. 이후 철종이 집권하자, 장돈(章惇)과 채경(蔡京) 등의 신법당이 국정을 장악하더니, 휘종(徽宗) 건중정국(建中靖國) 원년(1101)에 소식(蘇軾)과 문언박(文彦博) 등 구법당 128명을 간당(姦黨)으로 지목하여 이들의 저작을 불태우고 이어 숭녕(崇寧) 3년(1104)에 사마광 이하 3백 명을 다시 간당으로 지목하고 황제의 어필로 그 이름과 행적을 기록하여 비석을 세웠는바, 이 일을 가리켜 말한 것이다.

116 천지를……일신한: 대대적인 개혁을 단행하여 국세를 일신함을 이른다. 한유(韓愈)의 〈조주자사사상표(潮州刺史謝上表)〉에 "폐하께서 즉위한 이래 몸소 정사를 처리하여 천지를 돌려 놓으셨습니다.[陛下即位以來 躬親聽斷 旋乾轉坤]"라고 하였다.

것이겠는가?

후대의 여미중(呂微仲)[117]과 범요부(范堯夫)[118]가 조정(調停)의 설(說)[119]을 주장하면서 소인(小人)을 함께 등용하였기 때문에 후일의 화가 빚어진 것인데도, 지금 사람들은 허물을 조정의 설에 돌리지 않고 도리어 원우의 정치에 돌린다. 만약 군자와 소인이 한 자리에 섞여 있을 수 없음을 참으로 알았다면, 어찌 소인을 감싸주고 비호하려는 생각을 하였겠는가?"

주자의 이 말씀은 명확하다라고 할 만하다. 용천(龍川, 진량)의 언론은 매번 이해(利害)를 따져서 말한 것이므로, 그의 말이 이와 같았던 것이다.

······

117 여미중(呂微仲): 북송의 여대방(呂大防, 1027~1097)으로, 미중은 자이다. 구법당의 일원으로 철종 즉위 후에 사마광과 범순인(范純仁) 등의 정치 개혁에 동참하였으나, 뒤에 장돈(章惇)과 채경(蔡京) 등의 신법당에 의해 좌천되었다.

118 범요부(范堯夫): 구법당의 일원인 범순인(范純仁, 1027~1101)으로, 요부는 자이다.

119 조정(調停)의 설(說): 구법당과 신법당 간의 화해와 조정을 목적으로, 두 당파의 인물을 함께 등용해야 한다는 주장이다. 여대방과 범순인에 의해 제기되었다.

34. 소인은 악취 나는 풀

해설 | 소인을 제거해서는 안 된다는 방숙규의 주장에 대한 주자의 반박을 소개하고, 소인을 물리치지 않아 세도가 땅에 떨어진 당시의 세태를 비판하였다. 이는 당시에 노론 사대신을 모함하여 죽인 소론들을 처벌하지 않고 탕평책을 내세웠던 영조의 조처가 부당하다고 극구 주장하고 정계에서 물러났던 도곡 자신의 일과 관련이 있는 것으로 보인다.

《語類》云 閩宰方叔珪가 以書來하여 稱 "本朝人物甚盛이로되 而功業不及於漢唐은 只緣是要去小人이라"하여늘 朱子曰 "是何等議論고 小人을 如何不去得이리오 自是不可合之物은 一薰一蕕하여 十年尙猶有臭라 若謂小人不可去면 則舜當時去四兇도 是錯了라"하니 此言은 與與留正書同意라 今人所見이 大抵叔珪輩意耳니 世道安得不至此也리오

《주자어류》에 다음과 같은 내용이 보인다.

"민(閩)의 수재(守宰, 수령)인 방숙규(方叔珪)가 편지를 보내어 말하기를 '본조(本朝)에 인물은 매우 많으나 공업(功業)이 한(漢)·당(唐)에 미치지 못하는 것은 바로 소인을 제거하려고 했기 때문이다.'라고 하였다. 선생(주자)이 말씀하시기를 '이것이 무슨 의논인가? 소인을 어찌 제거하지 않을 수 있단 말인가? 이는 본래 어울릴 수 없는 사람이다. 향기 나는 풀[薰]과

악취 나는 풀[蕕]을 한 그릇에 담아두면 십 년이 지나도 여전히 악취가 나는 것과 같다. 만약 소인을 제거해서는 안 된다고 한다면, 순(舜) 임금이 당시에 사흉(四兇)을 제거한 것[120]도 잘못한 것이 된다.'라고 하였다."[121]

이 말씀은 유정(留正)[122]에게 준 편지와도 그 뜻이 같다.

지금 사람들의 소견은 대체로 방숙규 등의 생각과 같을 뿐이니, 세도(世道)가 어찌 여기에 이르지 않을 수 있겠는가?

• • • • • •

120 순(舜) 임금이……것: 순 임금이 네 흉적(兇賊), 곧 공공(共工), 환도(驩兜), 삼묘(三苗)의 군주, 곤(鯀)을 내친 일을 이른다. 《서경》〈우서(虞書) 순전(舜典)〉에 "공공을 유주(幽洲)에 유배하고, 환도를 숭산(崇山)에 유치(留置)하고, 삼묘를 삼위(三危)로 몰아내고, 곤을 우산(羽山)에 가두어 네 사람의 죄를 다스리니, 천하가 다 복종하였다.[流共工于幽洲 放驩兜于崇山 竄三苗于三危 殛鯀于羽山 四罪而天下咸服]"라고 보인다.

121 민(閩)의……하였다: 《주자어류》 권129 〈자국초지희령인물(自國初至熙寧人物)〉에 보인다.

122 유정(留正): 1129~1206. 남송의 문신으로 자는 중지(仲至), 시호는 충선(忠宣)이다. 광종(光宗) 때 좌승상으로서 조여우(趙汝愚)와 황상(黃裳) 등 많은 인재를 등용하였으며, 영종(寧宗) 때 한탁주(韓侂冑)와의 불화로 인해 파직되었다. 뒤에 위국공(魏國公)에 봉해졌다.

35. 부자를 멀리한 포증包拯의 청렴

해설 | 포청천으로 알려진 북송의 포증(包拯)이 산사에서 공부하던 젊은 시절에 교유(交遊)를 신중히 하여, 이웃 부자의 이유 없는 식사 초대에 응하지 않았던 고사를 소개하고, 재상이나 유명한 관리들이 여항의 부자들과 긴밀하게 결탁하고 있는 당시의 세태를 날카롭게 지적하였다.

《語類》에 "記 '李仲和祖가 同包孝肅讀書僧舍러니 有富人邀之어늘 二公托故不往하다 他日에 復招飯勤甚이어늘 李欲往한대 包公正色曰「彼는 富人也니 吾徒妄與之交하면 豈不爲他日之累乎아」하고 竟不往이라'하니 前輩立心接人之嚴이 如此라"하다 余因此思之호니 今之爲宰相名官者와 閭巷間以富名者가 無不相結款密하여 殆踰於族戚하니 其視包公所爲하면 何如也오 士當以包公自厲하여 切勿近此等人이 可也니라

《주자어류》에 다음과 같이 말하였다.
"선배들의 기록에 '이중화(李仲和)[123]의 할아버지가 포효숙(包孝肅)[124]과

• • • • • •

123 이중화(李仲和): 누구인지 분명하지 않다.

124 포효숙(包孝肅): 북송의 포증(包拯, 999~1062)으로, 효숙은 시호이고, 자는 희인(希仁)이다. 강직하고 올곧아 귀척과 환관들이 함부로 대하지 못하였다. 특

함께 절에서 독서하고 있을 적에, 이웃 부자(富者)가 초대하였으나 두 분이 핑계를 대고 가지 않았다. 후일에 그 부자가 다시 같이 식사하자고 매우 간곡하게 초대하였다. 이에 이공(李公)은 가려고 하였으나 포공(包公)은 정색하면서 말하기를 「저들은 부자이다. 우리가 함부로 저들과 교유하면, 어찌 후일에 누가 되지 않겠는가?」라고 하고, 끝내 가지 않았다.'라고 하였다. 선배들이 마음을 확고히 하고 남을 대하기를 엄격하게 함이 이와 같았다."[125]

내가 이를 통해 생각해보니, 지금의 재상이나 유명한 관리들은 모두 여항(閭巷)에서 부자라고 이름난 자들과 거의 친척보다도 더 긴밀하게 서로 결탁하고 있다. 포공의 행동과 비교해 본다면 어떠한가? 선비는 마땅히 포공처럼 하려고 스스로 힘써서 절대로 이러한 사람들(부자)을 가까이 하지 않는 것이 옳다.

●●●●●●

히 송사(訟事)를 공평하게 처결하여 세상에서 포청천(包靑天)으로 불렸다.

125 선배들의……같았다: 이는 주자가 교제(交際)의 방도에 관하여 이야기하는 중에 선배들의 잡록책자(雜錄冊子)에서 읽었던 이중화(李仲和)의 할아버지와 포효숙(包孝肅)에 관한 일화를 인용하여 소개한 것이다. 《朱子語類 卷129 自國初至熙寧人物》

36. 역사서의 세 가지 서술 체제

해설 | 역사서의 서술 체제를 편년체, 기전체, 기사본말체로 나누고 각 체제에 해당하는 중국과 우리나라의 주요 역사서를 열거하여 소개하였다. 아울러 자신이 보지 못한 책과 소장하지 못한 책을 밝히기도 하였다.

史書其類有三이라 一曰編年이니 左氏《春秋傳》、司馬溫公《資治通鑑》【自周 威烈王止五代】이요 宋 江贄又節約《資治》하여 作《通鑑節要》하고 明 張光啓又作《節要續編》【宋、元史也니 俗謂《宋鑑》이라】하며 陳建《皇明通紀》【止天啓丁卯라】와 王汝南《明紀編年》【比《通紀》稍略而止於弘光乙酉하니 首末頗似完備라】과 徐居正《東國通鑑》【紀新羅、高句麗、百濟、高麗四代라】이요 而朱夫子用孔子春秋筆法하여 作《綱目》하니 此則編年之中에 立綱分目이니 又是一例也라 宋、元則有東人金宇顒《宋元綱目》하고 明則有李玄錫《明綱目》하고 高麗則有俞市南 棨《麗史提綱》이로되 而羅、句、濟三國見闕이러니 近者林象德著《東史會綱》에 俱載焉하니 皆用《綱目》義例也라 玄錫、象德所修는 不入刻하여 余未及寓目이로라

二曰紀傳이니 司馬遷《史記》、班固《漢書》、范曄《後漢書》、陳壽《三國志》、唐太宗《晉書》、沈約《宋書》、蕭子顯《南齊書》、姚思廉《梁書》·《陳書》、魏收《魏書》、李百藥《北齊書》、令狐德棻《後周書》、李延壽《南史》·《北史》、魏徵《隋書》、宋祁《唐書》、歐陽脩《五代史》니 是爲十七史요

又有脫脫《宋史》、宋濂《元史》하니 皆爲余家藏이나 而揭傒斯《遼史》·
《金史》는 獨未有藏이라《明史》則聞彼中方纂修而未就云이라 然何喬遠
《名山藏》、鄒漪《啓禎野乘》을 略可考證이라 東國則有金富軾《三國史
記》、鄭麟趾《高麗史》라

三曰紀事니 紀事者는 紀一事之始末也라 宋 袁樞始作《通鑑紀事本末》
하여 紀自周 威烈王하여 止於五代하고 明 沈朝陽이 作《紀事本末前編》하
여 紀自盤古氏하여 止於威烈王前하고 明 陳邦瞻이 作《宋元紀事本末》
하고 淸 谷應泰作《明紀事本末》하고 近徐相 文重이 作《朝野記聞》하여
記國朝事에 亦用紀事本末例라

사서(史書)에는 세 가지 종류가 있다. 첫 번째는 편년체(編年體)이다. 좌
씨(左氏, 좌구명(左丘明))의 《춘추좌씨전(春秋左氏傳)》과 사마온공(司馬溫公)의
《자치통감(資治通鑑)》【주(周)나라 위열왕(威烈王)에서 오대(五代)까지이다.】과 송나
라 강지(江贄)[126]가 다시 《자치통감》을 요약하여 지은 《통감절요(通鑑節要)》
와 명나라 장광계(張光啓)가 지은 《절요속편(節要續編)》【송(宋)·원(元)의 역사이
다. 세상에서 《송감(宋鑑)》이라고 한다.】과 진건(陳建)의 《황명통기(皇明通紀)》【천계
(天啓) 정묘년[127]까지이다.】와 왕여남(王汝南)의 《명기편년(明紀編年)》【통기(通紀)》
에 비하여 조금 간략하나, 홍광(弘光) 을유년[128]까지 이르니, 수말(首末)이 자못 완비된 듯

••••••

126 강지(江贄): 북송의 학자로 자는 숙규(叔圭)이고, 숭안현(崇安縣) 사람이다. 정
     화(政和) 연간에 세 번의 소명에도 응하지 않자, 휘종이 소미 선생(少微先生)이
     란 칭호를 내렸다.
127 천계(天啓) 정묘년: 1627년이다. 천계는 명나라 희종(熹宗)이 1621~1627년까
     지 사용한 연호이다.
128 홍광(弘光) 을유년: 1645년이다. 홍광은 남명(南明) 복왕(福王)이 1644~
     1645년까지 사용한 연호이다.

하다.】과 서거정(徐居正)[129]의 《동국통감(東國通鑑)》【신라(新羅), 고구려(高句麗),
백제(百濟), 고려(高麗)의 4대를 기록하였다.】이 있다.

　주부자(朱夫子)가 공자의 춘추필법(春秋筆法)에 따라 《자치통감강목(資治
通鑑綱目)》을 지었는데, 이는 편년 속에 강(綱)을 세우고 목(目)을 나눈 것으
로서 또 하나의 체례(體例)이다.

　송나라와 원나라의 경우는 우리나라 김우옹(金宇顒)[130]의 《송원강목(宋
元綱目)》[131]이 있고, 명나라의 경우는 이현석(李玄錫)[132]의 《명강목(明綱目)》이
있고, 고려의 경우는 시남(市南) 유계(俞棨)[133]의 《여사제강(麗史提綱)》이 있
다. 신라·고구려·백제 삼국(三國)의 경우는 빠져 있었는데 근래에 임상덕
(林象德)[134]이 지은 《동사회강(東史會綱)》[135]에 모두 실렸다. 이들은 모두 《자
치통감강목》의 의례(義例)를 따른 것들이다. 이현석과 임상덕이 편수한 것

· · · · · ·

129　서거정(徐居正): 1420~1488. 자는 강중(剛中), 호는 사가정(四佳亭), 본관은
　　　달성(達城)이다. 《삼국사절요(三國史節要)》, 《동문선(東文選)》, 《신찬동국여지승
　　　람(新撰東國輿地勝覽)》 등을 편찬하였다.

130　김우옹(金宇顒): 1540~1603. 자는 숙부(肅夫), 호는 동강(東岡), 본관은 의성
　　　(義城), 시호는 문정(文貞)이다. 남명(南冥) 조식(曹植)의 문인이다.

131　송원강목(宋元綱目): 명나라 상로(商輅, 1414~1486)가 송·원 시대를 중심으
　　　로 엮은 《속자치통감강목(續資治通鑑綱目)》의 별칭인바, 김우옹의 저서로 잘못
　　　알려졌다.

132　이현석(李玄錫): 1647~1703. 자는 하서(夏瑞), 호는 유재(游齋), 본관은 전주
　　　(全州), 시호는 문민(文敏)이다.

133　시남(市南) 유계(俞棨): 1607~1664. 자는 무중(武仲), 본관은 기계(杞溪)이다.
　　　저서에 《가례원류(家禮源流)》 등이 있다.

134　임상덕(林象德): 1683~1719. 자는 윤보(潤甫), 호는 노촌(老村), 본관은 나주
　　　(羅州)로, 윤증(尹拯)의 제자이다.

135　동사회강(東史會綱): 삼국시대에서 고려 공민왕(恭愍王)까지 1,490년 동안의
　　　역사를 총 27권 9책으로 기록하였다. 《자치통감강목》의 의례를 따르면서 일부
　　　가감하였다.

은 간행이 되지 않아 내가 아직 눈으로 보지 못하였다.

두 번째는 기전체(紀傳體)이다. 사마천(司馬遷)의 《사기(史記)》와 반고(班固)의 《한서(漢書)》, 범엽(范曄)의 《후한서(後漢書)》, 진수(陳壽)의 《삼국지(三國志)》, 당 태종(唐太宗)의 《진서(晉書)》, 심약(沈約)의 《송서(宋書)》, 소자현(蕭子顯)의 《남제서(南齊書)》, 요사렴(姚思廉)의 《양서(梁書)》와 《진서(陳書)》, 위수(魏收)의 《위서(魏書)》, 이백약(李百藥)의 《북제서(北齊書)》, 영호덕분(令狐德棻)의 《후주서(後周書)》, 이연수(李延壽)의 《남사(南史)》와 《북사(北史)》, 위징(魏徵)의 《수서(隋書)》, 송기(宋祁)의 《당서(唐書)》, 구양수(歐陽脩)의 《오대사(五代史)》가 있으니, 이것이 십칠사(十七史)가 된다.

또 탈탈(脫脫)의 《송사(宋史)》와 송렴(宋濂)의 《원사(元史)》가 있는데, 모두 우리 집에 소장하고 있다. 그러나 게혜사(揭傒斯)의 《요사(遼史)》와 《금사(金史)》만은 소장하고 있지 않다.

《명사(明史)》는 듣자하니 저 청나라에서 편수하고 있으나 아직 완성되지 않았다고 한다. 그러나 하교원(何喬遠)[136]의 《명산장(名山藏)》과 추의(鄒漪)의 《계정야승(啓禎野乘)》[137]을 통해서 대략 고증할 수 있다.

우리나라의 경우는 김부식(金富軾)의 《삼국사기(三國史記)》와 정인지(鄭麟趾)의 《고려사(高麗史)》가 있다.

세 번째는 기사체(紀事體)이다. 기사란 한 가지 일의 시작과 끝을 기록하는 것이다. 송나라 원추(袁樞)가 처음으로 《통감기사본말(通鑑紀事本末)》

••••••

136   하교원(何喬遠): 1558~1631. 자는 치효(穉孝), 호는 비아(匪莪)이다. 역사에 관심이 많아 명대 13조(朝)의 유사(遺事)를 기술한 《명산장(名山藏)》 및 《민서(閩書)》를 편찬하였다.

137   추의(鄒漪)의 계정야승(啓禎野乘): 추의는 명말청초의 학자로, 자는 유기(流綺)·서촌(西村)이다. 상주(常州) 무석(無錫) 사람으로, 매촌(梅村) 오위업(吳偉業)의 제자이다. 《계정야승(啓禎野乘)》은 명나라 천계(天啓) 연간에서 숭정(崇禎) 연간 사이의 특별한 인물들을 열전 형식으로 서술한 야사(野史)이다.

을 지어서 주나라 위열왕(威烈王)부터 오대(五代)까지 기록하였고, 명나라 심조양(沈朝陽)이 《기사본말전편(紀事本末前編)》을 지어서 반고씨(盤古氏)[138] 부터 위열왕 이전까지 기록하였다. 명나라 진방첨(陳邦瞻)이 《송원기사본말(宋元紀事本末)》을 지었고, 청나라 곡응태(谷應泰)가 《명기사본말(明紀事本末)》을 지었다. 근래에 정승 서문중(徐文重)[139]이 《조야기문(朝野記聞)》을 지어서 국조(國朝)의 일을 기록한 것도 기사본말(紀事本末)의 예를 따른 것이다.

••••••

138   반고씨(盤古氏): 중국 고대 전설 속의 신인(神人)이다. 천지가 개벽할 때 가장 먼저 등장하여 세상을 다스렸다고 한다.

139   서문중(徐文重): 1634~1709. 자는 도윤(道潤), 호는 몽어정(夢漁亭), 본관은 대구(大邱)이다. 조선조에 있었던 여러 고사를 수집하여 《조야기문》을 엮었다.

37. 선진先秦 이전의 제자諸子 25가家

해설 | 선진 이전의 제자 25가를 소개하였다. 유학자들은 대체로 제자백가의 책을 외가서(外家書)라고 하여 등한히 하였으나, 도곡은 외가서에도 관심을 기울여 공부하였고 많은 관련 서적을 소장하고 있었던 것으로 보인다.

先秦以上諸子를 槪以擧之하면 摠二十五家니 曰老子、曰莊子、曰列子、曰荀子、曰管子、曰晏子、曰墨子、曰鄧子、曰文子、曰尹文子、曰關尹子、曰鶡子、曰鶡冠子、曰子華子、曰亢倉子、曰鬼谷子、曰公孫子、曰商子、曰司馬子、曰孫子、曰吳子、曰尉繚子、曰韓子、曰呂子、曰屈子라 此外에 著書而不行於後世者도 亦必多矣리라

선진(先秦) 이전의 제자(諸子)를 개괄하여 들어보면 총 25가(家)이다. 노자(老子), 장자(莊子), 열자(列子), 순자(荀子), 관자(管子), 안자(晏子), 묵자(墨子), 등자(鄧子),[140] 문자(文子),[141] 윤문자(尹文子),[142] 관윤자(關尹子),[143] 육자(鶡子),[144]

••••••

140　등자(鄧子): 춘추시대 정(鄭)나라 사상가인 등석(鄧析)으로, 명가(名家)로 분류되며, 저술로 《등석자(鄧析子)》가 전해진다.

141　문자(文子): 춘추시대 진(晉)나라 사상가 범문자(范文子)로, 도가(道家)로 분류된다. 유향(劉向)은 《칠략(七略)》에서 그가 자하(子夏)의 제자라 하였다. 당 현종은 그를 통현진인(通玄眞人)으로 칭하고, 그의 저서인 《문자(文子)》를 《통현진경(通玄眞

갈관자(鶡冠子),¹⁴⁵ 자화자(子華子),¹⁴⁶ 항창자(亢倉子),¹⁴⁷ 귀곡자(鬼谷子),¹⁴⁸ 공손자(公孫子),¹⁴⁹ 상자(商子),¹⁵⁰ 사마자(司馬子),¹⁵¹ 손자(孫子), 오자(吳子), 울료자

......

經)》이라 하였다. 《문자》는 상당 부분 《회남자》와 중복되어, 후대의 위서라는 주장이 많다.

142 윤문자(尹文子): 전국시대 제(齊)나라 사상가인 윤문(尹文)으로, 직하(稷下)에서 학문하였으며 명가(名家)로 분류된다. 저술로 《윤문자》가 전해진다.

143 관윤자(關尹子): 춘추시대 노자(老子)의 제자로 알려진 윤희(尹喜)이다. 함곡관(函谷關)의 관리를 지내 '관윤자'로 불린다. 저서로 《관윤자》가 전해지는데, 오대의 도사(道士) 두광정(杜光庭)의 위작이라는 주장이 많다.

144 육자(鬻子): 주나라 초기의 사상가 육웅(鬻熊)이다. 문왕(文王)의 스승으로 알려져 있다. 《육자》 1권이 전해진다.

145 갈관자(鶡冠子): 춘추시대 초나라 사상가로 알려져 있다. 깊은 산중에 살면서 갈조(鶡鳥)의 꽁지깃으로 장식한 관을 쓰고 다녀 이렇게 불려진다. 저술로 《갈관자》가 있는데, 가의(賈誼)의 《복조부(鵩鳥賦)》를 표절한 위서로 알려져 있다.

146 자화자(子華子): 춘추시대 진(晉)나라 사상가 정본(程本)이라 하나 확실하지 않다. 저술로 《자화자》 2권이 있는데, 남송 때 무명인이 지은 위서로 알려져 있다.

147 항창자(亢倉子): 춘추시대 도가(道家)의 인물이다. 경상자(庚桑子) 또는 항상자(亢桑子)로 불리며, 이름은 초(楚)이다. 노나라 외루(畏壘)의 산속에서 살면서 사람들에게 성인으로 존경을 받았으며, 노자에게 배운 무위자연의 도를 실천했다고 한다. 저술로 《항창자》 9편이 있는데, 후대의 위서로 알려져 있다.

148 귀곡자(鬼谷子): 전국시대 제나라 종횡가 소진(蘇秦)·장의(張儀)와 병법가 손빈(孫臏)의 스승이라고 한다. 양성(陽城)의 귀곡에 살아서 이렇게 불린다. 저술로 《귀곡자》 1권이 있는데, 소진이 가탁한 책이라는 설과 육조시대의 위서라는 설이 있다.

149 공손자(公孫子): 전국시대 조(趙)나라의 명가(名家) 공손용(公孫龍)이다. 저술로 《공손용자(公孫龍子)》가 있는데, 후대의 위작이라는 설이 있다.

150 상자(商子): 전국시대 위(衛)나라의 공손앙(公孫鞅)이다. 법가(法家)를 대표한다. 상오(商於)에 봉해져 상앙(商鞅)·상군(商君)으로 불린다. 저술로 《상자》 5권이 있다.

151 사마자(司馬子): 춘추시대 제나라 병법가 사마양저(司馬穰苴)로, 전씨(田氏)이다. 대사마(大司馬)를 지내 '사마자'로 불린다. 저술로 《사마병법(司馬兵法)》이 있다.

(尉繚子),¹⁵² 한자(韓子),¹⁵³ 여자(呂子),¹⁵⁴ 굴자(屈子)¹⁵⁵이다.

이밖에 책을 저술하였으나 후세에 전해지지 않는 자도 반드시 많을 것이다.

• • • • • •

152 울료자(尉繚子): 전국시대 진(秦)나라의 병법가 울료(尉繚)이다. 위나라 출신으로, 귀곡자(鬼谷子)의 제자라는 설이 있다. 저술로《울료자》24편이 전해진다.

153 한자(韓子): 전국시대 한(韓)나라의 사상가 한비(韓非)이다. 순자(荀子)에게 수학하고 법가 사상을 집대성하였다. 저술로《한비자》55편이 전해진다.

154 여자(呂子): 전국시대 진(秦)나라의 여불위(呂不韋)이다. 본래 조(趙)나라 거상(巨商)이었는데, 빈객들의 설을 정리하여《여씨춘추(呂氏春秋)》를 엮었다.

155 굴자(屈子): 전국시대 초(楚)나라 시인 굴원(屈原)이다. 회왕(懷王)의 좌도(左徒)로 있다가 모함을 받아 강남으로 추방되었는데, 울분을 참지 못하고 멱라수(汨羅水)에 투신하였다.《이소(離騷)》등을 남겨 초사(楚辭)의 비조로 평가된다.

38. 천하의 지극한 글
《노자老子》와 《능엄경楞嚴經》

해설 | 《노자》는 글이 은미하고 심오하여 다른 제자(諸子)의 책이 미칠 바가 아니라고 하면서, 불가의 《능엄경》과 함께 천하의 지극한 글이라고 극찬하였다.

《老子》之文은 玄微奧深하여 非諸子所可及이라 余少時甚喜之하여 頗費研索이로되 而意旨惚怳하여 終莫可摸捉이라 遂輟而讀《莊子》하니 《莊》文은 《老子》之註脚也라 古云 "老子猶龍이라"하니 此以人言也라 余謂不但其人猶龍이요 其文亦猶龍하여 殆與《楞嚴經》相類하니 俱是天下之至文也라

《노자(老子)》의 글은 깊고 은미하고 심오하여, 제자(諸子)들이 미칠 바가 아니다. 내가 어렸을 적에 《노자》를 몹시 좋아하여 자못 힘들여 연구했으나, 그 뜻이 미묘하고 난해하여 끝내 알 수가 없었다. 이에 읽기를 중지하고 《장자(莊子)》를 읽었는데, 《장자》의 글은 《노자》의 주각(註脚)[156]과 같았다.

······
156 주각(註脚): 각주(脚註)와 같은 말로, 글을 쓸 때 본문의 어떤 부분의 뜻을 보충하거나 풀이한 글을 본문의 아래쪽에 따로 단 것을 이른다.

《고사(古史)》에 이르기를 "노자는 용과 같다."라고 하였으니,[157] 이는 그 사람을 평하여 말한 것이다. 그런데 나는 "비단 그 사람이 용과 같을 뿐만이 아니라, 그 글도 용과 같아서 거의 《능엄경(楞嚴經)》[158]과 서로 비슷하다."라고 생각한다. 두 책이 모두 천하의 지극한 글이다.

••••••

157 고사(古史)에……하였으니: 《고사》는 북송의 문장가인 소철(蘇轍)이 편찬한 사서(史書)이다. '노자는 용(龍)과 같다.'는 말은 《고사》 권33 〈노자열전(老子列傳)〉에 공자가 제자들에게 노자를 칭송하는 말 가운데 보인다.

158 능엄경(楞嚴經): 불교의 대승경전(大乘經典)으로 모두 10권이다. 705년 인도의 승려 반랄밀제(般剌蜜帝)에 의해 한역(漢譯)되어 당나라에 전래되었다. 밀교부에 속해 있으나 선정(禪定)을 말하여 선종의 주요 경전이 되었다. 원래의 이름은 《대불정여래밀인수증요의 제보살만행수 능엄경(大佛頂如來密因修證了義諸菩薩萬行首楞嚴經)》이다.

39. 노자老子를 배운 자의 사업

해설 | 무(無)를 종지(宗旨)로 삼는 노자의 학문은 원래 문(文)이 지나치고 질(質)이 사라진 주(周)나라의 폐해를 바로잡기 위해 나왔으며, 한(漢)나라 조참(曹參)과 송(宋)나라 이항(李沆), 조선조의 신흠(申欽)과 장유(張維)가 이를 공부한 분들이라고 소개하였다. 주자학자이면서도 노장 사상을 배척하지 않고 수용하는 도곡의 개방적인 학문 성향을 엿볼 수 있다.

老子之學은 以無爲宗하니 無則不可以治天下國家니 是將擧一世하여 爲空幻世界而已矣라 然其微意는 正不至此하니 蓋厭周時文勝滅質하여 機變百出하여 立是言以矯之也라 故爲老學者事業이 亦多可觀이라 今不能悉擧로되 而如漢之曹參과 宋之李沆은 爲相에 用此道하여 亦足以制治保邦하니 不可少也라 我朝申玄翁、張谿谷도 亦治此學者也라

노자(老子)의 학문은 무(無)를 종지로 삼는다. 그런데 무(無)로는 천하와 국가와 집안을 다스릴 수 없으니, 이는 장차 한 세상을 들어서 공환(空幻)의 세계로 만들 뿐이다. 그러나 그의 은미한 뜻이 여기에 이른 것은 아니다. 노자는 주나라 때 문(文)이 지나치고 질(質)이 사라져 온갖 권모술수가 횡행하는 것을 싫어했기 때문에 이 글을 써서 이러한 풍조를 바로잡고자 했던 것이다.

그러므로 노자의 학문을 공부한 사람들의 사업도 볼만한 것이 많다. 지금 모두 열거할 수는 없으나, 한나라 조참(曹參)[159]과 송나라 이항(李沆)[160]과 같은 분들은 재상이 되자 이 방도를 써서 또한 충분히 정무를 다스리고 나라를 보존할 수 있었으니, 가볍게 여길 수 없다.

우리 조선조의 신현옹(申玄翁)과[161] 장계곡(張谿谷)[162]도 이 학문을 공부한 분들이다.

••••••

159 조참(曹參): ?~기원전 190. 자는 경백(敬伯)이다. 한 고조(漢高祖) 유방(劉邦)을 도와 한나라의 개국공신이 되었다. 제(齊)나라 재상이었을 때, 황노학(黃老學)을 전공한 교서(膠西)의 개공(蓋公)에게 가르침을 받아 실행하였다.

160 이항(李沆): 947~1004. 북송의 명상으로 자는 태초(太初), 시호는 문정(文靖)이다. 원대한 생각과 선견지명이 있어 성상(聖相)으로 불렸다.

161 신현옹(申玄翁): 상촌(象村) 신흠(申欽, 1566~1628)으로, 현옹은 별호이고, 자는 경숙(敬叔), 본관은 평산(平山), 시호는 문정(文正)이다. 대제학을 거쳐 영의정을 지냈다.

162 장계곡(張谿谷): 장유(張維, 1587~1638)로, 계곡은 호이고, 자는 지국(持國), 본관은 덕수(德水), 시호는 문충(文忠)이다. 대제학을 거쳐 우의정을 지냈다. 양명학(陽明學)을 배워 지행합일(知行合一)을 주장하였다.

40. 내용이 중복되는
《열자列子》와 《남화경南華經》

해설 | 도가의 저술에 속하는 《열자》와 《남화경》에 서로 중복되는 내용이 있음을 밝히고, 후인들이 《남화경》의 내용을 가지고 견강부회하여 《열자》에 끼워 넣었거나, 《남화경》에 《열자》의 내용을 끼워 넣었을 것이라고 추측하였다.

《列子》八篇은 其精言妙指가 可與《南華》爲伯仲이라 間有載於《南華》書者가 攙入其中하고 〈黃帝〉一篇尤多하니 無乃後人之傅會成書耶아 抑《南華》〈說劍〉、〈盜跖〉等篇이 旣多後人之疑하니 其載《列子》書而入其中者는 爲後人之追撰을 如〈說劍〉、〈盜跖〉等篇耶아 未可知也로라

《열자》 8편은 그 정밀한 말과 오묘한 뜻이 《남화경(南華經)》[163]과 백중 (伯仲)을 다툰다. 다만 《남화경》에 실려 있는 것이 간간이 이 속에 끼어 있는데, 〈황제(黃帝)〉 한 편에 더욱 많다. 아마도 후인들이 견강부회하여 이 책을 만든 것이 아니겠는가? 아니면 《남화경》의 〈설검(說劍)〉과 〈도척(盜 跖)〉 등의 편은 이미 후세 사람들로부터 위작이라는 의심을 많이 받고 있으니, 혹시 《열자》에 실린 내용들을 후인들이 나중에 엮어서 거꾸로 〈설 검〉과 〈도척〉 등의 편 가운데에 끼워 넣은 것인지 알 수 없다.

......
163 남화경(南華經): 장주(莊周)가 지은 《장자(莊子)》의 이칭이다. 《남화진경(南華
    眞經)》이라고도 한다.

41. 《순자荀子》는
한유韓愈 문장의 근원

해설 | 제자백가 중에 가장 도(道)에 가깝고 문사가 풍부한《순자》를 익히면
뛰어난 문장가가 될 수 있다고 하면서, 한유의 문장이 여기에서 나왔음을 밝
혔다.

《荀子》一書은 除〈性惡〉等篇外엔 議論純正하여 多格言名理하여 在諸子
中에 最爲近道요 又其文辭豐暢贍厚하니 若多讀而得力이면 則當爲高
世文章이라 昌黎之文이 全出於此라

《순자(荀子)》한 책은 〈성악(性惡)〉 등의 편을 제외하면 의논이 순정(純正)
해서 격언(格言)과 명리(名理)가 많으니, 제자백가 가운데 가장 도에 가깝
다. 또 문사(文辭)가 풍부하고 통창하며 넉넉하고 중후하니, 만약 많이
읽어서 득력한다면, 마땅히 세상의 뛰어난 문장가가 될 것이다. 창려(昌
黎)[164]의 문장이 모두 여기에서 나왔다.

• • • • • • •

164 창려(昌黎): 당나라 문장가 한유(韓愈, 768~824)로, 자는 퇴지(退之), 시호는
문공(文公)이다. 창려 백(昌黎伯)에 봉해져 이렇게 불렸다. 유종원(柳宗元)과 함
께 고문운동(古文運動)을 벌여, 상투적인 변려문(騈儷文)을 버리고 고문체(古文
體)를 쓸 것을 주장하였다. 불가와 도가를 배척하고 유학을 높여 도학(道學)의
선구자가 되었다. 당송팔대가로 꼽힌다.

42. 《관자管子》와 《안자晏子》의 문장

해설 | 춘추시대 제(齊)나라의 명재상 관중(管仲)의 《관자》와 안영(晏嬰)의 《안자춘추》는 세상을 경륜하는 내용과 군주를 풍간한 내용을 담고 있으면서 문장까지 뛰어난 훌륭한 책이라고 평하였다.

《管子》之書는 是經世大文字로되 而文如珠迸釆瀉하여 奇巧無比하고 筆端鼓舞之妙를 又有言不可形者하여 讀之하면 常恐易盡이라 夷吾는 乃霸者之佐니 固一時人傑이요 而文亦傑出於人이라 晏子之書를 名曰《晏子春秋》라 하니 多載諷諫其君之語로되 議論純慤而文字典雅하니 亦可想見其爲人矣라

《관자(管子)》는 세상을 경륜하는 위대한 문자인데, 문장이 마치 구슬을 흩어놓고 수은을 쏟아 놓은 것 같아서 그 기교를 견줄 데가 없고 붓끝이 고무(鼓舞)하는 절묘함 또한 말로 형용할 수 없다. 그리하여 이 책을 읽게 되면 항상 쉽게 다 읽어버릴까 두려워할 정도이다.

이오(夷吾)[165]는 바로 패자(霸者)를 보좌한 자이니 진실로 한 시대의 인

••••••

165 이오(夷吾): 춘추시대 제(齊)나라의 관이오(管夷吾)이다. 자가 중(仲)이어서 흔히 관중(管仲)으로 불린다. 저술로 《관자(管子)》가 전해진다. 환공(桓公)을 도와

걸이었고, 문장 또한 남보다 걸출하였다.

《안자(晏子)》는 《안자춘추(晏子春秋)》166라고 부른다. 대부분 군주를 풍간(諷諫)한 말을 수록한 책인데, 의논이 순수하고 간곡하며 문장이 전아하니, 여기에서도 그의 사람됨을 상상할 수 있다.

• • • • • • •

부국강병의 정치를 펼쳐 제후를 규합하고 패업을 이루었다.

166 안자춘추(晏子春秋) : 춘추시대 제나라의 재상 안영(晏嬰)의 언행(言行)을 기록한 책이다. 안영은 자가 중(仲)이고 시호가 평(平)이어서 흔히 안평중(晏平仲)으로 불린다. 제나라의 영공(靈公), 장공(莊公), 경공(景公) 3대에 걸쳐 재상을 지내어 관중과 함께 훌륭한 재상으로 일컬어진다.

43. 글이 가장 빼어난 귀곡자鬼谷子

해설 | 묵자에서 상자까지 12명의 글을 논하고서, 이 가운데 귀곡자의 글이 가장 뛰어남을 밝혔다. 도곡이 제자백가의 여러 저술을 모두 독파하고 자신의 견해를 밝힌 것으로서, 독서의 폭이 넓고 꼼꼼하게 분석하여 깊은 이해에 이르렀음을 엿볼 수 있다.

《墨子》之文은 渾浩하고《鄧子》之文은 簡質하고《文子》之文은 切深하고《尹文子》之文은 辨博하고《關尹子》之文은 奇古하고《鶡子》之文은 別無新語하고 文字亦似不甚暢茂하며《鶡冠子》는 雖稱後人僞作이나 然間多奇語라《子華子》之文은 多稱晏子하니 豈晏子一時人耶아 序稱爲趙簡子家臣이라 하니 若然則似非晏子時人이니 文頗腴雋이라《亢倉子》는 卽莊周所稱老聃之役庚桑楚者也니 其文亦奇라《鬼谷子》는 卽戰國機變之先鞭이니 而老氏之餘裔也라 其文이 俊偉縱橫하여 莫可端倪하니 蘇、張得之하여 用於游說하여 以發身取重이라《公孫子》는 鬼谷之一流而稍變之하여 托於堅白以鳴하니 惠施之徒也라 其說이 窒而不通하니《莊子》所謂"存雄無術"者信矣니 此固不足言이라《商子》則雖刻深이나 於富國彊兵之術에 亦有所得焉者하니 其文이 類其爲人이라 摠之하면 鬼谷最高요 商君次之요 公孫最其靡者也라

묵자(墨子)의 글은 혼후하고 광대하며[渾浩], 등자(鄧子)의 글은 간략하고 질박하며[簡質], 문자(文子)의 글은 간절하면서 깊으며[切深], 윤문자(尹文子)의 글은 학식이 넓으며[辨博], 관윤자(關尹子)의 글은 기이하고 예스러우며[奇古], 육자(鬻子)의 글은 특별히 새로운 말[新語]이 없고 문장도 그다지 통창하거나 성대한[暢茂] 면이 없는 듯하다. 갈관자(鶡冠子)의 글은 비록 후세 사람의 위작이라고 알려져 있지만, 중간중간에 기이한 말[奇語]이 많다.

자화자(子華子)의 글은 '안자(晏子)'를 일컬은 곳이 많으니 아마도 안자와 같은 시대 사람인가 보다. 그런데 서문에서 "조간자(趙簡子)의 가신(家臣)이다."라고 하였으니, 그렇다면 안자와 같은 시대의 사람은 아닌 듯하다. 글이 자못 훌륭하다.

항창자(亢倉子)는 바로 장주(莊周)가 말한 노담(老聃)의 제자인 경상초(庚桑楚)라는 자인데, 그의 글 또한 기이하다. 귀곡자(鬼谷子)는 바로 전국시대 임기응변의 선구(先驅)이고 노자의 유파인데, 그 글이 빼어나고 아름다우며 종횡무진하여 예측할 수 없다. 소진(蘇秦)과 장의(張儀)가 그의 글을 얻어 유세(游說)에 활용함으로써 발신(發身)하여 높은 지위를 얻었다.

공손자(公孫子)는 귀곡자(鬼谷子)의 한 유파로서 다소 변하여 견백동이설(堅白同異說)[167]에 의탁하여 이름을 떨쳤으니, 혜시(惠施)[168]의 무리이다. 그 말이 막히고 통하지 않으니 《장자》에서 말한 "남을 이기려는 데만 정신

••••••

167 견백동이설(堅白同異說): 일종의 궤변(詭辯)이다. 단단하고 흰 돌을 눈으로 보면 흰 것은 알 수 있으나 단단한지는 모르며, 손으로 만져보면 단단한 것은 알 수 있으나 흰지는 모르므로, 단단하고 흰 돌은 한 물건이 아니라고 하는 변론이다.

168 혜시(惠施): 전국시대 송(宋)나라의 명가(名家)로 분류되는 사상가이다. 장주에게서 "혜시는 재주가 많고, 그 책이 다섯 수레나 된다.[惠施多方 其書五車]"라는 칭송을 들었다. 한때 위(魏)나라 혜왕(惠王)과 양왕(襄王)을 섬겨 재상이 되었으나, 장의에 의해 쫓겨났다. 저술로 《혜자(惠子)》가 있으나 지금은 전해지지 않는다.

을 써서 도리어 학술이 없다.〔存雄無術〕"169는 것이 정확한 표현이니, 이는 진실로 말할 것이 못된다.

상자(商子)는 비록 성품이 가혹하고 엄격했으나 부국강병의 술수에 있어서는 또한 터득한 바가 있었으니, 그 글은 그의 성품과 똑같다.

이상을 종합해서 보면, 귀곡자가 가장 뛰어나고 상군(商君, 상자)이 다음이고, 공손자가 가장 뒤떨어진다.

<hr />

169 남에게……없다: 《장자》〈천하(天下)〉에 '시존웅이무술(施存雄而無術)'이라는 말이 보인다.

44. 《손자孫子》는
병가兵家 서적 중의 최고

해설 | 병가의 서적 4종을 소개하고 그 가운데 《손자》가 가장 뛰어나다고 평하였다. 여기에 태공(太公)의 《육도(六韜)》, 황석공(黃石公)의 《삼략》, 당태종과 이정(李靖)의 문답을 수록한 《이위문공대(李衛公問對)》 3종을 더하여 '무경칠서(武經七書)'로 일컫는다.

《司馬子》,《孫子》,《吳子》,《尉繚子》는 兵家書也라 其文은 孫武最高하고 吳起,尉繚次之요 《司馬法》亦簡切可喜라

《사마자(司馬子)》,《손자(孫子)》,《오자(吳子)》,《울료자(尉繚子)》는 병가(兵家)의 책이다. 글은 손무(孫武)가 가장 뛰어나고, 오기(吳起)와 울료(尉繚)가 다음이다. 《사마법(司馬法)》도 간략하고 적절하여 즐겨 읽을 만하다.

45. 《귀곡자鬼谷子》에서 변화되어 나온 《한비자韓非子》

해설 | 《귀곡자》에서 변화되어 나온 《한비자》가 인정과 사무에 절실하고 깊으며, 문장도 다채로워 읽을 만한 책이라고 평하였다.

《韓非》〈說難〉、〈孤憤〉等篇은 用《鬼谷》而稍變하여 切於人情하고 深於事機하며 文亦暎蔚하여 多轉折하여 絕堪多讀이라

《한비자(韓非子)》의 〈세난(說難)〉과 〈고분(孤憤)〉 등의 편은 《귀곡자》를 조금 변화시켜서, 인정(人情)에 적절하고 일의 기미에 대한 깊은 식견이 있으며, 문장도 다채롭고 변화가 많아서 정말로 많이 읽을 만하다.

46. 여불위의 《여씨춘추呂氏春秋》

해설 | 여불위(呂不韋)의 《여씨춘추》가 문객들의 글 중에 기이하고 빼어난 것을 취합하여 엮었기 때문에 볼만한 내용이 많다고 평하였다.

《呂覽》之文은 沈深而要妙하니 此非不韋自作이요 懸千金하여 以求四方人士하여 各以所見論著하고 裒聚奇章雋語하여 合爲一書故로 自可觀이라

《여람(呂覽, 여씨춘추)》의 글은 침중하고 깊이가 있으며 정밀하고 오묘하다. 이 책은 여불위(呂不韋)가 직접 지은 것이 아니라, 천금(千金)의 현상(懸賞)을 내걸고 사방의 인사(人士)를 찾아서 이들로 하여금 저마다 자신의 소견으로 글을 짓게 한 뒤에, 이 중에 기이한 글과 빼어난 말을 모아 합하여 한 책으로 만든 것이다. 이 때문에 본래 볼만한 것이다.

47. 굴원屈原과 송옥宋玉의 사부詞賦

해설 | 《시경》에서 한 번 변하여 나온 굴원과 송옥의 사부가 고금 사가(詞家)의 종조(宗祖)이고 시가(詩歌)의 적통임을 밝히고, 도곡 자신도 젊은 시절에 몹시 좋아하여 익히고자 노력하였다고 말하였다.

屈, 宋之詞賦는 蓋自三百篇閭巷歌謠로 而一變之하여 爲千古詞家之祖라 至其託寄寓興之際에 雖多荒怪不經之語나 而忠憤慷慨하여 自可見性情之正이요 詞句鏗鏘燁燁하여 又可爲詩歌之家嫡이라 余少日甚喜之하여 頗費誦讀이로되 而以才鈍하여 終無所得이로다

굴원(屈原)과 송옥(宋玉)[170]의 사부(詞賦)는 여항(閭巷)의 가요를 모아서 엮은 것으로, 《시경》에서 한 번 변하여 천고(千古) 사가(詞家)의 종조가 되었다.
뜻을 의탁하고 흥(興)을 붙이는 사이에 비록 황당하고 올바르지 못한 말도 많으나 충의(忠義)가 북받쳐 격앙되니, 절로 성정(性情)의 바름을 볼 수 있다. 또 사구(詞句)가 굳세고 빛나서 시가(詩歌)의 적통이 될 만하다.
내가 젊을 적에 이를 매우 좋아하여 자못 힘써 읽고 외웠는데, 재주가 둔하여 끝내 얻은 바가 없었다.

••••••
170 송옥(宋玉): 전국시대 초(楚)나라의 시인으로, 자는 자연(子淵)이다. 그의 스승인 굴원(屈原)과 함께 '굴송(屈宋)'으로 병칭된다. 《초사(楚辭)》와 《문선(文選)》에 작품이 실려 전하는데, 〈구변(九辨)〉을 제외한 나머지는 모두 위작으로 의심받고 있다.

48. 선진先秦 이전과
한漢·위魏 시대의 서적

해설 | 선진 이전부터 한·위 시대에 이르기까지의 서적 중 이미 읽은 수십 종을 소개하고, 이 중에서 빼어난 부분을 선별해서 한 책으로 만들려는 뜻을 품었으나 미처 완성하지 못한 채 늙고 말았음을 탄식하였다.

諸子外에 先秦以上書는《家語》、《國語》、《戰國策》、《黃帝素問》、《陰符經》、黃石公《素書》、《三略》、太公《六韜》、《三墳書》、《越絶書》、《汲冢周書》、《竹書紀年》、《穆天子傳》이요 漢、魏則京房《易傳》、焦贛《易林》、陸賈《新語》、賈誼《新書》、劉向《新序》·《說苑》、淮南王 安《鴻烈解》、東方朔《神異經》·《十洲記》、孔鮒《孔叢子》·《小爾雅》、桓寬《鹽鐵論》、申培《詩說》、韓嬰《韓詩外傳》、戴德《大戴禮記》、董仲舒《春秋繁露》、趙曄《吳越春秋》、揚雄《太玄經》·《法言》·《方言》、劉歆《西京雜記》、班固《白虎通》、《漢武內傳》、伶玄《飛燕外傳》、魏伯陽《參同契》、王符《潛夫論》、黃憲《外史》、荀悅《申鑒》、郭憲《洞冥記》、應劭《風俗通》、桑欽《水經》、石申《星經》、王充《論衡》、劉熙《釋名》、馬融《忠經》、蔡邕《獨斷》、諸葛亮《心書》、亡名氏《雜事秘辛》·《三輔黃圖》、王粲《英雄記》、徐幹《中論》이니 摠五十餘種이라 司馬遷《史記》와 班固《漢書》는 別爲記事之書하여 不列於此라 諸書各有純駁眞贋之殊로되 而要可爲博古者之所採緝하니 余亦槪皆循覽一二次라 欲略加去就하여 作爲一書하여 以資楂梨一味로되 而未及成書하고 今老倦하여 不能爲也로라

제자(諸子)를 제외한 선진(先秦) 이전의 책으로는 《가어(家語)》,[171] 《국어(國語)》,[172] 《전국책(戰國策)》,[173] 《황제소문(黃帝素問)》,[174] 《음부경(陰符經)》,[175] 황석공(黃石公)[176]의 《소서(素書)》·《삼략(三略)》, 강태공(姜太公)[177]의 《육도(六韜)》, 《삼분서(三墳書)》, 《월절서(越絕書)》, 《급총주서(汲冢周書)》, 《죽서기년(竹書紀年)》, 《목천자전(穆天子傳)》이 있다.

한(漢)·위(魏) 시대의 책으로는 경방(京房)[178]의 《경방역전(京房易傳)》, 초

••••••

171　가어(家語): 공자의 언행과 일상 및 문인과의 문답을 수록한 《공자가어(孔子家語)》의 약칭이다. 고본은 이미 실전되었고, 지금 전하는 것은 위(魏)나라 왕숙(王肅)이 《춘추좌씨전》과 《맹자》 등의 책에서 공자에 관한 기록을 모아서 엮은 위서(僞書)로 알려져 있다.

172　국어(國語): 춘추시대 역사를 나라별로 기록한 역사서이다. 주어(周語) 3권, 노어(魯語) 2권, 제어(齊語) 1권, 진어(晉語) 9권, 정어(鄭語) 1권, 초어(楚語) 2권, 오어(吳語) 1권, 월어(越語) 2권으로 되어 있는 바, 좌구명(左丘明)의 저술이라 하며, 《춘추외전(春秋外傳)》이라 칭하기도 한다.

173　전국책(戰國策): 주(周)나라 정정왕(貞定王) 57년(기원전 454)부터 진시황 37년(기원전 210)까지 약 240년 동안의 정치, 사회와 책사(策士)들의 언행(言行)을 33권으로 기록한 역사서이다. 서주(西周), 동주(東周), 진(秦), 초(楚), 제(齊), 위(魏), 연(燕), 한(韓), 조(趙), 송(宋), 위(衛), 중산(中山) 등의 12국책(十二國策)으로 되어 있다.

174　황제소문(黃帝素問): 황제와 기백(岐伯)의 문답을 기록한 《황제내경소문(黃帝內經素問)》으로, 중국 최고(最古)의 의서(醫書)인 《황제내경(黃帝內經)》의 하나이다.

175　음부경(陰符經): 황제(黃帝)가 저술한 도가(道家) 경전으로, 북위(北魏)의 도사 구겸지(寇謙之)가 전수받아 숭산(崇山)의 석실에 감추어 두었는데, 당나라 도사 이전(李筌)이 발견하여 마침내 세상에 전해졌다고 한다.

176　황석공(黃石公): 진(秦)나라 말기의 은사(隱士)로, 장량(張良)에게 치국(治國)의 방도와 병법(兵法)을 전수했다고 하며, 저서로 《소서》가 있다.

177　강태공(姜太公): 주(周)나라 초기의 현자(賢者)로, 성은 강(姜), 씨는 여(呂), 이름은 상(尙)이다. 위수(渭水)에서 낚시하다가 문왕(文王)을 만나 국사(國師)가 되었고, 무왕(武王)을 도와 은(殷)나라 주왕(紂王)을 멸망시켰다. 《육도》와 《삼략》을 지었다고 하는데, 《삼략》은 황석공의 저서라 하기도 한다. 《史記 卷32 齊太公世家》

178　경방(京房): 기원전 77～기원전 37. 전한(前漢)의 학자로 자는 군명(君明)이다.

공(焦贛)[179]의 《역림(易林)》, 육가(陸賈)[180]의 《신어(新語)》, 가의(賈誼)[181]의 《신서(新書)》, 유향(劉向)[182]의 《신서(新序)》·《설원(說苑)》, 회남왕(淮南王) 유안(劉安)[183]의 《홍열해(鴻烈解)》, 동방삭(東方朔)[184]의 《신이경(神異經)》·《십주기(十洲記)》, 공부(孔鮒)[185]의 《공총자(孔叢子)》·《소이아(小爾雅)》, 환관(桓寬)[186]의 《염

• • • • • •

본래 이씨(李氏)였는데, 스스로 경씨로 고쳤다. 초공(焦贛)에게 역학(易學)을 배웠으며, 재이(災異)를 예언한 것이 자주 적중했다고 한다.

179 초공(焦贛): 초공(焦贛)으로도 표기하며, 자는 연수(延壽)이다. 전한 말기의 역술가로, 경방에게 역학을 전수하였다.

180 육가(陸賈): 기원전 240~기원전 170. 한 고조(漢高祖)에게 《시경》과 《서경》을 읽을 것과 인의(仁義)의 정치를 펼 것을 진언하였다. 진(秦)이 멸망한 까닭을 묻는 고조에게 패도(霸道)를 배척하고 왕도(王道)를 역설한 《신어(新語)》를 지어 올렸다.

181 가의(賈誼): 기원전 200~기원전 168. 20세에 문제(文帝)에게 발탁되었다. 후에 주발(周勃) 등에게 배척되어 장사왕(長沙王)의 태부(太傅)로 좌천되었다가 3년 후에 문제의 막내아들 양 회왕(梁懷王)의 태부가 되었다. 양 회왕이 낙마하여 갑자기 죽자 죄책감으로 33세에 병사하였다.

182 유향(劉向): 기원전 77~기원전 6. 자는 자정(子政)이다. 선제(宣帝) 때에 명유(名儒)로 선발되어 궁중의 석거각(石渠閣)에서 오경(五經)을 강의하였다. 선진(先秦)의 서적을 수집하여 교감하고 분류하였으며, 아들 유흠(劉歆)과 함께 《칠략(七略)》을 저술하여 목록학의 비조가 되었다.

183 유안(劉安): 한 고조(漢高祖)의 손자이고, 회남왕(淮南王) 유장(劉長)의 아들로, 뒤에 회남왕이 되었다. 노장(老莊) 사상을 주축으로 여러 사상을 통합하여 《회남자(淮南子)》를 엮었는데 이 책을 《홍열해(鴻烈解)》라고도 칭한다.

184 동방삭(東方朔): 기원전 154~기원전 93. 전한 무제(武帝) 때의 문신으로, 자는 만천(曼倩)이다. 해학과 변설(辯說), 직간(直諫)으로 무제의 총애를 받았다.

185 공부(孔鮒): 기원전 252~기원전 208. 공자의 9세손으로, 자는 갑(甲), 또는 자어(子魚)이다. 진 시황이 분서갱유(焚書坑儒)하기 이전에 《논어》와 《효경(孝經)》, 《상서(尙書)》 등을 숨기고 은거했다가 진승(陳勝)의 부름에 나아가 박사(博士)가 되었다.

186 환관(桓寬): 전한 중기의 학자로 자는 차공(次公)이다. 소제(昭帝) 때 조정에서 염철(鹽鐵)에 대해 논한 내용을 수집하여 《염철론(鹽鐵論)》을 편찬하였다.

철론(鹽鐵論)》, 신배(申培)[187]의 《시설(詩說)》, 한영(韓嬰)[188]의 《한시외전(韓詩外

傳)》, 대덕(戴德)[189]의 《대대례기(大戴禮記)》, 동중서(董仲舒)[190]의 《춘추번로(春

秋繁露)》, 조엽(趙曄)[191]의 《오월춘추(吳越春秋)》, 양웅(揚雄)[192]의 《태현경(太玄

經)》·《법언(法言)》·《방언(方言)》, 유흠(劉歆)[193]의 《서경잡기(西京雜記)》, 반고(班

固)[194]의 《백호통(白虎通)》·《한무내전(漢武內傳)》, 영현(伶玄)[195]의 《비연외전(飛

••••••

187 신배(申培): 전한 초기의 학자로 노시학(魯詩學)의 개창자이다. 《시경》과 《춘추
　　곡량전(春秋穀梁傳)》에 정통하였다.

188 한영(韓嬰): 전한 초기의 학자로 한시학(韓詩學)의 개창자이다. 《시경》과 《주역》
　　에 정통하였다. 저술로 《한시외전(韓詩外傳)》 외에 《한시내전(韓詩內傳)》이 있었
　　으나, 지금은 전해지지 않는다.

189 대덕(戴德): 전한 초기 학자로 자는 연군(延君)이다. 대대학(大戴學)의 개창
　　자이다. 조카 대성(戴聖)과 구별하여 대대(大戴)로 불린다. 진(秦)·한(漢) 이전
　　의 문헌을 토대로 85편의 《대대례(大戴禮)》를 엮었으나, 46편은 망실되고 현재
　　39편이 전해진다.

190 동중서(董仲舒): 기원전 197~기원전 104. 전한 초기의 학자이다. 무제 때 올린
　　〈현량대책(賢良對策)〉에서 유학(儒學)을 존중할 것을 주장하였다.

191 조엽(趙曄): 후한 초기의 학자로 자는 군장(君長)이다. 두무(杜撫)에게 《한시(韓
　　詩)》를 배웠다. 오(吳)·월(越) 양국의 역사를 근간으로 삼고 문학적 묘사와 상상
　　력을 구사하여 편년체로 서술한 《오월춘추(吳越春秋)》가 전해진다.

192 양웅(揚雄): 기원전 53~18. 전한 말기의 학자로, 자는 자운(子雲)이다. 신(新)
　　나라 때에 왕망(王莽)을 찬미한 글을 지어 많은 비판을 받았다. 저술로 《역경》을
　　본뜬 《태현경(太玄經)》, 《논어》를 본뜬 《법언(法言)》, 각 지방의 언어(言語)·물명
　　(物名)의 동이(同異)를 기록한 《방언(方言)》이 있다.

193 유흠(劉歆): 전한 말기의 유학자로 자는 자준(子駿)이다. 뒤에 이름을 수(秀),
　　자를 영숙(穎叔)으로 고쳤다. 아버지 유향(劉向)과 함께 《칠략(七略)》을 지었다.
　　진(晉)나라 갈홍(葛洪)이 엮은 《서경잡기(西京雜記)》의 원저자로 알려져 있다.

194 반고(班固): 32~92. 후한 중기의 역사가로, 자는 맹견(孟堅)이다. 아버지 반표
　　(班彪)의 《사기후전(史記後傳)》을 바탕으로 평생에 걸쳐 《한서》를 엮었다. 여러
　　학자들이 백호관(白虎觀)에 모여 오경(五經)을 논한 내용을 정리하여 《백호통(白
　　虎通)》을 엮고, 도술(道術)을 좋아한 무제의 성벽과 생활을 소설 형식으로 기록
　　하여 《한무내전(漢武內傳)》을 엮었다고 한다.

195 영현(伶玄): 후한 초기의 문신으로, 자는 자우(子于)이다. 전한 성제(成帝)의 황

燕外傳》, 위백양(魏伯陽)¹⁹⁶의《참동계(參同契)》, 왕부(王符)¹⁹⁷의《잠부론(潛夫論)》, 황헌(黃憲)¹⁹⁸의《외사(外史)》, 순열(荀悅)¹⁹⁹의《신감(申鑒)》, 곽헌(郭憲)²⁰⁰의《동명기(洞冥記)》, 응소(應劭)²⁰¹의《풍속통(風俗通)》, 상흠(桑欽)²⁰²의《수경(水經)》, 석신(石申)²⁰³의《성경(星經)》, 왕충(王充)²⁰⁴의《논형(論衡)》, 유희(劉

••••••
후 조비연(趙飛燕) 자매에 관한 고사를 애첩 번통덕(樊通德)에게 듣고서《조비연외전(趙飛燕外傳)》을 지었다. 후인이 이름을 가탁한 것이라는 설이 많다.

196 위백양(魏伯陽): 후한 환제(桓帝) 때의 도사로, 호는 운아자(雲牙子)이다.《주역》의 원리로 오행(五行)의 운용과 연단술(煉丹術)을 논한《주역참동계(周易參同契)》를 지었다.

197 왕부(王符): 후한 말기의 은사로 자는 절신(節信)이다. 이름이 알려지는 것을 원하지 않아 자신의 저서를《잠부론(潛夫論)》이라 명명하였다. 유가(儒家)의 정치론에 입각하여 당대의 폐정(弊政)을 논한 책이다.

198 황헌(黃憲): 후한 말기의 고사(高士)로, 자는 숙도(叔度)이다. 도량이 넓고 학문이 깊어 진번(陳蕃)과 곽태(郭泰) 등에게 존경을 받았다.《외사(外史)》는 미상이다.

199 순열(荀悅): 148~209. 후한 말기의 학자로 자는 중예(仲豫)이다. 조조(曹操)가 정권을 전횡하자 인의를 바탕으로 시폐(時弊)를 구제하는 정책을 논한《신감(申鑒)》5편을 저술하였다.

200 곽헌(郭憲): 후한 초기의 문신으로, 자는 자횡(子橫)이다. 그가 지은《한무제별국 동명기(漢武帝別國洞冥記)》는 지괴소설(志怪小說)로 흔히《동명기(洞冥記)》로 불린다.

201 응소(應劭): ?~196. 후한 말기의 학자로, 자는 중원(仲遠)이다. 저술로 물류(物類)와 명호(名號)를 분변한《풍속통(風俗通)》이 전해진다.

202 상흠(桑欽): 후한의 지리학자로《수경(水經)》을 지었다. 북위 역도원(酈道元)의《수경주(水經注)》는 이 책에 주를 단 것이다.

203 석신(石申): 전국시대 위나라의 점성가로 석신부(石申夫)라고 칭해지기도 한다. 천문학에 관한 저술로《석씨성경(石氏星經)》이 있는데 실전되고 일부 내용만 전해진다.

204 왕충(王充): 27~? 후한 중기의 사상가로, 자는 중임(仲任)이다. 반표(班彪)에게 수학하였다. 전국시대 제자(諸子)의 설과 당시의 정치와 속설(俗說) 등 다양한 문제에 대해 평론한《논형(論衡)》85편을 남겼다.

熙)205의 《석명(釋名)》, 마융(馬融)206의 《충경(忠經)》, 채옹(蔡邕)207의 《독단(獨斷)》, 제갈량(諸葛亮)208의 《제갈량심서(諸葛亮心書)》, 무명씨(亡名氏)의 《잡사비신(雜事秘辛)》209 ·《삼보황도(三輔黃圖)》,210 왕찬(王粲)211의 《영웅기(英雄記)》, 서간(徐幹)212의 《중론(中論)》 등 모두 50여종이 있다.

　사마천(司馬遷)의 《사기(史記)》와 반고(班固)의 《한서(漢書)》는 별도로 사실을 기록한 책이어서 여기에 함께 나열하지 않았다.

　여러 책들이 저마다 순수하고 잡박한 차이가 있고 진짜와 가짜의 차이가 있으나, 요컨대 옛 것에 대한 해박한 지식을 추구하는 자들에게 채집될 만한 것들이다. 이에 나도 대강 한 두 차례 모두 열람하였다.

　나는 이를 대략 선별하고 취사하여 한 책을 만들어서 아가위[樝]와 배

••••••

205　유희(劉熙): 후한 말기의 훈고학자로, 자는 성국(成國)이다. 정현(鄭玄)의 제자라는 설이 있다.

206　마융(馬融): 79~166. 후한 중기의 학자로, 자는 계장(季長)이다. 여러 경전(經典)에 주석을 달았으며, 노식(盧植)과 정현(鄭玄) 등의 제자를 길러 훈고학의 비조로 불린다.

207　채옹(蔡邕): 133~192. 후한 말기의 학자로 문자학과 서예에 뛰어났으며, 자는 백개(伯喈)이다. 팔분체(八分體)와 비백체(飛白體)를 창시하여 명성을 얻었다.

208　제갈량(諸葛亮): 181~234. 삼국시대 촉한(蜀漢)의 승상으로, 자는 공명(孔明), 시호는 충무후(忠武侯)이다. 유비(劉備)를 도와 촉한을 건국하고, 위(魏)를 정벌하여 천하를 통일하려다가 진중(陣中)에서 병사하였다.

209　잡사비신(雜事秘辛): 후한 환제(桓帝) 때 왕비를 간택하는 일을 기술한 책이다.

210　삼보황도(三輔黃圖): 전한의 도성인 장안(長安)의 지리와 사회상을 기록한 책이다.

211　왕찬(王粲): 177~217. 삼국시대 위나라의 시인으로 자는 중선(仲宣)이다. 시에 뛰어나 건안칠자(建安七子)로 꼽힌다. 《영웅기(英雄記)》는 삼국시대 영웅들의 행적을 그린 것으로, 실전되어 일부만 전해진다.

212　서간(徐幹): 170~217. 삼국시대 위나라의 시인으로 자는 위장(偉長)이다. 부(賦)와 시(詩)에 뛰어나 건안칠자(建安七子)로 꼽힌다.

〔梨〕와 같은 하나의 맛을 갖추어 두려고[213] 하였는데, 미처 책을 완성하지 못하였다. 그러나 이제 늙고 게을러져서 할 수가 없게 되었다.

••••••

213 아가위〔樝〕와……두려고: 학문의 다양성을 보여줌을 이른 말로 보인다. 맛이 다른 아가위와 배 등을 늘어놓으면 각자 입맛대로 선택할 수 있다는 취지로 말한 듯하다.

49. 장부張溥의 《한위육조백삼가집漢魏六朝百三家集》

해설 | 명(明)나라 장부가 한·위와 육조의 문인 103명의 문집을 모아서 엮은 《한위육조백삼가집》을 소개하면서, 여기에 수록된 주옥같은 글들을 읽으면 정신과 기운이 소생하고 시름과 적막이 사라진다고 극찬하였다. 그리고 도곡 자신이 이로써 유배지에서 나그네의 회포를 떨쳐버릴 수 있었노라고 고백하였다.

婁東 張溥者는 似是明人也니 彙漢、魏、六朝人文集하여 作爲一大帙이라 西漢九集이니 賈誼、司馬相如、董仲舒、東方朔、褚少孫、王褒、劉向、揚雄、劉歆이요 東漢十一集이니 馮衍、班固、崔駰、張衡、李尤、馬融、荀彧、蔡邕、王逸、孔融、諸葛亮이요 魏十二集이니 曹操、曹丕、曹植、陳琳、王粲、阮瑀、劉楨、應瑒、應璩、阮籍、嵇康、鍾會요 晉二十二集이니 杜預、荀勗、傅玄、張華、孫楚、摯虞、束晳、夏侯湛、潘岳、傅咸、潘尼、陸機、陸雲、成公綏、張載、張協、劉琨、郭璞、王羲之、王獻之、孫綽、陶潛이요 宋八集이니 何承天、傅亮、謝靈運、顏延之、鮑照、袁淑、謝惠連、謝莊이요 齊六集이니 蕭子良、王儉、王融、謝朓、張融、孔稚圭요 梁十九集이니 蕭衍、蕭統、蕭綱、蕭繹、江淹、沈約、陶弘景、丘遲、任昉、王僧孺、陸倕、劉孝標、王筠、劉孝綽、劉潛、劉孝威、庾肩吾、何遜、吳均이요 陳五集이니 陳叔寶、徐陵、沈炯、江總、張

正見이요 北魏二集이니 高允、溫子昇이요 北齊二集이니 邢邵、魏收요 北
周二集이니 庾信、王褒요 隋五集이니 楊廣、盧思道、李德林、牛弘、薛道衡
이니 摠一百三家라 奇文逸藻가 愈出愈新하여 觸目琳琅하여 應接不暇하
니 蘇神氣하고 破愁寂이 莫過於是라 余於在謫時에 嘗携去라가 每於誦讀
經書之暇에 以此作爲游息之資하니 所賴以排遣羈抱者良多라 梁 昭明
別有《文選》이요 而此其大全也라 但八朝文人、才子所作鮮少하여 不可
成一集者는 皆不錄하니 是可爲欠이나 此則《文選》自可看矣니라

누동(婁東)²¹⁴ 사람 장부(張溥)²¹⁵는 명나라 사람인 듯한데, 한·위와 육조
²¹⁶ 사람들의 문집을 모아서 한 편의 거질(巨帙)을 만들었다.

서한(西漢) 시대에는 9명의 문집이 있는데, 그 저자들은 가의(賈誼), 사
마상여(司馬相如), 동중서(董仲舒), 동방삭(東方朔), 저소손(褚少孫), 왕포(王褒),
유향(劉向), 양웅(揚雄), 유흠(劉歆)이다.

동한(東漢) 시대에는 11명의 문집이 있는데, 그 저자들은 풍연(馮衍), 반
고(班固), 최인(崔駰), 장형(張衡), 이우(李尤), 마융(馬融), 순욱(荀彧), 채옹(蔡
邕), 왕일(王逸), 공융(孔融), 제갈량(諸葛亮)이다.

위(魏)나라 시대에는 12명의 문집이 있는데, 그 저자들은 조조(曹操), 조
비(曹丕), 조식(曹植), 진림(陳琳), 왕찬(王粲), 완우(阮瑀), 유정(劉楨), 응창(應

----

214 누동(婁東): 지금의 강소성(江蘇省) 태창(太倉) 지역으로, 누수(婁水)의 동쪽에
있어 이렇게 불린다.

215 장부(張溥): 1602~1641. 명나라 말기의 문인으로 자는 건도(乾度), 호는 서명
(西銘)이다. 숭정(崇禎) 4년(1631) 진사시에 급제하여 한림원 편수 등의 벼슬을
지냈으며, 《한위육조백삼가집(漢魏六朝百三家集)》을 편찬하였다.

216 육조(六朝): 후한이 멸망한 뒤로 수(隋)가 통일하기 전까지 지금의 남경(南京)
지역에 도읍했던 오(吳), 동진(東晉), 송(宋), 제(齊), 양(梁), 진(陳)의 여섯 왕조
를 이른다.

場), 응거(應璩), 완적(阮籍), 혜강(稽康), 종회(鍾會)이다.

진(晉)나라 시대는 22명의 문집이 있는데, 그 저자들은 두예(杜預), 순욱(荀勗), 부현(傅玄), 장화(張華), 손초(孫楚), 지우(摯虞), 속석(束晳), 하후담(夏侯湛), 반악(潘岳), 부함(傅咸), 반니(潘尼), 육기(陸機), 육운(陸雲), 성공수(成公綏), 장재(張載)·장협(張協), 유곤(劉琨), 곽박(郭璞), 왕희지(王羲之), 왕헌지(王獻之), 손작(孫綽), 도잠(陶潛)이다.

송(宋)나라 시대에는 8명의 문집이 있는데, 그 저자들은 하승천(何承天), 부량(傅亮), 사령운(謝靈運), 안연지(顔延之), 포조(鮑照), 원숙(袁淑), 사혜련(謝惠連), 사장(謝莊)이다.

제(齊)나라는 6명의 문집이 있는데, 그 저자들은 소자량(蕭子良), 왕검(王儉), 왕융(王融), 사조(謝朓), 장융(張融), 공치규(孔稚珪)이다.

양(梁)나라 시대에는 19명의 문집이 있는데, 그 저자들은 소연(蕭衍), 소통(蕭統), 소강(蕭綱), 소역(蕭繹), 강엄(江淹), 심약(沈約), 도홍경(陶弘景), 구지(丘遲), 임방(任昉), 왕승유(王僧孺), 육수(陸倕), 유효표(劉孝標), 왕균(王筠), 유효작(劉孝綽), 유잠(劉潛), 유효위(劉孝威), 유견오(庾肩吾), 하손(何遜), 오균(吳均)이다.

진(陳)나라 시대에는 5명의 문집이 있는데, 그 저자들은 진숙보(陳叔寶), 서릉(徐陵), 심형(沈炯), 강총(江總), 장정견(張正見)이다.

북위(北魏) 시대는 2명의 문집이 있는데, 그 저자들은 고윤(高允), 온자승(溫子昇)이다.

북제(北齊) 시대는 2명의 문집이 있는데, 그 저자들은 형소(邢卲), 위수(魏收)이다.

북주(北周) 시대는 2명의 문집이 있는데, 그 저자들은 유신(庾信), 왕포(王褒)이다.

수(隋)나라 시대에는 5명의 문집이 있는데, 그 저자들은 양광(楊廣), 노사도(盧思道), 이덕림(李德林), 우홍(牛弘), 설도형(薛道衡)이다.

모두 합하면 103명이 된다.

기이한 문장과 뛰어난 문채가 나올수록 더욱 새롭고 눈에 보이는 것이 모두 주옥처럼 아름다워 다 읽을 겨를이 없을 정도이다. 정신과 기운을 소생시키고 시름과 적막을 깨뜨릴 수 있는 것으로 이보다 더 좋은 책이 없다. 내가 적소(謫所)에 있을 적에 항상 이를 가지고 다니다가 매번 경서(經書)를 송독하는 여가에 이로써 유식(游息)[217]하는 자료로 삼곤하였는데, 이것에 의지해서 나그네의 회포를 떨쳐 버린 때가 진실로 많았다.

양(梁)나라 소명(昭明)[218]이 별도로 《문선(文選)》을 엮었는데, 이것이 이 《한위육조백삼가집》의 대전(大全)이 된다.[219] 다만 팔조(八朝)[220]의 문인(文人)과 재자(才子) 중에서 창작한 것이 드물고 적어서 한 문집을 이루지 못하는 자들의 작품은 모두 수록되어 있지 않으니, 이것이 흠이 될 만하다. 그러나 여기에서 빠진 것은 《문선》에서 따로 볼 수 있다.

• • • • • •

217 유식(游息): 학문을 하는 사이에 노닐고 쉼을 이른다. 《예기》〈학기(學記)〉에 "군자는 학문을 함에 장(藏)하고 수(修)하며, 유(息)하고 식(遊)한다.〔君子之於學也 藏焉 修焉 息焉 游焉〕"라고 하였는데, 정현(鄭玄)은 "식(息)은 일을 멈추고서 쉼이요, 유는 한가롭게 일 없이 노닒이다.〔息謂作勞休止之息 遊謂閒暇無事之游〕"라고 주를 달았다.

218 소명(昭明): 양 무제(梁武帝) 소연(蕭衍)의 장남 소통(蕭統, 501~531)의 시호로, 자는 덕시(德施)이다. 진(秦)과 한(漢)에서 남북조 시대에 이르는 사이의 시부(詩賦)와 산문을 집대성한 《문선(文選)》을 편찬하였다.

219 이것이……된다: 《문선(文選)》에 130여 작가의 작품이 실려 있는데, 《한위육조백삼가집》에 실린 작품을 비롯하여 무명작가의 고시(古詩)와 고악부(古樂府)까지 모두 망라하고 있으므로 이렇게 말한 것이다.

220 팔조(八朝): 한(漢)·위(魏)와 육조(六朝)의 진(晉)·송(宋)·제(齊)·양(梁)·진(陳)과 수(隋)를 합하여 말한 것이다.

50. 진晉나라 사람들의 청담淸談을 담은 《세설신어世說新語》

해설 | 호방하고 광달함을 즐기고 청담을 좋아하는 진나라 사람들의 담론과 풍격을 기록하여 시인과 묵객들의 사랑을 받은 유의경의 《세설신어》를 소개하고, 이를 바탕으로 새로 엮은 《세설신어보(世說新語補)》가 주지번에 의해 우리나라 유근에게 전해졌음을 밝혔다.

晉人樂放曠하고 喜淸言이러니 其弊也及於國家하여 五胡亂華하여 衣冠奔播하니 陶弘景詩所謂 "夷甫任散誕하고 平叔坐論空이라 豈悟昭陽殿이 遂作單于宮"者是也라 然其談論風標를 書之文字하면 則無不澹雅可喜하니 此劉義慶《世說》이 所以爲楮人·墨客所劇嗜者也라 因此想當時에 親見其人하고 聽其言語者가 安得不傾倒也리오 明人刪其蕪하고 補其奇하여 作爲一書하니 誠藝林珍賞也라 朱天使 之蕃이 携來하여 贈柳西坰하여 遂爲我東詞人所欣覩焉이라

진(晉)나라 사람들은 호방하고 광달함을 즐기고 청담(淸談)²²¹을 좋아하

• • • • • •

221 청담(淸談): 세속의 명리(名利)를 벗어난 맑고 고상한 담론(談論)을 이르거나 이런 담론을 추구하는 풍조를 이른다. 위(魏)·진(晉) 시대에 크게 성행하였으며

였는데, 그 폐단이 국가에까지 미쳐서 오호(五胡)²²²가 중화(中華)를 어지럽혀 벼슬아치들이 도망가 흩어지는 지경에 이르렀다. 도홍경(陶弘景)²²³의 시에 이른바,

이보(夷甫)²²⁴는 허황하기만 하고   夷甫任散誕
평숙(平叔)²²⁵은 앉아서 공허한 이치 논하네   平叔坐論空
어찌 알았으랴, 소양전(昭陽殿)이   豈悟昭陽殿
마침내 선우(單于)의 궁궐이 될 줄을   遂作單于宮

라는 내용이 이것이다.

그러나 이들의 담론과 풍격(風格)을 써놓은 문자는 담박하고 고아하여 좋아하지 않을 수 없다. 이것이 유의경(劉義慶)²²⁶의 《세설신어(世說新語)》²²⁷

••••••

청언(淸言)·현언(玄言)이라고도 한다.

222 오호(五胡): 남북조시대에 북쪽에서 왕조를 세웠던 흉노(匈奴), 갈(羯), 선비(鮮卑), 저(氐), 강(羌)을 이른다.

223 도홍경(陶弘景): 456~536. 남북조시대 양(梁)나라의 학자로, 자는 통명(通明), 호는 은거(隱居)이다. 벼슬에서 물러나 모산(茅山)에 은거하면서 학문에 정진하여 유·불·도 삼교(三敎)에 정통하였다. 양나라 무제(武帝)의 신임이 두터웠고, 국가의 대사(大事)에 대한 자문 역할을 하여 산중재상(山中宰相)으로 불렸다.

224 이보(夷甫): 진(晉)나라 혜제(惠帝) 때의 승상 왕연(王衍, 256~311)의 자이다. 청담을 일삼다가 뒤에 흉노족에게 나라를 망쳤으며, 석륵(石勒)에게 살해되었다.

225 평숙(平叔): 삼국시대 위(魏)나라의 학자 하안(何晏, 193~249)의 자이다. 왕필(王弼)과 함께 위·진 시대 현학(玄學)의 비조로 일컬어진다.

226 유의경(劉義慶): 403~444. 남조 송(宋)나라의 학자로, 무제(武帝) 유유(劉裕)의 조카이고, 시호는 강왕(康王)이다. 여러 문인들과 교유하면서 많은 서적을 편찬하였다.

227 세설신어(世說新語): 후한 말에서 동진(東晉) 시대까지 활동하던 6백 명에 이르는 정치가와 문인들의 일화를 분류하여 정리한 책이다. 당시의 사상과 풍조를

를 시인과 묵객(墨客)들이 매우 좋아하는 이유이다. 이를 통해 당시의 일을 생각해보건대, 직접 저들을 보고 저들의 말을 들었던 자라면 어찌 경도(傾倒)되지 않을 수 있었겠는가?

명나라 사람이 《세설신어》의 번잡한 부분을 산삭하고 기이한 부분을 보충하여 한 권의 책으로 만들었으니[228] 진실로 예림(藝林)의 진귀한 볼거리이다. 명나라 사신 주지번(朱之蕃)[229]이 이를 가져와 유서경(柳西坰)[230]에게 주어 마침내 우리나라 문장가들이 즐겁게 보게 되었다.

• • • • • •

후세에 상세히 전하고 있어 문학사상 중요한 위치를 차지하고 있다.

228 명나라……만들었으니 : 하량준(何良俊)이 《세설신어》를 바탕으로 이야기를 보충하여 《하씨어림(何氏語林)》을 지었고, 왕세정(王世貞)이 이를 다시 정리하여 《세설신어보(世說新語補)》를 완성하였다. 후에 주지번이 이 《세설신어보(世說新語補)》를 조선에 가져왔다.

229 주지번(朱之蕃) : 명나라 신종(神宗) 때의 문신으로 자는 원개(元介), 호는 난우(蘭嵎)이다. 1606년(선조 39)에 양유년(梁有年)과 함께 황제의 원손(元孫) 탄생을 알리는 조서를 가지고 조선에 사신으로 왔다.

230 유서경(柳西坰) : 유근(柳根, 1549~1627)으로, 서경은 호이다. 자는 회부(晦夫), 본관은 진주(晉州), 시호는 문정(文靖)이다. 시문에 뛰어나 주지번이 사신으로 왔을 때 원접사(遠接使)가 되어 맞이하였다.

51. 고시古詩의 찬집纂輯

해설 | 당나라 이전의 고시를 모아서 엮은 풍유눌(馮惟訥)의 《고시기(古詩紀)》를 소개하고, 이어서 당나라 시를 모아서 엮은 오기의 《전당시기(全唐詩紀)》, 계민부의 《당시기(唐詩紀)》, 팽정구의 《전당시(全唐詩)》를 소개하였다. 모두 도곡이 소장하거나 열람한 것으로, 도곡의 시에 대한 넓은 식견을 엿볼 수 있다.

明人北海 馮惟訥이 集古詩호되 自刪後로 至秦末히 凡十卷이요 漢十卷、魏九卷、吳一卷、晉二十四卷、宋十一卷、齊八卷、梁三十四卷、陳十卷、北魏二卷、北齊二卷、北周八卷、隋十卷이며 外集四卷은 則仙·眞、神鬼之作也라 又采統論、品藻、雜解、辨證凡十二卷하여 合爲百五十六卷하고 名之曰《古詩紀》라 唐以前詩、歌、謠、諺이 盡載其中하니 實古詩之府庫也라 又有吳琦者輯《全唐詩紀》하니 詩並累千萬首요 以仙、佛、神鬼詩爲外集이로되 而先刻初、盛唐詩百七十卷하니 俱在余書廚中이라 但胡元瑞《詩藪》에 以爲 "馮汝言《古詩紀》는 兩京以至六代히 靡不備錄하고 計敏夫《唐詩紀》는 隋末以至梁初히 靡不兼收" 云云하니 所謂馮汝言은 固惟訥也라 未知計敏夫《唐詩紀》는 視吳琦《詩紀》에 孰爲先後나 而大抵吳、計兩人이 俱有所輯錄이로되 而計之所輯은 余未得見이요 吳之所輯刻은 止盛唐하니 可欠이라 後來購得《全唐詩》一帙하니 卽淸 康熙四十四年에 翰林侍讀潘從律、彭定求等이 所對校纂輯者也라 胡皇이 作序刻之하니 詩並四萬八千九百餘首라 釐爲九百卷하니 自唐初로 至五代히 片句幺韻이 無不採錄하니 信唐詩之大全也라

명나라 사람 북해(北海) 풍유눌(馮惟訥)[231]이 고시(古詩)를 모았는데, 공자가 시(詩)를 산삭(刪削)한 뒤로부터[232] 진(秦)나라 말기에 이르기까지가 모두 10권이고, 한나라가 10권, 위나라가 9권, 오(吳)나라가 1권, 진(晉)나라가 24권, 송(宋)나라가 11권, 제(齊)나라가 8권, 양(梁)나라가 34권, 진(陳)나라가 10권, 북위(北魏)가 2권, 북제(北齊)가 2권, 북주(北周)가 8권, 수(隋)나라가 10권이다. 외집(外集) 4권은 신선과 진인(眞人)과 귀신의 작품들을 모은 것이다.

또 통론(統論), 품조(品藻), 잡해(雜解), 변증(辨證) 등 모두 12권을 채록해서 모두 합하여 156권을 만들고 이름을 《고시기(古詩紀)》라 하였다. 당나라 이전의 시(詩), 가(歌), 요(謠), 언(諺)이 모두 여기에 실렸으니 실로 고시(古詩)의 부고(府庫)라 하겠다.

또 오기(吳琦)[233]란 자가 편집한 《전당시기(全唐詩紀)》가 있는데, 여기에 실린 시가 모두 수천, 수만 수이고, 선(仙)·불(佛)·귀신(神鬼)의 시로 외집(外集)을 만들었다. 먼저 초당(初唐)과 성당(盛唐)의 시 170권을 판각하였는데 모두 나의 서고(書庫)에 있다.

●●●●●●

231 풍유눌(馮惟訥): 1513~1572. 명나라 중기의 학자로 자는 여언(汝言), 호는 소주(少洲)이다. 당나라 이전의 고시(古詩)를 가장 많이 수록한 《고시기(古詩紀)》를 편찬하였다. 이 책의 원명은 《시기(詩紀)》이다.

232 공자가……뒤로부터: 공자가 3천여 수의 옛 시 가운데 311수를 선별하여 《시경》을 엮은 것을 이른다. 《사기》〈공자세가(孔子世家)〉에 "옛날 시가 3천 여 편이었는데, 공자가 중복된 것을 제거하고 예의(禮義)에 베풀 수 있는 것만 취했다.〔古者 詩三千餘篇 及至孔子 去其重 取可施於禮義〕"라고 하였다.

233 오기(吳琦): 오관(吳琯)의 오기(誤記)로 보인다. 오관(1546~?)은 명나라 중기의 문인으로 자가 방섭(邦燮), 호가 중운(中云)이다. 《전당시기》를 엮었는데 이 책의 원명은 《당시기(唐詩紀)》이다.

다만 호원서(胡元瑞)234의 《시수(詩藪)》235에 "풍여언(馮汝言)의 《고시기》는 양경(兩京)236에서 육대(六代)에 이르기까지 갖추어 수록하지 않은 것이 없고, 계민부(計敏夫)237의 《당시기(唐詩紀)》238는 수나라 말기에서 양나라 초기에 이르기까지 겸하여 수록하지 않은 것이 없다."라고 하였으니, 여기서 말한 풍여언은 바로 풍유눌(馮惟訥)이다.

계민부의 《당시기》와 오기의 《시기(詩紀)》를 견줄 때 어느 것이 앞선 것인지는 모르겠으나, 대저 오기와 계민부 두 사람에게 모두 집록(輯錄, 수집하여 편찬함)한 저술이 있다. 계민부가 집록한 것은 내가 아직 보지 못했지만, 오기가 집록하여 새긴 것은 성당(盛唐)에서 그쳤으니, 흠이 될 만하다.

뒤에 《전당시》 한 질을 샀는데, 바로 청(淸)나라 강희(康熙) 44년(1705)에 한림시독(翰林侍讀) 반종률(潘從律)과 팽정구(彭定求) 등이 대교(對校)하여 찬집(纂輯)한 것이다. 오랑캐 황제가 서문을 지어 판각했는데, 여기에 실린 시가 모두 4만 8천 9백여 수이다. 이를 정리하여 9백 권을 만들었는데, 당나라 초기에서 오대(五代)에 이르기까지 짧은 구(句)와 작은 운(韻)도 채록하지 않은 것이 없으니, 진실로 당시(唐詩)의 대전(大全)이다.

* * * * * *

234 호원서(胡元瑞): 명나라 말기의 시인 호응린(胡應麟, 1551~1602)으로, 원서는 자이며, 호는 소실산인(少室山人)이다. 산중에 은거하여 학문에 전념하였다.

235 시수(詩藪): 호응린의 시론집(詩論集)이다. 주(周)·한(漢)에서 명나라까지의 고체(古體)·근체(近體)의 시와 시인을 두루 평론하였다.

236 양경(兩京): 동경(東京)인 낙양(洛陽)과 서경(西京)인 장안(長安)을 함께 일컫은 말로, 대개 서한(西漢)과 동한(東漢)을 이른다.

237 계민부(計敏夫): 남송의 학자 계유공(計有功)으로, 민부는 자이고, 호는 관원거사(灌園居士)이다.

238 당시기(唐詩紀): 원명은 《당시기사(唐詩紀事)》로, 당나라 시인 1,151명의 일화와 평론 등을 수록하고 있다. 자서(自序)에서 "당나라 3백 년간의 문집, 잡설, 전기, 유사(遺史), 비지(碑誌), 석각(石刻)을 비롯하여 일련일구(一聯一句)까지 모두 찾아내어 수록했다."라고 하였다. 이 책에 수록되어 후세에 전해진 시인과 작품이 많다.

52. 당나라의 뛰어난 문장가들

해설 | 당나라 전체를 대표하는 한유(韓愈)와 유종원(柳宗元) 등의 뛰어난 문장가 및 당나라 초기와 성당 이후를 대표하는 문장가를 나누어 소개하고, 그 가운데 특히 왕발(王勃)과 낙빈왕(駱賓王)의 변려문(騈儷文), 소정(蘇頲)과 장열(張說)의 제책문(製冊文), 육선공(陸宣公)의 주의(奏議)가 출중하다고 강조하였다.

唐文은 韓、柳外에 李翶、孫樵、李翰、李觀、皇甫湜、元結、杜牧、元稹、白居易 其尤也라 又唐初則有王勃、駱賓王、楊炯、魏徵、陳子昂、蘇頲、張說、張九齡、狄仁傑、姚崇、崔融、徐彦伯、劉知幾、呂才、孔璋、韋瓘、林之松하고, 而盛唐以後는 則有王績、王縉、王維、李邕、李白、杜甫、高適、張謂、李華、張巡、顏眞卿、劉蛻、蕭定、梁肅、獨孤及、獨孤郁、獨孤霖、王士源、常袞、楊炎、權德輿、崔祐甫、陸贄、柳識、裴度、牛僧孺、李德裕、李紳、劉禹錫、段文昌、王藹、吳武陵、楊植、程晏、朱閱、盛均、高參、李渤、李甘、喬潭、舒元輿、賈餗、劉軻、范傳正、沈宅、陳黯、孫郃、陳越石、張彧、李綱、盧元輔、韋應符、陸希聲、馮用之、歐陽詹、歐陽秬、劉巖夫、柳伉、李商隱、皮日休、陸龜蒙、段成式、裴休、裴延翰、羅隱、司空圖요 而帝王則太宗、德宗이 皆有文者也라 咸有篇章可觀이로되 而王、駱之騈儷와 蘇、張之制冊과 宣公之奏議가 又其獨出倫類者也라

당나라 문장은 한유(韓愈)와 유종원(柳宗元) 이외에는 이고(李翺), 손초(孫樵), 이한(李翰), 이관(李觀), 황보식(皇甫湜), 원결(元結), 두목(杜牧), 원진(元稹), 백거이(白居易) 등이 뛰어나다.

또 당나라 초기에는 왕발(王勃), 낙빈왕(駱賓王), 양형(楊炯), 위징(魏徵), 진자앙(陳子昂), 소정(蘇頲), 장열(張說), 장구령(張九齡), 적인걸(狄仁傑), 요숭(姚崇), 최융(崔融), 서언백(徐彦伯), 유지기(劉知幾), 여재(呂才), 공장(孔璋), 위관(韋瓘), 임지송(林之松)이 있다.

성당(盛唐) 이후에는 왕적(王績), 왕진(王縉), 왕유(王維), 이옹(李邕), 이백(李白), 두보(杜甫), 고적(高適), 장위(張謂), 이화(李華), 장순(張巡), 안진경(顏眞卿), 유태(劉蛻), 소정(蕭定), 양숙(梁肅), 독고급(獨孤及), 독고욱(獨孤郁), 독고림(獨孤霖), 왕사원(王士源), 상곤(常袞), 양염(楊炎), 권덕여(權德輿), 최우보(崔祐甫), 육지(陸贄), 유식(柳識), 배도(裴度), 우승유(牛僧孺), 이덕유(李德裕), 이신(李紳), 유우석(劉禹錫), 단문창(段文昌), 왕애(王藹), 오무릉(吳武陵), 양식(楊植), 정안(程晏), 주열(朱閱), 성균(盛均), 고참(高參), 이발(李渤), 이감(李甘), 교담(喬潭), 서원여(舒元輿), 가속(賈餗), 유가(劉軻), 범전정(范傳正), 심택(沈宅), 진암(陳黯), 손합(孫郃), 진월석(陳越石), 장욱(張彧), 이강(李綱), 노원보(盧元輔), 위응부(韋應符), 육희성(陸希聲), 풍용지(馮用之), 구양첨(歐陽詹), 구양거(歐陽秬), 유암부(劉巖夫), 유항(柳忨), 이상은(李商隱), 피일휴(皮日休), 육귀몽(陸龜蒙), 단성식(段成式), 배휴(裴休), 배연한(裴延翰), 나은(羅隱), 사공도(司空圖)가 있고, 제왕(帝王) 중에는 태종(太宗)과 덕종(德宗)이 모두 문장으로 뛰어났다.

이들은 모두 볼만한 편장(篇章)을 남겼는데, 왕발과 낙빈왕[239]의 변려문

......
239 왕발(王勃)과 낙빈왕(駱賓王): 왕발(649~676)과 낙빈왕(640~?)은 모두 당나라 초기의 문인이다. 양형(楊炯)·노조린(盧照隣)과 함께 초당사걸(初唐四傑)로 일컬어지며, 특히 변려문에 뛰어났다.

㈘儷文)과 소정(蘇頲)과 장열(張說)²⁴⁰의 제책문(制册文)과 육선공(陸宣公)²⁴¹의 주의(奏議)는 또한 더욱 특출하다.

240 소정(蘇頲)과 장열(張說): 소정(670~727)과 장열(667~730)은 모두 당나라 초기의 문장가이다. 이들은 특히 황제의 어명을 기록하는 제책문(制册文)에 뛰어났다. 뒤에 공을 세워 각각 허국공(許國公)과 연국공(燕國公)에 봉해졌다.

241 육선공(陸宣公): 당나라 중기의 명신 육지(陸贄, 754~805)의 시호로, 자는 경여(敬興)이다. 매우 뛰어난 명문으로 명성을 얻었으며, 그의 주의(奏議)를 엮은 《육선공주의(陸宣公奏議)》는 후대 문신들의 필독서가 되었다.

53. 명나라 문인들의 당시唐詩 추종과 송시宋詩의 성쇠盛衰

해설 | 명나라의 이반룡과 왕세정 등이 당시를 추종하고 송시를 배척했는데, 이제 이들의 경향이 힘을 잃어 다시 송시를 표창하게 되었음을 오지진(吳之振)과 양대학(楊大鶴)의 말을 빌려 밝혔다.

明人은 卑斥宋詩하여 漫不事蒐錄이러니 近來稍厭明人浮慕漢、唐之習하여 乃表章宋詩하니 此固盛衰乘除之理也라 於文亦然하여 爲文에 專尙平易하여 王、李波流가 頓無存者하니 矯枉過直之甚하여 詩文俱綿靡、少骨하여 殊無鼓發人意處矣라 康熙辛亥年間에 有吳之振者가 就宋人詩集하여 廣取之하여 幾錄其全集하여 卷帙甚多하니 其中詩不多傳하여 只有五六首者는 以未成集이라 하여 另作一編하여 附全集後云이나 而此則未得見矣라 旣成에 又自序之하니 其序曰 "自嘉、隆以還으로 言詩家尊唐而黜宋하여 宋人集을 覆瓿糊壁하여 棄之若不克盡이라 宋人之詩는 變化於唐하여 而出其所自得하여 皮毛落盡하고 精神獨存이어늘 不知者或以爲腐하니 後人無識하여 倦於講求하고 喜其說之省事而地位高也하여 輩奉腐之一字하여 以廢全宋之詩라 故今之黜宋者는 皆未見宋詩者也요 雖見之나 而不能辨其源流하니 此病은 不在黜宋而在尊唐이라 蓋所尊者는 嘉、隆後之所謂唐이요 而非唐、宋人之唐也니 唐非其唐이면 則宋非其宋이니 以爲腐也固宜라 宋之去唐也近하고 而宋人之用力於唐이 尤

精以專이어늘 今欲以鹵莽剽竊之說로 凌古人而上之하니 是猶逐父而禰
祖니 固不直宋人之軒渠요 亦唐之所吐而不饗非類者也라 今之尊唐者
는 目未及唐詩之全하고 守嘉、隆間固陋之本하니 皆宋人已陳之芻狗로
踐其首脊하여 蘇而爨之久矣어늘 顧復取而篏衍文繡之하여 陳陳相因하
여 千喙一唱하니 乃所謂腐也라" 腐者以不腐爲腐하니 此何異狂國之狂
其不狂者歟아 又楊大鶴者는 亦康熙時人이니 序陸放翁詩抄而曰 "詩
者는 性情之物로 源源本本이 神明變化하여 不可以時代求요 不可從他
人貸者也라 必拘拘焉規摹體格하고 較量分寸하여 以是爲推高一代, 擅
名一家之具하면 何其隘而自小也오 自李滄溟不讀唐以下로 王弇州題
其說後에 遂無敢談宋詩者요 南渡以後에 又勿論 云云이라" 吳序는 顯斥
王、李之論하여 不遺餘力하고 楊序는 語雖婉이나 亦斥王、李者也니 其所
論이 儘有見矣라

명나라 사람들은 송나라 시인들의 시를 업신여기고 배척하여 송시(宋
詩)를 모아 기록하는 일에 전혀 힘을 쓰지 않았다. 그런데 근래에 들어
명나라 사람들이 한나라와 당나라를 헛되이 사모하던 풍습을 점점 싫어
하면서 마침내 송나라 시를 표창(表彰)하게 되었으니, 이것이 진실로 번성
하고 쇠퇴하는 이치이다.

문(文)에 있어서도 그러하여, 글을 지을 적에 오로지 평이함만을 숭상
하였으므로 이반룡[242]과 왕세정[243]의 유파(流派)로는 지금 남아 있는 자

••••••

242 이반룡(李攀龍): 1514~1570. 명나라 문장가로, 호는 창명(滄溟), 자는 우린(于
鱗)이다. 이몽양(李夢陽) 등 전칠자(前七子)의 고문주의를 계승하여 고문사파(古
文辭派)를 이끌었다.

243 왕세정(王世貞): 1526~1590. 명나라 문장가로 호는 엄주(弇州), 자는 원미(元
美)이다. 후칠자(後七子)의 일원으로서 이반룡과 함께 '이왕(李王)'으로 병칭된다.

가 한 사람도 없다. 그리고 굽은 것을 바로잡기를 너무 심하게 해서 시문이 모두 밋밋하고 골격이 약해졌으니, 사람의 뜻을 고무시키고 감동시키는 부분이 거의 없어졌다.

강희(康熙) 신해년(1671)에 오지진(吳之振)[244]이란 자가 송나라 사람의 시집을 두루 취하여 그 전집(全集)을 거의 수록하였는데, 권질(卷帙)이 매우 많다. 이 가운데 시가 대부분 전해지지 않아 겨우 5, 6수뿐인 경우에는 하나의 시집으로 만들 수 없다하여 따로 모아 한 편을 만들어 전집의 뒤에 붙였다고 하는데, 이것은 내가 아직 보지 못하였다. 책을 완성한 뒤에 또 스스로 서문을 지었는데, 그 서문에 다음과 같이 말하였다.

"가정(嘉靖)과 융경(隆慶)[245] 이후로 시가(詩家)를 논할 적에 당나라를 높이고 송나라를 배척하여, 송나라 사람의 시집을 가져다가 장독을 덮거나 벽을 발라서 내버리기를 마치 미처 다 버리지 못할 듯이 하였다.

송나라 사람의 시는 당나라 시에서 변화된 것으로, 자신이 얻은 뜻이나 느낀 감정을 표출하되 가죽과 털(수식)을 모두 없애버려 그 정신만 홀로 존재하기 때문에, 알지 못하는 자들은 송시를 진부(陳腐)하다고 여긴다. 후인들은 식견이 없어 송시를 강구하기를 게을리하고, 시의 말이 쉽고 편하면서도 수준이 높은 것을 좋아하므로, 많은 사람이 '부(腐, 진부하다)'라는 한 글자를 떠받들어 송나라의 모든 시를 폐기하였다.

그러므로 지금 송나라 시를 배척하는 자들은 모두 송나라 시를 보지

• • • • • • •
이반룡 사후에 고문사파를 이끌며 문단을 주도하였다.
244 오지진(吳之振) : 1640~1717. 청나라 학자로, 자는 맹거(孟擧), 호는 등자(橙子)이다. 송나라 시인들의 시를 초록하고 소전(小傳)을 붙인 《송시초(宋詩抄)》를 엮었다.
245 가정(嘉靖)과 융경(隆慶) : 가정은 명 세종(明世宗)이 1522~1566년까지 사용한 연호이고, 융경은 명 목종(明穆宗)이 1567~1572년까지 사용한 연호이다.

못한 자들이며, 비록 보았다 해도 그 원류(源流)를 구분하지 못한 자들이다. 이런 병통은 송나라 시를 배척하려는 데서 비롯된 것이 아니라 당나라 시를 높이려는 데서 비롯된 것이다.

그러나 이들이 높인 것은 가정·융경 연간 이후에 사람들이 말했던 당나라이지 본래 당·송 사람들의 당나라가 아니다. 당나라가 본래의 당나라가 아니라면 송나라도 본래의 송나라가 아니니, 이를 진부하다고 여기는 것은 진실로 당연하다.

송나라는 당나라와 시대가 가까워서 송나라 사람들이 당시(唐詩)에 힘을 쓴 것이 더욱 정밀하고 전일하였다. 지금 사람들은 졸렬하고 거칠게 표절한 말로써 옛사람을 능멸하고 자신을 추켜올리고자 하는데, 이는 아버지를 쫓아내고 할아버지를 아버지 사당에 모시는 것과 같다. 진실로 다만 송나라 사람들에게 박장대소[246]의 대상이 될 뿐만이 아니라, 당나라 사람들도 걸맞지 않는 제사라 하여 흠향하지 아니하고 그 제수를 토해낼 것이다.

지금 당나라를 높이는 자들은 눈으로 당나라 시의 전체를 미처 보지 못하고 가정·융경 연간에 전해지던 고루한 것들에 집착한다. 그러나 이는 모두 송나라 사람들에게는 이미 제사에 진설했던 추구(芻狗)[247]와 같아서 그 머리와 허리를 밟고 땔감으로 삼아 불을 땐 지 오래되었는데,[248]

• • • • • •

246 박장대소: 원문은 '헌거(軒渠)'인데, 이는 즐거워하는 모양 혹은 크게 웃음을 터뜨리는 모양이다.

247 추구(芻狗): 짚을 엮어서 개 모양으로 만들어 제사에 진설하는 도구이다. 제사가 끝난 뒤에 곧 버려지기 때문에 잠시 쓰고 버려지는 물건을 비유하는 말로 쓰인다.

248 이미……오래되었는데: 《장자(莊子)》〈천운(天運)〉에 악사 금(金)이 안연(顏淵)에게 대답한 말이 실려 있는데, 추구(芻狗)는 제사에 진설하기 전에 대나무 상자에 담아 화려하게 수놓은 천으로 덮어두지만, 이미 진설한 뒤에는 길가는 자에

도리어 이를 다시 가져다가 대나무 상자에 넣어 화려하게 수놓아 장식하고서 해묵은 것을 그대로 답습하여 천 명의 입이 일제히 노래하고 있으니, 이것이 이른바 부(腐)라는 것이다.”

부패한 자는 부패하지 않은 것을 부패했다고 하니, 이는 미친 나라 사람이 미치지 않은 사람을 미쳤다고 하는 것과 무엇이 다르겠는가?

또 양대학(楊大鶴)[249]이란 자도 강희(康熙) 때의 사람으로 육방옹(陸放翁)[250]의 《시초(詩抄)》에 서문을 썼는데, 여기에서 다음과 같이 말하였다.

“시(詩)는 성정(性情)에서 나오는 것으로서 그 근원이 신명(神明)처럼 변화하므로, 시대를 가지고 구할 수가 없고 다른 사람에게서 빌릴 수도 없는 것이다. 그런데 반드시 구구하게 시의 규모와 체제와 격식에 구애되어 분촌(分寸)을 비교하고 헤아려, 이로써 한 세대에 높이 추앙받고 일가(一家)로 명성을 날리는 도구로 삼으려 하니, 어찌 그리도 편협하며 자신을 작게 여기는 것인가.

이창명(李滄溟, 이반룡)이 당나라 이후의 시를 읽지 않았고, 왕엄주(王弇州, 왕세정)가 그의 말에 동조한 뒤로, 마침내 감히 송시(宋詩)를 말하는 자가 없게 되었다. 송나라가 남쪽으로 천도(遷都)한 이후의 시는 더욱 논할 것도 없다.”

• • • • • •

게 머리와 등줄기를 짓밟히고 땔감을 하는 자에 의해 불태워 밥을 짓는 데에 쓰인다고 한다. 그런데 장차 이를 다시 가져다가 대나무 상자에 담고 화려하게 수놓은 천으로 덮어두고서 그 아래에서 오가고 누워 잠을 잔다면, 잠을 이루지도 못할뿐더러 반드시 거듭 가위에 눌릴 것이라고 하였다.

249 양대학(楊大鶴) : 청나라 초의 학자로, 자는 구고(九皐), 호는 지전(芝田)이다. 육방옹(陸放翁)의 시집 《검남시초(劍南詩鈔)》를 엮었다.

250 육방옹(陸放翁) : 남송의 시인 육유(陸游, 1125~1210)로, 방옹은 호이고, 자는 무관(務觀)이다. 보장각 대제(寶章閣待制)로 있다가 부패한 조정에서 향리로 물러나 1만 수에 달하는 시를 남겼다.

오지진의 서문은 왕세정과 이반룡의 주장을 노골적으로 배척하기에 온 힘을 다하였고, 양대학의 서문도 말은 비록 완곡하나 왕세정과 이반룡을 배척한 것이니, 그 논한 바가 진실로 식견이 있다고 하겠다.

54. 송대宋代의 산문散文

해설 | 《당송팔대가문초》[251]와 《송문감》[252]에 수록되어 있는 것 외에 송나라 문인들의 산문을 볼 수 있는 유집으로서 자신의 집에 소장하고 있는 것들과 장백행의 《이학전서》를 소개하였다.

宋文은 歐、蘇、曾、王六大家入茅氏《文鈔》者外에 未見有存錄成書者라 呂東萊《文鑑》所選甚少요 南渡以後則又不入焉이라 宋人遺集之家藏者에 《二程全書》、《朱子大全》、《語類》、《遺書》、《周濂溪集》、《楊龜山集》、《張南軒集》、《黃勉齋集》、《眞西山集》、《陸象山集》은 俱理學也요 《范文正集》、《范忠宣集》、《司馬溫公集》、《李忠定奏議》는 經綸也요 《宗忠簡集》、《岳武穆集》、《文文山集》은 節義也요 《黃山谷集》、《秦淮海集》、《陸放翁集》은 詞翰也라 又有朱韋齋 松集三卷、朱玉瀾 橾集一卷이요 而《張橫渠集》、《尹和靖集》、《羅豫章集》、《李延平集》、《呂東萊集》、《陳克齋集》、《韓魏公集》、《石徂徠集》、《謝疊山集》은 入於張伯行所輯《理學全書》中이라 張은 康熙時爲中丞하여 裒集漢、唐以後至近來淸人

• • • • • •
251 당송팔대가문초(唐宋八大家文鈔): 당나라의 한유와 유종원, 송나라의 구양수, 소순, 소식, 소철, 증공, 왕안석 등 여덟 사람의 산문을 모아서 144권으로 엮은 책이다.

252 송문감(宋文鑑): 여조겸(呂祖謙)이 편찬한 북송시대의 시문선집이다. 문체별로 분류하고 연대에 따라 개인별로 정리되어 있는바, 총 150권이다.

所著書의 稍近於道者하여 作爲一書하여 多至百三四十卷하니 最好看이라

송대(宋代) 산문의 경우, 구양수(歐陽脩), 소순(蘇洵), 소식(蘇軾), 소철(蘇轍), 증공(曾鞏), 왕안석(王安石) 등 6대가의 산문이 모곤(茅坤)[253]의 《당송팔대가문초(唐宋八大家文鈔)》에 수록된 것 이외에는 기록을 남겨 책으로 만든 것을 보지 못하였다. 여동래(呂東萊, 여조겸)의 《송문감(宋文鑑)》에는 선집된 것이 매우 적고, 게다가 송나라가 남쪽으로 천도한 이후의 것은 또 수록하지도 않았다.

송나라 사람의 유집(遺集)으로 내 집에 소장하고 있는 것 중에 《이정전서(二程全書)》, 《주자대전(朱子大全)》, 《주자어류(朱子語類)》, 《이정유서(二程遺書)》, 《주렴계집(周濂溪集)》[254], 《양구산집(楊龜山集)》[255], 《장남헌집(張南軒集)》[256], 《황면재집(黃勉齋集)》[257], 《진서산집(眞西山集)》[258], 《육상산집(陸象山集)》[259]은 모두 성리학에 관한 책들이고, 《범문정집(范文正集)》[260], 《범충

••••••
253 모곤(茅坤): 1512~1601. 명나라 후기의 문인으로 호는 녹문(鹿門), 자는 순보(順甫)이다. 당·송 시대의 고문을 좋아하여 《당송팔대가문초》를 편찬하였다.
254 주렴계집(周濂溪集): 정호(程顥)와 정이(程頤)의 스승 주돈이(周敦頤, 1017~1073)의 문집이다.
255 양구산집(楊龜山集): 북송 말 남송 초의 학자 양시(楊時, 1053~1135)의 문집이다.
256 장남헌집(張南軒集): 이정(二程)의 학문을 계승한 장식(張栻, 1133~1180)의 문집이다.
257 황면재집(黃勉齋集): 주자의 제자 황간(黃幹, 1152~1221)의 문집이다.
258 진서산집(眞西山集): 남송의 학자 진덕수(眞德秀, 1178~1235)의 문집이다.
259 육상산집(陸象山集): 심즉리(心卽理)의 유심론에 바탕을 두어 심학(心學)을 주창했던 육구연(陸九淵, 1139~1192)의 문집이다.
260 범문정집(范文正集): 북송의 명재상 범중엄(范仲淹, 989~1052)의 문집이다.

선집(范忠宣集)〉[261], 《사마온공집(司馬溫公集)》[262], 《이충정주의(李忠定奏議)》[263]
는 경륜(經綸)에 관한 책들이고, 《종충간집(宗忠簡集)》[264], 《악무목집(岳武穆集)》[265], 《문문산집(文文山集)》[266]은 절의(節義)에 관한 책들이고, 《황산곡집(黃山谷集)》[267], 《진회해집(秦淮海集)》[268], 《육방옹집(陸放翁集)》[269]은 문장가의 책들이다.

또 위재(韋齋) 주송(朱松)[270]의 문집 3권과 옥란(玉瀾) 주고(朱槔)[271]의 문집 1권이 있다. 《장횡거집(張橫渠集)》[272], 《윤화정집(尹和靖集)》[273], 《나예장집

• • • • • •

261 범충선집(范忠宣集): 범중엄의 아들 범순인(范純仁, 1027~1101)의 문집이다.

262 사마온공집(司馬溫公集): 북송의 명재상 사마광(司馬光, 1019~1086)의 문집이다.

263 이충정주의(李忠定奏議): 금나라에 항전할 것을 주장하던 남송의 재상 이강(李綱, 1083~1140)의 주의(奏議)를 모은 책이다.

264 종충간집(宗忠簡集): 북송 말 남송 초의 문신 종택(宗澤, 1059~1128)의 문집이다.

265 악무목집(岳武穆集): 남송의 명장 악비(岳飛, 1103~1142)의 문집이다.

266 문문산집(文文山集): 남송의 충신 문천상(文天祥, 1236~1282)의 문집이다.

267 황산곡집(黃山谷集): 북송의 문인 황정견(黃庭堅, 1045~1105)의 문집이다.

268 진회해집(秦淮海集): 북송의 문인 진관(秦觀, 1049~1100)의 문집이다.

269 육방옹집(陸放翁集): 남송의 문인 육유(陸游, 1125~1210)의 문집이다.

270 위재(韋齋) 주송(朱松): 1097~1143. 주자의 부친으로, 자는 교년(喬年), 시호는 헌정(獻靖)이다. 화의(和議)에 반대하다가 폄적(貶謫)되었다.

271 옥란(玉瀾) 주고(朱槔): 주송(朱松)의 아우로, 자는 봉년(逢年)이다.

272 장횡거집(張橫渠集): 북송의 사상가 장재(張載, 1020~1077)의 문집이다. 장재의 자는 자후(子厚), 시호는 명공(明公)이고, 횡거는 호이다.

273 윤화정집(尹和靖集): 북송 말 남송 초의 학자 윤돈(尹焞, 1061~1132)의 문집이다. 윤돈의 자는 언명(彦明)이고, 화정은 호이다.

《羅豫章集》)274, 《이연평집(李延平集)》275, 《여동래집(呂東萊集)》, 《진극재집(陳克
齋集)》276, 《한위공집(韓魏公集)》277, 《석조래집(石徂徠集)》278, 《사첩산집(謝疊
山集)》279은 장백행(張伯行)280이 편집한 《이학전서(理學全書)》281 가운데 들
어있다.

　장백행은 강희(康熙) 연간에 중승(中丞) 벼슬을 하였으며, 한(漢)·당(唐)
이후부터 근래 청나라 사람들이 지은 책에 이르기까지 다소 도학에 가
까운 것들을 모아서 한 책을 만든 것이 무려 1백 3, 40권에 이르는데, 가
장 보기 좋다.

* * *

••••••

274　나예장집(羅豫章集): 북송 말 남송 초의 학자 나종언(羅從彦, 1072~1135)의
　　문집이다. 나종언의 자는 중소(仲素), 시호는 문질(文質)이고, 예장은 호이다. 이
　　정(二程)에게 수학한 양시(楊時)를 사사하고 제자인 이동(李侗)에게 학통을 물
　　려주어 주자로 이어지게 하였다.

275　이연평집(李延平集): 주자의 스승 이동(李侗, 1093~1163)의 문집이다. 이동의
　　자는 원중(愿中), 시호는 문정(文靖)이고, 연평은 호이다.

276　진극재집(陳克齋集): 주자의 제자 진문울(陈文蔚, 1153~?)의 문집이다. 진문울
　　의 자는 재경(才卿)이고, 극재는 호이다.

277　한위공집(韓魏公集): 북송 초기의 명재상 위국공(魏國公) 한기(韓琦, 1008~
　　1075)의 문집이다. 한기의 자는 치규(稚圭), 호는 공수(贛叟), 시호는 충헌(忠獻)
　　이다.

278　석조래집(石徂徠集): 북송 초기의 학자 석개(石介, 1005~1045)의 문집이다. 석
　　개의 자는 수도(守道)이고, 조래는 호이다.

279　사첩산집(謝疊山集): 남송 말기의 충신 사방득(謝枋得, 1226~1289)의 문집이
　　다. 사방득은 자가 군직(君直)이고, 첩산은 호이다. 남송이 패망한 뒤로 은거하였
　　고, 원나라 조정에서 강제로 부르자 단식하다가 별세하였다.

280　장백행(張伯行): 1651~1725. 청나라 초기의 학자로, 자는 효선(孝先), 호는 서
　　재(恕齋)이다. 학문에 뛰어나 많은 저서를 남기고 《이락연원속록(伊洛淵源續錄)》
　　과 《성리정종(性理正宗)》 등을 편찬하였다.

281　이학전서(理學全書): 성리학을 집대성한 책명으로 보이나 무슨 책인지 미상이다.

55. 원호문元好問이 엮은
《중주집中州集》과 《중주악부中州樂府》

해설 | 사학(詞學)이 풍부하고 아름다워 금(金)나라의 거벽으로 꼽히는 원호문이 원(元)나라에서 벼슬하지 않고 남긴 저술 가운데 금나라 시(詩)를 채록한 《중주집》10권과 사(詞)를 채록한《중주악부》1권을 소개하면서, 금나라의 시는 송나라에 미치지 못하나 사(詞)는 원나라의 선구가 되었다고 평가하였다.

元好問 裕之는 金末人이니 詞學最贍麗하여 當爲金源巨擘이라 金亡에 不仕元하여 多所論著하니 所輯《中州集》十卷은 皆金詩也라 摠二百五十五人이니 每人에 必爲小傳하여 冠於詩首라 詩凡一千九百二十首라 又輯詞爲一卷하니 名曰《中州樂府》라 人爲三十六이요 詞爲一百十八首니 金源一代詩篇에 稍合作者는 盡收於是編이라 大較金詩才具가 不及於宋이로되 而詞采는 可爲元前茅矣라

원호문(元好問) 유지(裕之)[282]는 금나라 말기 사람인데, 사학(詞學)이 가장

•••••••
282 원호문(元好問) 유지(裕之): 1190~1257. 유지는 원호문의 자로 호는 유산(遺山)이다. 원나라에서 벼슬하지 않고 저작(著作)에 전념하였다.

풍부하고 아름다우니 마땅히 금원(金源, 금나라)[283]의 거벽(巨擘)이 된다. 금나라가 망하자 원나라에서 벼슬하지 않고서 많은 논저(論著)를 지었다.

그가 편집한 《중주집(中州集)》 10권은 모두 금나라 때의 시를 채록한 것인데, 수록한 시인은 총 255명이며, 각 시인마다 반드시 소전(小傳)을 지어서 시의 앞에 두었다. 시는 모두 1,920수이다. 또 사(詞)를 편집하여 1권을 만들고 이름을 《중주악부(中州樂府)》라고 하였는데, 수록한 작자는 36명이고, 사는 118수이다. 금나라 한 왕조의 시편 가운데 그래도 작자(作者)라는 이름에 부합할 만한 것은 모두 이 편에 수록되어 있다.

대체로 금나라의 시는 기량이 송나라에는 미치지 못하나, 사장(詞章)의 문채는 원나라의 선구(先驅)가 될 만하다.

••••••

283 금원(金源): 금나라의 별칭이다. 《금사(金史)》 〈지리지 상(地理志上)〉에 "나랏말에 '금(金)'은 '안출호(按出虎)'를 이른다. 안출호의 수원(水源)이 여기에 있어 이름을 '금원(金源)'이라 하였다. 건국하고 국호를 여기에서 취하였다.〔國言金曰按出虎 以按出虎水源於此 故名金源 建國之號 蓋取諸此〕"라고 보인다.

56. 고사립顧嗣立의 《원시선元詩選》

해설 | 청나라 초기의 학자 고사립이 원나라 백가(百家)의 시를 엮은 《원시선
(元詩選)》 10권을 소개하면서, 내용이 풍부하고 화려한 원나라의 시와 노련하
고 꿋꿋한 송나라의 시의 차이를 지적하고, 시대마다 숭상하는 바가 변천되
고 있음을 밝혔다.

康熙時人顧嗣立이 編元百家詩하여 爲十卷하고 末編에 註以續出而不
刊이요 其他則皆以全集錄之하니 所刪者想無多矣라 又用元遺山《中州
集》例하여 人各爲小傳以弁之로되 但篇什少하여 不成集者는 則不錄하니
豈末編是不成集者어늘 而未及刊耶아 元詩는 大抵富麗濃艶하여 才情
爛漫하고 雕繢滿眼하여 絶無宋人老硬峻嶒之態하니 時尙之遷變을 於此
可見이니 而亦其乘除之理然也라

    강희제(康熙帝) 때의 사람인 고사립(顧嗣立)이 원나라 백가(百家)의 시를
엮어 10권을 만들고,[284] 끝 편에 속집이 뒤이어 나올 것이라고 주를 달았

- - - - - -
284   고사립(顧嗣立)이……만들고: 고사립(1665~1722)은 청나라 초기의 학자로
    자는 협군(俠君)이다. 병으로 귀향하여 저작에 전념하였다. 《원시선(元詩選)》을
    편찬했는데 권수(卷首) 1권, 초집(初集) 68권, 2집 26권, 3집 16권으로 총 111권
    이다. 권머리에 문제(文帝)와 순제(順帝)의 시를 싣고, 초집에서 3집까지 각각 시

으나 간행되지 못하였다. 그 나머지는 모두 문집 전체를 수록하였으니, 산삭한 것이 그리 많지 않을 것으로 생각된다. 또 원유산(元遺山, 원호문)의 《중주집》체례를 따라서, 시인마다 각각 소전을 지어서 시의 머리에 두었다. 다만 시편이 적어서 한 문집을 이루지 못한 것은 기록하지 않았다. 아마도 끝 편은 문집을 이루지 못한 자들의 시를 수록한 것인데 미처 간행하지 못한 것으로 보인다.

원나라의 시는 대체로 내용이 풍부하고 화려하고 농염(濃艶)하며 재사(才思)가 난만하고 꾸밈이 눈에 가득하여, 송나라 사람의 노련하고 꿋꿋하고 우뚝하고 돌올(突兀)한 자태가 전혀 없다. 시대마다 숭상하는 바가 변천되는 것을 여기에서 볼 수 있으니, 흥망성쇠의 이치가 또한 그러한 것이다.

••••••

인 100명의 시를 실었다.

57. 원나라의 문사文詞에 대한 평

해설 | 소천작이 원나라 산문을 모아서 엮은《원문류》를 소개하면서 원나라의 문사(文詞)를 평하였다. 원나라 때에 성리학과 문사(文詞)에 뛰어난 자가 많이 나와 송나라의 뒤를 계승하고 명나라의 문운(文運)을 여는 역할을 하였는데, 특히 산문이 시보다 뛰어나다고 평하였다.

元文勝於詩라 元人蘇天爵이 輯《元文類》하니 詩、文各體具焉이라 但此乃元人自選이요 後蘇氏至元未亡前諸作은 闕而不錄하니 是可欠也라 元人文集傳於世者不多라 余家藏에 只有《吳草廬全集》이로되 而《許魯齋集》、《熊勿軒集》은 入於《理學全書》中하니 許、吳、熊은 皆從事問學者也라 元以胡虜入主中國이어늘 而以理學文詞名於世者가 磊落相望하니 蓋承宋之餘而啓明之運故로 能如是彬彬耳라

원나라는 산문이 시보다 뛰어나다. 원나라 사람 소천작(蘇天爵)[285]이《원문류(元文類)》를 편집하였는데, 여기에는 시와 산문의 모든 체가 각각

••••••

285 소천작(蘇天爵): 1294~1352. 원나라 말기의 학자로, 자는 백수(伯修), 호는 자계(滋溪)이다. 시문에 뛰어나고 박학하여 실록(實錄) 편찬에 참여하였으며,《당문수(唐文粹)》와《송문감(宋文鑑)》등의 체제를 따라《원문류(元文類)》70권을 편찬하였다.

구비되어 있다. 다만 이 책은 바로 원나라 사람이 직접 선별한 것이기에, 소천작 이후로부터 원나라가 망하기 전까지 지어진 여러 작품들은 빠지고 기록되지 못하였으니, 이것이 흠이 될 만하다.

원나라 사람의 문집은 세상에 전해진 것이 많지 않다. 내 집에 소장한 것으로는 겨우 《오초려전집(吳草廬全集)》[286]이 있을 뿐이고, 《허노재집(許魯齋集)》[287]과 《웅물헌집(熊勿軒集)》[288]은 《이학전서》 속에 들어있다. 허형(許衡), 오징(吳澄), 웅화(熊禾)는 모두 학문에 종사한 자들이다.

원나라는 호로(胡虜)들이 중국에 들어와 주인 노릇을 한 나라이지만, 성리학과 문사(文詞)로써 세상에 이름을 떨친 자가 성대하게 연이어 나왔으니, 송나라의 뒤를 계승하고 명나라의 문운(文運)을 열었다. 그러므로 이와 같이 성리학과 문사가 조화를 이루어 찬란할 수 있었던 것이다.

• • • • • •

286 오초려전집(吳草廬全集): 송말원초의 학자 오징(吳澄, 1249~1333)의 문집이다. 초려는 호이고, 자는 유청(幼淸), 시호는 문정(文正)이다. 성리학에 정통하여 주자 이후의 도통을 계승하였다고 자부하였다.

287 허노재집(許魯齋集): 원나라 초기의 학자 허형(許衡, 1209~1281)의 문집이다. 노재는 호이고, 자는 중평(仲平), 시호는 문정(文正)이다. 주자학에 밝아 원나라 초기 주자학의 기초를 닦았다.

288 웅물헌집(熊勿軒集): 송말원초의 학자 웅화(熊禾, 1247~1312)의 문집이다. 물헌은 호이고, 자는 거비(去非)이다. 원나라 때 무이산(武夷山)에 오봉서당(鰲峰書堂)을 세우고 제자 양성에 전념하였다.

58. 명나라 시를 채록한 선집選輯들

해설 | 명나라 시를 선집한 책으로 전겸익의 《열조시집(列朝詩集)》, 주이준의 《명시종(明詩綜)》, 진자룡의 《명시선(名詩選)》, 종백경의 《명시귀(明詩歸)》를 제시하고 각 책의 특징을 지적하였으며, 이 가운데 《열조시집》을 특별히 명나라 시의 부고(府庫)라고 평하였다.

選明詩者亦多하니 錢牧齋《列朝詩集》은 當爲一大部書라 蓋自元末明初로 至明之末葉히 大篇、小什을 無不蒐羅盡載하고 而旁採僧、道、香奩、外服之作하여 亦無所遺하니 實明詩之府庫也라 但牧齋素不喜王、李詩學하여 掊擊過酷故로 北地、滄溟、弇園諸作은 所錄甚少라 此諸公詩什繁富하니 就其中抄出이면 豈不及於無甚著名者之一二篇이리오마는 而彼則濫收하고 此則苛汰하니 亦似偏而不公矣라 康熙時人朱彝尊者가 又輯明詩하여 作一大編하고 而名以《明詩綜》하니 此亦旁搜悉採니 可謂完備로되 而但無名稱者는 雖一二篇이라도 皆入錄하고 而大家名集篇什之多者는 所收甚尠하니 此爲未盡矣라 又有陳子龍所編《明詩選》과 鍾伯敬所編《明詩歸》하니 或務精而欠於博採하고 或主簡而傷於偏滯하여 皆不能爲完善矣라

명나라 시를 선별한 자도 많은데, 그 중에 전목재(錢牧齋)²⁸⁹의 《열조시집(列朝詩集)》은 마땅히 하나의 큰 책이 되어야 한다. 원나라 말기와 명나라 초기로부터 명나라 말엽에 이르기까지의 크고 작은 시편들을 수집하여 전부 기록하지 않음이 없고, 승려와 도사, 향렴(香奩)²⁹⁰과 외복(外服)²⁹¹의 작품에 이르기까지도 두루 채록하여 빠뜨린 것이 없으니, 진실로 명나라 시의 부고(府庫)이다.

다만 목재(牧齋)가 평소에 왕세정과 이반룡의 시학(詩學)을 좋아하지 않아 지나칠 정도로 혹독하게 배격하였으므로, 북지(北地)²⁹²와 창명(滄溟, 이반룡)과 엄원(弇園, 왕세정)의 여러 작품이 수록된 것이 매우 적다. 이 여러 공(公)들이 남긴 시편이 매우 많은데, 그 가운데에서 뽑는다면 어찌 그다지 유명하지 않은 자의 한두 편에 미치지 못하겠는가. 그러나 저들의 작품은 지나치게 많이 수록하면서 이분들의 작품은 가혹하게 도태시켰으니, 또한 치우쳐서 공평하지 못한 듯하다.

강희 때의 사람인 주이준(朱彝尊)²⁹³이란 자도 명나라 시를 수집하여

••••••

289 전목재(錢牧齋): 명말청초의 문인 전겸익(錢謙益, 1582~1664)으로, 목재는 호이고, 자는 수지(受之)이다. 전·후칠자를 비판하고 송대의 문장을 높이 평가하였다. 황제에서 승려와 여성, 외국인에 이르는 명대의 시인 약 2천 명의 시를 망라하고, 작자마다 소전(小傳)을 붙인 총 81권 분량의 《열조시집(列朝詩集)》을 편찬하였다.

290 향렴(香奩): 향료나 귀중품을 간직하는 상자로, 여성 시인을 이른다. 당나라 한악(韓偓)의 시집 《향렴집(香奩集)》에서 유래하여 여성의 일상을 읊은 시를 향렴체(香奩體)라고 한다.

291 외복(外服): 왕기(王畿)를 벗어난 오복(五服)의 지역으로, 여기서는 중국 밖의 외국을 이른다.

292 북지(北地): 명나라 문인 이몽양(李夢陽, 1473~1530)으로, 자는 헌길(獻吉), 호는 공동(空同)이다. 섬서 경양(慶陽) 사람이므로 '북지'로 불렸다. 진·한 시대의 고문과 이백·두보의 시로 돌아가자는 고문주의를 주장하였다.

293 주이준(朱彝尊): 1629~1709년. 명말청초의 학자로, 자는 석창(錫鬯), 호는 죽

하나의 큰 책을 만들고서 이름을 《명시종(明詩綜)》이라 하였다. 이 책도 널리 찾아 모두 채록하였으니 완비되었다고 이를 만하다. 그러나 무명 시인들의 작품은 한 두 편이라도 모두 수록하였지만, 시편이 많은 대가의 이름난 문집은 수록한 것이 매우 적으니, 이것이 미진한 점이다.

또 진자룡(陳子龍)이 편집한 《명시선(明詩選)》[294]과 종백경(鍾伯敬)이 편집한 《명시귀(明詩歸)》[295]가 있는데, 정밀함에 힘써 시를 널리 채집하지 못한 흠이 있거나 간략함에 힘써 편협해진 잘못이 있어서 모두 완벽하지는 못하다.

‥‥‥‥

타(竹坨)이다. 《명사(明史)》 편찬에 참여하였으며, 금석고증(金石考證)과 고문시사(古文詩詞) 등 고학(古學)에 정통하였다.

294 진자룡(陳子龍)이‥‥‥명시선(明詩選): 진자룡은 명나라 송강(宋江) 화정(華亭) 사람으로 자는 인중(人中)이고 또다른 자는 와자(臥子)이며 호는 대준(大樽)이다. 숭정(崇禎) 연간에 진사에 급제하고 벼슬이 병과급사중(兵科給事中)에 이르렀으며, 경사(經史)에 널리 통하여 이문(李雯) 등과 함께 《명시선(明詩選)》 13권을 편집하였다.

295 종백경(鍾伯敬)이‥‥‥명시귀(明詩歸): 종백경은 종성(鍾惺)으로 백경은 자이다. 명나라의 문장가로 경릉(竟陵) 사람이며, 호가 퇴곡(退谷)이다. '명시귀'는 미상인바, 《명원시귀(名媛詩歸)》를 가리킨 것으로 보인다. 《명원시귀》는 유명한 여인들의 시집이다.

59. 명나라 유사遺事를 보여주는
《열조시집列朝詩集》소전小傳

해설 | 작가마다 소전을 게재한 원호문의 《중주집》 체례를 따라 전목재가 엮은《열조시집》은 명나라의 유사를 알 수 있는 책이라고 평하고, 저자가 이 책의 소전을 초록하여 별도의 책을 만들려는 뜻을 품고 있었는데, 우연히 북경에서 간행된 책을 구입한 사실을 밝혔다.

元氏《中州集》은 人輒爲小傳하니 此前選詩者之所未爲라 當時謂之寓史於詩라 하여 可以考人物出處하니 固善例요 而錢牧齋《列朝詩集》과 及近來《元詩選》도 亦因其例라 《列朝詩集》傳은 尤係有明三百年人物事蹟하여 其嬉笑怒罵之態가 宛然如見하여 亦可以憑此考証史傳是非하니 此實欲求明遺事者之不可不見者라 余嘗欲抄其小傳하여 別作一冊이로되 而謄出亦費力하여 久未之果라 聞息菴曾爲此로되 而未得見이러니 後赴燕하여 偶見別抄其小傳而入刊者하고 亟購以來하니 從今無勞別謄矣라

원씨(元氏, 원호문)의 《중주집》은 시인마다 소전(小傳)을 지어 붙였는데, 이는 이전에 시를 선별하던 자들이 하지 않았던 일이다. 당시 사람들이 이를 두고서 역사를 시에 붙인 것이라고 평하였는데, 이로써 인물의 출처

를 상고할 수 있으니 참으로 좋은 체례이다. 전목재(錢牧齋)의 《열조시집
(列朝詩集)》과 근래의 《원시선(元詩選)》도 이 체례를 따랐다.

《열조시집》의 소전은 명나라 3백 년간의 인물들의 사적과 더욱 관계가
깊어서, 이들이 즐거워하고 웃고 성내고 욕하던 모습들이 완연하게 눈앞
에 나타나는 듯하다. 또 이 소전을 근거로 하여 사전(史傳)의 옳고 그름도
고증할 수 있으니, 이는 실로 명나라의 유사(遺事)를 찾으려는 자들이 보
지 않을 수 없는 책이다.

내가 일찍이 소전만을 초록하여 별도로 한 책을 만들고자 했으나 베
껴 내는 일도 힘이 들어 오래도록 결행하지 못하였다. 식암(息菴)[296]이 초
록하여 책을 만들었다는 말은 들었으나 아직 보지는 못하였다. 나중에
연경에 갔다가 우연히 이 소전을 별도로 초록하여 간행한 책이 있는 것
을 보고 서둘러 구입하여 왔으니 지금부터는 별도로 등사하는 수고로움
이 없게 되었다.

••••••

296　식암(息菴): 김석주(金錫胄, 1634~1684)의 호로, 자는 사백(斯百), 시호는 문
충(文忠), 본관은 청풍(淸風)이며, 청성부원군에 봉해졌다. 1674년의 갑인환국
때 남인 허적(許積) 등과 결탁하여 서인 축출을 도왔으나, 이후 남인이 지나치게
강성해지자 다시 서인과 제휴하여 경신대출척을 일으켜 남인 정권을 축출하였다.

60. 《명문기상明文奇賞》에 수록된 최립崔岦과 고경명高敬命의 글

해설 | 진인석(陳仁錫)[297]이 명나라의 글을 초록하여 엮은《명문기상》에 우리 나라 사신 김계휘(金繼輝)가 종계변무(宗系辨誣)[298]의 일로 명나라 예부 상서에게 올린 것으로 되어 있는 두 편의 글이, 사실은 질정관 최립(崔岦)과 서장관(書狀官) 고경명(高敬命)의 글임을 밝히고 간략하게 평하였다.

明文之抄輯爲一書者는 有陳仁錫《明文奇賞》하니 此最爲大書요 又有《十大家文選》과《明文英華》하니 此則略些하여 不足考覽一代制作矣라 《奇賞》에 載我國使臣上宗伯二書하니 皆宗系辨誣事也라 是時에 金黃岡 繼輝爲上使하여 以其名呈進故로 錄以黃岡名이나 而上一首는 質正官崔簡易作이요 下一首는 書狀官高霽峰作이니 兩作에 皆加貫珠、批點이라 上作은 有評曰 "說者謂朝鮮人未嘗讀宋人書故로 其詞古雅라"하니라 其實은 簡易自不讀後世文故로 其文古雅耳요 非朝鮮人盡然也라 朝鮮人病於熟宋書而不熟古文이어늘 中原人乃知之如此하니 可謂過許矣라 一笑로다

......

297 진인석(陳仁錫): 1581~1636. 명나라 말기의 학자로 자는 명경(明卿), 호는 지태(芝台)이다.《고문기상(古文奇賞)》22권과《명문기상》40권 등의 많은 저술을 남겼다.

298 종계변무(宗系辨誣): 앞〈운양만록〉35장에 이 내용이 보인다.

명나라의 글을 초록하여 모아서 하나의 책을 만든 것 중에 진인석(陳仁錫)의 《명문기상(明文奇賞)》이 있는데, 이것이 가장 규모가 큰 책이다. 또 《십대가문선(十大家文選)》[299]과 《명문영화(明文英華)》[300]가 있는데, 이 두 책은 간략하여 한 시대의 저작을 상고하여 살펴보기에는 부족하다.

《명문기상》에 우리나라 사신이 명나라 종백(宗伯, 예부 상서)에게 올린 두 편의 글이 실려 있는데, 모두 종계변무(宗系辨誣)의 일에 관한 것이다. 당시에 상사(上使, 정사(正使)인 황강(黃岡) 김계휘(金繼輝)[301]의 이름으로 이 글들을 올렸기 때문에 글의 저자가 황강으로 기록되어 있으나, 위의 한 수는 질정관(質正官) 최간이(崔簡易)[302]의 작품이고 아래의 한 수는 서장관(書狀官) 고제봉(高霽峰)[303]의 작품인데, 두 작품에 모두 관주(貫珠)와 비점(批點)[304]

• • • • • •

299 십대가문선(十大家文選): 명나라 십대가는 이몽양(李夢陽), 왕수인(王守仁), 당순지(唐順之), 왕유정(王維禎), 왕신중(王愼中), 동분(董玢), 모곤(茅坤), 이반룡(李攀龍), 왕세정(王世貞), 왕도곤(汪道昆)이다. 《십대가문선》에 대해서는 미상이다.

300 명문영화(明文英華): 명말청초의 학자 고유효(顧有孝, 1619~1689)가 10권으로 편찬한 책이다. 고유효는 자가 무륜(茂倫)으로, 향리에 은거하여 저술에 전념하였다.

301 황강(黃岡) 김계휘(金繼輝): 1526~1582 자는 중회(重晦), 본관은 광산(光山)으로 사계(沙溪) 김장생(金長生)의 아버지이다. 1581년(선조 14)에 종계변무를 위한 주청사(奏請使)로 명나라에 다녀왔다.

302 최간이(崔簡易): 최립(崔岦, 1539~1612)으로, 간이는 호이고, 자는 입지(立之), 본관은 통천(通川)이다. 율곡 이이의 문인이다. 의고문체 산문에 뛰어나 명나라 문인들의 극찬을 받았다. 서법으로 이름을 떨쳤고, 특히 송설체(松雪體)에 뛰어났다.

303 고제봉(高霽峰): 고경명(高敬命, 1533~1592)으로, 제봉은 호이고, 자는 이순(而順), 본관은 장흥(長興), 시호는 충렬(忠烈)이다. 동래 부사에서 파직되어 고향에 은거하다가 임진왜란에 전라 좌도에서 의병을 모아 공을 세웠으나 금산(錦山)에서 전사하였다.

304 관주(貫珠)와 비점(批點): 관주는 시문(詩文)의 잘된 곳에 주묵(朱墨)으로 표시하는 동그라미를 이르고, 비점은 시문의 잘된 곳에 찍는 점을 이른다.

이 찍혀 있다.

　위의 작품에 평하기를 "설명하는 자들이 '조선 사람들은 일찍이 송나라 사람들의 글을 읽지 않았기 때문에 그 글이 고아(古雅)하다.'라고 한다."라고 하였는데, 실제로는 간이가 본래 후세의 글을 읽지 않았기 때문에 그 글이 고아할 뿐이요, 조선 사람이 다 그러한 것은 아니다. 조선 사람들은 송나라 글에 익숙하고 고문에 익숙하지 못한 병통이 있는데 중국 사람이 도리어 이렇게 알고 있으니 지나치게 인정한 것이라고 이를 만하다. 한 번 웃는다.

61. 명나라의 4가지 문학 유파

해설 | 명나라 문인들을 4가지의 유파(流派)로 나누고 주요 인물과 특징을 간략하게 소개하고 있다. 아울러 명나라 태조 주원장(朱元璋)의 문집과 절의가 뛰어난 세 사람의 글을 하나로 엮은《삼이인집(三異人集)》등을 함께 소개하였다.

明文集行世者가 幾乎充棟汗牛하여 不可殫論이로되 而大約有四派하니 姑就余家藏而言之호리라 方遜志、劉誠意、宋潛溪는 以義理、學術發爲 文詞者也니 此爲一派라 遜志尤滂沛浩瀚하여 有明三百年文章에 絶無 及此者요 潛溪其亞而誠意又潛溪之匹也라 陽明、白沙는 以異學爲文이 로되 而陽明之文尤爽하니 新學則當斥이나 而文則可取라 以至李卓吾之 詭怪하여는 由陽明而騰上益肆者也니 此三集은 當爲一派라 空同、大復、 弇州、滄溟은 學先秦諸子而創爲新格者也니 此當爲一派라 鹿門、荊川、 升菴、震川、牧齋는 學古而語頗馴하여 不爲已甚者也라 就中에 升菴之麗 縟와 牧齋之蕩溢은 稍離本色이로되 而故當屬之於此니 不可爲王、李之 派라 徐文長、袁中郎는 又旁出而以慧利爲長하니 此二人亦不可爲王、李 派니 當附入於此派라 李西涯、張太岳、葉蒼霞는 爲廊廟經世之文이니 又 當爲一派로되 而西涯之富博은 亦可爲詞人之宗矣라 他如許文穆國、靳 兩城 學顔、王緱山 衡은 瑣瑣不足言이라 高皇帝有文集하니 多是詔令 諸文이로되 而亦有詩律若干篇하니 大率氣力渾厚하여 眞創業英主之文

也라 又以方遜志、于忠肅、楊椒山文으로 合爲一袠하고 名曰《三異人集》
이라 하니 此則專以節義而取之也라 其入《理學全書》者는 曹月川、薛敬
軒、胡敬齋、羅整菴、海剛峰集이로되 而曹、薛、胡、羅는 皆理學也라 海公은
雖以剛直名이나 而亦尊崇道學者也라

세상에 통행되는 명나라 문집은 너무 많아서 수레에 실으면 소가 땀
을 흘리고 방에 쌓으면 들보에 닿을 정도라서 다 논할 수 없으나, 대략
네 가지 유파로 나뉜다. 우선 내 집에 보관하고 있는 것을 가지고 말해보
겠다.

방손지(方遜志)[305]와 유성의(劉誠意)[306]와 송잠계(宋潛溪)[307]는 의리(義理)와
학술(學術)로써 문장을 지은 자들이니, 이들이 하나의 유파가 된다. 이 중
에 방손지는 문장이 더욱 거침없고 성대하여 명나라 3백 년간의 문장가
중에서 그에게 미칠 자가 전혀 없다. 잠계(潛溪)는 그의 아류이고, 성의(誠
意)는 또 잠계와 짝이 될 만하다.

••••••

305 방손지(方遜志): 명나라 초기의 명신 방효유(方孝孺, 1357~1402)로, 손지는
호이고, 자는 희직(希直)이다. 송렴(宋濂)에게 수학하였고, 정학(正學) 선생으로
불린다. 건문(建文) 4년(1402)에 황위(皇位)를 찬탈한 연왕(燕王, 주체(朱棣) 뒤
의 성조(成祖))의 등극 조서를 작성하지 않고 거부하다가 집안 전체가 죽임을 당
하였다.

306 유성의(劉誠意): 명나라의 개국 공신인 유기(劉基, 1311~1375)로 성의백(誠意
伯)에 봉해져 이렇게 불린다. 주원장(朱元璋)을 도와 천하를 통일하고 건국 후에
송렴 등과 함께 국가의 전제(典制)를 정비하였다.

307 송잠계(宋潛溪): 명나라 초기의 학자 송렴(宋濂, 1310~1381)으로, 잠계는 호
이고, 자는 경렴(景濂)이다. 명나라 건국 후에 한림학사가 되어 《원사(元史)》 편
찬을 맡았다.

양명(陽明)[308]과 백사(白沙)[309]는 이단의 학문으로 문장을 지었는데, 이
중 양명의 문장이 더욱 명쾌하며 그의 신학(新學)은 마땅히 배척해야 하
나 문장은 취할 만하다. 이탁오(李卓吾)[310]의 기궤(奇詭)함으로 말하면, 양명
에서 말미암아 위로 올라가 더욱 제멋대로 뜻을 펼친 자이다. 이 세 대가
의 문집이 하나의 유파가 되어야 한다.

공동(空同)[311], 대복(大復)[312], 엄주(弇州)[313], 창명(滄溟)[314]은 선진(先秦)의 제
자(諸子)를 배워서 새로운 격식을 만들어낸 자들이니, 이들이 하나의 유
파가 되어야 한다.

••••••

308   양명(陽明) : 명나라 중기의 사상가 왕수인(王守仁, 1472~1528)의 호이다. 자
      는 백안(伯安), 시호는 문성(文成)이다. 주자학을 비판하고 육구연(陸九淵)의 심
      성론(心性論)을 계승하여 심즉리(心卽理)와 지행합일(知行合一) 등을 제창하며
      양명학을 창도하였다.

309   백사(白沙) : 명나라 중기의 학자 진헌장(陳獻章, 1428~1500)의 호로, 자는 공
      보(公甫)이다. 주자학을 비판하고, 육구연의 심학을 계승하였다.

310   이탁오(李卓吾) : 명나라 중기의 학자 이지(李贄, 1527~1602)로, 탁오는 호이고,
      자는 굉보(宏甫)이다. 40대에 왕양명의 저작을 접한 뒤로 심학에 몰두하다가 다
      시 불교에 심취하여 62세에 출가하였다. 주자학과 양명학을 모두 비판하고 스스
      로 이단을 자처하면서 만인평등(萬人平等)과 동심설(童心說) 등을 주장하였다.

311   공동(空同) : 명나라 중기의 시인 이몽양(李夢陽, 1472~1530)의 호로, 자는 헌
      길(獻吉)이다. 전칠자(前七子)의 한 사람으로 고문사파(古文辭派)를 이끌었다.

312   대복(大復) : 명나라 중기의 시인 하경명(何景明, 1483~1521)의 호로, 자는 중
      묵(仲默)이다. 전칠자의 한 사람이다.

313   엄주(弇州) : 명나라 후기의 시인 왕세정(王世貞, 1526~1590)의 호이다.

314   창명(滄溟) : 명나라 후기의 시인 이반룡(李攀龍, 1514~1570)의 호이다.

녹문(鹿門)[315], 형천(荊川)[316], 승암(升菴)[317], 진천(震川)[318], 목재(牧齋)[319]는 옛것을 배워 말이 몹시 순해서 너무 이치에 어긋나는 문장을 짓지는 않았다. 이 중에서 승암은 화려하고 다채롭고 목재는 얽매이지 않고 호탕하여 이 유파의 본색에서 다소 벗어나 있지만, 반드시 이 유파에 소속시켜야지 왕세정과 이반룡의 유파가 되어서는 안 된다.

서문장(徐文長)[320]과 원중랑(袁中郎)[321]은 또 방계(傍系)로 갈라져 나와 지혜롭고 예리함을 으뜸으로 삼았다. 그러나 이 두 사람도 왕세정과 이반룡의 유파가 될 수 없으니, 이 유파에 소속시켜야 한다.

• • • • • •

315 녹문(鹿門) : 명나라 후기의 학자 모곤(茅坤, 1512~1601)의 호로, 자는 순보(順甫)이다.

316 형천(荊川) : 명나라 후기의 학자 당순지(唐順之, 1507~1560)의 호로, 자는 응덕(應德)이다. 양명학에 밝았으며, 시문의 달의(達意)를 중시하고 당·송의 문장을 높이 숭상하였다.

317 승암(升菴) : 명나라 중기의 학자 양신(楊愼, 1488~1559)의 호로, 자는 용수(用修)이다. 세종(世宗)에게 직간하다가 유배된 뒤로 평생 동안 시와 술로 세월을 보냈으며, 경학(經學)에 정통하였다. 초기 시문은 육조의 화려한 풍격을 지녔으나 만년에 소박하게 바뀌었다.

318 진천(震川) : 명나라 중기의 학자 귀유광(歸有光, 1506~1571)의 호로, 자는 희보(熙甫)이다. 전칠자(前七子)의 복고주의(復古主義)에 반대하고 당·송의 시문을 규범으로 삼을 것을 주장하였다.

319 목재(牧齋) : 명말청초의 문인 전겸익(錢謙益, 1582~1664)의 호이다.

320 서문장(徐文長) : 명나라 후기의 문인 서위(徐渭, 1521~1593)로, 문장은 자이고, 호는 청등(靑藤)이다. 시문과 서화에 모두 뛰어나 각각 일가를 이루었다. 독창성과 개성을 중시하면서 명나라 문단의 의고주의(擬古主義)를 통렬히 비판하였다.

321 원중랑(袁中郎) : 명나라 후기의 문인 원굉도(袁宏道, 1568~1610)로, 중랑은 자이고, 호는 석공(石公)이다. 형 원종도(袁宗道)와 아우 원중도(袁中道)를 묶어 3원(三袁)으로 병칭되고, 출신지를 따서 공안파(公安派)로 불린다. 의고주의를 비판하면서 시의 진수(眞髓)는 개성의 자유로운 발로이므로 격조에 얽매여서는 안 된다고 주장하였다.

이서애(李西涯)[322], 장태악(張太岳)[323], 섭창하(葉蒼霞)[324]는 조정에서 세상을 경륜하는 글을 지었으니 또 하나의 유파가 되어야 한다. 이 중에 서애는 풍부하고 해박하여 또한 문장가의 종장(宗匠)이 될 만하다.

그밖에 문목(文穆) 허국(許國)[325], 양성(兩城) 근학안(靳學顔)[326], 구산(緱山) 왕형(王衡)[327]은 자질구레하여 말할 만한 것이 없다. 고황제(高皇帝)[328]의 문집이 있는데 대부분 조령(詔令) 등의 여러 글이고, 또한 약간 편의 시율(詩律)이 있는데, 대체로 기력(氣力)이 혼후(渾厚)하니, 진실로 영명(英明)한 창업 군주의 글이다.

또 방손지(方遜志), 우충숙(于忠肅)[329], 양초산(楊椒山)[330]의 글을 합하여

......

322 이서애(李西涯): 명나라 중기의 문인 이동양(李東陽, 1447~1516)으로, 서애는 호이고, 자는 빈지(賓之)이다. 성당(盛唐)의 시문을 추구하여 당시(唐詩) 부흥 운동에 앞장섰다. 문장이 전아유려(典雅流麗)하고 전서와 예서에 능하였다.

323 장태악(張太岳): 명나라 중기의 문인 장거정(張居正, 1525~1582)으로, 태악은 호이고, 자는 숙대(叔大), 시호는 문충(文忠)이다. 신종(神宗) 즉위 후에 재상이 되어 과감하고 혁신적인 정치를 주관하였다.

324 섭 창하(葉蒼霞): 명나라 말기의 문인 섭향고(葉向高, 1559~1627)로, 창하는 복주(福州)에 속한 지명이고, 자는 진경(进卿), 호는 태산(台山)이다.

325 문목(文穆) 허국(許國): 1527~1596. 명나라 중기의 문인으로, 문목은 시호이고, 자는 유정(維楨), 호는 영양(潁阳)이다.

326 양성(兩城) 근학안(靳學顔): 명나라 중기의 문인으로, 자는 자우(子愚)이고, 양성은 호로 보인다.

327 구산(緱山) 왕형(王衡): 1561~1609 명나라 중기의 문인으로, 구산은 호이고, 자는 신옥(辰玉)이다. 한림원 편수에 제수되었으나 사직하고 향리에 은거하였다. 시와 문에 모두 뛰어났다.

328 고황제(高皇帝): 재위 1368~1398. 명나라 태조 주원장(朱元璋)의 시호이다.

329 우 충숙(于忠肅): 명나라 초기의 문인 우겸(于謙, 1398~1457)으로, 충숙은 시호이고, 자는 정익(廷益), 호는 절암(節菴)이다. 청렴하고 강직하였으나 천순(天順) 원년에 역모를 도모했다는 모함을 받아 참살되었다.

330 양초산(楊椒山): 명나라 중기의 문인 양계성(楊繼盛, 1516~1555)으로, 초산은 호이고, 자는 중방(仲芳)이다. 강직하여 직간을 잘하였는데 재상 엄숭(嚴嵩)을

하나의 책으로 만들고, 이름을 《삼이인집(三異人集)》이라 하였다. 이는 오로지 절의(節義)가 뛰어난 인물들의 문집만을 모은 것이다.

　《이학전서(理學全書)》에 들어있는 것은 조월천(曹月川)[331], 설경헌(薛敬軒)[332], 호경재(胡敬齋)[333], 나정암(羅整菴)[334], 해강봉(海剛峰)[335]의 문집이다. 이 중에 조월천, 설경헌, 호경재, 나정암은 모두 성리학자이다. 해공(海公)은 비록 강직함으로 이름을 얻었지만, 역시 도학을 숭상한 자이다.

•••••••
탄핵하다가 투옥된 후에 피살되었다.

331　조월천(曹月川): 명나라 초기의 학자 조단(曹端, 1376~1434)으로, 월천은 호이고, 자는 정부(正夫)이다. 지방의 교관으로서 주자학을 연구하고 많은 제자를 길렀다.

332　설경헌(薛敬軒): 명나라 초기의 학자 설선(薛瑄, 1389~1464)으로, 경헌은 호이고, 자는 덕온(德溫), 시호는 문청(文淸)이다. 주자학에 밝아 명대 성리학의 종장(宗匠)이 되었다.

333　호경재(胡敬齋): 명나라 초기의 학자 호거인(胡居仁, 1434~1484)으로, 경재는 호이고, 자는 숙심(叔心)이다. 오여필(吳與弼)의 문하에서 정주학(程朱學)을 수학하고 백록서원(白鹿書院)과 동원서원(洞源書院) 등에서 강의하였다.

334　나정암(羅整菴): 명나라 중기의 학자 나흠순(羅欽順, 1465~1547)으로, 정암은 호이고, 자는 윤승(允升)이다. 벼슬을 버리고 향리로 물러나 성리학 연구에 전념하였다.

335　해강봉(海剛峰): 명나라 중기의 문신 해서(海瑞, 1514~1587)로, 강봉은 호이고, 자는 여현(汝賢), 시호는 충개(忠介)이다. 강직하고 청렴하여 세종(世宗)의 실정을 직간하였다.

62. 고시정顧施禎과 위헌魏憲의 청나라 시선집

해설 | 청나라 시를 선별하여 엮은 고시정의 《성조시선》과 위헌의 《백명가시》를 소개하고, 《백명가시》의 첫머리에 수록된 〈승평가연시(昇平嘉宴詩)〉는 강희제(康熙齊)가 신하들과 함께 백량대의 고사를 본받아 칠언시를 연구로 지은 것이라고 설명하였다.

淸人顧施禎者選其國詩하여 名曰《盛朝詩選》이라하고 又有魏憲者選淸詩호되 末編多錄自己詩하여 名曰《百名家詩》라 其上頭에 錄《昇平嘉宴詩》하니 卽康熙壬戌正月에 胡皇與諸臣依柏梁臺故事하여 以七字詩爲聯句者也니 胡皇作詩序以弁之라

청나라 사람 고시정(顧施禎)[336]이란 자가 청나라 시를 선별하고, 이름을 《성조시선(盛朝詩選)》이라 하였다. 또 위헌(魏憲)[337]이란 자도 청나라 시를

------

336 고시정(顧施禎): 청나라 초기의 문인으로, 자는 임기(林奇), 호는 적원(適園)이다. 박학하고 고문을 좋아하였다.

337 위헌(魏憲): 청나라 초기의 문인으로, 자는 유도(惟度)이다. 산림에 묻혀 학문에 힘썼으며, 시에 뛰어났다.

선별하였는데 끝 편에 대부분 자기의 시를 수록하고, 이름을 《백명가시
(百名家詩)》라고 하였다.

　《백명가시》의 첫머리에 수록된 〈승평가연시(昇平嘉宴詩)〉는 바로 강희(康
熙) 임술년(1682) 정월에 청나라 황제와 여러 신하들이 한(漢)나라 백량대
(柏梁臺)의 고사³³⁸를 따라 칠언시를 연구(聯句)로 지은 것이다. 청나라 황
제가 지은 시의 서문이 맨 앞에 수록되어 있다.

63. 서재에 소장하고 있는
청나라 문인의 문집

해설 | 청나라 시문의 기세가 유약하다고 평하고, 서재에 보관하고 있는 청나라 문인의 문집 몇 종을 소개하였다. 또한 송락(宋犖)에 대해 더 자세하게 소개하고, 웅사리와 육농기가 육상산과 왕양명의 학문을 배척한 점을 높게 평가하였다.

淸人文不多見이로되 大牽詩文綿弱하니 余已論之於前矣라 文集之在余書廚者는 尤侗《西堂集》、宋犖《西陂集》、王士禎《蠶尾集》、徐嘉炎《抱經齋集》이요 又有《愚齋集》、《稼書集》하니 入《理學全書》中이라 尤侗은 才力富瞻하여 制作甚繁하고 宋犖次之라 宋은 甲戌生이니 與息菴同庚이라 其父權이 以明朝都御史로 降于淸하여 死諡文康이요 犖亦仕淸하여 至吏部尙書하여 以年老致仕라 見其自叙年譜하면 止於七十八歲하니 未知死於何歲也라 大抵其人有男子五六人이 皆爲顯仕하고 孫男又甚衆하며 年齒、官爵俱高하니 眞稀世之大命也라 其製述亦富하니 余嘗以比論於尤侗하면 藻采不及이나 而典則勝之라 《蠶尾》、《抱經》兩集은 亦有可觀이라 愚齋는 卽熊賜履요 稼書는 卽陸隴其니 俱以學問名者라 所著文字亦似篤實하고 且力斥陸、王之學하니 可尙也라

청나라 문인들의 글을 많이 보지는 못했으나 대체로 시문의 기세가 유약한데, 이는 이미 내가 앞에서 논하였다. 내 서고에 있는 청나라 문인의 문집은 우통(尤侗)³³⁹의 《서당집(西堂集)》, 송락(宋犖)³⁴⁰의 《서피집(西陂集)》, 왕사진(王士禎)³⁴¹의 《잠미집(蠶尾集)》, 서가염(徐嘉炎)³⁴²의 《포경재집(抱經齋集)》이다. 또 《우재집(愚齋集)》³⁴³과 《가서집(稼書集)》³⁴⁴은 《이학전서》 속에 들어 있다.

우통은 재능이 풍부하여 저술이 매우 많고, 송락이 그 다음이다.

송락은 갑술생(1634)으로 식암(息菴)³⁴⁵과 동갑이다. 부친 송권(宋權)이 명나라 조정에서 도어사(都御史)로 있다가 청나라에 항복하여 죽은 뒤에

••••••

339 우통(尤侗): 1618~1704. 명말청초의 문인으로 자는 동인(同人), 호는 회암(悔菴), 만년의 자호는 서당노인(西堂老人)이다. 《명사(明史)》 편찬에 참여하였으며, 시사(詩詞)와 고문에 뛰어났고, 변려문과 희곡에도 뛰어났다.

340 송락(宋犖): 1634~1713. 명말청초의 시인으로 자는 목중(牧仲), 호는 서피(西陂)이다. 소식(蘇軾)의 시를 높이 평가하였다.

341 왕사진(王士禎): 1634~1711. 명말청초의 문인으로 자는 자진(子眞), 호는 완정(阮亭)·어양산인(漁洋山人)이다. 사진은 초명으로, 옹정제(雍正帝)의 이름을 휘하여 사정(士禎)으로 개명하였다. 시에 뛰어나 주이준(朱彝尊)과 함께 남주북왕(南朱北王)으로 병칭되었다. 신운설(神韻說)을 주창하였으며, 당시(唐詩)를 추종하였다.

342 서가염(徐嘉炎): 1631~1703. 명말청초의 문인으로 자는 승력(勝力), 호는 화은(華隱)이다. 개성을 중시하여 당시의 유행과 다른 시를 지었다. 시문집으로 《포경재집(抱經齋集)》이 있다.

343 우재집(愚齋集): 명말청초의 학자 웅사리(熊賜履, 1635~1709)의 문집이다. 우재는 호이고, 자는 경수(敬修), 시호는 문단(文端)이다. 육왕(陸王)의 심학을 배척하고, 주자학을 높였다.

344 가서집(稼書集): 명말청초의 학자 육농기(陸隴其, 1630~1693)의 문집이다. 가서는 자이고, 호는 당호(當湖), 시호는 청헌(淸獻)이다. 양명학을 배척하고 주자학을 신봉하면서 청나라 초기의 성리학파를 이끌었으며, 사후에 문묘(文廟)에 배향되었다.

345 식암(息菴): 조선 중기의 문인 김석주(金錫冑, 1634~1684)의 호이다.

문강(文康)이란 시호를 받았다. 송락도 청나라 조정에서 벼슬하여 이부 상서(吏部尚書)에 이르렀다가 나이 들어 치사(致仕)하였다. 그가 스스로 작성한 연보(年譜)를 보면 78세에서 그쳐 있는데, 어느 해에 죽었는지 알 수 없다.

송락은 아들 5~6명이 모두 높은 벼슬에 오르고 손자도 매우 많으며, 나이와 관작도 모두 높았으니, 진실로 세상에 드문 좋은 운명이었다. 저술도 많은데 내가 일찍이 이를 우통에 견주어보니 문채는 미치지 못하나 문법은 그보다 낫다.《잠미집》[346]과《포경재집》두 문집도 볼 만하다.

우재(愚齋)는 바로 웅사리(熊賜履)이고, 가서(稼書)는 바로 육농기(陸隴其)인데, 모두 학문으로 이름난 자들이다. 지은 글도 독실한 듯하고, 또 육상산과 왕양명의 학문을 힘써 배척하였으니, 높일 만하다.

••••••

346 잠미집(蠶尾集) : 청나라 왕사진의 시문집이다. 본집은 10권, 속집은 2권, 후집은 2권이다.

64. 왕세덕王世德의 《숭정유록崇禎遺錄》

해설 | 왕사진이 작성한 〈왕세덕지(王世德誌)〉를 인용하여, 왕세덕이 《숭정유록(崇禎遺錄)》의 서문에서 명나라 말기에 훌륭한 군주는 있었으나 뛰어난 신하가 없어서 망국에 이르렀는데도, 사람들이 모든 허물을 군주에게 돌려 자신들의 잘못을 은폐하려 했다는 내용을 소개하고, 우리나라에서도 이 사실에 입각한 《명사(明史)》가 편찬되기를 바라는 마음을 피력하였다.

《鶱尾集》에 有〈王世德誌〉하니 世德은 號霜皐라 明末에 以錦衣衛宿衛禁中이러니 京師陷에 欲自決이로되 爲僕抱持而止하다 其妻已率諸婦女하여 赴井死하니 遂祝髮하여 隱淮南者也라 其誌大略曰 "予少讀《宋遺民錄》所述唐·林二義士、謝皐羽、龔聖子諸人事蹟하니 率欽崎磊落하여 志潔行芳이라 或時托文章以自見하니 大抵悲憤嗚唈하여 無聊不平하여 能使風雲爲之變色하고 江海爲之起立이라 輒卷書太息하여 以爲'有宋三百年에 忠厚養士之報如此하고 而忠臣義士之用心至是하니 可謂極矣라' 順治末에 客淮南이라가 偶得《崇禎遺錄》一書하여 讀之하고 心疑其宋遺民之流러니 久之에 乃知爲霜皐先生作也라 先生이 嘗憤野史誣罔하여 不可傳信後世하여 歇歔扼腕奮筆하여 作《崇禎遺錄》一卷하니 自序曰 '先帝以仁儉英敏之主로 遭家不造하여 憂勤十七載에 卒以亡國하니 嗚呼라 天乎아 其人耶아 臣小臣이 日侍左右하여 知禍所從來하니 非無

故矣라 上卽位에 誅逆瑺하고 斥宦官하여 虛心委任儒臣이로되 而所謂儒臣者 率庸劣狡橫하여 唯知背公死黨하여 致疆場日蹙하고 盜賊蜂起하니 環顧中外에 一無足恃라 於是에 破格用人하여 求奇才以圖匡濟하니 卽有一二可用之才로되 而門戶膠牢하여 不可破解하여 如其黨이면 力護持之하고 非其黨이면 縱才有可用이라도 必多方排陷하여 置之死地하여 而國家安危를 曾莫之恤이라 使天子循衆議以用人에 旣不效하고 排衆議以用人에 又不效하여 朝用一人하여 夕而敗矣요 夕用一人하여 朝而戮矣라 輾轉相循하여 賊勢已熾하니 天子子然孤立하여 旁皇無所措하여 而宗社隨之라 嗚呼라 家國淪亡이 誰之罪歟아 每召對大臣에 竊聞天語諮詢天下大計하면 諸臣이 非慚汗不能對면 卽齷齪擧老生常談塞責하고 間有一二忠鯁敢言하면 又迂疏하여 不識時務하여 不可用하니 臣竊恨之라 且夫魏瑺竊國柄하여 威震天下러니 先帝春秋方十七에 不大聲色하고 手翦除之하니 此固非中主所及이요 而畏天災、遵祖訓、勤經筵、察吏治、求民瘼하여 未嘗一日自暇逸하니 使君臣一德하고 將相協恭이면 卽太平不難致어늘 不幸有君無臣하여 卒之躬殉社稷하고 中宮就縊하고 公主手刃하니 從來死國之烈이 未有過於先帝요 亡國之痛이 未有痛於先帝者也라 乃失身不肖之徒가 自顧不免淸議하고 肆爲誹謗하여 或曰「寵田妃、任宦官以致亡이라」하고 或曰「貪利惜財用以致亡이라」하고 或曰「好自用以致亡이라」하여 擧亡國之咎하여 歸之君父하고 冀寬己誤國之罪하여 轉相告語하고 且筆之書하여 以欺天下後世之耳目하니 臣用是切齒腐心하여 深懼實錄無存하여 後世將有與失德之主로 同類並譏者矣라 故錄所見聞하여 凡野史之謬者正之하고 遺者補之하여 聊備實錄萬一하노니 庶流言邪說이 不得肆其誣衊이요 異時史筆이 或有取焉이라'하니 蓋先生一生之志를 畢託是書라 康熙十八年에 詔修《明史》할새 徵遺書四方이러니 有司錄其副하여 上史館하고 先生之歿也에 次子源이 以手藁殉葬하니 嗚

呼라 可以瞑矣라"하니라 世德著書出於明亡之後故로《明史》無所見이나
其錄이 大有關於明季事實之考하니 未知李玄錫이 果能得見而採錄否
也로라 王士禎以淸人으로 表章世德如此하니 亦可尙已라 余恐玄錫不知
有此하고 妄信或者誣衊之言入錄故로 備載之하노라

《잠미집》에 〈왕세덕지(王世德誌)〉가 실려 있는데, 왕세덕은 호가 상고(霜
皐)이다. 명나라 말년에 금의위(錦衣衛)로 금중(禁中, 궁중)에서 숙위할 때 경
사(京師, 연경)가 함락되자 자결하려고 하였으나, 노복이 껴안고 저지하여
살아남았다. 그런데 그의 아내는 이미 여러 부녀자들을 거느리고 우물에
뛰어들어 죽고 말았다. 이에 그는 마침내 머리를 깎고 승려가 되어 회남
(淮南)에 은둔하였다.
　이 〈왕세덕지〉에는 대략 다음과 같은 내용이 기록되어 있다.
　"내(왕사진)가 젊어서 《송유민록(宋遺民錄)》[347]에 기술되어 있는 당(唐)·임
(林) 두 의사(義士)[348]와 사고우(謝皐羽)[349]와 공성여(龔聖子)[350] 등 여러 사람

347　송유민록(宋遺民錄): 명나라 중기의 학자 정민정(程敏政, 1445~1499)이 송나라
　　가 멸망한 후의 고사(高士)들의 사적(事跡)을 모아 총 15권으로 편찬한 책이다.
348　당(唐)·임(林) 두 의사(義士): 송말원초의 당각(唐玨, 1247~?)과 임경희(林景
　　熙, 1242~1310)를 이른다. 당각은 자가 옥잠(玉潛), 호가 국산(菊山)으로 산음
　　(山陰) 사람이다. 임경희는 자가 덕양(德暘), 호가 제산(霽山)으로 송나라가 망하
　　자 은둔하였다. 원나라 지원(至元) 14년(1277)에 라마승 양련진가(楊璉眞伽)가
　　송나라 왕릉(王陵)들을 발굴하여 보물을 차지하고 유해를 버렸는데, 이 두 사람
　　이 유해들을 수습하여 난정산(蘭亭山)에 장사 지내고, 송나라 상조전(常朝殿)에
　　있는 동청나무 한 그루를 캐다가 그 위에 심어 표지하였다. 그리고 〈동청행(冬靑
　　行)〉이란 시를 지어 애도하는 한편, 해마다 한식(寒食)이 되면 몰래 제사하였다
　　고 한다.
349　사고우(謝皐羽): 송말원초의 사고(謝翶, 1249~1295)로, 고우는 자이고, 호는
　　희발자(晞髮子)이다. 덕우(德祐) 연간에 원나라 군대가 남하하자, 재산을 문천
　　상(文天祥)의 휘하에 기부하고 향병(鄕兵) 수백 명을 이끌고 투신하여 자의참군

의 사적을 읽어보니, 대부분 인물들이 비범하고 호탕하며 뜻이 고결하고 행실이 아름다웠다.

간혹 문장에 의탁해서 자신의 뜻을 드러내 보였는데, 대체로 시대에 대해 비분강개하고 번민하며 불평한 것으로, 능히 풍운(風雲)의 색깔을 변하게 하고 강해(江海)의 파도를 일으킬 만하다. 내가 번번이 책을 덮고 크게 탄식하면서 '송나라 3백 년 동안 충후(忠厚)하게 선비를 양성한 보답이 이와 같아서 충신과 의사의 마음씀이 여기에 이르렀으니, 지극하다고 이를 만하다.'라고 생각하였다.

순치(順治)351 말엽에 객지인 회남(淮南)에 우거하면서 우연히 《숭정유록(崇禎遺錄)》한 책을 얻어서 읽어보고는 내심 송나라 유민의 부류일 것이라고 의심하였는데, 오랜 뒤에 마침내 이것이 상고(霜皐) 선생의 작품인 것을 알게 되었다. 선생은 일찍이 야사(野史)가 거짓과 기만으로 점철되어 후세에 진실을 전할 수 없음을 개탄하고, 탄식하면서 팔뚝을 걷어 부치고 붓을 휘갈겨 《숭정유록》한 권을 저술하였고, 스스로 서문을 지어 말하였다.

'선제(先帝)인 의종(毅宗)께서는 인자하고 검소하고 영민하신 군주였는데, 국가가 불운하여 부지런히 정사를 돌보신 지 17년 만에 끝내 나라를 잃고 말았다. 아! 하늘의 탓인가? 사람의 탓인가? 내가 낮은 직위의 신하로 날마다 좌우에서 모셨으므로, 화(禍)를 초래한 이유가 없지 않음을

• • • • • • •

(咨議參軍)이 되었다. 송나라가 멸망한 이후에는 이름을 바꾸고 각지를 전전하며 원나라에 계속 저항하였다.

350 공성여(龔聖子): 송말원초의 공개(龔開, 1222~1304)로, 성여는 자이고, 호는 취암(翠巖)이다. 송나라가 망한 뒤에는 벼슬하지 않고 그림을 팔아 생활하였다. 시문에 뛰어나 문천상(文天祥)과 육수부(陸秀夫)의 전(傳)을 지었다.

351 순치(順治): 청나라 세조(世祖)가 1644~1661년까지 사용한 연호이다.

알고 있다.

성상께서 즉위하시자 역신인 환관[352] 위충현(魏忠賢)[353]을 주륙하고 환관을 배척하신 뒤에 마음을 비워 유신(儒臣)들에게 임무를 맡기셨다. 그러나 이른바 유신이라는 자들은 대부분 용렬하고 교활하고 제멋대로 행동하여 국가의 일을 도외시하고 자신의 당파(黨派)를 위해 목숨을 바칠 줄만 알았다. 그리하여 강토는 날로 위축되고 도적이 벌떼처럼 일어났건만, 중외(中外)를 둘러보아도 하나도 믿을 만한 사람이 없었다.

이에 파격적으로 인재를 등용하고 걸출한 인재를 구하시어 국가를 구제하려고 도모하셨다. 비록 한두 명의 쓸 만한 인재가 있었으나, 당파에 견고하게 고착되어 있어 깨뜨릴 수가 없었다. 만일 자기와 같은 당파이면 강력하게 비호하여 붙들어 주었고, 자기와 같은 당파가 아니면 쓸만한 재주가 있더라도 반드시 여러 방법으로 배척하고 모함하여 사지(死地)로 몰아넣으면서 국가의 안위를 전혀 돌아보지 않았다.

설령 천자께서 중론을 따라 인재를 등용하시더라도 효험을 보지 못하셨고, 중론을 배척하고 인재를 등용하시더라도 효험이 없어서, 아침에 한 사람을 등용했다가 저녁에 물리치시고 저녁에 한 사람을 등용했다가 다음 날 아침에 주륙하시게 되었다.

이렇게 엎치락뒤치락하면서 서로 인순(因循)하다가 적의 형세가 이미 강성해지니, 천자께서는 홀로 고립되시어 방황하여 어찌할 바를 모르시

● ● ● ● ● ●

352 역신인 환관: 원문은 '역당(逆璫)'이다. 당(璫)은 한(漢)나라 환관들이 관을 장식할 때 쓰던 옥구슬인데, 후대에 환관을 가리키는 말로 쓰인다.

353 위충현(魏忠賢): ?~1627. 본명은 이진충(李進忠)인데, 스스로 환관이 되어 성명을 바꾸었다. 환관의 수장(首長)인 사례감(司禮監) 병필태감(秉筆太監)이 되고, 감찰 기구인 동창(東廠)의 수장이 되어 정사를 농단하다가 의종(毅宗) 즉위 후에 탄핵되어 자살하였다.

게 되었고 종묘 사직도 뒤따라 망한 것이다. 아! 국가의 멸망이 누구의 죄인가?

가만히 듣자하니, 매번 대신을 소대(召對)할 때마다 성상께서 천하의 큰 계책을 하문하시면 여러 신하들은 부끄러워 땀을 흘리며 대답을 하지 못하거나, 아니면 바로 자질구레하게 늙은 유생의 상투적인 말로 책임을 면하려 할 뿐이었다. 간간이 한두 사람이 충직하고 과감한 주장을 하였지만, 또한 오활하고 시무(時務)를 알지 못하여 쓸 수가 없었다고 한다. 이에 내가 속으로 한스럽게 여겼다.

또 저 환관 위충현이란 자가 정권을 도둑질하여 위엄이 천하에 떨쳤는데, 선제(先帝)는 방년 17세의 나이로 음성과 안색(顔色)을 크게 드러내지 않으시고 손수 그를 제거하셨으니, 이는 진실로 보통의 군주가 미칠 수 있는 것이 아니다.

또 하늘의 재앙을 두려워하시고 선조의 가르침을 따르시며 경연을 부지런히 여시고 관리의 치적을 살피시며 백성들의 폐해를 구제하시어 일찍이 단 하루도 스스로 한가하게 지내지 않으셨다. 만일 군주와 신하가 마음을 하나로 합치고 장수와 재상이 공경하며 합심하였더라면, 태평성대를 이룩하는 것도 어렵지 않았을 것이다.

그런데 불행하게도 훌륭한 군주는 있었으나 뛰어난 신하가 없어서, 끝내 몸은 사직을 따라 죽고 중궁(中宮)[354]은 목을 매어 죽었으며 공주는 군주가 손수 칼로 찔러 죽이고 말았다. 예로부터 나라를 위해 죽은 충렬(忠烈)이 선제보다 더한 분이 없고, 망국의 통한이 선제보다 통렬했던 적이 없었다.

마침내 지조를 버린 불초한 무리들이 스스로 청의(淸議)의 성토를 면하

------

354 중궁(中宮): 의종의 황후인 효절열황후(孝節烈皇后) 주씨(周氏)를 이른다.

지 못할 것을 알고는 제멋대로 비방하여, 혹자는 선제가 전비(田妃)를 총애하고 환관을 신임하여 나라가 멸망에 이르렀다 하고, 혹자는 이익을 탐하고 재물을 아끼다가 멸망에 이르렀다 하고, 혹자는 자신의 계책을 쓰기를 좋아하여 멸망에 이르렀다고 하는 등 망국의 허물을 군부(君父)에게 전가시키고 자신들이 나라를 망친 죄를 경감시키려고 서로 전하여 알렸으며, 또 책에 써서 천하 후세의 이목을 속이려고 하였다.

나는 이 때문에 절치부심하면서, 사실에 입각한 기록이 존재하지 않아 선제께서 후세에 장차 덕을 잃은 군주와 똑같이 치부되어 함께 비난을 받으실까 매우 두려웠다. 이에 보고 들은 바를 기록해서 모든 야사의 잘못된 것을 바로잡고 빠진 부분을 보충하여, 그런대로 사실에 입각한 기록을 만분의 일이나마 갖추었으니, 부디 이로써 유언비어가 멋대로 유포되어 선제의 명예를 더럽히지 못하기를 바란다. 또 훗날 사필(史筆)이 혹 이 기록을 취하기를 바란다."

이에 평소 선생의 뜻이 모두 이 책에 의탁되어 있다.

강희 18년(1679)에 《명사(明史)》를 찬수하라는 조칙이 있자 유서(遺書)를 사방에서 구하였는데, 유사(有司)가 부본(副本)을 기록하여 사관(史館)에 올렸다. 선생이 별세함에 차자(次子) 왕원(王源)이 장례할 적에 초고를 함께 묻었으니, 아! 선생이 눈을 감을 수 있게 되었다."

왕세덕의 저서가 명나라가 망한 뒤에 나왔기 때문에 그 내용이 《명사》에는 보이지 않는다. 하지만 이 기록은 명나라 말기의 사실을 고찰하는 일에 크게 관계되는데, 이현석(李玄錫)[355]이 과연 이 기록을 얻어 보고서

• • • • • •

355 이현석(李玄錫): 1647~1703. 자는 하서(夏瑞), 호는 유재(游齋), 본관은 전주이다. 1694년 청풍 현감을 자원하여 《명사강목(明史綱目)》24권을 저술하였다.

채록했는지를 알지 못하겠다.

왕사진(王士禛)이 청나라 사람으로서 왕세덕을 이처럼 세상에 널리 알렸으니, 또한 높일 만하다. 나는 이현석이 이 기록이 있음을 알지 못하고 함부로 혹자들이 날조한 말만 믿고서 잘못 기록할까 염려되어 자세히 기재하는 것이다.

65. 세교에 보탬이 없는
수서壽序와 송서送序

해설 | 산문은 도학을 밝히고 사변을 기록하여 세교에 보탬이 되어야 마땅한데, 명나라에 이르러 실속 없이 겉으로 화려한 글만을 숭상하는 풍조가 생겨보잘 것 없는 산문이 많아졌다고 지적하였다. 그 사례로 명나라 사람들에 의해 실정에 맞지 않게 지나치게 많이 작성된 수서와 송서를 들어 비판하였다.

詩以道性情하고 文以明道術、記事變하니 皆有所補於世教요 不可以徒作也라 然이나 詩則間多吟詠景物하여 容或有閒漫之作이어니와 文則何可如此리오 以故로 唐、宋以前文人은 雖所就各有高下優劣之不同이나 考其遺集하면 罕有浮雜不緊之文이러니 逮至皇明하여는 習尙浮華하여 全欠質實하여 集中閒漫之作이 甚多라 年六十則輒作壽序하여 以稱屬其平生호되 語語複出하여 見之可厭이요 甚至五十에도 亦稱壽而序之하며 或有爲死人作追壽文者라 壽者는 久生之謂也니 生之反이 爲死어늘 死而壽之가 有甚意義요 尤可笑也라 且爲外官하여 遷移他任者는 無論其政治之能否하고 一例以褒美語로 作序而送之라 閱明人集하면 壽老人、美遷官之序가 殆過其半하니 作此等文하여 有何一分裨補오 眞可謂文之弊也已로다

시(詩)는 성정(性情)을 표현하고 문(文)은 도학(道學)을 밝히고 사변(事變)을 기록해서 모두 세교(世教)에 보탬이 되는 바가 있는 것이니, 한갓 부질없이 지어서는 안 된다. 그러나 시는 간간이 경물(景物)을 읊은 것이 많아서 혹 보잘것없는 작품이 있을 수 있으나, 문이야 어찌 이와 같을 수 있겠는가.

이 때문에 당·송 이전의 문인들은 비록 성취한 고하와 우열이 저마다 다르지만, 이들이 남긴 문집을 상고해 보면 부화(浮華)하고 잡되어서 긴요하지 않은 글이 드물다. 그러나 명나라에 이르러 습속이 실속 없이 겉으로 화려한 것만을 숭상하여 질박하고 진실함이 완전히 부족해지면서, 문집 안에 보잘 것 없는 작품이 매우 많아졌다.

나이가 60세에 이르면 모두 수서(壽序)[356]를 지어서 그 사람의 평생을 칭송하고 현양(顯揚)하는데, 말마다 중복되어 이를 읽어 보면 염증을 느끼게 된다. 심지어 50세인 사람에게까지 장수(長壽)를 칭송하면서 수서를 써 주는 경우도 있고, 혹은 죽은 사람을 위해 뒤늦게 축수(祝壽)하는 글을 짓는 경우도 있다.

장수란 오래 산 것을 이르니, 산 것의 반대가 죽은 것인데 죽은 자에게 축수하는 것이 무슨 의미가 있겠는가? 더더욱 가소롭다.

또 지방관이 되어 다른 지역으로 영전하는 경우에는, 그가 정치를 잘했는지 못했는지를 막론하고 하나같이 칭송하고 찬미하는 말로 송서(送序)를 지어서 전송한다. 명나라 사람들의 문집을 열람해 보면, 노인을 축수하고 영전하는 관리를 찬미한 서문이 거의 절반을 넘는다. 하지만 이런 따위의 글을 짓는 것이 어찌 한 푼어치라도 세교(世教)에 보탬이 되겠는가? 진실로 문장의 폐단이라고 이를 만하다.

••••••
356 수서(壽序): 사람의 장수(長壽)를 축하하는 글을 이른다.

66. 구와 자를 줄여
간簡을 추구한 명나라 산문

해설 | 산문은 맥락이 분명하고 법칙에 맞게 서술할 뿐, 하나의 격식을 고집할 것이 없는데, 명나라 문인들이 번번이 선진(先秦) 고문을 인용하면서 간략하고 심오한 구법(句法)을 만들고자 하였으나 그 서사가 도리어 매우 번잡해지는 과오를 범하였다고 지적하였다.

文有以平暢爲長者하고 亦有以簡奧爲主者하나 要之컨대 脈絡不紊하고 叙致有法하여 俱合於文章規度則斯已矣니 正不必偏主一格也라 近來稱文者輒以 '簡'之一字爲言하여 句字를 務爲短澁하니 '簡'之爲言이 豈但以句字求之哉아 篇法、章法이 無不皆然이라 若簡其句而冗其語면 則何貴其簡이며 脈絡相戾하고 叙致不整이면 則何貴其簡이리오 姑以明人證之호리라 明人動引先秦하여 務欲簡奧其句法이로되 而叙事則極其繁蕪라 彼固下視歐、曾이나 而實則歐、曾叙事甚簡하여 大勝於明人이라 明人才力之雄이 固非後人之比로되 而猶且如此어든 況其他乎아

문장은 평이하면서 통창한 것을 뛰어나게 여기기도 하고, 또한 간략하면서 심오한 것을 위주로 하기도 한다. 다만 요컨대 맥락이 어지럽지 않고 서술에 법칙이 있어서 모두 문장의 법도에 부합하게 할 뿐이니, 딱히

하나의 격식을 지나치게 주장할 필요는 없다.

　근래에 문장을 말하는 자들은 번번이 '간(簡)'이라는 한 글자를 말하면
서 구(句)와 자(字)를 짧고 난삽하게 만들려고 힘쓴다. '간(簡)'이라는 말이
어찌 단지 구와 자만을 가지고서 구할 수 있는 것이겠는가? 편법(篇法)과
장법(章法)이 모두 그렇지 않음이 없는 것이다. 만약 그 구를 간략히 하면
서 그 말을 쓸데없이 길게 한다면 이러한 간략함을 어찌 귀하게 여길 것
이 있으며, 맥락이 서로 어긋나고 서술이 정돈되어 있지 않다면 이러한
간략함을 어찌 귀하게 여길 것이 있겠는가?

　우선 명나라 사람의 경우를 가지고 밝혀보겠다. 명나라 사람들은 걸핏
하면 선진(先秦) 시대의 글을 인용하면서 되도록 그 구법(句法)을 간략하고
심오하게 만들고자 하였으나, 그 서사(叙事)는 지극히 번잡하다.

　저들은 진실로 구양수(歐陽脩)와 증공(曾鞏)을 얕잡아 보았지만, 사실
구양수와 증공은 서사가 몹시 간략하여 명나라 사람보다 훨씬 뛰어나다.
명나라 사람들의 재주와 능력이 뛰어나서 진실로 후인들이 견줄 수 없을
정도였는데도 오히려 이와 같았으니, 하물며 다른 사람의 경우에는 어떠
하겠는가?

67. 자구를 끊고 허자虛字를 줄여
간簡·고古로 삼는 세속의 풍조

해설ㅣ '이(而)' 자와 '지(之)' 자 같은 허자를 줄이고 되도록 자구를 끊어서 짧게 만든 문장을 간략하고 예스럽다고 하는 당시 세속의 고루한 견해를 비판하였다. 진(秦)·한(漢) 시기의 고문과 한유의 고문을 사례로 들어, 허자의 많고 적음에 따라 문장의 예스러움이 정해지는 것이 아님을 밝히고, 허자를 어떻게 사용하느냐가 더욱 중요함을 강조하였다.

世俗以罕用'而'、'之'字爲簡古하니 此乃局滯固陋之見也라 古莫如先秦、六經、西京之文이로되 而《莊》、《列》、《左》、《國》、《國策》、《史記》等書는最多虛字하고《論》、《孟》、《禮記》亦然하니 豈以'而'、'之'字多少로 定其文之古不古乎아 後來昌黎之文은 固有絕不使虛字處나 而其用虛字者亦多하니 此只在用之之如何耳라 譬如作室者用材長短을 各隨其宜然後에 方成室屋體制하니 若一例用其短이면 豈復成體制乎아 近見爲文者泥於此하여 務爲截短字句하여 蹇澁枯颯하여 語多不暢하여 絕無風神生色之可觀하니 可謂不善學古矣로다

세속에서 '이(而)' 자와 '지(之)' 자를 적게 쓰는 문장을 간략(簡)하고 예스럽다(古)고 하니, 이는 꽉 막히고 고루한 견해이다. 고문은 선진과 육경

(六經)[357]과 서경(西京, 서한(西漢))의 문장만한 것이 없는데, 《장자》, 《열자》, 《춘추좌씨전》, 《국어》, 《전국책》, 《사기》 등의 책에 허자(虛字)가 가장 많고, 《논어》, 《맹자》, 《예기》도 그렇다. 어찌 '이(而)'자와 '지(之)'자의 많고 적음을 가지고 글이 예스러운지 아닌지를 정하겠는가.

후대에 창려(昌黎)[358]의 문장에는 진실로 허자를 전혀 사용하지 않은 곳도 있으나, 허자를 사용한 곳도 많다. 문장의 예스러움은 단지 허자를 어떻게 사용하느냐에 달려있을 뿐이다.

비유하자면, 집을 짓는 자가 사용하는 재목의 길고 짧은 것을 각각 적절하게 맞춘 뒤에야 비로소 방과 집의 체제를 완성할 수 있는 것과 같다. 만약 일률적으로 짧은 것만 사용한다면 어찌 집의 체제를 완성할 수 있겠는가?

요사이 보건대, 글을 짓는 자들이 여기에 구애되어 되도록 자구를 끊어 짧게 만들어서, 글이 유려하지 못하고 껄끄럽고 생기가 없으며 말도 대부분 통창하지 못하다. 이로 인해 볼만한 문채와 생동감이 전혀 없으니, 옛것을 잘못 배웠다고 이를 만하다.

• • • • • •

357 육경(六經): 춘추전국시대에 지어진 여섯 종류의 경서로 《시경》, 《서경》, 《예경 (禮經)》, 《악경(樂經)》, 《역경(易經)》, 《춘추(春秋)》를 가리킨다.
358 창려(昌黎): 창려백(昌黎伯)에 봉해진 당나라 문인 한유(韓愈)를 이른다.

68. 옛 체제를 쓰되
자기 면목을 지키는 작문 방법

해설 | 문장은 선진의 것이 가장 훌륭하지만, 고인들은 고문을 모방하지 않고 그 뜻과 격조만을 사용하여 본래 면목은 지켰음을 지적하고, 아울러 문자의 아속(雅俗)이 고금의 차이에 달려 있지 않다고 강조하였다.

我東人은 生長偏方하여 其受氣固局隘요 而日用所見이 皆俗下文字하여 雖有高才絕藝나 出語自不能古하니 其勢然也라 比之於古文之極高는 莫尙先秦하여 而西京不及先秦하고 東京又不及西京이라 昌黎文起八代 之衰로되 而比之兩漢하면 猶不及하니 以此而言하면 歐、曾又不及韓은 亦 其勢然爾라 況偏邦之於中國乎아 然古人識高故로 漢人未嘗摹擬六經 之文하고 昌黎亦未嘗摹擬馬、班之文하고 歐、曾未嘗摹擬昌黎之文이요 但用其意格而已니 其爲漢、爲韓、爲歐、爲曾은 本色自在矣라 若只就古 文字句하여 切切摹擬하여 而不敢自吐出胸中一語하면 則反成局澁單薄 하여 有似着優人假面하여 眞形不存이니 何足尙哉아 作文者는 當以古人 之體裁로 作吾之文字하여 使人之觀者로 知其爲作文人之文이요 而俗 下庸鄙之習은 則痛去之足矣니 何必一一摹擬哉아 近來公家文字도 亦 不必避而不用也라 上自秦、漢으로 下至韓、歐히 時俗例用之文字를 皆不 避焉하니 俱可檢看也라 余曾作人墓文에 用'一等'語하니 蓋一等者는 我

國科場等第之稱也라 近來尙古者見之하고 大驚하여 以爲疵어늘 余披昌
黎〈鄭群誌〉'上等'二字以示之한대 其人曰 "'上等'은 旣有昌黎文字하니
可用어니와 此則不可用이라"하니 其膠固可笑如此라 文字雅俗은 初不在
古今하니 雖六經文字라도 亦有用之而俗者하고 時俗文字도 亦有用之而
雅者라 其雅其俗이 都在用之之如何하니 豈局於古今之別乎아

우리나라 사람들은 외진 변방에서 태어나고 자라서 받은 기운이 진실
로 국한되어 좁고, 일상 속에서 보는 것도 모두 비속한 문자들뿐이다. 그
리하여 비록 높은 재주와 뛰어난 기예가 있어도 지어내는 문장이 절로
예스럽지 못하니, 이는 형세가 그러한 것이다.

옛 문장에 견주어 말하면, 지극히 훌륭한 문장으로는 선진(先秦)보다
더한 것이 없어서 서경(西京, 전한)의 문장은 선진에 미치지 못하고 동경(東
京, 후한)의 문장은 또 서경에 미치지 못한다. 또 창려(昌黎, 한유)의 문장은
팔대(八代)의 쇠미한 문풍을 일으켜 세웠으나[359], 양한(兩漢)에 견주면 오
히려 미치지 못한다. 이를 가지고 말하자면, 구양수와 증공의 문장이 또
한유에 미치지 못하는 것도 그 형세가 그러하기 때문인 것이다. 하물며
외진 변방에 있는 우리나라의 문장을 중국에 견준다면 어떠하겠는가?

그러나 옛사람들은 식견이 높았기 때문에 한나라 사람들이 육경(六經)
의 문장을 모방한 적이 없고, 창려도 사마천(司馬遷)과 반고(班固)의 문장
을 모방한 적이 없고, 구양수와 증공도 창려의 글을 모방한 적이 없다.

••••••
359 팔대(八代)의……세웠으나: 팔대의 쇠미한 문풍을 새롭게 진작시켰음을 이른
    다. 팔대는 흔히 동한(東漢)과 위(魏), 진(晉), 송(宋), 제(齊), 양(梁), 진(陳), 수
    (隋)를 가리킨다. 소식의 〈조주한문공묘비(潮州韓文公廟碑)〉에 한유를 칭송하여
    "문(文)은 팔대의 쇠함을 일으켜 세우고, 도(道)는 천하의 빠짐을 구제하였다.〔文
    起八代之衰, 而道濟天下之溺.〕"라고 하였다.

단지 그 뜻과 격조(格調)를 사용했을 뿐이니, 한나라 사람이 되고 한유가 되고 구양수가 되고 증공이 되는 것은 각자의 본래 면목이 그대로 있는 것이다.

만약 겨우 고문(古文)의 자구(字句)를 모방하기에 급급하여 자신의 흉중에 있는 말을 한마디도 뱉어내지 못한다면, 도리어 옹색하고 난삽하고 경박하게 되어 마치 광대의 가면을 쓰고 있는 것과 같아서 진실한 면목이 보존되지 않게 될 것이다. 어찌 높일 만한 글이 되겠는가.

작문은 마땅히 옛사람의 체제를 사용하여 자신의 글을 지어 내어, 보는 사람들로 하여금 그 글이 작문한 사람의 글임을 알 수 있게 하고, 비속하고 용렬한 습성을 통렬히 제거하면 충분하다. 어찌 굳이 하나하나 모방할 것이 있겠는가.

근래에 상용하는 공문서의 문자도 굳이 피하여 사용하지 않을 것이 없다. 위로 진·한 시대의 문장에서부터 아래로 한유와 구양수의 문장에 이르기까지 모두 시속에서 으레 사용하는 문자를 피하지 않았으니, 이런 사실은 모두 검증하여 볼 수 있다.

내가 일찍이 타인의 묘문(墓文)을 지을 적에 '일등(一等)'이란 말을 사용하였는데, '일등'이란 우리나라 과거시험장에서 등수의 차례를 일컫는 말이다. 그런데 근래에 고문을 숭상하는 자가 내 글을 보더니 크게 놀라면서 흠이라고 지적하기에, 내가 창려의 〈정군지(鄭群誌)〉를 펴서 그 안에 있는 '상등(上等)' 두 글자를 보여주었다.[360] 그러자 그가 말하였다.

"상등(上等)이란 말은 이미 창려의 문장에 있으니 쓸 수 있지만 이 일등

••••••
360 창려의……보여주었다: 〈정군지(鄭群誌)〉는 정군의 묘지명이다. 원제목은 〈당 고조산대부상서고부랑중 정군묘지명(唐故朝散大夫尙書庫部郎中鄭君墓誌銘)〉이 다. 여기에 "이부 고공에서 시험하여 상등으로 판별되어 정자에 제수되었다.[吏 部考功所試 判爲上等 授正字]"라는 말이 보인다.

이라는 말은 써서는 안 된다."

문인들이 꽉 막혀 융통성이 없어 가소로움이 이와 같다.

문자의 아속(雅俗)은 애당초 고금(古今)의 차이에 달려 있지 않다. 비록 육경(六經)의 문자라도 그것을 써서 속될 경우가 있고, 시속(時俗)의 문자라도 그것을 써서 전아할 때가 있다. 그것이 전아한지 속된지는 모두 어떻게 사용하느냐에 달려 있을 뿐이다. 어찌 고금의 차이에 국한될 것이 있겠는가?

69. 훌륭한 문장을 짓는 데 필요한 세 가지

해설 | 구양수가 훌륭한 문장을 짓는 능력을 기르기 위해서 갖추어야 할 세 가지 조건으로 제시한 '많이 읽는 것'과 '많이 짓는 것'과 '많이 생각하는 것'을 소개하고, 이 가운데 특히 많이 생각하는 공부를 강조하였다. 생각하는 공부는 다른 사람과 의논하여 문자를 확정하는 것을 이르는데, 이 공부가 부족하면 문식이 고루해질 뿐 아니라 지은 글이 작가의 규모에 부합하지 않아서 쓸모없는 것이 될 뿐이라고 경계하였다.

歐陽公有言曰 "看多作多商量多라"하니 古人以 '讀'을 通謂之 '看'하고 '作'者는 製述之謂也요 '商量'者는 謂與人論確文字也라 蓋徒讀而不作이면 則無以開其述性이니 旣讀與作並行이로되 而獨學無資하면 則文識終不免孤陋라 識陋則雖多讀多作이나 所作이 不能合作者規模하여 歸於無用故耳라 近來鄕曲人이 多讀書하여 稱巨擘者라도 觀其文하면 率多鄙俚하여 殆與不學無文者無異하니 由商量多工夫不足故也니라

구양공(歐陽公, 구양수)이 말하기를 "많이 보고, 많이 짓고, 많이 생각한다.[看多, 作多, 商量多.]"라고 하였다. 옛사람들은 읽는 것[讀]을 통틀어서 본다[看]고 말하였고, 짓는다[作]는 것은 제술(製述)함을 이르고, 생각한다[商量]는 것은 남들과 의논하여 문자를 확정함을 이른다.

읽기만 하고 글을 짓지 않으면 저술하는 재주를 개발할 수 없고, 이미 읽기와 짓기를 아울러 행하였더라도 선배에게 의뢰하지 않고 홀로 배우면 끝내 문식(文識)이 고루해짐을 면하지 못한다. 문식이 고루하면 비록 많이 읽고 많이 짓더라도 지은 글이 작가의 규모에 부합하지 않아서 쓸모없는 것이 되고 말 뿐이다.

근래 시골사람 중에 독서를 많이 하여 최고로 일컬어진 자도 그의 글을 보면 대부분 비루하고 속되어서 거의 배우지 않아 문식이 없는 사람의 글과 다름이 없다. 이는 많이 생각하는 공부〔商量多〕가 부족해서 그런 것이다.

70. 우리나라 고문의 역사와 고문가들

해설 | 목은(牧隱) 이색(李穡)에 의해 우리나라에 고문 짓는 법이 전해진 뒤로, 조선의 선조(宣祖) 때에 이르러 최립(崔岦)과 윤근수(尹根壽) 등이 고문을 높이면서 풍속이 크게 변하였고, 이후 김창협에 이르기까지 고문에 능한 여러 작가들이 등장하였음을 밝혔다. 아울러 그 나머지 사람들은 과거공부에 얽매여 고문에 힘쓰지 않아 고려의 문인들보다 몇 등급 아래에 있다고 평가하면서, 당시 문인들의 식견(識見)에 고려 문인들의 기력(氣力)을 보태면 거의 고문에 가까운 문장을 지을 수 있을 것이라고 주장하였다.

我國人은 最重科業하여 雖文詞超輩者라도 無不折入於科業하여 所製惟表、策而已요 曾不着力於古文하여 不過以韓、蘇爲範하여 用作科場館閣酬應之資而已라 至宣廟朝하여 崔簡易、尹月汀數公이 始崇長古文하여 一時習尚頓變하니 其功이 可謂大矣라 國朝典文衡者幾且百人이로되 而知有古文者는 尹月汀、李白沙、申象村、張谿谷、金淸陰、李澤堂、金息菴、李西河、金農巖若干人而已니 其餘諸公은 非盡才不及也요 科擧累之也라 大抵我東은 原初未脫夷陋하여 全不解古文蹊徑이라가 至牧老游學中原하여 得印可以授諸人하니 是後頗勝이요 宣廟以後益勝이나 然其才具遞減數等하니 吾意以近來諸公識見으로 兼勝國人氣力이면 則幾矣리라

우리나라 사람들은 과거 공부를 가장 중시하여, 비록 문장이 출중한 자라도 뜻을 굽혀서 과거 공부에 골몰하지 않는 사람이 없다. 그래서 오직 표문(表文)과 대책문(對策文)[361]을 지을 뿐 고문에는 전혀 힘을 쏟지 않는다. 겨우 한유와 소식을 법도로 삼아서 과거 시험장이나 관각(館閣)에서 수창(酬唱)할 때에 사용할 자료로 삼는 것에 불과하다.

그러다가 선조(宣祖) 때에 이르러 최간이(崔簡易)[362]와 윤월정(尹月汀)[363] 등 여러 분들이 비로소 고문을 숭상하고 높이면서 당시의 풍속이 크게 변하였으니, 그 공이 크다고 이를 만하다.

우리나라에서 문형(文衡, 대제학)을 맡은 분이 거의 백 명에 가깝지만, 고문이 있음을 알았던 사람은 윤월정(尹月汀), 이백사(李白沙, 이항복(李恒福)), 신상촌(申象村)[364], 장계곡(張谿谷)[365], 김청음(金淸陰, 김상헌(金尙憲)), 이택당(李澤堂)[366], 김식암(金息菴)[367], 이서하(李西河)[368], 김농암(金農巖, 김창협(金昌協))

──────

361 표문(表文)과 대책문(對策文) : 과거에서 시험하는 문체들이다.

362 최간이(崔簡易) : 최립(崔岦, 1539~1612)으로, 간이는 호이고, 자는 입지(立之), 본관은 통천(通川)으로 율곡 이이의 문인이다. 의고문체 산문에 뛰어나 명나라 문인들의 극찬을 받았다. 서법으로 이름을 떨쳤고, 특히 송설체(松雪體)에 뛰어났다.

363 윤월정(尹月汀) : 윤근수(尹根壽, 1537~1616)로, 월정은 호이고, 자는 자고(子固), 본관은 해평(海平), 시호는 문정(文貞)이다. 영의정 윤두수(尹斗壽)의 아우로 문장과 서법에 뛰어났다.

364 신상촌(申象村) : 신흠(申欽, 1566~1628)으로, 상촌은 호이다.

365 장계곡(張谿谷) : 장유(張維, 1587~1638)로, 계곡은 호이다.

366 이택당(李澤堂) : 이식(李植, 1584~1647)으로, 택당은 호이고, 자는 여고(汝固), 본관은 덕수, 시호는 문정(文靖)이다. 간결하고 고아한 문장으로 명성이 얻었다.

367 김식암(金息菴) : 김석주(金錫胄, 1634~1684)로, 식암은 호이다.

368 이서하(李西河) : 이민서(李敏叙, 1633~1688)로, 서하는 호이고, 자는 이중(彝仲), 본관은 전주, 시호는 문간(文簡)이다. 시문이 전아하고 간결하다는 평을 받

등 몇 분뿐이다. 그 나머지 여러 분들은 모두 재주가 미치지 못한 것이 아니라 과거공부에 얽매여 있었다.

대체로 우리나라는 처음에 동이(東夷)의 고루함을 벗어나지 못하여 고문을 짓는 방법을 전혀 알지 못했었다. 목로(牧老, 목은(牧隱) 이색(李穡))[369]가 중원에 유학하여 인정을 받고 나서 이를 여러 사람에게 가르쳐 주었는데, 그 이후로 자못 좋아진 것이다.

선조 때 이후로는 글들이 더욱 좋아졌지만 그 재주로만 보자면 고려의 문인들보다 몇 등급 아래에 있다. 내가 생각하기에 근래 여러 분의 식견(識見)에 고려 문인들의 기력(氣力)을 보탠다면, 거의 고문(古文)에 가까울 것이다.

369 목로(牧老): 고려 말의 이색(李穡, 1328~1396)으로, 호가 목은(牧隱)이므로 이렇게 존칭한 것이다. 자는 영숙(穎叔), 본관은 한산, 시호는 문정(文靖)이다. 문장에 뛰어나 원나라에 가서 명성을 떨쳤으며, 고려에 대한 의리를 지켜 조선에서 벼슬하지 않았다. 1348년(충목왕 4)에 원나라에 가서 국자감(國子監)의 생원이 되어 수학하였으며, 1354년에 서장관으로서 원나라에 가서 회시(會試)에서 장원을 차지하고 전시(殿試)에서 차석으로 급제하여 국사원 편수관(國史院編修官) 등을 지내다가 귀국하였다. 문하에서 권근(權近), 김종직(金宗直), 변계량(卞季良) 등을 배출하였다.

71. 소년기에 과문을 익힌
   상촌 신흠의 자탄

해설 | 과거 공부를 중시한 외가에서 소년기를 보낸 신흠이 표문과 대책문을
위주로 공부하여 약관의 나이에 무난하게 과거에 급제할 수 있었으나, 이미
문기(文氣)가 훼손되었기에 중년에 이르러 고문을 지으려고 하였지만 기대한
만큼 성과를 얻지 못하여 번번이 붓을 던지면서 스스로 탄식했던 사실을 소
개하였다. 이 사례를 통해 과거공부가 고문의 성취에 몹시 해를 끼친다는 사
실을 밝힌 것이다.

象村文才軼倫하여 年未十歲에 已大成이라 早孤하여 育於外家하니 卽宋
麒壽家也라 宋家專尙科業하여 常使習作表、策하고 不製他文하니 以此로
象村弱冠登第로되 而所作表、策이 已至累數百首하여 爲場屋老儒라 自
中歲로 有意古文이나 而文氣斲傷하여 爲文에 自不覺科文語錯入하니 每
擲筆自歎이라 及其子樂全公爲駙馬에 謂之曰 "以汝之才로 不得以文
科顯하니 是雖可恨이나 然賴此而無所絪縛하여 可以肆意文章하니 是則
可喜也라"하다 樂全文固俊爽이나 然較挈其父子所成就하면 象村故當
勝之라

상촌(象村) 신흠(申欽)은 문장을 짓는 재주가 출중하여 10세가 되기 전

에 이미 크게 성취를 이루었다. 일찍 고아가 되어 외갓집에서 길러졌는데, 외가는 바로 송기수(宋麒壽)³⁷⁰의 집이다.

송씨 집안은 오로지 과거 공부만 숭상하여 항상 표문(表文)과 대책문(對策文)만을 익히게 하였고 다른 글은 짓지 못하게 하였다. 이 때문에 상촌이 약관의 나이에 과거에 급제하였는데, 그동안 지은 표문과 대책문이 이미 수백 편에 달하여 장옥(場屋, 과거 시험장)에 노련한 선비가 되었던 것이다.

상촌은 중년 이후로 고문에 뜻을 두었으나 문기(文氣)가 훼손되어 문장을 지으면 자신도 모르게 과문(科文)에 사용하는 단어가 뒤섞여 들어갔다. 이에 매번 붓을 던지고 스스로 탄식하였다.

아들 낙전공(樂全公, 신익성)³⁷¹이 부마(駙馬)가 되자 그에게 말하였다.

"네가 뛰어난 재주를 가지고도 문과(文科)로 현달할 수 없게 되었으니,³⁷² 이는 한스럽게 여길 만한 일이다. 그러나 이에 힘입어 구속받지 않으면서 마음 내키는 대로 문장을 지을 수 있게 되었으니, 이는 기뻐할 만한 일이다."

낙전의 문장은 진실로 빼어나고 상쾌하나 이들 부자(父子)의 성취한 바를 서로 비교해보면, 상촌이 진실로 낙전보다 낫다.

• • • • • •

370 송기수(宋麒壽): 1507~1581년. 본관은 은진(恩津)으로, 정미사화에 사사(賜死)된 송인수(宋麟壽)의 종제(從弟)이다. 을사사화에 가담하여 보익공신(保翼功臣)에 책록되었으며, 이조 판서를 지냈다.

371 낙전공(樂全公): 낙전은 신흠의 아들 신익성(申翊聖, 1588~1644)의 호이고, 자는 군석(君奭), 시호는 문충(文忠)이다. 선조의 부마로 동양위(東陽尉)에 봉해졌다. 시문과 서법에 뛰어났고, 특히 전서에 능하였다.

372 문과(文科)로……되었으니: 세종조 이후로 부마는 과거에 응시하거나 조정 관료가 될 수 없었다.

72. 월사 이정귀의 문장과
   〈무술변무주〉

해설 | 이정귀가 고문을 배우고자 애쓴 것은 아니었으나 타고난 문재로 나라를 빛내어 신흠과 나란히 명성을 떨쳤음을 밝혔다. 특히 그의 〈무술변무주〉가 제일로 꼽힌다고 칭찬하였다.

月沙 李公은 有華國文章하니 雖不刻意學古나 而瞻富無敵하여 與申象村齊名藝苑이라 有集大行於世하니 集中詩文甚夥나 然當以〈戊戌辨誣奏〉文爲第一이라

월사(月沙) 이공(李公)[373]은 나라를 빛낸 문장이 있다. 비록 고문을 배우기 위해 마음을 다하지는 않았으나, 문재가 넉넉하고 풍부하여 상대할 만한 적수가 없어서, 예원(藝苑)에서 신상촌(申象村)과 함께 이름을 나란히 하였다.

......
373 월사(月沙) 이공(李公): 이정귀(李廷龜, 1564~1635)로, 월사는 호이고, 자는 성징(聖徵), 본관은 연안(延安), 시호는 문충(文忠)이다. 한문 사대가(漢文四大家)로 꼽힌다.

그의 문집이 세상에 크게 유행되었다. 그 문집 속에 시와 문이 매우 많지만 마땅히 〈무술변무주〉[374]를 제일로 삼아야 할 것이다.

------

374 무술변무주(戊戌辨誣奏): 원래의 제목은 〈정주사응태 참론본국 변무주(丁主事應泰參論本國辨誣奏)〉이다. 1598년(선조 31)에 명나라 병부 주사(兵部主事) 정응태(丁應泰)가 임진왜란은 조선에서 왜병을 끌어들여 중국을 침범하려 한 것이라고 신종(神宗)에게 무고하자, 조선에서 정사 이항복(李恒福)과 부사 이정귀를 변무사(辨誣使)로 보내 해명하게 하였다. 이에 이정귀가 이 글을 지어 올리자, 명나라 신종이 무고임을 알고 정응태를 파직하였다.

73. 한 글자 한 구도 법도에 어긋남이 없는
장유張維의 고문

해설 | 장유의 문장이 비록 감동적인 기염(氣焰)은 없으나, 온당하고 합당하여 한 글자 한 구도 법도에서 어긋남이 없고, 행문이 전아하고 깨끗하기로는 우리나라에서 으뜸이라고 칭송하였다.

張谿谷之文은 雖無動人氣燄이나 妥帖稱停하여 無一字一句偏側生拗라 凡作文에 到快意處하면 例多洋溢瀾飜이로되 而此却澹然하여 如平盤貯水樣하고 行文又極雅潔하니 澤堂所謂 "思不踰格하고 氣不累調" 者得之라 國朝文章之士非不多矣로되 而一一符合於古文繩準하여 無少差忒者는 此公當爲第一이라

장계곡(張谿谷)의 문장은 비록 사람을 놀라게 하는 기염(氣焰)은 없으나, 온당하고 합당하여 한 글자 한 구도 편벽되거나 생경하거나 비뚤어진 것이 없다.

무릇 문장을 지을 적에 흥취가 나는 곳에 이르면, 으레 파란이 일어일렁이는 것 같은 구절이 많아지게 된다. 그러나 장계곡의 경우는 이러한 곳에 이르면 도리어 담담하여 평평한 쟁반에 물을 담아놓은 것 같았으며, 행문(行文)도 매우 전아하고 깨끗하게 하였다.

택당(澤堂, 이식)이 "생각은 격식을 넘지 않고, 기운은 격조에 누가 되지 않는다.〔思不踰格, 氣不累調.〕"라고 말한 것은 적절한 표현이다.

우리나라에 문장에 뛰어난 선비가 많지 않은 것이 아니지만, 하나하나 고문의 법도에 부합해서 조금도 어긋남이 없기로는 이 분이 마땅히 으뜸이 될 것이다.

74. 명·청 시문선집에 수록된
우리나라 문인들의 시문

해설 | 명 · 청 시대에 편찬된 시문집에 우리나라 문인들의 시문이 적지 않게
수록되었는데, 허난설헌의 시가 명나라 사람들에게 사랑을 받아 여러 시문집
에 실려 있고, 아울러 이정귀와 이이첨의 시문도 이들의 관심을 끌었음을 밝
혔다. 특히 광해군 때에 폐모를 주장하여 인조반정 후에 참형을 당한 이이첨
의 시문을 높이 평가한 점이 주목을 끈다.

明人絕喜我東之詩하고 尤獎許景樊詩하여 選詩者無不載景樊詩라 淸
人宋犖이 聞景樊作〈白玉樓上樑文〉하고 而恨未得見하여 擬作其文하여
錄在集中하니 其慕尙可知矣라 明 萬曆中에 有藍芳威者隨大司馬東來
하여 採東詩하여 裒成六編하고 名曰《朝鮮詩選全集》이라 하니 起自箕子
〈麥秀歌〉하여 止於景樊詩하여 凡六百首라《列朝詩集》은 選一百七十首
하고《明詩綜》은 選一百三十六首하고《明詩選》은 錄三首하고《詩歸》는
錄二首하니 景樊詩皆在其中이라 宋犖文集에 載月沙撰〈楊鎬去思碑〉와
李爾瞻讚楊鎬功德詩하니 月沙此文俊健하여 固是合作이요 而爾瞻之詩
는 乃大篇也라 用險韻이로되 不散押而無窘態하니 不易得也라 此人詩文
을 不多見이요 嘗見其〈擬唐郭子儀謝封汾陽王表〉하니 此乃魁重試之
文也라 又於《忠烈錄》에 見其詩文諸作하니 槪知其文體段이라 而光海庚
申年間에 行親耕、親蠶禮한대 滿朝卿宰、名官이 皆作詩以頌하여 合成一

帙하여 刊行之하니 其中에 載爾瞻詩文、儷語十餘篇이라 材殖富贍하여 筆力凌麗하니 雖其捨韓、歐하고 學六朝하여 格法頗屬纖卑나 亦當爲一時能手라 癸亥正刑敎文에 乃謂"全昧文義하고 剽竊爲能이라"하니 蓋身處下流하여 不免溢惡之歸而然也라 其實則不至如此矣라

명나라 사람들은 우리나라의 시를 매우 좋아하였고, 그 중에서도 허경번(許景樊)[375]의 시를 더욱 칭송하여, 시를 선별하는 자들이 허경번의 시를 수록하지 않는 경우가 없었다. 청나라 사람 송락(宋犖)[376]은 허경번이 〈백옥루상량문(白玉樓上樑文)〉[377]을 지었다는 말을 듣고는 미처 보지 못한 것을 아쉬워하다가 그 글을 본떠서 지어 그의 문집에 수록하였으니, 그가 얼마나 사모하고 숭상했는지를 알 수 있다.

명나라 만력(萬曆)[378] 연간에 남방위(藍芳威)[379]라는 자가 대사마(大司馬)[380]를 따라 우리나라에 왔다가 우리나라의 시를 채집하여 모아 6편을 만들고 이름을 《조선시선전집(朝鮮詩選全集)》이라고 하였다. 기자(箕子)의

• • • • • •

375 허경번(許景樊): 허균(許筠)의 누이 허초희(許楚姬, 1563~1589)로, 경번은 자이고, 호는 난설헌(蘭雪軒)이다. 8세에 〈광한전백옥루 상량문(廣寒殿白玉樓上梁文)〉을 지어 신동으로 불렸으나, 불우하게 지내다가 27세에 요절하였다. 허균이 주지번(朱之蕃)에게 준 그녀의 시집이 1606년에 중국에서 간행되었다.

376 송락(宋犖): 1634~1713. 명말청초의 시인으로 자는 목중(牧仲), 호는 서피(西陂)이다.

377 백옥루상량문(白玉樓上樑文): 허초희가 8세에 지었다는 〈광한전백옥루 상량문(廣寒殿白玉樓上梁文)〉을 이른다.

378 만력(萬曆): 명나라 신종(神宗)이 1573년부터 1620년까지 사용한 연호이다.

379 남방위(藍芳威): 정유재란에 참전한 명나라 유격장(遊擊將)으로, 생몰년 등은 미상이다.

380 대사마(大司馬): 병부 상서의 별칭이다. 정유재란에 병부 상서로서 총독(總督)이 되어 명나라 원군을 이끌고 조선에 왔던 형개(邢玠)를 이른다.

〈맥수가(麥秀歌)〉³⁸¹로부터 시작하여 허경번의 시까지 모두 600수를 실었다.

《열조시집(列朝詩集)》은 170수를 뽑았고,《명시종(明詩綜)》은 136수를 뽑았고,《명시선(明詩選)》³⁸²은 3수를 수록하고,《시귀(詩歸)》³⁸³는 2수를 수록했는데, 그 속에 모두 허경번의 시가 포함되어 있다.

송락의 문집에 월사(月沙)가 지은 〈양호거사비(楊鎬去思碑)〉³⁸⁴와 이이첨(李爾瞻)이 양호의 공덕을 찬양한 시가 실려 있다. 월사의 이 글은 준걸스럽고 군세어 진실로 법도에 부합하며, 이이첨의 이 시는 장편의 시로서 험운(險韻)³⁸⁵을 사용하면서도 운자를 바꾸지 않았고 군색한 모양이 없으니, 쉽게 얻을 수 없는 작품이다.

나는 이이첨의 시문을 많이 보지 못하였으나, 그의 〈의당곽자의 사봉분양왕표(擬唐郭子儀謝封汾陽王表)〉³⁸⁶를 본 적이 있으니, 이는 바로 중시(重

••••••
381 　맥수가(麥秀歌) : 기자(箕子)가 은(殷)나라가 멸망한 뒤에 은나라의 옛 궁궐터를 지나다가 보리와 벼가 무성하게 자라 이삭이 팬 것을 보고 슬퍼하여 지은 노래이다. 〈상은조(傷殷操)〉라고도 한다. 기자가 조선으로 건너왔다고 하여 《조선시선전집》의 맨 앞에 기자의 〈맥수가〉를 둔 것이다.

382 　명시선(明詩選) : 명나라의 진자룡(陳子龍), 이문(李雯), 송징여(宋徵輿)가 함께 편찬한 시선집이다. 명나라 초기부터 천계(天啓) 연간까지의 시를 시체별로 분류하고, 작자마다 소전(小傳)을 붙여서 13권으로 완성하였다.

383 　시귀(詩歸) : 명나라의 담원춘(譚元春)과 종성(鍾惺)이 함께 편찬한 시선집이다. 고시(古詩) 15권과 당시(唐詩) 36권을 묶어 총 51권이다.

384 　양호거사비(楊鎬去思碑) : 정유재란에 명군을 이끌고 참전한 양호(楊鎬)의 공덕을 기리기 위해, 1610년(광해군 2)에 무악재 사현(沙峴)에 세운 비이다. 이정귀(李廷龜)가 글을 짓고, 김상용(金尙容)이 두전(頭篆)을 쓰고, 김현성(金玄成)이 글씨를 썼다.

385 　험운(險韻) : 한시를 지을 때 짝을 맞추기 어려워서 잘 쓰이지 않는 운자를 이른다.

386 　의당곽자의 사봉분양왕표(擬唐郭子儀謝封汾陽王表) : 당나라 명장 곽자의(697~781)의 사적(史蹟)을 가지고 모의하여 지은 표문이다. 곽자의는 현종(玄宗)에서 숙종(肅宗), 대종(代宗), 덕종(德宗)까지 4대에 걸쳐 벼슬하였다. 현종 때 삭

試)에서 장원을 차지한 글이다.

또 《충렬록(忠烈錄)》에서 그의 시문 여러 작품을 보아서 대략 그 문장의 체제를 알았다. 광해군 경신년(1620, 광해군 12)에 친경례(親耕禮)와 친잠례(親蠶禮)를 행할 적에 온 조정의 경재(卿宰)와 유명한 관원들이 모두 시를 지어 칭송하고, 이를 모아 책 한 질을 만들어 간행하였다. 이 가운데에 이이첨의 시문과 변려문 10여 편이 기재되어 있는데, 시재가 풍부하고 필력이 매우 화려하다. 비록 그가 한유(韓愈)와 구양수(歐陽脩)의 문풍을 버리고 육조(六朝)[387]를 배워 격식과 법도가 자못 섬약(纖弱)하였으나, 또한 마땅히 한 시대의 능수(能手)가 될 수 있었다.

계해년에 내려진 이이첨을 사형에 처하라는 교서[正刑敎書][388]에는 "전혀 문장의 뜻을 모르고 표절을 능사로 삼았다."라고 하였다. 이는 몸이 하류에 처함에 지나친 비난[溢惡][389]이 모두 돌아옴을 면치 못하여 그렇게 된 것이니,[390] 실제로 이런 지경에 이른 것은 아니었다.

••••••

방 절도사(朔方節度使)로서 안녹산(安祿山)의 난을 평정하였고, 762년에 분양왕(汾陽王)에 봉해졌다.

387 육조(六朝): 후한 이후의 오(吳), 동진(東晉), 송(宋), 제(齊), 양(梁), 진(陳)을 이른다. 이 시기에 대우와 압운을 중시한 화려한 변려문이 유행하였다.

388 계해년에……교서: 계해년(1623)에 인조(仁祖)가 반정(反正)하여 이이첨을 처형하도록 명한 것을 이른다. 이이첨은 이해 3월 13일에 세 아들과 함께 처형되었다.

389 지나친 비난: 자신의 잘못보다 더 가혹하게 비난을 받음을 이른다. 《장자》〈인간세(人間世)〉에 "두 나라 군주를 모두 성내게 하려면 비난의 말을 넘치게 하기마련이다.[兩怒必多溢惡之言]"라고 하였다. 이후로 일악(溢惡)은 지나친 비난을 이르는 말로 쓰이게 되었다.

390 몸이……것이니: 《논어》〈자장(子張)〉에 "주왕(紂王)의 불선(不善)이 이렇게 심한 것은 아니었다. 이 때문에 군자는 하류(下流)에 처함을 싫어한다. 〈하류에 처하면〉천하의 악(惡)이 모두 모여들기 때문이다.[紂之不善 不如是之甚也 是以 君子惡居下流 天下之惡皆歸焉]"라고 하였다.

75. 고문의 법도를 갖춘
홍성민洪聖民의 문장

해설 | 선조 때에 문형을 맡았던 홍성민이 문장으로 이름나지는 못했으나, 〈당성군유적발(唐城君遺蹟跋)〉은 문장이 성대하고 기복과 변화가 많은 데다 옛 법도를 갖추고 있어 여느 문인들이 미칠 수 없는 경지에 있다고 평하였다.

洪公 聖民이 負士林重望하여 在宣廟朝에 嘗典文衡이로되 而文名不甚著라 余偶見集中에 有〈唐城君遺蹟跋〉하니 蒼鬱頓挫하여 然有古法하여 非近日文人所可及이니 信乎古人自不可輕也라

홍공 성민(洪公聖民)[391]은 사림의 중망을 받고 있어서 선조(宣祖) 때에 일찍이 문형(文衡)을 맡았으나, 문장으로 이름을 크게 드러내지는 못하였다. 내가 우연히 그의 문집 속에서 〈당성군유적발(唐城君遺蹟跋)〉[392]을 보았

••••••

[391] 홍공 성민(洪公聖民): 홍성민(洪聖民,1536∼1594)을 이른다. 공(公)은 존칭으로 쓴 글자이다. 자는 시가(時可), 호는 졸옹(拙翁), 본관은 남양(南陽), 시호는 문정(文貞)이다. 1564년(명종 19) 식년 문과에 급제하고 벼슬은 대제학을 거쳐 호조 판서에 이르렀다. 1590년(선조 23)에 종계변무의 공으로 광국공신(光國功臣) 2등에 책록되고, 익성군(益城君)에 봉해졌다. 저서로 《졸옹집》이 있다.

[392] 당성군유적발(唐城君遺蹟跋): 《졸옹집》 권10에 〈칠대조당성군사적발(七代祖唐

는데, 문장이 성대하고 기복과 변화가 많았으며 옛날의 법도가 있어서 요즘 문인들이 미칠 바가 아니었다. 참으로 옛사람은 본래 가볍게 볼 수 없는 것이다.

......

城君事蹟跋))로 되어 있다. 당성군은 태조의 딸 숙신옹주(淑愼翁主)의 남편인 홍해(洪海)의 봉호이다.

76. 청음 김상헌의 친구 이씨李氏가 남긴 두 수의 빼어난 시

해설 | 청음 선생이 양주의 석실에 머물던 시절에 교유하던 친구 이씨가 남긴 두 수의 시를 소개하고, 삼연(三淵) 김창흡(金昌翕)이 이 시 두 수를 극구 칭찬한 사실을 밝혔다. 그러나 그의 이름을 알 수 없고 그의 다른 작품이 모두 전해지지 않음을 애석해하였다.

淸陰先生이 退居楊州 石室村할새 有李姓人이 居在不遠하여 時時往來하니 乃先生友也라 嘗贈先生詩曰 "一生長是任淸貧하니 吏部官銜處士身이라 惟有故人頭似雪하여 碧梧桐下往來頻이라"하니 先生居室에 庭植梧桐故云이라 又嘗入京이라가 値朝士呵辟隱避하고 戲作一詩曰 "五雲宮闕耀朝暉하니 淸道威聲怯布衣라 隙地藏身潛送目하니 達官車馬去如飛라"하니라 三淵並亟稱之로되 但其名不傳하고 他作亦皆泯沒하니 可歎이라

청음(淸陰) 선생이 물러나 양주(楊州)의 석실촌(石室村)에 거처하실 적에[393] 이(李)씨 성을 가진 사람이 멀지 않은 곳에 살면서 때때로 왕래하였으니,

......

393 청음(淸陰)······적에: 청음은 김상헌(金尙憲, 1570~1652)의 호이다. 청음이 중년 이후 양주(楊州)의 석실(石室)에 퇴거했으므로 석실산인(石室山人)으로 칭하였다.

바로 선생의 친구이다. 그가 일찍이 선생에게 지어준 시에 이르기를

일생동안 항상 청빈에 맡겨 살아가니	一生長是任淸貧
이부의 직함³⁹⁴으로 처사의 몸이 되었네	吏部官銜處士身
머리가 눈처럼 흰 친구가 있는지라	惟有故人頭似雪
벽오동나무 아래를 자주 왕래한다오	碧梧桐下往來頻

라고 하였다. 선생이 거주하시던 집의 뜰에 벽오동나무가 심겨 있었기 때문에 이렇게 말한 것이었다. 또 일찍이 서울에 들어갔다가 조정의 관리가 소리쳐 벽제(辟除)하는 것을 만나 피하여 숨고는 장난삼아 시 한 수를 지었는데, 여기에 이르기를

오색구름의 궁궐³⁹⁵에 아침 햇살이 빛나는데	五雲宮闕耀朝暉
길을 깨끗이 하라는 위엄 소리 포의를 놀래키네	淸道威聲怯布衣
좁은 땅에 몸을 숨기고 은밀히 바라보니	隙地藏身潛送目
현달한 관원의 거마가 나는 듯이 지나가네	達官車馬去如飛

라고 하였다. 삼연(三淵, 김창흡(金昌翕))이 두 편의 시를 여러 번 칭찬하였다. 다만 이 사람의 이름이 전하지 않고 다른 작품들 또한 모두 없어졌으니, 탄식할 만하다.

· · · · · ·

394 이부(吏部)의 직함 : 김상헌이 1623년 인조반정 이후에 이조 참의에 발탁되었고, 이후 이조 판서를 역임하였으므로 이렇게 말한 것이다.

395 오색구름의 궁궐 : 오색의 구름은 길상(吉祥)의 징조라 하여 흔히 제왕(帝王)의 거소(居所)를 수식하는 말로 쓰인다.

77. 굴을 소재로 시를 지어 곤경에서 벗어난 승려

해설 | 어떤 양반이 굴을 먹다가 인사 없이 지나치는 한 승려를 붙잡아 혼내 주려 하자, 승려가 시를 지어서 속죄하기를 청한 고사를 소개하였다. 일부러 굴과 어울리지 않는 운(韻)을 제시했으나 승려가 곧장 낙운성시(落韻成詩)하여 모두 감탄했다는 내용으로, 순발력과 재치가 조식(曹植)의 〈칠보시(七步詩)〉396에 견줄 만하다.

有人與客會坐하여 方啖牡蠣하니 牡蠣는 卽俗所謂屈也라 有僧不禮而 過去어늘 其人怒하여 使之拿入挼耳하여 責其無禮하고 欲搒之한대 僧謝 過不已하고 且曰 "粗解文字하니 若許以詩贖罪하면 則謹當如命호리이다" 其人曰 "吾方啖屈하니 詠此以對하면 當贖汝罪호리라"하고 呼平、成、名三 字한대 應口對曰 "前身曾是大夫平이니 澤畔忠魂變化成이라 衰俗亦知 尊敬意하여 只稱其姓不稱名이라"하니 其人驚歎하고 卽赦之하니라

●●●●●●

396 조식(曹植)의 칠보시(七步詩): 조식은 삼국시대 위왕(魏王) 조조(曹操)의 셋째 아들로 문재(文才)가 뛰어났다. 형인 조비(曹丕)가 그를 시기하여 "네가 시를 잘 짓는다니, 7보 안에 시를 지으면 괜찮지만 그렇지 못하면 벌을 면치 못할 것이다." 하고 시를 짓게 하였더니, 즉시 "콩을 삶는데 콩대 태우니, 콩이 솥 가운데에서 울고 있네. 본래 한 뿌리에서 나왔는데 서로 볶기를 어이 그리 급하게 하는가.〔煮豆燃豆萁 豆在釜中泣 本是根同生 相煎何太急〕"라고 읊어 형제간에 서로 해치려는 조비를 은근히 풍자하였다. 이후 칠보시는 시재(詩才)의 뛰어남을 표현하는 말로 쓰이게 되었다.

어떤 사람이 손님과 함께 모여 앉아 막 모려(牡蠣)를 먹고 있었다. 모려
는 바로 세상 사람들이 말하는 굴이라는 것이다. 한 승려가 경례하지 않
고 지나가자, 그 사람이 화를 내면서 잡아들이게 하여 귀를 잡아당기면
서 승려의 무례함을 꾸짖고 볼기를 치려고 하였다. 그러자 승려가 계속
사죄하면서 말하였다.

"저는 다소 문자를 지을 줄 압니다. 만일 시를 지어서 속죄하는 것을
허락하신다면, 삼가 분부하시는대로 따르겠습니다."

그 사람이 "내가 막 굴을 먹고 있으니, 이것을 읊어 대답한다면 마땅히
너의 죄를 용서해주겠다."라고 하고는, 평(平), 성(成), 명(名) 세 글자를 운으
로 불러주었다.

승려는 말이 떨어지자마자 대답하였다.

전생의 몸이 바로 대부 평(平)397이니   前身曾是大夫平
못가를 배회하던398 충혼이 굴로 변하였네   澤畔忠魂變化成
쇠한 세속에서도 또한 존경할 줄 알아서   衰俗亦知尊敬意
다만 성만 칭하고 이름은 칭하지 않는다오   只稱其姓不稱名

그 사람이 경탄(驚歎)하고 즉시 놓아주었다.

••••••

397 대부 평(平): 전국시대 초(楚)나라의 삼려대부(三閭大夫) 굴평(屈平)으로, 평
(平)은 이름이고, 자는 원(原)이다. 회왕(懷王)의 좌도(左徒)로서 활동하다가 정
적(政敵)에게 모함을 받아 강남으로 추방되었는데, 비분을 금하지 못하고 먹라
수(汨羅水)에 투신자살하였다.

398 못가를 배회하던: 굴원이 지은 〈어부사(漁父辭)〉에 "굴원이 쫓겨나 강가에서 노
닐고 못가를 거닐면서 시를 읊조릴 적에 안색이 초췌하고 형용에 생기가 없었
다.〔屈原旣放 游於江潭 行吟澤畔 顔色憔悴 形容枯槁〕"라는 말을 원용한 것이다.

78. 장옥張玉의 〈소요당서〉와
장유張維의 삼전도 공덕비문

해설 | 형편상 어쩔 수 없이 지은 글로 장옥의 〈소요당서〉와 장유의 청 태종 공덕비문을 들고, 이 글로 인해 장옥은 기묘명현에서 제명되었고, 그의 고손자 장유는 우계의 신도비 비문을 지은 것이 채택되지 못한 사실을 밝혔다.

自古文人應副文字에 間有隨勢勉應하여 不必作而作者하니 如陸放翁爲韓侂冑하여 作〈閱古泉〉、〈南園〉二記하고 唐荊川爲嚴嵩하여 作〈鈐山堂詩集序〉하고 我東張玉爲沈貞하여 作〈逍遙堂序〉是已라 張以己卯士類로 名載金思齋所記《己卯黨籍》이러니 而後來에 金潛谷撰《己卯錄》에 無張名하니 蓋以作沈貞堂序라 하여 削去之也라 張卽谿谷高祖也라 谿谷亦以作金汗碑로 爲士論詆斥하여 不用所撰牛溪碑하여 其事髣髴於乃祖하니 可異也라 谿谷旣作汗碑로되 朝廷以李相 景奭文贊揚尤至라 하여 定用其文하고 谿文則棄之라

예로부터 문인들이 남의 요구에 부응하여 지은 문자 중에는, 간혹 형편상 어쩔 수 없어서 짓지 않아야 하는데 지은 것이 있다. 예컨대 육방옹

(陸放翁)399이 한탁주(韓侂冑)400를 위해 〈열고천기(閱古泉記)〉와 〈남원기(南園記)〉401를 짓고, 당형천(唐荊川)402이 엄숭(嚴嵩)403을 위해 〈검산당시집서(鈐山堂詩集序)〉404를 짓고, 우리나라의 장옥(張玉)405이 심정(沈貞)406을 위해 〈소요당서(逍遙堂序)〉를 지은 것이 그것이다.

　　장옥은 기묘(己卯) 연간의 사류(士類)로서, 이름이 김사재(金思齋)407가 기록한 《기묘당적(己卯黨籍)》408에 실려 있다. 그러나 뒤에 김잠곡(金潛谷)409

• • • • • •
399　육방옹(陸放翁)：남송의 시인 육유(陸游, 1125~1210)로, 방옹은 호이다.

400　한탁주(韓侂冑)：남송 영종(寧宗) 때의 재상으로 주자와 그 학파를 위학(僞學)으로 몰아 공격하였다.

401　열고천기(閱古泉記)와 남원기(南園記)：두 편 모두 육유가 한탁주를 위해 쓴 기문으로 〈열고천기〉는 한탁주의 열고당(閱古堂)에 있는 열고천에 대해 쓴 것이며, 〈남원기〉는 한탁주의 정원인 남원에 대해 쓴 글이다. 《주자대전차의(朱子大全箚疑)》에 "당시 육방옹의 뜻이 부귀에 있었기에 간신 한탁주가 그 뜻을 간파하고 〈남원기(南園記)〉를 짓게 했다."라고 하였다.

402　당형천(唐荊川)：명나라 후기의 학자 당순지(唐順之, 1507~1560)로, 형천은 호이다.

403　엄숭(嚴嵩)：1480~1568. 명나라 세종(世宗) 때의 권신으로, 권력을 농단하고 뇌물을 탐하다가 여러 차례 탄핵을 받고 삭직되었다.

404　검산당시집서(鈐山堂詩集序)：엄숭의 시집 《검산당시집(鈐山堂詩集)》의 서문이다. 검산당은 엄숭의 당호(堂號)이다.

405　장옥(張玉)：1493~? 자는 자강(子剛), 호는 유정(柳亭), 본관은 덕수(德水)이다. 시문과 성리학에 뛰어나 진강(進講)에 선발되는 등 명망이 있었으나, 심정(沈貞)의 소요정(逍遙亭)에 서문을 지어 사림(士林)의 비난을 받았다.

406　심정(沈貞)：1471~1531. 조선 중종 때의 권신으로 남곤(南袞)과 함께 기묘사화를 일으켜 조광조(趙光祖) 등 사류를 대거 살육하였다.

407　김사재(金思齋)：김정국(金正國, 1485~1541)으로, 사재는 호이고, 자는 국필(國弼), 본관은 의성(義城), 시호는 문목(文穆)이다. 김굉필(金宏弼)의 문인이다.

408　기묘당적(己卯黨籍)：1519년의 기묘사화에 화를 당한 사람들을 기록한 것이다. 이때 죽거나 귀양 간 신진 사류(士類)들을 기묘명현(己卯名賢)이라고 높여서 부른다.

409　김잠곡(金潛谷)：김육(金堉, 1580~1658)으로, 잠곡은 호이고, 자는 백후(伯

이 엮은 《기묘록(己卯錄)》[410]에는 장씨의 이름이 실려 있지 않으니, 장옥이 심정의 소요당 서문을 지었다고 하여 삭제한 것이다.

장옥은 바로 계곡(谿谷, 장유(張維))의 고조(高祖)이다. 계곡도 금(金)나라 한(汗)[411]의 공덕비문(功德碑文)[412]을 지은 일로 사론의 배척을 받아, 그가 지은 우계(牛溪, 성혼)의 신도비문이 쓰이지 못하였다. 이 일이 자신의 할아버지와 비슷하니, 기이한 일이다.

계곡이 이미 금나라 한(汗)의 공덕비문을 지었는데, 조정에서는 정승 이경석(李景奭)이 지은 글이 더욱 지극히 찬양했다고 하여 그의 글을 채택하고 계곡의 글은 버렸다.[413]

······

厚), 본관은 청풍(淸風)이다.

410 기묘록(己卯錄) : 1책의 필사본으로 《기묘제현전(己卯諸賢傳)》이라고도 한다. 김 정국의 《기묘당적》과 안로(安璐)의 《기묘록보유(己卯錄補遺)》를 바탕으로 보충하여 총 218명의 행적을 수록하였다.

411 금(金)나라 한(汗) : 청나라 태종을 이른다. 금(金)나라는 청을 낮춰 부른 말이고, 한(汗)은 몽고와 여진 등에서 군주를 이르던 중세 몽골어 'khan'의 음역어이다.

412 공덕비문(功德碑文) : 〈대청황제공덕비(大淸皇帝功德碑)〉, 곧 이른바 〈삼전도비(三田渡碑)〉를 이른다. 인조(仁祖)가 남한산성에서 나와 청나라 태종에게 항복한 뒤에 청나라의 강요에 따라 삼전도에 세운 비이다.

413 계곡이……버렸다 : 《인조실록》 15년 11월 25일 기사에는 "장유(張維)·이경전(李慶全)·조희일(趙希逸)·이경석(李景奭)에게 명하여 삼전도비를 짓게 했다. 장유 등이 상소하여 사양했으나, 상이 따르지 않았다. 세 신하가 부득이 지어 올렸는데, 조희일은 고의로 글을 거칠게 써서 쓰이지 않기를 바랐고, 이경전은 병으로 짓지 못하였다. 결국 이경석의 글을 채택하였다."라고 되어 있다.

79. 우리나라에서만 유행하는
중국 서적과 서체

해설 ┃ 중국에서 잘 알려지지 않은 《통감절요(通鑑節要)》와 《십구사략(十九史略)》과 《고문진보(古文眞寶)》가 우리나라에서는 모르는 사람이 없듯이, 중국에서는 유행하지 못한 조맹부(趙孟頫)의 글씨가 우리나라에서 크게 유행하여 왕희지(王羲之)와 병칭되었음을 지적하고, 고려 충선왕이 원나라에 가서 조맹부와 친하여 그의 필적을 많이 국내에 들여왔던 것을 그 이유로 꼽았다.

江贄《通鑑》과 曾先之《十九史略》과 陳櫟《古文眞寶》는 中原則絕稀로 되 而我東은 幾乎家誦戶讀이라 又如趙孟頫固工書나 而元時文士無不工書하여 與孟頫比者並世亦多有之라 故中原則別無特以趙書爲稱者로되 而我東은 以高麗 忠宣王入元하여 與趙相親하여 多受筆蹟하여 大播東國之故로 無人不習其書하여 至與王羲之並稱曰 '王、趙'하나 中原則不如此矣라

강지(江贄)[414]의 《통감절요》[415]와 증선지(曾先之)[416]의 《십구사략》[417]과 진

• • • • • •

414 강지(江贄): 북송의 은사로, 자는 숙규(叔圭)이다. 휘종(徽宗) 때 세 번 천거되었으나 나아가지 않아, 소미 선생(少微先生)이란 칭호를 하사받았다. 소미는 처사성(處士星)인 소미성(少微星)을 뜻한다.

415 통감절요(通鑑節要): 강지(江贄)가 《자치통감(資治通鑑)》294권을 줄여 50권으로 만든 《소미통감절요(少微通鑑節要)》를 이른다.

력(陳櫟)⁴¹⁸의《고문진보》⁴¹⁹는 중원(中原)에서는 매우 드물게 있는 책인데, 우리나라는 거의 집집마다 외우고 읽는다.

또 조맹부(趙孟頫)⁴²⁰는 진실로 글씨를 잘 썼으나, 원나라 때의 문사(文士)들 중에는 글씨를 잘 쓰지 못하는 이가 없어서 조맹부와 견줄 만한 자가 당시에도 많이 있었다. 그러므로 중원에서는 특별히 조맹부의 글씨를 칭찬하는 자가 별로 없었다. 그런데 우리나라는 고려의 충선왕(忠宣王)이 원나라에 들어가서 조맹부와 친하여 그의 필적을 많이 받아와서 우리나라에 크게 전파하였다. 이 때문에 조맹부의 글씨를 익히지 않은 이가 없게 되어, 심지어 왕희지(王羲之)와 함께 '왕조(王趙)'로 병칭하기까지 한다. 그러나 중원에서는 그렇지 않다.

• • • • • •

416 증선지(曾先之): 송말원초 때의 학자로, 자는 종야(從野)이고, 여릉(廬陵) 사람이다.

417 십구사략(十九史略): 증선지가 편찬한 편년체 역사서《십팔사략(十八史略)》의 오기이다.《사기》에서《신오대사(新五代史)》까지의 정사(正史) 16종과 송대(宋代)의 사료(史料) 2종을 토대로 태고에서 송나라 말까지의 역사를 요약하여 초학자의 역사 교재로 삼은 것이다.《십구사략(十九史略)》은 여진(余進)이《십팔사략(十八史略)》에《원사(元史)》를 간추려 덧붙인 책이다.

418 진력(陳櫟): 1252~1334. 송말원초의 학자로 자는 수옹(壽翁), 호는 정우(定宇)이다. 송나라가 망하자 은거하여 학문과 제자 양성에 힘썼다.

419 고문진보(古文眞寶): 진력이 편찬한《고문진보대전(古文眞寶大全)》을 이른다. 전국시대에서 송나라까지의 시문을 전집과 후집으로 나누어 수록하였다. 전집 10권에는 소박하고 고아한 고시를 주로 수록하였고, 후집 10권에는 17체의 산문을 수록하였다.

420 조맹부(趙孟頫): 1254~1322. 원나라의 서화가로, 자는 자앙(子昻), 호는 송설(松雪)이다. 후에 위국공(魏國公)에 봉해졌다. 송설체(松雪體)로 불린 그의 서체가 우리나라에서 크게 유행하였다.

80. 우리나라에서 애창된 유신의 〈애강남부〉

해설 | 당시의 다른 부(賦)에 비해 격조가 크게 부족한 유신의 〈애강남부〉가 유독 우리나라에서만 특별히 애창되었던 것은, 우리나라가 외진 변방에 위치하여 견문이 좁고 비루한 데에 그 원인이 있다고 지적하였다.

庾信文章은 氣格不高하니 〈哀江南賦〉를 比之六朝諸賦載昭明《文選》者하면 大不及이로되 而我東極尙之하여 人無不慣誦하니 凡此皆由偏邦見聞狹陋而然也라

유신(庾信)[421]의 문장은 기운과 격식이 높지 못하다. 그가 지은 〈애강남부(哀江南賦)〉[422]를 육조(六朝)의 여러 부(賦) 가운데 소명(昭明)의 《문선(文

• • • • • •

[421] 유신(庾信): 513~581. 남북조시대의 문인으로 자는 자산(子山)이다. 학문에 해박하고 《춘추좌씨전》에 정통하였다. 문장이 아름다워서 서능(徐陵)과 함께 서유체(徐庾體)로 병칭되었다. 그의 변려문은 육조의 변려문을 집대성한 것이라는 칭송을 받았다.

[422] 애강남부(哀江南賦): 유신이 북주(北周)에서 벼슬할 때 창작한 부이다. 고국 양(梁)나라의 흥망과 자기의 신세를 차례로 서술하였는데, 고국에 대한 깊은 사랑을 담고 있다.

選》423에 기재된 것과 비교해 보면 크게 미치지 못한다. 그러나 우리나라에서는 이것을 매우 숭상해서 익숙히 외우지 않은 이가 없다. 무릇 이는 모두 외진 변방에 살아 견문이 좁고 비루하기 때문에 그러한 것이다.

● ● ● ● ● ●

423 문선(文選): 소명(昭明) 태자 소통(蕭統, 501~531)이 진(秦)과 한(漢)에서 남 북조시대에 이르는 사이의 시부(詩賦)와 산문을 집대성한 책이다.

81. 경서는 학문·과거·문장의 근본

해설 | 경서를 충분히 읽어서 공력(功力)을 얻어야 학문과 과거에서 뜻을 이룰 수 있고, 문장도 뛰어난 솜씨를 갖출 수 있다고 주장하면서 젊은 시절 잘못된 판단과 벼슬살이로 이를 깨닫지 못하다가 늘그막에야 경서를 읽게 된 것을 안타까워하였다.

經書는 爲士之本根이니 若多讀得力이면 則上可爲學問이요 中可爲文章이요 下亦不失爲場屋高手라 而余於少時에 意思誤入하여 不務爲此하고 乃耽讀《南華》全帙하여 讀至五六十遍하고 就其中에 心所喜好者는 讀幾至四五百遍이요 至於〈齊物論〉하여는 則尤酷好之하여 不覺手舞足蹈라 讀旣에 下筆容易하여 頃刻掃盡十紙나 而蛟蚓相雜하여 不足觀也라 試以擧似於農巖先生이러니 農巖頗賞之로되 而病其荒穎無剪裁하여 勸讀《班史》호되 手選十二傳以授之라 遂致精讀하여 至三百遍이러니 是後作文하여 示農巖한대 以爲 "文理有餘而結搆不疏하여 大勝於前이라" 하여 使之不住用工하고 仍教以綴文軌範하시니 余心常服膺이로되 而宦途浮沈하여 遂至忘失하여 讀誦之工이 幾乎全廢라 壬寅在謫에 始讀四書、三經、《禮記》、《小學》、朱書로되 而老年讀書에 豈有所得이리오 到今兀然하여 作無文之一庸夫하니 可愧也已라

경서(經書)는 선비가 되는 근본이다. 만약 많이 읽어서 득력한다면 위로는 학문을 할 수 있고, 중간으로는 문장을 할 수 있고, 아래로는 또한 장

옥(場屋, 과거 시험장)의 고수가 되는 기회를 잃지 않을 것이다.

나는 젊을 적에 생각을 잘못해서 경서를 읽는 데 힘쓰지 않고, 도리어 《남화경(南華經)》전질을 탐독하여 5, 60번씩 읽었다. 그중에서 마음에 드는 곳은 거의 4, 5백 번씩 읽었고, 특히 〈제물론(齊物論)〉의 경우는 몹시 좋아해서 나도 모르게 손으로 춤을 추고 발로 뛰었을 정도였다.[424]

《남화경》을 다 읽은 뒤로는, 글쓰기가 쉬워져서 삽시간에 열 장의 종이를 다 써 내려갔다. 그러나 교룡(蛟龍)과 지렁이가 서로 뒤섞여 있는 것과 같아서 볼 만하지 못하였다.

이것을 한 번 농암 선생(農巖先生)에게 보여드렸는데, 선생은 자못 칭찬하시면서도 거칠고 다듬어지지 못한 것을 흠으로 여기시어 반고(班固)의 《한서(漢書)》를 읽기를 권하면서 손수 열두 열전(列傳)을 선별해 주셨다.

이에 3백 번을 정독하고 난 뒤에 글을 지어 농암선생에게 보여드렸더니 "문리가 넉넉하고 결구(結構)가 엉성하지 않아서 전보다 크게 나아졌다."라고 하셨다. 그리고 나에게 안주하지 말고 힘써 공부하라고 하고, 이어서 문장을 엮는 법도를 가르쳐주셨다. 나는 항상 이것을 마음속에 간직하고자 하였으나, 벼슬길에 부침(浮沈)하다가 마침내 잊어버려서 글을 읽고 외우는 공부를 거의 전폐하게 되었다.

임인년(1722, 경종 2)에 적소에 있게 되어서야 비로소 사서, 삼경, 《예기》, 《소학》과 주자의 편지글을 정독하기 시작하였으나, 늙은 나이에 책을 읽어서 어찌 얻은 바가 있겠는가. 이제 무지몽매하여 문장을 짓지 못하는 한 용렬한 사내가 되고 말았으니, 부끄러울 뿐이다.

......

424 나도……정도였다: 자신도 모르게 매우 즐거워함을 비유한 말이다. 《맹자》〈이루 상(離婁上)〉에 "즐거우면 자신도 모르게 발로 뛰고 손으로 춤을 춘다[不知足之蹈之手之舞之]"라고 보인다.

82. 저자의 평소 소망과 예측할 수 없는 인간의 영고성쇠榮枯盛衰

해설 | 자신이 예문관에 있을 적에 동료들이 모두 높은 벼슬을 하겠다는 포부를 밝혔으나, 자신은 지나침을 경계하여 분수에 만족한 삶을 살겠다고 하여 비웃음을 당하였는데, 그들은 대부분 뜻을 이루지 못하고 자신은 외람되이 고관에 오른 사실을 들어, 기약할 수 없는 인간의 영고성쇠를 안타까워하였다.

余之釋褐登朝는 初非本懷故로 官職除拜를 一任倘來하여 平生不作準擬語라 少時在翰苑에 與禁直諸人閒話라가 語及前頭官位러니 或有言"旣登科第하니 若不乘木馬하면 則有甚登科之效리오"하니 '木馬'者는 謂軺軒이니 國制에 宰臣方許乘軺하니 蓋以宰列自期也라 或有言"若不鬢貼圓玉하고 腰橫犀帶하면 則終不免功名之草草라"하다 余獨默而不言한대 諸人逼之어늘 乃曰"吾則異於君輩之撰이라 吾本文質無所底하여 百事不及人하니 縱令貴至極品이라도 不過爲乘軒之鶴、濡翼之鷝하여 徒積愧懼而已니 何益之有리오 吾意官職止於今官이라도 亦無所妨이오 而旣不早夭하여 連在朝衔이면 則其勢自不能止此하리니 若仕止三品하고 間出外州하여 領得好山川하여 優游終年이면 則於分足矣라"하니 諸人咸哂其拙하다 厥後諸人은 官多不遂하고 亦或短壽로되 而余反承乏濫躋하여 至냠台府하니 榮悴之不可期 有如是夫인저 抑末世에 天意人事類多顛倒錯綜하여 才俊者沈屈하고 庸下者騰顯하여 自不得不如此故耶아

내가 과거에 급제하여 조정에 오른 것은 당초부터 본래의 마음이 아니었다. 그래서 관직에 제수되는 것을 줄곧 우연히 오는 일[倘來][425] 정도로 생각하여, 평소에 벼슬을 기대하는 말을 하지 않았다.

내가 젊어서 예문관(藝文館)에 있을 적에 궁중(宮中)에 숙직하는 여러 사람과 한담을 나누다가, 앞날의 벼슬과 지위에 대한 이야기가 나왔다. 어떤 사람은 말하였다.

"이미 과거에 급제하였으니 목마(木馬)를 타지 못한다면 급제한 보람이 어디에 있겠는가?"

목마라는 것은 초헌(軺軒)을 이르는데, 국법에 재신(宰臣)이 되어야 비로소 초헌을 탈 수 있으니, 이는 재신의 반열에 오를 것을 스스로 기약했던 것이다.

또 어떤 사람은 말하였다.

"만약 귀밑머리에 둥근 옥관자를 붙이고 허리에 서각대(犀角帶)를 두르지 못한다면[426] 끝내 공명(功名)이 보잘것없음을 면하지 못할 것이다."

나만 홀로 묵묵히 듣고 말하지 않으니, 여러 사람이 다그쳤다. 이에 내가 말하였다.

"나는 그대들이 간직한 생각과는 다르오. 나는 본래 문(文)과 질(質)이 하나도 이루어진 것이 없어 온갖 일이 남에게 미치지 못하오. 비록 귀해

● ● ● ● ● ●

425 우연히 오는 일[倘來] : 당래(倘來)는 뜻하지 않게 우연히 이르는 것으로, 부귀공명을 가리킨다. 《장자》〈선성(繕性)〉에 "높은 벼슬이 내 몸에 있는 것은 성명(性命)이 아니라, 외물이 우연히 와서 잠시 붙어있는 것일 뿐이다.[軒冕在身, 非性命也, 物之儻來寄者也]"라고 하였다. 당(倘)은 당(儻)과 통한다.

426 귀밑머리에⋯⋯못한다면 : 높은 관리가 되지 못한다는 뜻이다. 옥으로 만든 둥근 관자는 정3품 이상의 관리가 패용하는 것이며, 서각대(犀角帶)는 무소뿔로 장식한 관대(官帶)로 1품 이상의 관리가 허리에 차는 것이다.

져서 극품(極品, 일품)에 이르더라도 수레에 탄 학[乘軒之鶴]427과 날개 젖은 사다새[濡翼之鵜]428와 같은 신세가 됨에 불과하여 단지 부끄러움과 두려움이 쌓일 뿐인데, 무슨 유익함이 있겠소. 내가 생각하기에 관직은 지금의 지위에 그치더라도 무방하오. 다만 일찍 요절하지 않아서 조정의 관직에 계속 있게 되면, 형세로 보아 자연히 관직이 여기에 멈추지 않을 것이오. 만약 벼슬이 3품에 이르고 중간에 바깥 고을을 맡아 산수 좋은 고을을 다스리면서 한가로이 노닐며 해를 마칠 수 있다면, 분수에 만족할 것이오."

이에 여러 사람이 모두 나의 졸렬함을 비웃었다.

그러나 그 뒤에 여러 사람은 대부분 바라던 관직에 오르지 못하였고, 혹 단명하기도 하였다. 그런데 나는 도리어 재주 없는 주제에 인재가 없는 틈을 타고 외람되이 승진해서 태부(台府, 의정부)에까지 올랐다.

영고성쇠(榮枯盛衰)를 기약할 수 없음이 이와 같은 것이다. 아니면 말세라서 하늘의 뜻과 사람의 일이 대부분 전도되고 어긋나서, 재주가 뛰어난 자는 침체되어 굽히고 용렬하고 못난 자는 오르고 현달해서, 저절로 이와 같지 않을 수 없는 것인가?

• • • • • •

427 수레에 탄 학[乘軒之鶴]: 능력 없이 과분한 총애를 입어 높은 벼슬을 차지함을 비유한 것으로, 도곡이 자신을 낮추어 말한 것이다. '수레에 탄 학'은 춘추시대 위(衛)나라 의공(懿公)이 학을 좋아하여 대부(大夫)의 수레에 태우고 다녀 사람들에게서 비난을 받았던 고사에서 온 것이다.《春秋左氏傳 閔公 二年》

428 날개 젖은 사다새[濡翼之鵜]: 사다새가 물 속에 들어가 물고기를 잡지는 못하고 겨우 물에 날개를 적시고 있을 뿐임을 이른 말이다. 도곡이 겨우 근무하는 시늉만 내고 있는 자신을 빗대어 겸손하게 표현한 것이다.《시경》〈조풍(曹風) 후인(候人)〉에 "사다새가 어량(魚梁)에 있으니, 그 날개를 적시지 않는다.[維鵜在梁 不濡其翼]"라고 하였다. 어량은 사람이 물고기를 잡기 위해 쌓아 놓은 돌다리로 사다새가 물 속에 들어가 물고기를 잡지 않고 사람이 만들어 놓은 어량에서 기웃거림을 말하여, 사람이 자신이 해야 일을 하지 않고 녹봉만 축냄을 비유한 시이다.

83. 다른 것은 다 속일 수 있어도
문장은 속이지 못한다.

해설 | 문장은 밖으로 드러나 속일 수 없는 것이라고 전제하고, 자신이 문장을 잘하지 못하는데도 과거에 급제하고 문명이 없는데도 대제학에 제수된 일을 민망해 하였다. 그러나 이는 겸사일 뿐 저자만큼 많이 보고 많이 짓고 또 농암 김창협을 사사하여 문장을 보는 안목이 높은 분이 별로 없을 것이다.

世之貪鄙而自稱廉簡하고 無能而自誇有才하여 以欺世誑人者固多有之어니와 至於文하여는 不能欺하니 以其發於外하여 人皆見之故也라 余本短於文하여 不能着力科工하니 雖早歲決科나 不過僥倖이요 性又拙澁하여 未嘗以一字一句傳說於人하고 亦未嘗對人論文이라 見人論文이면 只耳聽其言而已요 默不發一言이라 由是로 釋褐數十年에 人皆以不文朝士目之하고 余亦竊幸其得此名矣라 不料官高之後에 忽拜藝文提學하니 已是意外요 又以忝經提學之故로 得主文衡하니 此實平生夢寐之所不及也라 國朝文衡이 近百人이니 其間에 雖不無優劣高下之可言이나 而率皆有文名하니 未有如余之全無文名하고 而猝然濫居者也라 世間事有不可以常筭揣度이 有如是矣니 一愧一笑라

세상에는 탐욕스럽고 비루하면서도 청렴하고 소탈하다고 스스로 칭하

고, 무능하면서도 재주가 있다고 스스로 자랑하여, 세상을 기만하고 남을 속이는 자들이 진실로 많다. 그러나 문장은 속일 수 없다. 문장은 밖으로 드러나 있어서 사람들이 모두 보기 때문이다.

나는 본래 문장을 잘하지 못해서 과거 공부에 힘을 쏟지 못하였다. 비록 이른 나이에 과거에 급제하였지만, 이는 요행에 불과한 것이었다. 게다가 성품도 졸렬하고 활달하지 못해서 내가 지은 글을 한 글자 한 구도 남에게 전하여 말하지 않았고, 또한 남과 마주하여 문장에 대해 논하지도 않았다. 그래서 사람들이 문장에 대해 논하는 것을 보면, 그들이 하는 말을 듣기만 하였을 뿐 묵묵히 한마디 말도 하지 않았다. 이 때문에 과거에 급제한 뒤로 수십 년이 지나도록 사람들이 모두 나를 글을 잘하지 못하는 조정의 선비로 보았고, 나도 속으로 이런 이름을 얻는 것을 다행스럽게 생각하였다.

그런데 생각지도 않게 벼슬이 높아진 뒤에 갑자기 예문관 제학에 제수되었다. 이것도 이미 뜻밖이었는데, 제학을 역임했다는 이유로 외람되이 문형(文衡)까지 맡게 되었다. 이는 진실로 평소에 꿈 속에서조차 생각하지 않았던 일이었다.

우리나라의 문형이 거의 백 명에 가까우니, 비록 그 중에서 우열과 고하를 따져서 말할 만한 것이 없지는 않겠지만, 대부분 모두 문장을 잘한다는 명성을 들었던 분들이다. 나처럼 전혀 문명(文名)이 없으면서 갑자기 분에 넘치게 제수된 사람은 있지 않았다. 세상일을 일반적인 계산만으로 헤아릴 수 없음이 이와 같으니, 한편으로는 부끄럽고 한편으로는 우습다.

84. 도를 논하고 큰일을 판단하는
   정승의 직분

해설 | 정승의 올바른 직분은 작은 일은 유사에게 맡기고서 세세하게 따지지
않으며, 단지 도를 논하면서 큰일을 살펴 판단할 뿐임을 진평(陳平), 병길(丙
吉), 설선(薛宣), 한홍(韓弘) 등의 사례를 들어 밝혔다.

坐而論道하여 不親細事는 三公之職也라 故孔子以'先有司'로 詔仲弓이
라 後來陳平、丙吉輩는 本無學術之可言이로되 而或不對獄訟、錢穀之問
하고 或不案吏、不問羣鬪하니 由其性資明達하여 深識治體故也라 如薛
宣者는 所在稱治러니 及爲相에 以煩碎無大體見譏하니 以其反是道也라
唐 韓弘은 不過一跋扈臣이로되 而韓文公美其贊元經體하고 不治細微하
니 退之亦知相道當如是也라 韓魏公才具는 鉅細畢備로되 而其爲相에
政令問集賢하고 典故問東廳하고 文學問西廳하고 唯大事自決之하니 人
以爲得相體라 我東人은 本才劣局狹하고 而至于近歲하여는 其憒瞀無能
者는 固無論이요 就其能者라도 爲相而下行六卿之事하고 爲監司而下行
守令之事하여 徒取煩苛之誚하고 反失其體貌하니 視'先有司'之訓하면 不
翅弁髦니 良可歎也라

앉아서 도(道)를 논하고 자질구레한 일을 몸소 하지 않는 것이 삼공(三

公, 삼정승)의 직분이다. 그러므로 공자(孔子)가 유사(有司)에게 먼저 일을 시키라고 중궁(仲弓)에게 가르치신 것이다.⁴²⁹

후세에 진평(陳平)⁴³⁰과 병길(丙吉)⁴³¹ 같은 무리는 본래 칭찬할 만한 학술이 없었으나, 혹은 옥송(獄訟)과 전곡(錢穀)의 질문에 대답하지 않았으며, 혹은 아전을 조사하여 다스리지 않고 여러 사람이 싸우는 것을 묻지 않았으니, 타고난 자품이 밝고 통달하여 다스리는 체통을 깊이 알았기 때문이다.

반면에 설선(薛宣)⁴³² 같은 자는 지방관으로 부임하는 곳마다 선정을 베푼다는 명성이 있었는데, 재상이 되자 번잡하고 자질구레하여 대체(大體)가 없다는 비난을 받았으니, 이 방법과 반대로 하였기 때문이다.

당나라의 한홍(韓弘)⁴³³은 발호하는 일개 신하에 불과하였으나, 한문공

• • • • • •

429　공자(孔子)는……것이다:《논어》〈자로〉에 "중궁이 계씨의 가신이 되어 정사를 묻자, 공자가 말씀하셨다. '유사에게 먼저 시키고 작은 허물을 용서해주며, 어진 자와 유능한 자를 등용해야 한다.'[仲弓爲季氏宰 問政 子曰先有司 赦小過 擧賢才]"라고 하였다.

430　진평(陳平):한나라의 개국공신으로 문제(文帝) 때 좌승상을 지냈다. 문제가 한 해에 출납하는 돈과 곡식의 수량을 묻자, 이는 주관하는 관원이 따로 있으니 그에게 물으셔야 하며 재상의 일은 천자를 도와 천하를 다스리는 것이라고 답하였다.《漢書 卷40 陳平傳》

431　병길(丙吉):한나라 선제(宣帝) 때의 재상이다. 성품이 너그러워 술에 취한 아전이 토하여 자신의 방석을 더럽혔으나 문책하지 않았다. 또 길에서 서로 싸우다가 죽은 백성을 보고도 까닭을 묻지 않았다. 관리가 그 이유를 묻자, 싸우다가 죽은 일은 장안령(長安令)이나 경조윤(京兆尹)의 소관이기 때문이라고 대답하였다.《漢書 卷73 丙吉傳》

432　설선(薛宣):전한 성제(成帝) 때의 재상으로, 자는 공군(贛君)이다. 서좌(書佐) 출신으로 여러 지방관을 지내고 자사(刺史)를 거쳐 재상에 이르렀으며, 고양후(高陽侯)에 봉해졌다.《漢書 卷83 薛宣傳》

433　한홍(韓弘):765~822. 당나라 헌종(憲宗) 때의 무신(武臣)이다. 원화(元和) 연간에 오원제(吳元濟)가 회서(淮西)에서 난을 일으키자 제군행영도통(諸軍行營都

(韓文公, 한유)은 그가 임금을 도와 국가를 다스림에 자질구레한 일을 처리하지 않았다고 찬미하였으니,[434] 한퇴지(韓退之)도 정승의 도가 마땅히 이와 같아야 함을 알았던 것이다.

한위공(韓魏公)[435]은 크고 작은 재주를 모두 갖추고 있었지만, 정승이 되자 정령(政令)은 집현전(集賢殿)에 묻고, 전고(典故, 역사와 고사)는 동청(東廳)에 묻고, 문학(文學)은 서청(西廳)에 묻고, 오직 큰일만 스스로 결정하였다. 사람들은 그가 정승의 체통을 얻었다고 말하였다.

우리나라 사람들은 본래 재주가 낮고 국량이 좁은데, 근년에 와서는 어리석고 능력이 없는 자는 말할 것도 없고, 유능한 자들도 재상이 되면 아래로 육경(六卿, 육조의 판서)의 일을 행하고, 감사(監司)가 되면 아래로 수령의 일을 행한다. 이 때문에 한갓 번잡하고 까다롭다는 비난만 받아 도리어 체통을 잃게 된다. 유사에게 먼저 일을 시키라는 공자의 가르침을 변모(弁髦)[436]처럼 쓸모없는 것으로 여길 뿐만이 아니니, 참으로 개탄할 만하다.

• • • • • •

統)으로서 공을 세웠다. 후에 허국공(許國公)에 봉해졌다.

434 한문공(韓文公)은⋯⋯찬미하였으니: 문공(文公)은 한유(韓愈)의 시호로, 이 내용은 〈증태위허국공신도비명(贈太尉許國公神道碑銘)〉에 보인다.

435 한위공(韓魏公): 북송 영종(英宗)·신종(神宗) 때의 명재상 한기(韓琦, 1008∼1075)로, 자는 치규(稚圭)이다. 위국공(魏國公)에 봉해져 이렇게 칭한 것이다.

436 변모(弁髦): 변(弁)은 관례(冠禮) 전에 잠시 쓰는 치포관(緇布冠)을 이르고, 모(髦)는 어렸을 때 배 안에서 자란 머리털을 잘라 머리 위에 꽂는 물건인데 관례에 상투를 올리면서 제거하므로 모두 쓸모없어 버려지는 것을 비유한다.

85. 실현되지 않는 복선화음福善禍淫의 이치

해설 | 권세를 탐하고, 진취에 급급하고, 뇌물을 받아 사리사익을 도모하고, 교만 방종하여 남을 업신여기는 4가지 부류의 바르지 못한 인간들은 천벌을 받아야 복선화음의 이치에 부합하는데, 이들이 성대한 복을 받고 도리어 선한 자들이 낭패되는 현실을 개탄하고, 아울러 천도가 어그러져서 선(善)이 권장되지 못하고 있음을 안타까워하였다. 이는 당시에만 나타났던 현상은 아니니, 사마천도 〈백이열전〉에서 "천도가 있는가, 없는가?"라고 한탄한 바 있다. 천도는 긴 안목으로 보아야 할 듯하다.

從古以來로 有貪權樂勢하여 睚眥必報者하고 有汲汲進取하여 超躐無漸者하고 有受賕營私하여 富饒侈靡者하고 有倚恃自大하여 驕縱慢人者하니 四者末終에 無不見敗하니 此固福善禍淫之恒理也라 今之軒眉吐氣하여 得意騰揚者는 率是四者之類로되 而非但於身無殃이라 盛福隆祚가 又從而加益之하고 其或退把守靜하고 謙約自持者는 無不顚頓狼狽하고 仆坎落窄하여 疾憂災患이 交發迭侵하니 是何天道之反盭至此哉아 足令爲善者怠라

예로부터 권력을 탐하고 세력을 좋아하여 사소한 원한에도 반드시 보

복하는 자가 있고, 진취(進取)하는 데 급급해서 점진적으로 나아가지 않고 건너뛰는 자가 있고, 남의 뇌물을 받고 사사로운 이익을 꾀하여 부를 누리고 사치한 자가 있고, 으스대고 스스로 훌륭한 체하면서 교만하고 방종하여 남을 업신여기는 자가 있다. 이 네 가지 부류의 사람들은 종말(終末)에 낭패를 당해야 마땅하니, 이것이 진실로 착한 자에게 복을 주고 악한 자에게 화를 내리는〔福善禍淫〕437 떳떳한 이치이다.

오늘날 눈썹을 치켜 올리고 기운을 토하면서 득의양양한 자들은 대체로 이 네 부류에 속하는데, 이들은 비단 자기 몸에 재앙이 없을 뿐만 아니라 또한 성대한 복까지 뒤이어 받고 있다.

그러나 혹 물러나서 고요함을 지키면서 스스로 몸가짐을 겸손하게 하는 자는 전복되고 낭패를 당하여 구덩이에 넘어지고 함정에 떨어져, 근심과 재앙이 거듭해서 이르고 번갈아 침범하지 않음이 없다. 어찌하여 천도(天道)가 어그러져 이 지경에 이르렀단 말인가? 선을 행하는 자들을 태만하게 만들 수 있다.

••••••

437 착한……내리는: 《서경》〈탕고(湯誥)〉에 "하늘의 도는 선한 이에게 복을 내리고, 악한 자에게 화를 내린다. 그래서 하(夏)나라에 재앙을 내려 그 죄를 드러낸 것이다.〔天道福善禍淫 降災于夏 以彰厥罪〕"라고 하였다.

86. 공론을 두려워한 소인들의 거짓된 공명심

해설 | 예로부터 소인들이 속으로는 못하는 짓이 없으면서도 공론을 두려워하여 겉으로는 공정한 사람인 척하는 태도를, 한나라의 순욱(荀彧)과 당나라의 배추(裴樞)를 예로 들어 밝혔다. 이들이 결국에는 이로 인해 죽임을 당하고 이전에 이루어놓은 공(功)까지 모두 없어졌음을 지적하고 경계하였다.

自古及今히 小人附權趨利하여 無所不爲로되 亦頗畏忌公議하여 陽爲崖異之態하여 以自解說이라 如漢之荀彧은 爲曹操協贊纂逆之謀에 爲第一策士러니 卒於九錫之論에 略示持貳하니 非其本懷也요 蓋欲用而自解耳러니 以此被操疑怒하여 飮酖而死라 唐之裴樞 附朱全忠이 甚於彧之於操러니 而以靳惜太常卿으로 被殺於全忠하니 其所靳惜은 非欲咈全忠意요 不過欲微示至公이니 與彧之沮九錫同意로되 而俱以此受戮하여 前功盡棄라 蓋其用心巧曲이면 神明亦所深惡니 安得以保其性命也哉아 此其最著者라 大抵小人之情이 類多如此라

예로부터 지금에 이르기까지 소인(小人)들은 권력에 붙고 이익을 따르면서 못하는 짓이 없으면서도, 자못 공론을 두려워하고 꺼린 나머지 겉으로는 정반대의 태도를 보이면서 스스로 자신의 입장을 변명하곤 하였다.

예컨대 한나라의 순욱(荀彧)[438]은 조조(曹操)를 위하여 찬역(篡逆)하는 계책을 도와서 제일의 책사(策士)가 되었는데, 마지막에 구석(九錫)[439]을 하사하는 논의에서는 약간의 이견을 보였다. 그러나 이는 그의 본심이 아니었고, 이를 이용해서 자신의 입장을 스스로 변명하고자 하였을 뿐이었는데, 이 때문에 조조에게 의심을 받고 노여움을 사서 짐독(鴆毒)을 마시고 죽고 말았다.

당나라의 배추(裴樞)[440]는 주전충(朱全忠)[441]에게 붙기를 순욱이 조조에게 했던 것보다 더 심하게 하였으나, 태상경(太常卿)의 자리를 아껴서 주지 않았다는 이유로 주전충에게 살해되었다.[442] 그가 태상경을 아낀 것은 주전충의 뜻을 어기고자 한 것이 아니라, 자신이 지극히 공정하여 사사로움이 없음을 은근히 보이고 싶었던 것에 불과하니, 순욱이 구석(九錫)

••••••

438 순욱(荀彧): 163~212. 후한 말기 조조의 책사로, 자는 문약(文若)이다. 조조에게 귀의하여 군국(軍國)의 대사를 함께 의논하여, 조조로부터 자신의 장자방(張子房)이라는 칭찬을 받았다. 그러나 건안(建安) 17년(212)에 조조가 헌제(獻帝)에게 구석(九錫)을 받으려 하자, 이를 만류하며 겸양의 미덕을 지킬 것을 충고하였다. 이 일로 조조가 불편하게 생각하니 순욱이 근심 끝에 독약을 마시고 자살하였다.《後漢書 卷70 荀彧傳》

439 구석(九錫): 천자가 공이 높은 제후에게 내려주는 아홉 가지 물건으로, 거마(車馬), 의복(衣服), 악측(樂則), 주호(朱戶), 납폐(納陛), 호분(虎賁), 궁시(弓矢), 부월(鈇鉞), 거창(秬鬯)을 이른다.

440 배추(裴樞): 당나라 애제(哀帝) 때의 재상이다.

441 주전충(朱全忠): 852~912. 당나라 말기에 황소(黃巢)의 난을 평정한 공으로 양왕(梁王)에 봉해져 권력을 전횡하다가 당나라를 멸망시키고 후량(後梁)을 세운 인물이다.

442 태상경(太常卿)의……살해되었다: 애제 3년(906)에 주전충이 총애하던 하급 관리 장정범(張廷範)을 태상경으로 삼으려 했는데, 배추가 그의 천한 신분을 이유로 반대하였다. 주전충이 이에 크게 노하여 배추 등 자신을 반대한 대신들을 모두 붕당으로 몰아 백마역(白馬驛)에서 죽이고 시신을 황하에 던졌다.《新五代史 卷37 唐六臣傳》

의 하사를 저지할 때의 의도와 같은 것이다.

그런데 모두 이 때문에 죽임을 당해서 예전에 이룩한 공(功)까지 모두 없어지고 말았다. 거짓되고 부정하게 마음을 쓰는 것은 천지 신명도 깊이 미워하는 바이니, 어찌 생명을 보존할 수 있었겠는가. 이것은 그중에서 가장 잘 드러난 경우이니, 대체로 소인의 정상에 이러한 경우가 많다.

87. 승급陞級과 가자加資의 잘못된 관행

해설 | 참판 이상의 품계는 인망과 공적이 있는 자가 아니면 함부로 제수하지 않았었는데, 당시에 북경으로 가는 사신과 청나라 사신을 접대하는 자를 낮은 품계의 관원으로 충원하고 자급을 올려 제수하는 잘못된 관행을 지적하였다. 이보다 가자의 본의에 벗어나게 자식보다 품계가 높은 아버지에게까지 가자하는 잘못된 관행을 지적하였다.

亞卿以上은 資級甚重하여 祖宗朝故事에 非有人望勞績이면 不輕授하니 命德之典을 不可苟然故也라 近來赴燕上价及儐使를 例用正二品하고 而正二品乏人이면 輒陞資以授라 余亦以燕价陞資憲하여 使虜庭․接虜 使하니 於當之者에 本涉歉然이요 而因此躐取八座之位하니 尤豈不可愧 乎아 余意此等除拜는 用假銜不妨이라 蓋副使旣帶假銜資職以往이면 則上使何獨不然이리오 且如侍從臣父年七十加資는 古無是例라 自顯 廟朝始有之로되 而只是官卑者推恩陞資而已러니 今則資憲以上을 無 不推恩하니 不但恩典之濫觴이라 原其本意하면 以子之貴로 延上於未達 之親이어늘 而今乃以其子之卑秩이 僅參從班之故로 官高之父에 疊加 崇級하니 殊無意謂矣라

아경(亞卿)⁴⁴³ 이상은 자급(資級, 품계)이 매우 중해서, 조종조의 고사(故事)에 인망과 공적이 있는 자가 아니면 함부로 제수하지 않았다. 덕이 있는 사람에게 관직을 내려주는 제도를 구차하게 시행할 수 없기 때문이다.

근래에 연경에 가는 상개(上价, 정사)와 빈사(儐使)⁴⁴⁴에는 으레 정2품 관원을 임용하는데, 정2품 가운데 적당한 사람이 없을 때에는 번번이 자급을 올려서 제수한다. 나도 연경에 사신가는 일 때문에 자헌대부(資憲大夫)로 승진하여⁴⁴⁵ 오랑캐 조정에 사신 가고 오랑캐 사신을 접빈하였는데, 담당하는 입장에서는 진실로 겸연쩍다. 또 이로 인하여 건너뛰어 팔좌(八座)⁴⁴⁶의 지위를 차지하였으니, 어찌 부끄럽지 않겠는가.

내가 생각하기에, 이렇게 제수(除授)하는 경우에는 가함(假銜, 임시 직함)을 사용하는 것도 무방할 듯하다. 부사(副使)가 이미 가함의 자급과 직책을 띠고 갔다면, 어찌 상사(上使)만 그렇게 하지 않을 것이 있겠는가.

또 시종신(侍從臣)⁴⁴⁷의 아버지가 나이 70세가 되면 가자(加資)하는 것

<hr>

443 아경(亞卿): 종2품의 참찬을 높여 이르던 말로, 정2품인 정경(正卿)에 버금간다는 뜻이다.

444 빈사(儐使): 중국 사신을 의주에서 맞이하여 전송할 때까지 응대하던 관원이다. 정1품의 의정을 제외한 2품 이상의 학문과 시에 뛰어난 문신이 임명되는 것이 상례였다. 조선조 태조 때까지는 접반사(接伴使)라고 하였고, 태종 때 원접사(遠接使)로 바뀌었다. 종사관(從事官)·제술관(製述官)·사자관(寫字官)이 수행하였다.

445 나도……승진하여: 도곡은 경자년(1720, 숙종 46) 7월에 종2품 가정대부(嘉靖大夫) 예조 참판으로 있다가 동지사 겸 정조성절진하정사(冬至使兼正朝聖節進賀正使)로 차임되면서 정2품인 자헌대부로 승진하였다. 《陶谷集 卷29 庚子燕行雜識》

446 팔좌(八座): 흔히 판서를 이른다. 본디 후한시대에 육조(六曹)의 상서(尙書)와 영(令)과 복야(僕射)를 일컫던 말이다.

447 시종신(侍從臣): 국왕을 지근거리에서 모시는 관원을 이른다. 홍문관의 부제학 이하의 관원, 사헌부와 사간원의 관원, 예문관의 검열, 승정원의 주서 등을 일컫는다.

은 전례가 없다가 현종(顯宗) 때에 처음 생겼는데, 다만 벼슬이 낮은 아버지에게 은혜를 미루어서 자급을 올려주었을 뿐이었다. 지금은 자헌대부 이상에게도 모두 은혜를 미루어주는데, 이는 은전(恩典)을 남발하는 것일 뿐만이 아니다.

본래의 의도를 따져보자면, 자식의 귀한 신분을 영달하지 못한 어버이에게까지 미쳐서 올려준 것이다. 그런데 지금은 자식의 자급이 낮아 겨우 시종관의 반열에 참여했다는 이유로 벼슬이 높은 아버지에게 높은 품계를 더하고 있으니, 결코 의의가 있는 일이 아니다.

88. 인목대비 폐모론에 관한 한강寒岡 정구鄭逑의 상소문

해설 | 폐모(廢母)의 주장에 반대하기 위해 올린 정구의 상소문에 도리어 폐모를 주장하는 자들의 말을 그대로 수용하여 언급한 것을 지적하고, 인륜과 의리를 들어서 직언하여 만류하지 못하고 도리어 폐모의 주장에 힘을 실어준 형국이 되었다고 탄식하였다. 폐모의 논의는 당시 자칫 화를 부를 수 있는 매우 민감한 사안이었기에, 이에 반대하는 의견을 내었다는 것만으로도 평가를 받을 만하다.

鄭寒岡이 當光海丁巳廢母論方張之時하여 上疏曰 "竊聞朝廷方有大論이라 하니 循臣所聞하면 實古所未有로되 而忽不得不有於今日이니 驚駭痛迫을 何以仰喻리오 內主咀呪하고 外應逆謀하니 母子之恩이 蓋已絶矣니 其爲宗社之憤이 孰有甚焉이리오 所以今日之擧措 萬不他顧而爭倡不已也니이다" 又引武曌事而曰 "以今準古하면 則母子之恩이 固已絶矣요 宗社之辱이 固已甚矣로되 至於'廢'之一字하여는 不合一毫有萌於心이니 此論이 雖不得不有나 而折衷之辨이 當斷自聖衷이니 扶植正論하고 弘暢聖孝가 豈不在今日이리오 廟堂大臣과 碩德鴻儒가 寧無有欲早發此論이리오마는 而囁嚅推諉하여 以至四五年之久而未有一言하여 必待草野儒生之爭憤上章하니 豈儒生所見이 必高於廷臣하고 廷臣愛君

이 必下於疏遠儒生乎잇가 其必深思而難言하고 亦或乘憤而遽發이니 聖
明之深察而愼重者니 恐尤不可以不加念也니이다" 此疏錄在刊行《寒岡
集》中하니 觀其主意하면 蓋欲立異廢論이로되 而罪狀母后에 略無顧籍하
고 乃反以羣兇請廢之言으로 謂之正論하여 而至請扶植하니 立異之意가
果安在哉오 當時雖不敢擧倫義하여 直言諫止나 而亦何得爲言之至此
也오 良可慨惜이라【近歲改刊《寒岡集》에 刪此疏故로 今無存이라】

정한강(鄭寒岡)은 광해군 정사년(1617, 광해군 9)에 폐모론(廢母論)이 한창
일 때 상소하였다.

"조정에서 현재 큰 의논이 진행되고 있다는 말을 들었습니다. 신(臣)이
들은 바로는, 실로 예전에 일찍이 없었던 일인데 갑자기 오늘날에 부득이
하게 일어났다고 합니다. 놀랍고 애통하고 절박한 심경을 어떻게 다 우러
러 말씀드리겠습니까. 안으로는 저주(咀呪)하는 일을 주장하고 밖으로는
역모에 응하였다면 모자(母子)간의 은의(恩義)가 이미 끊어진 것이니, 종묘
사직의 원통함이 무엇이 이보다 심하겠습니까. 이 때문에 오늘날 다른
일은 전혀 돌아보지 않은 채 끊임없이 폐모하자는 조치를 다투어 주장
하고 있는 것입니다."

또 무조(武曌, 측천무후(則天武后))의 일을 인용하여 말하였다.

"지금의 상황을 옛날의 일에 견주어보건대, 모자간의 은의가 진실로
이미 끊겼으며 종묘 사직의 치욕이 진실로 이미 심합니다. 그러나 '폐(廢)'
라는 한 글자는 털끝만큼도 마음에 싹트게 해서는 안 됩니다. 이런 논의
가 비록 부득이하게 일어났지만, 마땅히 성상께서 충심(衷心)으로 절충하
는 판단을 내리셔야 합니다. 정론(正論)을 부식(扶植, 확립함)하고 성상의 효
(孝)를 크게 넓히는 것이 어찌 오늘날에 달려 있지 않겠습니까. 묘당(廟堂)
에서 계책을 내는 대신과 큰 덕을 갖춘 대유(大儒)들이 어찌 이런 논의를

일찍부터 하고 싶지 않았겠습니까. 하지만 얼버무리고 책임을 미루면서 4,5년의 오랜 시간이 지나도록 한마디 말도 꺼내지 않고, 초야의 유생(儒生)들이 분노하여 다투어 상소할 때까지 기다렸으니, 어찌 유생의 소견이 반드시 조정의 신하보다 뛰어나고, 조정의 신하가 군주를 사랑함이 반드시 소원한 곳에 있는 유생들보다 못해서 그런 것이었겠습니까. 조정의 신하들은 분명 심사숙고를 하느라 말을 꺼내기 어려웠던 것이며, 유생들 또한 혹 울분에 차서 갑작스럽게 터져 나왔을 것입니다. 성명(聖明)하신 성상께서 깊이 살피고 신중히 처리하실 일이니, 더욱 유념하지 않을 수 없을 듯합니다."

이 상소는 간행된 《한강집(寒岡集)》에 수록되어 있는데, 그 주된 뜻을 살펴보면, 폐모의 주장에 이견을 세우고자 한 것이다. 그러나 모후(母后)의 죄상을 밝힘에 조금도 거리끼는 바가 없었고, 도리어 군흉들이 폐모를 청하면서 주장한 말을 정론(正論)이라고 하였으며 심지어 이런 정론을 부식(扶植)해야 한다고 청하기까지 하였다. 이견을 세우려는 뜻이 과연 어디에 있단 말인가?

당시에 비록 인륜과 의리를 거론하여 직언으로 간하지는 못할지언정, 또한 어떻게 이렇게까지 말할 수 있단 말인가. 참으로 개탄스러운 일이다.【근년에 《한강집》을 개간하면서 이 상소문을 삭제하였기 때문에 지금은 남아 있지 않다.】

89. 자字 대신 이름을 쓴
이발李潑에게 보낸 편지 제목

해설 | 율곡이 이발에게 보낸 편지의 제목이 《율곡집》에는 〈여이경함서(與李景涵書)〉였는데, 우계가 나중에 편차한 《별집》에는 〈여이발서(與李潑書)〉라 하여 자(字) 대신 이름을 썼는데 그 이유를 추론하고, 새로 간행된 《속집》에 도로 〈여이경함서[與李景涵書]〉로 바뀐 것에 대해 의문을 제기하였다.

牛溪編次《栗谷集》中에 有〈與李景涵書〉하니 所謂景涵은 卽潑也라 牛溪削景涵二字하고 直書以〈與李潑書〉하여 而使刊之別集하니 蓋其意以潑初與栗谷親厚로되 而栗谷卒後誣毀에 不遺餘力하니 旣不可從朋友例書字요 而又以與逆賊汝立交密하여 連逮杖斃하니 尤不當書字故也라 其說이 略見於《牛溪續集與朴汝龍書》中이로되 而至以范曄之史列於四部較論之하니 其意可謂嚴矣라 近來新刊《續集》할새 而還書題目曰〈與李景涵書〉라 하니 其爲還書者는 亦必有說이로되 而余識淺하여 不能知也로라

　우계(牛溪, 성혼)가 편차한 《율곡집(栗谷集)》에 〈여이경함서(與李景涵書)〉가 실려 있는데, 여기서 말한 '경함(景涵)'은 바로 이발(李潑)[448]이다. 우계가

••••••
448　이발(李潑): 1544~1589. 자는 경함(景涵), 호는 동암(東巖), 본관은 광산(光山)이다. 동인의 영수로서 서인의 정철(鄭澈)과 대립하였다. 이 일로 이이(李珥),

'경함(景涵)' 두 글자를 삭제하고 바로 〈여이발서(與李潑書)〉라고 써서 별집(別集)을 간행하였다.

아마도 우계의 생각에는 이발이 처음에는 율곡과 친하였지만 율곡이 별세한 뒤에는 온 힘을 다해서 율곡을 무함하고 헐뜯었으니, 친구(율곡)가 썼던 대로 자(字)를 쓸 수가 없었고, 또 역적 정여립(鄭汝立)과 친밀하게 사귀다가 연좌되어 곤장을 맞아 죽었으니, 더더욱 자를 써줄 수 없다고 여겼기 때문일 것이다.

《우계속집(牛溪續集)》의 〈여박여룡서(與朴汝龍書)〉[449]에 이 내용이 대략 보이는데, 심지어 범엽(范曄)[450]의 역사책이 사부(四部)에 나열된 것을 가지고 비교하여 논하기까지 하였으니,[451] 그 뜻이 엄중하다고 이를 만하다.

근래 새로 간행된 《속집》에는 다시 제목을 〈여이경함서〔與李景涵書〕〉라고 썼다. 도로 고쳐 쓴 데에는 반드시 이유가 있을 것이나, 지식이 얕은 나로서는 이해할 수 없다.

• • • • • •

성혼(成渾) 등과 멀어져 서인의 배척을 받게 되었다. 이후 기축옥사(己丑獄事)에 고문으로 세상을 떠났다.

449 여박여룡서(與朴汝龍書): 《우계속집(牛溪續集)》 권4에 보인다. 박여룡(朴汝龍, 1541~1611)은 자가 순경(舜卿), 호가 송애(松厓), 본관이 면천(沔川), 시호가 문온(文溫)이다. 이이의 문인으로 임진왜란에 해주에서 의병 500명을 모아 대가(大駕)를 호위하여 사옹원 직장으로 특진되었다. 1601년(선조 34)에 벼슬을 버리고 향리로 돌아가 이이의 문집 간행에 힘썼다.

450 범엽(范曄): 398~445. 남조 송나라 문제(文帝) 때의 학자로, 자는 울종(蔚宗)이다. 후한의 역사를 정리하여 《후한서》를 완성하였다. 문제의 아우 유의강(劉義康)을 황제로 옹립하려다가 처형되었다.

451 범엽(范曄)의……하였으니: 성혼의 〈여박여룡서(與朴汝龍書)〉에 "범엽의 《후한서(後漢書)》도 사부(四部)에 열거되어 있고, 그 의논이 《자치통감강목》에 실려 있다. 율곡이 이발에게 보낸 편지에 국사(國事)를 논한 것이 어찌 의리에 해가 되겠는가."라는 말이 보인다.

90. 용주 조경의 삼전도비를 기롱한 시

해설 | 병자호란 뒤에 청나라 태종의 요구로 삼전도에 송덕비를 세웠다는 소식을 들은 용주 조경이, 비문을 작성한 이경석(李景奭)과 비문의 글씨를 쓴 오준(吳竣)과 두전(頭篆)을 쓴 여이징(呂爾徵)을 기롱한 시를 소개하였다.

丁丑亂定後에 虜主令我國立其頌德碑한대 李相 景奭製하고 吳判書 竣書하고 呂參判 爾徵篆하여 竪於三田渡上이라 趙判書 絅作詩曰 "世人重文章하여 生兒必祝太學士요 世人重書法하여 敎兒必操蘭亭紙라 出入蓬閣演絲綸하고 揮灑螭頭配貞珉이라 一日聲價動四方하니 衆人謂之天上郎이라 誰知人事喜反覆하여 文章書法還爲役이라 君不見三田七尺碑아 波瀾浩蕩蠆尾奇라 復有篆額并三人하여 姓名籍籍於胡兒라 陋矣〈淮西〉韓退之여 高詞但使中夏知라"하니 其所譏嘲가 可謂不遺餘力矣로다

정축년(1637, 인조 15)의 난리가 안정된 뒤에 오랑캐 군주가 우리나라에 명하여 자신의 송덕비(頌德碑)를 세우게 하자, 정승 이경석(李景奭)[452]이 글

• • • • • •
452 이경석(李景奭): 1595~1671. 자는 상보(尙輔), 호는 백헌(白軒), 시호는 문충(文忠), 본관은 전주(全州)이다. 종실 덕천군(德泉君)의 6대손이며, 김장생의 문인이다.

을 짓고 판서 오준(吳竣)[453]이 글씨를 쓰고 참판 여이징(呂爾徵)[454]이 두전
(頭篆)[455]을 써서 삼전도(三田渡)[456] 가에 세웠다.

판서 조경(趙絅)[457]이 이에 대해 시를 지었다.

세상 사람들이 문장을 중요시하여	世人重文章
자식을 낳으면 반드시 태학사[458]가 되기를 축원하고	生兒必祝太學士
세상 사람들이 서법을 중요시하여	世人重書法
자식에게 반드시 난정첩(蘭亭帖)[459]을 잡게 하네	敎兒必操蘭亭紙
봉각에 출입하여 사륜(絲綸)을 짓고[460]	出入蓬閣演絲綸
이두(螭頭)[461]에 휘갈긴 글씨 빗돌에 걸맞네	揮灑螭頭配貞珉

••••••

453 오준(吳竣): 1587~1666. 자는 여완(汝完), 호는 죽남(竹南), 본관은 동복(同
福)이다.

454 여이징(呂爾徵): 1588~1656. 자는 자구(子久), 호는 동강(東江), 본관은 함양
(咸陽)이다.

455 두전(頭篆): 비석의 머리 부분에 전서로 쓴 제목이다. 제액(題額), 혹은 전액(篆
額)이라 한다.

456 삼전도(三田渡): 경기도 광주군(廣州郡) 중대면(中坮面) 송파리(松坡里)에 있던
나루이다. 1637년(인조 15)에 이곳에서 수항단(受降壇)을 쌓고 인조가 청나라
태종(太宗)에게 삼배구고두(三拜九叩頭)를 행하였다.

457 조경(趙絅): 1586~1669. 용주는 호이며, 자는 일장(日章), 본관은 한양(漢陽),
시호는 문간(文簡)이다. 문장을 잘하여 대제학을 역임하고 숙종 때 청백리가 되
었다.

458 태학사(太學士): 대제학을 이르는 말이다.

459 난정첩(蘭亭帖): 왕희지가 회계의 난정(蘭亭)에서 수계(修禊)할 때에 쓴 〈난정
서(蘭亭序)〉를 이른다.

460 봉각(鳳閣)에……짓고: 봉각(鳳閣)은 교서관의 미칭이고, 사륜(絲綸)은 임금
의 윤음(綸音)을 이른다.

461 이두(螭頭): 뿔 없는 용의 머리로, 빗돌을 이른다. 신도비나 송덕비의 두부에
이 모양을 새기므로 이렇게 말한 것이다.

하루아침에 명성이 사방에 진동하니	一日聲價動四方
사람들이 천상의 사람이라 칭찬하네	衆人謂之天上郞
누가 알았으랴 인사는 번복을 좋아하여	誰知人事喜反覆
문장과 서법으로 도리어 천한 사역을 할 줄을	文章書法還爲役
그대는 삼전도의 일곱 자 비를 보지 못했는가	君不見三田七尺碑
문장은 파란 호탕하고 서체는 전갈 꼬리[462]처럼 기이하네	
	波瀾浩蕩蠆尾奇
전액을 쓴 사람까지 더하여 모두 세 사람인데	復有篆額幷三人
성명이 오랑캐 아이들에게 자자하다오	姓名籍籍於胡兒
누추하다 한퇴지의 〈평회서비〉[463]여	陋矣淮西韓退之
뛰어난 문장을 중국 사람만 알게 하였네	高詞但使中夏知

그 기롱하고 조소함에 여력(餘力)을 남기지 않았다고 이를 만하다.

＊＊＊＊＊＊

462　전갈 꼬리 : 글씨가 뛰어남을 비유한다. 진(晉)나라 색정(索靖)의 초서가 절묘하여 "은 갈고리요 전갈 꼬리이다[銀鉤蠆尾]"라는 평을 들은 데서 유래하였다.

463　한퇴지의 평회서비(平淮西碑) : 한유(韓愈)가 지은 비문이다. 회서절도사(淮西節度使) 오원제(吳元濟)가 반란을 일으키자, 헌종(憲宗)이 배도(裴度) 등을 보내 평정한 후에 한유에게 이 비문을 짓게 하였는바, 명문으로 알려져 있다.

91. 오상렴이 지은 〈삼전도비〉 시

해설 | 이경석이 작성한 삼전도 비문을 비판하는 뜻을 내비친 오상렴의 〈삼전도비〉 시를 소개하고 그 뛰어난 시재를 칭찬하였다. 아울러 오상렴 자신도 정작 삼전도비의 글씨를 썼던 오준의 종증손이므로, 혐의가 없지는 않다고 지적하였다.

吳尙濂者는 始壽之姪也라 余嘗入試院하여 見其程式詩頗佳하고 固已才之矣라 厥後文名籍甚하여 爲自中翹楚라 其詠〈三田渡碑〉詩曰 "麻浦胡書碣에 孤城憶解圍라 徒聞千乘國이요 未見一戎衣라 將帥無籌策하고 文章有是非라 朝宗迷舊道하니 江‧漢欲何歸오"하여 句句有意致하니 眞佳作也라 充其才하면 足以高步一世어늘 而聞其早夭하니 可惜이라 其所謂 "文章有是非"는 譏撰碑人이요 而書之者 乃其從曾祖也라 亦當均受其譏리니 獨無嫌歟아 一笑라

오상렴(吳尙濂)464이란 자는 오시수(吳始壽)465의 조카이다. 내가 일찍이 시원(試院, 과거 시험장)에 들어갔을 때에, 그가 올린 정식(程式)의 시(詩)가 자못 아름다운 것을 보고서 이미 재주가 있다고 여겼었다. 그런데 그 뒤에 문명이 자자해져서 자기들466 가운데 교초(翹楚)467가 되었다.

그가 읊은 〈삼전도비(三田渡碑)〉 시에 이르기를,

오랑캐 글씨로 쓴 마포468의 비갈에	麻浦胡書碣
외로운 성의 포위를 풀던 날 생각하네	孤城憶解圍
천승의 나라라는 말만 들었을 뿐	徒聞千乘國
제대로 된 장수 한 명도 보지 못했노라	未見一戎衣
장수는 훌륭한 계책이 없고	將帥無籌策
문장은 시비가 있구나	文章有是非
조종(朝宗)하던 옛길 혼미하니	朝宗迷舊道
강한(江漢)은 어디로 돌아가려는가469	江漢欲何歸

......

464 오상렴(吳尙濂): 1680~1707. 자는 유청(幼淸), 호는 연초재(燕超齋), 본관은 동복이다. 대과에 낙방하고 물러나 학문과 시 창작에 전념하다가 28세로 요절하였다.

465 오시수(吳始壽): 1632~1681. 자는 덕이(德而), 호는 수촌(水村)이다. 경신대출척에 유배되었는데, 앞서 청나라 조문사가 왔을 때 허위로 보고하여 왕을 기만했다는 탄핵을 받아 사사되었다.

466 자기들: 남인을 가리킨다. 도곡이 노론에 속한 인물이므로 이렇게 칭한 것이다.

467 교초(翹楚): 뛰어난 인재를 이른다. 《시경》〈주남(周南) 한광(漢廣)〉에 "쑥쑥 뻗은 잡목 속에 회초리나무를 베리라.〔翹翹錯薪 言刈其楚〕"라는 말에서 유래하였다.

468 마포(麻浦): 한강(漢江)의 나루터로, 여기서는 삼전도를 가리킨 것이다.

469 조종(朝宗)하던……돌아가려는가: 중국이 오랑캐 차지가 된 후로 옛날에 조회하러 가던 길이 희미해져서 찾을 수 없게 되었다는 말이다. 조종은 온갖 물줄기가 바다로 흘러감을 이르고, 강한(江漢)은 장강(長江)과 한수(漢水)를 이른다. 《서경》〈우공(禹貢)〉에 "강한이 바다에 조종(朝宗)한다."라고 하였는데, 제후와

라고 하였다. 시구마다 의미가 있어 참으로 아름다운 작품이다. 그의 훌륭한 재주를 폈더라면 충분히 한 세상에 뛰어날 수 있었을 것인데 요절했다고 하니, 애석하다.

그가 말한 "문장은 시비가 있구나〔文章有是非〕"라는 것은 비문을 지은 사람에 대해 기롱한 것인데, 그 글씨를 쓴 사람이 바로 자기의 종증조(從曾祖)[470]이다. 그 또한 마땅히 그 기롱을 똑같이 받아야 하니, 어찌 홀로 혐의가 없겠는가. 한 번 웃는다.

••••••
백관이 제왕을 찾아가 조회함을 비유하는 말로 인용된다.
470   종증조(從曾祖): 〈삼전도비〉의 글씨를 쓴 오준(吳竣)을 일컬은 말이다.

448 · 조선후기 한문비평 2

92. 우암 송시열을 향한 소론 측의 비난

해설 | 청나라에 대한 복수와 설욕을 주장하며 하찮은 배신(陪臣)으로서 천자를 해칠 계책을 도모하였다는 이유로, 우암 송시열을 대역무도(大逆無道)한 역신(逆臣)으로 규정하고 비난한 소론 측 재상가 자제의 말을 정호(鄭澔)의 입을 통해 소개하고, 당시의 인심이 최명길(崔鳴吉)과 윤선거(尹宣擧) 집안에서 주장하는 논리에 휩쓸려 위태로운 지경에 이르렀다고 탄식하였다.

丈巖 鄭公이 於肅廟末年에 語余曰 "近聞極可驚心之言하니 我國將爲夷狄禽獸矣리라" 余問 "何謂也오" 鄭公曰 "有時宰家子弟出接做工이러니 談話之際에 乃曰 '宋某는 眞大逆不道也니라' 座有吾儕中人詰曰 '少輩雖嫉尤菴이나 猶不敢指爲逆이러니 君乃爲是言하니 豈欲附會南人이 毆尤菴於二心孝廟之罪耶아' 其人笑曰 '非也라 南人之以貶薄孝廟構罪者는 實爲無據어늘 吾豈爲是哉리오' 曰 '然則豈以越海招寇指日犯闕之語而成其罪耶아' 其人又笑曰 '此語尤甚虛誕하여 三尺童子所不信이니 吾豈爲是哉리오' 曰 '然則豈以末後定國本後疏로 爲罪耶아' 其人曰 '亦非指此也라 吾所以名之爲逆者는 別有在하니 吾將言之矣리라 夫我國之服事淸國은 固非本心이나 然旣奉表稱臣이면 則君臣之分已定矣어늘 某以幺麼陪臣으로 乃欲謀害天王하여 言言稱復讐雪恥하여 不但言之於家라 乃敢言之於君父하니 天下豈有如此悖逆之陪臣哉아 此

吾尋常憤惋者也로라 南人所構數三罪目은 君亦有辭卞白矣어니와 至若

吾言하여는 大義炳然하니 君雖喙長三尺이나 何敢以一語抗辨乎아 某既

不憚自爲逆臣하고 而又作文字하여 疵毀遲川ㆍ魯西兩賢하니 兩賢之事는

正得臣節이어늘 而以其異於己라 하여 恣意搆捏하니 尤可痛也니라' 曰 '昔

宋 高宗이 稱臣於金이로되 而朱子每言復雪之義하니 此亦逆乎아' 其人

奮然曰 '朱子亦豈是乎아' 曰 '然則朱子亦不免逆乎아' 其人曰 '然矣라'

曰 '君以尤菴爲逆하여 而畢竟喚做與朱子一般人하니 亦自不惡이요 而

君乃朱子所謂眞胡種子者니 吾不欲同座矣라'하고 卽起去"云이라 近日

人心이 陷於崔ㆍ尹家論하여 至於斯極하니 將何所不至耶아 慨歎不已로라

장암 정공(丈巖鄭公)[471]이 숙종 말년에 나에게 말씀하셨다.

"요사이 매우 마음을 놀라게 할 만한 말을 들었다. 우리나라가 장차 이

적(夷狄)과 금수(禽獸)가 될 것이다."

내가 무슨 말씀인지를 여쭙자 정공이 다음과 같이 대답하셨다.

"지금 재상 집안의 자제로서 집을 나와서 공부하는 자가 있는데, 담화

를 나누는 사이에 그가 말하기를 '송(宋) 아무개는 진실로 대역무도(大逆無

道)하다.'라고 하였다. 좌중에 있던 우리의 무리 가운데 한 사람이 힐난하

면서 묻기를 '소론들이 비록 우암(尤菴)을 미워하면서도 감히 역적으로 지

목하지는 못했는데, 그대가 마침내 이런 말까지 하는구나. 어찌 남인(南

人)에게 부화뇌동하여 우암을 효종에게 두 마음을 품은 죄인으로 몰려고

••••••

471 장암 정공(丈巖鄭公): 정호(鄭澔, 1648~1736)로 장암은 호이고, 자는 중순(仲
淳), 시호는 문경(文敬), 본관은 연일(延日)이다. 송시열의 문인으로 정쟁에 몰려
1689년 기사환국에는 경성(鏡城)으로 유배되고, 경종 때의 신임사화(辛壬士禍)
에는 강진(康津)으로 유배되었다. 영조 때에 우의정이 되어 노론 사대신의 신원
을 청하였다.

하는가?'라고 하였다. 그 사람이 웃으면서 말하기를 '아니다. 우암이 효종을 폄하했다고 남인들이 죄를 얽는 것은 실로 근거가 없다. 내가 어찌 그런 말을 하겠는가?'라고 하였다.

어떤 사람이 묻기를 '그렇다면 아마도 바다를 건너 적을 불러들여 날짜를 정해서 대궐을 침범하기로 하였다는 말로 그의 죄를 이루려는 것인가?'라고 하자, 그 사람이 또 웃으면서 말하기를 '이 말은 더욱 황당하여 삼척동자도 믿지 않을 것이다. 내가 어찌 그런 말을 하겠는가?'라고 하였다.

다시 묻기를 '그렇다면 아마도 마지막까지 기다렸다가 국본(國本)을 정하자는 상소문472을 가지고 죄를 삼는 것인가?'라고 하니, 그 사람이 말하기를 '이를 가리킨 것도 아니다. 내가 송 아무개를 역신이라고 부르는 이유는 따로 있다. 내가 이것을 말해보겠다. 우리나라가 청나라에 복종하여 섬기는 것은 진실로 본심이 아니다. 그러나 이미 표문(表文)을 올려 신하를 칭하였으니, 군신(君臣)간의 분별이 이미 정해진 것이다.

그런데 송 아무개가 하찮은 배신(陪臣)473으로서 천자를 해칠 계책을 도모하여, 말끝마다 복수와 설욕을 칭하면서 비단 이것을 집에서 언급할 뿐만 아니라 감히 군부(君父, 임금)에게까지 말하였다. 천하에 어찌 이와 같은 패역한 배신이 있단 말인가? 이것이 내가 평소에 분노하고 한탄하는 이유이다. 남인들이 얽어 놓은 서너 가지 죄목은 당신도 변론하여 밝힐 말이 있겠지만, 내가 말한 것은 대의(大義)가 찬란하니, 그대가 비록 말

• • • • • •

472 마지막까지……상소문: 1689년에 숙종이 후궁 소의(昭儀) 장씨(張氏)가 낳은 아들을 원자로 정호(定號)하려고 하자, 우암 송시열이 "중궁(中宮, 인현왕후)이 아직 젊으니, 중궁이 아들을 낳기를 기다려야 한다."고 상소하여 반대한 일을 이른다. 이 일로 숙종의 노여움을 사서 기사사화가 발생하였고, 송시열을 비롯한 많은 노론 인사들이 화를 당하였다.

473 배신(陪臣): 제후국의 신하를 이른다. 제후의 신하가 천자에게는 겹친 신하가 되므로 이렇게 칭한다.

을 잘한다고 해도 어찌 감히 한마디라도 항변하겠는가.

송 아무개가 이미 스스로 역신(逆臣)이 되는 것을 꺼리지 않고, 또 글을 지어서 지천(遲川)[474]과 노서(魯西)[475] 두 현자를 흠집 내고 헐뜯었다. 두 현자의 일은 바로 신하의 절개에 합당한 것인데, 자기와 뜻이 다르다고 하여 멋대로 모함하였으니, 더욱 통탄할 만하다.'라고 하였다.

이에 '옛날에 송(宋)나라 고종(高宗)이 금(金)나라에게 신하를 칭하였는데도 주자(朱子)는 매번 복수하는 의리를 말씀하셨다. 그렇다면 주자도 역신(逆臣)이란 말인가?'라고 되물으니, 그 사람이 분연히 말하기를 '주자라고 하여 어찌 반드시 옳겠는가?'라고 하였다. 내가 말하기를 '그렇다면 주자도 역신이 됨을 면치 못하는가?'라고 하니, 그 사람이 그렇다고 대답하였다.

이에 말하기를 '그대가 우암을 역신이라 하여 필경 주자와 똑같은 사람으로 부르니 이것도 나쁘지 않으나, 그대야말로 주자가 말씀하신 「참으로 오랑캐 종자」라는 자이니, 내 그대와 한자리에 앉고 싶지 않다.'라고 하고 즉시 일어나 나갔다.'"

• • • • • •

474 지천(遲川): 최명길(崔鳴吉, 1586~1647)의 호이다. 자는 자겸(子謙), 본관은 전주(全州), 시호는 문충(文忠)이며, 이항복(李恒福)의 문인이다. 정묘호란 때에 주화파를 이끌고 후금과의 강화를 이끌어냈으며, 병자호란 뒤에 우의정이 되어 정사를 수습하고 좌의정을 거쳐 영의정에 올랐다.

475 노서(魯西): 윤선거(尹宣擧, 1610~1669)의 호이며, 또 다른 호는 미촌(美村)이다. 자는 길보(吉甫), 본관은 파평(坡平), 시호는 문경(文敬)이며, 소론의 영수 윤증(尹拯)의 아버지이다. 병자호란 때 가족과 함께 강화도로 피난했는데, 강화도가 함락되자 부인은 자결하였으나 자신은 어버이 봉양을 이유로 탈출하여 목숨을 부지하였다. 이후에 효종이 여러 차례 불렀으나 자신의 이 잘못을 이유로 응하지 않았다. 송시열이 경전의 주해(註解) 문제로 윤휴(尹鑴)와 사이가 나빠졌는데, 윤휴를 두둔하다가 송시열에게 배척을 당하였다.

근래의 인심이 최씨(崔氏) 집안과 윤씨(尹氏) 집안⁴⁷⁶의 주장에 빠져 있
어서 이렇게 극한 지경에까지 이르렀으니, 장차 무슨 짓인들 못하겠는가.
개탄하여 마지않는다.

••••••
476 최씨 집안과 윤씨 집안: 최씨 집안은 최명길의 자손 최석정(崔錫鼎)과 그의 아
들 최창대(崔昌大) 등을 가리키며, 윤씨 집안은 윤증(尹拯) 등을 가리킨다.

93. 몽와夢窩 김창집金昌集을 향한
소론의 공격

해설 | 소론들이 청나라를 배격한 몽와를 역신으로 공격하면서, 몽와의 증조 김상헌(金尙憲)이 청나라 태종 앞에서 무례한 짓을 자행하였다고 비난하고, 최명길이 사배의 예를 행한 것을 칭송하였음을 밝혔다. 이 일은 노론의 영수 송시열이 북벌을 주장하며 청나라에 대한 복수를 강조하자, 소론 측에서 이를 비판하고 공격하였던 당시의 정치적 상황과 연관되어 있다.

近日時輩以夢窩爲逆이라 有一時宰之子語人曰 "諺云'上灌之水流而至趾라'하니 金某【淸陰】乃以陪臣으로 橫卧於崇德皇帝之前하여 不行拜禮하니 此乃逆心積於中而然也라 遲川則服其所賜貂裘하여 謹行四拜之禮하니 人臣之義는 自當如此라 以此較彼하면 忠逆可見이니 其祖爲逆하니 其孫安得不爲逆乎아 無足怪也니라" 所謂時宰者가 方頹卧其傍이라가 蹶然而起하여 搏髀曰 "汝言極是極是라"하니라 此言來歷甚的하여 非虛傳也니 與上丈嚴所傳語로 同一語脈이라 尤可信其不虛矣로다

요사이 시배(時輩, 소론)들이 몽와(夢窩)⁴⁷⁷를 역신이라 주장한다. 지금 재신(宰臣)의 아들이 어떤 사람에게 다음과 같이 말하였다.

"속담에 이르기를 '위에서 부은 물이 흘러 내려서 발꿈치에 이른다.〔上灌之水 流而至趾〕'라고 하였다. 김(金) 아무개【청음(淸陰)이다.】는 배신(陪臣)으로서 숭덕황제(崇德皇帝, 청나라 태종)의 앞에서 버젓이 누워서 절하는 예를 행하지 않았으니, 이는 바로 역심(逆心)이 마음속에 쌓여 있어서 그런 것이다. 지천(遲川)은 청나라 황제가 하사한 초구(貂裘)를 입고 삼가 사배(四拜)하는 예를 행하였으니, 신하의 의리는 본디 이와 같아야 하는 것이다. 이 일을 가지고 저 일과 비교한다면 충신과 역신의 차이를 볼 수 있을 것이다. 그의 할아버지⁴⁷⁸가 역신의 짓을 하였으니, 그 손자가 어찌 역신의 짓을 하지 않겠는가? 이상할 것이 없다."

이른바 '지금 재신'이라는 자가 이때 그 옆에 누워 있다가 벌떡 일어나서 넓적다리를 치며 말하였다.

"너의 말이 참으로 옳고, 참으로 옳다."

이 말은 내력이 매우 분명하여 헛되이 전해진 것이 아니다. 장암(丈巖, 정호(鄭澔))이 전한 위의 말씀과 맥락이 동일한 것이니, 헛된 말이 아님을 더욱 믿을 수 있다.

••••••

477 몽와(夢窩): 김창집(金昌集, 1648~1722)의 호이다. 자는 여성(汝成), 본관은 안동(安東), 시호는 충헌(忠獻)으로 김수항(金壽恒)의 아들이다. 노론 사대신의 한 사람으로 경종 즉위 초에 연잉군(延礽君)을 세제(世弟)로 책봉하고 정국을 주도하였으나, 소론의 탄핵으로 파직되었고, 이어 목호룡(睦虎龍)의 고변에 의한 임인옥사로 사사되었다.

478 그의 할아버지: 병자호란 때 끝까지 척화를 주장한 청음 김상헌을 가리킨 것이다. 김창집은 김상헌의 증손이다.

94. 인심의 험악함과 시세의 위태로움

해설 | 조정에서 물러나 노원의 촌사에 머물던 이항복(李恒福)의 시를 소개하고, 이항복의 시절보다 더 인심이 험악해지고 시세가 위태로워진 당시의 세태를 한탄하였다. "문득 귀먹은 봉사가 되어서 …… 입은 살아있으나 말하지 못하노라"라는 이항복의 시에, 향리에 살았던 몇 년 동안에 세상일을 말하지 않았는데 터무니없는 비방을 받아야 했던 도곡 자신의 신세가 고스란히 투영되어 있는 듯하다.

白沙 李公이 晩歲不容於朝하여 退居蘆原村舍할새 作歌曰 "便爲耳食瞽하여 入處暮山村이라 無聞寧有見고 口活未能言이라"하니라 追詠其詞하면 可想當日時勢之危懍이라 余里居累年에 與世相絕하여 京裏人無來過者요 有亦絕口不言時事나, 而或有做出白地言曰 "某爲此言이라"하니 此則吾亦末如之何니 人心之險惡이 可謂越加於白沙時矣라 不自我先하고 不自我後하여 而適際此世界者는 可謂生丁不辰이니 苦痛苦痛이라

백사 이공(白沙李公, 이항복)이 만년에 조정에서 용납되지 못하여 물러나 노원(蘆原)[479]의 촌사(村舍)에 머물 적에 지은 시에 이르기를

••••••
479 노원(蘆原): 지금의 노원구 상계동 일대로, 옛날 이곳에 역(驛)과 역촌(驛村)이 있었다.

문득 귀먹은 봉사가 되어	便爲耳食瞽
저물녘 산촌에 들어와 거처하네	入處暮山村
듣는 것 없으니 어찌 보는 것 있으랴	無聞寧有見
입은 살아있으나 말하지 못하노라	口活未能言

라고 하였다. 지금 이 시를 읊어보면 그 당시의 시세(時勢)가 위태로웠음을 상상할 수 있다.

내가 향리에 살았던 몇 년 동안에 세상과 단절되어 서울에서 방문하러 온 자가 없었고, 있더라도 입을 닫고 시사(時事)를 말하지 않았다. 그런데 어떤 자가 터무니없는 말을 지어내어 "이 아무개가 이런 말을 했다."라고 하였다. 이런 경우에는 나도 어찌해야 할지 모르겠으니, 인심의 험악함이 백사(白沙)의 때보다 더하다고 이를 만하다. 나보다 먼저도 아니고 나보다 뒤도 아니어서[不自我先 不自我後]⁴⁸⁰ 마침 이런 세상을 만나게 되었으니, 이는 나쁜 때에 태어난 것이라고 이를 만하다. 고통스럽고 고통스럽다.

• • • • • •

480 나보다……아니어서 : 먼저도 아니고 뒤도 아닌 자신이 태어난 시기가 가장 나쁜 때임을 한탄한 말이다. 《시경》〈소아 정월(正月)〉에 "부모가 나를 낳으심이여, 어찌하여 나를 병들게 하였는가? 나보다 먼저도 아니며, 나보다 뒤도 아니로다.[父母生我 胡俾我瘝 不自我先 不自我後]"라고 하였다.

95. 이조 판서 시절에 받은 가명假名의 투서

해설 | 무능할지언정 악하지는 않다고 스스로 생각하던 저자가, 이조 판서로 있던 시절에 난데없이 가명의 투서로 모욕과 비난을 받았던 일을 회고하면서, 이를 자신을 성찰하는 기회로 삼고 스스로 삼가고 수양할 것을 다짐하였다.

余爲人庸下讘劣하여 不足列於君子之林이로되 惟是受性拙直良善하여 無鱗甲畦畛하고 又無忮克傷害之心하니 使生於中古면 雖以無能見斥이나 亦必不目以惡人矣리라 不幸生於晩季하여 見世之人機巧險詐하고 浮誕驕妄하여 種種與吾性味不合하고 乃於如此之時에 濫躋顯班하여 與之周旋하니 豈無枘鑿乖違之端이리오 以此跡益孤하고 情益蹙이라 至於十餘年前하여는 忝長銓衡이러니 忽有何人이 假名投書하여 極口醜辱하여 至以回互不正으로 斷其平生하니 人之不相知가 乃至是耶아 不覺慨然長歎이라 然此亦無乃余有惡行而不自知어늘 被人覷破而然耶아 惟當反省自愧하여 益思飭修而已로라

나는 사람됨이 무능하고 용렬하여 군자(君子)의 대열에 낄 수 없다. 그러나 타고난 성품이 우직하고 선량하여 남을 해치거나 경계함이 없고 또 남을 시기하고 이기고 상해하려는 마음이 없다. 내가 중고 시대(中古時代)

에 태어났더라도 무능함으로 배척을 받을지언정 또한 악한 사람으로 지목받지는 않았을 것이다. 그런데 불행하게 말세에 태어나서 세상 사람들을 보니, 기교(機巧)를 부려 음험하고 경박하고 허탄하고 교만하고 망령되어서 종종 나의 성미와 부합되지 않았다. 그런데도 이와 같은 때에 외람되이 현달한 반열에 올라 저들과 함께 조정에서 일하게 되었으니, 어찌 둥근 구멍과 모난 자루와 같아서 서로 어긋나는 단서가 없겠는가? 이 때문에 종적이 더욱 외로워지고 마음이 더욱 위축되었다.

십여 년 전에 외람되게 전조(銓曹)의 장관이 되었을 적에,[481] 갑자기 어떤 사람이 가명(假名)으로 투서(投書)하여 있는 말 없는 말을 다 하여 나에게 모욕을 주었다. 심지어 내가 평소에 간사하고 부정하다고 단정하기까지 하였다. 사람이 나를 알아주지 못함이 마침내 이 지경에 이르렀단 말인가? 나도 모르게 개연히 길게 탄식하였다.

그러나 이 또한 나에게 악행이 있으나 스스로 알지 못하는 것을 남에게 간파당해서 그런 것이 아닐까? 오직 반성하고 스스로 부끄러워하면서 더욱 삼가고 수양할 것을 생각할 뿐이다.

• • • • • •
481 전조(銓曹)의……적에: 도곡은 1721년(경종 1) 5월 15일에 이조 판서에 처음 제수되었다.

96. 성주의 산송 분쟁과
   박수하의 딸(박효랑)

해설 | 영남관찰사로 재임하던 시절에 겪은 박경여(朴慶餘) 집안과 박수하(朴壽河) 집안 사이의 산송(山訟) 사건의 전말을 밝힌 것이다. 이 사건은 당시에 전국적인 관심을 불러일으키며 크게 비화되었고, 심지어 당색이 다른 자들이 공격의 빌미로 삼기도 하였다. 도곡은 이 사건에 휘말려 많은 오해와 비난을 받았기에 이에 대한 명확한 해명이 필요하였을 것이다. 이에 자신이 사사로이 이 사건에 개입하여 문제를 일으킨 것이 아님을 적극적으로 해명하기 위해 사건의 정황을 자세하게 기록한 것으로 보인다.

余命途崎嶇하여 以微事生葛藤者比比有之라 爲嶺伯時에 大丘人朴慶餘呈狀하여 以爲"方立石於星州先山이러니 土人朴壽河多發人丁하여 驅逐沮遏하니 請禁之라"하다 蓋慶餘四五年前에 遷葬其父於壽河先山近處하니 壽河與之接訟이라 洪判書萬朝爲方伯하여 決給慶餘하되 "雖曰壽河之山이나 彼旣決得이면 則更訟得捷之後에 當禁彼之立石이오 而未然之前에는 不可沮遏也라"하다 時余遞職將歸라 不欲擔當하여 只例題 "査處"二字하여 付之本官矣러니 星牧拿壽河取供에 壽河供末에 忽入剩語하여 以爲"方伯卽慶餘至親이니 右慶餘하여 欲奪給他人之山이라"하니 其言絶悖하여 非道民所敢爲라 蓋慶餘是族叔世最之姊夫라 故固不

無數面之分이나 而渠以南黨中人으로 與賊黯、義徵連婚하고 其子又辭
連辛巳鞫獄하여 與吾家情迹燕越하니 世所共知어늘 今乃勒謂之至親하
면 肆然侵辱하니 嶺南風俗이 雖曰悍惡이나 寧有是哉아 事體所在에 不
可置之하여 遂施刑一次矣러니 遽以病斃라 壽河諸族이 紛然齊起하여 掘
燒慶餘父墳하다 慶餘聞此奇하고 擧族馳赴하여 相與接戰하니 禁山者出
其婦女하여 以防禦男人者는 無識輩恒例也라 壽河家使其未嫁女로 出
而當之하여 相戰之際에 慶餘孼族就徵이 爲壽河族人所殺하여 而匿其
屍하고 壽河女又死於刃이라 於是에 慶餘家謂"壽河家殺其族"하고 壽河
家又謂"慶餘殺其女"하여 彼此互相呈下하니 而掘塚之事는 專是壽河
庶叔朴籥、朴笑輩之所爲니 掘塚爲死律故로 欲移之於已死之一弱女하
고 而自脫其罪하여 聲言"朴女孝行篤至하여 痛其父死하고 手自掘塚하여
至於十指流血이라"하다 慶餘는 富人也라 葬之甚厚하고 又近十年之久하
여 築灰皆已成石하니 項羽之力이라도 決無以指尖掘開露棺之理어늘 而
爲言若此하고 又使次女上京하여 擊登聞이라 於是京師之人이 上自卿宰
로 下至胥徒히 咸一口言"朴家頓有二孝女하여 而以指尖剔開灰石하니
眞所謂'至誠貫金石'者也라"하여 爭相傳道稱贊하고 終無一人以爲不近
理而斥之者하니 豈非可怪之甚者乎아 就徵之子가 被髮奔號하고 求覓
父屍하여 屢呈官府한대 壽河家又言"其父實不死어늘 而詐服喪瞞人하
니 眞逆子也라"한대 人又信之라 時余以諫長還朝하여 論李塾科場事하여
星牧適會遞去하고 而塾弟代其任이라 與州居文官爲我貶罷者로 共相
謀議하여 作爲謠歌하여 以白地語로 誣辱狼藉하고 膽諸諺譯하여 流播京
外하여 使婦女常漢으로 皆得見之하고 又衝動州人하여 通文諸道하여 合
疏構罪余至酷하니 語皆全然誣罔이라 聖上素知余爲人하고 疑而不信하
사 只下例批하시니 余則見擬顯職에 無不下點이라 時朝中異己者가 皆欲
因是擠陷하고 而僑流之不靖者도 亦頗從中協助하며 朴女又日奔走泣

訴於朝貴之門이라 以是雖心無適莫者라도 多疑余處事之失誤하여 至曰 "令公之打殺訟隻은 非矣라"하여 以四五年前已決之訟으로 認作方訟하니 爲彼言所眩而然也라 良堪一噱이라 此獄久未決할새 朝廷別遣御史鄭纘하여 先覈治러니 昏甚하여 不能覈而徑歸하다 又差御史洪致中往하니 洪素稱詳明이라 按覈甚得要領하여 用計設機하여 密鉤事情하여 盡知籓輩掘塚狀하고 又詗得就徽殺死情節하여 灼知匿屍處所하고 而出朴女屍하여 以《無冤錄》으로 反覆檢驗하여 得其自刺狀甚明하니 蓋朴女在亂軍廝殺中에 蒼黃窘蹙하여 以至自裁也라 又使人往就徽屍所發之하니 屈折其腰하여 反貼作兩段하여 伏而埋之云하니 尤可凶慘也라 自此嶺人之爲羣言所眩惑者가 始得回悟하여 不敢復言此事하고 而壽河家亦沮屈하여 朴女遂下鄕이나 而孝女之稱이 旣塗人耳目故로 稱頌猶未已하여 至比之東海勇婦、秦女休하여 作詩作傳以美之者有之라 余困於羣咻하여 上章陳列한대 上批之曰 "原初以事體上施刑이요 不干於山訟하니 儒疏構捏를 何足爲嫌이리오 況厥後除拜如舊하니 則子意亦可知矣라"하시다 上自初不信故로 開釋如此하시고 臺諫請竄投疏誣余者를 諸宰羣起營救하고 非斥余頗甚이로되 遂不允臺啓하시니 余之孤立無援을 亦可知矣라 朴女留京三年에 自言 "父冤未雪하니 不可自同平人이라"하여 以年過二十之壯女로 白晝露面하여 與惡少頑童으로 連手比肩하여 雜行於街市之間하여 恬不知愧로되 而人不以爲駭하고 曰 "不自護惜其身하니 益可見其孝烈也라"하니 可謂惑之甚矣라 後聞嶺人言호니 還鄕之後에 衆皆疑之하여 求婚而無應之者云이라 金德甫 橚自金山任으로 受暇上京하여 語余曰 "吾下往嶺南하여 始詳聞事情하니 星 朴之事는 節節無狀이라 京裏嘵訛는 一皆虛誑이니 世間事弄假成眞이 有如是夫인저"하고 歎詑不已하다 尹吉甫 憲柱 亦自星州遞還하여 謂余曰 "吾亦初頗以君爲非러니 往嶺南하여 細得其實狀而後에 始知之"云이로되 而京裏諸人墮其煙

霧中하여 至今尙有未盡開豁者라 一訛先唱에 衆惑難解가 乃如此하니 誠
可痛也라 此事는 本不足備論이로되 而初欲正民風이라가 橫惹別件事端
하여 訛以承訛하여 眞狀遂隱하니 或恐久而滋惑하여 漫記之하노라

나는 운명이 기구하여 하찮은 일로 갈등을 낳은 적이 종종 있었다. 영
남의 감사로 있었을 적에 대구(大邱) 사람 박경여(朴慶餘)가 글을 올렸다.

"막 성주(星州)의 선산(先山)에 비석을 세우고 있는데 이 지방 사람인 박
수하(朴壽河)가 수많은 장정을 동원하여 쫓아내고 저지하니, 금해주기를
청합니다."

박경여가 4,5년 전에 자기 아버지를 박수하의 선산 근처에 이장했는
데, 박수하가 이 일로 그에게 소송을 걸었었다. 이에 판서 홍만조(洪萬朝)
가 당시에 방백(方伯, 관찰사)으로 있으면서 박경여에게 승소 판결을 내리
고 판결문을 써주었다.

"비록 박수하의 산이라 하더라도 박경여가 이미 승소를 하였으니, 그
렇다면 박수하는 다시 송사해서 승리한 뒤에야 저들의 입석(立石)을 금해
야 한다. 그러기 전에는 막아서는 안 된다."

이때 나는 체직(遞職)되어 곧 돌아오게 되어 이 일을 담당하고 싶지 않
아서 다만 준례에 따라 '사처(査處, 조사하여 처리)'하라는 두 글자를 써서 성
주의 본관(本官) 사또에게 주었다.

성주 목사가 박수하를 체포하여 공초를 받을 적에, 박수하가 공초가
끝날 무렵에 갑자기 쓸데없는 말을 하였다.

"방백(方伯, 이의현)은 바로 박경여의 가까운 친척이므로 박경여를 편들
어서 타인의 산을 빼앗아 주고자 한다."

그 말이 몹시 도리에 어긋나서 도민(道民)이 감히 말할 수 있는 것이 아
니었다.

박경여는 바로 나의 족숙(族叔)인 세최(世最)의 자형(姉兄)이므로 내가 진실로 몇 번 만나 본 적이 있다. 그러나 그는 남당(南黨, 남인) 사람으로 역적 민암(閔黯), 이의징(李義徵)과 혼인을 하였고, 그 아들이 또 신사년의 국옥(鞫獄)에 연루되어서 우리 집안과는 그 심정과 행적이 마치 연(燕)나라와 월(越)나라처럼 다른 것을 세상 사람들이 모두 알고 있다. 그런데 지금 억지로 가까운 친척이라고 하면서 멋대로 능욕한 것이다. 영남의 풍속이 아무리 사납고 험악하다고 하지만 어찌 이럴 수가 있단 말인가. 사체(事體)가 달린 일이어서 그대로 방치할 수 없었기에 마침내 한 차례 형벌을 시행하였는데, 갑자기 박수하가 병으로 죽었다.

이에 박수하의 여러 친족이 분연히 모두 일어나서 박경여의 아버지 묘를 파서 시신을 태우니, 박경여가 이 기별을 듣고 온 집안이 달려가서 서로 접전을 벌이게 되었다. 산에 들어오지 못하도록 금하는 자들이 부녀자들을 내보내서 남자들을 방어하는 것은 무식한 무리들이 항상 하는 일인데, 박수하의 집에서는 아직 시집가지 않은 딸을 내보내어 막게 하였다. 서로 싸우는 사이에 박경여의 서족(庶族)인 박취휘(朴就徽)가 박수하의 집안사람에게 살해되었는데, 박수하의 집안에서 이 시신을 감추어놓았다. 또 박수하의 딸도 칼에 찔려 죽었다.

이에 박경여의 집안은 박수하 집안이 자기 친족을 죽였다고 하고, 박수하의 집안은 또 박경여가 자기 딸을 죽였다고 하여, 피차가 서로 글을 올려 고발하였다. 무덤을 파헤친 일은 전적으로 박수하의 서숙(庶叔)인 박주(朴籀)와 박협(朴筴) 등이 한 짓으로, 남의 무덤을 판 것은 사형죄에 해당되므로 박수하의 집안에서는 이것을 이미 죽은 어린 딸에게 전가하고, 자신들은 그 죄를 벗어나려고 하였다. 그리하여 소문내기를 "박수하의 딸이 효행이 돈독하고 지극해서 자기 아버지가 죽은 것을 애통하게 생각하여 박경여의 아버지 무덤을 손수 파서 열 손가락에서 피가 흐르기까지 하였다."라고 하였다.

박경여는 부자(富者)라서 장례를 매우 후(厚)하게 하였고, 또 근 십년의 오랜 세월이 지나서 회(灰)를 다진 것이 모두 이미 돌이 되었으니, 비록 항우(項羽)와 같은 힘이 있더라도 결코 손가락 끝으로 파서 관(棺)을 드러나게 할 수가 없다. 그런데도 이와같이 말을 하고 또 둘째 딸로 하여금 서울에 가서 등문고(登聞鼓)를 치게 하였다.

이에 서울 사람들이 위로는 경재(卿宰)로부터 아래로는 서리(胥吏)와 하인에 이르기까지 모두 한 입으로 말하였다.

"박씨 집안에 돌연 두 효녀가 나왔다. 손가락 끝으로 회가 다져진 돌을 열었으니, 참으로 이른바 '지성(至誠)이면 금석도 꿰뚫는다.〔至誠貫金石〕'라는 것이다."

다투어 서로 이 말을 전하여 칭찬할 뿐, 끝내 사리에 맞지 않는 줄을 알고 이 말을 배척하는 자가 한 사람도 없었다. 어찌 심히 괴이한 일이 아니겠는가.

박취휘의 아들이 산발한 채 울부짖고 돌아다니면서 아버지의 시신을 찾으며 여러 차례 관부(官府)에 소장(訴狀)을 올리자, 박수하의 집안에서 또 이르기를 "그 아비가 실로 죽지 않았는데, 거짓으로 상복을 입고 사람을 속이니, 참으로 패역한 자식이다."라고 하니, 사람들이 또 그 말을 믿었다.

이때 내가 대사간이 되어 조정으로 돌아와서 이돈(李墪)이 과거 시험장에서 저지른 부정행위의 사건을 논하였는데, 성주 목사가 마침 체직되고 이돈의 아우가 그 임무를 대신하게 되었다.

이돈의 아우는 성주 고을에 사는 문관중에 나에게 배척을 받아 파직된 자와 서로 모의하여 노래를 지어서 터무니없는 말로 시끄럽게 나를 모함하고 욕하였다. 그리고 이를 언문(諺文)으로 번역하여 등사(謄寫)해서

경외(京外)에 전파하여 부녀자와 상놈들도 모두 보게 하였다.

또 성주 사람들을 충동질해서 여러 도에 통문(通文)을 내어 연명으로 상소해서 나의 죄를 얽기를 지극히 혹독하게 하였는데, 그 말들은 전부 허황된 것이었다.

성상께서는 평소 나의 사람됨을 아셨기에 저들의 비방을 의심하여 믿지 않으시어 의례적인 비답만을 내리셨고, 나는 현달한 관직에 의망(擬望)될 때마다 비점(批點)을 받지 않은 적이 없었다.

이때 조정에서 나와 의견이 다른 자들이 모두 이 일로 나를 배척하여 모함하고자 하였고, 우리 동류 중에서 불온(不穩)한 자들도 이에 협조하였다. 게다가 박씨의 딸은 또 날마다 돌아다니면서 조정의 존귀한 집에 찾아가 울면서 하소연하였다.

이 때문에 비록 평소 마음에 별다른 주장이 없는 자들도 대부분 나의 처사가 잘못되었다고 의심하여, 심지어는 "영공(令公)이 소송 상대를 때려서 죽인 것은 잘못이다."라고 하면서 4, 5년 전에 이미 판결난 송사를 가지고 막 송사가 진행 중인 것으로 잘못 알기도 하였다. 이는 저들의 말에 현혹되어 그런 것이니, 참으로 가소로운 일이다.

이 옥사가 오래도록 결정이 나지 않자, 조정에서는 특별히 어사 정찬(鄭纘)을 보내 먼저 조사하여 다스리게 하였다. 그런데 정찬은 사람이 매우 우둔해서 제대로 조사하지 못하고 곧바로 돌아왔다. 이에 다시 어사 홍치중(洪致中)을 차임해서 보냈는데, 그는 평소 사람이 세심하고 명민하다고 알려져 있었다.

홍치중은 이 사건을 조사함에 매우 요령이 있어서, 계책을 쓰고 기지(機智)를 발휘하여 사정을 은밀히 탐지해서 박주(朴籌) 등이 박경여 아버지의 무덤을 판 내용을 모두 알아내었고, 또 박취휘가 타살로 죽은 정황을 정탐하여 시신을 숨긴 장소를 분명히 알아냈으며, 죽은 박씨 딸의 시신을 꺼내서 《무원록(無冤錄)》[482]을 가지고 반복하여 검사한 끝에, 그녀가 스스로 칼로 찔러서 죽은 정황을 매우 분명하게 알아내었다. 이는 박씨 딸이 두 집안이 어지러이 교전하는 가운데에 있다가 창졸간에 궁지에 몰려 스스로 자결한 것이었다. 또 사람을 시켜서 박취휘의 시신이 있는 곳에 가서 시신을 발굴하게 하였는데, 허리를 꺾고 뒤집어서 두 조각으로 만들고는 엎어서 묻었다고 하니, 더욱 흉악하고 참혹한 일이었다.

이후로는 여러 말에 현혹되었던 영남 사람들이 비로소 진실을 깨닫게 되어 감히 다시는 이 일을 말하지 못하였고, 박수하의 집에서도 기가 꺾여 박수하의 딸은 결국 낙향하였다. 그러나 효녀라는 칭호가 이미 사람들의 이목을 뒤덮고 있었으므로 칭송이 여전히 그치지 않아서, 심지어 동해(東海)의 용맹한 부인과 진여휴(秦女休)[483]에게 견주어 시를 짓고 전(傳)을 지어 찬미한 자도 있었다.

내가 사람들의 비방하는 말에 곤욕을 당하고 상소하여 사실을 아뢰자, 성상께서 비답하셨다.

"원래 사체(事體)상 형벌을 시행한 것이요, 본래 산송(山訟)과는 무관한 일이었다. 유생들이 상소문에 모함하여 죄를 엮은 것을 가지고 어찌 혐의할 것이 있겠는가. 더구나 그 뒤에 내가 예전과 같이 관직을 제수하였으니, 그렇다면 나의 뜻을 또한 알 수 있을 것이다."

성상은 처음부터 저들의 말을 믿지 않으셨기 때문에 나를 위해 이처럼 해명해 주신 것이었다. 그러나 대간(臺諫)들이 상소하여 나를 모함한 자

<hr>

482 무원록(無冤錄): 중국 원(元)나라 때 왕여(王如)가 송(宋)나라의 《세원록(洗冤錄)》을 참고하여 지은 법의학서(法醫學書)이다.

483 동해(東海)의……진여휴(秦女休): 모두 칼을 들고 집안의 원수를 갚은 여인들이다. '동해의 용맹한 부인'은 이백(李白)의 시 〈동해유용부(東海有勇婦)〉에, 진여휴는 좌연년(左延年)의 악부(樂府) 〈진여휴행(秦女休行)〉에 각각 보인다.

를 귀양 보낼 것을 청하자, 대신(大臣)들이 떼를 지어 일어나 나를 모함한 자들을 구원하고 나를 매우 심하게 비방하여 배척하였고, 성상께서는 대간들의 계사(啓辭)를 윤허하지 않았다. 나의 고립무원(孤立無援)함을 여기서도 알 수 있다.

박수하의 딸은 서울에 머물고 있었던 3년 동안에 스스로 말하였다.

"아버지의 원통함을 씻지 못하였으니 스스로 보통 사람과 같이 할 수 없다."

그러면서 나이가 20이 넘은 과년한 처녀가 대낮에 얼굴을 드러내 놓고 질이 나쁜 완악한 소년들과 손을 잡고 어깨를 나란히 하여 서로 뒤섞인 채 시가(市街) 사이를 다니면서도 편안히 여기고 부끄러운 줄을 몰랐다. 그런데도 사람들은 이를 해괴하게 여기지 않고 말하였다.

"스스로 자기 몸을 아끼지 않으니, 더욱 그 효행(孝行)과 열행(烈行)을 볼 수 있다."

이에 또한 미혹됨이 심하다고 이를 만하다.

뒤에 영남 사람들의 말을 들어보니, 이 여자가 시골로 돌아간 뒤에 사람들이 모두 의심하여 청혼(請婚)에 응하는 자가 없었다고 한다.

김덕보 무(金德甫楙)가 금산(金山, 김천)의 임소에서 휴가를 받아 상경하여 나에게 말하였다.

"내가 영남에 내려가서 비로소 사정을 자세히 들었는데, 성주 박씨의 일은 하나하나가 실상이 없는 것이었습니다. 서울 안에서 시끄럽게 떠드는 말은 하나같이 모두 허황된 것이었으니, 세간의 일이 가짜를 가지고 진짜를 이루는 것이 이와 같단 말입니까?"

그러고는 탄식하여 마지않았다.

윤길보 헌주(尹吉甫憲柱)도 성주에서 체직하고 돌아와서 나에게 말하였다.

"나도 처음에는 자못 그대가 잘못했다고 여겼었는데, 영남에 가서 그 실상을 자세히 안 뒤에야 비로소 그대의 잘못이 아님을 알게 되었습니다."

그러나 서울에 있는 사람 중에는 연무(煙霧) 가운데 떨어져 있는 것처럼 실제 사정에 어두워서 확연히 깨닫지 못하는 자가 아직까지 없지 않다. 한번 잘못된 말이 퍼지고 나면 여러 의혹을 풀기가 어려운 것이 마침내 이와 같다. 참으로 통탄할 만한 일이다.

이 사건은 본래 자세히 논할 것이 못 된다. 그러나 당초에 내가 백성들의 풍속을 바로잡고자 했다가 뜻밖에 별건의 사단이 야기되었고, 이어서 와전된 말이 계속 다시 와전되어 진상이 숨겨졌기에, 혹 오래되면 더욱 사람들이 의혹할까 염려되므로 부질없이 기록하는 바이다.

97. 진정한 충현忠賢과
호걸과 문장가

해설 | 진정한 충현과 호걸을 보고 싶다면 당시의 재상과 명사들이 보이던 작태를 보이지 않는 자 중에서 구해야 하고, 훌륭한 문장가를 보고 싶다면 당시에 사용하던 과문(科文)의 투식을 사용하지 않는 자 중에서 구해야 한다는 이식의 말을 소개하고, 이에 비추어 자신을 성찰하였다.

澤堂 李公有言曰 "欲觀忠賢인댄 於無今世宰相貌樣之中에 取之하고 欲觀豪傑인댄 於無今世名士貌樣之中에 取之하고 欲觀文章인댄 於無今世科文貌樣之中에 取之라"하니 此三言은 可謂曠世名談이라 余雖庸陋나 見有作名士、宰相貌樣者하면 心竊病之하고 爲文에 亦厭作科場套語로되 而但於所謂忠賢、豪傑、文章三者에 一無所近似하니 可哂也已라

택당(澤堂) 이공(李公, 이식)이 말씀하였다.

"충현(忠賢)을 보고 싶으면 오늘날 재상의 작태가 없는 자 중에서 취하고, 호걸(豪傑)을 보고 싶으면 오늘날 명사(名士)의 작태가 없는 자 중에서 취하고, 훌륭한 문장(文章)을 보고 싶으면 오늘날 과문(科文)의 투식이 없는 것 중에서 취하라."

이 세 말씀은 세상에 드문 명언이라고 이를 만하다.

나는 비록 용렬하고 누추하나 명사와 재상의 작태를 보이는 자를 보면 속으로 나쁘게 생각하였고, 문장을 지을 적에도 과장(科場)의 상투적인 말을 쓰는 것을 싫어하였다. 그러나 이른바 충현, 호걸, 문장 세 가지 중에서 한 가지도 근사한 것이 없으니, 가소로울 따름이다.

98. 조선조의 역대 대제학

해설 | 조선 초기의 권근부터 영조조의 이덕수까지 문형을 맡았던 96명의 명단을 소개하였다. 문형으로 불리는 대제학은 문신들에게 가장 영예로운 직책으로 인식되어, 문형이 되는 것이 삼정승이 되는 것보다 더 영광이라고 생각하였을 정도였다. 정승은 무과나 음직이나 은일로 등용된 자도 있었지만, 대제학은 문과 급제자가 아니면 오를 수 없었다.

國朝以來典文衡者는 權近·卞季良·尹淮·權踶·安止·鄭麟趾·申叔舟·崔恒·徐居正·魚世謙·盧公弼·洪貴達·成俔·金勘·姜渾·申用漑·南袞·李荇·金安老·蘇世讓·金安國·成世昌·申光漢·鄭士龍·洪暹·鄭惟吉·李滉·朴忠元·朴淳·盧守愼·金貴榮·李珥·李山海·柳成龍·李陽元·黃廷彧·李德馨·洪聖民·尹根壽·李恒福·沈喜壽·李廷龜·李好閔·柳根·李爾瞻·申欽·金瑬·張維·鄭經世·崔鳴吉·洪瑞鳳·金尙憲·李植·李景奭·李明漢·鄭弘溟·趙絅·趙錫胤·尹順之·蔡裕後·金益熙·李一相·金壽恒·趙復陽·金萬基·李端夏·金錫胄·閔點·南九萬·李敏叙·金萬重·南龍翼·閔黯·權愈·朴泰尙·崔錫鼎·吳道一·李畬·徐宗泰·崔奎瑞·宋相琦·金昌協·李寅燁·姜鋧·金鎭圭·金楺·李觀命·李光佐·趙泰億·李縡·李秉常·不佞余·尹淳·趙文命·李眞望·李德壽니 凡九十六人이로되 而安止·盧公弼·姜渾·李滉·洪聖民·李恒福·鄭弘溟·金萬重·崔奎瑞·金昌協·李寅燁·李縡·李秉常·李眞望은 俱不行公하다【後李秉常은 爲參東宮入學하여 暫出하다】

국조(國朝) 이래 문형(文衡)을 맡은 자는 권근(權近), 변계량(卞季良), 윤회(尹淮), 권제(權踶), 안지(安止), 정인지(鄭麟趾), 신숙주(申叔舟), 최항(崔恒), 서거정(徐居正), 어세겸(魚世謙), 노공필(盧公弼), 홍귀달(洪貴達), 성현(成俔), 김감(金勘), 강혼(姜渾), 신용개(申用漑), 남곤(南袞), 이행(李荇), 김안로(金安老), 소세양(蘇世讓), 김안국(金安國), 성세창(成世昌), 신광한(申光漢), 정사룡(鄭士龍), 홍섬(洪暹), 정유길(鄭惟吉), 이황(李滉), 박충원(朴忠元), 박순(朴淳), 노수신(盧守愼), 김귀영(金貴榮), 이이(李珥), 이산해(李山海), 유성룡(柳成龍), 이양원(李陽元), 황정욱(黃廷彧), 이덕형(李德馨), 홍성민(洪聖民), 윤근수(尹根壽), 이항복(李恒福), 심희수(沈喜壽), 이정귀(李廷龜), 이호민(李好閔), 유근(柳根), 이이첨(李爾瞻), 신흠(申欽), 김류(金瑬), 장유(張維), 정경세(鄭經世), 최명길(崔鳴吉), 홍서봉(洪瑞鳳), 김상헌(金尙憲), 이식(李植), 이경석(李景奭), 이명한(李明漢), 정홍명(鄭弘溟), 조경(趙絅), 조석윤(趙錫胤), 윤순지(尹順之), 채유후(蔡裕後), 김익희(金益熙), 이일상(李一相), 김수항(金壽恒), 조복양(趙復陽), 김만기(金萬基), 이단하(李端夏), 김석주(金錫胄), 민점(閔點), 남구만(南九萬), 이민서(李敏叙), 김만중(金萬重), 남용익(南龍翼), 민암(閔黯), 권유(權愈), 박태상(朴泰尙), 최석정(崔錫鼎), 오도일(吳道一), 이여(李畬), 서종태(徐宗泰), 최규서(崔奎瑞), 송상기(宋相琦), 김창협(金昌協), 이인엽(李寅燁), 강현(姜鋧), 김진규(金鎭圭), 김유(金楺), 이관명(李觀命), 이광좌(李光佐), 조태억(趙泰億), 이재(李縡), 이병상(李秉常), 불초인 나, 윤순(尹淳), 조문명(趙文命), 이진망(李眞望), 이덕수(李德壽)로 모두 96명이다.

이 가운데 안지, 노공필, 강혼, 이황, 홍성민, 이항복, 정홍명, 김만중, 최규서, 김창협, 이인엽, 이재, 이병상, 이진망은 모두 제수되기만 하였을 뿐 직책에 나아가 직무를 수행하지는 않았다. 【뒤에 이병상은 동궁(東宮)의 입학에 참예하기 위하여 잠시 나왔었다.】

99. 공론으로 인재를 등용하던 성종조의 예스러운 기풍

해설 | 성종 때에 노공필(盧公弼)을 대제학으로 삼자, 지평 유경의 논박을 시작으로 95명의 문신들이 헌의하여 여론에 따라 홍귀달(洪貴達)을 대제학으로 삼았던 고사를 인용하고, 문형의 직임이 비록 중요하지만 당하관의 문신까지 회의에 참석한 조종조의 순수하고 예스러운 기풍을 높이 평가하였다.

成宗壬子에 大提學魚世謙在喪하여 以盧公弼爲大提學이러니 持平劉璟이 論以不合人望이라 하여 請遞不許라 繼而大司憲金礪石等이 箚言 "盧公弼文名詞藻가 非其所長이니 請亟收其職이라" 하여 乃命廣議하니 文臣尹弼商以下九十五人이 獻議라 或言 "許琮·李封·洪貴達·柳洵·成俔·權健·申從濩·盧公弼이 皆合文衡이라" 하고 或言 "姑勿出代하여 以俟魚世謙闋服호되 其間有詞命이면 則使提學就議其家라" 하고 或言 "古有大臣兼帶之例하니 右議政盧思愼이 可任이라" 하니 吾九代祖僕正公은 同金馴孫·俞好仁諸人하여 獻議호되 以洪貴達爲可라 하여 衆議不一이로되 而薦貴達者最多라 遂以洪公爲大提學하다 主文之任雖重이나 廣議至及堂下人員하여 幾至百人之多하니 已是異常이요 而思愼은 卽公弼之父也라 論其父子文才之優劣하여 請遞其子하여 而以其父代之者는 尤涉刱觀이라 祖宗盛際淳古之風을 於此亦可見矣라

성종(成宗) 임자년(1492, 성종 23)에 대제학 어세겸(魚世謙)이 상중에 있어서 노공필(盧公弼)을 대제학으로 삼으니, 지평 유경(劉璟)은 노공필이 인망에 부합하지 않는다고 논박하고 체직할 것을 청하였으나 윤허하지 않았다. 그러자 뒤이어 대사헌 김여석(金礪石) 등이 차자(箚子)를 올렸다.

"노공필은 문명(文名)과 사조(詞藻)가 그의 소장이 아닙니다. 서둘러 그의 직책을 환수할 것을 청합니다."

이에 널리 의논하도록 명하니, 문신 윤필상(尹弼商) 이하 95명이 헌의(獻議)를 하였다. 그 중에 혹자는 말하기를 "허종(許琮), 이봉(李封), 홍귀달(洪貴達), 유순(柳洵), 성현(成俔), 권건(權健), 신종호(申從濩), 노공필이 모두 문형에 적합합니다."라고 하였다. 또 혹자는 말하기를 "우선 대신할 사람을 뽑지 말고 어세겸이 상복을 벗기를 기다리되, 그 사이에 외교문서를 지을 일이 생기면 제학(提學)으로 하여금 어세겸의 집에 찾아가서 의논하게 하십시오."라고 하였다. 또 혹자는 말하기를 "옛날에 대신(大臣)이 겸직한 전례가 있습니다. 우의정 노사신(盧思愼)이 이를 맡을 만합니다."라고 하였다.

나의 9대조 복정공(僕正公)[484]은 김일손(金馹孫)과 유호인(俞好仁) 등 여러 분과 함께 홍귀달이 적합하다고 건의하셨다. 중론이 통일되지는 않았지만 홍귀달을 천거하는 사람이 가장 많아서 마침내 홍공을 대제학으로 삼게 되었다.

문장을 주관하는 임무가 비록 소중하지만, 당하관(堂下官)까지 폭넓게 의논에 참여하여 거의 백여 명이나 되는 많은 수에 이르렀으니 이미 상례(常例)와는 달랐다. 또 노사신은 바로 노공필의 아버지인데, 부자간 문

•••••••
484 복정공(僕正公): 이적(李績)으로, 자는 희경(熙卿)이다. 태복시 정(太僕寺正)을 지냈기 때문에 이렇게 칭한 것이다.

재(文才)의 우열을 논하여 자식을 체직하고 아버지로 대신할 것을 논한 것은 더더욱 처음 보는 일이다. 조종조의 훌륭한 시대에 있었던 순수하고 예스러운 기풍을 여기에서 또한 볼 수 있다.

.

100. 조선조의 상신相臣 명단

해설 | 조선의 태조 때 배극렴부터 영조 때 송인명까지 상신 259명을 소개하고, 이 가운데 6명은 제수하는 명에 숙배하지 않았고, 후에 세조 임금이 된 수양대군과 제수되었다가 명이 환수된 4명은 합산하지 않았음을 밝혔다. 상신은 영의정, 좌의정, 우의정을 아울러 이른다.

國朝相臣은 太祖朝는 裴克廉、趙浚、金士衡、沈德符요 定宗朝는 李舒、閔霽、成石璘、河崙、李居易이요 太宗朝는 李茂、權仲和、李稷、趙英茂、南在、柳亮、柳廷顯、朴訔(은)、韓尙敬、沈溫、姜筮요 世宗朝는 李原、鄭擢、柳寬、趙涓、黃喜、孟思誠、權軫 崔潤德、盧閈、許稠(조)、申槩、李貴齡、河演、皇甫仁、南智요 文宗朝는 金宗瑞、鄭苯이요 端宗朝는 世祖大王、鄭麟趾、韓確이요 世祖朝는 李思哲、鄭昌孫、姜孟卿、申叔舟、權擥、韓明澮、具致寬、李仁孫、黃守身、沈澮、朴元亨、曹錫文、洪達孫、崔恒、龜城君 浚、康純、金礩이요 睿宗朝는 洪允成、尹子雲、金國光이요 成宗朝는 尹士昐、韓伯倫、成奉祖、尹士昕、尹弼商、洪應、李克培、盧思愼、許琮、尹壕、愼承善이요 燕山朝는 鄭佸(괄)、魚世謙、韓致亨、成俊、李克均、柳洵、許琛、朴崇質、姜龜孫、愼守勤、金壽童이요 中宗朝는 朴元宗、柳順汀、成希顔、宋軼、鄭光弼、金應箕、申用漑、安瑭、金詮、南袞、李惟淸、權勻、沈貞、李荇、張順孫、韓效元、金謹思、金安老、尹殷輔、柳溥、洪彦弼、金克成、尹仁鏡이요 仁宗朝

는 柳灌、成世昌이요 明宗朝는 李芑、鄭順朋、黃憲、沈連源、尚震、尹漑、尹元衡、安玹、李浚慶、沈通源、李蓂、權轍이요 宣祖朝는 閔箕、洪暹、李鐸、朴淳、盧守愼、姜士尚、金貴榮、鄭芝衍、鄭惟吉、柳㙉、李山海、鄭彦信、鄭澈、沈守慶、柳成龍、李陽元、崔興源、尹斗壽、俞泓、金應南、鄭琢、李元翼、李德馨、李恒福、李憲國、金命元、尹承勳、柳永慶、奇自獻、沈喜壽、許頊、韓應寅이요 光海朝는 鄭仁弘、鄭昌衍、韓孝純、閔夢龍、朴承宗、朴弘耇、趙挺이요 仁祖朝는 尹昉、申欽、吳允謙、金瑬、李廷龜、金尚容、洪瑞鳳、李弘胄、李聖求、崔鳴吉、張維、申景禛、沈悅、姜碩期、沈器遠、金自點、李敬輿、徐景雨、李景奭、金尚憲、南以雄、李行遠、鄭太和요 孝宗朝는 趙翼、金堉、李時白、韓興一、具仁垕、沈之源、元斗杓、李厚源이요 顯宗朝는 外曾王考鄭忠貞公、洪命夏、許積、鄭致和、宋時烈、洪重普、金壽恒、李慶億、金壽興、鄭知和、李浣이요 肅宗朝는 權大運、許穆、閔熙、吳始壽、閔鼎重、李尚眞、金錫胄、南九萬、鄭載嵩、李端夏、趙師錫、李翮、呂聖齊、睦來善、金德遠、閔黯、朴世采、尹趾完、柳尚運、申翼相、尹趾善、徐文重、崔錫鼎、先府君忠正公、閔鎮長、申琓、李畬、金構、李濡、徐宗泰、金昌集、李頤命、尹拯、趙相愚、金宇杭、權尚夏、趙泰采、李健命이요 景宗朝는 趙泰耉、崔奎瑞、崔錫恒、李光佐요 今上朝는 柳鳳輝、趙泰億、鄭澔、閔鎮遠、李觀命、洪致中、趙道彬、不佞余、沈壽賢、吳命恒、李台佐、李㙫、趙文命、徐命均、金興慶、金在魯、宋寅明이니 合二百五十九人이라【世廟不敢並擧라】而張維、宋時烈、閔鎮長、尹拯、權尚夏、崔奎瑞는 俱不拜命하고 燕山朝鄭文炯과 中宗朝李沆과 宣祖朝吳謙、鄭大年은 除拜而見正이라【政府《相臣題名錄》을 倭亂見失하니 許筠考科牒追錄하니 而中有鄭道傳、柳曼殊、朴可興三人名이나 鄭以判三軍 兼管都評議司요 非眞拜相職이며 柳以贊成被誅가 見於他記요 朴据其後孫墓文하면 相職乃是推恩이라 故並削之하노라 李居易則不錄이나 而見於《實錄》故로 錄之하노라】

국조(國朝)의 상신(相臣)은 태조(太祖) 조에는 배극렴(裵克廉), 조준(趙浚), 김사형(金士衡), 심덕부(沈德符)이다.

정종조(定宗朝)에는 이서(李舒), 민제(閔霽), 성석린(成石璘), 하륜(河崙), 이거이(李居易)이다.

태종조(太宗朝)에는 이무(李茂), 권중화(權仲和), 이직(李稷), 조영무(趙英茂), 남재(南在), 유량(柳亮), 유정현(柳廷顯), 박은(朴訔), 한상경(韓尙敬), 심온(沈溫), 강서(姜筮)이다.

세종조(世宗朝)에는 이원(李原), 정탁(鄭擢), 유관(柳寬), 조연(趙涓), 황희(黃喜), 맹사성(孟思誠), 권진(權軫), 최윤덕(崔潤德), 노한(盧閈), 허조(許稠), 신개(申槩), 이귀령(李貴齡), 하연(河演), 황보인(皇甫仁), 남지(南智)이다.

문종조(文宗朝)에는 김종서(金宗瑞), 정분(鄭苯)이다.

단종조(端宗朝)에는 세조대왕(世祖大王), 정인지(鄭麟趾), 한확(韓確)이다.

세조조(世祖朝)에는 이사철(李思哲), 정창손(鄭昌孫), 강맹경(姜孟卿), 신숙주(申叔舟), 권람(權擥), 한명회(韓明澮), 구치관(具致寬), 이인손(李仁孫), 황수신(黃守身), 심회(沈澮), 박원형(朴元亨), 조석문(曹錫文), 홍달손(洪達孫), 최항(崔恒), 구성군 준(龜城君浚), 강순(康純), 김질(金礩)이다.

예종조(睿宗朝)에는 홍윤성(洪允成), 윤자운(尹子雲), 김국광(金國光)이다.

성종조(成宗朝)에는 윤사분(尹士昐), 한백륜(韓伯倫), 성봉조(成奉祖), 윤사흔(尹士昕), 윤필상(尹弼商), 홍응(洪應), 이극배(李克培), 노사신(盧思愼), 허종(許琮), 윤호(尹壕), 신승선(愼承善)이다.

연산조(燕山朝)에는 정괄(鄭佸), 어세겸(魚世謙), 한치형(韓致亨), 성준(成俊), 이극균(李克均), 유순(柳洵), 허침(許琛), 박숭질(朴崇質), 강귀손(姜龜孫), 신수근(愼守勤), 김수동(金壽童)이다.

중종조(中宗朝)에는 박원종(朴元宗), 유순정(柳順汀), 성희안(成希顏), 송질(宋軼), 정광필(鄭光弼), 김응기(金應箕), 신용개(申用漑), 안당(安瑭), 김전(金詮),

남곤(南袞), 이유청(李惟淸), 권균(權勻), 심정(沈貞), 이행(李荇), 장순손(張順孫), 한효원(韓效元), 김근사(金謹思), 김안로(金安老), 윤은보(尹殷輔), 유부(柳溥), 홍언필(洪彦弼), 김극성(金克成), 윤인경(尹仁鏡)이다.

인종조(仁宗朝)에는 유관(柳灌), 성세창(成世昌)이다.

명종조(明宗朝)에는 이기(李芑), 정순붕(鄭順朋), 황헌(黃憲), 심연원(沈連源), 상진(尙震), 윤개(尹漑), 윤원형(尹元衡), 안현(安玹), 이준경(李浚慶), 심통원(沈通源), 이명(李蓂), 권철(權轍)이다.

선조조(宣祖朝)에는 민기(閔箕), 홍섬(洪暹), 이탁(李鐸), 박순(朴淳), 노수신(盧守愼), 강사상(姜士尙), 김귀영(金貴榮), 정지연(鄭芝衍), 정유길(鄭惟吉), 유전(柳㙉), 이산해(李山海), 정언신(鄭彦信), 정철(鄭澈), 심수경(沈守慶), 유성룡(柳成龍), 이양원(李陽元), 최흥원(崔興源), 윤두수(尹斗壽), 유홍(俞泓), 김응남(金應南), 정탁(鄭琢), 이원익(李元翼), 이덕형(李德馨), 이항복(李恒福), 이헌국(李憲國), 김명원(金命元), 윤승훈(尹承勳), 유영경(柳永慶), 기자헌(奇自獻), 심희수(沈喜壽), 허욱(許頊), 한응인(韓應寅)이다.

광해조(光海朝)에는 정인홍(鄭仁弘), 정창연(鄭昌衍), 한효순(韓孝純), 민몽룡(閔夢龍), 박승종(朴承宗), 박홍구(朴弘耇)와 조정(趙挺)이다.

인조조(仁祖朝)에는 윤방(尹昉), 신흠(申欽), 오윤겸(吳允謙), 김류(金瑬), 이정귀(李廷龜), 김상용(金尙容), 홍서봉(洪瑞鳳), 이홍주(李弘冑), 이성구(李聖求), 최명길(崔鳴吉), 장유(張維), 신경진(申景禛), 심열(沈悅), 강석기(姜碩期), 심기원(沈器遠), 김자점(金自點), 이경여(李敬輿), 서경우(徐景雨), 이경석(李景奭), 김상헌(金尙憲), 남이웅(南以雄), 이행원(李行遠), 정태화(鄭太和)이다.

효종조(孝宗朝)에는 조익(趙翼), 김육(金堉), 이시백(李時白), 한흥일(韓興一), 구인후(具仁垕), 심지원(沈之源), 원두표(元斗杓), 이후원(李厚源)이다.

현종조(顯宗朝)에는 나의 외증조부이신 정 충정공(鄭忠貞公, 정유성(鄭維城)), 홍명하(洪命夏), 허적(許積), 정치화(鄭致和), 송시열(宋時烈), 홍중보(洪重

普), 김수항(金壽恒), 이경억(李慶億), 김수흥(金壽興), 정지화(鄭知和), 이완(李浣)
이다.

숙종조(肅宗朝)에는 권대운(權大運), 허목(許穆), 민희(閔熙), 오시수(吳始壽),
민정중(閔鼎重), 이상진(李尙眞), 김석주(金錫胄), 남구만(南九萬), 정재숭(鄭載
嵩), 이단하(李端夏), 조사석(趙師錫), 이숙(李翻), 여성제(呂聖齊), 목내선(睦來
善), 김덕원(金德遠), 민암(閔黯), 박세채(朴世采), 윤지완(尹趾完), 유상운(柳尙
運), 신익상(申翼相), 윤지선(尹趾善), 서문중(徐文重), 최석정(崔錫鼎), 나의 선부
군(先府君)이신 충정공(忠正公, 이세백(李世白)), 민진장(閔鎭長), 신완(申玩), 이여
(李畬), 김구(金構), 이유(李濡), 서종태(徐宗泰), 김창집(金昌集), 이이명(李頤命),
윤증(尹拯), 조상우(趙相愚), 김우항(金宇杭), 권상하(權尙夏), 조태채(趙泰采),
이건명(李健命)이다.

경종조(景宗朝)에는 조태구(趙泰耉), 최규서(崔奎瑞), 최석항(崔錫恒), 이광좌
(李光佐)이다.

금상(今上, 영조)의 조정에는 유봉휘(柳鳳輝), 조태억(趙泰億), 정호(鄭澔), 민
진원(閔鎭遠), 이관명(李觀命), 홍치중(洪致中), 조도빈(趙道彬), 불녕(不佞, 불초)
인 나, 심수현(沈壽賢), 오명항(吳命恒), 이태좌(李台佐), 이집(李塉), 조문명(趙
文命), 서명균(徐命均), 김흥경(金興慶), 김재로(金在魯), 송인명(宋寅明)이니, 모
두 259명이 된다. −세조는 감히 함께 넣지 않았다.−

장유, 송시열, 민진장, 윤증, 권상하, 최규서는 모두 제수하는 명에 숙배
(肅拜)하지 않았고, 연산조의 정문형(鄭文炯)과 중종조의 이항(李沆)과 선조
조의 오겸(吳謙)·정대년(鄭大年)은 제배(除拜)되었다가 취소당하였다.【의정부
의《상신제명록(相臣題名錄)》이 임진왜란에 소실되었는데, 허균(許筠)이 과방(科榜)을 상
고하여 추후에 기록하였다. 이 가운데 정도전(鄭道傳), 유만수(柳曼殊), 박가흥(朴可興)
세 사람의 이름이 실려 있으나, 정도전은 판삼군사(判三軍事)로 도평의사(都評議司)를 겸
하여 관장하였고 실제로 정승 직책에 제수된 것이 아니며, 유만수는 찬성으로 죽임을 당한

것이 다른 기록에 보이고, 박가흥은 후손들의 묘도문을 근거해보면 정승의 직책은 은혜를 미루어 추증한 것이므로 모두 삭제하였다. 이거이(李居易)는 기록되어 있지 않았으나 실록에 보이므로 기록하였다.】

101. 문과에 급제자가 많은 조선조 명문가들

해설 | 조선조에 문과 급제자를 많이 배출한 여러 명문가를 소개하였다. 11대가 연속하여 문과에 급제한 순흥 안씨, 8대가 연속하여 급제한 풍천 임씨, 6형제가 급제한 원주 원씨, 5형제가 급제한 청송 심씨 등 여러 가문을 차례로 소개하였다. 보학(譜學)을 중시하였던 시절에 이런 정보가 중요하게 다루어졌음을 엿볼 수 있다.

我東科甲之盛은 順興 安向、于器、牧、元崇、瑗、從約、玖、知歸、瑚、處善、斑이니 十一代登文科하고, 廣州 李集、之直、仁孫、克堪、世佑、滋、若氷、洪男、民覺、廷冕이 十代登文科하고, 羅州 丁子伋、壽崗、玉亨、應斗、胤福、好善、彦璧、時潤、道復이 九代登文科하고, 南陽 洪敬孫、潤德、係貞、春卿、聖民、瑞翼、命耇、重普와 豐川 任說、榮老、章、善伯、重、相元、守幹、珖이 俱八代登文科하다 原州 元愷、植、格、槒、橄、梲六兄弟文科요 丹陽 禹洪壽、洪富、洪康、洪得、洪命과 全義 李禮長、智長、誠長、孝長、恕長과 廣州 李克培、克堪、克增、克墩、克均과 咸陽 朴巨鱗、亨鱗、洪鱗、鵬鱗、從鱗과 南原 尹昫、曙、暾、晫과 豐山 金奉祖、榮祖、延祖、應祖、崇祖와 海州 鄭植、楄、晢、樸、橫과 靑松 沈柏、相、橃、枋、樘이 俱五兄弟文科라 其減此數者는 繁甚不錄하노라

우리나라에서 과갑(科甲, 문과 급제)이 성대한 가문은 순흥 안씨(順興安氏) 집안으로, 안향(安向 안유(安裕)), 안우기(安于器), 안목(安牧), 안원숭(安元崇), 안원(安瑗), 안종약(安從約), 안구(安玖), 안지귀(安知歸), 안호(安瑚), 안처선(安處善), 안정(安珽)의 11대가 문과에 올랐다.

광주 이씨(廣州李氏)는 이집(李集), 이지직(李之直), 이인손(李仁孫), 이극감(李克堪), 이세우(李世佑), 이자(李滋), 이약빙(李若氷), 이홍남(李洪男), 이민각(李民覺), 이정면(李廷冕)의 10대가 문과에 올랐다.

나주 정씨(羅州丁氏)는 정자급(丁子伋), 정수강(丁壽崗), 정옥형(丁玉亨), 정응두(丁應斗), 정윤복(丁胤福), 정호선(丁好善), 정언벽(丁彦璧), 정시윤(丁時潤), 정도복(丁道復)의 9대가 문과에 올랐다.

남양 홍씨(南陽洪氏)의 홍경손(洪敬孫), 홍윤덕(洪潤德), 홍계정(洪係貞), 홍춘경(洪春卿), 홍성민(洪聖民), 홍서익(洪瑞翼), 홍명구(洪命耈), 홍중보(洪重普)와 풍천 임씨(豊川任氏)의 임열(任說), 임영로(任榮老), 임장(任章), 임선백(任善伯), 임중(任重), 임상원(任相元), 임수간(任守幹), 임광(任珖)은 8대가 모두 문과에 올랐다.

원주 원씨(原州元氏)는 원즙(元檝), 원식(元植), 원격(元格), 원적(元樀), 원철(元㯙), 원절(元梲)의 6형제가 문과에 올랐다.

단양 우씨(丹陽禹氏)의 우홍수(禹洪壽), 우홍부(禹洪富), 우홍강(禹洪康), 우홍득(禹洪得), 우홍명(禹洪命)과 전의 이씨(全義李氏)의 이예장(李禮長), 이지장(李智長), 이함장(李諴長), 이효장(李孝長), 이서장(李恕長)과 광주 이씨(廣州李氏)의 이극배(李克培), 이극감(李克堪), 이극증(李克增), 이극돈(李克墩), 이극균(李克均)과 함양 박씨(咸陽朴氏)의 박거린(朴巨鱗), 박형린(朴亨鱗), 박홍린(朴洪鱗), 박붕린(朴鵬鱗), 박종린(朴從鱗)과 남원 윤씨(南原尹氏)의 윤후(尹昫), 윤서(尹曙), 윤길(尹), 윤철(尹瞰), 윤탁(尹晫)과 풍산 김씨(豊山金氏)의 김봉조(金奉祖), 김영조(金榮祖), 김연조(金延祖), 김응조(金應祖), 김숭조(金崇祖)와 해주

정씨(海州鄭氏)의 정식(鄭植), 정익(鄭楹), 정석(鄭晳), 정박(鄭樸), 정적(鄭積)과 청송 심씨(靑松沈氏)의 심백(沈栢), 심상(沈相), 심벌(沈橃), 심방(沈枋), 심탱(沈樘) 등은 5형제가 모두 문과에 올랐다. 이보다 수가 적은 자는 너무 많아서 다 기록하지 않는다.

102. 영남과 호남의 성대한 인재들

해설 | 조선조에 출사하여 활동하던 인재의 절반 이상이 영남과 호남 출신임을 밝히고 주요 인물들을 각 지역별로 나누어 소개하고, 인조 이후로 양남 지역 출신 인재의 비중이 점차 감소한 것을 안타까워하였다.

祖宗朝 兩南人物이 最多登顯하니 慶州則李晦齋 彦廸이요 安東則權忠定 橃、柳西厓 成龍、具柏潭 鳳齡、金鶴峰 誠一이요 尙州則盧蘇齋 守愼、鄭愚伏 經世、李蒼石 埈이요 星州則鄭寒岡 逑、金東崗 宇顒이요 晉州則曹南冥 植、趙輔德 之瑞요 大丘則徐四佳 居正이요 密陽則金佔畢 宗直이요 善山則河先生 緯地、李耕隱 孟專、鄭新堂 鵬、朴松堂 英이요 仁同則張旅軒 顯光이요 咸陽則鄭一蠹 汝昌、盧玉溪 禛이요 淸道則金濯纓 馹孫、金三足 大有요 陜川則朴冶川 紹요 永川則郭司諫 珣이요 咸安則魚議政 世謙이요 金山則曹梅溪 偉요 榮川則洪花浦先生이요 醴泉則權睡軒 五福、鄭議政 琢이요 龍宮則文參判 瑾이요 咸昌則洪文匡 貴達、蔡襄靖 壽、權校理 達手요 高靈則朴挹翠 誾이요 玄風則金寒暄 宏弼、郭將軍 再祐요 禮安則李退溪 滉、李聾巖 賢輔、趙月川 穆이요 安陰則林葛川 薰、鄭桐溪 蘊이요 漆原則周愼齋 世鵬이요 山陰則吳德溪 健이요 泗川則李龜巖 楨이라 羅州則崔錦南 溥、朴訥齋 祥、朴思菴 淳、金倡義 千鎰、林錦湖 亨秀、林白湖 悌요 光州則奇高峰 大升、高霽峰 敬命、金將軍 德

齡、鄭錦南 忠信이요 南原則丁舍人 熿、黃兵使 進이요 長城則金河西 麟
厚요 益山則蘇陽谷 世讓이요 金堤則李贊成 繼孟이요 靈巖則愼素隱 天
翊이요 靈光則姜睡隱 沆이요 寶城則安牛山 邦俊이요 昌平則鄭松江 澈、
鄭畸翁 弘溟이요 泰仁則李一齋 恒이요 康津則李靑蓮 後白이요 海南則
林石川 億齡、柳眉巖 希春、白玉峰 光勳이니 無非儒賢、節士、文人、名
臣、良將也라 其他卿宰、侍從과 與夫修行自飭之士가 蔚然並興하여 列於
位著者는 兩南人이 幾乎過半이라 以此號稱兩南爲人材府庫러니 自仁
祖朝以後로 寢不及前하여 今則益衰하여 無可言矣라

조선조에서는 양남(兩南, 영남과 호남) 지방의 인물이 가장 현달하였으니,
경주(慶州)에는 회재(晦齋) 이언적(李彦迪)이고, 안동(安東)에는 충정공(忠定公)
권벌(權橃), 서애(西厓) 유성룡(柳成龍), 백담(栢潭) 구봉령(具鳳齡)과 학봉(鶴峯)
김성일(金誠一)이고, 상주(尙州)에는 소재(蘇齋) 노수신(盧守愼), 우복(愚伏) 정
경세(鄭經世)와 창석(蒼石) 이준(李埈)이고, 성주(星州)에는 한강(寒岡) 정구(鄭
逑)와 동강(東崗) 김우옹(金宇顒)이고, 진주(晉州)에는 남명(南冥) 조식(曺植)[485]
과 보덕(輔德) 조지서(趙之瑞)이고, 대구(大丘)에는 사가정(四佳亭) 서거정(徐居
正)이고, 밀양(密陽)에는 점필재(佔畢齋) 김종직(金宗直)이고, 선산(善山)에는
하위지(河緯地) 선생, 경은(耕隱) 이맹전(李孟專), 신당(新堂) 정붕(鄭鵬)과 송당
(松堂) 박영(朴英)이고, 인동(仁同)에는 여헌(旅軒) 장현광(張顯光)이고, 함양(咸
陽)에는 일두(一蠹) 정여창(鄭汝昌)과 옥계(玉溪) 노진(盧禛)이고, 청도(淸道)에
는 탁영(濯纓) 김일손(金馹孫)과 삼족당(三足堂) 김대유(金大有)이고, 합천(陜
川)에는 야천(冶川) 박소(朴紹)이고, 영천(永川)에는 사간(司諫) 곽순(郭珣)이고,

••••••
485 조식(曺植): 원문에 '曹植'으로 표기되어 있으나, 후대에는 '曺植'으로 표기하였
다. '曹'는 서일(西日)이고 '曺'는 '동일(東日)'이라 하여 '曺'로 썼다.

함안(咸安)에는 의정(議政) 어세겸(魚世謙)이고, 금산(金山, 김천)에는 매계(梅溪) 조위(曹偉)이고, 영천(榮川)에는 화포(花浦) 홍 선생(洪先生, 홍익한(洪翼漢))이고, 예천(醴泉)에는 수헌(睡軒) 권오복(權五福)과 의정(議政) 정탁(鄭琢)이고, 용궁(龍宮)에는 참판 문근(文瑾)이고, 함창(咸昌)에는 문광공(文匡公) 홍귀달(洪貴達), 양정공(襄靖公) 채수(蔡壽)와 교리 권달수(權達手)이고, 고령(高靈)에는 읍취헌(挹翠軒) 박은(朴誾)이고, 현풍(玄風)에는 한훤당(寒暄堂) 김굉필(金宏弼)과 장군 곽재우(郭再祐)이고, 예안(禮安)에는 퇴계(退溪) 이황(李滉), 농암(聾巖) 이현보(李賢輔)와 월천(月川) 조목(趙穆)이고, 안음(安陰)에는 갈천(葛川) 임훈(林薰)과 동계(桐溪) 정온(鄭蘊)이고, 칠원(漆原)에는 신재(愼齋) 주세붕(周世鵬)이고, 산음(山陰)에는 덕계(德溪) 오건(吳健)이고, 사천(泗川)에는 구암(龜巖) 이정(李楨)이다.

전라도 나주(羅州)에는 금남(錦南) 최부(崔溥), 눌재(訥齋) 박상(朴祥), 사암(思菴) 박순(朴淳), 창의사(倡義使) 김천일(金千鎰), 금호(錦湖) 임형수(林亨秀)와 백호(白湖) 임제(林悌)이고, 광주(光州)에는 고봉(高峯) 기대승(奇大升), 제봉(霽峯) 고경명(高敬命), 장군 김덕령(金德齡), 금남(錦南) 정충신(鄭忠信)이고, 남원(南原)에는 사인(舍人) 정황(丁熿)과 병사 황진(黃進)이고, 장성(長城)에는 하서(河西) 김인후(金麟厚)이고, 익산(益山)에는 양곡(陽谷) 소세양(蘇世讓)이고, 김제(金堤)에는 찬성 이계맹(李繼孟)이고, 영암(靈巖)에는 소은(素隱) 신천익(愼天翊)이고, 영광(靈光)에는 수은(睡隱) 강항(姜沆)이고, 보성(寶城)에는 우산(牛山) 안방준(安邦俊)이고, 창평(昌平)에는 송강(松江) 정철(鄭澈)과 기옹(畸翁) 정홍명(鄭弘溟)이고, 태인(泰仁)에는 일재(一齋) 이항(李恒)이고, 강진(康津)에는 청련(靑蓮) 이후백(李後白)이고, 해남(海南)에는 석천(石川) 임억령(林億齡), 미암(眉巖) 유희춘(柳希春)과 옥봉(玉峯) 백광훈(白光勳)이다.

이상의 여러 분들은 유현(儒賢), 절개를 지킨 선비, 문인(文人), 명신(名臣), 양장(良將)이 아닌 이가 없다. 기타 경재(卿宰)와 시종관과 훌륭한 행실을 닦으면서 스스로 삼간 선비가 매우 성대하게 함께 배출되어 조정에 나열된 자 중에 양남 지방 사람이 거의 절반을 넘었다. 이 때문에 양남 지방을 칭하여 인재의 창고라고 하였다. 그런데 인조조 이후로는 점차 예전에 미치지 못하더니, 지금에는 더욱 쇠하여 말할 만한 것이 없다.

103. 도곡의 팔고조八高祖

해설 | 고조가 같은 팔촌 관계의 삼종형제가 서로 남처럼 대하는 현실을 안타깝게 생각하면서, 자신의 팔고조(八高祖)를 밝혔다. 팔고조는 조부의 조부·외조부, 조모의 조부·외조부, 외조부의 조부·외조부, 외조모의 조부·외조부이다.

同高祖爲八寸이니 八寸은 卽三從兄弟라 屬雖稍遠이나 均是族戚이어늘 而世人不明譜系하여 視若路人者多矣라 先君子嘗以是病之하여 爲作〈八高祖子孫譜〉로되 未及成書러니 不肯繼修而亦未成이라 今姑謹取內外八高祖하여 記于下하노라 祖父之祖父는 大司諫諱士慶이요 祖父之外祖父는 左贊成驪州 李公諱尙毅요 祖母之祖父는 左議政淸陰先生安東 金公諱尙憲이요【生祖父 長湍府使諱尙寬이라】祖母之外祖父는 淸州牧使延安 金公諱球요【國舅延興府院君諱悌男之子라】外祖父之祖父는 承文博士迎日 鄭公諱謹이요【右議政諱維城之考라】外祖父之外祖父는 監役全州 李公諱久涵이요【評事諱穆之曾孫이요 副是學諱世璋之孫이요 承旨諱鐵之子라】外祖母之祖父는 秉節校尉南陽 洪公諱大成이요【花浦先生諱翼漢之考니 花浦生考는 生員諱以成이라】外祖母之外祖父는 戶曹正郎綾城 具公諱坤源이라【吏曹佐郎諱壽福之孫이요 弘文校理諱忭之子라】

고조가 같은 사람이 팔촌이 되니, 팔촌은 바로 삼종형제이다. 조금 먼 친척이기는 해도 이들은 똑같이 친족과 외척인데, 세상 사람들은 족보의 계보(系譜)에 밝지 못하여 대부분 이들을 길을 오가는 사람처럼 무관심하게 보고 있다.

선군자(先親)께서 일찍이 이것을 좋지 않게 여기셔서 〈팔고조자손보(八高祖子孫譜)〉를 만드셨는데, 책을 완성하지는 못하셨다. 그래서 불초가 뒤이어 착수하였으나 또한 완성하지 못하였다. 이에 우선 내외 팔고조를 삼가 취하여 아래에 기록한다.

조부의 조부는 대사간 휘 사경(士慶)이고, 조부의 외조부는 좌찬성 여주 이공(驪州李公) 휘 상의(尙毅)이며, 조모의 조부는 좌의정 청음(淸陰) 선생 안동 김공(安東金公) 휘 상헌(尙憲)이고,【생조부(生祖父)는 장단 부사(長湍府使) 휘 상관(尙寬)이다.】조모의 외조부는 청주 목사(淸州牧使) 연안 김공(延安金公) 휘 래(琜)【국구(國舅) 연흥부원군(延興府院君) 휘 제남(悌男)의 아드님이다.】이다.

외조부의 조부는 승문원 박사 영일 정공(迎日鄭公) 휘 근(謹)【우의정 휘 유성(維城)의 선고이다.】이고, 외조부의 외조부는 감역(監役)을 지낸 전주 이공(全州李公) 휘 구함(久涵)【평사(評事) 휘 목(穆)의 증손이고, 부제학 휘 세장(世璋)의 손자이고, 승지 휘 철(鐵)의 아드님이다.】이며, 외조모의 조부는 병절교위(秉節校尉)를 지낸 남양 홍공(南陽洪公) 휘 대성(大成)【화포(花浦) 선생 휘 익한(翼漢)의 선고이다. 화포 선생의 생부는 생원 휘 이성(以成)이다.】이고, 외조모의 외조부는 호조 정랑을 지낸 능성 구공(綾城具公) 휘 곤원(坤源)【이조 좌랑 휘 수복(壽福)의 손자이고, 홍문관 교리 휘 변(忭)의 아드님이다.】이다.

104. 우리나라 성씨의 소개

해설 | 우리나라의 유명한 성씨를 비롯하여 희성(稀姓), 벽성(僻姓), 복성(複姓) 등 총 298성씨를 소개하였다.

我國著姓은 李、金、朴、鄭、尹、崔、柳、洪、申、權、趙、韓 而吳、姜、沈、安、許、張、閔、任、南、徐、具、成、宋、俞、元、黃이 次之하고 曹、林、呂、梁、禹、羅、孫、盧、魚、睦、蔡、辛、丁、裴、孟、郭、邊、卞、愼、慶、白、全、康、嚴、高 又次之라 稀姓은 田、玄、文、尙、河、蘇、池、奇、陳、庚、琴、吉、延、朱、周、廉、潘、房、方、孔、王、俔、劉、泰、卓、咸、楊、薛、奉、大、馬、表、殷、余、卜、芮、牟、魯、玉、丘、宣而都、蔣、陸、魏、車、邢、韋、唐、仇、邕、明、莊、葉、皮、甘、鞠、承、公、石이 次之라僻姓은 印、昔、龔、杜、知、甄、於、晉、伍、拓、夜、賓、門、于、秋、桓、胡、雙、伊、榮、思、邵、貢、史、異、陶、龐、溫、陰、龍、諸、夫、景、强、扈、錢、桂、簡而段、彭、范、千、片、葛、頓、乃、間、路、平、馮、翁、童、鍾、鄧、宗、江、蒙、董、陽、揚、章、桑、葚、程、荊、耿、敬、寗、京、荀、井、原、袁、萬、班、員、堅、騫、燕、時、傅、瞿、穄、米、艾、梅、雷、柴、聶、包、何、和、賀、花、華、賈、夏、麻、牛、僧、侯、曲、栢、翟、畢、谷、弓、種、邦、凉、良、芳、卿、刑、永、乘、登、昇、勝、信、順、俊、藩、端、鮮、芊、牙、水、彌、吾、珠、斧、甫、部、素、附、凡、固、台、才、對、標、肖、那、瓜、化、壽、祐、價、尋、森、占、汎、克、郁、翌、宅、直、則、澤、綠、赫、册、濯、骨、燭、律、物、別、實、弼、合、乜、鳶이 次之라 複姓은 南宮、皇甫、鮮于、石抹、扶餘、獨孤、令狐、東方、西門、司馬、司空이니 摠二百九十八氏호되 而常漢僻姓은 似必有落漏者矣리라

우리나라의 유명한 성씨는 이(李), 김(金), 박(朴), 정(鄭), 윤(尹), 최(崔), 유(柳), 홍(洪), 신(申), 권(權), 조(趙), 한(韓)이다. 오(吳), 강(姜), 심(沈), 안(安), 허(許), 장(張), 민(閔), 임(任), 남(南), 서(徐), 구(具), 성(成), 송(宋), 유(俞), 원(元), 황(黃)이 그 다음이며, 조(曺), 임(林), 여(呂), 양(梁), 우(禹), 나(羅), 손(孫), 노(盧), 어(魚), 목(睦), 채(蔡), 신(辛), 정(丁), 배(裵), 맹(孟), 곽(郭), 변(邊), 변(卞), 신(愼), 경(慶), 백(白), 전(全), 강(康), 엄(嚴), 고(高)가 또 그 다음이다.

희성(稀姓)은 전(田), 현(玄), 문(文), 상(尙), 하(河), 소(蘇), 지(池), 기(奇), 진(陳), 유(庾), 금(琴), 길(吉), 연(延), 주(朱), 주(周), 염(廉), 반(潘), 방(房), 방(方), 공(孔), 왕(王), 설(偰), 유(劉), 태(泰), 탁(卓), 함(咸), 양(楊), 설(薛), 봉(奉), 대(大), 마(馬), 표(表), 은(殷), 여(余), 복(卜), 예(芮), 모(牟), 노(魯), 옥(玉), 구(丘), 선(宣)이다. 도(都), 장(蔣), 육(陸), 위(魏), 차(車), 형(邢), 위(韋), 당(唐), 구(仇), 옹(邕), 명(明), 장(莊), 섭(葉), 피(皮), 감(甘), 국(鞠), 승(承), 공(公), 석(石)이 그 다음이다.

벽성(僻姓)은 인(印), 석(昔), 공(龔), 두(杜), 지(知), 견(甄), 어(於), 진(晉), 오(伍), 척(拓), 야(夜), 빈(賓), 문(門), 우(于), 추(秋), 환(桓), 호(胡), 쌍(雙), 이(伊), 영(榮), 사(思), 소(邵), 공(貢), 사(史), 이(異), 도(陶), 방(龐), 온(溫), 음(陰), 용(龍), 제(諸), 부(夫), 경(景), 강(强), 호(扈), 전(錢), 계(桂), 간(簡)이다. 단(段), 팽(彭), 범(范), 천(千), 편(片), 갈(葛), 돈(頓), 내(乃), 간(間), 노(路), 평(平), 풍(馮), 옹(翁), 동(童), 종(鍾), 풍(酆), 종(宗), 강(江), 몽(蒙), 동(董), 양(陽), 양(揚), 장(章), 상(桑), 장(萇), 정(程), 형(荊), 경(耿), 경(敬), 영(甯), 경(京), 순(荀), 정(井), 원(原), 원(袁), 만(萬), 반(班), 원(員), 견(堅), 건(騫), 연(燕), 시(時), 부(傅), 구(瞿), 혜(嵇), 미(米), 애(艾), 매(梅), 뇌(雷), 시(柴), 섭(聶), 포(包), 하(何), 화(和), 하(賀), 화(花), 화(華), 가(賈), 하(夏), 마(麻), 우(牛), 승(僧), 후(侯), 곡(曲), 백(栢), 적(翟), 필(畢), 곡(谷), 궁(弓), 종(種), 방(邦), 양(凉), 양(良), 방(芳), 경(卿), 형(刑), 영(永), 승(乘), 등(登), 승(昇), 승(勝), 신(信), 순(順), 준(俊), 번(藩), 단(端), 선

(鮮), 천(羊), 아(牙), 수(水), 미(彌), 오(吾), 주(珠), 부(斧), 보(甫), 부(部), 소(素), 부(附), 범(凡), 고(固), 태(台), 재(才), 대(對), 표(標), 초(肖), 나(那), 과(瓜), 화(化), 수(壽), 우(祐), 가(價), 심(尋), 삼(森), 점(占), 범(汎), 극(克), 욱(郁), 익(翊), 택(宅), 직(直), 칙(則), 택(澤), 녹(綠), 혁(赫), 책(冊), 탁(濯), 골(骨), 촉(燭), 율(律), 물(物), 별(別), 실(實), 필(弼), 합(合), 먀(乜), 궉(鴌)이 그 다음이다.

복성(複姓)은 남궁(南宮), 황보(皇甫), 선우(鮮于), 석말(石抹), 부여(扶餘), 독고(獨孤), 영호(令狐), 동방(東方), 서문(西門), 사마(司馬), 사공(司空)이다. 총 298성씨인데, 상놈의 벽성 중에 반드시 누락된 것이 있을 듯하다.

乙巳春에 余自謫所還하여 欲依程子西監例하여 一謝而退러니 會値春宮
册禮하고 又有史局之命이라 辛丑에 余所纂修尙在不可付之他手일새 亦
欲因此上報先朝恩渥하여 遂一力擔荷하여 不憚勞勤하니 蓋以汗靑之期
로 爲乞身之日也라 史事垂完에 卽有朝廷大變置之擧하여 得罪下鄕하
여 退休初心을 終未著白하니 可笑라 屏伏陶山先墓下하여 謝絶世故하니
無所事事라 凡係耳目心思면 輒記之하니 固猥瑣無足言이나 而亦不無
一二可取라 姑附之前日《漫錄》之後云이라 丙辰中春에 陶叟識하노라

을사년(1725, 영조 1) 봄에 내가 적소로부터 돌아와서 정자(程子)의 서감
(西監)의 예486를 따라 한번 사은하고 곧 물러가려고 하였는데, 마침 세자
의 책봉을 만났고487 또 사국(史局)에 제수하는 명령이 있었다.
　지난 신축년(1721, 경종 1)에 내가 편수하던 일488이 아직 남아 있었는데
이를 다른 사람에게 맡길 수가 없었고, 또한 이 기회에 숙종의 우악(優渥)
하신 은혜에 보답하고자 하여,《숙종실록》이 완성되는 날을 치사(致仕)하
는 날로 기약하여 수고로움을 피하지 않고 온 힘을 다해 일을 담당하였다.

• • • • • •
486　정자(程子)의 서감(西監)의 예: 정자는 이천(伊川) 정이(程頤)를 이르며, 서감
　　(西監)은 서경 국자감을 이른다. 이천이 원부(元符) 3년(1100)에 귀양지 부주(涪
　　州)에서 풀려나 서경 국자감(西京國子監)에 제수되었다. 이천은 곧 휘종(徽宗)에
　　게 숙배하고, "귀양에서 돌아와 처음 받은 큰 은혜이니, 이렇게 하지 않으면 무엇
　　으로 덕의(德義)를 우러러 받들겠는가."라고 하였다.《二程全書 卷50 伊川年譜》
487　마침……만났고: 영조의 장자 경의군(敬義君) 이행(李緈, 1719~1728)이
　　1725년(영조 1)에 효장세자(孝章世子)로 책봉된 일을 이른다. 효장세자는 10세
　　에 요절하였는데, 정조가 그의 양자로서 즉위하여 진종(眞宗)으로 추존하였다.
488　지난……편수하던 일: 당시에 도곡이 총재관으로서《숙종실록》편수에 참여
　　하고 있었다.

그러나 실록의 일이 거의 끝나갈 무렵, 별안간 조정에 큰 변고의 조처[489]가 있어서 죄를 얻고 낙향하여, 실록을 마치고 치사하려던 초심을 끝내 드러내지 못했으니, 우스운 일이다.

도산(陶山)의 선영 아래에 숨어 지내면서 세상일을 사절하여 일삼을 만한 것이 없으므로, 귀로 듣고 눈으로 보고 마음으로 생각한 것들이 떠오르면 그때마다 기록하였다. 진실로 자질구레하여 말할 것이 못 되나 또한 한두 가지 취할 만한 일이 없지는 않을 것이다. 우선 이것을 예전에 지은 《운양만록(雲陽漫錄)》의 뒤에 붙인다.

병진년(1736, 영조 12) 중춘(中春)에 도산의 늙은이는 기록하다.

<hr>

489 조정에……조처: 1727년(영조 3)의 정미환국(丁未換局)을 이른다. 영조가 노론과 소론의 갈등을 조정하기 위해 소론을 정계에 복귀시켜 정국(政局)을 개편하자, 노론의 중신들이 일제히 반대하였다. 이에 영조가 이들을 삭탈관직하고 소론을 대거 기용하였는데, 이때 우의정으로 있던 도곡도 파직되어 도산으로 물러났다.

발문

새금융사회연구소 이사장 張 日 碩

(해동경사연구소 이사)

　성백효 선생의 역서인 조선 후기 한문학 비평서 2권이 드디어 출간하게 되었다. 이 책은 농암(農巖) 김창협(金昌協)의 《농암잡지(農巖雜識)》 외편(外篇)과 도곡(陶谷) 이의현(李宜顯)의 《운양만록(雲陽漫錄)》·《도협총설(陶峽叢說)》을 각각 역주한 것이다. 농암 김창협은 숙종조의 대학자이고 대문장가로 대제학에 오른 인물이며, 도곡 이의현은 농암의 제자로 역시 영조 초년에 대제학을 지냈고 우의정을 거쳐 영의정에 오른 인물이다.

　본인은 경제계에 종사한 관계로 한문학에는 문외한이나 다름없다. 번역본으로 《논어》와 《맹자》를 한번 훑어보는 정도였다. 그러다가 10년 전 성백효 선생을 모시고 한문공부를 시작하여 그동안 《주역전의(周易傳義)》와 《고문진보(古文眞寶)》 후집(後集)과 전집(前集)의 시(詩) 부분을 학습을 마쳤다.

　한문으로 기록된 동양고전의 깊은 뜻과 진리는 전부가 성현의 격언이라해도 지나치지 않을 것이다. 특히 인간이 살아가면서 지켜야 할 윤리도덕은 《논어》·《맹자》 등의 유가경전(儒家經典)에만 있는 것이 아니었다. 《주역》의 진리는 무궁무진하며 현인(賢人)의 고문(古文) 역시 주옥같은 문장으로 인간이 나아가야 할 방향을 제시해 주고 있었다.

오랫동안 공직생활을 해 온 필자는 공직자의 기본 자세를 말한 글이 여러 편 실려 있는《고문진보》후집 5권의 〈송설전의서(送薛存義序)〉를 소개한다. 이 글은 '유종원(柳宗元)이 영릉(零陵)에 임시 현령으로 있다가 떠나가는 설존의(薛存義)를 전송한 서(序)'이다.

"지방의 관리가 된 자들의 직책을 그대는 아는가? 이는 백성의 심부름꾼이지, 백성을 부역시키려고 있는 것이 아니다. 농토를 경작하여 생활하는 백성들이 생산량의 10분의 1을 세금으로 내어 관리(수령)를 고용해서 우리 백성들을 공평하게 다스려 달라고 맡긴 것이다. 그런데 지금 고용한 품삯을 받고서 일을 태만히 하는 자가 천하에 널려 있다. 이뿐만 아니라 도둑질까지 한다. 만일 어떤 사람이 자기 집에 한 지아비를 머슴으로 고용하였는데, 그 머슴이 품삯을 받아먹고도 자기 직책을 게을리 할뿐만 아니라, 또 이에 더하여 주인의 재화와 기물까지 도둑질한다면 주인은 반드시 크게 노하여 머슴을 내치고 벌을 줄 것이다. 천하의 수령들 중에 이와 같은 자가 매우 많은데, 백성들이 감히 노여워함과 내침을 행하지 못하는 것은 형세(권세)가 똑같지 않기 때문이다. 형세는 비록 똑같지 않으나 진리는 똑같으니, 우리 백성들을 어찌 한단 말인가. 설존의가 영릉의 임시 현령이 된 지가 2년이었다. 일찍 일어나고 밤늦도록 생각하여 몸과 마음을 다해 직무를 수행해서 서로 다투던 자들이 화평해지고 부역이 균등하여 늙고 약한 자들이 속임수를 품거나 갑자기 미워하는 마음이 없으니, 그는 헛되어 품삯(녹봉)을 받아 먹지 않았음이 분명하다. 나는 유배되어 이곳에 와서 몸이 천하고 욕되어 관리의 성적을 고과하여 높여주거나 내치는 일에 참여할 수가 없다. 이에 그가 떠나 갈 적에 술과 고기로써 상(賞)을 주고 겸하여 이 글을 지어주는 것이다."

공직자들이 가슴속 깊이 간직해야 할 내용이라고 믿어 의심하지 않는다. 도곡 이의현도 《운양만록》 첫머리에서 "우리 집안은 대대로 청백(淸白)한 가풍(家風)을 지켜왔다. 선친께서는 정승의 지위에 이르렀으나 청빈함을 지켜 가난한 선비와 같으셨다. 외증조고 도촌상국(陶村相國, 정유성)께서는 남들이 알까 하는 청백함을 지키셨는데 선비(先妣, 돌아가신 어머니)께서도 그 규범을 물려받아 삼가 지키시니, 내외가 엄숙하여 집안이 맑은 물처럼 깨끗하였다." 라고 공직자의 자세를 밝히고 있다.

옛날 문장은 문이재도(文以載道)라 하여 인간의 도리와 예의를 밝히는 것을 기본 목적으로 하였다. 흥미를 위주로 하는 지금의 문학과는 차원이 다르다. 그런데 지금 우리 사회는 물질만능주의에 빠져 있어 전통문화와 윤리도덕을 외면하고 있다. 입으로만 정의(正義)를 부르짖고 실제는 독선과 불의에 빠져 있다. 이것을 바로잡지 않으면 많은 사람들이 행복할 수 있는 국가의 경제성장도 기대하기 어렵다.

이 책이 두루 읽혀지기를 간절히 바라며 이만 적는다.

조선후기 한문비평 2
운양만록·도협총설

1판 1쇄 인쇄 | 2020년 10월 27일
1판 1쇄 발행 | 2020년 11월 10일

저자 | 이의현(李宜顯)
역자 | 성백효, 신영주, 연석환
감수 | 성백효

디자인 | 씨오디
지류 | 상산페이퍼
인쇄 | 다다프린팅

발행처 | 한국인문고전연구소   **발행인** | 조옥임
출판등록 | 2012년 2월 1일(제 406-251002012000027호)
주소 | 경기 파주시 미래로 562(901-1304)   **전화** | 02-323-3635   **팩스** | 02-6442-3634
이메일 | books@huclassic.com

ISBN | 978-89-97970-68-1 04800
       978-89-97970-66-7 (set)